U0057174

【臺灣現當代作家研究資料彙編】116

吳晟

國立台灣文學館
出版

部長序

十二月，是豐收的季節。在此時刻，國立臺灣文學館執行已十年的「臺灣現當代作家研究資料彙編」計畫，再次推出十位重量級作家研究彙編：吳漫沙、隱地、岩上、林泠、席慕蓉、吳晟、張系國、李渝、季季、施叔青，為叢書再添基石。

文化是國家的靈魂，文學如同承載這靈魂的容器，舉凡生活日常、思想智慧，或是歲月淬鍊的情感、慣習，點滴匯為龐大的「文化共同體」，莫不需要作家之眼、文學之筆，將之一一描摹留存，讓後世得以記憶，並了解自身之所來。

文化部近年來致力保存全民歷史記憶，透過「重建臺灣藝術史」計畫，找回屬於我們的記憶、我們的靈魂，承繼各個時代、各個領域的藝術家們為我們銘刻留下的時代精神。「臺灣現當代作家研究資料彙編」的出版，恰與此呼應：藉由重要作家與作品研究的系統化整理，從檔案史料提煉出臺灣文化多元、豐富的史觀，並透過回顧作家生平、查找文學夥伴的往來互動及社團軌跡，再加上諸多研究者的評述，讓讀者不僅能與作家的生命路徑同行，更能由此進入臺灣特有、深邃的文學世界。我相信，當我們對於臺灣文學的認識越深入，對於這塊土地的情感也將更踏實，文化的創發也會更活潑光燦。

是故，欣見臺灣文學館將計畫第九階段的編選成果呈現出來。名單不乏讀者耳熟能詳的文學大家，但更有意義的，是讓許多逐漸為讀者甚至研究者遺忘的作家，再度重登文學舞臺，有重新被更多人閱讀、討論的機會，這正是我們重建文學史價值之所在。在此向讀者推介這一套兼具深度與廣度的文學工具書，提供國內外研究或關心臺灣文學發展者，期待我們能持續點亮臺灣文學的光芒。

文化部部長 鄭麗君

館長序

臺灣文學的範圍，遠比想像的長遠寬廣。以文字方式留存的文學、年代至少已三百有餘，原住民口語形式的傳統，歷史更是深厚而靈動。可以說，文學聚攏了我們一整個社會的集體記憶。然而文學不只有創作的努力，作者完成的工作，其實也經由文學的「研究」而散發更多意義。

國立臺灣文學館的使命，既是保存臺灣的文學創作史，也就必須借助文學的研究力。雖然臺灣曾有一段時期因為政治情境的壓制，致使臺灣文學科系在 1990 年代後才陸續成立，從而更加辛勤在重建我們應該集體記得的「文學史」。

針對作家和作品的評介和賞析，固是文學研究的明確入口，然而閱讀者的回應甚至反擊，其實也是隱含文思交鋒的珍奇素材，很值得系統性的保存、便於未來世代可以補足先人的思想圖譜。臺灣文學館因而開啟「臺灣現當代作家研究資料彙編」的編纂計畫，自 2010 年委託臺灣文學發展基金會執行，以「現當代」文學作家為界，蒐羅散布各處、詮釋多元的研究評論資料，以勾勒臺灣文學的整體面貌。

「彙編」由最早預定出版三個階段、50 冊的計畫，在各界期許中幾度擴編，至今已是第九階段，累積出版已達 120 冊。這一段現當代的範圍，始自 1920 年代臺灣的新文學世代，並融接戰後由中國大陸跨海而來的創作社群。第九階段彙編計畫包含吳漫沙、隱地、岩上、林泠、席慕蓉、吳晟、張系國、李渝、季季、施叔青十位作家的研究資料，探討了含括不同族群、性別、階層而匯聚在臺灣文學的歷程。

「彙編」計畫選定 1945 年以前出生的世代，為的是在勾勒他們共同經歷的特殊史跡——那個寫作相對艱辛、資料相對散佚、意識型態也格外沉重的時期。當然，部落社會的無名遊吟者、清末古典文學的漢詩人、以及在各個時代留下痕跡的文學家們，都同樣是高度值得尊崇的文學瑰寶。臺灣文學館的「彙編」期待能夠是一個窗口，引我們看見臺灣短短歷史撞擊出的這麼多種各異的文學互動，也寄望未來的資料科技協助我們將更多文學史料呈現給臺灣。

國立臺灣文學館館長 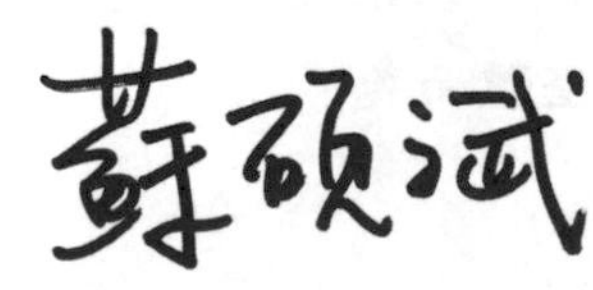

編序

◎封德屏

緣起

1995 年 10 月 25 日，在臺灣師範大學教育大樓的 201 室，一場以「面對臺灣文學」為題的座談會，在座諸位學者分別就臺灣文學的定義、發展、研究，以及文學史的寫法等，提出宏文高論，而時任國家圖書館編纂張錦郎的「臺灣文學需要什麼樣的工具書」，輕鬆幽默的言詞，鞭辟入裡的思維，更贏得在座者的共鳴。

張先生以一個圖書館工作人員自謙，認真專業地為臺灣這幾十年來究竟出版了多少有關臺灣文學的工具書，做地毯式的調查和多方面的訪問。同時條理分明地針對研究者、學生，列出了十項工具書的類型，哪些是現在亟需的，哪些是現在就可以做的，哪些是未來一步一步累積可以達成的，分別做了專業的建議及討論。

當時的文建會二處科長游淑靜，參與了整個座談會，會後她劍及履及的開始了文學工具書的委託工作，從 1996 年的《臺灣文學年鑑》起始，一年一本的編下去，一直到現在，保存延續了臺灣文學發展的基本樣貌。接著是《中華民國作家作品目錄》的新編，《臺灣文壇大事紀要》的續編，補助國家圖書館「當代文學史料影像全文系統」的建置，這些工具書、資料庫的接續完成，至少在當時對臺灣文學的研究，做到一些輔助的功能。

2003 年 10 月，籌備多年的「臺灣文學館」正式開幕運轉。同年五月《文訊》改隸「財團法人台灣文學發展基金會」，為了發揮更大的動能，開始更積極、更有效率地將過去累積至今持續在做的文學史料整理出來，讓豐厚的文藝資源與更多人共享。

於是再次的請教張錦郎先生，張先生認為文學書目、作家作品目錄、文學年鑑、文學辭典皆已完成或正在進行，現在重點應該放在有關「臺灣現當代作家評論資料目錄」的編輯工作上。

很幸運的，這個計畫的發想得到當時臺灣文學館林瑞明館長的支持，於是緊鑼密鼓的展開一切準備工作：籌組編輯團隊、召開顧問會議、擬定工作手冊、撰寫計畫書等等。

張錦郎先生花了許多時間編訂工作手冊，每一位作家的評論資料目錄分為：

（一）生平資料：可分作者自述，旁人論述及訪談，文學獎的紀錄。

（二）作品評論資料：可分作品綜論，單行本作品評論，其他作品（包括單篇作品）評論，與其他作家比較等。

此外，對重要評論加以摘要解說，譬如專書、專輯、學術會議論文集或學位論文等，凡臺灣以外地區之報刊及出版社，於書名或報刊後加註，如中國大陸、香港、新加坡等。此外，資料蒐集範圍除臺灣外，也兼及中國大陸、香港、新加坡、日本、韓國及歐美等地資料，除利用國內蒐集管道外，同時委託當地學者或研究者，擔任資料蒐集工作。

清楚記得，時任顧問的學者專家們，都十分高興這個專案的啟動，但確定收錄哪些作家名單時，也有不同的思考及看法。經過充分的討論後，終於取得基本的共識：除以一般的「文學成就」為觀察及考量作家的標準外，並以研究的迫切性與資料獲得之難易度為綜合考量。譬如說，在第一階段時，作家的選擇除文學成就外，先考量迫切性及研究性，迫切性是指已故又是日治時期臺籍作家為優先，研究性是指作品已出土或已譯成中文為優先。若是作品不少而評論少，或作品評論皆少，可暫時不考慮。此外，還要稍微顧及文類的均衡等等。基本的共識達成後，顧問群共同挑選出 310 位作家，從鄭坤五、賴和、陳虛谷以降，一直到吳錦發、陳黎、蘇偉貞，共分三個階段進行。

「臺灣現當代作家評論資料目錄」專案計畫，自 2004 年 4 月開始，至 2009 年 10 月結束，分三個階段歷時五年六個月，共發現、搜尋、記錄了十餘萬筆作家評論資料。共經歷了三位專職研究助理，近三十位兼任研究助理。這些研究助理從開始熟悉體例，到學習如何尋找資料，是一條漫長卻實用的學習過程。

接續

「臺灣現當代作家評論資料目錄」的專案完成，當代重要作家的研究，更可以在這個基礎上，開出亮麗的花朵。於是就有了「臺灣現當代作家研究資料彙編暨資料庫建置計畫」的誕生。為了便於查詢與應用，資料庫的完成勢在必行，而除了資料庫的建置外，這個計畫再從 310 位作家中精選 50 位，每人彙編一本研究資料，內容有作家圖片集，包括生平重要影像、文學活動照片、手稿及文物，小傳、作品目錄及提要、文學年表。另外每本書分別聘請一位最適當的學者或研究者負責編選，除了負責撰寫八千至一萬字的作家研究綜述外，再從龐雜的評論資料中挑選具有代表性的評論文章，平均 12～14 萬字，最後再附該作家的評論資料目錄，以期完整呈現該作家的生平、創作、研究概況，其歷史地位與影響。

第一部分除資料庫的建置外，50 位作家 50 本資料彙編（平均頁數 400～500 頁），分三個階段完成，自 2010 年 3 月開始至 2013 年 12 月，共費時 3 年 9 個月。因為內容充實，體例完整，各界反應俱佳，第二部分的 50 位作家，分四階段進行，自 2014 年 1 月開始至 2017 年 12 月，共費時 4 年，並於 2017 年 12 月出版《百冊提要》，摘要百冊精華，也讓研究者有清晰的索引可循。2018 年 1 月，舉行百冊成果發表會，長年的灌溉結果獲文化部支持，得以延續百冊碩果，於 2018 年 1 月啟動第三部分 20 位作家的資料彙編，為期兩年。2019 年 12 月結束費時十年，120 本的文學工具書之旅。

成果

雖然過程是如此艱辛，如此一言難盡，可是終究看到豐美的成果。每位編選者雖然忙碌，但面對自己負責的作家資料彙編，卻是一貫地認真堅持。他們每人必須面對上千或數百筆作家評論資料，挑選重要或關鍵性的評論文章，全面閱讀，然後依照編選原則，挑選評論文章。助理們此時不僅提供老師們所需要的支援，統計字數，最重要的是得找到各篇選文作者，取得同意轉載的授權。在起初進度流程初估時，我們錯估了此項工作的難度，因為許多評論文章，發表至今已有數十年的光景，部分作者行蹤難查，還得輾轉透過出版社、學校、服務單位，尋得蛛絲馬跡，再鍥而不捨地追蹤。有了前面的血淚教訓，日後關於授權方面，我們更是如臨深淵、如履薄冰，希望不要重蹈覆轍，在面對授權作業時更是戰戰兢兢，不敢懈怠。

除了挑選評論文章煞費苦心外，每個作家生平重要照片，我們也是採高標準的方式去蒐集，過世作家家屬、友人、研究者或是當初出版著作的出版社，都是我們徵詢的對象。認真誠懇而禮貌的態度，讓我們獲得許多從未出土的資料及照片，也贏得了許多珍貴的友誼。許多作家都協助提供照片手稿等相關資料，已不在世的作家，其家屬及友人在編輯過程中，也給予我們許多協助及鼓勵，藉由這個機會，與他們一起回憶、欣賞他們親人或父祖、前輩，可敬可愛的文學人生。此外，還有許多作家及研究者，熱心地幫忙我們尋找難以聯繫的授權者，辨識因年代久遠而難以記錄年代、地點、事件的作家照片，釐清文學年表資料及作家作品的版本問題，我們從他們身上學習到更多史料研究可貴的精神及經驗。

但如何在規定的時間內，完成每個階段資料彙編的編輯出版工作，對工作小組來說，確實是一大考驗。每一冊的主編老師，都是目前國內現當代臺灣文學教學及研究的重要人物，因此都十分忙碌。每一本的責任編輯，必須在這一年的時間內，與他們所負責資料彙編的主角——傳主及主編老師，共生共榮。從作家作品的收集及整理開始，必須要掌握該作家所有出版的作品，以及盡量收集不同出版社的版本；整理作家年表，除了作家、研究者已撰述好的年表外，也必須再從訪談、自傳、評論目錄，從作品出版等線索，再作比對及增刪。再來就是緊盯每位把「研究綜述」放在所有進度最後一關的主編們，每隔一段時間提醒他們，或順便把新增的評論目錄寄給他們（每隔一段時間就有新的相關論文或學位論文出現），讓他們隨時與他們所主編的這本書，產生聯想，希望有助於「研究綜述」撰寫的進度。

在每個艱辛漫長的歲月中，因等待、因其他人力無法抗拒的因素，衍伸出來的問題，層出不窮，更有許多是始料未及的。譬如，每本書的選文，主編老師本來已經選好了，也經過授權了，為了抓緊時間，負責編輯的助理們甚至連順序、頁碼都排好了，就等主編老師的大作了，這時主編突然發現有新的文章、新的資料產生：再增加兩三篇選文吧！為了達到更好更完備的目標，工作小組當然全力以赴，聯絡，授權，打字，校對，重編順序等等工作，再度展開。

此次第三部分第二階段共需完成的 10 位作家研究資料彙編，年齡層與活動地區分布較廣，步履遍布海內外各地，創作類型也更為豐富多元。出生年代較早的作者，在年表事件的求證以及早年著作的取得上，饒有難度。以出生年代較近的作者而言，許多疑難雜症不刃而解，有些連主編或研究者都不太清楚的部分，作家本人及家屬絕對是一個最好的諮詢對象，對解決某些問題來說，這是一個好的線索，但既然看了，關心了，參與了，就可能有不同的看法，對於選文、年表、照片，甚至是我們整本書的體例，也會有更多想法，於是又是一場翻天覆地的大更動，對整本書的品質來說，應該是好的，但對經過多次琢磨、修改已進入完稿階段的編輯團隊來說，這不啻是一大挑戰。

1990 年開始，各地縣市文化中心（文化局），對在地作家作品集的整理出版，以及臺灣文學館成立後對日治時期作家以迄當代重要作家全集的編纂，對臺灣文學之作家研究，也有了很好的促進作用。如《楊逵全集》、《林亨泰全集》、《鍾肇政全集》、《張文環全集》、《呂赫若日記》、《張秀亞全集》、《葉石濤全集》、《龍瑛宗全集》、《葉笛全集》、《鍾理和全集》、《錦連全集》、《楊雲萍全集》、《鍾鐵民全集》等，如雨後春筍般持續展開。

經過近二十年的努力，臺灣文學的研究與出版，也到了可以驗收或檢討成果的階段。這個說法，當然不是要停下腳步，而是可以從「臺灣現當代作家評論資料目錄」所呈現的 310 位作家、11 萬筆資料中去檢視。檢視的標的，除了從作家作品的質量、時代意義及代表性去衡量外、也可以從作家的世代、性別、文類中，去挖掘有待開墾及努力之處。因此這套「臺灣現當代作家研究資料彙編」，大部分的編選者除了概述作家的研究面向外，均有些觀察與建議。希望就已然的研究成果中，去發現不足與缺憾，研究者可以在這些不足與缺憾之處下功夫，而盡量避免在相同議題上重複。當然這都需要經過一段時間去發現、去彌補、去重建，因此，有關臺灣文學的調查、研究與論述，就格外顯得重要了。

期待

感謝臺灣文學館持續推動這兩個專案的進行。「臺灣現當代作家評論資料目錄」的完成，呈現的是臺灣文學研究的總體成果；「臺灣現當代作家研究資料彙編」的出版，則是呈現成果中最精華最優質的一面，同時對未來臺灣文學的研究面向與路徑，作最好的建議。我們可以很清楚的體會，這是一條綿長優美的臺灣文學接力賽，經過長時間的耕耘灌溉、風搖雨濡，百年臺灣文學大樹卓然而立，跨越時代並馳而行，120 冊作家研究資料彙編得千位作家及學者之力，我們十分榮幸能參與其中，更珍惜在傳承接力的過程，與我們相遇的每一個人，每一件讓我們真心感動的事。我們更期待這個接力賽，能有更多人加入。誠如張恆豪所說「從高音獨唱到多元交響」，這是每一個人所期待的。

編輯體例

一、本書編選之目的，為呈現吳晟生平、著作及研究成果，以作為臺灣文學相關研究、教學之參考資料。

二、全書共五輯，各輯內容及體例說明如下：

輯一：圖片集。選刊作家各個時期的生活或參與文學活動的照片、著作書影、手稿（包括創作、日記、書信）、文物。

輯二：生平及作品，包括三部分：

1.小傳：主要內容包括作家本名、重要筆名，生卒年月日，籍貫，及創作風格、文學成就等。

2.作品目錄及提要：依照作品文類（論述、詩、散文、小說、劇本、報導文學、傳記、日記、書信、兒童文學、合集）及出版順序，並撰寫提要。不收錄作家翻譯或編選之作品。

3.文學年表：考訂作家生平所進行的文學創作、文學活動相關之記要，依年月順序繫之。

輯三：研究綜述。綜論作家作品研究的概況，並展現研究成果與價值的論文。

輯四：重要文章選刊。選收作家自述、訪談紀錄以及國內外具代表性的相關研究論文及報導。

輯五：研究評論資料目錄。收錄至 2019 年 11 月底止，有關研究、論述臺灣現當代作家生平和作品評論文獻。語文以中文為主，兼及日文和英文資料。所收文獻資料，以臺灣出版為主，酌收中國大陸、香港、日本和歐美國家的出版品。內容包含三部分：

1.「作家生平、作品評論專書與學位論文」下分為專書與學位論文。

2.「作家生平資料篇目」下分為「自述」、「他述」、「訪談」、「年表」、「其他」。

3.「作品評論篇目」下分為「綜論」、「分論」、「作品評論目錄、索引」、「其他」。

目次

輯一◎圖片集

影像◎手稿◎文物

1950～1970年代，吳晟求學各階段留影。照片拍攝時（左起）為於溪州鄉成功國小（原下壩國小）畢業、彰化中學初中部結業及屏東農業專科學校畢業。（翻攝自《幼獅文藝》第274期，1976年10月）

1960年代初期，吳晟留影於樹林高中教室，時任班長。（吳晟提供）

1960年代後期，吳晟擔任屏東農專校刊《南風》主編，與指導老師白尚洲（右）合影。（吳晟提供）

1960年代後期，與《南風》校刊社友人合影。左起：陳淮德、曾健民、吳晟、陳國、顏炳華。（吳晟提供）

1960年代後期，吳晟與同任《南風》編輯的學妹莊芳華合影。（吳晟提供）

1971年，吳晟與莊芳華結婚，攝於溪州宅前。右起：莊芳華大哥莊秋峰、吳晟、莊芳華、莊芳華母親陳李嫌。（吳晟提供）

1974年，吳晟與長女吳音寧（左）合影。（吳晟提供）

1975年6月15日，吳晟獲頒第二屆中國現代詩獎，與評審之一的瘂弦（右）及同獲詩獎的管管（左）合影，前立者為瘂弦女兒王景苹。（吳晟提供）

1975年6月15日，吳晟與第二屆中國現代詩獎評審合影。前排左起：蓉子、吳晟、施友忠夫婦、管管、紀弦；後排左起：羊令野、洛夫、張默、羅門、瘂弦、商禽、林亨泰。（吳晟提供）

1970年代後期，吳晟與陳映真（左）、子吳賢寧（前）合影於溪州公路局車站前。（吳晟提供）

1980年，吳晟應愛荷華國際作家工作坊之邀赴美訪問。左起：吳晟、艾青、保羅．安格爾（後）、聶華苓、李怡、王蒙。（吳晟提供）

1980年，吳晟與文友合影於聶華苓家中。左起：吳晟、艾青、聶華苓（前）、李怡、陳若曦（前）、王蒙。（吳晟提供）

1980年代初期，歌手羅大佑為將「吾鄉印象」系列詩作譜成歌曲，至彰化．溪州拜訪吳晟。右起：羅大佑、吳晟、吳志寧。（吳晟提供）

1980年代初期，與文友相聚，攝於黃春明家中。右起：吳晟、黃春明、陳恆嘉。（吳晟提供）

1980年代初期，吳晟與文友合影於自家三合院前。右起：李勤岸、康原、吳晟、林雙不及其長女、廖永來。（吳晟提供）

1983年，救國團「大專生復興文藝營」學員相約拜訪曾擔任文藝營導師的吳晟，攝於家門前。左起：蔡娟娟、曾金美、萬胥亭（後）、蔡志堅、吳賢寧（前）、張啟楷（後）、吳晟、周家復（後）、莊芳華及吳志寧（前）、柯菊（後）、陳道甫、佚名（後）、朱大明。（天水詩社提供）

2013年7月，由「大專生復興文藝營」新詩組學員組成的天水詩社再訪吳晟，依1983年拍攝位置留影。左起：蔡娟娟、曾金美、蔡志堅、張啟楷、吳晟、盧志高（後）、蔡玲玲、白鎮龍（後）、陳道甫、白鎮龍夫人葉慧泙（後）、朱大明。（天水詩社提供）

1980年代後期，吳晟與家人於宅前拍攝全家福。右起：長女吳音寧、吳晟、母親吳陳純（前坐者）、妻子莊芳華、次子吳志寧（前）、長子吳賢寧。（吳晟提供）

1987年，吳晟與曾參與愛荷華國際寫作計畫的文友們，與返臺的王曉藍、李歐梵歡聚。前排左起：瘂弦、姚一葦、李歐梵、王曉藍、殷允芃、柯元馨；後排左起：吳晟、王拓、七等生、尉天驄、管管、王禎和、向陽、高信疆。（王曉藍提供）

1991年3月24日，吳晟與李喬（左一）、鍾肇政（中）合影。（吳晟提供）

約2000年，與文友合影於賴和文教基金會。左起：岩上、江自得、趙天儀、吳晟、陳萬益、周光雄、錦連、賴洝、賴悅顏、呂興昌。（財團法人賴和文教基金會提供）

2000年，吳晟（前排左二）擔任賴和文教基金會舉辦的第二屆賴和全國高中生臺灣文學營營主任，與學員合影。前排右一呂興忠。（財團法人賴和文教基金會提供）

約2005年，吳晟與文友合影於苗栗西湖渡假村。右起：鍾喬、吳晟、鍾鐵民、鍾鐵民妻子郭明琴、莊芳華。（吳晟提供）

2007年，吳晟獲頒第30屆吳三連獎文學類新詩獎。（吳晟提供）

2009年，吳晟出席賴和冥誕115週年紀念「青春進行曲・賴和向前行」。一排右起：林佩蓉、陳南宏、佚名、呂亭芳、呂亭詠；二排右起：周馥儀、呂興忠、吳晟、呂秀玉、陳萬益、賴悅顏、葛麗姝；三排右起：吳志寧、佚名、佚名、王梅香、張綵芳、楊緒東、佚名、賴蕙蘭、佚名；四排右起：孫金泉、簡佑安、簡妙如、林佑達、黃懷蒂、蘇紀綱。（財團法人賴和文教基金會提供）

約2010，與文友合影。左起：曾明財、吳晟、宋澤萊。（吳晟提供）

2010年9月15日，出席「全臺藝文界守護濁水溪口，許臺灣健康未來」記者會，抗議國光石化選定大城溼地設廠，攝於行政院。前排右起：陳明章、李敏勇、林正盛、李昂、吳晟、巫義淵（後）、葉湘怡、蕭渥廷、廖永來、吳明益；後排右起：佚名、劉克襄、陳萬益、呂興昌、鴻鴻、施並錫、張睿銓、張鐵志。（陳錦桐攝）

2012年4月12日，吳晟與溪州農民及藝文界人士於行政院前抗議中科四期工程搶奪農業用水。前排左起：吳晟、愛亞、張曉風，右一鴻鴻。（吳晟提供）

2014年，吳晟於純園舉辦農村音樂會，與籌辦人員及家族合影。前排左起：吳音寧、吳晟、吳晟大姐、吳晟大妹、吳晟大嫂、吳晟大哥、吳晟外甥黃盛祿。（吳晟提供）

2015年1月22日，吳晟出席臺中市文化局與修平科技大學於大墩文化中心舉辦的「《生平報告》新書發表會」。左起：張達雅、鍾瑞國、吳晟、金尚浩、路寒袖、翁誌聰、廖永來。（臺中市政府提供）

2016年11月15日，吳晟與文友祝賀平路、賴純純榮獲吳三連獎，攝於臺北行冊餐廳。一排右起：吳晟、汪其楣；二排右起：賴純純、方梓、陳秀惠；三排右起：平路、黃世岱、廖玉蕙、向陽（立者）、張啟楷（立者）。（廖玉蕙提供）

2018年，吳晟應印刻文學生活雜誌邀請，與童子賢（右）對談，由楊照（左）主持。（陳建仲提供）

2018年9月24日，吳晟出席國立臺灣文學館、成功大學及河內人文與社會科學大學於越南河內舉行的「《甜蜜的負荷：吳晟詩文雙重奏》新書發表會」。右起：阮青延、阮秋賢、李佩芝、蕭淑貞、林明德、陳黎寶、吳晟、莊芳華、黃英俊、阮友山、黃允中、范春石、陳益源、李淑如。（陳益源提供）

2019年3月8日，吳晟出席於齊東詩舍舉行的「《甜蜜的負荷：吳晟詩文雙重奏》新書發表會」臺北場。中央榻榻米區一排右起：蕭淑貞、鄭麗君、吳晟、阮秋賢、蘇碩斌；二排右起：林明德、邱怡瑄、沈孟儒、李佩芝；三排右起：吳志寧、佚名、張晏瑞；階梯區一階前起：陳瑩芳、李瑞騰、路寒袖、黃美娥、佚名；二階前起：封德屏、佚名、黃克全（後坐者）、王學敏（後）；左方欄杆旁立者：陳益源（左二）、翁誌聰（左三）。（國立臺灣文學館）

238

239

吾鄉印象

吳晟

序　說

古早古早的古早以前
開始懂得向上仰望
吾鄉的天空
就是那一付無所謂的模樣
無所謂的陰著或藍著

古早古早的古早以前
自吾鄉左側綿延而近的山影
就是一大幅
陰悒的潑墨畫
緊緊貼在吾鄉人們的臉上

古早古早的古早以前
世世代代的祖公，就在這片
長不出榮華富貴
長不出奇蹟的土地上
揮灑鹹鹹的汗水
繁衍無奈的子孫

晨　景

鳥仔們無所謂快樂或不快樂的歌聲
猶未醒來
吾鄉的婦女
已環坐古井邊
勤快地浣洗陳舊或不陳舊的流言

無所謂輝煌或不輝煌的老太陽
猶未爬上山阿

1972年8月，時由瘂弦主編的《幼獅文藝》以單排形式大篇幅刊出吳晟「吾鄉印象」組詩12首，使吳晟詩作觸及更多讀者，廣受喜愛。畫家席德進即以其中一首詩作〈稻草〉為靈感，創作書畫作品〈人〉，將詩句抄錄於畫中。圖為《幼獅文藝》第224期內頁、席德進畫作〈人〉（吳晟提供）。

關心

不識字的母親，記憶力卻非常驚人。母親常說：我的心肝像時鐘。

母親從未使用過鬧鐘，但沒有一個早上，不是全家起得最早；母親從未戴過手錶，但沒有一餐誤過一般的吃飯時間；母親不識字，但日常生活該記的事，都記得很牢。

尤其父親去世後，田賦、水租、房捐稅、債務、工資、孩子們的學費……紛雜不堪，母親都是憑靠記憶，一項一項記得絲毫不會差錯。甚至幾十年前的人和事，以及來過我們家的友人，那些人甚麼樣子，說過甚麼話、喜歡吃甚麼……，母親也都記得清清楚楚。

我們常誇母親的記憶力實在驚人，但母親說：不是記憶力好，而是關心，事事項項，只要關心，當然不會疏忽，不會忘記。

記得學生時代，和母親去田裏，母親常指著一大片稻田告訴我：讀書的事我不懂，我只知道種田。不過，讀書和種田的道理大概一樣。我們種田，甚麼時候應該撒稻种，甚麼時候應該犁田、插秧、除草、施肥……，總之哪一天該做甚麼事，該怎麼做，都要記掛在心，才不會耽誤。各人盡各人的本分，我們種田人認真種田，你們讀書人，就要認真讀書，只要關心，應該無讀不會的道理。

說來真是慚愧，學生時代晚睡晚起的惡習，畢業多年了，因為晚上還要看點書，竟還改不過來，每天早上，還

1979年，吳晟〈關心〉手稿。（「臺灣e散文」提供）

作為詩，感情的要求必須更集中、更強烈，訴諸情緒的成份必須更重。它常常是借助于感情的激發，去使人們欢喜或厌恶某种事務。

藝術的作用，不仅是幫助人明辨事理，也在促進人們感情上的变化，对于詩來說，后者的作用，显得特別重要。

在敘述詩里，依然需要很重分量的抒情的章節。以詩來解釋一些哲学的命題，往往吃力不討好。詩里可以出現一些格言式的語句，但这些語句不是詳尽的邏輯說明，而是对于生活經驗的洞察事理的結晶。

當詩人不能愛甚麼東西的时候，他所寫出來的東西是不能叫人去愛它的。假如詩人只有浮泛的感情就进行寫作，人們也不会满足的。因為这种感情一般人都会产生，不用詩人来饒舌。人們欢喜談詩，最重要的是想從詩里获得感情上的啓發或幫助。當一首詩缺少感情的时候，人們就开始对詩失去了信任，这就像和一個使我們觉得不誠懇的人在交往，心里难免会有隔閡。

只有那些始終保持着敏銳的感覺和近乎天真的熱情的人們，借用古話來說，即保持着赤子之心的人們，即使到了老年，也能寫出抒情气息很濃的詩篇。

沒有一個詩人是沒有政治傾向的。但當詩人寫作的时候，他必須把他從哲学書里所得到的東西，把它对人生对社会的見解，化為直觉的東西，化為童年的天真。從純粹理論出發所寫出來的詩，是不能感动人的。

最抒情的作品，也一樣是以很明確的理智作為基礎的。在詩里，思想是通过感情的方式表現的。对生活所引起的丰富的、強烈的感情，是寫詩的第一个條件。

〈詩的形式問題〉

形式主義的傾向，反映在創作上，是內容的空虛和对于形式盲目的追求，反映在理論上，是对形式问題产生了一系列的混乱观念，这些观念在各种不同程度上妨害了創作。形式主義的傾向不克服，要使社會的現实主義的詩有正常的發展，是很困难的。

各个不同时代的人民以及同一时代的人民之間的愛好、欣賞趣味和审美观念是不同的。在文学上，也像其它的生活方面一樣，由于人們的生長環境和所受教育的不同，各种不同的愛好，逐漸形成習慣，發生一种支配感情的力量。

花長在土地和水上，土地和水就是生活。一切藝術的根源是生活。不同的种子，在不同的土質和水里，因為不同的季節，長出不同的花。各种各樣的花，都有它自己的模樣。再愚笨的人，也不会因為自己的偏愛，說除了他所喜欢的一种花之外，其余的都不是花。

當詩人被某种事務喚起感情，產生一种為联想尋找形象的衝动，通過富有韻律的語言，把这种感情表現出來，才能產生詩。寫詩要有豐富的想像，而丰富的想像是由生活經驗和丰富的知識所產生的。

社会生活很复杂，思想感情也很复杂，不同的社會生活賦予的不同的題材和不同的思想感情，不可能凭借仅只一种形式來表現。

有些人寫的詩，沒有中國詩的情調，在那些詩里，看不見中國人民的思想和感情，即使他們寫的，是中國的事情，也好像是一个外國人在寫中國的事情，読了觉得不亲切，因為它們沒有中國的氣味。那种詩，假如在作者下面加一個譯字，我們会以為是外國人寫的。

1980年，吳晟於愛荷華國際作家工作坊訪問期間，獲詩人艾青贈予中國詩集、詩刊，為避開海關檢查，以手抄方式留存、攜回臺灣。圖為吳晟抄錄艾青〈詩的形式問題〉等詩論文章之手稿。（吳晟提供）

No. 1

轉作
店仔頭開講

吳晟

寒夜的星光和月光籠罩下，整個田野顯得特別淒清。
再次下田巡看一遍田水，隔壁田的樹雄走了過來，和
我一起坐在排水溝的橋沿上，一面顧田水一面聊天。
樹雄是我的國小同學，就像以前不少鄉間子弟一樣，
由於家境貧困，又缺人手，即使資質聰穎、成績優秀，也
不允許繼續升學，樹雄又是長子，國小畢業後，只好留在
家裏幫忙農事，借用他平日在店仔頭喝酒開講，多喝幾杯
之後，趁著酒興自我調侃的口氣說：我只是失栽培，不然
啊也是穿皮鞋上班的[illegible]

No. 8

法，執行也不切實、不徹底，算什麼政策，簡直是猜亂亂
黑白來，「青菜講講」。
默默聽著他們的議論，默默望向空曠的田野，內心至
為感慨，只因農業問題牽扯甚多甚廣，我沒有參與他們的
議論。那些擬定政策的人，想必都是專家，當然比我們這
些粗人的認識更深入，或許他們有更深的用意，誰知道他
們都是在想些什麼呢？我想，我們只好還是自求多福吧。
夜已更深，寒風更凜冽，寒氣隱隱的星光和月光籠罩
下，整個田野顯得特別淒清，仍可望見幾盞提燈，在四處
的田岸晃動。

1985年，吳晟〈轉作——店仔頭開講〉手稿。（向陽提供）

0→1告別式→2生平報告→3晚年→4在鄉間老去→5趁還有光→6落葉→7學習告別→8不要責備他→9火葬場→10墓園

本輯攝影／朱玉昌

0→吳晟，晚年冥想

本名吳勝雄，世居彰化溪州，屏東農專畜牧科畢業，美國愛荷華大學國際作家，在溪州國中任教29年，課餘農耕。現任靜宜大學兼任講師。著有詩集《飄搖裡》、《吾鄉印象》、《向孩子說》、《吳晟詩選》，散文集《農婦》、《店仔頭》、《無悔》、《不如相忘》、《一首詩一個故事》、《筆記濁水溪》等。生於1944年。

〔組詩〕

1 告別式

一副棺木
一棵珍貴百年大樹
軀體既已喪失性命
何忍再糟蹋任何生靈

請直接火化
骨灰埋在自家樹園裡
我親手種植的樟樹下
也許化身為葉、化身為花
偶爾有誰想念
來到樹下靜坐、漫步
可以聽見我的問候

不必佔據一小塊墳地
不必擠一小格層骨塔
也不必立碑刻文
我終生心血凝結的詩作
幸而留存三二行
還有人吟誦
不妨當作墓誌銘

千萬勿焚燒紙錢
徒然耗費大地資源

即使有所謂幽冥世界
我從不探究縹緲來世
只願在生之時善意相待
輓聯輓幛花圈
俗辭千篇一律
獻花獻果獻酒、虛應一番
請務必謝絕
我從不作興擺場面

無需寄發訃聞勞動親友
如有少數故交不經意問起
才順便轉告
我仍愛惜人世，但不眷戀
無論老去的姿勢是否中意
該走的時候
請容我靜靜離去，悄悄告別

如果臨走時不禁流了淚
啊！請勿受感染
那是我不知如何割捨
綿綿密密的牽掛
那是我不知如何表達
償還不盡的恩情

〔側記〕

在土地裡長出一棵樹

寫作「晚年冥想」系列詩作時，吳老師通常早起坐在樟樹林下的涼亭，姿勢看過去頗為勤奮且有點正經八百。他面前攤開筆記本及稿紙，筆記本是溪州街上逢春書局買的，數十年來他大部分文具都在那裡購買，影印也在那家小書店。至於稿紙則是訂做的，並沒有特別落款署名詩人，只不過慣用三百字方格大小的簡單樣式，於是北斗鎮專印喜帖獎狀聘書名片報表聯單等的九龍印刷廠，據此生意也有歷史囉。「鄉間子弟鄉間老」，他的詩作中有這麼一句。端坐，反覆謄寫草稿，據保守估計，次數絕對超過十遍以上——咦，會不會太用力？——追求輕快量產的主流趨勢大概會如此不以為然，因為吳老師寫字，確實很用力，太薄的紙難以承接。

他思路不喜好夾纏彎來彎去，詩便如土地被踩在消費時代裡的處境，唉，怎麼說呢？顯得厚實而老派，雖然他一點都不老，年輕時擔過秧苗及點心（給播田、收割的莊稼工人吃），還練過舉重的肩膀略向前傾，左手按住稿紙，右手

聯合文學●246期

2005年・4月號●63

0→1告別式→2生平報告→3晚年→4在鄉間老去→5趁還有光→6落葉→7學習告別→8不要責備他→9火葬場→10墓園

2 生平報告→

如果容我自己安排
最後離去的場景
我願默默告別
免去生平報告

像一條鄉間小圳溝
依循河道、潺潺而流
自然消失在陽光或星光之中
也許沒有人發現
季節如世代更迭

一條小小的圳溝
不曾翻覆起驚濤駭浪
只是流過耕作的田野

偶爾也遭遇
藤蔓糾葛、土石攔阻
總是認分的調整水流
每一轉折
和世界相處的方式

確實曾盡力
潤澤沿岸所及的土地
伸長了手臂
想要付出、澆灌更大片的生機
但也浮動過不少
羞愧的倒影
沒有勇氣招供
就一併沉積成泥吧

滲入地底
消失了的河道
若有什麼值得提起
該是沿途相伴的美好景致
困頓時、歡欣時
潺潺哼唱的曲調
迴盪著　終於
一條小河唱累了
就此歇息

3 晚年

白髮，也許只象徵滄桑
皺紋，只累積疲憊
鬆弛的不只是肉身
蹣跚的不只是步履

逐年老去的歲月中
逐年放捨人世的眷戀
該退席的時候
就坦然離去

雖然我在鄉間田野
仍有大片夢想趕著種植
但日頭已經西斜

常忍不住憑弔一下夕暉
雖然我在自家書房
仍有記憶絡繹趕著書寫
但燈盞逐漸昏暗
不時透露幾許蒼茫

面對世界
即使仍有些意見
但在庭院大樹下
閒看花開花謝草木生長
往往忘了爭辯

漫長的旅途，如此倉促
來不及認清多少世間道理
盡頭將隨時出現
如果還有什麼堅持
我只確知
我雖已老，世界仍年輕

原子筆一筆一畫。雖然每星期提著裝滿教學資料的一般手提袋，坐火車而有種流浪之感的前往台中、嘉義教授台灣文學時，已遇過有人要讓座給他而讓他心底一驚的事件，不過比較普遍的發生還是他自己起身讓座給弱小婦孺，然後回家對妻兒感慨現代年輕人，怎麼好像都裝作沒看見？他仍擁有青春延續至今、非常耐磨、不屈不撓的內在熱情，尤其真正決定要做某件事情時；例如種樹。

為了百樹園的夢想、為了平地造林的兩甲地，他和官方僵化繁瑣的行政系統打交道，長達一年多的阻礙跟挫折，他態度大致溫和但就是很堅持，其耐性，很像是說服人時，一直說道理說到你投降。沒錯，吳老師的耐性也表現在與人談話上。坐在樟樹林下寫文章時，如果住在同村的大姊二姊來，他會和姊姊們聊些生活之事；如果有村人來請託——這在他父親任職農會的時代便是常有的事——他會擱下筆傾聽並著手處理幫忙（小孩子的事啦、找工作、換單位、申請、調解……等等等，自從他大兒子任職彰化基督教醫院後，更要兼顧醫療相關的疑難雜症），他女兒就開玩笑說，他服務的熱誠，可能是全家最適合當縣議員的。自然，吳老師的堅韌耐性用於寫作之上更是表露無疑。

聯合文學●246期

2005年・4月號●65

2005年4月，《聯合文學》推出「吳晟，以及那些謙卑面對死亡的詩句」專題，以單排形式刊出吳晟「晚年冥想」系列組詩10首，向讀者隆重介紹詩人的新作。圖為《聯合文學》第246期內頁。

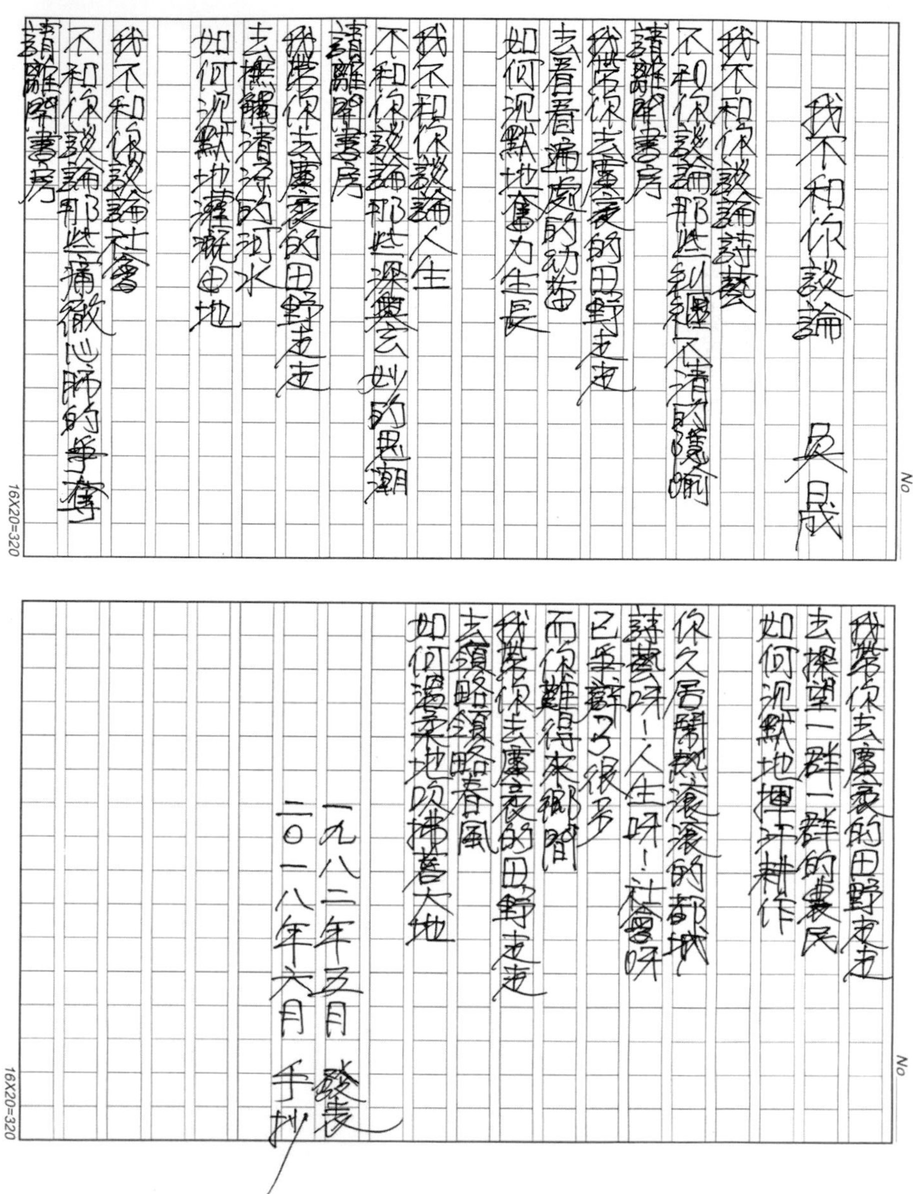

我不和你談論　吳晟

我不和你談論詩藝
不和你談論那些糾纏不清的隱喻
請離開書房
我帶你去廣袤的田野走走
去看看遍處的幼苗
如何沉默地奮力生長

我不和你談論人生
不和你談論那些深奧玄妙的思潮
請離開書房
我帶你去廣袤的田野走走
去撫觸清涼的河水
如何沉默地灌溉田地

我不和你談論社會
不和你談論那些痛徹心肺的爭奪
請離開書房
我帶你去廣袤的田野走走
去探望一群一群的農民
如何沉默地揮汗耕作

你久居鬧熱滾滾的都城
詩藝呀！人生呀！社會呀
已爭辯了很多
而你難得來鄉間
我帶你去廣袤的田野走走
去領略領略春風
如何溫柔地吹拂著大地

一九八二年五月　發表
二〇一八年六月　手抄

2018年6月，吳晟抄寫1982年詩作〈我不和你談論〉之手稿。（文訊．文藝資料研究及服務中心提供）

輯二◎生平及作品

小傳◎作品◎年表

小傳

吳晟（1944～）

吳晟，男，本名吳勝雄，另有筆名吳昇夐、冬苗。籍貫彰化溪州，1944 年（昭和 19 年）9 月 8 日生。

屏東農業專科學校（今屏東科技大學）畢業。畢業後任教於彰化溪州國民中學，教授生物與化學。2000 年自溪州國中退休，應靜宜大學、嘉義大學、大葉大學、修平技術學院、東華大學等校之邀，擔任駐校作家及兼任講師。曾獲 1975 年吳望堯中國現代詩獎、2002 年磺溪文學特別貢獻獎、2007 年吳三連獎文學類新詩獎，2015 年以詩集《他還年輕》獲臺灣文學獎圖書類新詩金典獎，2017 年獲臺灣文學家牛津獎。

吳晟創作文類以詩、散文為主。新詩創作起步甚早，大致可分四個時期，1959～1970 年受到現代主義影響，詩風憂悒隱晦，主題多為抒發少年愁緒；1971 年自屏東農專畢業，返鄉教書並投身農務，書寫重心移焦至農村人事，用樸實的語言描摹其生活及心境，「吾鄉印象」、「泥土篇」、「向孩子說」諸系列詩作漸獲關注，為現代詩壇注入新意，余光中讚其「等到像吳晟這樣的詩人，鄉土詩才有了明確的面貌」。

1980 年吳晟應美國愛荷華大學「國際作家工作坊」邀請，赴美訪問四個月，可視為其創作生涯的第二個轉捩點。其間大量閱讀臺灣未見的文獻，亦與中國作家交流，刺激其史觀與國族認同的再思索，加深對臺灣土地的認同。1990 年代解嚴後，吳晟更積極參與黨外運動及環保運動，並且重執詩筆，以「再見吾鄉」、「經常有人向我宣揚」、「憂傷西海岸」等系列組詩針砭臺灣政治、農業及環境政策，詩風不似早年含蓄、自抑的口吻，改以激昂的語調痛訴荒謬社會現狀。21 世紀以來，吳晟以〈只能為你寫一首詩〉、〈煙囪王國〉等詩細數土地創痕，疾呼環境正義，鏗鏘之餘也著有「晚年冥想」系列詩作，將生命感懷融入詩中。

詩作以外，吳晟擅營散文，取材自農村人事，筆觸樸質真誠。1980 年代的《農婦》、《店仔頭》，以隨筆形式書寫農村日常，勾勒工業化進程下的農村變遷，以自然親切的敘事塑造「農婦」等典型人物；《無悔》、《不如相忘》以私密的對話形式，懇切傾吐內心所感，展露對臺灣社會、變遷農村的觀察及省思。吳晟的散文書寫秉持寫實精神，如民族誌般細描農村人事，近年的《筆記濁水溪》（後增訂為《守護母親之河》）、《我的愛戀　我的憂傷》擴及環境書寫，行文多方徵引文獻，兼融知性與感性。宋澤萊高度評價其散文成就，指出「在整個臺灣農村文學中，可以如此全面地、仔細地、完整地呈現一個農村的生活景觀，吳晟算是第一人」，並稱許為「日據時期以來農村生活記實文學的巔峰」。

21 世紀起，再執詩筆的吳晟同時扛起耕鋤，投入原生樹種的栽植，著力生態倡議，並參與及發起多場環保運動。從早期對現代詩語言、主題進行翻新的「農民詩人」，到以詩文、行動持續為土地發聲的「環境運動者」，吳晟充分展現與時代、社會同聲息的筆力，可謂臺灣現代詩壇「有機知識分子」的典範。誠如陳建忠所言，「吳晟的詩藝讓土地說話，讓農村說話，而最終喚起我們的恐怕是比詩更多的一點什麼：那或將是關乎良知、關乎未來、關乎敬天愛人的一種信念，引人低迴沉吟。」

作品目錄及提要

【詩】

飄搖裏

屏東：自印
1966年12月，40開，83頁

本書為作者首部詩集，集結1963年至1966年發表於《文星》、《藍星詩頁》等刊物的作品，以隱抑的筆觸抒發對生命的感懷。全書分「語」、「生命的投影」二輯，收錄〈四月〉、〈荔枝樹下〉、〈忍冬樹下〉、〈山徑〉等30首。正文前有張健〈序〉，正文後有吳晟〈後記〉。

吾鄉印象

新竹：楓城出版社
1976年10月，32開，210頁
楓城叢書之十五

本書集結1963年至1976年的詩作，語言平實，深刻反映農村生活與精神面貌。全書分「吾鄉印象」、「浮木集」、「紀念集」三卷，收錄〈泥土〉、〈野餐〉、〈臉〉、〈腳〉、〈手〉等60首。正文前有編者〈代序〉、吳晟〈土（序詩）〉，正文後有顏炳華〈吳晟印象〉、周寧〈一張木訥的口——初讀吳晟的詩「吾鄉印象」與「植物篇」〉。

泥土

臺北：遠景出版公司
1979 年 6 月，32 開，248 頁
遠景叢刊 139

本書選輯作者 1966 年至 1979 年的詩作。全書分「一般的故事」、「吾鄉印象」、「向孩子說」三卷，收錄〈自白（序詩）〉、〈秋日〉、〈夜的幢話〉、〈臨〉、〈階〉等 95 首。正文前有顏炳華〈《泥土》代序〉。

飄搖裏

臺北：洪範書店
1985 年 6 月，32 開，187 頁
洪範文學叢書 137

本書選輯作者 1963 年至 1981 年的詩作。全書分「贈詩」、「愛荷華家書」、「飄搖裏」、「不知名的海岸」、「一般的故事」、「紀念父親」、「浮木集」七輯，收錄〈階〉、〈秋日〉、〈午寐〉、〈詠懷〉、〈夜的幢話〉等 53 首。正文前有吳晟〈我不和你談論（序詩）〉，正文後有〈吳晟詩作品發表年代序〉。

吾鄉印象

臺北：洪範書店
1985 年 6 月，32 開，175 頁
洪範文學叢書 138

本書集結 1972 年至 1981 年的詩作，內容涵蓋對鄉土人、事的情感、對臺灣歷史及政治現實的控訴與諷喻。全書分「泥土篇」、「吾鄉印象」、「禽畜篇」、「植物篇」、「愚直書簡」五輯，收錄〈泥土〉、〈臉〉、〈手〉、〈腳〉等 47 首。正文前有吳晟〈土（序詩）〉，正文後有〈吳晟詩作品發表年代序〉。

向孩子說

臺北：洪範書店
1985 年 6 月，32 開，155 頁
洪範文學叢書 139

本書收錄 1977 年至 1983 年的詩作，題材以親情為主，以親子對話寓託對社會的批判。全書收錄〈負荷〉、〈成長〉、〈阿爸確信〉、〈不要駭怕〉等 35 首。正文前有吳晟〈阿爸偶爾寫的詩——序《向孩子說》〉，正文後有〈吳晟詩作品發表年代序〉。

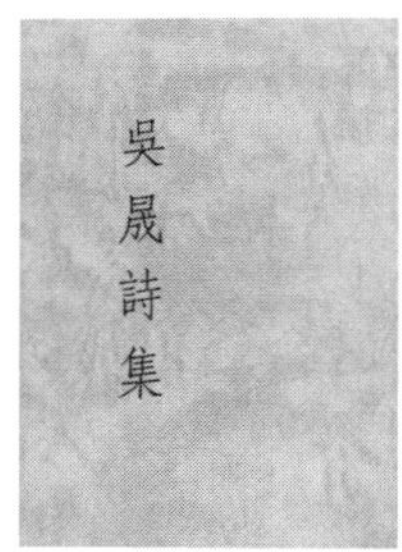

吳晟詩集（一九七二～一九八三）

臺北：開拓出版公司
1994 年 11 月，25 開，252 頁
開拓文庫 3

本書精選洪範版《飄搖裏》、《吾鄉印象》及《向孩子說》中的詩作，部分篇章稍作修改。全書分「詩觀」、「泥土篇」、「紀念父親」、「吾鄉印象」、「吾鄉印象・植物篇」、「吾鄉印象・禽畜篇」、「浮木集」、「愛荷華家書」、「愛荷華札記」、「愚直書簡」、「向孩子說（一）」、「向孩子說（二）」12 輯，收錄〈土〉、〈阿媽不是詩人〉、〈阿爸偶爾寫的詩〉、〈我不和你談論〉、〈泥土〉等 70 首。正文後有吳晟〈出版說明〉、〈吳晟詩作品索引〉。

My Village

蒙特雷：Taoran Press
1996 年，13.5×21 公分，46 頁
Modern Chinese Poetry in Translation 5
John Balcom 譯

本書為吳晟詩作英譯選集。全書收錄〈序說〉、〈土〉、〈路〉、〈入夜之後〉等 37 首。正文前有“Introduction”。

吳晟詩選

臺北：洪範書店
2000 年 5 月，25 開，301 頁
洪範文學叢書 291

本書精選洪範版《飄搖裏》、《吾鄉印象》及《向孩子說》中的詩作，並收入「再見吾鄉」系列組詩。全書分「飄搖裏（1963—1982）」、「吾鄉印象（1972—1977）」、「向孩子說（1977—1983）」、「再見吾鄉（1994—1999）」四輯，收錄〈樹〉、〈選擇〉、〈階〉、〈秋日〉、〈詠懷〉等 95 首。正文後有吳晟〈跋〉、〈吳晟詩作編目〉。

吳晟集

臺南：國立臺灣文學館
2009 年 7 月，25 開，130 頁
臺灣詩人選集 32
陳建忠編

本書選收作者 1972 年至 2005 年間以農村為題材的詩作。全書收錄〈吾鄉印象　序說〉、〈店仔頭〉、〈曬穀場〉、〈歌曰：如是〉等 38 首。正文前有黃碧端〈主委序〉、鄭邦鎮〈騷動，轉成運動〉、彭瑞金〈「臺灣詩人選集」編序〉、〈臺灣詩人選集編輯體例說明〉、吳晟影像一張、〈吳晟小傳〉，正文後有〈解說〉、〈吳晟寫作生平簡表〉、〈閱讀進階指引〉、〈吳晟已出版詩集要目〉。

他還年輕

臺北：洪範書店
2014 年 10 月，25 開，237 頁
洪範文學叢書 349

本書收錄作者 2001 年至 2014 年的詩作，內容包含對生命的省思及對社會問題的思索，亦記述作者投注環境運動的心境。全書分「他還年輕」、「晚年冥想（一）」、「晚年冥想（二）」、「親愛的家鄉」、「四時歌詠」五卷，收錄〈一座大山〉、〈他還年輕〉、〈大鐵杉〉、〈陽光化身成燈塔——高雄旗後燈塔〉、〈南方驛站——高雄火車站〉等 52 首詩作。正文後有吳晟〈也許，最後一冊詩集（後記）〉、〈編目〉。

인생보고서（生平報告）

首爾：Baum Communication
2014 年 12 月，13.5×21 公分，334 頁
金尚浩譯

本書為吳晟詩作韓譯選集，選收作者 1959 年至 2013 年詩作。全書收錄〈飛還吧！我底童年〉、〈雨後〉、〈醒睡〉、〈無聲的吶喊〉、〈酒肆的誘惑〉等 100 首。正文前有吳晟〈서문——땅의 윤리, 세상의 보편적 가치〉，正文後有金尚浩〈평론——대자연을 존중한 대만 농촌시인 우성（吳晟）〉、〈작품 출판 연보〉、金尚浩〈역자후기〉、附錄〈吳晟詩選 100 首 原文〉。

【散文】

農婦

臺北：洪範書店
1982 年 8 月，32 開，179 頁
洪範文學叢書 87

本書以作者母親為題材，描繪農村生活樣貌，情感自然流洩，筆觸質樸動人。全書收錄〈一本厚厚的大書〉、〈母親卡〉、〈耕耘與收獲〉、〈債〉等 41 篇。正文前有曾健民〈變異中的農鄉——序《農婦》〉。

店仔頭

臺北：洪範書店
1985 年 2 月，32 開，170 頁
洪範文學叢書 131

本書以農村的消息傳播站「店仔頭」為中心，集結作者對農村人、事的觀察，細緻刻畫變遷中的農村。全書收錄〈店仔頭〉、〈怨嘆無路用〉、〈一枝草一點露〉等 26 篇。正文前有曾健民〈讀「店仔頭開講」草稿〉。

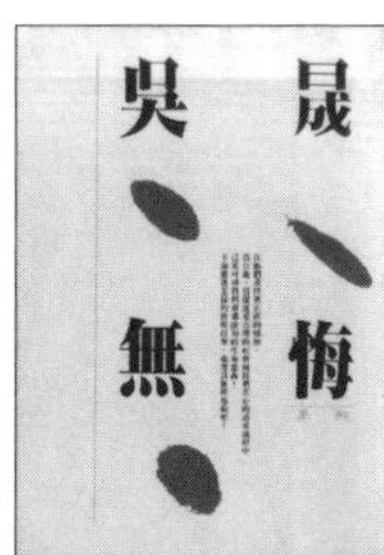

無悔

臺北：開拓出版公司
1992 年 10 月，25 開，262 頁
開拓文庫 1

本書收錄 1985 年至 1992 年間的作品，記錄作者訪愛荷華歸來後，歷經思想衝擊、轉變的心路歷程，以及對臺灣政治、社會的觀察與批判。全書收錄〈無悔〉、〈病情〉、〈轉變〉等 28 篇。正文前有曾健民〈強權與貪慾支配下的良知——序「無悔」系列〉，正文後附錄〈作品索引〉、〈吳晟著作年表〉。

開拓出版公司
1994

華成圖書出版公司
2002

不如相忘

臺北：開拓出版公司
1994年11月，25開，203頁
開拓文庫2

臺北：華成圖書出版公司
2002年9月，25開，197頁
當代散文家系列01

本書記述作者童年、少年以至於成年後的鄉居生活，以對父親的孺慕之情為軸，勾畫家園人事變遷，追憶消逝中的農村生活。全書分「年少餘緒」、「親近鄉野」、「濁水溪下游記事」、「不如相忘」四部分，收錄〈水聲〉、〈蟬聲〉、〈蛙聲〉、〈秋聲〉等31篇。正文前有曾健民〈吾鄉共同的追憶與深思——序《不如相忘》〉，正文後有〈本書作品索引〉。

2002年華成版：全書分「年少餘緒」、「親近鄉野」、「留下綠地」、「不如相忘」四卷，正文新增〈寧可不要〉、〈尖銳的諷刺〉、〈平原森林〉、〈留下一片綠地〉、〈隱藏悲傷〉、〈對年〉六篇，刪去〈溪埔良田〉、〈良田作物〉、〈河牀天地〉、〈河川整治〉四篇。正文前新增陳謙〈繁花與盛果——華成版「當代散文家」編輯前言〉、曾健民〈給我們一個「真實」的世界——《不如相忘》新版序〉，曾健民〈吾鄉共同的追憶與深思〉移至正文後，正文後刪去〈本書作品索引〉，新增吳晟〈《不如相忘》新版後記〉、〈吳晟作品書目〉。

南投縣文化局 2002

聯合文學出版社
2002

筆記濁水溪——第二屆南投縣駐縣作家作品集

南投：南投縣文化局
2002年11月，25開，257頁
南投縣文化資產叢書90

臺北：聯合文學出版社
2002年12月，25開，301頁
聯合文學296‧聯合文叢266

臺北：聯合文學出版社
2014年4月，18開，336頁

聯合文學出版社
2014

本書記錄作者 2001 年至 2002 年擔任南投駐縣作家期間踏訪濁水溪主、支流及沿岸聚落的歷程，深入描繪濁水溪流域的自然環境、人文風土及產業變遷。全書分「濁水溪水系」、「走訪山水」、「日月潭畔」三部分，收錄〈引言〉、〈水的歸屬〉、〈武界行腳〉等 22 篇。正文前有吳晟〈誌謝〉、圖片集、林宗男〈縣長序〉、陳秀義〈局長序〉、吳晟〈貼近南投〉，正文後附錄〈吳晟寫作年表〉、〈第二屆南投縣駐縣作家吳晟先生巡迴演講一覽表〉、〈第二屆南投縣駐縣作家徵選簡章〉。

2002 年聯合文學版：更名為《筆記濁水溪》。全書分「濁水溪水系」、「走訪山水」、「日月潭畔」、「濁水溪下游記事」四部分，正文新增〈溪埔良田〉、〈良田作物〉、〈河床天地〉、〈河川整治〉、〈出海口〉五篇。正文前刪去吳晟〈誌謝〉、圖片集、林宗男〈縣長序〉、陳秀義〈局長序〉，新增羊子喬〈濁水溪，臺灣的動脈——展讀吳晟《筆記濁水溪》有感〉，正文後刪去〈吳晟寫作年表〉、〈第二屆南投縣駐縣作家吳晟先生巡迴演講一覽表〉、〈第二屆南投縣駐縣作家徵選簡章〉，新增〈發表年月〉。

2014 年聯合文學版：本書以 2002 年聯合文學版為基礎，更名為《守護母親之河：筆記濁水溪》。全書分「濁水溪水系」、「走訪山水」、「日月潭畔」、「濁水溪下游記事」、「守護水圳行動」五輯，正文新增〈大圳悲嘆〉、〈誰可以決定一條水圳的命運？——守護水圳札記〉二篇、詩作〈幫浦〉一首。正文前新增吳晟〈請站出來〉、〈水啊水啊〉、莊芳華〈與自然修好——《筆記濁水溪》增訂為《守護母親之河》序〉，正文後新增吳音寧、吳明益〈給島嶼明日的所有可能——個人的土地意見〉。

一首詩一個故事

臺北：聯合文學出版社
2002 年 12 月，25 開，238 頁
聯合文學 295・聯合文叢 265

本書描述詩作背後的故事以及其後衍生的因緣，呈現詩人、讀者、作品與時代之間的互動。全書分「一首詩一個故事」、「詩與我之間」、「詩的啟示」三輯，收錄〈不可暴露身分〉、〈撿起一張垃圾〉、〈詩畫有緣　人無緣〉、〈情詩抄襲〉等 41 篇。正文前有施懿琳〈文章千古事——序《一首詩一個故事》〉，正文後有〈發表索引〉。

吳晟散文選

臺北：洪範書店
2006年4月，25開，280頁
洪範文學叢書326

本書以中學生為對象，選收《農婦》、《店仔頭》、《無悔》、《不如相忘》中的散文，內容包含成長的心路歷程、親情、農村生活、自然生態等。全書分「年少餘緒」、「農婦」、「店仔頭」、「親近鄉野」、「無悔」、「不如相忘」六卷，收錄〈水聲〉、〈蟬聲〉、〈蛙聲〉、〈秋聲〉、〈成長的聲音〉等66篇。正文前有施懿琳〈序〉，正文後有〈《吳晟散文選》作品索引〉。

我的愛戀　我的憂傷

臺北：洪範書店
2019年1月，25開，390頁
洪範文學叢書356

本書集結作者2000年至2018年的散文，題材涵蓋童年印象、近年鄉居生活以及對農村、社會、環境議題的探討，呈顯作者對鄉土的深情與憂思。全書分「童年記憶無限長」、「鄉間子弟鄉間老」、「農鄉・愛戀與憂傷」三卷，收錄〈緩慢的步調〉、〈甘甜飲料〉、〈灶腳〉等29篇。正文內附錄廖本全〈水就是生命——反中科搶水自救會祈福文〉，正文後有〈作品發表年月及報刊雜誌〉、〈編年〉。

【合集】

只有青春唱不停：吳志寧的音樂、成長與阿爸（與吳志寧、林葦芸合著）

臺北：有鹿文化公司
2014年10月，25開，235頁

本書為以吳志寧的音樂創作歷程為中心，透過吳晟與吳志寧的對話，呈現摸索創作的歷程中，兩代人的交互碰撞與理解。全書分三部分，「在體制內追求小變態」由吳志寧撰寫，收錄〈我們的青春正在連連看〉、〈青春在地底下發芽〉、〈因為愛她，所以我們為她戰鬥〉等 13 篇；「雨豆樹下的『負荷』」由吳晟撰寫，收錄〈唱歌與種樹〉、〈雨豆樹下的「負荷」〉、〈庄腳歐吉桑走星光大道〉三篇；「只有青春唱不停」由吳晟、吳志寧口述，林葦芸整理，計有：1.Do 從三張卡帶開始；2.Re 另一塊砌牆磚；3.Mi 登上天堂之梯等五章。正文前有莊芳華〈苦瓜炒鹹蛋〉、卓煜琦〈我認識好多個志寧〉、黃玠〈給志寧的一封（友）情書〉、楊大正〈那個夏日午後的地下演唱會〉。

種樹的詩人——吳晟的呼喚，和你預約一片綠蔭，一座未來森林

臺北：果力文化‧漫遊者公司
2017 年 2 月，25 開，287 頁
鄒欣寧採寫；唐炘炘彙寫
新生活運動 4

本書為吳晟口述、詩文創作合集。詳細記錄其闢植樹園的理念及歷程，並介紹本土樹種及種植工法。全書分「吳晟與樹」、「相約來種樹」兩部，計有：1.他是樹的孩子；2.樹之殤；3.詩人的種樹行動；4.種樹，莫一窩蜂亂種；5.預約一片綠蔭等八章。正文內附錄〈我不和你談論〉、〈馬鞍藤——憂傷西海岸〉、〈一起回來呀〉等 14 首詩作，正文後附錄〈臺灣原生樹種——種植與照護資訊速查表〉。

Gánh vác ngọt ngào: Song Tấu Thơ - Tản Văn

甜蜜的負荷：吳晟詩文雙重奏

臺南：國立臺灣文學館
2018 年 11 月，25 開，196 頁
阮秋賢、阮青延譯

本書為中文、越南文雙語之詩、散文合集，透過兩種文類相互詮釋，開拓筆下主題的深度及廣度。全書分越南文、中文兩部分，收錄詩作〈店仔頭〉、〈手〉、〈牽牛花〉等 15 首；散文〈店仔頭〉、〈一本厚厚的大書〉、〈詩與歌〉等 20 篇。正文前有吳晟〈作者序——期盼越南讀者的共鳴〉、蘇碩斌〈館長序〉、林明德〈導讀——鄉間子弟鄉間老〉。

【詩歌專輯】

甜蜜的負荷：吳晟詩．誦

臺南：國立臺灣文學館
2007 年 12 月

本張專輯精選吳晟詩作，由作者朗誦，搭配吳志寧、黃玠及阿尼所作配樂，以及陳文彬、郭笑芸、公共電視《我們的島》製作之影像。全書分「親情篇」、「鄉土篇」兩卷，收錄〈階〉、〈異國的林子裡〉、〈洗衣的心情〉等 22 首，部分詩作附有簡鴻綿之臺語文翻譯。

甜蜜的負荷：吳晟詩．歌

臺北：風和日麗唱片行
2008 年 4 月

本張專輯以吳晟詩作為本，全張專輯收錄羅大佑作曲〈吾鄉印象〉、林生祥作曲〈曬穀場〉、吳志寧作曲〈全心全意愛你〉(原〈制止他們〉)、胡德夫作曲〈息燈後〉、張懸作曲〈我不和你談論〉、陳珊妮作曲〈秋日〉、濁水溪公社作曲〈雨季〉、黃小楨作曲〈沿海一公里〉、黃玠作曲〈階〉、吳志寧作曲〈負荷〉。

野餐：吳晟詩．歌 2

臺北：風和日麗唱片行
2014 年 10 月

本張專輯以吳晟詩作為本，由吳志寧改寫為歌詞並為之譜曲及演唱。全張專輯收錄〈野餐〉、〈我生長的小村莊〉(原〈輓歌〉)、〈泥土〉等九首。

他還年輕：吳晟詩．歌 3

新北：切音樂電影公司
2019 年 8 月

本張專輯以吳晟詩作為本，由吳志寧改寫為歌詞並為之譜曲及演唱。全張專輯收錄〈與樹約定〉、〈油菜花〉、〈他還年輕〉等八首。輯前有吳志寧作品〈清晨〉。

文學年表

1944年 （昭和19年）	9月	8日，生於臺南州嘉義郡小梅庄大草埔（今嘉義縣梅山鄉）。[1]本名吳勝雄，父吳添登，母吳陳純。家中排行第四，上有二姐一兄，下有二妹一弟。
1945年	本年	舉家遷回彰化縣溪州鄉圳寮村（今彰化縣溪州鄉圳寮村）。
1951年	本年	就讀溪州鄉下壩國民小學（今彰化縣溪州鄉成功國民小學）。
1957年	本年	自成功國小畢業，進入彰化縣北斗中學初中部就讀。
1958年	2月	轉入彰化中學初中部就讀。
	本年	接觸到《新生文藝》、《野風》等文藝期刊，自此廣泛閱讀文學作品，並嘗試新詩創作。後受就讀彰化中學高中部的王孝廉邀請，加入該校文藝社。
1959年	11月	詩作〈飛還吧！我底童年〉以本名「吳勝雄」發表於《亞洲文學》第2期。
1960年	3月	詩作〈雨後——給翠雲〉以本名「吳勝雄」發表於《亞洲文學》第6期。
	6月	彰化中學初中部肄業。
	9月	就讀私立培元中學（今已廢校）。
1961年	2月	自培元中學退學，至臺北補習，並以同等學歷資格參加高中升學考試。其間時常至牯嶺街、重慶南路書市及周夢蝶

[1]編按：因吳晟成長於彰化縣溪州鄉，論者多以此為吳晟出生地，近年經證實，吳晟的實際出生地實為臺南州嘉義郡，翌年方舉家遷回世居地彰化縣溪州鄉。本書之後不另行說明。

書攤購書。

3 月　詩作〈睡醒〉以本名「吳勝雄」發表於《亞洲文學》第 17 期。

9 月　就讀臺北縣樹林高級中學（今新北市樹林高級中學）。

1962 年　6 月　詩作〈無聲的吶喊〉、〈酒肆的誘惑〉以筆名「冬苗」發表於《野風》第 164 期。

9 月　詩作〈絮語〉以筆名「冬苗」發表於《野風》第 166 期。

10 月　詩作〈冬的痕跡一輯〉以筆名「冬苗」發表於《野風》第 167 期。

1963 年　1 月　詩作〈未知數〉以筆名「吳昇夐」發表於《藍星詩頁》第 50 期。

2 月　詩作〈秋〉以筆名「吳昇夐」發表於《藍星詩頁》第 51 期。

3 月　詩作〈四月——贈給 SM 的生日〉以筆名「吳晟」發表於《藍星詩頁》第 52 期。此後多以此筆名發表文章。[2]

詩作〈碑〉發表於《海鷗》第 6 期。

4 月　以「一月詩抄」為題，詩作〈第一號〉、〈第二號〉發表於《野風》第 173 期。

詩作〈幕落後〉發表於《葡萄園詩刊》第 4 期。

5 月　詩作〈遇〉發表於《文星》第 67 期。

以「一月詩抄」為題，詩作〈第三號〉、〈第四號〉發表於《野風》第 174 期。

詩作〈三月〉發表於《海鷗》第 8 期。

詩作〈歸程〉發表於《文苑》第 18 期。

6 月　詩作〈異域〉發表於《海鷗》第 9 期。

---

[2]編按：筆名由來可參考吳晟，〈為筆名致歉〉，《自由時報》，2008 年 9 月 18 日，D13 版。以「吳晟」為筆名，一為堅持本家姓氏，二為保留本名讀音，並取「晟」（讀音ㄕㄥˋ）的明亮之意自我期許。

	7月	16日，詩作〈小徑〉發表於《中華日報．副刊》6版。 詩作〈樹〉發表於《文星》第69期。
	10月	詩作〈諾言〉發表於《海鷗》第11期。
	12月	詩作〈玉蘭花〉發表於《幼獅文藝》第110期。
1964年	2月	詩作〈愴〉以筆名「吳昇夐」發表於《文星》第76期。 詩作〈忍冬樹下〉發表於《海鷗》第12期。 詩作〈秋〉發表於《創作》第19期。 詩作〈結局（一）〉以本名「吳勝雄」發表於《幼獅文藝》第112期。
	3月	詩作〈岩石〉以本名「吳勝雄」發表於《幼獅文藝》第113期。
	4月	詩作〈落——記一位老者的獨語〉發表於《葡萄園詩刊》第8期。
	5月	詩作〈冬至〉發表於《文星》第79期。
	8月	詩作〈如霧的〉發表於《文星》第82期。
	9月	詩作〈峰頂〉發表於《文星》第83期。 詩作〈七夕〉以本名「吳勝雄」發表於《幼獅文藝》第119期。 轉入彰化縣私立精誠中學就讀。
1965年	2月	詩作〈漠〉以本名「吳勝雄」發表於《文星》第88期。
	3月	詩作〈夜的主題〉以本名「吳勝雄」發表於《文星》第89期。
	6月	詩作〈山徑〉發表於《文星》第92期。
	7月	詩作〈結局（二）〉發表於《文星》第93期。
	9月	就讀省立屏東農業專科學校（今屏東科技大學）畜牧科。
1966年	1月	父吳添登逝世。

		詩作〈飄搖裡〉發表於《南風》第 10 期。[3]
	3 月	詩作〈噴泉〉發表於《南風》第 11 期。
	6 月	詩作〈絞刑架〉發表於《南風》第 12 期。
	11 月	〈告訴你——給秋天〉、詩作〈百日祭〉、〈黑色的〉、〈亂葬崗上的你〉、〈角色〉發表於《南風》第 13 期。
	12 月	詩集《飄搖裏》由作者自印出版。
	本年	擔任《南風》及《屏東農專雙週刊》主編，至 1970 年止。 與屏東多所高中的文藝青年沙穗、徐家駒、連水淼、郭仲邦等成立長流文藝社。未及兩個月旋遭情治單位調查，指為「校外非法組織」。
1967 年	3 月	詩作〈海潮〉發表於《南風》第 15 期。
	6 月	詩作〈選擇〉發表於《南風》第 16 期。
	12 月	1 日，詩作〈過客〉、〈誤〉發表於《屏東農專雙週刊》第 1 號。 14 日，詩作〈午寐〉發表於《屏東農專雙週刊》第 2 號。 以「不知名的海岸」為題，詩作〈訪〉、〈中秋〉、〈懷〉、〈雲〉、〈秋之末稍〉、〈無〉、〈空白〉、〈岸上〉、〈黃昏〉、〈也許〉發表於《南風》第 17 期。
1968 年	1 月	1 日，〈七個浪花〉、詩作〈夜的瞳話〉發表於《屏東農專雙週刊》第 3 號。 14 日，〈逃亡 25 小時〉、詩作〈另一度〉發表於《屏東農專雙週刊》第 4 號。
	2 月	1 日，〈臺上的你〉、詩作〈噫！洞天〉發表於《屏東農專雙週刊》第 5 號。

[3]編按：吳晟就讀屏東農專期間，詩作多發表於校內報刊《南風》及《屏東農專雙週刊》，鮮少向外投稿。畢業後，有些曾發表於上述報刊的詩作曾二次發表於校外詩刊如《幼獅文藝》、《笠》。本年表以作品初發表時間為準，二次發表者不再登錄。

詩作〈菩提樹下〉發表於《笠》第 23 期。

3 月 1 日，〈笑臉之後——臺上的你之二〉、〈你我的話〉、〈野郎〉、詩作〈兩岸〉發表於《屏東農專雙週刊》第 6 號。

15 日，〈吾愛吾師〉發表於《屏東農專雙週刊》第 7 號。

29 日，詩作〈門〉發表於《屏東農專雙週刊》第 8 號。

5 月 1 日，〈在成長之中〉發表於《屏東農專雙週刊》第 10 號。

14 日，〈鐵窗喋血〉發表於《屏東農專雙週刊》第 11 號。

1969 年 6 月 〈誰來晚餐〉、詩作〈鼓聲之末〉、〈仰望〉、〈未竟之渡〉、〈年〉、〈雕像〉、〈回歸線〉、〈祭日〉發表於《南風》第 24 期。

10 月 10 日，〈盛夏草原〉發表於《屏東農專雙週刊》第 30 號。

31 日，〈我的頭髮〉、〈最後一次告白〉發表於《屏東農專雙週刊》第 31 號。

11 月 12 日，詩作〈階〉、〈秋日〉發表於《屏東農專雙週刊》第 32 號。

20 日，〈印刷廠的小工〉發表於《屏東農專雙週刊》第 33 號。

1970 年 3 月 〈我無罪（卑微的聖者）〉、〈御用金（武士的葬禮）〉發表於《南風》第 27 期。

9 月 1 日，詩作〈詠懷〉、〈終結〉發表於《屏東農專雙週刊》第 45 號。

14 日，〈工人手記〉、〈流浪〉發表於《屏東農專雙週刊》第 46 號。

	11月	1 日，詩作〈迷津〉、〈一般的故事〉發表於《屏東農專雙週刊》第 49 號。
	本年	自省立屏東農業專科學校畢業。 獲 59 年度中國優秀青年詩人獎。
1971年	2月	擔任溪州國中教師，教授生物、化學等科。工作餘暇幫忙母親農務。
	8月	與莊芳華女士結婚。
1972年	6月	長女吳音寧出生。
	8月	以「吾鄉印象」為題，詩作〈序說〉、〈晨景〉、〈入夜之後〉、〈神廟〉、〈陰天〉、〈雨季〉、〈曬穀場〉、〈稻草〉、〈歌曰：如是〉、〈沉默〉、〈路〉、〈完結篇〉發表於《幼獅文藝》第 224 期。
	10月	詩作〈辭〉、〈遠方〉、〈年譜〉、〈意外〉發表於《南風》第 37 期。
1973年	3月	以「贈詩四章」為題，詩作〈給吾女音寧〉、〈給炳華〉、〈給南風諸友〉、〈夜盡〉發表於《南風》第 39 期。
	4月	以「吳晟詩抄」為題，詩作〈向日葵——暗夜所見〉、〈聖誕紅——嚴冬所見〉、〈輓歌〉發表於《笠》第 54 期。
	6月	詩作〈手〉、〈臨〉、〈餘燼〉發表於《幼獅文藝》第 234 期。
1974年	7月	詩作〈浮木〉發表於《幼獅文藝》第 247 期。
	11月	以「吾鄉印象（植物篇）」為題，詩作〈土——序詩〉、〈木麻黃〉、〈檳榔樹〉、〈野草〉、〈牽牛花〉、〈刺竹〉、〈月橘〉、〈含羞草〉發表於《南風》第 44 期。
	12月	以「泥土　泥土——獻給不識字的母親」為題，詩作〈泥土〉、〈臉〉、〈野餐〉、〈腳〉發表於《幼獅文藝》第 252 期。

		詩作〈水稻〉、〈秋收之後〉發表於《藍星季刊》新 1 號。
1975 年	4 月	詩作〈輪〉發表於《笠》第 66 期。
	5 月	長子吳賢寧出生。
		獲吳望堯第二屆中國現代詩獎。
	7 月	詩作〈自白〉發表於《明道文藝》第 4 期。
		〈寧失之樸拙〉發表於《幼獅文藝》第 259 期。
	11 月	詩作〈息燈後〉、〈十年祭〉、〈秋末〉、〈日落後〉、〈諦聽〉、〈苦笑〉、〈雷殛〉發表於《南風》第 46 期。
1976 年	6 月	詩作〈長工阿伯〉發表於《笠》第 73 期。
	9 月	詩作〈堤上〉發表於《詩學》第 1 期。
	10 月	詩作〈十年〉發表於《詩人季刊》第 6 期。
		詩集《吾鄉印象》由新竹楓城出版社出版。
1977 年	1 月	詩作〈過程〉發表於《明道文藝》第 10 期。
	2 月	詩作〈獸魂碑〉、〈雞〉、〈狗〉發表於《臺灣文藝》第 121 期。
		詩作〈豬〉、〈牛〉、〈羊〉發表於《笠》第 77 期。
	11 月	28 日，詩作〈負荷——「向孩子說」之一〉發表於《聯合報・副刊》12 版。
		29 日，詩作〈成長——「向孩子說」之二〉發表於《聯合報・副刊》12 版。
	12 月	9 日，詩作〈阿爸確信——「向孩子說」之三〉發表於《聯合報・副刊》12 版。
		19 日，詩作〈不要駭怕——「向孩子說」之四〉發表於《聯合報・副刊》12 版。
		詩作〈阿媽不是模範母親〉、〈不要看不起〉、〈例如〉發表於《笠》第 82 期。
		詩作〈奔波〉、〈收驚〉發表於《詩人季刊》第 9 期。

		詩作〈愛戀〉發表於《明道文藝》第21期。
1978年	1月	13日，詩作〈阿媽不是詩人——「向孩子說」之五〉發表於《聯合報・副刊》12版。
		詩作〈不要說〉、〈寒夜〉發表於《南風》第50期。
		27日，詩作〈無止無盡——「向孩子說」之六〉發表於《聯合報・副刊》12版。
	3月	詩作〈阿爸願意〉發表於《明道文藝》第24期。
	4月	詩作〈進城〉發表於《雄獅美術》第86期。
	5月	詩作〈蕃薯地圖〉發表於《雄獅美術》第87期。
		詩作〈不要哭〉發表於《藍星詩刊》新9號。
	9月	5日，詩作〈愚直書簡之一——美國籍〉發表於《聯合報・副刊》12版。
		8日，詩作〈愚直書簡之二——你也走了〉發表於《聯合報・副刊》12版。
		13日，詩作〈愚直書簡之三——我竟忘了問起你〉發表於《聯合報・副刊》12版。
		21日，詩作〈愚直書簡之四——過客〉發表於《聯合報・副刊》12版。
		詩作〈阿爸偶爾寫的詩〉發表於《明道文藝》第30期。
	11月	詩作〈晚餐〉發表於《幼獅少年》第25期。
	12月	次子吳志寧出生。
1979年	3月	詩作〈晨讀〉發表於《現代文學》復刊號第7期。
	4月	詩作〈勞動服務〉發表於《雄獅美術》第98期。
	5月	12日，以「農婦」為題，〈一本厚厚的大書〉、〈母親卡〉發表於《聯合報・副刊》12版。
		15日，詩作〈若是——向孩子說〉發表於《民眾日報・副刊》12版。

	6月	13 日，以「農婦之二」為題，〈債〉、〈珍惜〉、〈關心〉發表於《聯合報‧副刊》12 版。 詩集《泥土》由臺北遠景出版公司出版。
	7月	2 日，以「農婦之三」為題，〈人有不必欣羨〉、〈開放式的家庭〉、〈勸架〉發表於《聯合報‧副刊》12 版。 14 日，以「農婦之四」為題，〈豬糞味〉、〈農閒時期〉、〈種植的季節〉、〈這樣無知的女人〉、〈了尾仔〉發表於《聯合報‧副刊》12 版。
	9月	23 日，以「農婦之五」為題，〈憂慮〉、〈爭執〉、〈壞收成望下手〉、〈琴〉、〈拌肥料〉、〈不如老農〉、〈死囝仔咧〉發表於《聯合報‧副刊》8 版。
	10月	16 日，以「農婦之六」為題，〈嚴母〉、〈斷指〉發表於《聯合報‧副刊》8 版。
	11月	〈少年時光〉發表於《幼獅少年》第 37 期。
	12月	詩作〈草坪〉發表於《臺灣文藝》第 132 期。
1980 年	3月	24 日，詩作〈有用的人（愚直書簡之六）——給炳華〉發表於《聯合報‧副刊》8 版。 詩作〈不要忘記〉發表於《現代文學》復刊號第 10 期。
	7月	20 日，以「農婦三題」為題，〈下大雨的晚上〉、〈電視機〉、〈農藥〉發表於《聯合報‧副刊》8 版。
	9月	應美國愛荷華大學「國際作家工作坊」之邀赴美，為期四個月。
	本年	詩作〈負荷〉選入國立編譯館編定的國民中學國文教科書。
1981 年	10月	4 日，以「愛荷華家書」為題，〈從未料想過〉、〈異國的林子裡〉、〈遊船上〉發表於《聯合報‧副刊》8 版。 13 日，以「愛荷華家書」為題，〈信箋〉、〈洗衣的心情〉

發表於《聯合報・副刊》8 版。

19 日，以「愛荷華家書」為題，〈早餐桌旁〉、〈你一定不相信〉、〈雪景〉發表於《聯合報・副刊》8 版。

詩作〈制止他們〉發表於《現代文學》復刊號第 15 期。

主編《大家文學選：詩卷》、《大家文學選：散文卷》、《大家文學選：小說卷》，由明光出版社出版。

12 日　詩作〈早安〉發表於《益世雜誌》第 15 期。

詩作〈惡夢〉發表於《現代文學》復刊號第 16 期。

1982 年　3 月　26 日，以「農婦」為題，〈還之於自然〉、〈曬穀〉、〈樹的風波〉發表於《聯合報・副刊》8 版。

28 日，以「農婦」為題，〈嘮叨〉、〈繳穀〉、〈菜園〉發表於《聯合報・副刊》8 版。

31 日，以「農婦」為題，〈檢金〉、〈田水〉發表於《聯合報・副刊》8 版。

5 月　6 日，以「農婦」為題，〈運動〉、〈秋收後的田野〉發表於《聯合報・副刊》8 版。

16 日，以「農婦」為題，〈不驚田水冷霜霜〉、〈新生的機會〉發表於《聯合報・副刊》8 版。

20 日，以「農婦」為題，〈重重的巴掌〉、〈生病的時候〉、〈感心〉發表於《聯合報・副刊》8 版。

詩作〈紛爭——向孩子說〉發表於《臺灣文藝》第 76 期。

詩作〈我不和你談論〉發表於《中外文學》第 120 期。

8 月　7 日，以「日頭赤炎炎」為題，〈挑秧苗〉、〈採花生〉、〈釣青蛙〉發表於《聯合報・副刊》8 版。

《農婦》由臺北洪範書店出版。

12 月　詩作〈叮嚀〉發表於《現代文學》復刊號第 19 期。

1983 年　1 月　詩作〈沒有權力——向孩子說〉發表於《臺灣文藝》第

80 期。

以「店仔頭開講」為題，〈店仔頭〉、〈怨嘆無路用〉、〈一枝草一點露〉發表於《漢家雜誌》第 1 期。

3 月　15 日，詩作〈大度山——愚直書簡之九〉發表於《聯合報・副刊》8 版。

4 月　詩作〈說話課〉發表於《文季》第 1 期。

以「店仔頭開講」為題，〈牽手〉、〈誰人教壞囝仔大小〉發表於《漢家雜誌》第 2 期。

6 月　詩作〈然而〉發表於《文季》第 2 期。

詩作〈抱歉〉發表於《臺灣詩季刊》第 1 期。

7 月　9 日，詩作〈詢問〉發表於《聯合報・副刊》8 版。

15 日，詩作〈期許〉發表於《聯合報・副刊》8 版。

8 月　詩作〈愚行〉發表於《文季》第 3 期。

9 月　詩作〈呼喚〉發表於《臺灣詩季刊》第 2 期。

10 月　24 日，詩作〈雀鳥〉發表於《民生報・兒童》6 版。

11 月　11 日，詩作〈從此——給勤岸與惠珍〉發表於《臺灣時報・副刊》12 版。

詩作〈十一月十二日〉、〈設想〉發表於《文季》第 4 期。

12 月　14 日，〈又一簇新起住宅區〉發表於《聯合報・副刊》8 版。

17 日，以「示範村三章——店仔頭開講」為題，〈好看面無路用〉、〈騙猶〉、〈不是自己就好〉發表於《臺灣時報・副刊》12 版。

〈店仔頭開講——會生就要會顧〉發表於《漢家雜誌》第 4 期。

〈溫厚的長者〉發表於《笠》第 118 期。

1984 年　1 月　〈一磚一瓦莫非心血〉發表於《散文季刊》第 1 期。

	4月	1 日，〈敢的拿去吃——店仔頭開講〉發表於《聯合報・副刊》8 版。 〈不如別人一隻腳毛〉發表於《散文季刊》第 2 期。 〈緩一緩腳步〉、〈這款錢也有人賺〉發表於《漢家雜誌》第 5 期。 主編《一九八三臺灣詩選》，由前衛出版社出版。後引起論戰，被視為 1977 年「鄉土文學論戰」的餘波。
	5月	17 日，〈忍聽生活的艱辛——店仔頭開講〉發表於《聯合報・副刊》8 版。
1985 年	2月	《店仔頭》由臺北洪範書店出版。
	6月	詩集《飄搖裏》、《吾鄉印象》、《向孩子說》由臺北洪範書店出版。
	9月	8 日，〈綠化運動〉發表於《中國時報・人間副刊》8 版。 〈生活散記——採花生〉發表於《幼獅少年》第 107 期。
	10月	〈無悔〉發表於《文學家》第 1 期。
1986 年	2月	〈會談陳映真〉發表於《文學家》第 4 期。
	3月	〈病情〉發表於《夏潮論壇》第 52 期。
	5月	27 日，以「聲音小集（上篇）」為題，〈水聲〉、〈蟬聲〉、〈蛙聲〉、〈秋聲〉發表於《聯合報・副刊》8 版。 28 日，以「聲音小集（下篇）」為題，〈成長的聲音〉、〈流浪的聲音〉發表於《聯合報・副刊》8 版。 〈轉變〉發表於《文學家》第 7 期。
	6月	29 日，以「鄉居閒情二章」為題，〈雀鳥〉、〈浴缸裡的魚〉發表於《聯合報・副刊》8 版。
	8月	5 日，以「不如相忘」為題，〈眼淚〉、〈小池裡較大一尾魚〉、〈餘蔭〉發表於《聯合報・副刊》8 版。 6 日，以「不如相忘」為題，〈人到中秋〉、〈不如相忘〉

發表於《聯合報・副刊》8 版。

12 月 2 日，〈堤岸〉發表於《自立晚報・副刊》10 版。

10 日，〈滑泥〉發表於《自立晚報・副刊》10 版。

23 日，〈禁忌〉發表於《自立晚報・副刊》10 版。

1987 年 1 月 3 日，〈獎賞〉發表於《自立晚報・副刊》10 版。

2 月 4 日，〈謊言〉發表於《自立晚報・副刊》10 版。

3 月 26 日，〈廣場〉發表於《自立晚報・副刊》10 版。

4 月 4 日，〈寫不完的詩〉發表於《聯合報・副刊》8 版。

11 日，〈理性〉發表於《自立晚報・副刊》10 版。

1988 年 4 月 28 日，詩作〈眼淚——1980 愛荷華〉發表於《自立晚報・本土副刊》14 版。

5 月 3 日，〈沉默——「無悔」系列〉發表於《自立早報・副刊》14 版。

10 日，〈抱歉——「無悔」系列〉發表於《自立早報・副刊》14 版。

23 日，〈報馬仔——「無悔」系列〉發表於《自立早報・副刊》14 版。

6 月 15 日，〈譴責——「無悔」系列〉發表於《自立早報・副刊》14 版。

1989 年 7 月 9 日，《農婦》改編為同名電視劇，於臺視「浮生小語」播出。

8 月 31 日，〈陪伴〉發表於《中國時報・人間副刊》23 版。

9 月 29 日，〈退隱〉發表於《中國時報・人間副刊》27 版。

〈山頂囝仔〉發表於《人間雜誌》第 47 期。

〈生活散記——親近鄉野〉發表於《幼獅少年》第 155 期。

10 月 26 日，〈遺物〉發表於《中國時報・人間副刊》27 版。

11月 28 日，〈衝突——「無悔」系列〉發表於《自立早報・副刊》14 版。

1990年 1月 14 日，〈期待——「無悔」系列〉發表於《聯合報・副刊》29 版。

3月 20～21 日，〈故鄉——「無悔」系列〉連載於《聯合報・副刊》29 版。

20 日，詩作〈抗爭〉發表於《自立早報・副刊》19 版。

4月 24 日，〈鄉野記事——田地〉發表於《聯合報・副刊》29 版。

5月 26 日，〈鄉野記事——閒適〉發表於《聯合報・副刊》29 版。

6月 〈富裕〉發表於《新地文學》第 2 期。

1991年 1月 〈少年書房——眾生皆有情〉發表於《幼獅少年》第 171 期。

6月 9 日，〈衝擊與掙扎——無悔系列〉發表於《中國時報・人間副刊》27 版。

8月 以「無悔」為題，〈寂寞〉、〈落實〉、〈歧視〉、〈街頭——寫給廖永來〉、〈如你還在——懷念洪醒夫〉發表於《臺灣文藝》第 126 期。

12月 18 日，〈討人情〉發表於《自立晚報・本土副刊》19 版。

1992年 3月 5 日，詩作〈追究〉發表於《自立晚報・本土副刊》19 版。

5月 17 日，〈警惕——無悔系列〉發表於《自立晚報・本土副刊》19 版。

23 日，〈封建——無悔系列〉發表於《自立晚報・本土副刊》19 版。

7月 6 日，〈主張（無悔系列）——寫給林雙不〉發表於《自立晚報・本土副刊》19 版。

8 月　21 日，〈混淆——「無悔」系列（代後記）〉發表於《自立晚報・本土副刊》19 版。

24 日，〈不可暴露身分——「詩緣」之一〉發表於《聯合報・副刊》25 版。

10 月　《無悔》由臺北開拓公司出版。

1993 年　1 月　15 日，〈傳承〉發表於《自立晚報・本土副刊》19 版。

2 月　26 日，〈撿起一張垃圾——「詩緣」之二〉發表於《聯合報・副刊》24 版。

3 月　24 日，〈歲末〉發表於《聯合報・副刊》35 版。

8 月　10 日，〈尊重——我所知道的莊秋雄〉發表於《自立晚報・本土副刊》19 版。

1994 年　1 月　7 日，詩作〈你不必再操煩〉、〈退出——寫給林俊義教授〉發表於《自立晚報・本土副刊》19 版。

3 月　18 日，〈溪埔良田——濁水溪下游記事〉發表於《自立晚報・本土副刊》21 版。

詩作〈棲〉發表於《臺灣詩學季刊》第 6 期。

5 月　24 日，〈自省〉發表於《自立晚報・自立廣場》3 版。

8 月　19 日，〈河床天地——濁水溪下游記事〉發表於《自立晚報・本土副刊》19 版。

9 月　〈賞樹〉發表於《聯合文學》第 119 期。

10 月　29 日，〈稻作記事〉發表於《聯合報・副刊》37 版。

〈良田作物〉發表於《聯合文學》第 120 期。

11 月　詩集《吳晟詩集（一九七二～一九八三）》，《不如相忘》由臺北開拓出版公司出版。

1995 年　1 月　26 日，〈懷念採「豬母乳」的日子〉發表於《中國時報・開卷迎春專刊》44 版。

	11 月	27 日，以「詩緣三篇」為題，〈詩畫有緣　人無緣〉、〈情詩抄襲〉、〈命不該絕〉發表於《聯合報・副刊》37 版。 於溪州國中教授「兒童詩創作班」。
1996 年	10 月	3 日，以「詩緣」為題，〈詩獎〉、〈波折〉發表於《聯合報・副刊》37 版。 4 日，以「詩緣三章」為題，〈人有緣・詩文無緣〉、〈好為人師〉、〈詩與歌〉發表於《臺灣日報・副刊》23 版。
	11 月	9 日，詩作〈回聲——致賴和〉、〈筆桿〉、〈經常有人向我宣揚〉、〈意象〉發表於《臺灣日報・副刊》23 版。 16 日，〈孤獨少年〉、〈軟弱的詩〉、〈石板上的詩〉發表於《聯合報・副刊》37 版。
	12 月	8 日，以「再見吾鄉」為題，詩作〈水啊水啊〉、〈高利貸〉、〈山洪〉、〈幫浦〉發表於《臺灣日報・副刊》23 版。 25 日，以「再見吾鄉」為題，詩作〈土地公〉、〈賣田〉、〈不妊症〉、〈黑色土壤〉發表於《自由時報・副刊》34 版。
	本年	詩集 *My Village* 由蒙特雷 Taoran Press 出版。（John Balcom 譯）
1997 年	3 月	13 日，〈詩畫續緣〉發表於《聯合報・副刊》41 版。
	4 月	10 日，詩作〈寫詩的最大悲哀〉發表於《自由時報・副刊》33 版。 11 日，詩作〈我仍繼續寫詩〉發表於《自由時報・副刊》33 版。 12 日，詩作〈我時常看見你——再致賴和〉發表於《自由時報・副刊》33 版。 13 日，詩作〈一概否認〉發表於《自由時報・副刊》33

版。

8月 16～17 日，〈盛夏草原〉改訂版連載於《自由時報・副刊》37 版。

27 日，以「再見吾鄉」為題，詩作〈老農津貼〉、〈誰願意傾聽〉、〈出遊不該有感嘆〉、〈油菜花田〉發表於《臺灣日報・副刊》27 版。

9月 10 日，以「詩緣」為題，〈詩情相思〉、〈試題〉發表於《自由時報・副刊》37 版、〈難堪與恩情〉發表於《臺灣日報・副刊》27 版。

23 日，〈詩選何罪〉發表於《臺灣日報・副刊》27 版。

24 日，〈詩集因緣——《吾鄉印象》〉發表於《聯合報・副刊》37 版。

10月 2 日，〈詩集因緣——《飄搖裏》〉發表於《自由時報・副刊》37 版。

4 日，〈啟動文學教育〉發表於《聯合報・副刊》41 版。

14 日，〈抉擇〉發表於《自由時報・副刊》37 版。

11月 12 日，〈寧可不要〉發表於《臺灣日報・副刊》27 版。

14 日，〈拒絕序文〉發表於《自由時報・副刊》41 版。

12月 11 日，〈尖銳的諷刺〉發表於《自由時報・副刊》41 版。

本年 〈不驚田水冷霜霜〉取代詩作〈負荷〉選入國立編譯館編定的國民中學國文教科書。

1998年 5月 2 日，〈記實文學的開創——林雙不小說集《回家的路》〉發表於《臺灣日報・副刊》27 版。

6月 〈詩與詩緣——在天橋上看自己〉發表於《新觀念》第 116 期。

7月 〈詩與詩緣——我不久就要回去〉發表於《新觀念》第 117 期。

8 月　〈詩與詩緣——過客〉發表於《新觀念》第 118 期。

9 月　〈良緣〉發表於《新觀念》第 119 期。

10 月　〈書籤〉發表於《新觀念》第 120 期。

11 月　23 日，詩作〈終於說不出話——「經常有人向我宣揚」三之一〉發表於《自由時報‧副刊》41 版。

24 日，詩作〈我清楚聽見——「經常有人向我宣揚」三之二〉發表於《自由時報‧副刊》41 版。

25 日，詩作〈機槍聲——「經常有人向我宣揚」三之三〉發表於《自由時報‧副刊》41 版。

〈不知名的海岸〉發表於《新觀念》第 121 期。

12 月　〈詩集因緣之三——《向孩子說》〉發表於《新觀念》第 122 期。

1999 年　2 月　2 日，詩作〈揮別悲情〉發表於《臺灣日報‧副刊》27 版。

4 月　30 日，詩作〈小小的島嶼——「我們也有自己的鄉愁」三之一〉發表於《自由時報‧副刊》41 版。

5 月　1 日，詩作〈我們也有自己的鄉愁——「我們也有自己的鄉愁」三之二〉發表於《自由時報‧副刊》41 版。

2 日，詩作〈角度——「我們也有自己的鄉愁」三之三〉發表於《自由時報‧副刊》41 版。

27 日，詩作〈憂傷之旅——憂傷西海岸之一〉發表於《臺灣日報‧副刊》22 版。

28 日，詩作〈馬鞍藤——憂傷西海岸之二〉發表於《臺灣日報‧副刊》22 版。

29 日，詩作〈沿海一公里——憂傷西海岸之三〉發表於《臺灣日報‧副刊》22 版。

6 月　7 日，詩作〈去看白翎鷥——憂傷西海岸〉發表於《自由時報・副刊》41 版。

17 日，詩作〈消失——憂傷西海岸〉發表於《自由時報・副刊》41 版。

9 月 母吳陳純逝世。

2000 年 2 月 自溪州國中退休。

5 月 23 日，以「詩與詩緣」為題，〈詩集因緣〉、〈思考與行動〉、〈未出世的詩選〉發表於《聯合報・副刊》37 版。

詩集《吳晟詩選》由臺北洪範書店出版。

6 月 13 日，〈詩名〉發表於《聯合報・副刊》37 版。

7 月 23～24 日，〈隱藏悲傷〉連載於《聯合報・副刊》37 版。

8 月 擔任大葉大學兼任講師，於通識教育中心開授「現代詩選讀」課程，至隔年 1 月止。

10 月 24 日，〈後遺症〉發表於《臺灣日報・副刊》35 版。

11 月 9 日，〈對年〉發表於《自由時報・副刊》39 版。

12 月 28 日，〈郵寄購書〉發表於《臺灣日報・副刊》35 版。

2001 年 2 月 12 日，以「悲傷的缺口三章」為題，〈手抄本〉、〈退休紀念〉、〈悲傷的缺口〉發表於《聯合報・副刊》37 版。

3 月 〈詩人畫像〉發表於《明道文藝》第 300 期。

5 月 12 日，〈詩名〉發表於《聯合報・副刊》37 版。

6 月 14 日，〈親近文學〉發表於《臺灣日報・副刊》31 版。

編選《臺灣文學讀本（臺中縣國民中學臺灣文學讀本）》（共六冊），由臺中縣文化局出版。

7 月 獲聘為第二屆南投縣駐縣作家，以一年時間踏查濁水溪流域。

9 月 擔任靜宜大學駐校作家、兼任講師，至 2005 年 6 月止。期間於通識教育中心、中國文學系、臺灣文學系開授「臺灣文學欣賞」、「文學與人生」、「散文創作」、「現代散文作品賞析」、「臺灣現代詩歌鑑賞」等課程。

11月 6～7日，〈平原森林〉連載於《臺灣日報・副刊》25版。

12月 10日，詩作〈一座大山〉發表於《臺灣日報・副刊》25版。

19日，詩作〈他還年輕〉發表於《中國時報・人間副刊》39版。

本年 於自家兩公頃田地大面積種植本土樹種，翌年申請林務局「平地造林計畫」，後以「純園」命名。

2002年 1月 8日，詩作〈大鐵杉〉發表於《聯合報・副刊》37版。

23日，〈留下一片綠地〉發表於《中國時報・人間副刊》39版。

3月 11日，〈貼近南投〉發表於《自由時報・生活藝文》33版。

26～27日，〈城鄉大競寫——入出山城〉連載於《中國時報・人間副刊》39版。

4月 16～17日，〈青春南風〉連載於《聯合報・副刊》39版。

〈廬山山水〉發表於《聯合文學》第210期。

5月 〈深入奧萬大〉發表於《聯合文學》第211期。

6月 22日，〈水沙浮嶼〉發表於《中國時報・人間副刊》39版。

7月 5～6日，〈丹大之行——「主流來自支流」系列一〉連載於《臺灣日報・副刊》25版。

12日，〈水的歸屬〉發表於《聯合報・副刊》39版。

14日，〈自然步道〉發表於《自由時報・副刊》35版。

15日，〈為臺灣寫筆記——戲水親波〉發表於《聯合報・鄉情》22版。

18日，〈清水溪——「主流來自支流」系列二〉發表於

《臺灣日報・副刊》25 版。

23～24 日，〈武界行腳——「主流來自支流」系列三〉連載於《臺灣日報・副刊》25 版。

〈親水戲波〉發表於《聯合文學》第 213 期。

8 月 15～16 日，〈水力、水利——「主流來自支流」系列四〉連載於《臺灣日報・副刊》25 版。

17～18 日，〈臺地上的種作〉連載於《聯合報・副刊》39 版。

24 日，〈威權遺跡〉發表於《自由時報・副刊》39 版。

9 月 2～3 日，〈集集攔河堰——「主流來自支流」系列五〉連載於《臺灣日報・副刊》25 版。

4 日，〈浮水明珠——日月潭畔之三〉發表於《中國時報・人間副刊》39 版。

16 日，〈為臺灣寫筆記——東埔　兩種風情〉發表於《聯合報・鄉情》22 版。

〈為臺灣寫筆記——刨開水根「拉」溫泉〉發表於《聯合文學》第 215 期。

《不如相忘》由臺北華成圖書公司出版。

10 月 1 日，〈陳有蘭溪行腳——「主流來自支流」系列六〉發表《臺灣日報・副刊》25 版。

14～15 日，〈清水溝溪〉連載於《臺灣日報・副刊》25 版。

17 日，〈家園滄桑〉發表於《自由時報・副刊》39 版。

21 日，〈出海口〉、〈河川整治〉發表於《聯合報・副刊》39 版。

24 日，〈日月潭畔之四——蝶之舞〉發表於《中國時報・人間副刊》39 版。

26 日，〈出海口〉（續作）發表於《臺灣日報・副刊》25

版。

11 月　1～2 日，〈誰的日月潭〉連載於《自由時報‧副刊》37 版。

16 日，〈文學是我緊密相隨的友伴〉發表於《臺灣日報‧副刊》25 版。

《筆記濁水溪——第二屆南投縣駐縣作家作品集》由南投縣文化局出版。

12 月　《筆記濁水溪》、《一首詩一個故事》由臺北聯合文學出版社出版。

本年　獲第四屆磺溪文學特別貢獻獎。

2003 年　4 月　15 日，〈鄉間子弟　鄉間老〉發表於《中國時報‧人間副刊》39 版。

〈吟遊溪上的沙洲〉發表於《少年臺灣》第 11 期。

5 月　〈傳承臺語歌聲〉、〈貼近活潑躍動的文學心靈〉發表於《聯合文學》第 223 期。

6 月　17 日，〈緩慢的步調〉發表於《自由時報‧副刊》43 版。

7 月　13 日，〈七月談詩：寫實主義的詩風〉發表於《中國時報‧讀物文化》B3 版。

11 月　3 日，〈從閱讀開始〉發表於《臺灣日報‧副刊》23 版。

本年　擔任修平技術學院（今修平科技大學）駐校作家、兼任講師，為期一年。

2004 年　1 月　5 日，〈文學起步〉發表於《自由時報‧副刊》47 版。

以「鄉間子弟」為題，〈清水溝〉、〈米湯〉、〈灶腳〉、〈撿牛糞〉發表於《明道文藝》第 334 期。

3 月　13 日，〈我不能置身事外〉發表於《自由時報‧副刊》47 版。

以「鄉間子弟（二）」為題，〈阿兵哥大朋友——大朋友之一〉、〈畢業留言——大朋友之二〉發表於《明道文藝》第336期。

4月 〈鄉間子弟（三）——荷包蛋換空心菜〉發表於《明道文藝》第337期。

5月 7日，〈春寒特別沁冷——寄瘂弦〉發表於《聯合報・副刊》E7版。

〈鄉間子弟（四）——豬隻的叫聲〉發表於《明道文藝》第338期。

6月 〈舊厝新居〉發表於《香港文學》第234期。

9月 27日，〈海的滋味〉發表於《自由時報・副刊》47版。

編選《臺灣文學讀本（彰化縣國民中學臺灣文學讀本）》（共九冊），由彰化縣文化局出版。

〈稻穗意象〉發表於《文化視窗》第67期。

擔任嘉義大學兼任講師，於中國文學系開授「現代詩」課程，至隔年6月止。

10月 28日，詩作〈夢中詩稿——夢見瘂弦新作〉發表於《聯合報・副刊》E7版。

〈農民文學之美——讀鍾理和一些感想〉發表於《聯合文學》第240期。

12月 14日，〈不該被遺忘的出版家——回憶沈登恩〉發表於《臺灣日報・副刊》17版。

2005年 4月 以「晚年冥想」為題，詩作〈告別式〉、〈生平報告〉、〈晚年〉、〈在鄉間老去〉、〈趁還有些微光〉、〈落葉〉、〈學習告別〉、〈不要責備他〉、〈火葬場〉、〈森林墓園〉發表於《聯合文學》第246期。

〈寫在土地上的文學〉發表於《臺灣文學館通訊》第7期。

6月 17～18日，〈文學建築・小說大樓〉連載於《自由時報・

副刊》E7 版。

〈謙和的文學推手——悼念好友武忠〉發表於《文訊》第 236 期。

7 月 27 日,〈每份詩情,都連接著家鄉田地〉發表於《自由時報・副刊》E7 版。

〈黑色土壤的故鄉:濁水溪與我〉發表於《新活水》第 1 期。

8 月 1 日,〈寬厚正直的紳士——悼念獻宗大哥〉發表於《臺灣日報・副刊》19 版。

2006 年 1 月 編選《吃豬皮的日子:青少年臺灣文庫散文讀本 1》、《在黎明的鳥聲中醒來:青少年臺灣文庫散文讀本 4》,由臺北五南圖書公司出版。

4 月 〈文化記事・扁擔〉發表於《誠品好讀月報》第 64 期。

《吳晟散文選》由臺北洪範書店出版。

7 月 10 日,〈樟樹下的涼亭〉發表於《自由時報・副刊》E6 版。

9 月 24 日,〈雨豆樹下的負荷〉發表於《中國時報・人間副刊》B7 版。

擔任大葉大學駐校作家,為期一年。

10 月 30 日,詩作〈陽光化身成燈塔〉發表於《自由時報・副刊》E7 版。

〈我的兄弟姐妹〉發表於《幼獅文藝》第 634 期。

11 月 3 日,詩作〈南方驛站——高雄火車站〉發表於《中國時報・人間副刊》E7 版。

12 月 1 日,詩作〈找尋定位——前清打狗英國領事館〉發表於《中國時報・人間副刊》E7 版。

〈費文書房:秋聲〉發表於《講義》第 237 期。

2007年 1月 23日，〈退休金縮水〉發表於《自由時報・副刊》E5版。

3月 26日，〈公園以你為名〉發表於《聯合報・副刊》E7版。

4月 3日，詩作〈日月湧泉〉發表於《自由時報・副刊》E5版。

〈年底冬尾〉、詩作〈回到純淨〉、〈汽水〉、〈凝視死亡〉、〈再散步一些時〉發表於《鹽分地帶文學》第9期。

6月 〈土地的聲音——我的年輕朋友〉發表於《聯合文學》第272期。

9月 〈三合院〉發表於《新地文學》第1期。

11月 獲第30屆吳三連獎文學類新詩獎。

12月 7日，〈懷念那片柔軟〉發表於《中國時報・人間副刊》E7版。

詩歌專輯《甜蜜的負荷：吳晟詩・誦》由國立臺灣文學館發行。

2008年 1月 2日，〈從夢想到實踐〉發表於《自由時報・副刊》D15版。

2月 〈華語詩——番薯地圖〉、〈臺語詩——番薯地圖〉發表於《王城氣度》第24期。

3月 4日，〈我的憂心〉發表於《自由時報・自由廣場》A15版。

8日，〈造謠即造業　當心選舉語言〉發表於《自由時報・時論廣場》A19版。

20日，〈綠卡風潮〉發表於《自由時報・副刊》D13版。

4月 詩作〈景平路——致陳映真〉發表於《聯合文學》第282期。

詩歌專輯《甜蜜的負荷：吳晟詩・歌》由臺北風和日麗唱片行發行。

5月 19日，〈賞桐花幾個角度〉發表於《自由時報・副刊》D13版。

8月 9～10日，〈有「序」為證——巡山30年〉連載於《中國時報・人間副刊》E4版。

9月 〈為筆名致歉〉發表於《自由時報・副刊》D13版。

11月 〈午後讀詩〉發表於《葡萄園詩刊》第180期。

12月 〈紮根在地文學沃土〉發表於《彰化藝文》第42期。

編選《遊戲開始》，由臺北五南圖書出版公司出版。

2009年 3月 14日，詩作〈送你兩棵樹——致洪醒夫〉發表於《中國時報・人間副刊》E4版。

16日，〈最大的秘密〉發表於《自由時報・副刊》D13版。

23日，〈女友的調教〉發表於《自由時報・副刊》D13版。

30日，〈善惡標準〉發表於《自由時報・副刊》D13版。

4月 13日，〈沙灘之夜〉發表於《自由時報・副刊》D11版。

15日，詩作〈面對米勒〉發表於《中國時報・人間副刊》E4版。

20日，〈開心的笑容〉發表於《自由時報・副刊》D13版。

27日，〈悲憫的聲音〉發表於《自由時報・副刊》D15版。

5月 4日，〈遺失的遺物〉發表於《自由時報・副刊》D11版。

11日，〈致友人〉發表於《自由時報・副刊》D11版。

7月 1日，詩作〈假汝之名〉發表於《自由時報・副刊》D11版。

詩集《吳晟集》由國立臺灣文學館出版。

9月 24日，〈文學巨像陳映真3之2——最敬愛的文學兄長〉發表於《中國時報・人間副刊》E4版。

	12 月	14 日，詩作〈悼念文〉發表於《中國時報・人間副刊》E4 版。
		〈媒體、記憶與友誼——回應宋澤萊先生〈我與陳映真的淡泊情誼〉一文〉發表於《印刻文學生活誌》第 76 期。
2010 年	3 月	31 日～4 月 1 日，〈庄腳歐吉桑走星光大道〉連載於《中國時報・人間副刊》E4 版。
	6 月	詩作〈只能為你寫一首詩〉發表於《商業周刊》第 1179 期。
	8 月	16 日，詩作〈怪手開進稻田〉發表於《中國時報・人間副刊》E4 版。
		23 日，〈以發財為名　馬拉巴栗樹〉發表於《自由時報・副刊》D13 版。
		27 日，〈馬拉巴栗的 ECFA〉發表於《自由時報・自由廣場》A19 版。
	9 月	20 日，〈拚誰的經濟？顧誰的腹肚？〉發表於《中國時報・時論廣場》A14 版。
	10 月	11 日，〈唱歌與種樹〉發表於《自由時報・副刊》D11 版。
	11 月	14 日，〈投永續臺灣一票〉發表於《中國時報・時論廣場》A15 版。
		〈鄉野童年〉發表於《小作家》第 199 期。
		詩作〈橡木桶〉發表於《聯合文學》第 313 期。
	12 月	28 日，詩作〈煙囪王國〉發表於《聯合報・副刊》D3 版。
		〈給書住的房子〉發表於《聯合文學》第 314 期。
2011 年	1 月	20 日，邀集康原、楊翠、林明德等於彰化縣政府舉辦「反國光石化禍延子孫」論壇，反對國光石化設廠於彰化濱海地區設廠。

31 日，〈誰在當國光靠山？〉發表於《中國時報・時論廣場》A14 版。

與吳明益主編《溼地・石化・島嶼想像》，由臺北有鹿文化公司出版。

2 月　13 日，〈〈堤岸〉無限延長〉發表於《自由時報・副刊》D7 版。

15 日，〈愛，面對下一代〉發表於《聯合報・副刊》D3 版。

3 月　6 日，由文訊雜誌社協助聯繫、賴和文教基金會及青平臺基金會協辦、彰化縣環境保護聯盟導覽，邀集陳若曦、愛亞、小野、陳義芝、季季等四十餘位作家走訪大城溼地，呼籲政府重視溼地生態保育、反對國光石化進駐。

4 月　11 日，詩作〈春氣始至〉發表於《中國時報・人間副刊》E4 版。

7 月　1 日，詩作〈我心憂懷〉發表於《聯合報・副刊》D3 版。

18 日，詩作〈親愛的家鄉〉發表於《自由時報・副刊》D11 版。

19 日，詩作〈時，夏將至〉發表於《中國時報・人間副刊》E4 版。

8 月　7 日，〈大圳悲嘆〉發表於《自由時報・副刊》D7 版。

9 月　21 日，詩作〈菜瓜棚〉發表於《自由時報・副刊》D9 版。

10 月　18～19 日，〈不合時宜——母親的固執〉連載於《中國時報・人間副刊》E4 版。

12 月　28 日，〈文學現場〉發表於《聯合報・副刊》D3 版。

本年　因中科四期工程搶奪農業用水，與彰化縣莿仔埤圳沿線農民組成「顧水圳、反搶水」自救會，積極參與抗爭行動。

2012年　1月　9～10 日，〈詩、靜悄悄憂傷、嗎？〉連載於《自由時報・副刊》D9、D11版。

2月　27～28 日，〈愛講、愛講〉連載於《中國時報・人間副刊》E4版。

4月　2 日，〈為南彰化的濁水糧倉請命〉發表於《中國時報・時論廣場》A14版。

11日，〈負荷綿綿〉發表於《聯合報・副刊》D3版。

18 日，詩作〈請站出來〉發表於《自由時報・副刊》D9版。

20日，詩作〈無用的詩人——向太陽控訴、向天空控訴〉發表於《聯合報・副刊》D3版。

5月　23 日，詩作〈土地從來不屬於〉發表於《中國時報・人間副刊》E4版。

7月　18 日，詩作〈客居家園——四時歌詠〉發表於《自由時報・副刊》D11版。

8月　6～7 日，〈挫傷的語言〉連載於《中國時報・人間副刊》E4版。

〈農鄉呼喚〉發表於《聯合文學》第334期。

10月　10 日，詩作〈秋日祈禱——四時歌詠〉發表於《中國時報・人間副刊》E4版。

13 日，〈從一種生活的方式到對抗生活的方式〉發表於《聯合報・副刊》D3版。

12月　30日，〈天才的香味〉發表於《聯合報・副刊》D3版。

2013年　2月　6 日，詩作〈為了美——敬覆席慕蓉〉發表於《聯合報・副刊》D3版。

7 日，詩作〈樹靈塔——阿里山上〉發表於《中國時報・

人間副刊》E4 版。

20 日，詩作〈大雪無雪——四時歌詠〉發表於《自由時報・副刊》D9 版。

28 日，詩作〈和平宣言——致楊建〉發表於《中國時報・人間副刊》E4 版。

4 月　21～22 日，〈深情詩人——追念羅葉〉連載於《自由時報・副刊》D5、D9 版。

8 月　25～26 日，〈森林墓園〉連載於《聯合報・副刊》D3 版。

10 月　27～29 日，〈誰可以決定一條水圳的命運？——守護水圳札記〉連載於《自由時報・副刊》D7、D9 版。

12 月　〈見證——太平山、馬告生態公園神木園區〉發表於《聯合文學》第 350 期。

2014 年　1 月　1～2 日，〈敲掉水泥迷思〉連載於《聯合報・副刊》D3 版。

4 月　3～4 日，〈化荒蕪為綠蔭——萬頃好樹園的願景〉連載於《中國時報・人間副刊》D4 版。

《守護母親之河：筆記濁水溪》由臺北聯合文學出版社出版。

5 月　3 日，〈大器散文〉發表於《聯合報・副刊》D3 版。

7 月　20 日，〈農村青年返鄉夢〉發表於《中國時報・人間新舞臺》18、19 版。

8 月　3 日，詩作〈一起回來呀——為農鄉水田溼地復育計畫而作〉發表於《聯合報・副刊》D3 版。

9 月　6 日，〈生態浩劫，誰在乎？〉發表於《聯合報・副刊》D3 版。

17～18 日，〈也許，最後一冊詩集〉連載於《中國時報・

		人間副刊》D4 版。
		27 日，為紀念母親百歲冥誕，於純園舉辦農村音樂會，此後每二年定期舉辦。
		29 日，詩作〈青春沙灘——高雄旗津〉發表於《聯合報・副刊》D3 版。
	10 月	詩集《他還年輕》由臺北洪範書店出版。
		詩歌專輯《野餐：吳晟詩・歌 2》由風和日麗唱片行發行。（吳志寧作曲、演唱）
		與吳志寧、林葦芸合著《只有青春唱不停：吳志寧的音樂、成長與阿爸》，由臺北有鹿文化公司出版。
	12 月	詩集인생보고서（生平報告）由首爾 Baum Communication 出版。（金尚浩譯）
2015 年	3 月	2 日，〈農村青年返鄉夢——致臺糖公司董事〉發表於「天下雜誌・獨立評論」網站。
	4 月	22 日，〈肥豬肉公園〉發表於「天下雜誌・獨立評論」網站。
	9 月	6～7 日，〈溪州尚水・米——水田溼地復育計畫〉連載於《聯合報・副刊》D3 版。
	10 月	12 日，詩作〈牛山・呼庭——花蓮海岸一隅〉發表於《聯合報・副刊》D3 版。
		19 日，詩作〈食野・野食〉發表於《中國時報・人間副刊》D4 版。
	12 月	以詩集《他還年輕》獲臺灣文學獎圖書類新詩金典獎。
2016 年	3 月	7 日，詩作〈閣樓上的畫作——讀畫家陳澄波夫人張捷女士小史〉發表於《聯合報・副刊》D3 版。
		18 日，詩作〈與樹約定〉發表於《中國時報・人間副刊》D4 版。

4月 16日，〈簡樸生活・素樸小說〉發表於《聯合報・副刊》D3版。

6月 1日，〈全民的文化部〉發表於《自由時報・自由廣場》A15版。

6日，〈討債的消費年代〉發表於《聯合報・副刊》D3版。

8日，〈乳你所願〉發表於《中國時報・人間副刊》D4版。

7月 4日，〈呼籲彰化縣議會維護土地正義〉發表於《自由時報・自由廣場》A15版。

8月 1～2日，〈啊，美麗的寶島〉連載於《自由時報・副刊》D7、D8版。

29日，〈擺脫死亡農業〉發表於《聯合報・副刊》D3版。

〈君子風範的褓姆——我和洪範書店的淵源〉發表於《文訊》第370期。

9月 6日，〈俠者，王拓〉發表於《自由時報・副刊》D7版。

11月 15～17日，〈王拓與我——追憶我們的時代〉連載於《聯合報・副刊》D3版。

2017年 1月 〈樹林・我的少年時光〉發表於《聯合文學》第387期。

2月 27～28日，〈失栽培〉連載於《自由時報・副刊》D6、D8版。

《種樹的詩人——吳晟的呼喚，和你預約一片綠蔭，一座未來森林》由臺北果力文化・漫遊者公司出版。

4月 9～10日，〈我的愛戀、我的憂傷、我的夢想〉連載於《聯合報・副刊》D3版。

8月 22～23日，〈零用錢〉連載於《自由時報・副刊》D7版。

9月 1日，〈溪州鄉民的積怨〉發表於《蘋果日報・論壇》A21版。（與江昺崙合著）

13日，〈正新輪胎的傲慢〉發表於《蘋果日報・自由廣

場》A15 版。（與江昺崙合著）

10 月　21 日，出席真理大學、國立臺灣文學館於真理大學淡水校區舉辦的「吳晟文學學術研討會」，獲頒第 21 屆臺灣文學家牛津獎。

22 日，出席臺灣師範大學全球華文寫作中心於國家圖書館舉辦的「第四屆全球華文作家論壇」，演講「世俗人生・世俗文章」

2018 年　2 月　〈厝邊隔壁——我的惡鄰〉、〈世俗人生・世俗文章〉，詩作〈烏心石——臺灣原生闊葉一級木・之一〉、〈毛柿——臺灣原生闊葉一級木・之二〉、〈櫸木——臺灣原生闊葉一級木・之三〉、〈黃連木——臺灣原生闊葉一級木・之四〉、〈樟樹——臺灣原生闊葉一級木・之五〉、〈臺灣肖楠〉、〈臺灣土肉桂〉、〈月橘——俗名七里香〉發表於《印刻文學生活誌》第 174 期。

9 月　24 日，出席國立臺灣文學館、成功大學及河內人文與社會科學大學於越南河內舉辦的「《甜蜜的負荷：吳晟詩文雙重奏》越南文本新書發表會」，與會者有林明德、陳益源、蕭淑貞、阮青延、阮秋賢等。

11 月　*Gánh vác ngọt ngào: Song Tấu Thơ - Tản Văn*（《甜蜜的負荷：吳晟詩文雙重奏》）由國立臺灣文學館出版。（阮秋賢、阮青延譯）

2019 年　1 月　《我的愛戀　我的憂傷》由臺北洪範書店出版。

3 月　8 日，出席國立臺灣文學館於齊東詩舍舉辦的「《甜蜜的負荷：吳晟詩文雙重奏》越南文本新書發表會」，與會者有陳益源、李瑞騰、翁誌聰、蘇碩斌、鄭麗君等。

4 月　擔任東華大學駐校作家。

8 月　詩歌專輯《他還年輕：吳晟詩・歌 3》由切音樂電影公司

發行。（吳志寧作曲、演唱）

本表由編輯團隊與李桂媚共同編製

參考資料：

- 〔吳晟〕，〈吳晟詩作編目〉，《吳晟詩選》，臺北：洪範書店，2000 年 5 月，頁 291～301。
- 〔吳晟〕，〈《吳晟散文選》作品索引〉，《吳晟散文選》，臺北：洪範書店，2006 年 4 月，頁 277～280。
- 〔吳晟〕，〈發表年月〉，《守護母親之河：筆記濁水溪》，臺北：聯合文學出版社，2014 年 4 月，頁 330～332。
- 〔吳晟〕，〈編目〉，《他還年輕》，臺北：洪範書店，2014 年 10 月，頁 235～237。
- 顏炳華，〈吳晟年表〉，《幼獅文藝》第 274 期，1976 年 10 月，頁 143～146。
- 金慧欣製表；吳晟、蔡造珉審校，〈吳晟文學年表〉，《第 21 屆臺灣文學家牛津獎暨吳晟文學學術研討會論文集》，新北：真理大學人文學院臺灣文學系，2017 年 11 月，頁 5～11。
- 李桂媚編，〈吳晟創作年表〉，未發表，2019 年。

輯三◎研究綜述

吳晟研究綜述

◎林明德

一、前言

臺灣新詩，乃泛指日治時期臺灣新文學運動開展以來，使用日文或語體文書寫，有別於古典漢詩的詩作。1923 年，楊華（1906～1936）開始新詩的試驗，追風（謝春木，1902～1969）寫了第一首日文新詩〈詩的模仿〉（1924）發表於《臺灣》；1925 年，賴和（1894～1943）因受彰化二林事件的刺激，寫下〈覺悟下的犧牲〉。而張我軍（1902～1955）借鑑五四新文學運動，以白話寫成《亂都之戀》（1925），則是臺灣新詩史上的第一冊詩集。其後，歷經日本戰敗、國府來臺，臺灣新詩面臨困境，包括官方意識形態所推動的反共文藝、傳統文化對新詩的反對與壓抑，以及與五四文學傳統和臺灣本土文學的雙重斷裂。經過「跨越語言的一代」的陣痛，終於出現大陸來臺詩人與本地詩人合作的契機，新詩社團紛紛成立，「現代詩社」（1953）、「藍星詩社」（1954）、「創世紀」（1954）、「笠」（1964），共同推動臺灣詩運。半世紀以來，臺灣的政經文化與社會環境，符應國際情勢與世界思潮的詭譎變遷，詩壇的表現亦蘊生質量的變化；尤其是 1980 年代，更朝向多元開放的詩觀與詩藝邁進。

1987 年解嚴以後，臺灣已成為多元的後認同政治時代，本土化漸成主流，民生經濟邁向成熟，社會生命力蓬勃，加上報禁解除，新媒體資訊爆增，女權、後現代主義、實用主義、解構……等思潮蔚為風氣，臺灣文化界的大眾通俗化風潮，亦得以激盪形成。這些衝擊，形諸新詩，則有政治詩、臺語詩、都市詩、後現代詩與大眾詩等面向，而且互相融滲，從而浮現詩壇「世代交替」的現象。[1]

新時代的詩學思考，在都市詩和後現代詩，極為關切到語言的操作策略，並延伸到詩結構的辯證、不相稱的詩學、意義浮動的疆界、意義的再定義以及長詩的發展……等相關理論與實踐，中青兩代作家輩出，他們所接觸的面向，相當多元，或政治反思、環保公害、弱勢族群、宇宙人生……等，都有十分優異的表現。不過，在眾聲喧嘩裡，我們也聽到了另一種與眾不同的聲音——信奉社會寫實主義，貼近臺灣社會脈搏的詩人吳晟。他以詩文記錄臺灣社會，是歷史經驗的參與與見證者之一；其文本所釋放出來的多元主題意識，迄今仍引起學者熱烈的探索。

二、鄉間子弟鄉間老：吳晟這個人

吳晟（1944～），本名吳勝雄，臺灣彰化縣溪州鄉圳寮村人。父親吳添登（1914～1966）曾任職溪州鄉農會，是位嚴肅中不失幽默風趣的人，待人熱誠，以微薄薪資栽培子女完成大學學業。母親吳陳純女士（1914～1999），是典型的農婦，安分守己、刻苦耐勞。她深信千方百計，不如種地，堅持在吳家田地上「用一生的汗水，辛辛勤勤／灌溉泥土中的夢」。

吳晟有兄弟姐妹七人，他排行第四，上有兩位姐姐一哥哥，下有兩位妹妹一弟弟。

吳晟的學習歷程相當曲折，國小以第一名畢業，保送縣立北斗中學，插班考試進入彰化中學，無意間接觸了文藝書刊，癡狂閱讀、做札記、抄寫「佳句」，背誦詩篇，尋繹詩句的涵義，進而嘗試投稿。中學念了八年，讀過五所學校。就讀縣立樹林高中期間，流連臺北牯嶺街、重慶南路及武昌街周夢蝶的書報攤，尋訪詩集、詩刊，並在《文星》、《藍星》、《野風》等雜誌、詩刊發表詩作，深受現代主義的影響。

---

[1]賴芳伶，《新詩典範的追求——以陳黎、路寒袖、楊牧為中心》（臺北：大安出版社，2002 年），頁 1～21。

1965 年，他考上屏東農專，卻沉迷於文學的妄想中，淪落重修，直到1971 年才畢業。他返鄉陪伴母親，並與莊芳華（1950～）結婚，育有子女三人。

吳晟夫妻任教於溪州國中，業餘陪母親下田，過著耕、教、讀、寫的生涯。1980 年，他受邀到愛荷華大學「國際作家工作坊」（Iowa Writers' Workshop）任訪問作家四個月，大開眼界。他深具憂患意識，凡事憂於未形，對政治、選舉、農業、環保常發表一些議論，特別強調「了解是關懷的基礎、關懷是行動的起始」。長期以來，「秉持正直的情操，為公義、為促進更合理的社會」，透過新詩或散文，提出嚴格的批判。

2000 年，吳晟夫婦正式退休，更用心思索臺灣問題，例如：汙染、土地、農業、環保、教育、文學……等。2001 年，他倆在二公頃多的黑色土壤「平地造林」，種下臺灣原生種一級木三千棵，這座樹園取母親之名，名為「純園」。2005 年，吳晟晉升祖父級，在初老的年歲，他發表「晚年冥想」組詩，透過圓熟的觀照，道出「鄉間子弟鄉間老」的心聲。

2010 年，為了反八輕（國光石化），他挺身而出，慷慨寫下〈只能為你寫一首詩〉，並與吳明益主編《溼地・石化・島嶼想像》[2]，結合學界、文學界、醫學界、音樂界，呼籲不要再旁觀，共同守護島嶼的生態。同年，苗栗縣政府假開發之名，強制徵收大埔農地，6 月 9 日半夜，派出兩百多名警力，包圍大埔農地，驅逐農民，多部怪手開進稻田，剷除即將收成的稻作，他痛心的寫了〈怪手開進稻田〉，期能喚醒荒蕪的天地良心。2011 年，面對中科搶水，他結合自救會的農民，守護農鄉命脈莿仔埤圳，並撰寫〈誰可以決定一條水圳的命運？〉（2013）一文，為土地發聲。2016 年，吳晟獲聘總統府資政。

2018 年，吳晟與莊芳華將「純園」交棒給長子賢寧夫婦，新世代在一片原生種樹林設立「基石純園華德福自學園」——一座讓孩童重返樹林向

---

[2]吳晟、吳明益主編，《溼地・石化・島嶼想像》（臺北：有鹿文化公司，2011 年）。

大自然學習，發展獨立自主的個體之場域，為「純園」注入既嚴肅又崇高的使命。

吳晟的創作涵蓋新詩與散文，但一直堅持新詩的創作，他承認這是需要「堅強的創作信念和熱情」。他從小在農村成長，深受「稻作文化」的影響[3]，學的是農業，並且實際操作農事，因此，寫作的題材，大概以土地、農作和農村生活為主，真實刻畫了某些臺灣農村的面向。他的創作動力主要來自生活的真實感動，一種「自發性的感情」。他曾說：「我寫的詩，莫不是植根於踏實的生活土壤中，歷經長時期的體會醞釀，才緩慢發芽、成形，而以鮮活熱烈的血液記錄下來。」[4]

多年來，他所經營的詩觀，無關理論，大多從經驗出發，透過生活的驗證，才逐漸建構的，而詩創作，就是詩觀的實踐。其詩觀可分為：（一）原理論；（二）創作論。

先談原理論。

吳晟回顧，在農村教書、耕作，利用夜晚從事創作，主要動力來自生命的熱愛、社會的關懷，以及文學的理想。他堅信「文學創作根源於真實生活，才有動人的力量，同時文學回歸於生命的本質，才有深遠的意義。」[5]自述：「我不願高談文學的使命感，但是本乎至誠而創作應是毫無疑問的基本態度。」[6]「坦朗真誠乃是最起碼的風格。」[7]因此，作品大都從實實在在生活體驗中醞釀而來，不矯飾不故作姿態，這種「誠於中形於外」的表現，既是詩歌的本質，也是詩歌的動人之處。他曾自白：

> 我仍信奉，就像土壤中的種子，各自汲取水分，耐心等待生根發芽，只

---

[3]施懿琳，〈稻作文化蘊育下的農民詩人——試析吳晟新詩的性格特質與批判精神〉，《臺灣的文學與環境》（高雄：麗文文化公司，1996年），頁67～100。
[4]吳晟，〈轉變〉，《無悔》（臺北：開拓出版公司，1992年），頁34。
[5]吳晟，〈詩名〉，《一首詩一個故事》（臺北：聯合文學出版社，2002年），頁231。
[6]吳晟，〈獎賞〉，《無悔》，頁53。
[7]吳晟，〈混淆〉，《無悔》，頁253。

> 有在寂寞中浸過汗水或淚水，只有在孤獨中傾注心血的詩句，才可能貼近人們的心靈深處。[8]

可作為註腳。

吳晟信奉家庭倫理、關懷社會倫理、堅持土地倫理，其核心價值不外愛與悲憫情懷。他是道地的農家子弟，親情、鄉情、作物、土地，自然成為詩作的主要內涵。因為長年居住鄉間，腳踩田地，手握農具，挑屎擔糞搬堆肥，揮灑汗水；他的每一份詩情都連接臺灣島嶼每一寸土地，希望詩篇能扣人心弦，引起回響。

次談創作論。

吳晟是位社會寫實文學的作家，他關切社會，介入現實，擁有完整的農村生活背景，經過醞釀、思索之後，才完成詩作，他說：「很少發表『即興』的單篇作品，以系列性組詩形式出現，成為我的創作習慣，也就是先尋找到主題方向，歷經長年思索醞釀，偶有吉光片羽，散句片段『靈光一閃』，隨時作札記，累積到感覺已孕育『成形』，才著手整理成詩篇。」[9]例如：在臺灣急驟由農業轉型為工商業社會的年代，文明的迅速入侵農村，「時代變化中的愁緒」，混合他對土地和作物的愛戀，終於推出「吾鄉印象」組詩。

他認為詩就是生命，對生命無止無盡的熱愛和探索。「詩作一直是我和生命最真切貼近的對話，也是我最熱愛人世最佳的表達方式。」[10]為了寫詩，孤獨年少吟誦詩篇、玩味詩意、抄寫詩句、體會詩藝；六十年來，仍繼續探索詩的語言、結構乃至詩的意義。他相信詩人最榮耀的桂冠，應是作品本身——完美詩藝的呈現。

然而，作為社會寫實的詩人，他要求藝術表現和臺灣現實密切結合，

---

[8]吳晟，〈詩名〉，《一首詩一個故事》，頁 223。
[9]吳晟，〈詩集因緣之四——《吳晟詩選》〉，《一首詩一個故事》，頁 158。
[10]吳晟，〈詩集因緣之四——《吳晟詩選》〉，《一首詩一個故事》，頁 159。

堅持以素樸的語言、鮮活的意象，「寫臺灣人、敘臺灣事、繪臺灣景、抒臺灣情」。[11]他的詩作大都根源於現實生活，和臺灣社會脈動息息相關，許多詩篇是歷史的影子，絕對可以視之為詩史。例如：〈若是〉（1979）寫於臺美斷交時，眼見各行政機關發動一連串抗議示威，指責美國背信忘義，他藉著「向孩子說」：「若是和你最親密的小朋友／拒絕和你在一起／孩子呀！不要懊惱的哭鬧／更不要怨嘆別人／你要認真檢討自己」，抒發個人的看法。而寫於 1980 年的〈不要忘記〉，則反映在「美麗島事件」風聲鶴唳的氣氛下，吳晟積鬱多日的悲憤心情，以兄弟相處做比喻，訓誡大哥要有包容異己、接受批評的胸襟，不要將怨恨的種子，撒播在裂開的傷口上。他透過隱喻為「因義受難」的人士，發出正義的聲音。

他創作題材根源於土地，反映社會現實，所以能釋放強烈的鄉土情懷。為了搭配題材，加入不少臺語，這種國臺語靈活的運用，不僅增加鄉土人情味，也展現親和力。他追求的風格是「樸素、單純而真摯的詩情，不矯飾、不虛浮、更不耍弄。」[12]

吳晟初二開始迷戀新詩，經常在各報章雜誌發表詩作。但他與時俱進，面對臺灣社會的變遷，立足鄉土，深入庶民心靈，以反應「時代變化中的愁緒」。2005 年，他面對初老的歲月（退休、照顧孫女、守住家園、平地造林），「沉靜中讀讀書、唸唸詩，竟是每日最愜意的休閒。」[13]於是寫下「晚年冥想」組詩，以圓熟的智慧、豁達的胸襟去正視、思索人類共同的歸宿——死亡：以樹葬替代墓園。其終極關懷（Ultimate Concern）指向——自然生命觀，既肅穆又深遠。

從創作歷程上看，吳晟 1959 年開始發表詩作，直到 2019 年，先後出版了《飄搖裏》（1966）、《吾鄉印象》（1976）、《向孩子說》（1985）、《再見吾鄉》（2000）、《他還年輕》（2014）等五冊詩集。[14]至於散文集，則有《農

[11]吳晟，〈未出世的詩選〉，《一首詩一個故事》，頁 210。
[12]吳晟，〈詩情相思〉，《一首詩一個故事》，頁 115。
[13]吳晟，〈詩情相思〉，《一首詩一個故事》，頁 114。
[14]編按：吳晟多本詩集為舊作加入新作重新編排出版，因此作者自言，依實質內容來看，僅有《飄

婦》（1982）、《店仔頭》（1985）、《無悔》（1992）、《不如相忘》（1994）、《筆記濁水溪》（2002）、《一首詩一個故事》（2002）、《我的愛戀　我的憂傷》（2019）等七種。

就吳晟詩文繫年可以看出，他的創作歷程大概可以分為四個時期，即：

1. 1959～1970 年：為前社會經驗時期，15 歲到 26 歲，從中學、大專歲月到軍旅生涯，深受現代主義的影響。

2. 1971～1990 年：是社會經驗時期，27 歲到 46 歲，從人子、人師、人夫、人父，到教師、農民的身體力行，以社會寫實文學的視角，於詩藝、人生、社會、教育、政治、農業、環保、土地、文化有更深刻的思考與批判。

3. 1991～1999 年：屬批判參與時期，47 歲到 55 歲，從理想觀念到實際行動，由幕後走到臺上，展現了知識分子的本色。

4. 2000～年：生命反思——維護自然環境、揭示終極關懷，56 歲迄今，他平地造林，積極搶救自然生態，反思生命，為土地倫理善盡「大地公民」的責任。

三、吳晟研究面向

吳晟詩文創作，為斯土斯民發聲，深獲讀者的共鳴與學界的矚目。而有關吳晟的研究，與時俱增，散論專著並出，特別是 1975 年，獲頒吳望堯第二屆中國現代詩獎，一時成為詩壇的亮點；同年余光中（1928～2017）從民族性與社會感的觀點闡述「只有等吳晟這樣的作者出現，鄉土詩才算有了明確的面目。」[15]1976 年，詩集《吾鄉印象》出版；1977 年，鄉土文

搖裏》、《吾鄉印象》、《向孩子說》、《再見吾鄉》、《他還年輕》五冊詩集。惟《再見吾鄉》因篇幅不足，與舊作合輯為《吳晟詩選》，由洪範書店出版（2000 年）。詳參吳晟〈也許，最後一冊詩集（後記）〉，《他還年輕》（臺北：洪範書店，2014 年），頁 217～219。

[15]余光中，〈從天真到自覺——我們需要什麼樣的詩？〉，《青青邊愁》（臺北：純文學出版社，1977 年），頁 123～131。

學論戰爆發；1980 年，詩作〈負荷〉選入國立編譯館編定的國民中學國文教科書；1997 年，散文〈不驚田水冷霜霜〉取代〈負荷〉選入國立編譯館編定的國民中學國文教科書，後來，〈水稻〉、〈土〉、〈蕃藷地圖〉等詩被選入「三民版」、「南一版」、「龍騰版」高中國文教科書；其他作品被選入國小、中學當教材的有詩——〈雀鳥〉、〈泥土〉；散文——〈遺物〉、〈秋收後的田野〉、〈小池裡較大一尾魚〉、〈採花生〉。因此，吳晟永不落架，論述不斷，迄今近 900 種，堪稱臺灣現代文學的奇觀。在眾多研究裡，大概可以歸納出六個面向，即：

（一）詩派類型的討論

余光中是最早將吳晟「吾鄉印象」組詩定調為鄉土詩的人（1975），不過，顏炳華在〈《泥土》代序〉（1979）[16]卻以為「詩人的美名、桂冠，……應歸於那些反應現實、抓住時代感覺的詩人——真正的詩人。」並辨析：「吳晟的詩，處處可見源於對鄉土、對生命真摯的熱愛，不是即興的隨即忘卻的感觸，也非技巧與主義派別等格局下的表現，而是醞釀再醞釀後的深情流露。因此，我們不能將吳晟限定為鄉土詩人，而誤解他的成就。……這位對生命、對社會充滿了忍抑不住的關切，對泥土執著而深情的詩人，實實在在投身在農村中，沒有一般『知識分子』虛矯的尊貴和飄逸，也不叫喊什麼口號，不宣揚什麼理論，……吳晟的詩誠然不是流行性的，也不光彩奪目，但在他如泥土般真摯厚重的作品中，我們卻可從平實中見深情，從平淡中見深刻。」

宋田水〈「吾鄉印象」的鄉土美學——論吳晟〉說吳晟詩作為憫農詩（1991）[17]；莫渝〈真誠與泥土——農村詩人吳晟〉（1995）[18]稱之為農村詩人，劉梓潔（2006）、呂正惠（2007）則援例；施懿琳〈稻作文化蘊育

---

[16]顏炳華，〈《泥土》代序〉，《泥土》（臺北：遠景出版公司，1979 年），頁 1～28。

[17]宋田水，〈「吾鄉印象」的鄉土美學——論吳晟〉（上、中、下），發表於《臺灣文藝》第 127～129 期（1991 年 10、12 月、1992 年 2 月），頁 42～106、78～97、42～73。

[18]莫渝，〈真誠與泥土——農村詩人吳晟〉，原發表於《國語日報》，1995 年 5 月 27 日；後收入《愛與和平的禮讚》（臺北：草根出版公司，1997 年），頁 149～161。

下的農民詩人——試析吳晟新詩的性格特質與批判精神〉（1996）逕稱農民詩人，或「農民作家」[19]； 蕭蕭〈吳晟所驗證的現實主義新詩美學〉（2007）[20]，稱吳晟為現實主義詩人；陳義芝〈自然主義者——吳晟詩創作的歷程〉（2017）[21]則稱之為自然主義者；其他有現代山水詩、田園詩人、泥土詩人、種樹的詩人……等等，不一而足。

1977 年，王拓〈鄉土文學與現實主義〉[22]在鄉土文學論戰中，揭櫫「真正的『鄉土文學』是關心自己所賴以生長的土地，關心大多數與我們共同生活在同一環境下的人的文學，這種文學我主張用『現實主義文學』，而不用『鄉土文學』……」；同年，蔣勳〈臺灣寫實文學中新起的道德力量——序王拓《望君早歸》〉[23]，顯然呼應王拓的主張，並闡述這類文學的嚴肅意義。

在眾多詩派類型中，吳晟曾思考在社會參與與藝術完成如何取得平衡：「關切現實當然不是唯一的文學題材，但絕對是重要的題材；或者說，詩可以處理『超現實』的題材，當然也可以『關切社會』『介入現實』。只是不但要顧及普遍性，更要通過『藝術性』的嚴苛檢驗。這是社會寫實文學的創作者，必須面對，並一再反省自己的共同嚴肅課題吧！」[24]他自述：「我的詩作當然不只局限在農村、鄉土，即使同樣題材，也會深入觸及普遍的人性情感。」[25]可視為對眾多詩派類型論述的一種回應。

（二）文本的研究

吳晟創作的詩、文自從被選入國民小學、中學、高中國文教材（香港與新加坡，也是如此）以來，深受學界的注意，專著散論繽紛，迄今專著

---

[19]施懿琳，〈臺灣最重要的「農民作家」——《吳晟散文選》序〉，《臺灣日報》，2006 年 4 月 17～18 日，21 版。

[20]蕭蕭，〈吳晟所驗證的現實主義新詩美學〉，收入林明德編《鄉間子弟鄉間老——吳晟新詩評論》（臺中：晨星出版公司，2008 年），頁 170～190。按 2007 年，改寫自《臺灣新詩美學》（臺北：爾雅出版社，2004 年）。

[21]陳義芝，〈自然主義者——吳晟詩創作的歷程〉，《聯合報》，2017 年 10 月 16 日，D3 版。

[22]王拓，〈鄉土文學與現實主義〉，《夏潮》第 3 卷第 2 期（1977 年 8 月），頁 8～10。

[23]蔣勳，〈臺灣寫實文學中新起的道德力量——序王拓《望君早歸》〉，《望君早歸》（臺北：遠景出版公司，1977 年），頁 1～13。

[24]吳晟，〈詩名〉，《一首詩一個故事》，頁 230。

[25]吳晟，〈也許，最後一冊詩集（後記）〉，《他還年輕》，頁 233。

六種（1995～2019）、學位論文 24 種（2002～2019）；綜論 211 篇（1979～2019）、分論 411 篇（1967～2019）。當中，顏炳華〈《泥土》代序〉（1979）最先發聲，能引人入勝，而曾健民連續為吳晟散文集寫了五篇序，既是讀者也是導讀人，能入乎其中又出乎其外，觀點頗為獨奇，如〈變異中的農鄉——序《農婦》〉指出：「沒有一位作家這樣深情地刻畫過臺灣數十年來農鄉的真實景象。更沒有一位作家這麼執意地典型住農鄉人們的高貴美德及生活哲學。」（1982）陳映真〈試論吳晟的詩〉（1983）[26]，貼近吳晟經驗世界，指出詩人「動人之處，正好是他那種憂煩不可自抑，獨自向不平、不公苦口婆心的聲音。而吳晟的缺點，也正好是他過分自抑和自制，使他有時無法發出更為昂揚、更為解放的聲音，使他的詩的音域，受到一時的限制。」

組詩一向是吳晟詩歌的主要特色，也成為學者論述的焦點，但能長期追蹤，累篇成書的，如曾潔明自 2005 年，從「禽畜篇」組詩、《農婦》進行研究，並出版《吳晟詩文中的人物研究》（2006）[27]。

2003 年，林廣根據吳晟詩作（1972～1999）中的土地與海洋兩大主題，評析吳晟四十首詩作，並於 2005 年結集出版。[28]

而單篇作品的討論，則有〈負荷〉、〈泥土〉、〈手〉、〈我不和你談論〉、〈沉默〉、〈蕃藷地圖〉、〈過客〉、〈黑色土壤〉、〈落葉〉……等。其中，李豐楙的〈〈負荷〉賞析〉（1987）依據結構、意象、修辭學觀點，鞭闢入裡，直指「最沉重／更是最甜蜜的負荷」矛盾而又真實的感受。並評述：「吳晟運用極平淡的語言，抒寫『平凡的人的平凡的思想』，卻能達到平淡而實腴的境界。……臺灣的現代詩壇曾墜入密碼式的惡夢中，以為非驚人之語、非晦澀之語，不能成為『現代詩』；非向潛意識挖、非表現現代感，不能成為『現代詩』。吳晟的詩，是詩壇中的一種自覺，也是值得開拓的一

[26]許南村，〈試論吳晟的詩〉，《文季》第 2 期（1983 年 6 月），頁 16～44。
[27]曾潔明，《吳晟詩文中的人物研究》（臺北：萬卷樓圖書公司，2006 年）。
[28]林廣，《尋訪詩的田野：評析吳晟的四十首詩作》（臺北：聯合文學出版社，2005 年）。

條民族的、大眾的道路。」[29]

專著六種，宋田水開風氣之先，於 1995 年推出《「吾鄉印象」的鄉土美學——論吳晟》[30]，論述吳晟詩作具有的特質、時代背景，以及詩作的地位，同時討論《農婦》、《店仔頭》兩種散文。曾潔明《吳晟詩文中的人物研究》（2006），以詩文中的人物為研究中心，包括父母、妻子、兒女、兄弟姐妹與親朋好友，可視為吳晟的家庭倫理之研究。

至於學位論文二十種，大概多與在職進修教師有關，由於吳晟詩文被選入國小、中學國文教材，因此，自 2002 年陳秀琴〈吳晟詩研究及教學實務〉[31]以來，吳晟研究逐漸成為顯學。接著，許倪瑛〈吳晟及其詩文研究〉（2005）[32]、賀萬財〈吳晟詩之詞彙風格研究——以重疊詞為例〉（2009）[33]、施詩俞〈吳晟詩文中農村意象與環保意識之研究〉（2011）[34]、吳建樑〈吳晟的土地書寫與社會實踐〉（2012）[35]、陳美娟〈吳晟及其現代詩研究〉（2016）[36]。其他研究面向還有社會學、以詩入樂現象、農村文學、鄉土意識、生命觀等。

（三）詩文美學的探索

有關吳晟詩文美學的探索，宋田水為第一人，1995 年，在《「吾鄉印象」的鄉土美學——論吳晟》曾指出：如果再考量他三本詩作（《吾鄉印象》、《飄搖裏》、《向孩子說》）的內容和同時代詩壇的一般現象比較，還可以看出吳晟詩作所包涵的三種特色和精神：1.寫近在眼前的現實；2.相信生活而不迷信理論；3.以無力者的立場替無力者說話。他強調吳晟詩的特質

---

[29]李豐楙，〈〈負荷〉賞析〉，收入林明德等編著《中國新詩賞析 3》（臺北：長安出版社，1981 年），頁 300～306。

[30]宋田水，《「吾鄉印象」的鄉土美學——論吳晟》（臺北：前衛出版社，1995 年），155 頁。

[31]陳秀琴，〈吳晟詩研究及教學實務〉（高雄師範大學國文學系碩士論文，2002 年）。

[32]許倪瑛，〈吳晟及其詩文研究〉（雲林科技大學漢學資料整理研究所碩士論文，2005 年）。

[33]賀萬財，〈吳晟詩之詞彙風格研究——以重疊詞為例〉（彰化師範大學國文學系碩士論文，2009 年）。

[34]施詩俞，〈吳晟詩文中農村意象與環保意識之研究〉（高雄師範大學國文學系碩士論文，2011 年）。

[35]吳建樑，〈吳晟的土地書寫與社會實踐〉（臺北教育大學臺灣文化研究所碩士論文，2012 年）。

[36]陳美娟，〈吳晟及其現代詩研究〉（屏東大學中國語文學系碩士班碩士論文，2016 年）。

「是以拙對巧、以寬厚對狹窄、以懷抱代替口號、以直爽代替蹩腳。」並分析這些特質，「可能得自於農人坦蕩明快的說話風格」，因此形之於外，成為樸素的詩篇，「它寫實中有言志，言志中有著抒情；而濃厚的社會懷抱，使得民間疾苦在他的字裡行間，都化成了筆底波瀾！」

因為吳晟長年與勞動者為伍，「他在詩作中流露出的勞動美學，自然生動，有條有理。」加上吳晟不追隨晦澀難懂的詩潮，也沒成為掉書袋型的詩人，獨自抱持社會寫實主義，「和廣大的臺灣百姓同體共悲」，書寫庶民情懷，所以說他的詩篇「是土地深處開出來的，有根有葉的生命之花。」

宋田水在書中還特別討論吳晟的兩本紀錄性的散文：《農婦》與《店仔頭》，大概反映了農村的精神與現實五個面向，即：1.悲涼的命運；2.勞動的苦樂；3.農業官員的腐敗；4.農村的掙扎；5.工商文明對農鄉的傷害。他綜觀吳晟的散文輕鬆自在、親切散漫，寫作手法屬札記和隨筆，而非精心的傑作，「藝術的提煉不夠」。

1996 年，宋澤萊〈臺灣農村生活記實文學的巔峰——論吳晟散文的重大價值〉[37]，則提出兼顧微觀宏觀的論述。他簡述臺灣農村文學的發展史，指出吳晟的散文《農婦》（1982）、《店仔頭》（1985）、《不如相忘》（1994）三種二十萬字為農村生活記實，作者依據親身的生活經驗來寫作，「他彷彿忌諱去寫到不曾親自經由感官認知到的實在東西，就是自己的夢他都很少寫到……他的農村散文變成極端的寫實（被自己五官所把捉的純真實）。」吳晟的農村描寫是「全面地、仔細地、完整地呈現一個農村的生活景觀」，在整個臺灣農村文學中，「吳晟算是第一人」。吳晟在人物描述上貫穿三代，涉及吳家、親戚朋友、左鄰右舍、同窗夥伴，從而構成一個農村家族史。

吳晟世居溪州，閱歷農村的滄桑，深入其境，動態的考察，因此「變遷」這個主題極為顯著，但他也兼顧農村變與不變的兩面性，「能持平地看待農村現象而不流於過分的情緒化。」作者反覆訴說做人的根本、人和泥

[37]宋澤萊，〈臺灣農村生活記實文學的巔峰——論吳晟散文的重大價值〉，《臺灣日報》，1996 年 11 月 10～13 日，23 版。

土接觸的重要性，馴至如何去愛護鄉土，可說是「把文學性與教育性結合在一起的一個範例」。

宋澤萊指出，吳晟散文語言別具一格，包括：口語化與素樸性，充分發揮寫實文學的文字本色。就吳晟農村散文的質與量來看，「他實在是戰後這五十年來對農村景觀、人物、問題描寫得最全盤、最精密的作家，……作更明晰、更全盤的認識與省察。」

2004 年，蕭蕭《臺灣新詩美學》第四章「現實主義美學——土地守護者驗證的現實主義美學——一、土地：從腳下出發」[38]接受宋田水的看法，並揭示現實主義美學的意涵：「現實主義是文學最基本的底流，自我、土地、人民、自然與人類共生共榮的生物群，這些就是生活中的現實。」並歸納臺灣現實主義的詩作，吳晟的作品呈現了四大特質，即：1.真型——不避刪削的「典型」美學，如農婦的型塑；2.真誠——不避醜惡，如實呈現；3.真切——不避繁瑣，重視個性鮮明，具體反映生活，強調細節真實；4.真知——不避焦慮，展現文學良心。[39]

2009 年，張瑞芬〈泥土的詩學——2009 年訪溪州詩人吳晟〉[40]，透過比較文學的觀點，將楊牧、吳晟相提並論，「吳晟與楊牧同樣出自本土，因生活背景與知識環境不同，終於走上兩條反向道路。」楊牧扣問性靈，以美文書寫奇萊前、後二書；吳晟具強烈的社會關懷，以素樸語言作為詩文的載體。「若說余光中和楊牧是優美的池蓮，許達然、吳晟就是粗礪而帶著芒刺了。……愈讀吳晟的詩文，愈覺得溫和謙卑俱皆表象，內裡蘊涵的頑抗精神是頗令人頭皮發麻的。」施懿琳早已指出吳晟詩作的政治關懷，從隱抑到激越；此一心路歷程，丁旭輝申述，是吳晟從孤獨的歌者到歌者的

---

[38]蕭蕭，「現實主義美學——土地守護者驗證的現實主義美學——一、土地：從腳下出發」，《臺灣新詩美學》（臺北：爾雅出版社，2004 年），頁 213～217。本文後改寫為〈吳晟所驗證的現實主義新詩美學〉。

[39]蕭蕭，〈吳晟所驗證的現實主義新詩美學〉，收入林明德編《鄉間子弟鄉間老——吳晟新詩評論》，頁 170～190。

[40]張瑞芬，〈泥土的詩學——2009 年訪溪州詩人吳晟〉，《鳶尾盛開——文學評論與作家印象》（臺北：聯合文學出版社，2009 年），頁 190～208。

孤獨的歷程。

一直以來，學界研究吳晟大多集中於 1971 年以後，對於 1970 年以前的詩作，較少論述，或多予負面評價。丁旭輝〈璞玉生輝——1970 年以前的吳晟詩作〉[41]，透過論述、例證，「突顯吳晟現代主義風格詩作的動人手采」。吳晟關懷政治，其詩作常採用隱喻手法暗藏諷刺寓意，陳映真認為始於〈月橘〉（1975），施懿琳追溯到〈一張木訥的口〉（1972）。丁旭輝則確認〈角色〉（1966）為第一首，透過索隱，配合〈仰望〉（1970）印證，前者的賢者顯然直指蔣中正，後者苦讀的你，應屬孫中山先生。當時詩壇瀰漫現代主義，但吳晟並沒有迷失自己，而「以現代主義的手法，寫下深刻真誠、至情至性而又技巧精湛、游刃有餘的詩作。」這毋寧也是後續書寫的珍貴經驗。

（四）詩文雙重奏

吳晟曾說：「詩的含蓄性、詩的隱喻性，固然超越了事件本身，而有更開闊的想像意義，若不做某種程度的解說，讀者往往難以察覺寓意。」為了能引起讀者共鳴，擴大影響力，他在 1980 年代改以散文形式來創作，並從 1992 年開始將他的新詩與散文進行對話，形成詩、文雙重奏的文學景觀。1996 年，我曾指出這種現象。後來陳秀琴〈吳晟詩研究及教學實務〉（2002）、曾潔明〈論吳晟「植物篇」組詩〉（2010）[42]均涉及詩文對應，而李桂媚〈吳晟詩文對應〉（2019）[43]，則分家人篇、事件篇、記憶篇，並詳細列出詩文的對應關係。

吳晟詩、文雙重奏，有 15 個案例[44]，如：

1.〈店仔頭〉（1972 年，《泥土》，「卷二：吾鄉印象」）／〈店仔頭〉

---

[41]丁旭輝，〈璞玉生輝——1970 年以前的吳晟詩作〉，《現代詩的風景與路程》（高雄：春暉出版社，2009 年），頁 219～242。

[42]曾潔明，〈論吳晟「植物篇」組詩〉，《第三屆「通識教育——傳統學術與當代人文精神」學術論文研討會論文集》（新北：景文科技大學通識教育中心，2010 年），頁 1～29。

[43]李桂媚，〈吳晟詩文對應〉，未發表，2019 年 2 月 10 日修訂。

[44]林明德，〈吳晟新詩與散文的雙重奏〉，《彰化師範大學文學院學報》第 19 期（2019 年 3 月），頁 1～34。

（1983 年，《店仔頭》）。

2.〈負荷〉（1977 年，《泥土》，「卷三：向孩子說」）／〈不可暴露身分〉（1992 年，《一首詩一個故事》）、〈試題〉（1997 年，《一首詩一個故事》）、〈負荷綿綿〉（2012 年 4 月 11 日，《聯合報・副刊》）。

3.〈不要忘記〉（1980 年，《向孩子說》）／〈軟弱的詩〉（1996 年，《一首詩一個故事》）。

大多創作於 1970～1980 年代，正反應了威權、白色恐怖的統治與知識分子的憂患背景。詩作涉及的面向與呈現的主題，包括：倫理觀念、政治與環保、農業與稻作，以及生命的反思等。

吳晟從 1992 年開始以輕鬆、詼諧的散文，與詩作對話，互文詮釋詩作文本蘊涵的訊息。15 個案例因詩、文雙重奏所帶出的意義，大概可以歸納為三個面向：（一）、關於創作背景的交代，有 1.〈店仔頭〉、2.〈苦笑〉、3.〈例如〉、4.〈寒夜〉、5.〈制止他們〉、6.〈我不和你談論〉等六首；（二）、主題意識的探索，有 1.〈手〉、2.〈牽牛花〉、3.〈黑色土壤〉、4.〈負荷〉、5.〈森林墓園〉等五首；（三）、反諷嘲弄的美學，有 1.〈過客〉、2.〈獸魂碑〉、3.〈不要忘記〉、4.〈我們也有自己的鄉愁〉等四首。

詩、文雙重奏並非詩歌翻譯或答案揭曉，而是藉著訊息的發現，擴大想像世界，挖掘主題意識，以延伸詩歌的語境與意境。這是吳晟獨有的文學景觀，也是臺灣文學的特殊風景。

（五）倫理意識

吳晟詩作釋放的多元主題面向中，以倫理意識最為突出，它不僅貫穿其他面向，更成為文本的深層結構。歷來論述，包括：曾潔明《吳晟詩文中的人物研究》（2006）、陳美搖〈吳晟的文學思想研究〉（2012）[45]、黃世勳〈吳晟詩中的家人研究〉（2014）[46]等專著，大概可以歸為家庭倫理的研究；而陳文彬〈從《吾鄉印象》到「再見吾鄉」——以臺灣農村社會發展

---

[45]陳美搖，〈吳晟的文學思想研究〉（彰化師範大學臺灣文學研究所碩士論文，2012 年）。
[46]黃世勳，〈吳晟詩中的家人研究〉（高雄師範大學國文教學碩士班碩士論文，2014 年）。

論吳晟詩寫作〉（2003）[47]部分涉及農村土地倫理、施詩俞〈吳晟詩文中農村意象與環保意識之研究〉（2011）與吳建樑〈吳晟的土地書寫與社會實踐〉（2012）則兼攝社會、土地等倫理。而莊芳華〈與自然修好——《筆記濁水溪》增訂為《守護母親之河》再版序〉（2014）[48]充分顯示自然倫理的面向。

2005 年，林明德〈鄉間子弟鄉間老——論吳晟新詩的主題意識〉[49]，正式提出倫理意識的新視角進行研究。倫理即人類道德的原理，是人類和諧與秩序的依據，其範疇概括家庭倫理、社會倫理與土地（自然）倫理三個層面，構成同心圓的關係。吳晟信奉家庭倫理、關懷社會倫理、堅持土地倫理，其核心價值指向是愛與悲憫情懷。他在鄉間扮演「大地公民」，守護土地；根深蒂固的倫理觀念，由核心的家庭倫理，往外擴散推衍，形成社會倫理與土地（自然）倫理的同心圓，這是他新詩的深層結構——極致價值之所在，也是他詩作耐人尋味的地方。並藉著李奧帕德（Aldo Leopold,1887-1948）《沙郡年記》（*A Sand County Almanac*）的觀點——「土地倫理」，探索吳晟詩作的深層訊息。這是李奧帕德的自然沉思後，所建構的智慧與理論。可以用來檢視吳晟的「土地愛戀」，而「生態良知」似乎是吳晟信奉的觀念，至於「大地公民」可以說是吳晟的身分證。三者聚集一身，從而為臺灣發出「愛深責切」的聲音。

之後，曾潔明〈論吳晟詩文中的生命教育：以環保教育為例〉（2011）[50]、〈吳晟「四時歌詠」組詩初探〉（2015）[51]，也運用李奧帕德

---

[47]陳文彬，〈從《吾鄉印象》到「再見吾鄉」——以臺灣農村社會發展論吳晟詩寫作〉（世新大學社會發展研究所碩士論文，2003 年）。

[48]莊芳華，〈與自然修好——《筆記濁水溪》增訂為《守護母親之河》再版序〉，《守護母親之河：筆記濁水溪》（臺北：聯合文學出版社，2014 年），頁 12～25。

[49]林明德，〈鄉間子弟鄉間老——論吳晟新詩的主題意識〉，《鄉間子弟鄉間老——吳晟新詩評論》，頁 228～258。

[50]曾潔明，〈論吳晟詩文中的生命教育——以環保教育為例〉，《第四屆「通識教育——傳統學術與當代人文精神」學術論文研討會論文集》（新北：景文科技大學通識教育中心，2011 年），頁 1～26。

[51]曾潔明，〈吳晟「四時歌詠」組詩初探〉，《第八屆「通識教育——傳統學術與當代人文精神」學術論文研討會論文集》（新北：景文科技大學通識教育中心，2015 年），頁 1～23。

的觀點，探討「大地公民」吳晟的土地倫理意識、環保思維，與師法自然等面向；黃炳彰〈水・土・米・樹：吳晟作品中的地方書寫與環境意識〉（2017）[52]，則針對自然環境。

這個議題深具意義，仍有發揮的空間。

（六）終極關懷

吳晟住家毗鄰公墓，童年即接觸到生死問題，也常形諸詩文，例如〈清明〉（1972）、〈輓歌〉（1973）、〈十年〉（1976）等。

2001 年，吳晟、莊芳華夫婦響應「平地造林」計畫，在二公頃多的黑色土壤種植原生樹種，包括烏心石、毛柿、櫸木、黃蓮、牛樟等三千棵。2005 年，他發表「晚年冥想」組詩十首，當中如：〈告別式〉、〈落葉〉、〈火葬場〉、〈森林墓園〉與〈凝視死亡〉（2007），均聚焦於初老、死亡的思考。多年後樹木成林，為了梳理樹距，他們開始送樹，把樹園夢想延伸到公共領域，或大專院校，以營造境教效果，或公墓以建構森林墓園。

「晚年冥想」組詩發表後，曾引起詩壇的注意，紛紛論述，例如：曾潔明〈吳晟「晚年冥想」組詩的意象〉（2011）[53]、李欣倫〈鄉間老去，化身為葉——讀吳晟詩文中的老死冥思〉（2017）[54]、蔡明諺〈從「再見吾鄉」到「晚年冥想」：論吳晟詩作的晚期風格〉（2017）[55]、陳文成〈吳晟詩中的生死觀照〉（2017）[56]等散論。而施玉修專著〈吳晟詩文作品中生命觀之研究〉（2013）[57]，特從「死亡」議題追蹤吳晟的生命觀。

張瑞芬〈泥土的詩學——2009 年訪溪州詩人吳晟〉曾說，吳晟寫了「晚年冥想」——〈告別式〉、〈落葉〉、〈墓園〉、〈晚年〉，「生命看似脆

---

[52]黃炳彰〈水・土・米・樹：吳晟作品中的地方書寫與環境意識〉，《第 21 屆臺灣文學家牛津獎暨吳晟文學學術研討會論文集》（新北：真理大學人文學院臺灣文學系，2017 年），頁 201～219。

[53]曾潔明，〈吳晟「晚年冥想」組詩的意象〉，《國文天地》第 308 期（2011 年 1 月），頁 50～56。

[54]李欣倫，〈鄉間老去，化身為葉——讀吳晟詩文中的老死冥思〉，《第 21 屆臺灣文學家牛津獎暨吳晟文學學術研討會論文集》，頁 155～169。

[55]蔡明諺，〈從「再見吾鄉」到「晚年冥想」：論吳晟詩作的晚期風格〉，「第 21 屆臺灣文學家牛津獎暨吳晟文學學術研討會」。

[56]陳文成，〈吳晟詩中的生死觀照〉，《當代詩學》第 12 期（2017 年 12 月），頁 77～102。

[57]施玉修，〈吳晟詩文作品中生命觀之研究〉（南華大學生死學系碩士論文，2013 年）。

弱，卻又如此頑強，像大樹無數的根鬚牢牢抓住地底，不肯輕易放手。」並指出：「直到『晚年冥想』抽離現實，省思生命，又開創出一個新局面來，倒真的有點像梭羅（Henry David Thoreau, 1817-1862）或華滋華斯（William Wordsworth, 1770-1850）的味道了。」

吳晟種樹、送樹，化墓仔埔為清幽怡人的綠公園，既可提升生活環境品質，又可減緩地球暖化。然而，其終極關懷（Ultimate Concern）指向卻是樹葬，這種回歸自然——自然生命觀的反思，毋寧是森林墓園的深層訊息。墓園有一方石碑刻著詩人〈新生〉的詩句：「每一截枯枝／是新芽萌發的預告／每一片落葉，輕輕鬆手／都是為了讓位給新生」可作為例證。四公頃、三百棵烏心石的溪州森林墓園，儼然是改造墓仔埔的範例。[58]

四、結論：未來研究方向

吳晟立足彰化，創作生涯六十年，自我要求藝術表現與臺灣現實密切結合。在教、耕、讀之餘，不停的寫作，主要動力大概來自生命的熱愛、社會的關懷，以及文學的興趣。他熱愛鄉土，深具強烈的批判精神。在生命不同階段的進程中，往往以憨直的性格、冷靜的思考、良心的議論，或詩寫臺灣或文論社會，略盡知識分子的責任。他四十七歲以前，大概扮演消極的觀念人，面對大地的創傷、人世的劫難，只能以詩作來控訴、對抗。1991 年，他化消極為積極，從幕後走到臺上，結合觀念與行動於一身，成為道地的知識分子，也活出吳晟的真本色。從白色恐怖年代（1949）、解嚴（1987）、政黨輪替（2000），迄今，他經歷曲折的歲月，也經驗艱辛的臺灣，曾寫下許多慷慨激昂、充滿無力又無悔的心聲；面臨初老，他寫下圓熟觀照的「晚年冥想」組詩，以反思生命。他的新詩近三百首是人生歷程的見證與詮釋，特別是，以詩篇記錄歷史，使得詩作具有詩史的特質。

[58]林明德，〈種樹詩人的終極關懷〉，《人間福報》，2019 年 5 月 10 日，4 版。

近年來，有關吳晟詩文的研究，蔚為趨勢，散論專著輩出，迄今近一千種，堪稱臺灣現代文學的奇觀。我們將之歸納為六個面向，即：（一）詩派類型的討論、（二）文本的研究、（三）詩文美學的探索、（四）詩文雙重奏、（五）倫理意識、（六）終極關懷。

這些批評指向無非是發現吳晟文學的底蘊。不過，我們認為當中還有可以進一步去研究的空間，特別提出六點供大家參考：

（一）目前吳晟詩、文大多僅作階段性的論述，宜進行全部文本的研究。

（二）吳晟詩文見證六十年來臺灣社會、歷史的發展，宜考慮科際整合（如：歷史、社會、政治、農業、環保、語言、文化等領域），進行與文本的對話。

（三）詩、文雙重奏是吳晟獨有的文學景觀，也是臺灣文學的特殊風景，還有待進一步研究。

（四）倫理意識與終極關懷兩面向為新嘗試，宜結合相關理論展開深刻的論述。

（五）吳晟散文兼攝報導文學，如《筆記濁水溪》、〈誰可以決定一條水圳的命運？〉、〈溪州尚水・米——水田溼地復育計畫〉……等，宜針對文類特性，加以研究。

（六）有關吳晟詩文的語境與美學，就目前的論述，為數不多，還有發展的空間。

輯四◎

重要評論文章選刊

詩集因緣選[1]

◎吳晟

之一、《飄搖裏》

1966 年 12 月，赴美留學的大哥，寄給我美金一百元，供我出版了第一本詩集《飄搖裏》。共收入三十多首詩，才八十多頁，採用 40 開小型版本。

雖然只是薄薄一小本，卻是有模有樣，鄭重其事請相識的美術老師設計封面，請張健老師作序，還附了後記。

那年我正就讀屏東農專二年級。收入的詩作大多寫於中學時期。

我從初二開始學習寫詩，即經常在各報刊雜誌發表習作，粗略估計，整個中學階段發表過的詩篇，大約有百首吧！包括《野風》、《文苑》、《文星》、《幼獅文藝》、《亞洲文學》、《創作》等雜誌，以及《藍星詩頁》、《海鷗詩刊》和一些學生刊物，約有二、三十種。其他還寫了多本滿滿的筆記簿。

數年中學雕琢了那麼多篇少年的憂悒，可以想見投注多少心思，幾乎完全不理會課業、不聽長輩規勸，一味沉迷在文學的妄想中。

出版《飄搖裏》，更充分呈顯了我罔顧現實的任性。只因父親才去世一年，家中龐大債務逼迫甚緊，家境窘困，我卻為一己之私而要求大哥資助。

父親生前常因我的功課而操心而焦慮而流淚，其實我也常受自我責備的煎熬，只是天資愚鈍，既擺不脫文學興趣，又執意選擇自然組，也不懂

[1]編按：本文選自〈詩集因緣之一——《飄搖裏》〉、〈詩集因緣之二——《吾鄉印象》〉、〈詩集因緣之三——《向孩子說》〉、〈詩集因緣之四——《吳晟詩選》〉、〈也許，最後一冊詩集（後記）〉，前四篇收錄於《一首詩一個故事》（臺北：聯合文學出版社，2002 年），第五篇收錄於《他還年輕》（臺北：洪範書店，2016 年）。

妥善分配時間，沒有能力二者兼顧。

詩集出版後，我只拿了幾本給一、二家書局代售，少數送給親友，哪裡懂得什麼發行。其餘都堆積在賃居的竹床底下。

隔了年餘本應畢業，卻仍需留校重修，竟在極端複雜的心情下，將堆積的《飄搖裏》全部搬到租屋後院空地，焚燬、丟棄。

那是怎樣紛亂的情緒才有的行徑呢？是厭棄自己的作品嗎？是因課業再度挫折而遷怒嗎？還是對父母的愧疚懊悔，下定決心告別文學的宣示嗎？

如今我只留存一本《飄搖裏》，這是當年送給一位小女友，多虧她一直妥加保管，直到結婚成為我妻，才當作嫁妝帶來我們家。

之二、《吾鄉印象》

（一）

1970 年寒假，我還留在學校補修學分，「冒充」學生身分，參加了一項「救國團」的營隊，名稱是「大專院校期刊編輯人研習營」，營主任是詩人瘂弦先生。

剛抵達研習地點「澄清湖活動中心」，辦理報到手續後，幾個學員站著閒聊，相互認識。瘂弦也走過來，加入聊天行列。

聊沒幾句，瘂弦看著我的名牌，「咦」了一聲問我說：「你不是寫詩的吳晟嗎？」

胸前名牌上寫的是本名。而我從 1965 年高中畢業，遠赴南臺灣屏東農專就讀，多年來只在校刊校報刊登作品，幾乎未在校外發表，瘂弦卻隨即將我的本名和筆名連貫起來，令我又驚喜又靦腆。

我訥訥的問他：「請問你怎麼知道？」

瘂弦笑著說：「以前我們都在《文星》雜誌一起寫詩呀，我怎麼會不記得呢。後來文星詩選集《第七度》選了你多首詩，序還是我寫的呢。」

在「編研營」將近一個星期中，每天都有機會向瘂弦請益詩學，相處些時間。承他好意詢及我為何多年不見新作，我告訴他，其實我並未間斷創作，只是不向外投稿。

瘂弦鼓勵我重新整理，寄給他看看。當時他是《幼獅文藝》主編。

人生際遇真難預料。回頭檢視 1970 年代後發表的作品，大都尋得到人的因緣，其中和瘂弦淵源最密切。

這次研習營，還有各縣市青年期刊編輯人，因陳千武先生也是其中之一，研習最後一天的座談會，《笠》詩社的白萩、李敏勇等人也來參加，我們才初次相識。

1970 年代我也有不少詩篇在《笠》詩刊發表，和敏勇的相識不無關連吧！

（二）

歷經多重波折，1971 年 2 月，我終於勉強完成農專學業，本已決定北上任職編輯工作，並將去報到。

臨出門時，母親的淚眼令我心酸不已。

正巧在車站很偶然遇到一位高中國文老師，上前打招呼，在車上相談之下，才知道他原來早已派任本鄉國中校長，詢問了我的近況，大概對我印象還好吧，問我要不要回鄉任教，趁著剛好有教師缺額。

我父親 1966 年年初去世，家中雖有兄弟姐妹，但都已出國、出嫁、或寄宿在外求學，獨留母親一人耕作家中田地，守著農家偌大的房子。

編輯工作當然較符合我的興趣，但我既然有此幸運留在家鄉，何忍一畢業即離去？

女友體貼我這番心情，寧願捨棄都城，傻裡傻氣隨我回鄉間。

人生的道路，經常會遇上或顯或隱的分叉，必須不斷作抉擇；不同的抉擇，當然造就歧異的命運。而我這番抉擇，應該是生命歷程中非常重要的分水嶺。

（三）

我出生於一般農家，從小即需做些農事，長大雖然出外求學，但寒暑假正是稻作農忙時期，恰好可以派上用場。

尤其父親去世後，更必須回家幫忙。

在田野的懷抱中成長，農村的人事和景物，自然而然深深融入我的生命中；農家子弟土裡土氣的氣息非常濃厚，未曾被霓虹燈的閃爍所粉飾。

返鄉教書，跟隨母親實際耕作，背負龐大債務，更深刻體會生活的艱辛困苦。年少的浪漫詩情，無論是多愁善感的憂悒、或激情昂揚的狂熱，一一轉化為日常生存的承擔。

1970 年代初，廣大農家至少還占臺灣總人數一半以上。臺灣經濟的穩定力量，主要還是倚賴農地的田賦、水租等重稅，以及肥料換穀、壓低糧價等剝削政策。

農民習性，除非迫不得已絕不借貸，然而一旦收成欠佳、或家中稍有事故，不抵押田產借貸如何過日？像母親獨自供應四個子女在外求學的費用，累積的債務幾乎無力償還。

根據統計資料，並和多數鄉親相印證，當時沒有背負債務的農家，少之又少。原本窮困的農村，更加凋敝。

從 1960 年代興起的加工出口區，到 1970 年代更是大量吸納了農家子女，為了謀生，紛紛「拜託月娘找頭路」，納入工業勞動人口。農村人力的老化現象，越來越明顯。

就是在文明迅即入侵農村，臺灣急速由農業轉型為工商業社會的衝擊下，諸般「時代變化中的愁緒」，混合我長年來孕育自土地和作物的愛戀，點點滴滴醞釀了「吾鄉印象」這一系列的詩篇。

（四）

返鄉任教一個學期，原本已在宜蘭三星國中教書的女友，順利介聘本鄉另一所新成立的國中。於是我們順理成章結婚。

當年農村居家設備簡陋，農事忙碌而繁重，子女又相繼出生，生活艱苦可想而知。

然而婚後十年，卻是我心情最穩定踏實、詩創作最豐沛的時期。

鄉間環境本就單純，我又少與人交往，也不參與什麼社交活動。白天教書耕作，夜晚非常安靜，每日在平和的心境中，專注經營詩作。

這時我已確定了組詩形態的題材，並定名為「吾鄉印象」。

1972 年，終於完成了 13 首，整理妥當一起寄給瘂弦，瘂弦很快在八月號《幼獅文藝》，以單排形式一氣呵成刊登出來。

這樣大手筆的刊登方式，嚇我一大跳，大大震懾了我，翻開雜誌看到這組詩之時，心竟狂跳良久。

聽說這組詩作，很多人喜愛，最明顯的例子是畫家席德進，在這年的多幅畫作中，抄錄了多篇其中的詩；後來才相識的一些文友，也常有人提起。

然而我一直偏處鄉間，並不知道有什麼反響。

我仍默默繼續醞釀、繼續將「泥土篇」、「植物篇」等組詩，寄給瘂弦發表。

很巧合的是，在我發表「吾鄉印象」系列詩作這期間，唐文標強烈批判臺灣現代詩的多篇論文，也陸續發表，引起熱烈討論，許多文評家津津樂道。而「吾鄉印象」似未見到任何文字提及。

（五）

直到 1975 年 6 月（詩人節），我獲頒吳望堯設置的「現代詩獎」，彷如從此才引起注意。

我寧願信奉作品本身就是最直接的傳達。然則像我這樣乏於活動、若非經由得獎的熱鬧宣傳，有可能被承認嗎？

每次想起來，就非常羞愧難當不自在，而真想忘掉這件事。

值得一提的是，詩獎獎牌上鐫刻了一首代表作〈雨季〉，使用了不少臺語，朗誦起來確實另有特殊意味。其他多篇也有不少臺語，我並非刻意，只是覺得這樣和我的題材更搭配，便很自然的使用。

在我得獎不久，即接到周浩正先生來信，並惠贈乙冊他本人的論述著作，表示很希望出版我的詩集。

我和周先生素不相識，承他如此盛情，當然很高興，很樂意交由他主編的「楓城出版社」出版，並決定仍以《吾鄉印象》作詩集名稱。

詩集封面很樸素，是我屏東農專「南風社」學弟任凱濤所設計。爾後曾改變多種樣式出版，根據一些相熟友人表示，他們還是最中意最初這個版本。

詩集內容當然是以「吾鄉印象」各組詩作為主。包含一小部分在《飄搖裏》的舊作。最後附錄了二篇文章，其一是好友顏炳華教授的〈吳晟印象〉，另一是周浩正（周寧）先生的評論〈一張木訥的口〉。

文學基本上是生活的反映。我絕無意以「鄉土」自居，更不願以「鄉土」自我限制。我抒發生於斯、長於斯、工作於斯的鄉土經驗、鄉土情感，以及從鄉土出發的思考，本是極為自然的發展，不足為奇。

但在現代詩普遍脫離現實的晦澀風潮籠罩下，《吾鄉印象》的詩風，似乎特別難得，據說有很多年輕讀者喜愛。隔年八月即再版。

又很巧合的是，就在 1977 年 8 月，《吾鄉印象》再版之時，如火如荼展開了影響非常深遠的「鄉土文學論戰」。

之三、《向孩子說》

抱著你，拍啊拍
輕輕的拍
你卻將阿爸書桌上的鋼筆和詩稿
一件一件拿起來玩耍
一件一件拋到地上

背著你，搖啊搖
輕輕的搖
你卻在阿爸背上，呀呀抗議
使勁扯著阿爸的頭髮

孩子呀！安靜的睡吧
在這樣寒冷的深夜

一切如此寂靜
你為什麼還不安睡

難道你也知道
孤燈下，阿爸孤單的苦思和低吟
是最最徒然的愚行嗎
你也知道阿爸平淡的詩句
是多少苦難的焦慮
熬鍊出來的嗎

夜已這樣深，這樣寒冷
關掉燈，我們去睡吧
孩子呀！長大後
千萬不要像阿爸
讓絲絲寒氣，時時折磨自己

——〈寒夜〉

1972 年 6 月，我初為人父，整個生活重心，轉移到家庭、轉移到子女身上。

因為妻也在鄰近國中任教，上班時間央請住在同村的二姐回來幫忙帶小孩；但妻下班後，二姐即須趕緊回夫家料理家務。

在那個年代，農家設備諸多不便，妻要承擔瑣瑣碎碎的家事，假日又要協助些農事，非常繁重。

我既不忍妻過於辛勞，而且我從年少本就很喜歡小孩，何況是自己的子女，理所當然要多分擔照顧。

尤其每當夜已漸深，妻已很勞累，我更要表現出一位好丈夫、好父親的作為，請妻先去休息，孩子由我來帶。

帶小孩玩耍，確實滿心歡喜，常有想要緊緊抱住的感動。然而若是玩太久太晚了，我已沒力氣，隔天又要早起上班，而子女的玩興仍很起勁，我只好使用鄉間最普及的方式，以背巾背起來。

鄉間的夜晚，村人大都早早入睡，一片寂靜。背著子女搖啊搖，總會不自覺的和子女說些話，特別是深冬初春的寒夜，冷風咻咻、寒氣逼人，最容易觸發種種思緒。

這些思緒主要是作為父親的心情，融合日常生活所思所感，在年復一年、日日背著子女搖啊搖的情境下，不斷湧現，並逐漸轉化為詩作的意念。

只是我的創作習慣非常緩慢，雖然當了父親不久，即已萌發創作靈感，並確定了這組詩的名稱是「向孩子說」，仍有待長年累月的醞釀。

而且彼時我正進行另一組詩「吾鄉印象」的創作，還無暇顧及新題材，唯有點點滴滴先記下札記。

如此背大了長女、背大了長子，札記內容已累積不少。1976 年 10 月，《吾鄉印象》詩集出版，才轉而全力整理「向孩子說」的篇章，並繼續背次子，繼續做札記。

1977 年 10 月，前輩詩人瘂弦剛接編《聯合報》「聯合副刊」，邀稿於我，我便將已完成的詩篇一併寄給他。承他看重，連續在「聯副」刊登。

我的詩風本就傾向濃厚的生活性，這組詩又是「向孩子說」，詩的語言更淺白明朗。

其中第一篇〈負荷〉發表於 1977 年 11 月 28 日，而於 1980 年選入「國立編譯館」編定的國民中學國文科教科書，直到 1997 年才換我另一篇散文取代。大概描述這種普天下平凡父親的普遍情感，還頗被接受吧。

同時我又一直擔任國中教師，對子女的疼愛，自然而然擴及到廣大學生身上，因此我訴說的對象，可以說是包含臺灣下一代的子弟。

這一系列作品的發表，延續數年，但大部分集中在最初的 1977 年 11 月到 1978 年 5 月之間，曾收進 1979 年 6 月「遠景」版《泥土》這冊詩集。

詩集《泥土》由我農專好友顏炳華作序，同是農專好友陳義仁的版畫〈家母的畫像〉作封面，內分作三卷，卷三便是「向孩子說」。

沈登恩先生主持的遠景出版社，早在 1970 年代，即已出版了不少日據時代臺灣前輩作家及一般所稱「鄉土作家」的作品集，對臺灣文學的推動，發揮了莫大的影響力，實是功不可沒。

1985 年 6 月，洪範書店將我歷年來的詩作，重新按照主題，分三冊出版，即《飄搖裏》、《吾鄉印象》和《向孩子說》。《向孩子說》的封面，就是我三個子女。

回看《吾鄉印象》和《向孩子說》這兩系列的寫作，恰恰花費我整整十年的時光。可見我的才情有多遲鈍，必須付出多大的耐性，才勉強有些許成績。

這十年正是我農事最忙、教學最勤、家庭負擔最重的階段，卻也是創作力最充沛、生活最執著。

歲月匆匆流逝，子女漸漸長大、負荷漸漸減輕，我的時間越來越多清閒，可嘆創作力反而明顯的衰退。《向孩子說》出版至今已十多年，我竟還未完成另一冊新詩集。可見文學創作固然需要充裕的時間，更需要的應該是堅強的創作信念和熱情。

或許我該大大轉換角度，多多「聆聽孩子說」，還有機會再恢復旺盛的創作生機吧！

之四、《吳晟詩選》

從 1980 年，我的詩創作快速減少，過了二、三年即幾乎完全停頓。因素十分複雜，我曾在散文集《無悔》的篇章中有所剖析。

十多年來雖然出版過《農婦》、《店仔頭》、《無悔》和《不如相忘》四冊散文集，但寫詩的渴望不時在內心深處召喚。

我一向很少發表「即興」的單篇作品，以系列性組詩形式出現，成為我的創作習慣，也就是先尋找到主題方向，歷經長年思索醞釀，偶有吉光片羽，散句片段「靈光一閃」，隨時作札記，累積到感覺已孕育「成形」，才著手整理成詩篇。

我的寫作進展特別緩慢。每組詩作醞釀期難以估算，從進行初稿、粗具規模、一篇一篇再三斟酌到修改完成，通常費時數載。更何況這段期間，我在思想上、詩藝上都遭受創作生涯中最大的困境，有待克服，因而時間就拖得更長了。

直到 1996 年，總算接續完成新的系列組詩，總題是「再見吾鄉」，分為「寫詩的最大悲哀」、「經常有人向我宣揚」、「再見吾鄉」、「憂傷西海岸」和「我們也有自己的鄉愁」等五輯，集中刊登在《臺灣日報・副刊》和《自由時報・副刊》；另外，《臺灣新文學》雜誌也配合刊出。衷心感激詩人路寒袖、許悔之，和老友宋澤萊的支持厚愛。

有機會讀到這些新作的友人，也很高興，好意鼓勵我，我總是笑著回應：「是呀，表示我還活著，還未死掉。」

活著，不只是身體的，更是心靈上的；只因詩作一直是我和生命最真切貼近的對話，也是我熱愛人世最佳的表達方式。

經營這一系列詩作期間，我的家境正處於困阨重重，幸蒙多位至親好友即時伸出援手，大力扶持協助我度過難關，可貴的溫暖情分，不知如何傳達感激，必將永遠銘記在心。

另外，這一系列詩作，好友曾健民醫師提供不少意見；更特別的是，我們全家人都參與了創作的「勞動」，或在辭意上、或在內容上，都曾「加減」提出他們的見解，一起推敲，其情其景，令我充滿了幸福感，又有些「歹勢」。

尤其是任職報社副刊的吾女音寧，貢獻最多心力，她擔心老爸的「再出發」不能維持一定的水準，每組詩作必定嚴格把關，要我將不足不妥之處，再三修改，「審核通過」，才可投寄出去發表。

剛開始曾經被她逼得幾乎信心崩潰，鬱卒多日不言不語，她看狀況不對勁，趕緊傳一張小紙條安慰我：「爸爸，不要洩氣。這樣的題材，本就不容易寫。如果你一開始就『特好』，那就神了，就不符合吳家傳統，也不符合農村特質了！加油、加油。」

可見我的創作歷程有多艱辛啊。

終於在 1999 年，這一系列詩作大致完成。原本希望交由洪範書店出版，洪範葉步榮卻提議先行出版《吳晟詩選》，新詩集暫時擱置，「延後再議」。

洪範體例的詩選，樸素大方，有一定「公信力」，我很樂意列為其中之一。於是著手編輯，從原來的三冊詩集《飄搖裏》、《吾鄉印象》、《向孩子說》，選出自認詩藝表現上較為完整、耐讀的詩作。因為採取較嚴格的標準，結果只得七十首左右，二百餘頁，和洪範出版的詩選比起來，顯然不足。

困惱多日，想到「再見吾鄉」只三、四十首詩，即使單獨出版，似乎也太薄弱，又不知何時才能出版；況且內容探討面向，和「吾鄉印象」有緊密的關連，仍然延續我對臺灣農村、臺灣整體環境無可掩飾的疼痛。因而靈機一動，何不放棄等待新詩集單獨出版，乾脆納入詩選之中，雖然可惜，卻大大充實了詩選的分量。

如此確定了《吳晟詩選》的風貌，總結我從 1963 年至 1999 年的「精要」詩作。期盼新世紀來臨，我還有能力創造新的格局，開展新的題材。

之五、也許，最後一冊詩集

（一）

《他還年輕》這冊詩集，收錄我發表於 21 世紀（2001～2014 年）的所有詩作，52 首。

我以往出版過的詩集，亂無章法，混來混去，未遵守新鮮貨品原則，真是惶恐，愧對重複購買的讀者。

1966 年，我自費出版第一本詩集《飄搖裏》，薄薄八十頁，40 開本小冊子，因不滿意，未對外發行，在床底下堆積了一年多，長白蟻，乾脆悉數銷毀。1976 年，楓城出版社為我出版《吾鄉印象》，對十年前那本小詩集，仍未能忘情，選了部分詩作，混進裡面；1978 年「遠景」出版的《泥土》，以「楓城」版《吾鄉印象》為底本，再混進「向孩子說」系列新作；1985 年，洪範書店將《飄搖裏》、《吾鄉印象》、《泥土》所有詩作，再加進新作，依主題重新編纂，分成《飄搖裏》、《吾鄉印象》、《向孩子說》三冊出版。2000 年，洪範書店原本要出版我的新詩集《再見吾鄉》，葉步榮先生覺得篇數太少、單薄了些，建議我從「洪範」版三冊詩集，挑選我自認較耐讀的作品，再加進「再見吾鄉」大部分新作，合成《吳晟詩選》出版。又是新舊作混雜。

因此，依實質內容精確說法，我只有四冊詩集，依次是《飄搖裏》、《吾鄉印象》、《向孩子說》、《再見吾鄉》。

《他還年輕》是我的第五冊詩集，全新的作品。

很可能，也是我最後一冊詩集。

我作此推斷、或者說預言，有三大因素。

其一，我寫作進度太緩慢。

我無意謙虛，更沒有必要自我貶抑，但我從年少學習寫詩，就很認分，自知天資有限，絕非天才型，充其量正如詩人周夢蝶所直言，是「清才型」，有才分，但清貧。

像我這樣詩才平平，只能依靠苦學。我保留至今，多冊戒嚴時期偷偷抄錄禁書的手抄本，每一頁字字句句都那麼端正、整齊、一絲不苟的乾淨，可以作證，我天生對文字多麼虔敬。幸而我具備鍥而不捨的專注、耐性，和豐沛生命熱情的特質，才能有些小成。

我創作每一系列組詩，從意念的萌發，經年累月醞釀、作札記，初稿成形成篇，一再琢磨，修訂完成定稿，至少都要歷時數年。

《他還年輕》收錄我 14 年來所有詩作 52 首，平均每年不到四首。以這樣的進度，還要累積下一本足夠成書的分量，何其不容易。況且，人的體能、生命力，總有衰退的時候；何種年歲、什麼狀態下開始衰退，因人而異，總之，寫作最需要的想像力、創造力、持續力，必然會衰退。

（二）

其二，寫不好，就不要寫。

我的寫作歷程特別幸運，一直受到很多人愛護和協助。我有多篇詩作的來源，直接、間接得自許多人的啟示；不少詩句，或一字一詞，因有人指點、修改之後，更恰當、生動、有力。我將另寫一篇文章，就記憶所及，詳盡記述學詩以來，這些珍貴的一字之師、一句之師、靈感之師。

其中，付出最多心力成就我的兩個人，一位是我太太莊芳華。

芳華是我屏東農專的學妹，在校時，我是校刊《南風》主編，她是助理編輯，但她課業比我優秀，知識能力強我甚多；她曾領過畜牧科第一名獎狀，而我一直徘徊在退學邊緣。並且，我出身農村家庭，我的叔伯整個家族，和文化涵養沾不上邊，也看不出任何藝術細胞的遺傳；芳華出身書香望族，雖然她父親家道中落，但她和兄姐一樣，承襲家風，具有音樂、美術等天分。

結婚嫁到農鄉，芳華放棄自己的音樂夢想，將所有才華，傾注在三位子女的教養；教書之餘，攬起大部分家務，還要分擔農事，備極辛勞，我才能安心教學、耕作，還可以偷空握一握文學的筆桿。

子女長大成人，芳華負擔減輕，這時電腦興起十分普及，我自甘落伍不去學習，卻又貪圖科技之便，逐漸改變長年以來寫字像刻鋼板「雕琢」的習慣，文稿草率，交給芳華幫我打字之後再訂正，有時順便額外服務，幫我修改字句。有幾篇詩作的靈感，是我們一起出遊，沿路聊天、相互激盪而生。最典型的實例是，〈他還年輕〉這首詩，主要意象是芳華的創意，比喻臺灣還是地質尚未穩定的年輕島嶼，需要我們去愛護、去疼惜；與我心戚戚焉，又吻合「我雖已老、他還年輕」的晚年心境，一代傳一代、生生不息的自然生命觀。我便占為己用。

對芳華實在很不公平，我早就應該恢復青、壯年時期的「獨立創作」，不該再剝削她的才分。

另一位是我女兒吳音寧。

1980 年，臺灣還是威權體制戒嚴時期，美麗島事件剛發生不久，我應邀去美國愛荷華大學「國際作家工作坊」，為訪問作家，歷時四個月，和世界各國、尤其是中國大陸作家的交流，思想受到很大衝擊，回來之後，詩作少之又少，近乎停頓，創作轉而以散文為主。直到 1990 年代中期，新的組詩「再見吾鄉」才勉強構思而成系列詩作，但詩藝上總覺得很難突破，不夠圓滿。

當時音寧從法律系畢業，決定放棄煎熬了兩年的司法人員特考。正巧《臺灣日報》「重回」民營，詩人路寒袖回臺中報社主持副刊，音寧去應徵編輯被聘任。這是音寧非常重要的文學磨練機會。

那個階段我的詩作大部分「就近」投稿臺日副刊，必定要通過音寧的審查，開始會給我一些意見，自然而然成為我的品管部門，而且審查標準越來越嚴格，時常被退稿，指出某些地方的缺失、要我修改。她最常講的話是：不行呀！寫得這樣爛，拿出去發表，會被人瞧不起，有損你的名聲。

最嚴重的時候，我曾經受傷到很長時日不開口說話，顯然嚇到她，趕緊放了一張紙條在我桌上：老爸，千萬別沮喪、別氣餒，我們吳家本來就是靠慢工出細活，不必急……。老爸加油。

我有兩首詩：〈寫詩的最大悲哀〉、〈我仍繼續寫詩〉，寫得很苦楚，就是在這樣的背景下熬鍊而成。

音寧不只提供我修改意見，有時會直接幫我潤飾，竟而逐漸養成我對她的依賴，未經她審查通過，不敢寄出去發表。《他還年輕》這一冊我的晚年詩集，多處詩句其實是音寧的筆調。她的思維比我新穎、深刻，文字功力比我活潑得太多了。

但音寧確實很忙碌，為了實現農鄉願景，花很多時間和農民交陪、搏感情、共同守護家園，處理鄉親各種陳情，要做的事永遠做不完，自己想寫的文章那麼多，只好擱下來，我卻每寫一首詩，就要求她「幫我看看」，還一再催她，有時被我催煩了，說出重話：寫不好，就不要寫，又不會怎樣。

她的意思是，自己沒本事寫出好詩，乾脆就停筆。

是呀！寫不好，就不要寫；寫了也不必急於發表，我必須如此自我要求，不該再煩音寧。

（三）

其三，在書桌與街頭之間擺盪。

我從年少學詩以來，至今，凡購買得到的中文詩刊、詩集（包括翻譯），很少錯過，並且認真閱讀，兼及散文、小說等文學作品，但我是單純的愛好者，喜歡沉浸在作品的欣賞，不太花心思探究什麼流派、分析什麼主義等等理論。猶如詩人與詩人之間、詩社與詩社之間的是是非非，我也不太有興趣。反而更關注社會現實。

高中階段我曾在臺北就讀三年，正是思想成長期，逛書店和書攤，遠比花在課業上的時間還要多。應該是性情加機緣吧，除了耽讀文學作品，同時接觸到不少政治評論、社會思想的書籍、雜誌，啟蒙我背反威權體制教育的歷史觀、文化觀，激發出我追尋社會公義的強烈熱情。在我年少的習作中，「表現了一個有心用世的年輕人的壯志與苦惱」（張健，《飄搖裏》序）這一類作品，所占分量不輕。

年輕不知禁忌，本性又率直，平時難免好發議論，惹來不少「調查」，幸而都有貴人相助，才有驚無險度過。1970 年代，臺灣民主運動暗潮洶湧，到 1980、1990 年代風起雲湧，我不顧教師身分，和「黨外人士」密切交往，不由自主投身其中，為宣揚自由、民主、平等的基本信仰，無數個夜晚，一個村莊又一個村莊、一個鄉鎮又一個鄉鎮，慷慨激昂站臺助講。

一輩子定居農村，我的生活向來簡樸、知足，沒有任何名位野心，純粹只是「有心用世」的社會懷抱。感謝文學，彷如真誠友人，一直緊密相伴，明鏡般隨時鑑照本心，才能拂去蒙蔽是非的塵垢；才能適時拉住我，未捲進權力漩渦。

多年來我傾力支持過的從政人士，固然不乏始終如一、清廉自持；但我看過更多權力爭逐中，不知不覺陷進私心算計、戀棧功利、耽溺逸樂的泥沼，逐漸背離初衷、遠離公義。每每為人性如此容易墮落，難以抗拒世俗誘惑而唏噓而惋惜。

最沉痛的是，誰在「建設臺灣」？我們耗去整個世代的改革熱情，去對抗專制獨裁，推動民主體制，卻放任開發主義思維，「自由」氾濫，無限膨脹，縱容財團結合大小官僚、地方政客，巧取豪奪，包攬工程，「拚經濟」成為全民最高共識，只要打出這個口號，堂而皇之，什麼都可以容許、必須容許，如果出面抗議，不只要面對強勢警力，往往會被扣上反商、反經濟、阻礙進步的罪名，加以撻伐，早期還會以環保流氓伺候，依法整肅。

我們這一世代，確實「創造」了富裕「奇蹟」，然而攤開來看、不容否認，所謂的「經濟成果」，是掠奪了多少自然資源、糟蹋了多少生態環境、死滅了多少河川、汙染了多遼闊的土地和海岸……，換取而來？龐大的財富，又是集中掌握在哪些人手中？有誰懂得自我反省，而稍有愧疚之心、虧欠之意？

這些年來，我直接參與了幾件所謂的「開發案」的抗爭，簡稱環境保護運動，耐性閱讀一大冊一大冊厚厚的環評報告書，沉住氣「研究」來來往往的公文、背景資料，最大心得是，怎麼那樣大膽，敢編造這一大堆胡說瞎扯，深刻體會到「魔鬼總是藏在細節裡」：在冠冕堂皇的理由背後，不知躲藏多少利益結構不可公開、不可現身的魔鬼；在語意含混的公文裡，不知隱匿多少不易察覺的惡靈。

親身投入環境保護運動中，我認識了更多為捍衛土地正義、為維護自然環境挺身而出、積極行動的熱情夥伴、年輕朋友，他們從來不是為爭取自身的任何利益。從他們身上，我更深理解，真正為信念無私奉獻的生命意義。

他們和那些喜歡談論虛無、存在、孤絕、漂流、放逐、疏離、游移……的文藝圈人士，關心的事物、生活的態度，截然不同。

我多麼喜歡自家樹蔭圍繞的庭院中，這一間寬敞安靜的書房；我多麼喜歡書房裡一張安靜的書桌旁，沉醉在詩、文學的閱讀。然而，我不敢說自己身無半畝、心憂天下，但世間確實有管不盡的不平事，不時攪動我的心境，支使我走出安靜的書房，介入俗事，走向紛擾的街頭。而俗事，尤其是抗爭運動，多麼傷神、多麼累人呀！

（四）

《他還年輕》這冊詩集，共分五卷。以反對「國光石化」開發案、控訴強徵良田暴行、抗爭「中科四期」搶奪灌溉水源、守護家園水圳、反對核四廠……實際參與環境保護為主題的詩作十首，收錄在卷四「親愛的家鄉」，只占本書五分之一篇數，或許是濃烈的社會情感，普遍引起共鳴，較多人注意。尤其是〈只能為你寫一首詩〉在《商業周刊》發表後，一再有報刊雜誌選集轉載，流傳甚廣。

其實這一卷詩作是意外產品，並非在我擬定的寫作計畫之內。

2000 年 5 月，我總結 20 世紀（1963～1999 年）的「精要」詩作，在洪範書店出版《吳晟詩選》，後記中自我期許：「期待新世紀來臨，我還有能力創造新的格局，開展新的題材。」

我計畫中的新題材，是長年以來深深潛藏的生命與死亡、生命與自然環境的思索。

大約二十歲起始，我就陸續寫了〈終局〉、〈輓歌〉、〈辭別〉、〈夜盡〉、〈意外〉等多首探觸死亡的詩作。凝視死亡，即凝視生命，應該是多數詩人基本的創作主題，只是我這份玄思冥想，常被社會現實的關注壓抑下來。

2001 年，我決意回歸內在生命的省視，一面從家鄉土地出發，虔敬探訪臺灣山川、走踏名勝，融合歷史背景、人文特色、自然體驗，抒發時代情感，歌詠四季美學；一面沉靜下來，順應中壯歲月結束，逐漸步向晚年的心境，思索永恆的生命意義。

2004 年，我大致完成卷二「晚年冥想」系列詩作，給音寧審查，音寧的反應有些不尋常，和以往不同，沒有任何批評，只說一句話：先放著，不要發表。

我已被她嫌得很沒有信心，追問是不是寫得太差，她還是只講這句話：不要現在發表啦！聽得出口氣有些激動。

我察看她的表情，再看一下詩稿，起首詩就是〈告別式〉，揣測到她的忌諱，笑著說：免驚啦！無禁無忌吃百二。

我執意要發表，整輯十首投稿詩人好友許悔之主編的《聯合文學》，刊登在 2005 年 4 月號。

真是巧合，這一組交代後事意味的詩篇，發表後只隔數個月，竟診斷出罹患癌症，我不免有些錯愕，有些擔心，不過，坦白說，並沒有太大緊張，飲食作息睡眠如常。進手術房開刀前夕，還和一群文學好友吃喝開講到深夜，因多日前約好，不能爽約，我未透露病情。音寧電話催了多通才回家，回到家不久即入睡。

我無意故作灑脫、假裝豁達，但我的心情確實大致平靜。漫長的治療期間，雖然忍受了不少肉體的折騰與不便，常疼痛到啊——長長哀出聲，但忍一忍就過了，從未擔憂到失眠。

然而眼見一項又一項不當的「開發」，進逼家鄉，勢將禍延子孫，再也無法隱忍，一再催喚我走出書房，走上街頭。一波又一波抗爭運動中，我的情緒起伏動盪，悲憤、不安、焦慮，經常半夜睡不著，起來翻閱資料、研究公文、籌畫「戰略」，完全打亂了我的寫作計畫，「晚年冥想」被迫中斷，「親愛的家鄉」系列抗爭詩作「插隊」進來。

書寫與行動，一體兩面。書寫，進而付諸實際行動，才能發揮立即性更大的力量；行動，因書寫而更深化。但在時間的分配上，尤其是書寫過程中，情緒的掌控，如何轉化，費盡思量，「即使心頭淌血，也要耐心尋找／沉澱下來的血漬」(〈寫詩的最大悲哀〉)。

詩，表現所有的生命活動，可以興、觀、群、怨，當然也是社會參與的一種方式；不過，無論多麼崇高的題材，畢竟要回歸詩的標準來檢視。在書桌與實際行動之間；在含蓄與清朗、深刻與淺白之間；在詩意琢磨與社會功能之間，我不斷在做調適，不斷自我淬煉。

（五）

每個人的能力有限、體力有限，只能選擇自己最關切、能力所及的事，盡一點點力量。年歲有時而盡，不必忌諱，我的餘年也有限，我期許自己，致力維護自然環境，例如推廣護樹、種樹，特別是臺灣原生樹木的生態觀念、樸素美學，盡量彌補我們這一代的集體罪業。

我一再強調臺灣原生樹種，紅檜、扁柏、圓柏、臺灣杉、大鐵杉、肖楠、櫸木、擦樹、毛柿、烏心石、十分普遍的樟樹……，乃是百萬年亞熱帶臺灣島嶼，獨特的氣候、溫度、濕度、雨水、土壤孕育而生，分布高山、中低海拔山脈、平原、海濱，哪一種不是多麼珍貴。

然而短短百年間，這許許多多臺灣原生樹種，幾乎砍伐殆盡，繼之大量移入殖民國樹種、移入文化霸權樹種，又在浮誇的國際化滔滔風潮迷思下，移入一波又一波商業炒作、綁標設計，美其名為「園藝」的「昂貴」樹種。無論適宜性、功能性、未來性、樹型之美等等條件，我們自己的原生樹種，哪一樣不如？為什麼會被排擠到近乎絕跡？

任何物種都該尊重，我不該、也無意批評，然而每個地區，各有獨特自然環境孕育而生的「本土」特有種，不可取代，這是十分淺顯的生態知識，為何我們臺灣社會，非但不知愛惜，反而莫名其妙的輕賤？

許多文化現象，不也是類似情況嗎？扎根腳下土地的臺灣意識、在地情感，就像臺灣原生樹種，在各種強勢文化衝擊下，不自覺地一再流失。

我常自述創作主張：「寫臺灣人、敘臺灣事、繪臺灣景、抒臺灣情」。事實上，應該說比較「偏重」更恰當。生命情感豐繁多樣，每位詩人的創作，不可能局限在某種題材，我的詩作當然不只局限在農村、鄉土，即使同樣題材，也會深入觸及普遍的人性情感。但我從不否認自己的偏狹，猶如我從不否認我們必須多了解、多關心廣闊世界。

而所謂世界，不是由一處一處在地所組成嗎？我始終相信，每一處在地，都是國際一分子。若是對於糟蹋身邊土地的行徑，視而不見、默不吭聲，有什麼資格談什麼國際？在地與國際本來不該是對立的意涵，但所謂國際化論述，經常隱藏侵略的、壓迫的目的，以及作為疏離在地、看輕在地、扭曲在地，進而抬高自己的藉口。

時代風潮滔滔奔流，資訊如排山倒海，快速淹沒每一世代「風騷」人物；詩名如過眼雲煙，我從不妄想自己的詩名可以流傳久遠，更不妄想揚名海外。終我此生，只求多為保護生態環境，實實在在盡些心力。如果臺灣子弟，從我的詩篇中有些體會，更懂得尊重自然倫理，更懂得珍惜自己、珍惜萬物的生命價值，則是我奢侈的願望。我要特別感謝。

這篇後記，原先設定的篇名，直截了當，就是：最後一冊詩集。「洪範」葉步榮先生期期以為不可，建議我加上：也許，保留希望。我明知希望渺茫，不敢違逆好意，仍然遵從。

2014 年 9 月 8 日定稿

2016 年 5 月再版修訂

詩名

◎吳晟

一

你看出歲月的滄桑，明顯刻畫在我臉上，是否也能理解我對人世的關注，反而更熱切。

你看到詩作的累積，襯托在我年老的資歷，是否也可以體會，我的心境，仍然如文學少年那般單純而狂熱。

你看見我在文學活動的場合，似乎有些熱絡，是否也能想像，我在小鄉鎮的日常生活，很少很少有機會記得自己是詩人身分。

我仍信奉，就像土壤中的種子，各自汲取水分，耐心等待生根發芽，只有在寂寞中浸過汗水或淚水、只有在孤獨中傾注心血的詩句，才可能貼近人們的心靈深處。

請你確實檢驗我的新作，是否仍鮮活豐沛，如果只是重複老調，我寧願從此沉默不語。

二

在某個聚會場合，都城來的年輕詩友，突然輕聲對我說：「詩人無需客氣。」我愣了一下，望向他自信滿滿的神情，不解其意。年輕詩友笑了笑，再次說了一遍：「詩人本來就無需客氣。」

在某個聚會場合，都城來的報社編輯，相互敬酒時，誠意表示：「以你的詩作成就，要有自信。」

在某篇詩人介紹文章中（我的好友所寫），讀到一小段關於我的句子：「水稻在微風吹拂時的農民卑屈形象與哀愁感⋯⋯」。

想必是我長年在田間耕作，握鐮握鋤，習慣向大地彎腰向作物俯身，或是現實生活的連連挫敗，型塑了鄉間歐吉桑拘謹近乎謙卑的樣貌，成為我給人的既定印象。

詩家該有怎樣的姿態呢？

猶如水稻在微風吹拂，尤其是稻穗飽滿之時的低垂意象，謙虛與卑屈之間，有多重面向的解讀吧。

三

有位詩友如是形容我：他長久居住的地方，眼睛張開就是看到水稻，早晚聽的就是鄉親的語言，他一直都和母親住在保守的農村守著祖產。

這一小段描述連續使用「保守」和「守著」，言下之意似乎是在強調我的生活單一無變化，也在暗喻我的「視野」不夠開闊。

我的確是道地的農家子弟，田土和作物、鄉情和親情，自然而然成為我從事勞動之餘的詩作，最主要的內涵。我不諱言自己的局限性。

其實生命情境浩瀚如大海，每個詩家拚盡一生心力完成的作品，只不過反映了一些小小浪花，描繪了一圈小小波紋，各有圓滿自足的天地，也各有不同領域的局限。

而我仍堅信土地是生命根源；我也堅信從土地滋生而來的情感和體悟，自有生生不息的寬闊。

四

偶然參加一場詩學研討會，見識了許多學術名家、文學教授，侃侃而談各家詩社的起落、各種流派的興衰，以及詩社與詩社之間的恩怨情結。

私底下有人向我悄悄探問，那些風起雲湧的結社造勢，怎麼不見我的蹤影。

我約略知道，在我年輕時陣，曾有一群同輩，舞龍打鼓，意氣風發煽動右翼，颳起一陣一陣眩人風潮；也有一群同輩慷慨激昂煽動左翼，旋起一陣一陣熱烈讚賞。

右翼左翼右翼左翼，更有人不時搭配這個主義那個流派，順應時勢悄悄更換，迷惑了無數青春眼眸的仰視。

我坦然相告，長年居住村莊，揮灑沉默的汗水，乃至挑屎擔糞搬堆肥，我既無主義也無派別，只有靠雙腳踩踏田地，靠雙手握住農具。

在鄉間寂靜的孤燈下，鄉民的腳印、土地的氣味、作物抽長的枝葉……，便一一投射在我真實刻繪的詩作中。

如果必須探究我的詩作有什麼鮮明意識，我只知每一份詩情，都是連接臺灣島嶼每一寸土地。

五

1950、1960 年代，年少時期我曾在一本文學雜誌上讀到一小段話，大意是說：我們絕不寫今日刊出，隔天便被送去搗爛做紙漿的東西……。

這可以十分具體展現那個年代，不少文學同好的寫作信念。

我因個性使然，欠缺如此自負的豪情，然而這段話確實經常在我的思維中出現，是自我惕勵、自我期許的重要指標。

如今面對複雜多變泡沫般瞬即淘汰的聲光資訊，面對隨手丟棄變成垃圾，隔天便被送去搗爛做紙漿的文字產品，越大量製造，越快速消失，我仍堅持什麼呢？

就像某種手工技藝的老師傅，早年「刻鋼板」那般著力，我謄稿時仍一筆一畫鄭重其事，我是在抗拒文字的粗率，或者說抗拒自己的作品「年歲」太短促吧！

六

君子疾沒世而名不稱焉！（君子擔心死後名聲不流傳）。

我也因詩名不夠顯揚（如某本詩選未選入我的詩作、如某篇臺灣詩學論述未提及我……等等）而鬱卒而憤憤不平嗎？

我的確常因這些俗惡之念耗去不少心神。如財富斂之不足、如權位爭之不休，有何差別？真是無比羞慚！

每一次聲名的計較，都是一種妄想，每種妄想都化身無數隻手指，隨時向自己指指點點，又化身無數針刺，不斷刺傷自己。

其實我真正在意的，該說是詩作能否流傳，而不是有無獲得任何形式的桂冠。

如果我創作的詩篇，經常有人歡喜吟誦，某些詩句可以貼近人們心靈深處，響起清澈的回聲，那才是我最殷切的心願。

然則這樣的心願，也是多餘的癡想妄念吧！

喜愛文學閱讀，進而養成書寫習慣，作為庸碌生命中的寄託，便是莫大福分。創作過程固然難免艱辛，創作成果卻是難得的安慰。

七

詩人需要某些身分增添光彩嗎？或者說某些身分可以提高詩人的聲名嗎？

詩名顯揚與否，主要是憑藉作品本身吧！不過，確實有許多微妙的複雜因素，牽連著詩名的起伏，至少，在現當代。

比如社會地位、結盟造勢、集團依附、獎項烘托、媒體流行、時代風潮、意識形態，乃至詩人本身的傳奇故事……。

這些固然都是無需諱言的事實，我卻寧可寂寞，不願多費心思去「經營」，只因每一份詩名的強求，總是徒增心神的疲累和不堪。

我一再警惕自己，創作者有生之年，最重要或者說唯一必須講求的，只有傾注心血創作更完善的作品。

至於詩名顯揚與否，終究還是回歸作品本身吧！

八

難得邀請你回到年少歲月的故鄉彰化，特別親切高興，本應多談些愉快的鄉情，竟然按捺不住積存在我內心的俗惡之念，向你傾吐「聲名」的「委屈」，包括近幾年的年度詩選，未選入我「重新出發」的作品……。

我會有這些抱怨，充分暴露了我自己既無寬闊的心胸淡然視之，也無足夠的自信冷然待之。

承你好意一再肯定我的詩藝成就，並以「人之常情」寬慰我，令我既感激又羞愧。難得邀請你回彰化，本應多談些愉快的鄉情呀！

送你離去後，我確實懊惱不堪。我真是老不長進呀！像我這樣的年歲，早該歸真反璞，徹底擺脫聲名計較，全心全意擁抱生命、探求詩藝。

下次再請你回彰化，一定要帶你四處走走，回味回味年少歲月的鄉情，只談風土、不涉俗名。

九

詩作本身也是一種社會參與嗎？

正在就讀大學的兒子，聽我敘述對某些社會現象的憂慮，急於寫成文學作品，兒子發出疑問：「既然那麼關切，何不直接投身改革行動，不是更快更有效嗎？」

回顧三十多年來，我在農村教書、耕作，夜晚有限的休閒時間，則致力學習文學創作，不曾中斷，主要的動力來自生命的熱愛、社會的關懷，以及文學的理想。

其實我也曾花費不少時間和心力，直接參與社會改革運動。

然則社會參與和藝術完成如何取得平衡呢？其中時間和心力如何調配呢？

作品取材自社會關懷，是為了成就自己的文學「志業」呢？還是真正有助於發揮一些實際作用呢？

關切現實當然不是唯一的文學題材，但絕對是重要的題材；或者說，詩可以處理「超現實」的題材，當然也可以「關切社會」、「介入現實」。只是不但要顧及普遍性，更要通過「藝術性」的嚴苛檢驗。

這是社會寫實文學的創作者，必須面對，並一再反省自己的共同嚴肅課題吧！

十

「美國文學應該超越地域性」、「法國文學應該超越在地性」、「日本文學應該超越本土性」……。

我不知世界各國的「文學界」有無類似的理論指導，而「臺灣文學應該超越地域性」的論述，卻甚為強勢流行，延伸而來的「配套」論述，便是「臺灣文學不該狹隘自限、應該有世界宏觀、國際視野……」。

彷如，「地域性」便是等同於狹隘。

何謂「地域性」？如何「跳脫」如何「超越」？我未曾見過論者舉出「文本」實例作解說，不知有何所指，或隱含什麼「特殊意義」。

其實，將觸鬚伸向遼闊世界汲取養分，將枝葉開向國際天空吸取陽光，這本是起碼的學習精神和態度，誰會否定或拒絕？

然而如萬般植物根源於立足的土地，文學創作的主要根源，也是來自成長於斯、生命活動完成於斯的「在地」，這本是自然萌發的表現，何關乎什麼主義派別、意識形態。

我一直堅信文學創作根源於真實生活，才有動人的力量；同時文學回歸於生命本質，才有深遠的意義。

十一

偶爾應邀去演講，結束之後，掌聲、要求簽名、拍照，以及送花送精心製作的感謝卡片等等，熱情厚意，我確實無比欣喜感動，卻也很不自在。

我深知每一場演講，必須煞費時間心力作安排，若是講者內容不夠充實，真是愧對主辦人員，更辜負聽眾的寶貴時光。

而我雖然熱愛文學，並無高深的涵養和見解，只能講述一些閱讀經驗、創作心得供參考而已。

其實文學風貌有如人生面向，各自發展獨特的格調。每位詩家的議論，大抵是替自己的詩風作詮釋乃至作辯護。

我一再接受邀請去演講，除了不堪寂寞，如果有什麼私心，那便是希望有更多讀者親近詩，有更多讀者喜歡我的詩作，並從中獲得共鳴。

不過，「寂寞無人問」、無人閱讀，難免很失望，有人誇獎則很惶恐。每有讀者表示喜愛我的作品，欣慰之餘總有些「歹勢」，只恐自己的作品還不夠「水準」，辜負了讀者。

我也很不喜歡這樣彆扭的心情。

十二

演講場上，經常有年輕學子，也有中年聽眾，向我探問如何寫詩以及和詩相關的疑問，面對渴望得到滿意回覆的眼神，總是令我十分惶恐。

我唯一能作答的只是建議直接親近詩作，從閱讀本身吸收經驗、體會詩藝。

我絕無矯情。只因詩學領域浩瀚無際；而我所知何其淺薄有限。我仍繼續在探索詩的語言、結構乃至詩的意義，仍有許多困惑。

我的年歲固然累積了些經驗和心得，然而年歲也許是蓬勃生長邁向成熟的表徵，也可能是逐漸僵化固執、趨向衰敗腐朽……。

我希望自己每個階段都是起始、都是新人，都彷如回歸年少時光單純而熱忱的創作心境。

事實上，詩就是生命，對生命無止無盡的熱愛和探索，就是詩最大的原動力。

十三

年少學詩之初，嘗將詩人形象特別美化，幾近神聖化；逐漸有機會認識一些「名詩人」的真實「面目」，雖無所謂的「破滅」，總是懂得回歸到「文本」去看待。

詩人較有「修養」嗎？詩人較有「氣質」嗎？詩人較有「人格」嗎？詩人該有什麼風采呢？

事實上，寫詩不必然與任何「修養」、「氣質」或「人格」有關連。我曾認識脾氣很大、待人很傲慢、甚至對親友很絕情的詩人作家……。人性上許許多多的惡，也都可能在某些詩人身上毫無保留的表現出來。

然而詩畢竟是無止無盡的美好追求，任何詩人都不足以代表詩。

因此，每當應邀向年輕學子談詩，我總會擔心聽眾因為對我的失望而累及對詩的排斥。我常以這段話作結束：「你們可以對任何詩人失望（當然包括我在內），但千萬勿對詩失望喲！因為詩是無止無盡的美好追求，任何詩人都不足以代表詩。」

十四

生命的本質，無疑是寂寞而荒蕪吧！

幸而生活之中，每個階段，總有些特別貼心的人、特別動聽的歌曲、特別著迷的畫作、特別愛戀的詩篇、特別悅目的景致……，深深感動著我們，陪伴我們度過悠悠歲月。

這些陪伴也許是長長的一生始終不渝，也許只是短暫的剎那，畢竟都曾充盈我們的心靈、撫慰我們的精神。

正是這些陪伴，我們的生命曠野才有免於枯乾的源泉，才有免於荒蕪的綠蔭。即使孤獨，也增添如許美麗的色彩。

那麼，詩文學的閱讀與創作，乃是在寂寞的旅途中，尋覓深受感動的陪伴吧！

——選自吳晟《一首詩一個故事》

臺北：聯合文學出版社，2002年12月

泥土的詩學
2009 年訪溪州詩人吳晟

◎張瑞芬*

我猜想 1960 年初中沒畢業輾轉考上北縣樹林中學的吳晟（1944～），在臺北火車站附近的周夢蝶書攤躊躇時，就註定要走上和楊牧（1940～）截然不同的道路了。

當時的明星咖啡館與藍星詩社，熠熠發光，匯聚了臺北眾多文人。和吳晟同樣詩情早慧的楊牧，大學聯考落榜後在臺北補習重考那年（1958）結識了洛夫、瘂弦、黃用、敻虹，並與《藍星》覃子豪諸人熟稔，差一點組了「五人詩社」，這段際遇成為他進入詩壇的重要成年禮。然而是什麼原因，1960 年代寫著《飄搖裏》那些現代感十足的苦悶情詩的吳晟，與這一切似乎錯身而過了呢？

2009 年舊曆年前於彰化溪州圳寮村訪詩人吳晟。門廊下，閒坐籐椅，涼風徐來，兩歲孫兒采峰臉蛋像洋娃娃，光腳滿地跑。65 歲已是三個孫兒阿公的吳晟，現在為調養身體，彰師大和靜宜大學的兼課已暫時不去，看起來氣色頗紅潤。他抱著三個月大的紅嬰仔孫女采霖，徐徐搖著哄睡，臉上一派慈母般的祥和。「我少年嘛寫過小說咧」，「初中就常被退稿了。最早投《野風》，屢退屢投，投到《野風》主編田湜寫信來道歉」。吳晟呵呵笑說，寫作要有企圖心（我看，也要有超強意志力吧！包括吃地瓜葉和蒸南瓜泥養生，後者我試過，「歹吃」得要死）。同行的研究生，與吳晟老師隔壁庄的秀英拿出自家包的「包仔粿」，這又是我第一次見識的東西。

---

*逢甲大學中國文學系教授。

對於我上述問題，吳晟自己的解讀是，最早的確是和《藍星》的余光中、周夢蝶、張健（汶津）較熟，但是當時年紀算是小一點，沒坐咖啡館的習慣，兼以「庄腳作實囝仔出身」、「個性土直」，不知怎的，就是不會去「相找」。你看多年來為他寫序或評論的，是顏炳華、曾健民、宋田水、宋澤萊、康原（晚近則林廣、施懿琳、林明德），多屬同窗、鄉誼或有地緣關係的[1]，就知其所言不虛。

他的回答，在這 2009 年楊牧即將七十大壽且出版《奇萊後書》的當今，愈發突顯出許達然（1940～）、吳晟（1944～）、陳列（1946～）、劉克襄（1957～）這一本土系統與余光中、楊牧的相異來。或詩或文，這些本土作家的火氣、抗議、黨外色彩和對社會的憂心，不知怎地就是重擔一點。若說余光中和楊牧是優美的池蓮，許達然、吳晟就是粗礪而帶著芒刺了。像菅芒，也像野草，蒼蒼莽莽地在山巔水涯，生命力卻強韌得很。愈讀吳晟的詩文，愈覺得溫和謙卑俱皆表象，內裡蘊涵的頑抗精神是頗令人頭皮發麻的。像施懿琳教授說的「疾惡懷剛腸」，充滿了政治批判精神。[2]吳音寧 2007 年的皇皇巨著《江湖在哪裡？——臺灣農業觀察》，正好給乃父多年筆下心血下了堅強的註腳。而吳晟一般普遍被接受與認知的，竟是溫和安全的〈負荷〉、〈水稻〉、〈泥土〉、〈不驚田水冷霜霜〉，未免是買櫝還珠，太小看他了。

「文學是我社會懷抱的延伸，」吳晟說，「我太世俗了，容易有意見，尤其是批判性的意見」，「就因為這樣，我談論社會改革的理想，往往壓過文學。《筆記濁水溪》就是一個最實際的例子。」這本因 2001 年擔任南投縣駐縣作家而寫的書，原本吳晟打算寫山川之美，像梭羅（Henry David

---

[1]顏炳華、曾健民與吳晟就讀屏東農專時，共同主編《南風》，宋田水（宋樹淙）、康原、蕭蕭同為彰化縣人。宋田水《「吾鄉印象」的鄉土美學——論吳晟》（臺北：前衛出版社，1995 年）、林廣（吳啟銘）《尋訪詩的田野：評析吳晟的四十首詩作》（臺北：聯合文學出版社，2005 年）、林明德編《鄉間子弟鄉間老——吳晟新詩評論》（臺中：晨星出版公司，2008 年），都是評論吳晟作品重要專書。

[2]施懿琳，〈從隱抑到激越——論吳晟詩的政治關懷〉，收入林明德編《鄉間子弟鄉間老——吳晟新詩評論》，頁 106～135。

Thoreau, 1817-1862）《湖濱散記》一般優美抒情，結果寫著寫著，寫到河川政策去。忍不住在〈誰的日月潭〉、〈威權遺跡〉中，控訴起涵碧樓排放汙水對日月潭造成汙染，蔣公銅像與慈恩塔占據山地。「差點被涵碧樓老闆告。」吳晟笑說，刊登此文的《自由時報》主編蔡素芬，當時還緊張地打電話來問事實是有影嘸。早先〈憂傷西海岸〉一詩，痛心海岸線的工業汙染，也是一樣的道理。吳晟說，「我寫海邊的木麻黃愈來愈少，砍伐殆盡，人家都覺得太煩了。」

像楊牧《奇萊後書》的扣問性靈，簡媜〈水證據〉的優美抒情，或陳冠學《田園之秋》那種與世無爭的路子，我看他都很難。恐怕也早已忘記自己早年略顯造作的晦澀詩了吧：「驚於群星焦急眼色底氾濫／兩旁的樺樹們／都不安地叫了起來。」（〈小徑〉，《飄搖裏》）

吳晟自我調侃：「寫黃昏晚霞的顏色變化，喔！很美。去寫燒稻草，枯枝濃煙，就又落入俗世了。」在海岸邊就看到垃圾汙染，寫河川就忍不住寫到攔河堰，就像 1990 年代末寫「再見吾鄉」系列詩作的心情。當今農村經濟破敗，伴隨著資本主義的入侵，土地價值崩解，像執導公視紀錄片《水路——八堡圳》的陳文彬說的，吳晟彷彿扛著鋤頭黯然站在田埂邊，遠方濁水溪畔天空灰濛濛的，籠罩在臺灣農村頂頭上。

個性耿直，富正義感的吳晟，本名吳勝雄，1944 年生。父親曾任鄉民代表，耳濡目染之下，從小就很會打抱不平。國小五年級彰化縣長選舉，看到國民黨權勢壓人，他自動自發去募集鞭炮，幫黨外的石錫勳醫師助選。念書時頗好放言高論，在學生中算是活躍分子，還因此被情治單位到家中找過麻煩。在臺北火車站看到員警打小孩，也因上前抗議而被警察修理。[3]後來 1992 年吳晟的散文集《無悔》，對 1980 年代解嚴前社會強權體制的批判，完全是這種好管閒事的性格一貫體現。

從這些面向去看吳晟詩文，是倔強不馴，安安靜靜很大聲，震耳欲聾

[3]吳晟，〈期待〉，收入《無悔》（臺北：開拓出版公司，1992 年），頁 125～140。

的陽光灑在田野上，也像詩集《吾鄉印象》序詩所說的，「有一天／被迫停下來／也願躺成一大片／寬厚的土地」那派草根性，絕非「悠然看南山」那等的閒適。從在《自立早報・本土副刊》、《臺灣文藝》上寫作，和洪醒夫、廖永來、王世勛交情甚篤，到 1986 年與林雙不等文友創辦《臺灣新文化》雜誌被警總查扣，不折不扣走過一段黨外的歲月。

許多人眼中的詩人吳晟，是 1970 年代因詩集《吾鄉印象》崛起的，1980 年代散文《農婦》、《店仔頭》坐實了他的本土經典地位。收入國中小教科書或出為考題，又成為普及化的最大關鍵。「農村詩人」是吳晟的正字標記，詩是他自己最為看重的本業，寫得較早，也因之獲獎，並以此於 1980 年短期參加美國愛荷華國際作家工作坊。吳晟幾本詩集，內容多有重疊，1994 至 1999 年寫的「再見吾鄉」系列未出專書，是收錄在《吳晟詩選》裡的。依出版順序是《飄搖裏》（初版 1966 年，洪範書店 1985 年重出，加入多首後作）、《吾鄉印象》（1976）、《泥土》（1979）、《向孩子說》（1985）、《吳晟詩選》（2000）。[4]散文集則有《農婦》（1982）、《店仔頭》（1985）、《無悔》（1992）、《不如相忘》（1994）、《筆記濁水溪》（2002）、《一首詩一個故事》（2002）、《吳晟散文選》（2006）。1980 年代有很長一段時間，詩作減少，散文寫得較多，1990 年代以下，則詩文並寫至今。

就臺灣詩史而言，吳晟堪稱是一個異數，「歷經了某種曲折的不被認識與接受的過程」。這個詩人、教師兼農民的「有機知識分子」[5]，經歷過年少輕狂的叛逆期，中學念了好幾個學校，於屏東農專畢業。1970 年代初，與學妹莊芳華結婚並選擇回故鄉彰化溪州國中當生物老師，2000 年退休。不但地緣上遠離臺北詩壇，甚至連本土的「笠」詩社也沒有參加。他自己老實承認，不喜歡詩社裡的是非糾葛，向來「只有朋友，而無黨派」。吳晟能被臺北主流文壇肯定，進而享有廣大的知名度，除了瘂弦當年慧眼提拔

[4]《泥土》收了《飄搖裏》、《吾鄉印象》、「向孩子說」系列精華而成。

[5]陳建忠，〈讓土地說話——論農民詩人吳晟的詩藝〉，《鄉間子弟鄉間老——吳晟新詩評論》，頁 214。

之外，「吾鄉印象」剛好接上 1970 年代蓄勢待發的本土風潮與臺灣民主化運動，才是真正的關鍵。

現在看來，吳晟 1960 年代現代主義詩作《飄搖裏》，其實並非毫無意義的嘗試，〈浮木〉、〈輓歌〉都頗有味道，卻極少被談論，早期宋田水論吳晟幾乎是完全跳過此一時期的。正如林廣與施懿琳所說，那是「夢與愛的最初」，也是「從隱抑到激越」的過程[6]，是詩人吳晟「前社會經驗時期」的摸索與徬徨。

使他聲名大噪的「吾鄉印象」組詩，與稍後的《泥土》、《向孩子說》，無疑就是林明德教授所謂寶貴的「社會經驗時期」了。[7]《吾鄉印象》的詩藝，無疑比《飄搖裏》熟成，除了鄉土印記鮮明，可分立也可合觀的長篇組詩形式，在當時仍是首創，非常顯氣勢，也是重要原因。〈晨景〉、〈店仔頭〉、〈雨季〉、〈路〉、〈臉〉、〈土〉都很經典。這組歌詠臺灣中部農田故鄉的詩作，剛好寫在臺灣農業盛極而衰的峰頂，其實在蓊綠中是帶著淡淡哀愁的。用現在的話來說，叫作逆向操作，在即將到來的下滑趨勢前，返鄉的吳晟及時記錄了那美好的風景與人情。

《吾鄉印象》1972 年起陸續發表於瘂弦主編的《幼獅文藝》（少部分在《笠》、《藍星》），席德進曾以它們作畫，並題詩於畫上，引起不少注目。1976 年《吾鄉印象》全書出版，在瘂弦、余光中大力推薦下，為吳晟贏得「第二屆中國現代詩獎」的榮譽，這也是他成名的真正開始，距離吳晟初在《文星》發表詩作〈樹〉、〈漠〉的蒼白年少（1963）[8]，已經荏苒十幾年了。《吾鄉印象》的發表，和鄉土文學論戰前哨還有一些有趣的巧合。

---

[6]宋田水《「吾鄉印象」的鄉土美學：論吳晟》，林廣〈追溯夢與愛的最初——評析詩人吳晟早期的詩〉，收入林廣《尋訪詩的田野：評析吳晟的四十首詩作》，頁 270～285；施懿琳〈從隱抑到激越——論吳晟詩的政治關懷〉，收入林明德編《鄉間子弟鄉間老——吳晟新詩評論》，頁 106～135。晚近又有丁旭輝〈從《飄搖裏》論吳晟 1970 年以前詩作的開展意義與價值〉，《臺灣文學研究學報》第 7 期（2008 年 10 月）。

[7]林明德，〈臺灣文學中的歷史經驗——以吳晟的作品為例〉，原載《文學臺灣》第 13 期（1995 年 1 月），收入《鄉間子弟鄉間老——吳晟新詩評論》，頁 83～105。

[8]〈樹〉，《文星》第 69 期（1963 年 7 月）；〈漠〉，《文星》第 88 期（1965 年 2 月）；〈夜的主題〉，《文星》第 89 期（1965 年 3 月）。

當年吳晟每一組詩作發表時，幾乎和唐文標〈僵斃的現代詩〉那些批判文章[9]都同時，有人理論有人實作，余光中後來因此開玩笑說：「唐文標流了血，沒有完成革命。吳晟不必流血，就完成了新詩的革命。」

昔日少年，今已白頭。曾經慘澹飄搖，找不到出口的鬱結，透過詩與散文，像陽光和雨水般落實在廣袤的土地與農田裡，灌溉了己身所出的母土。正如詩人林廣所說的，「赤腳走過詩的田野」，吳晟的詩風，沾溉了後起的詹澈、廖永來、瓦歷斯‧諾幹等人，連 1980 年代羅大佑的歌〈序說〉，也延伸了吳晟的農村想像與舊社會價值觀。

吳晟近年新作頻頻，多發表在《新地文學》、《鹽分地帶文學》、《自由副刊》上，陸續有《一首詩一個故事》、《筆記濁水溪》、《吳晟散文選》、「晚年冥想」詩抄、「鄉間子弟」系列。在莊紫蓉、李欣倫、陳昌明、蔡依伶多篇專訪，以及許倪瑛等多篇碩士論文之後，吳晟似乎愈來愈被學界重視，然而他完全不受影響的，繼續走自己的路。未來將著手寫的，是以母親（吳陳純）為名的散文集《純園夢想》，主題是樹與人的省思，希望引起農政單位重視樹與人、土地與環境的關係。這的確是一種強烈的「土地倫理」，如林明德教授所說，吳晟是在鄉間，扮演著「大地公民」的角色了。像美國林務官李奧帕德（Aldo Leopold, 1887-1948）保育樹林的《沙郡年記》一樣。[10]

吳晟老師說，散文很重思想，不只是情感。所謂思想，包括人生信仰和生命價值觀。他自我批判時，一逕厚實謹慎、慢條斯理：「我寫的散文，粗淺粗淺啦！思想厚度還不夠。我是用親切誠懇，來掩蓋思想和文采的不足。這只能是好散文，還不足以成其大。」「我寄望我的下一本散文，可以在文采和思想厚度上達到好一點的融合。」「詩，老來比較難寫，詩是絕對

[9]唐文標〈僵斃的現代詩〉、〈詩的沒落〉、〈先檢討我們自己吧〉、〈什麼時代什麼地方什麼人？〉諸文，批判虛無蒼白，艱深難懂的現代詩風，收入唐文標《天國不是我們的》（臺北：聯經出版公司，1976 年）。此書剛好出版時間也和吳晟《吾鄉印象》同。

[10]林明德，〈鄉間子弟鄉間老——論吳晟新詩的主題意識〉，原載彰師大《國文學誌》第 10 期（2005 年 6 月），收入《鄉間子弟鄉間老——吳晟新詩評論》，頁 228～258。

要意象的，想像或創意不足的話，詩的質素，會變得比較平庸。」

此刻在樹影參差的 2009 年新春午後，作為一個已經休耕的老農，吳晟改不掉習慣地每天去「巡巡看看」。母親一輩子辛勤耕種的土地上，如今平地植起一片樹林，晴暖的陽光篩落樹葉，投下斑駁的光點。種樹是「苦著一代，蔭三代」，鴨舌帽、布衣膠鞋，吳晟東指西指像介紹自己的兒孫一般：「這欉是烏心石，六年了，那是肖楠、黃連木、樟樹，這欉桃花心木，十年了，才安捏而已。」（對我這個都市人來說，超出我的理解範圍。就像來的路上，見路旁磚牆歪歪倒倒寫著大字「俗田一分四十萬」，一分是多少？）師母莊芳華老師也來了，抱著孫女，一邊喊著田埂對岸的吳音寧那邊垃圾樹葉撿一撿去燒掉。腳底下竄過來幾隻剛剛在家門口溜達的家犬，一輛舊鐵馬停在田埂上，陽光在白花花的遠處河堤上。

你很難想像，這身形苗條的少年阿嬤寫過一本《行走林道——臺灣樹木與山林生態的抒情紀事》，那撿拾垃圾，臉龐紅撲撲的查某囝仔參加過學運，曾隻身去採訪墨西哥查巴達民族解放軍，寫了《蒙面叢林》，新近還出版了詩集《危崖有花》。這家子令人驚奇的還有吳晟長子吳賢寧，一邊當彰基心臟科主治醫師一邊還寫小說獲獎，次子吳志寧更是才華洋溢的音樂創作人，拿著吉他白白淨淨的帥小子，929 樂團主唱，簡直見證了臺灣本土文化多元發展的可能。

我看著吳晟老師那一腳高一腳低地走在樹林間的勇健模樣，很難想像這是一個幾年前膀胱癌開刀，還寫了絕命詩一般的「晚年冥想」——〈告別式〉、〈落葉〉、〈森林墓園〉、〈晚年〉的人。[11]生命看似脆弱，卻又如此頑強，像大樹無數的根鬚牢牢抓住地底，不肯輕易放手。說是日暮西斜，可是「在鄉間田野／仍有大片夢想趕著種植」的他，仍想著「種一棵樹，取代一座墳墓」、「想念的時陣／相招前來澆澆水」。李若鶯教授因此說吳晟晚

[11]吳晟，「晚年冥想」詩抄十首，發表於《聯合文學》第 246 期（2005 年 4 月），而後又在《鹽分地帶文學》第 9 期，發表〈凝視死亡〉在內的五首詩。

年的詩，已經超越「唯土史觀」，建構了新的生命美學。[12]這樣的人，豈是輕易在命運之神面前言敗的嗎？

吳晟說，所有的作品都是作家自我的投射，就像俄國文豪高爾基（Maxim Gorky, 1868-1936）講的，「每個作家都是某種階級的代言人」，「成分很重要」。鄉間子弟鄉間老，吳晟顯然不是小資或貴族一級的。有人說他的《筆記濁水溪》社會批判太強，以致減弱了藝術性，「稍欠文學想像」[13]，老農詩人是有話要說的。他認為社會批判性太強恐怕不能算作品的缺點，表達得好不好倒是值得討論。許多人說鄉土文學粗糙或狹隘，其實不對。寫圳寮不必然粗俗，正如寫紐約不必然偉大，「去中國化」，也不能和「臺灣民主運動」畫等號。戰後全世界都在追求本土化與民主化，各地都在發展自己的特色，什麼時候，「回到文學的本質，寫自己的土地，竟變成一種理論」？

你赫然發現，慈眉善目的阿公，變成憤怒的「崑濱伯」了。他說，目前的農業問題會愈來愈嚴重。很多人不了解，現在的經濟取向，開發式的農地政策，對農業並不是真的重視。（「農村再生條例」、「農地釋出」，吳音寧去立法院辦公聽會，就是奔波這個嗎？）身為戰後第一代臺灣作家，從日常的臺語轉化到純正中文的思維邏輯，曾使吳晟倍感艱辛（聽吳晟說話，「不三時」、「咱這沿的」，或說——阿盛的文字很「骨溜」。很難意譯，差不多可以出一本臺語辭典了）。臺灣作家有無可能擺脫中國文學的影響，獨創步法，找到自己的語言或聲音？這個在年輕人心中不存在的問題，卻讓他奮鬥了一輩子。這也是吳晟和楊牧同樣出自本土，因生活背景與知識環境不同，終於走上兩條反向道路的根本原因。

要我推薦，我心中吳晟詩的排序是：《吾鄉印象》第一，《向孩子說》其次，「晚年冥想」第三。《吾鄉印象》很經典；《向孩子說》開始在溫柔的

---

[12]李若鶯，〈純・度人生——評吳晟詩五首〉，《鹽分地帶文學》第 9 期（2007 年 4 月），頁 49～59。

[13]吳明益，〈內視心靈，外觀鄉土〉，《聯合報》，2003 年 3 月 2 日，23 版。

語言中埋藏社會批判與反思，〈阿嬤不是詩人〉、〈阿爸偶爾寫的詩〉、〈不要看不起〉都極好；「再見吾鄉」如一組悲傷記事，抗議意念濃厚，真的是「社會批判時期」。〈土地公〉悲農地消失、〈賣田〉是老農賣地的辛酸、〈老農津貼〉裡有鄉人對未來的茫然，詩的質素悄悄淡了。直到「晚年冥想」抽離現實，省思生命，又開創出一個新局面來，倒真的有點梭羅或華茲華斯（William Wordsworth, 1770-1850）的味道了。

他自己最喜歡的，又是哪幾篇？回答是〈負荷〉、〈經常有人向我宣揚〉、〈我不和你談論〉。〈負荷〉寫父母的心情，最為人熟知，〈經常有人向我宣揚〉政治色彩濃厚，是「再見吾鄉」組詩的一部分。〈我不和你談論〉，則溫柔中帶有堅忍的力量，也是相當典型的吳晟風格。

吳晟的詩，陳映真〈試論吳晟的詩〉一文認為，在開發音韻可能性之餘，兼有逆說式／倒裝的趣味，如「詠嘆自己的詠嘆／無關乎閒愁逸致，更無關乎／走進或不走進歷史」（〈土〉）、「勤快地浣洗陳舊或不陳舊的流言」（〈晨景〉）、「無所謂的陰著或藍著」（〈序說〉）、「有日或無日可向／有陽光或無陽光可仰望」（〈葵花〉）。讀起來是有押韻的味道。

在詩行的結構上，吳晟喜歡統一性，像插得架勢齊整的秧田，三段式鋪陳，外加一段總結。層疊往復，一波波推展開來的邏輯，頗收一唱三嘆之功。而這種不尚玄渺的風格，也真的適合用作中小學賞讀。這首他自己鍾意，也作為洪範 1985 年再版《飄搖裏》序詩的〈我不和你談論〉，就很典型：

> 我不和你談論詩藝／不和你談論那些糾纏不清的隱喻／請離開書房／我帶你去廣袤的田野走走／去看看遍處的幼苗／如何沉默的奮力生長
> 我不和你談論人生／不和你談論那些深奧玄妙的思潮／請離開書房／我帶你去廣袤的田野走走／去撫觸清涼的河水／如何沉默地灌溉田地
> 我不和你談論社會／不和你談論那些痛徹心肺的爭奪／請離開書房／我帶你去廣袤的田野走走／去探望一群一群的農人／如何沉默地揮汗耕作

> 你久居熱鬧滾滾的都城／詩藝呀！人生呀！社會呀／已爭辯了很多／這是急於播種的春日／而你難得來鄉間／我帶你去廣袤的田野走走／去領略領略春風／如何溫柔地吹拂大地

林廣《尋訪詩的田野：評析吳晟的四十首詩作》說這首詩是「以沉默的力量，喚醒迷失的心靈」，是很貼切的。

問吳晟自己的散文最喜歡哪篇？想了一陣，回答仍是喜歡寫母親的《農婦》〈嘮叨〉。那是他的散文最素樸最平民化的典型吧！全無炫巧，非常家常，卻很有畫面。1980 年代中期，《農婦》獲《讀者文摘》轉載，也拍成電視紀錄片，紅極一時，獲得讀者極大的熱情回報。就像隨著舊式農業社會消逝，也必然成為經典的詩作〈店仔頭〉一樣：「……店仔頭的木板凳上／盤膝開講，泥土般笨拙的我們／長長的一生，再怎麼走／也是店仔頭前面這幾條／短短的牛車路」。[14]

牛車路仍是原來的牛車路，田埂仍是母親當年大粒汗小粒汗拚命做的田埂。只是江湖已老，農村記憶已愈來愈遠離現代人生活了。看著吳晟今年八月即將出版的散文集《鄉間子弟》手稿，「現此時」的少年仔，幾人知道稻和穀有什麼差別？「豬母乳」、「風鼓」是啥？洋麻桿做的屎杯怎麼用？「莿仔埤圳」、「圳寮」、「三條圳」、「溪埔」、「下水埔」、「溪尾」、「水尾」、「溪州」，這些如「水世界」的地名是怎樣？古早形容人正直，是「條直」；逞強，是「好看面，無路用」；沒有文才，是「寫字像犁田」。孩子淘氣，說是「番格格」；女人漂亮，叫「水噹噹」。公務員人稱「吃頭路人」；稻田播種「趕時趕陣」、「透早趕到透暝」；說生活艱苦，叫作拚得「流血流滴」。唸「北斗」的一定是外地人，咱在地的攏嘛讀作「寶斗」。

1980 年代至今，散文裡書寫農村經驗的，不是只有吳晟。與吳晟散文集《農婦》、《店仔頭》約同時期的，就有黃勁連《潭仔墘札記》（1982）、

[14]吳晟〈店仔頭〉一詩原載《幼獅文藝》第 224 期（1972 年 8 月），收入詩集《吾鄉印象》（1975 年）。另有散文〈店仔頭〉，收入散文集《店仔頭》中。

蕭蕭《來時路》(1983)、阿盛《行過濁水溪》(1984)、吳鳴《湖邊的沉思》(1984)、羊牧《吾鄉素描》(1985)等。[15]其中映現的1940、1950年代臺灣農村真實面貌，例如「播田」、「搓草」、「灶孔」、「風鼓」、「埕尾」或「輪衡」，如今看來，都是被人遺忘，而彌足珍貴的回憶了。吳晟1980年代散文集《農婦》、《店仔頭》，連標題也用了大量臺灣俚語，如〈不驚田水冷霜霜〉、〈死囝仔咧〉、〈了尾仔〉、〈現有現好，羨人起猶〉〈好看面無路用〉、〈敢的拿去吃〉等。

像〈人有不必欣羨〉這種語式，已經完全打破了中文結構，道地臺語邏輯的了。「人有，不必欣羨」，意為別人的長處或優點，應該尊重，而不需以此自慚形穢或心生妒忌，也真是不用臺語唸不出味道來。目前臺灣能用這麼鮮活且生活化臺語入文的，恐怕不多。阿盛《夜燕相思燈》語言有古意，但也還是結合了文言的。目前農村面臨的不只是農業的棄絕，也是土地的異質化，最後就是土地情感與語言文化的喪失。真正守著良田作物，祖先遺產，「鄉間子弟鄉間老」的，大概真的只剩吳晟了。

《鄉間子弟》這本寫了好幾年的散文集，寫作緣起是吳晟見許多「眷村文學」被重視，想到農村是臺灣百分之七、八十的人的共同回憶，也應該有一本代表作，因此延續了1994年散文集《不如相忘》裡的「濁水溪下游記事」，一系列寫下自己的童年回憶。就像下一本寫樹的《純園夢想》，在《不如相忘》裡〈賞樹〉一文，也早有發想了。

吳晟的鄉愁概念，有趣的是，和外省作家余光中、鄭愁予是兩條平行線。那不是眺望海峽時，空間地理的遠隔，而是站在泥土上，對往日時光的呼喚。「再見吾鄉」系列裡〈我們也有自己的鄉愁〉就說得很清楚了，這

---

[15]黃勁連本名黃進蓮，臺南縣佳里鎮（鹽分地帶）人，「潭仔墘」是佳里鎮內的小村落；阿盛本名楊敏盛，臺南縣新營人；吳鳴本名彭明輝，《湖邊的沉思》卷一「鄉土情」，記花蓮故鄉農事；蕭蕭原名蕭水順，彰化縣社頭朝興村人，《來時路》原名《穿內褲的旗手》，其中「朝興村雜記」即故鄉記事；羊牧本名廖枝春，雲林虎尾人，《吾鄉素描》結合了發表於副刊的「濁溪組曲」與「吾鄉素描」而成。向陽〈既追根，也究柢——讀羊牧散文集《吾鄉素描》〉，曾以「回憶文學」來形容這些作品，向陽此文發表於1985年6月8日《臺灣時報》，收入向陽《迎向眾聲：八〇年代臺灣文化情境觀察》(臺北：三民書局，1993年)。

島上的鄉愁伴隨著各種圖騰，大量傾銷。貫穿吳晟所有詩文的，其實是現代社會對素樸文化的一種追尋。從《吾鄉印象》到《鄉間子弟》，無不皆然。鄉音、鄉人、鄉情，除了土地風物，他多寫家人（父親、母親、妻子、兒女），自然流露出來的舊式家庭倫理，也都足以證明這是一種完全異於都會與資本主義的，已然內化為生命本質的價值觀。

吳晟 2009 年 8 月即將出版的《鄉間子弟》，設定農村故鄉為主軸，語意平淺質樸，大致延續《農婦》、《店仔頭》，而成吳晟農村散文三部曲。然而吳晟以素樸語言所要訴說的，或許正是「鄉間子弟」已經沒有了。你看他寫〈男孩的游泳池和回家之路〉，早年的田間鄉下，大圳雖然湍急，流速卻穩定，夏天鄉下小孩放學，嫌赤足走在路上燙腳，膽子大的就「捨陸路而走水路」。衣服脫了，仰躺順水流數公里，「在到達田莊口時才登陸」，然後穿上衣服，若無其事地回家。這給現今在安親班裡補習補得暗無天日的臺北小孩看了，真是情何以堪？（套句流行語，會不會「太超過」了啊！）

對吳晟的人生與創作而言，1970 年代初返鄉任教並協助母親耕作，無疑是最重要關鍵。當 1970 年代寫實主義伴隨鄉土文學論爭洶洶而來，1980 年代都市、政治、性別議題當道，吳晟只是辛勤流汗，默默在中臺灣家鄉耕植了一大片詩的田畝。沿著一行一行笨拙的足印，誠誠懇懇，沉默的等待。經歷了「社會經驗時期」與「批判參與」、「沉潛反思」的淬煉，以不懈的毅力，實踐了自己的詩觀。蕭蕭曾言，賴和以時代，林亨泰以語言，吳晟以土地，三個彰化詩人在不同時代，見證了臺灣現實主義的詩作。[16]說得是很有道理的。

問吳晟寫作者需具備什麼基本要素？他說：「強烈的社會關懷」（這是和許達然同一掛的？），「對社會的熱情，也就是對生命的熱情。想寫作，就是要對社會一直有意見。臺灣很可惜，很多作品都不貼近人的生活」（那是真的，店仔頭、農婦，多鮮活！在張君雅小妹妹還沒出現前）。吳晟表

[16]蕭蕭，〈吳晟所驗證的現實主義新詩美學〉，《鄉間子弟鄉間老——吳晟新詩評論》，頁 170～190。

示：「藝術，如果無法喚起實際生活的感動，對我而言，層次太高了，那不是我要追求的。」前陣子米勒畫展引發旋風，「真正的農民可會感動？」他還戲謔地寫了一首詩，點出了他心中的疑問：「如果我家鄉的畫家／借到你的彩筆／美學大師或名流們／可會讚嘆？」（米勒農婦 v.s. 圳寮阿伯，有爆點，而且這人真是綿裡針，正刮倒削的。）

吳晟家中多年積累，藏書不少，他至今仍用手寫稿，並稱自己寫作很慢（據林廣統計，四十年來兩百多首，一年六至七首而已，實在是慢工出細活）。他也沒有固定書桌或地點，有閒才能寫。吳晟給年輕寫作者的建議是，不必迎合或討好讀者，但傳達的技巧，總要讓人可以理解。寫作不只是表達個人的藝術境界，而是希望有一定程度的讀者能閱讀或理解。

請他推薦寫得好的詩人，他說向陽。「有鄉土的氣質，但表現上較活潑。有許多作品都不錯。」

寫得好的作家呢？他數了邱坤良、廖鴻基、陳列、劉克襄、阿盛、廖玉蕙、瓦歷斯・諾幹。對於文學是否應該普及化，他認為文學可以商業，但不是作家自己用心思在上面。「受人歡迎容易，受人尊敬很難。以前我跟林清玄講過。九把刀，我有一次也和他說過，要寫得精一點。」（喔對！也是個彰化囝仔。）

暮色中離開了溪州圳寮小村，中彰快速道路車流如閃電奔馳，我腦海裡猶有金閃閃油菜花田的光影。這個頑固老爹，田莊阿伯，以前幾次在文學獎偶遇聊天，不知道文學背後的人有這麼強的內蘊。那古樸的三合院裡，樹影清涼，靜謐悠長的日子，帶著幾分淪落的哀傷，卻像是生生世世，可以永遠信守的，一個美麗的諾言。

不是先有理論，再有創作的啊！強烈的生命關懷，是持續寫作的動力。「寫作者一定要有真心。」看似平常的話語，實有深意。圳水深流，像人生的河，在中臺灣晴暖的麗日中，也在我的心中閃耀著。

原載於 2009 年 6 月第 8 期《新地文學》

——選自張瑞芬《鳶尾盛開——文學評論與作家印象》
臺北：聯合文學出版社公司，2009 年 6 月

《泥土》代序

◎顏炳華*

一

一代又一代，無數無數堅忍而固執的稻種，曾默默地孕育過亞洲大陸的五千年文化，腳印落處的泥土，稻種便滋繁，榮枯復榮枯。

有那麼一顆稻種，蘊含著《詩經》泥土的質樸、〈離騷〉的憂國、靖節的恬靜、杜工部的悲憫，以及五四以後的口語，隨著腳印，落土在這海島中部不太肥沃的泥土上。也曾經歷幾番海島氣候的風雨飄搖，終於尋著了那片不顯貴的苗床，像祖先們一樣，默默地固守著，將根困苦地伸入泥土中，終於而芽而苗而果實纍纍。

不是霓虹燈的血紅，不是咖啡杯的濁褐，不是彩虹飄渺的七彩，更不是都市臉孔的漠然和蒼白。而是大地的綠，樸拙的、偶而夾點牛糞味的綠，固守泥土的綠。在大部分稻種因經不起幾番風雨的飄搖而離開泥土而變種的今天，這顆在歐風美雨不斷侵襲下，仍保存純種的稻種，不可不謂值得稱讚。這顆稻種，就是因「詩風樸實、自然有力、以鄉土性的語言，表現時代變化中的愁緒，真摯感人」而獲第二屆中國現代新詩獎的吳晟。雖無萬人傳頌的美譽與幸運，寫了十幾年詩的「年輕的老詩人」，終於在臺灣詩壇有了確定的評價。

吾人經常於欣賞山川景色時，禁不住感嘆它的秀麗與幽靜，特別是對於一個來自終日喧嚷的都市人，常使其興葬身於此地亦無憾事之感。事實

---

*曾任中央大學機械工程學系教授，現已退休。

上，山川景色並不絕對靜肅，我們真正感動的是那份安詳。正如吾人欣賞海景，除感於它的浩瀚，亦感於浪濤聲響的澎湃；欣賞瀑布，除感於它的一瀉千里，亦震於它千軍萬馬俱奔騰的聲響。欣賞山景時更需鳥聲、蟲聲、風過原野樹林聲。沒有聲音的世界，是一幅不能想像的可怖畫面。同樣的，一個變動的時代裡，亦應有各類聲音，始能證實這個社會確實是活生生的，而非是已遭扼殺的。因此，詩人的美名、桂冠，不應屬於那些「即興」式的，除了詠嘆私己情感之外，別無關心的詩人。而應歸於那些反應現實、抓住時代感覺的詩人——真正的詩人。

根據上述判斷詩人價值的原則，環顧今日臺灣詩壇，我們發現吳晟這位寫鄉土詩的詩人，是最具代表性的一位。

綜觀吳晟詩的表現與發展，是溫和而非暴戾，細緻而非粗惡，保守而非激進，苦味而非疏外的。一言一語都是對社會現象的反應、讚美與批判。

吳晟的詩能不能走進歷史，當然我們尚無法斷言，但至少已引起一般人的注意。如余光中在《中華日報》所發表的〈從天真到自覺——我們需要什麼樣的詩？〉一篇文章中所談到的：「……等到像吳晟這樣的詩人出現，鄉土詩才有了明確的面貌。」

所謂吳晟的鄉土詩，並非僅限於用鄉土語言表現情感，更重要的是他用鄉土情感來描繪鄉民的生態。吳晟的詩，處處可見源於對鄉土、對生命真摯的熱愛，不是即興的隨即忘卻的感觸，也非技巧與主義派別等格局下的表現，而是醞釀再醞釀後的深情流露。因此，我們不能將吳晟限定為鄉土詩人，而誤解他的成就。即使不用所謂的鄉土語言，我們相信，吳晟詩中所蘊藏的熾熱情感，仍能打動我們的心脈，震撼我們的心靈。

初二開始寫詩，並在報章雜誌發表作品，說明吳晟的早熟。在眾多學子裡，他彷彿是一株已經泛黃的稻穗，懂得如何將成串的稻穗逼出體外。他的觸角像一隻蝸牛般四處伸張探索。由於內心年少情感的時而澎湃、氾濫，以及外在環境的變遷，早期的吳晟揮就了不少欠缺成熟的作品。

一瀉千里般的濫成，似是詩人成長的必然過程。吳晟初三時，曾因而誤信自己是寫詩天才，疏忽節制，大量製造作品，使得功課每況愈下，甚至高中聯考逼在眼前，他仍推開教科書，沉迷不悟，與繆思終日廝守。同學們手中捧的是一本一本教科書、參考書，他手中握的卻是一冊一冊的文學書籍。

「初三那年，一個下雨天，我父親專程趕來八卦山下的學生宿舍找我，父子兩人在泥濘的路上一面走著，一面討論升學問題。父親幾乎下跪了般苦勸我能及時回頭。講到最後，一直低著頭的我，感覺父親的聲音有點異樣，抬起頭望他，才發現父親的臉面，不知何時已是滿滿的淚水。那是一張多麼愁苦的臉，一張對兒子的前途近乎絕望的臉。他的痛心，正預知了寫詩將會遭遇一連串不順遂的現實折磨，也預言了我將在艱苦的心路歷程中，受盡永無休止的折騰。」

一個晴朗的三月天，太陽已略偏西，吳晟家門前，雞鴨鵝犬團團轉的曬穀場上，詩人曾如此述說。詩人的臉，彷彿是一株突然枯萎的向日葵，不忍回顧。

這種孝與不孝難以辨明的壓力，使身為農家子弟，從小即需幫忙農事，嘗盡辛勞的吳晟，在他大部分的作品中。每每離不開過於執著過於自責的悲苦。也許他可以成為一隻飛離水田嚮往悠遊的白鷺鷥。然而他卻是一株已經將根深深扎入泥土中的稻種。

吳晟寫詩的歷程確已很長久了，初中即離鄉求學，也踏上他浩瀚而艱苦的文學旅途。十幾年的寫詩歲月不可謂不長。

「可是，更重要的，應是如何交出良知，接續數千年的民族命脈，並將這個時代真實的聲音留下來。」詩人的眼神，一下子黯淡，一下子則神光爍爍。

「競相追逐虛華，崇尚物質文明的今日，詩人不可能『出脫』幾乎是註定了，即使真擁有些許物質文明的牙慧，亦抵不過內心種種對決的愁緒。

「詩人不是技工，不能專談技巧；更不是政治家，說什麼主義派別；詩人只是較常人易於受感動，也是生活在此時此地的社會中的一分子，怎能逃避這個社會諸般現象的衝激。

「今日我們的詩壇，不乏矯意的田園詩人，他們寫農人荷鋤高歌，寫炙人的太陽多麼溫煦，寫水田彷似柔柔的地毯，而不識鋤重累人，烈日灼人，穀芒刺人，不識天災與蟲害。水田更是走也走不盡的艱辛路程。

「變化節奏急劇的現代社會裡，各種現象的激烈對立，互相矛盾、互相衝突，性向揚善隱惡的民族性，又使我們不忍注目醜惡的一面，甚至連發出聲音來的勇氣，亦因慣於沉默而喪失。年輕的詩人們，如何騰越這種危機，如何在這充滿私心，追逐私慾的時代，忍過諸種精神拷問的困境，將身軀推入真實的現實社會，去了解，去關愛，將這一代的聲音，真切的烙印於歷史的一頁，應是今日詩人的最大課題。」

某日，詩人曾如此說著，詩人純真的臉譜，突然激昂起來，彷彿一盞突然光亮起來的燈。

「泥土的穩實、厚重、博大，農民的不矯飾、不故作姿態，真真誠誠對己對人對事的敦厚品性，始終深深引我嚮往和企慕。」

帶著這種省悟，吳晟從省立屏東農專畢業，走入社會——走回農家。許多好友常善意的建議他「投入文明」，他也曾和「文明」的「引誘」做過激烈的交戰，但歸屬於泥土的，仍歸於泥土：

從此，我將消逝
辭別寂寥的掌聲
辭別嚷嚷滿京華的冠蓋
我將悄悄消逝

——〈辭（答友人）〉

帶著自我省察的自覺，吳晟靜靜回到鄉間，再度投身那片較任何文明都親切的鄉土，一再放棄爭逐榮華的機會。

返鄉任教，並於課後和假日，跟隨母親從事耕作。和鄉里的農民接觸日多，他也由「讀書人」而被視為道道地地的「農友」。而後，吳晟的詩創作，果然有了轉變的契機，首先完稿了「鄉居日記鈔」詩輯，以日記方式作著告白，完全是一片抉擇的足跡。詩輯中有瘂弦的語調，也有佛洛斯特的影子搖曳其中，種種不甚可喜的跡象，不能不令人擔憂。但是，我們隱隱的可以覺察出，他開始在揚棄一些不是自己的語言和世界，掙扎脫身的痕跡頗為顯著。

「也許它自非常遙遠、非常遙遠，活著的我們一丁點兒也不認識的遠古以來，就如是流著，流盡了歲月的無情，流盡了人世無奈的滄桑和淒涼，流盡了許許多多命定的、人為的悲劇。」「文學創作，尤其寫詩，只是對生命最最無可奈何的關愛方式。」從這一路歷練和自省之後，確認了自己的本來面貌，擁抱如母親般孕育我們的泥土，如是便決定了他現在已經牢牢掌握的語言，樸拙、平實、真誠而不虛飾，寫出了一系列的「吾鄉印象」詩輯。呈現出來的，未必是鄉土的語言，但終於是吳晟自己的詩的語言。在《幼獅文藝》發表之後，逐漸引起有識之士的讚賞。

二

吳晟寫詩的歷程，依次大致可分為幾個重要的階段，即初期的《飄搖裏》、「不知名海岸」，近期的「吾鄉印象」和最近的「向孩子說」與「愚直書簡」。而選錄在本書中的作品的目次，仍是依詩的性質而分類，因此像最近才完稿的「愚直書簡」也與前述的《飄搖裏》、「不知名的海岸」等，同輯於「一般的故事」中。

不過，為了追述解析吳晟的詩，我以為按他詩完成的時間順序，必更能幫助我們了解吳晟的成長過程，詩風的演變與其精神面貌。

（一）

初期《飄搖裏》的迷惑與憂悒，時而激昂，時而低徊。「也有過昂揚的豪情，也有過纏綿的激情，也有過淒苦的愛戀。」這時期的作品，大都發表於早期的《幼獅文藝》、《藍星詩頁》，和現已絕刊的《文星》、《野風》、

《海鷗詩頁》等。這些詩，「抽象名詞的揉砌時嫌過度，映現情感的方式也欠缺創意，若干他人的影響仍頗顯著」（張健序），但對一個高中生實不能過於苛求，若干詩句仍很可取。收集在《飄搖裏》這冊沒有對外發行的小詩集中的二十餘首詩，容或過於生澀，但吳晟對生命的熱愛、對生活和感情的執著，以及有心用世的年輕人的熱烈情懷，已在這些作品中明顯的表現出來，為他以後的發展，透露出端倪。

滿天每一道彩虹的絢爛
是我沸騰的血液

——〈噴泉〉

自你迤邐而去的足印之中
必有一虹，昂然升起
昂然舉起滿空晴碧

——〈渡〉

（二）

「不知名的海岸」時期的清冷、凝聚和用世意念之舒展。

民國 54 年 8 月，吳晟度過了一波三折的高中生涯，終於掙開了升學壓力的桎梏，考入省立屏東農專。這一顆漂泊歸來的稻種，雖然漸漸厚實地垂向農田，映現自己的投影，明日仍遙不可知，完全屬於吳晟自己的聲音還未出現。

南下的夜快車是寂寥的，吳晟懷著年少的憧憬，趕赴屏東太陽的盛筵。烈日映現他年輕銳亮的額角，炙熱欲熔的柏油路面，承印他方向錯雜的腳步，黃昏的椰影，下淡水溪的落日，隱隱撼動著觸鬚四處伸張的吳晟。

此時（民國 55 年前後數年）的詩壇頗為熱鬧，吳晟卻從此銷聲隱遁了一段時期，不為紛呈的光彩所惑，不為諸多亂嚷嚷的風尚所淹沒。他並沒有停筆，在困苦中，他不斷的尋索，不斷的嚴厲逼問自己。在惶恐中，他開始有了執著，覺察到自己歸屬的，實在是泥土的族類，不是冠蓋滿京華的族類。身為詩人，還有比堅守自己的本質，實實在在的生活，更重要更清醒的課題嗎？年輕的吳晟，並不年輕，他已有了超乎本身年齡的自覺，不追隨潮流，不趨尚時髦，不逞一時之能「爭強鬥勝」，沉默的、踏實的探求。

一年級寒假，吳晟的父親不幸因車禍而喪生。失恃之餘，在醫院裡留下母親的悲影和他滿身的泥濘——田間操作的泥濘。盤旋於腦中的是血跡，奔告噩耗的計程車煞車聲、塵土、狗吠、雞叫、弟妹的學費、家計、債務……，形成一道密網，淒苦的籠罩著吳晟。墳場就在水田間，生活、農作、祭祀、抉擇的矛盾糾結等，從此不可能再從他心中割離。

暑假，滿懷沉痛的吳晟，赴臺東沿海的農場實習。在太陽升起的地方尋找方向，在太陽沉落的地方苦思默想。一生克勤克儉，熱心地方公益，多方為鄉民奔走的父親的影像，逐漸明晰、逐漸擴大。也許是父親的逝世，使吳晟開始真正關懷他的家鄉，這種懺悔心情的轉移，導至他用世意念的更加舒展。

甚至在他近期的作品〈土〉一詩中，亦如此傾露他獻身用世的悲情。

不掛刀，不佩劍
也不談經論道說賢話聖
安安分分握鋤荷犁的行程
有一天，被迫停下來
也願躺成一大片
寬厚的土地

——〈土〉

農專畢業前一年，吳晟必須在印刷廠打工維持生活，諸種壓力下，吳晟的詩有了凝縮的趨向。

雙手觸摸著機械，也深深探入生活的底層，愈發體驗生存的艱苦與意義。在「工人手記」中，吳晟如此寫着：「有陰沉的臉色壓迫而至，有咆哮灌向耳膜，有家人焦灼地索求接濟的限時信，淒冷的刺激着我淌血的心。惶惶然，戚戚然，但一切終究必須忍耐，忍耐啊！這個民族傳頌了數千年的苦難的美德。」

這樣的日子，吳晟不得不跨越肉體的辛勞，在實際生活的磨練中，邁向成熟。尤其，拋開「高級知識分子」的身分，和工人一起生活，一起工作，他的悲憫情懷，促使他對一般基層的人物，有了更深的了解，對他們努力工作，不妄談夢想，安於平凡的生活，有了更深的體悟和尊敬。每當他送貨去給學校、機關，挨受到一些職員無來由的官腔和指使，他都默默承受下來，也曾經「意氣飛揚」的吳晟，在一連串生活的歷練中，顯露了難得的沉穩。

（三）

近期的「吾鄉印象」的厚重、悲憫和愁緒。

「吾鄉印象」詩輯，不同於一般浮泛的「田園詩」，或閒適的農村參觀訪問記，當然不可能是童騃式的農村組曲。因為吳晟踏臨的地面，既不是艾略特的荒原，不是陶潛的歸隱田園，也不是齊瓦哥的滿眼黃花，而是厚重樸拙的泥土，孕育中國文化的泥土。從對泥土這樣源遠流長的摯愛中，深切的體驗中，吳晟的愛與詩，乃破土而出，並溯向比鄉土更為遼闊的傳統中國。這樣的歷史河源，既包含了遠古以來的掙扎和堅忍，也瀰融了文明與鄉土。

描述農村生態的第一筆，吳晟帶著些許無奈的筆調，展開「吾鄉印象」的序幕，但也展示了以今含古的歷史感。

古早古早的古早以前
吾鄉的人們
開始懂得向上仰望

吾鄉的天堂
就是那一副無所謂的模樣
無所謂的陰著或藍著

——〈序說〉

鳥仔無關快樂不快樂的歌聲
還未醒來
吾鄉的婦女
已環坐古井邊
勤快地浣洗陳舊或不陳舊的流言

——〈晨景〉

這樣的情景描述，最易使客居都會的遊子，在不容易仰望天空，不容易踏著泥土，日日呼吸著濃濁塵埃的文明生活中，興起緬懷鄉土的愁緒。

如是，吳晟筆下的野花野草野菜，不傲慢也不靦覥，自自然然的在我們的呼吸中生長。「泥土篇」、「植物篇」、「禽畜篇」，這一系列「吾鄉印象」的詩，自自然然的吸引著我們，撼動著我們。

又要上講堂，又得下田畝，吳晟的鄉居日子，是一場又一場勞苦的搏鬥，甚至最起碼的現代生活工具，亦得接受母親的排拒。我們幾個友人，都很清楚吳晟母親如何堅持拒絕電視機、洗衣機、機車等文明產物的侵入。但我們也深為敬佩她對泥土的愛戀，對農事的認真，便不再覺得她有任何愚昧和頑固，也不以為她「不近情理」或故作姿態。對鄉土的親愛逐漸淪喪的今日，她的「固執」毋寧是可貴可敬的。正如偌大的文壇上，代表「知識分子」心態的作品，比比皆是，隨處可見，吳晟「卑微」的「固執」，也毋寧是可貴可感的。這使我想起《飄》中郝思佳的父親無比愛戀的說：「泥土才是真正永遠的東西」。我們可以依吳晟母親的形象，來描繪原始的初民，看他們在自然中怎樣生活，怎樣工作，怎樣歌唱。請看吳晟在

「泥土篇」中如何描述他母親——

母親的雙手，是一層厚似一層的
繭，密密縫織而成

沒有握過鉛筆、鋼筆或毛筆的
母親的雙手，一攤開
便展現一頁一頁最美麗的文字
那是讀不完的情思
那是解不盡的哲理

——〈手〉

不了解疲倦的母親，這樣講——
清爽的風，是最好的電扇
稻田，是最好看的風景
水聲和鳥聲，是最好聽的歌

——〈泥土〉

沒有華麗的詞藻，沒有「深奧」的意境，沒有「飄逸」的詩情，也沒有變化多端、炫人奪目的意象，但是，在真實而深刻的描述中，吳晟的詩，每一行一句，無不可感受到他的深情。在這冷漠凌占優勢的時代，樸實的深情，正是吳晟最可貴、最感人的特性。

工業經濟發達，所謂的文明，在鄉村外圍展開豪華的盛筵，引誘著鄉村不經事的少年，一批一批離開農村，擁向都市。

入夜之後，遠方城市的萬千燈火
便一一亮起

亮起萬千媚惑的姿態
寥落著吾鄉的少年家

——〈入夜之後〉

然而媚惑儘管媚惑，吳晟中國農民先天執著的淳厚，未曾絲毫改變。因為「簡樸刻苦的環境，沖淡自律的生活培育下，在在不容我有絲毫放任。」因為「生存的蒼涼和艱困，較之一些輝煌的哲理，我體驗得更深刻。在我周遭的人們卑微的情懷，實更令我關心，更接近我的心靈。因為，我也只是非常平庸，甚至非常卑微的農家子弟。」吳晟的詩，其大動脈即在於這種莊嚴的卑微之體認。

雖然機械文明的聲音，隆隆的逼近鄉村。鄉民們的臉，禁不住流進來的繁華而漸成模糊，但是安分守己、仰望天色的性格，依然支配著農民生活的運營。生於斯、長於斯，亦準備葬身於斯。走出泥土，進入繁華，復回歸於泥土的吳晟，眼見文明不斷侵入「吾鄉」，而又固守著中國傳統農民的個性，這種交戰頓挫與無奈的愁懷，加上對泥土、對鄉民的摯愛，使得吳晟近期的詩作，有很濃重的宿命色彩。

店仔頭的木板凳上
盤膝開講，泥土般笨拙的我們
長長的一生，再怎麼走
也是店仔頭前面這幾條
短短的牛車路

——〈店仔頭〉

一束稻草的過程和終局
是吾鄉人人的年譜

——〈稻草〉

吾鄉的人們，祭拜著祖先
總是清清楚楚地望見
每一座碑面上，清清楚楚地
刻著自己的名姓

——〈清明〉[1]

這種因都市與鄉村間的物質文明、生活姿態的格差，所造成的宿命思想的擴張，亦曾使吳晟受傷得不得不向現實認命，而藉寫給他兒女的詩抒發悲懷，並對教育我們子女的「機巧的文明」，提出無奈的批判。

既然不能阻止你嚮慕
那些光采的場面和人物
孩子呀！不要哭
為了你，阿爸決心向機巧的文明
認真學習

——〈不要哭〉

或許，因這些過於深情，過於「在意」而流露出來的無奈感，很容易使人誤解吳晟頗有卑微的無望傾向。其實，吳晟心中的熱情並未冷滅，依然熊熊的燃燒，依然有默默的、悲憫的獻身情懷，前述的〈土〉詩即是一例。在他所有的作品中，表現得最多的，是對生命的頌揚和熱愛，對生命歷程的激昂或淒涼，永無休止的關懷和執著。在「吾鄉印象」這一系列的詩作品，除了安分守己的認命色彩而外，中國傳統農民刻苦、樸拙的本性，以及不管生活的擔子如何沉重，仍然「不悲不怨」默默擔負起來的堅忍，表現得更為深刻。

[1]編按：發表時原作〈完結篇〉。詳參吳晟，「吾鄉印象」，《幼獅文藝》第 224 期，1972 年 8 月。後改題名為〈清明〉，收錄於吳晟詩集《泥土》中。

該來不來，不該來
偏偏下個沒完的雨
要怎麼嘩啦就怎麼嘩啦吧

伊娘——總是要活下去

——〈雨季〉

（四）

最近的「向孩子說」的關愛與「愚直書簡」中的憂國。

「向孩子說」是吳晟傾愛於其兒女的作品輯。在向孩子敘愛的同時，吳晟也自剖了他一個理想主義者，處在變遷的社會環境裡的苦惱。

阿爸對世界有很多不滿
卻不敢向世界表示
只好對你媽媽發脾氣
阿爸不是勇敢的男人

阿爸對世界有很多愛
卻不敢向世界說出來
唯恐再受到刺傷
只好以這種方式
向你們媽媽傾訴

阿爸是懦弱的男人

——〈不要駭怕〉

這種內縮沉默的表白使吳晟甚為苦惱，有時甚至不得不寄望於其幼小的兒女代他發言。

孩子呀，阿爸卻多麼希望
你們有什麼話要說
就披肝瀝膽的說出來
不要像阿爸畏畏縮縮

——〈不要說〉

藉著這樣的自嘲，吳晟把他對世間的愛和大時代中個人力量是何其微弱的挫折感，全盤烘托出來。這種無力感來自胸中過多的熱愛和時而失墜的社會改革的信心，生命也就充滿苦惱。但畢竟是要活下去的，縱然我們的社會已演變成：

因為你們身上沾滿了泥巴
他們竟說，你們是骯髒的

因為你們不會說 bye bye
他們竟說，你們是愚笨的

因為你們的粗布衣裳和赤足
他們竟說，你們是粗俗的

——〈阿爸確信〉

我們還得生活下去，且接受它的挑戰，正如前面提及的〈不要哭〉一樣，必須以昂然之姿「向機巧的文明認真學習」。何況「冷漠和私心，並未完全占領我們的社會」，我們依然還能自省，還得「以真實的面貌正視真實的世界」。

我們活下去，不用英雄式的宣言，輝煌的歌頌。
不是為響亮的掌聲，光亮的鎂光燈。

我們活下去，不須有顯赫的身分與善辯的口才。

不必體面且高貴，不必響亮的口號或斑斕的顏彩。

「向孩子說」詩輯中，最令吾人感動的，莫過於〈成長〉與〈愛戀〉兩首。都市文明下，我們的孩子確實機靈多了，但也狡猾了起來。孩子們懂得了賣巧（長大後就會討好權威），懂得了虛榮（長大後就會誇張和欺騙），也懂了大人們某些陰溼的部分。吳晟教導他的孩子以樸拙的心親近自然，以坦白踏實迎向社會，其真摯的情懷和蘊含哲理的詩句，至為深刻。試看：

在沒有玩具的環境中
辛勤地成長的孩子
長大後，才不會將別人
也當做自己的玩具

——〈成長〉

不用眩人的皮鞋
墊高自己
鄉下長大的孩子
喜歡厚實的泥土

——〈愛戀〉

這裡所謂的玩具與眩人的皮鞋，當然不是單純的指孩子們喜歡的玩具與新鞋，而是泛指一般兒童的教育問題。今天我們社會經常以「早熟」一語，搪塞對兒童教育問題偏疏了責任，使自然賦予孩提的浪漫與純真，曇花一般消失。「向孩子說」詩輯與其說是吳晟寫給他的兒女，毋寧說是向大人們提出的質詢與譴責。

吳晟將他無比的愛心溶入這輯詩中，且擴張成對社會風潮的一種批判。在〈甘藷地圖〉[2]與「愚直書簡」中，我們亦可以讀出，吳晟這位近代中國最具真情的詩人，是如何用心於世。

三

今天我們的詩壇有各色各樣的詩誌，有數千的詩人，每一天，幾乎都可以看到新詩的發表。我有一個外行人的直覺，那就是大多數的詩作品，雖也都擁有它的題名，卻非常欠缺對主題明晰的處理。我們知道，不論小說、散文或新詩，其所能表現和處理的對象雖包羅萬象，無拘無束，但都必須對作品有一貫的情感表現和明晰的處理，欠缺了這些，則主題精神模糊，縱然使用了再好的語言技巧，堆砌了再炫人的辭彙，也僅能使人一愕而已，沒有什麼內涵可尋。吳晟在這方面的表現卻是相當成功的。

詩人難以分類，但如硬以一首詩的完成過程（或詩人性格）來劃分的話，詩人有兩種：一種如蜿蜒流轉的溪流，經常輕靈暗唱，碰上水中或岸邊礁石則起水花，放瞬間絢爛之美，此種詩流動、輕巧、秀氣盈溢。另一種則有如大地下一枚苦苦掙扎的種子，經過了深厚的暗黑，始將全身的愛意化成一樹青蔥。吳晟該屬後者。因之，吳晟詩的完成，絕不是即興的，而是苦熬之後的結晶。吳晟的詩風和寫詩的心境，在「阿爸偶爾寫的詩」中，自剖得非常清晰，這種「對生命忍抑不住的感激與掛慮」，正是吳晟寫詩的原動力。

吳晟詩中隨處可見的是濃厚的稻草味，走入他詩中世界，我們能感知的，時而是黃穗浪擺的稻香，時而是秋割後水田的寂寥，時而是清早雞鳴騷動的光晨，時而是入夜後鄉村的憩息。

吳晟的詩不是鮮豔流動，不可觸摸的世界，而是色彩簡單，明暗交錯，深深淺淺，融入時空感覺的世界。綜觀他的詩集，你必能尋回那面早

[2]編按：發表時原作〈蕃薯地圖〉。詳參吳晟，〈蕃薯地圖〉，《雄獅美術》第 87 期，1978 年 5 月。後改題名為〈甘藷地圖〉，收錄於吳晟詩集《泥土》中。

已失去，或早已塵封了的，古董了的鏡。任你如何拂拭也明亮不起來的，模模糊糊映著我們也映現著祖先的鏡。

詩人吳晟所歌詠的不是青春，不是未來，不是虛無幻象。他的詩經常在提醒我們去回顧，養育過我們的那片廣袤的鄉野，給過我們心中平安的那間老廟，供過我們納涼玩耍的那株老樹。他的詩蘊含有城市詩人寫不出的鄉情。我之所以深愛吳晟的作品，便在於他的詩能使我興出一種，就像年少時撫及祖父受創過的乾癟的手時，那股憫惜的意念。透過這種撫及前一代老人的創口時的感觸與了解，進而使人產生必須補償的熾熱情感，正是吳晟詩中世界最大的特點之一。

吳晟的詩少有暗喻，卻無白開水感覺，也是令我誠服的一點。我常不解吳晟的詩既少意象之雕琢，又缺美的文字之堆砌，為何能如此令我感動，後來我悟解了，詩的境界不在高，而在於它呈現的內涵是否有渾然真摯的情感。托爾斯泰說「沒有愛的力量，詩何以存在」(〈給費特的信〉，1867 年)，沒有愛的詩，再如何花巧打扮，也無法令人興起感動。吳晟以他生活的鄉村環境為原點，用真正的白話語言反應這個時代環境變遷的苦惱，誠誠實實的剖析在我們眼前，正是令我感動的原點。

現今我們的詩壇，從老一輩到少壯的，有不少詩人是以寫晦澀難解的詩來引人爭論而成名的。前一代人費盡力氣為中國現代文學拓下以白話創作的道路，為的是讓創作者能以更易親民，更無拘束的語言來表現，以為拓展全民文學而鋪路，而我們的部分現代詩人卻以語言來阻礙讀、作者間的溝通，為教育普及文盲漸少的現代社會，造出一批「詩盲」來。當然，詩是一種意識情感密度極高的文字，在各種時代，各種社會裡，都屬於讀者群較少的一門文學，但是如何駕馭這種語言障礙，是詩人該努力的目標，不可以推諉為詩的宿命問題而疏忽了應盡的責任。況且在現代文明衝擊下，我們的文化已經城市化，且漸有非情化的傾向。鋼鐵的城市文明是冷漠的文明。如何在冷漠之上灑入熱情，在鋼鐵中注入血脈的搏動，是當今我們的文藝工作者應該努力的課題，因此文藝工作者必須自覺，不能只為銷量或賣名而打混戰，誤使我們的人民失去正確方向，溺身於非情文明的慾海之中。但是我們應勇於接受不斷創新的現代文明的挑戰，勇於開創前人未曾踏過的道路。對過往的，我們不能受拘束，必須勇於拋棄，但並不意味我們必須斷絕對過往的情感，吳晟的「吾鄉印象」詩輯所描述的，正是引導我們重新檢視那份漸漸淡薄了的鄉土愛的導線。

吳晟的聲音是深沉而嚴肅的，就像我們祖先傳下來的那片厚重的泥土，我們依它為生，以它為命。這一片不能失，不能捨，不可蹂躪，不可冷漠的土地，是我們的聖域。特別是在政治情勢低迷的時候，我們更加盼望像吳晟這樣的文藝創作者，勇於帶頭，為我們的人民灌下強烈的愛鄉情熱，克服一般人逃避的懦弱心理。在這樣動盪的大時代裡，我們的每一條神經都必須用於關注它，每一滴血汗都必須用於灌溉它。我們是要活過明天，並把先人交給我們的薪火傳遞給子孫的。不論我們如何套取外匯，強取橫奪，也不可能在海外購得這樣一個美麗的島。一年三作，阡阡陌陌，一望無際的田野是歷代祖先以血汗開拓下來的財產，是我們生命的根基，我們熱愛鄉土的情感必須高昂起來，為歷史作證，我們不是逃難的民族，我們不需逃難文學。所有居住在臺灣的中國人，有權過更民主、更舒適、更快活的日子，不容對這片土地沒有愛心，而別有居心的異端者的奪取，也不能原諒少數變心、薄情、自私自利的偽中國人，偽臺灣人轉移財產，私啃臺灣血肉。

我們的青年必須深愛這一片土地，就像深愛我們的父母一樣。

四

韓國詩人金芝河在其詩集《黃土》的後記中說：「從泥中長出的蓮花，必須忍受無盡的彷徨和折磨，且破出深厚的泥層始能綻放。一任拋棄，仍擁抱強烈的愛意，始能感知突出高地的價值。

「唯愛的喪失，對各種人、事、物的倦怠和冷漠，才是我們真正的墳場。」

吳晟，這位對生命、對社會充滿了忍抑不住的關切，對泥土執著而深情的詩人，實實在在投身在農村中，沒有一般「知識分子」虛矯的尊貴和飄逸，也不叫喊什麼口號，不宣揚什麼理論，「不談經論道說賢話聖」，只是以他「野草」生命的強韌，不斷接受生活的錘鍊，不斷接受環境的刺激，不斷接受熱烈情感的煎熬和激發，誠懇的走著「安安分分握鋤荷犂的行程」，教學耕作之餘，夜晚有限的時間，仍默默的繼續寫平實的詩。

吳晟的詩誠然不是流行性的，也不光彩奪目，但在他如泥土般真摯厚重的作品中，我們卻可從平實中見深情，從平淡中見深刻。雖然，從無詩人「姿態」，從不以詩炫人的謙沖的吳晟，並不自認已為現代詩壇確定了鄉土詩的面貌、已為現代詩壇開拓了一片多麼可親可感的領域；雖然，普遍存在著虛浮現象的詩壇，並未對這位無意「輝煌」，誠摯而「卑微」的詩人，引起廣泛的注意和討論，然而，我們深信，吳晟的努力是正確的，吳晟這系列至真至性至情的作品，必將受到更多有識之士的喜愛。

附記：文中大量引用凱濤、朝立、健民等《南風》諸友的語言，特此致謝。

——選自吳晟《泥土》

臺北：遠景出版公司，1979年6月

變異中的農鄉

序《農婦》

◎曾健民*

若成功的文學作品必然孕育於社會而反哺給社會。

若成功的文學作品能給予心靈慰安，激勵與啟示。

則，吳晟的作品清楚地顯示了這特質。旅居異國時，我身旁攜帶了兩本文學作品；一本是朱自清註的《唐詩三百首》，另一本是吳晟的作品集。前者使我的心靈親近故國，後者使我的心靈親近故鄉。

激變中的中國社會，尤其是所謂現代化中的臺灣社會，舊有的農鄉秩序，以驚人的速度被揚棄潰解中，而新的現代化工業秩序尚未建立，取而代之的是不健康的資本主義式的生活模式。整個時代的精神特質表現出「虛無主義」的傾向；豪奪取代正義、強權取代人道、消費享樂取代勤儉、逃避取代進取……。在如此令人憂心的時代背景之下，吳晟遠在鄉土文學浪潮之前，便在自己的農鄉安了身立了命。在濤濤紛紜中尋著了感情與思想的基點。穿透時代的迷霧，拂開落伍保守的舊塵，吳晟描繪了時代浪潮沖擊下的農鄉，及農鄉人們世世代代艱苦的環境中傳遞下來的，人類基本的高貴美德及生活哲學，更進一步地以他秉承自農鄉的情操及生活哲學，批判了這令人心憂的時代。

像吳晟的詩集一樣（《吾鄉印象》、《向孩子說》、「一般的故事」），他用了四十篇散文的力量，深刻而系列地典型住了那將漸被遺忘的農鄉。雖然內心煎熬著焦慮，但吳晟仍用著慣有的筆法：誠實、自然、帶著令人心痛

*發表文章時為牙醫師，現為臺灣社會科學出版社總編輯。

的幽默、不怨不哀地、深入淺出地，沒有那文學慣有的虛誇，更沒有艱澀的哲學詮釋。像無心之作，不落痕跡地，將農鄉樸素的典型出來。

沒有一位作家這樣深情地刻畫過臺灣數十年來農鄉的真實景像。更沒有一位作家這麼執意地典型住農鄉人們的高貴美德及生活哲學。而這農鄉美德正是這虛無年代所欠缺的。

在〈勸架〉中母親說：

> 難道眼看著他們打得流血流滴，也不管嗎？我老人家，他們多少要聽幾分，不敢對我怎樣，他們只是欠教育，容易衝動而已，不是什麼壞心肝的人……。

在〈人有不必欣羨〉中母親聽了六叔的牢騷後平靜地說：

> 人無不可笑人無，人有也不必欣羡，只要自己認真打拚，安分守己過日子，不必去和別人相比。

諸如此類的生活美德，雖然只是農鄉人們生活的瑣碎部分，但在強引豪奪的虛無年代中，吳晟寫下這些，不可不謂用心良苦吧！除了記錄之外，也有某些激勵與啟示吧！

三十年來在「以農業發展工業」的政策下，臺灣的農村在艱困中哺育了臺灣的發展。吳晟的這散文集子裡。真實而深刻地反映了農鄉人們，在環境的艱困中表現出來的令人尊敬的勤勞、令人不忍的認命、及對泥土大地的敬愛。

〈這樣無知的女人〉中樹仔的妻子白天割了一整天的稻子，晚上還要去搬菇仔草，只為了「趁年輕做得來，不多做一些，孩子那麼多要吃要穿要用……。」母親說：「鄉下女人就是這樣感心……無話無句，無怨這怨那。只知道認真打拚……。」〈豬糞味〉中寫道：「大家都嫌惡豬糞味，卻都喜歡豬肉的香味，沒豬糞的臭味，那有豬肉的香味？」

因為農產品產銷制度不健全，而致農產品價格不穩定不合理的現象。更深刻了臺灣農村的艱困，在此艱困中，令人不忍的認命與堅韌，是農鄉人們的生活哲學。

〈耕耘與收穫〉中的榮山表兄因為蘿蔔價低而把蘿蔔犁作肥料，榮山表兄說：「我們也不能怨怪誰，這是我們自己要種，並沒有誰叫我們種啊！」

〈壞收成望下季〉中母親安慰大姐說：「壞收成望下季，我們做田人，本來就要和天打賭，遇到颱風和雨水期，是時常有的事，不過，我們做田人比較有底。」但大姐夫也不禁猶疑了：「我們種田人向人家買東西，價錢由人出，一分都不能少；我們的農產品要出售，價錢也是隨人出，一分都不能多，這些現象，真是奇怪。」

還有〈憂慮〉中的二姐受飼料猛漲、豬價猛跌的打擊。〈自新的機會〉中的龍國受菜價猛跌的打擊……。

隨著現代化而帶來的電視機、琴、咖啡及農藥及對自然的破壞，吳晟在〈了尾仔〉、〈還之於自然〉、〈農藥〉等篇中，以幽默的筆調批評了現代文明的濫災。在〈農藥〉中母親嚴厲地說：「那麼多有學問的人，到底都在研究什麼？這麼嚴重的事也不關心嗎？我真想不通，他們的子孫不住這裡嗎？」

是這樣的農鄉，撫養造就了今日的臺灣，誰不是從那種艱辛的歲月走過來的？吳晟的母親、鄉親的形象，不正是你我的母親、鄉親的形象嗎？龍國、榮仔、無知的女人——樹仔的妻子的身影，不是正在你我身側嗎？只不過生活舞臺不同罷了！農村換了都市。即使現代的虛華湮沒了那陳舊的記憶。即使現代的強引豪奪，泯滅了農鄉的美德。展讀吳晟的《農婦》，像展讀久未接獲的家書；母親的諄諄教誨及鄉親的素顏，以一股龐大的感動扶直了我的靈魂，在這虛無年代中。

所謂的序，理應請文壇中的名家高手執筆，以助長作品的聲勢及地位，但吳晟堅持請我這文壇牆外的外行人寫序，只因為我們是相交十數年的老朋友。因此可見吳晟那份先天的樸素及固執了！

1982年8月10日於花蓮

——選自《洪範雜誌》第9期，1982年9月

臺灣農村生活記實文學的巔峰

論吳晟散文的重大價值

◎宋澤萊*

一、日據時代農村文學的生活記實程度

臺灣文學的發生最早可以上溯到原住民的神話，而臺灣島上原住民最早的生活當然是打獵耕植；因此要說臺灣的農村文學的發生可以上溯到原住民的神話，殆無疑義。

可是，由於神話通常指向了象徵，十分簡略，對於生活的描摹也就模模糊糊了。

真正可以讓我們窺見臺灣原住民農耕記實的文字作品產生於明朝，來臺的征人陳第所寫的《東番記》(1603)報導了臺灣西海岸，起自北港終至恆春的平埔族生活，直接記錄了原住民的食、衣、住、行及勞動狀況。譬如對於農業種植，我們把文章譯成白話就是這樣：「他們在地上栽種旱稻，在山花開放的季節就播種，成熟以後拔下稻穗，並種有番薯、甘蔗、大豆、胡麻、毛柿、佛手柑、葱、薑等。」這本書打開了一道明亮的視窗。

清朝時期，臺灣的生產活動主要的還是農業。文人墨客當然會留下農村生活描摹才對。可是在以詩為主的舊文學裡，文人善於仿古抄襲(所謂天下文章一大抄)，其結果，大部分詩作悉如古人，有真正寫實功力的人很少，沒有辦法直書臺灣的風土人物，比較好的是彰化舉人陳肇興(1859 年中舉)，他有務農經驗，曾寫下諸如此類的詩句：「茅檐土屋竹籬笆，傍嶺

---

*本名廖偉竣，作家。發表文章時為彰化縣福興國中教師，現專事寫作。

臨流近百家」、「雙手拋來天雨粟，一犁翻起地生毛」，來顯露農村景觀和農耕辛苦，可是舊詩文字有限，一向朦朧，能反映多少實情，實在值得懷疑。散文倒比較要好些，廣東人吳子光（1865 年中舉）流寓臺灣，他的《一肚皮集》中少部分述及農民生活；其他大概就是簡略的官方報告，相互抄襲，流於籠統，文學性（感性）是很低的。

日本時代，新文學的到來，扭轉了這種狀況。

所謂「臺灣的新文學」是世界近代文學潮流的一部分，起步甚晚。在傳入之前，西方的文藝已經有過浪漫主義、寫實主義、自然主義、印象派、表現主義、象徵主義、達達主義、超現實主義……等思潮的產生。當賴和（1894～1943）這些人把西方文學潮流引進臺灣時，已是普羅主義盛行世界的時候，世界文學主流已是描寫工人、農人與下層社會的文學了。

在這種情況下，臺灣新文學不論在客觀的經濟社會基礎上或主觀的文學仿同上，就一定會誕生農村文學。

如果我們說日據時代臺灣文學的主流是描寫「農業社會」的一種文學，那一定是可以這麼說的。

但是，是不是說日據時期臺灣的農村文學就達到怎樣的一種高度狀態呢？那倒不然。相反的，日據時代的農村文學只是一個粗胚。

有幾個條件限制了臺灣農村文學的深度和精細度。

首先是臺灣作家有長期農村經驗的人不多。譬如賴和本身就沒有農村生活經驗，他固然寫了一些為農民伸冤的詩、小說，但是對於農民日常生活細節他就寫不出來。楊逵（1906～1985）當過花農，寫了一些園丁散文、小說，但對於廣大的稻農、蔗農的日常生活細節他就沒辦法寫，有些農民的影子則是他加以普羅化的平面樣板而已。楊守愚（1905～1959）作品不少，但無論如何他是無產遊工的小工人作家，距真正的農人生活甚遠。比較好的農民生活實錄的作家是雲林一帶的小說家蔡秋桐（1900～1984），他寫出農民生活真貌，質很高，但量仍不足得很。我曾經試寫一份「彰化史大綱」，當我遍找日本時代臺中、彰化的文學作品，想要引用裡頭的描寫來表明那時代的一般農人吃什麼、穿什麼、住什麼、交通工具是什麼，竟是一句也不可得，大大出乎我的意料之外。

再者，日本時代，純文學的作品量的方面實在太少，文字少，反映農民遭剝奪的命運還可以，但想要反映真正的生活，無論如何是很不夠的。

因此相較於瑞典的哈姆生（Knut Hamsun, 1859-1952）[1]、美國的賽珍珠（Pearl S. Buck, 1892-1973）[2]，日據時期的臺灣農村文學堪稱只是粗胚而已。

二、戰後臺灣農村文學的生活記實程度

二次大戰後，隨著報紙刊物的發達、文學技巧的進步、出身農村的作家增多，臺灣的農村文學在量和質上都有進一步的發展。

最早是鍾理和（1915～1960）的農村小說趨向精細化。他的高度優美的北京語文技法有如水彩畫筆，把美濃一帶的農村風光和作田的實況寫得栩栩如生，文字的量極大，反映了 1950～1960 年代的農村生活。接著是洪醒夫（1949～1982）、林雙不（1950～）以及我本人的小說也實錄了 1970～1980 年代的農村生活，其他諸如黃春明（1935～）、鍾鐵民（1941～2011）……等皆不乏佳作。這些作家從各個不同的地區，努力反映農民的現況，特別著重在農村的貧困與遭工業化剝奪下的慘況做反映。而且都有長達十年或二十年的農村生活體驗，作品往往深刻得令人動容，作家的情緒也相對顯得比他類作家激動、高昂。

可是，有一個無法克服的缺憾始終在這些小說如影隨形地存在。

由於小說往往是以人物為描寫的主要對象，不論如何一定要著重描寫人物的性格、動作、情緒，以達成戲劇化的效果。因此「物」、「景」往往成了陪襯，無法細細描繪，有時更為了達成抗議的效果，細部描繪必須割愛。再加上小說屬於動態文類，類如一場電影，場面跳接十分激烈，就不

[1]1920 年諾貝爾文學獎得主。
[2]1938 年諾貝爾文學獎得主。

如單一張油畫那樣，可以細彩慢繪。如此要達到極其精細的外物、外景的描寫恐有不能。

換句話說，假若我們要在小說中考究出農民的插秧、堆肥、施肥、噴藥、收割……的全程實況，或者是農村小店有多少雜貨、河溝裡多少魚類、一棵白菜如何成長、番薯如何種植，或者農舍構成、三餐內容、穿著衣物、日常娛樂、村廟祭祀、地上植物、灌溉過程，必要求其一絲不苟，不厭其詳據實記錄，恐有不能。

最重要的，小說本來就是「虛構」，即使最寫實的巴爾扎克（Honoré de Balzac, 1799-1850）小說也不免有大量虛構成分，小說的現實本是寫一種可能性的現實，而不是照像實錄，要據實以錄也就構不成小說。

這樣說並不是貶低小說的價值，而是表示小說非一切皆能。

可是，當前臺灣農村小說（文學）的這一個缺憾卻可以在一個人的散文中被克服，這豈非令我們大大地震驚，那就是吳晟（1944～）的農村散文。底下我們將論及這個特點及其他的特點，以明吳晟農村散文的成就。

三、鉅細靡遺的農村描寫

吳晟的散文截至目前共出版了《農婦》（1982）、《店仔頭》（1985）、《無悔》（1992）、《不如相忘》（1994）四本，除了《無悔》一書比較偏重社會譴責遠離農村外，其餘三本都是不折不扣的農村生活記實，總計約在二十萬字左右，這麼龐大的字數已足夠寫出農村大半的生活實況。

從這幾本散文看來，吳晟頗不同於一般的寫實文學家，簡言之，他比任何文學家更寫實。有人說：「想像是文學創作的必要條件。」這句話完全不適合吳晟。也就是說，吳晟不像大部分的文學家那麼善於把大腦裡既有的物象、情節加以組合、變貌、誇大、矯飾。也許在年輕的學生時代他有不錯的想像力（見《不如相忘》頁 15～34），但在他開始寫《農婦》之後，他的想像力完全不起作用。那麼他靠什麼寫作呢？他靠親身的生活經驗。

吳晟的農村記實散文寫作彷彿有一個潔癖，一定要是那些真實由外界反映於他的視覺、聽覺、味覺、觸覺、嗅覺，和經由這些基本資料作用於他的內心引起感動的才寫；並且嚴禁加油添醋、誇大渲染。我舉一個例子，比如眼前我的手上有一支綠色的原子筆，它通過我的眼睛，反映出來的就是綠色的、修長的、細字的筆管，筆管上印有一隻白兔的形狀，有Rabbit 的草書英文字母，24H 的號碼，那麼我就照實這樣寫，我不會故意把它變成紅色、黃色、Fish、25B，或扭曲它成一支鋼筆、水彩筆乃至一支指揮棒來寫，必須是真正出現在感官上的才寫，否則就不對。

他彷彿很忌諱去寫到不曾親自經由感官認知到的實在東西，就是自己的夢他都很少寫到（唯一的一次是他寫到夢見逝去的父親），因此要說浪漫的、超現實的那些文學成分，在他的農村散文是找不到的。

如此，在非有意之中（只憑他的癖好），除了少量引用資料的文字外，他的農村散文變成極端的寫實。幾乎是那種在生活中發生過的，被自己五官所捕捉的純真實。

加以，吳晟不是一個社會活動力強的人，除了必要，他很少外出，生活不出他所住的農村附近，文學又忌重複，因此描寫就必須鉅細靡遺才有題材。

這些結果就造成一種奇觀，就是他所住的那個農村的親朋好友、點滴事情、內外景物，都盡量被他網羅在散文之下，他連點成面，完成了針織刺繡一般密集的農村景觀描寫。

所謂「一個農村景觀」當然不限於只在村屋範圍之內。當前臺灣一般典型的農村景觀，很像莊園（manor）那種擺置。在最中心的部分就是一大群的群聚性住屋，大都有一個村廓（或是磚牆、泥牆，或是竹叢、樹叢）把它圈圍起來。裡頭有一個村長辦公室作為行政中心、有一個活動中心作為休閒中心、有一家寺廟作為宗教祭拜中心，晚近甚至還有一所幼稚園，大一些的村莊甚至還有國民小學。在村廓之外則是片片的農田，是農人勞動的地方，土地上種有稻米、甘蔗、花生、蔬菜、雜糧不一的作物。農田之外則有大的河川，分出無數支流構成灌溉系統。如此形成獨立的農村景觀。

吳晟的農村描繪大抵在這個範圍。

我們先畫一個圖來顯明吳晟農村描寫的三大範圍，再來逐一窺看他的描寫達到了怎麼全盤和細密的地步。

a、首先，在食、衣、住、行、育、樂方面，吳晟的散文資料豐富。比如食的這一項，一般人會認為無非是米、魚、肉、蔬菜等等。可是吳晟的描述不會那麼簡單，有一段他這麼寫：「（戰後不久）一年之中，除了逢年過節，我們很少有機會吃得到魚肉。平日主要的配飯食物，不外是自製的菜乾、菜脯和醃瓜，以及豆豉、魚脯等鹹食類。我們的主食並非白米飯，而是番薯或曬乾的番薯籤。」（《不如相忘》頁 68）至於平日所食的蔬菜，他很詳細地記錄了白菜、菠菜、大頭菜、湯匙菜、空心菜、萵苣、蕨菜、番薯葉、絲瓜、菜豆、四季豆、龍葵等等。又比如衣的狀況，有一段他仔細地這樣寫：「二次大戰終戰後不久，即使過新年，我們也少有新衣穿，更遑論什麼新帽。我們日常是由大人或兄姐穿破了的舊衣拼湊改裝。也有用肥料或麵粉袋裁製而成，……麵粉袋是由教會發給信徒的，上面印有美國國旗；肥料袋則有兩種，一種印著青天白日滿地紅旗幟，一種印著『中美』兩國國旗，並有兩手相握，以示合作。」（《不如相忘》頁 66～67）又比如住的狀況，同樣詳細，有一段竟然這樣寫：「光復之初……的農家，多數是竹筒仔厝，或是泥土印成一塊一塊疊起的土角厝，我們的舊居也一

樣。徒具三合院形態，卻甚簡陋，茅草屋頂、刺竹支柱，以及牛糞和泥土混合攪拌糊起來的竹編牆壁，裂縫處處，時有破洞，非常『通風』……四、五家住在一處，地小屋少人多，事雜口雜，生活又貧困艱辛，難免常為些微小事而生是非，而起爭吵。」（《店仔頭》頁 60）其他行、育、樂、休閒活動也都是仔細記載，不再節錄。

b、農田勞動的描述是吳晟散文著墨最力的部分。在臺灣的各行各業的勞動者中，大概農人是最辛苦的吧。不但要付出大量體力，而且不分日夜，隨時待命。像插秧、噴農藥、施肥、割稻都足以耗盡體力，勞動也因此使農人受到無比的尊重。吳晟視勞動為美德，因此把勞動的畫面呈現到讀者的眼前是一件重大的事。凡是種稻、種甘蔗、種菜、經濟作物栽培，吳晟都不畏瑣碎，一字一句加以描述，那裡頭有吳晟的執著和誠意，使得其他農村作家的勞動描述瞠乎其後。

吳晟在散文提及耕作水稻需依時序而行，從浸種、育苗、犁田、整地、插秧、除草、施肥、噴農業、割稻、曬稻穀，樣樣不能延誤。（《不如相忘》頁 122）。這些過程他又分別予以描述。譬如對插秧的動作他竟然可以這麼仔細地描寫：「播田期一到，由一個班頭招集一、二十人組成一班。每一班大致上有固定的班底，成員分兩種，一種是生手，一般是較年輕的婦女，三、四個合用一支秧桿，秧桿上有規格標誌，約七寸半一格，每人占四、五格，同時快速移動秧桿，同時插播秧苗；……另一種是老師父……不必依靠秧桿，但憑經驗和眼光，一次也是播四、五行，一行一行，一列一列，都能播得很直。」（《店仔頭》頁 26）又比如對包心菜的運銷包裝，他這樣寫：「每天下午，把採摘下來的包心菜，用小型人力卡車搬運回家，我們兩家的大人，吃過晚飯，就全部出動，忙著剝菜莖、削菜莖、分好壞，裝成一籮筐一籮筐。……數量多的話，預先叫一部鄉村非常盛行的載貨工具——拼裝三輪車承載；數量少的話，自己用摩托車載去市場。」（《農婦》頁 42）

c、野外灌溉系統的描寫也在吳晟的散文中占了大的篇幅。這是由於灌溉的良窳決定了農作物的好壞，同時它牽涉到整個有關大自然環境的保育工作，十分重要。有一些章節描寫濁水溪的溪堤和河床，他詳細地這樣寫：「從我居住的村莊，過莿仔埤圳，走到堤岸，約二十分鐘……（幼時）一有機會，便和三、兩童伴跑向堤岸，打滾、嬉戲、奔跑，順著斜坡往下滑，乃是最大型最自然的溜滑梯，或放牧牛隻、羊群……發現了濁水溪河床的遼闊天地，我的童年生活領域，逐漸擴展、逐漸豐富。」（《不如相忘》頁 116）「遼闊的河床，其實大多時候，占絕大部分是乾涸，但若下了雨水，滾滾濁流便從上游諸多山脈水系，沖刷連年崩解的『鐵板沙』傾瀉奔流，尤其是連續多日豪雨，更挾砂挾石以俱下，河水滔滔，洶湧澎湃。」（《不如相忘》頁 132）

諸如上述這些農村的描述，在吳晟的散文中俯拾皆是，並不是十行八行而已，它們分散在所有的篇章中，構成一個個十分完整的畫面，我們只引出這幾段，只是要讀者略窺吳晟的用心和描述功力而已。

在整個臺灣農村文學中，可以如此全面地、仔細地、完整地呈現一個農村的生活景觀，吳晟算是第一人。他的描述詳細直追人類學著作（請比較《小龍村》——聯經出版公司出版——這本書），可以作為可靠的歷史資料。

所以當我們說吳晟散文是日據時期以來農村生活記實文學的巔峰一點也不過譽。

四、貫串三代的農村人物描述

人物描述在這幾本散文中所占分量極大。數量還不少的這些人物，在分別的、非計畫性的出場中竟組構了一個網。

這個農村人物網是這樣的：它在最核心的部分應該是吳晟的父母親，下溯到自己的兄弟姐妹，再下溯到自己的兒女輩，這樣就是三代。而吳晟對這三代的主要人物的性格、學業、婚姻、事業大半都有提及，甚至寫到一些人遠赴海外，身處異鄉，這樣就成了一個農村家族的成長史。時間上下貫串五十年，在當前的農村作家尚無人能及。

再來，這個家族人物的親戚朋友、鄰居左右、同窗夥伴的描寫分散在各篇章中，就構成一個村莊人物面的描述。這樣就成了一個農村人物的總體成長史。

吳晟散文人物描述大概可以如上歸納起來這樣看。

這些人物中，最重要的當然是父母親兩人，也是著墨最多的兩人。母親是不識字，只懂勞動不懈的農婦，她可以代表那一時代臺灣農村的耕農，他們不計酬勞、不怨不悔、不言不語，而把生命全盤付給了土地。傳統臺灣漢人的美德——勤勞、節儉、認分、知足，都在描述中表露無遺。父親則是識字的、懂現代知識的農會公務員，對小孩的學校教育關心，對自己的公務很負責，對服務他人有熱誠，對自己的人生有計畫。看得出是日據時代以來新文明在農村造就了的一位領袖型的人物，是代表現代化的正面作用。

吳晟的農村人物描述不採用一般小說那種切片性的、誇張性的、傳奇性的描寫，一如他的景物描述，是那種不急不徐、實形質狀、一絲不苟的精細描寫，雖不如農村小說那樣的聳動，但在平實、縝密中愈見真情，他的農村人物沒有壞人，更多是溫和的、善良的性情，即使偶而有「行為偏差」也都是環境所害或能再改正，他的農村人物只有少數一兩個才被窮困的農村經濟弄得喪失心智生命。

僅就農村人物的描述這一面的成就，吳晟也能和所有的小說家平起平坐。

五、動態的農村考察

可是，是不是當我們說吳晟的散文敘述不急不徐，就意味著他的描寫比較偏向靜態面了呢？這也不然。

吳晟除了求學、服役才離家以外，幾乎都住在農村，到現在為止，少說也有四十年的光陰，而他也已年逾半百了，可以說看盡半世紀農村滄桑，靜態的描述是不可能的。

「變遷」這個主題，始終是瀰漫在所有篇章的主題。這方面的陳述也占了不少篇幅，我們隨手翻找，就可以找到這些：

（1）農村經濟的衰落：這是涉及農產品價值的低落。稻米、蔬菜、豬仔、淡水魚……在重商抑農政策中，逐漸收不回成本。（《農婦》頁 58、61、162）

（2）種植方式的改變：就像改堆肥為化學肥料，以抽水馬達取代溝渠灌溉，以插秧機取代人工插秧……。（《農婦》頁 38、100、108）

（3）商人剝削農村：譬如菜價任人宰割。（《農婦》頁 67）

（4）農村人口外移：農村耕作無以為生，只好外出到工廠做工。（《農婦》頁 90）

（5）農村人口的老化：留在農村的種田人年齡已大。（《農婦》頁 172、《不如相忘》頁 98）

（6）加工業滲入農村；這是指一些農家改做加工品，按件計酬。（《店仔頭》頁 7）

（7）商品進入農村：譬如說一般日常用品、機車、電視的來到。（《店仔頭》頁 165、《不如相忘》頁 100）

（8）勞動神聖觀的改變：這是指有些人不願做田做工，視勞動為無用，沉迷菸毒。（《店仔頭》頁 51）

（9）新住宅區侵入農村：這是指釋放農地成建地，住宅區造起來了，農地萎縮了。（《店仔頭》頁 73）

（10）農村社區化：這是指農村的路面鋪柏油、砌磚牆，把環境給予「美化」的現象。（《店仔頭》頁 79、85、91、97）

（11）投機種植業的興起：在種田不賺錢之下引進新作物加以種植，以期大發利市。（《店仔頭》頁 133）

（12）生態的破壞：農藥罐、垃圾傾入河川，溪流砂石任意盜採。（《店仔頭》171、《不如相忘》頁 132、140）

（13）休閒娛樂方式的改變：電視機的進入農家，使小孩的休閒地方僅限在電視機前，舊日的遊戲活動不見了。(《農婦》頁 97、151）

（14）信用的毀壞：這是指倒會的風氣降低了村人之間的互助美德。(《店仔頭》頁 115、127）

（15）小孩對農作物的陌生化：由於漸漸不參與種田，對作物竟缺乏應有的認識。(《不如相忘》頁 124）

……

可說洋洋大觀。

六、極富教育價值的書

由於吳晟兼顧了農村不變與變的兩個面向。他能很持平地看待農村現象而不流於過分的情緒化。這有助於他一面更加詳細地，在農村人物的美德上作陳述，他一直以自己的母親來暗示或明示勤勞、肯做、實在、樸素、節儉，這些德性才是做人的根本。同時娓娓地陳述人和泥土接觸的重要性，使我們知道應該去愛鄉愛土。他的農村散文孜孜不倦，反覆地都在闡揚這種觀念，實在很適合作為臺灣青年、青少年成長的啟導、讀本；吳晟的散文也算是能夠把文學性和教育性成功地結合在一起的一個範例。

七、文字特色

吳晟的散文文字也別具一格。

首先，吳晟使用的文字是口語化的文字。由於口語化，就不可能是標準的北京話語，而是滲入了臺語字眼、腔調的那種文字。也許是吳晟的「國語」說得不錯（他自幼就常參加「國語演講比賽」得獎)，可是他的文字沒有「標準國語」那種味道。譬如他常寫出這種文句：「這天下午，烏雲又突然密布，晴朗的天空，一下子陰黯下來，一道一道金閃閃的閃電，怒叫著的雷聲，由遠方逐漸逼近。」(《農婦》頁 18）所謂的「金閃閃」就不是「國語」,「國語」叫作「明晃晃」。金閃閃應是「金 siak siak」這個臺語的狀態詞才對。這種特色尤其在寫鄉村人物的談話時更無法遁形。譬如母親的一段談話是如此的：「母親只是平靜的說……富貴是命，又不是你不打拚，又不是你花天酒地花去的，反正我們已過慣勤儉的生活。」（《農婦》頁 15）像這種句子，實在已經快要變成臺文了。這是自賴和以來，臺灣人書寫北京話文的特色，避無可避。

再來他的文字是樸素的文字，異於當前大半的散文家，沒有華麗的詞藻。一般來講，寫意的作家比較會使用詞藻。因為一個在心裡營造起來的意境必須吸納古人的若干已成的意境再加以增減才會高超，反正意境無非就是那些，霜月楓紅啦、小橋流水啦、月明星稀啦、孤舟獨釣啦、虛無飄渺啦……古人創造出來的詞句夠多了，把文字抄過來，像玩紙牌一樣，組合排列一下，於是文章就成了，管他合不合現實，這叫作「美文」。但是，寫實的文字則不能如此，因為遷就眼前實物，就被逼要把不準確的詞藻放棄，唯恐以文害實，必要時還得創造新詞乃至新字。吳晟在放棄美麗的詞藻上做得很徹底。差不多完全絕跡。也許在年輕時所寫的無關農村的散文比較有詞藻（《不如相忘》頁 15～34），但往後幾乎沒有。在《無悔》一書中，他寫了和妻子年輕時的戀情（頁 126～140），我們以為會有美麗的文字，但是除了旗津並坐沙灘時，「迎著落日餘暉面向大海」這句以外，就找不到了。這就是吳晟寫實文字的本色。總之現實原是不美的，美化了它，也就非現實了。

八、將會是集五十年來農村文學內容的作家

回到前面來談。

從吳晟目前農村散文的質與量來看，他實在是戰後這五十年來對農村景觀、人物、問題描寫得最全盛、最精密的作家。其實他並不是一開始寫作就精於此道的人。他是在 1982 年才寫成《農婦》一書，以前他固然也寫了三本詩，但以詩那麼少的文字，能傳達的農村面貌未免有限。在《農婦》出版之前，臺灣已有鍾理和、黃春明、洪醒夫、乃至我本人的農村小

說在文壇流行。有關農村細緻描寫他算是「後起之秀」。但是也正因為是「後起之秀」，他就能據前人已有的成績，對農村作更明晰、更全盤的認識和省察。他的農村文學有一部分（特別是農村問題）是吸收了他的「前輩」的文學內容再落實在自己親身經歷上產生的結果。也就因為如此，他能比他的「前輩」更實在、更全面地描述一切。

只要他願意花更多時間，更有計畫性一些，再出版一、兩本農村散文，那時他將是一位農村文學內容的集大成者，我們樂於拭目以待，看到這個美好結果的到來。

——選自《臺灣日報》，1996年11月10～13日，23版

從隱抑到激越
論吳晟詩的政治關懷

◎施懿琳*

一、前言

吳晟本名吳勝雄，1944 年出生於彰化縣溪州鄉圳寮村，父親原本任職於溪州鄉農會，1966 年因車禍過世。吳晟的母親是一位終身與泥土為伴的農婦，在丈夫意外亡故後，辛苦耕作撫養吳晟弟妹長大成人。1971 年，吳晟自屏東農專畜牧科畢業後，即返回故鄉擔任溪州國中生物科教師，教學之餘常隨母親下田耕作，日常生活以農耕、讀書、教學、創作為主。1980 年以詩人身分應邀赴美，訪問愛荷華大學國際作家工作坊，文學視野越發遼闊，也使他對自己的國家認同有著更明確的認識。1990 年代以後，他開始積極地投入替某些在野候選人（如廖永來、林俊義、謝聰敏、翁金珠、王世勛、姚嘉文）助選的工作，親身經歷選戰種種繁複的問題，使他對社會的觀察更深入，對政治的批判性也更加強烈。

吳晟文學創作起步甚早，初中二年級時，即開始寫詩投稿，厥後陸續出版了詩集《飄搖裏》（1966，屏東：自印）、《吾鄉印象》（1976，新竹：楓城出版社）、《泥土》（1979，臺北：遠景出版公司）、《飄搖裏》（1985，臺北：洪範書店）、《吾鄉印象》（1985，臺北：洪範書店）、《向孩子說》（1985，臺北：洪範書店）、《吳晟詩選》（1986，北京：中國友誼出版公司）、《吾鄉印象》（1993，北京：人民文學出版社）、《吳晟詩集》（1994，

---

*發表文章時為成功大學中國文學系教授，現已退休。

臺北：開拓出版公司）等。散文集則有：《農婦》（1982，臺北：洪範書店）、《店仔頭》（1985，臺北：洪範書店）、《無悔》（1992，臺北：開拓出版公司）、《不如相忘》（1994，臺北：開拓出版公司）等四冊。1998 年美國加州學者又選取吳晟《吾鄉印象》中的五十首詩加以英譯，而出版了 *My Village*。從作品的內容及數量來說，吳晟實堪稱臺灣農民文學最具代表性的作家。[1]

本質上吳晟是一個農民，更精確地說，他是生活在 20 世紀 40 到 90 年代，臺灣中部溪州小鎮，一位接受過現代知識洗禮，教書兼寫詩的農民。這樣的角色扮演，使他的詩雖然呈現多元的題材，但是，基本上還是有一個核心概念貫串在作品中，此即對土地濃厚的眷愛之情。筆者曾於 1996 年 4 月於中正大學舉辦的「臺灣的文學與環境」研討會上，發表過一篇論文〈稻作文化蘊育下的農民詩人——試析吳晟新詩的性格特質與批判精神〉[2]，即扣住這樣的特質，就 1994 年以前吳晟的創作歷程加以勾勒，並進行說明。此次，筆者延伸探討的時間，將前文所未探究的吳晟 1995 年至 1999 年的詩作納入討論，並試圖透過農民特質的掌握，進一步為吳晟從 1963 至 1999 年所有的詩作，做一俯瞰性的觀照，而後標舉出吳晟詩除了農民性格之外，其實還具有強烈的政治關懷，而這個角度則目前尚少專文探討。因此，本文擬在核心思想掌握之後，進一步探討這種根植於性格深處，醇厚、樸拙的農民特質，如何衍生出對政治社會的關懷？從吳晟過去的生命史中，是否可看出潛存在性格深處的政治因子？或是有哪些外緣因素，更加強他對政治層面問題的關心？而他究竟站在什麼樣的立場，針對當前的哪些政治現象，透過什麼樣的題材來寫作？本文將透過對吳晟詩、文的解讀，以及相關資料的參考和與作家實際的訪談，對這些問題做比較清晰的梳理。

[1]參考筆者與楊翠合撰《彰化縣文學發展史》（下）（彰化：彰化縣文化中心，1997 年），頁 371。
[2]此文收在江寶釵等主編《臺灣的文學與環境》（高雄：麗文文化公司，1996 年），頁 65～110。

二、吳晟詩的「釘根」母題與創作理念

（一）1960 年代詩所呈現的創作基型

筆者於〈稻作文化蘊育下的農民詩人〉[3]一文中曾就稻作的方式、性質及稻農的生活形態、價值取向，將「稻作文化」歸納為六個特質。其中，在吳晟身上明顯可見的，主要可表現在：熱愛土地、質樸踏實的特質上。而這種以農民性格為主的生命情調，即使在浪漫的青年時期，在現代主義思潮激盪的 1960 年代，猶然存在於吳晟身上。

一般談到吳晟早期的詩作，大多認為他當時受到現代派的影響，不免寫些抽象、陰鬱，和現實較不相干的作品。[4]其實，若能細加體會，雖是青澀的摸索期，吳晟收在作品集中的第一首，即 19 歲時發表的作品〈樹〉（1963），已然突顯了他農家子弟的性格特質，以及往後作品裡以植物形象「釘根」於大地的書寫母題[5]：

而我是一株冷冷的絕緣體
植根於此
——於浩浩空曠

嘩嘩繁華過後
總有春的碎屑，灑滿我四周

而我是一株冷冷的絕緣體
不驅向那引力

[3]此六特質分別為：一、眷戀土地；二、沉默厚重；三、勤奮踏實；四、人情濃厚；五、樂天安命；六、節儉素樸。詳細內容請參考《臺灣的文學與環境》，頁 68～70。

[4]參考宋田水《「吾鄉印象」的鄉土美學》（臺北：前衛出版社，1995 年），頁 21。

[5]吳潛誠〈臺灣在地詩人的本土意識及其政治涵義〉一文中說到：「本地詩人的鄉土認同充分顯示在樹木扎根泥土的意象中。《混聲合唱》整部詩集從頭到尾，樹木（乃至其他植物花草），釘根的意象出現不知凡幾，幾乎可以看成臺灣文學的主要母題」，收在《當代臺灣政治文學論》（臺北：時報文化出版公司，1994 年），頁 408。筆者認為，若要論釘根於大地的深度與耐力，作為農民作家的吳晟，實可居眾家之冠。

亦成蔭。以新葉
滴下清涼
亦成柱。以愉悅的蓊蒽
擎起一片綠天

而我是一株冷冷的絕緣體
植根於此
縱有營營底笑聲
風一般投來

這首詩一方面表現出青年吳晟不願隨同流俗的倨傲，不盲從喧嘩的孤高，因此他是不驅向引力的「冷冷的絕緣體」，因此他不在乎「營營底笑聲／風一般投來」；一方面這首詩也表現出吳晟植根於大地的生命取向。唯有深深地扎根於此，才可能長成蓊鬱的枝葉，才可能以永恆之姿，伸展向湛湛藍天。樹木的長青，反襯出了喧嘩繁華後，歡樂的短暫與虛浮，而這些並非吳晟所想要追求的東西。農家子弟安於樸拙，不慣繁華的性格，同樣表現在吳晟 1960 年代所寫的其他詩作中：

所有的燈光，都亮起了繁華
亮起群鍵的跳躍
你投入，是一枚沉寂
一枚恁般不和諧的孤零

——〈漠〉，1963 年

不似閃爍之星、嬌美之貝殼
你的存在，習於被忘卻
但滿蓄柔和的

你的沉默，堅韌而連綿

——〈岩石〉，1964 年

生命的存在，總是孤獨而被忽略的，總是沉默而堅韌的，像抓緊大地的樹木，厚實地往下扎根，往上伸展，終於在歲月的累積下，默默長成生機盎然的繁茂枝葉。1960 年代起步時所寫的詩作，雖不免受到當時文藝思潮的影響，但，從本質上看來，這階段的某些作品其實已為吳晟未來詩的書寫取向，奠定了創作的基調。因此，我們若以「釘根」母題作為基點，將他可能產生的象徵意涵呈現出來，或許可嘗試將吳晟往後作品中所突顯的正、反兩面的價值觀星列如下：

（正）	（反）
樹——扎根大地、穩重、堅定、	無根、虛浮、善變、喧嘩
踏實、單純、沉靜、自然	機巧、輕率、偽飾、造作

這些抽象的價值觀，一旦落實到作品中，將會獲得更具體的發揮，此留待後文再談。以下先就這樣的思維方式，分析吳晟對詩創作的看法。

（二）創作理念

因為強調單純、踏實，因此，吳晟寫詩時，不從消解閒愁，表達逸致的角度出發，也不從是否可在歷史留名考量。他主張寫詩要能貼近土地的脈息，感知祖先辛苦累積的汗滴，「寫上誠誠懇懇的土地／不爭、不吵，沉默的等待」。如果開了花，將獻上無限的感激；如果遭蟲害天災，仍不悲、不怨，繼續堅持下去。總之，他認為土地以及作物，才是值得深心掛念的對象。而虛誇的掛刀、佩劍、談玄論道，都是遙不可及的存在。作為一位大地詩人，他堅持以筆代鋤，在詩田上安分地勞作，即使有一天，「被迫停下來／也願躺成一大片／寬厚的土地」（〈土〉，1972）。由於要求勤懇、實在地寫詩，因此吳晟堅持寫自己熟悉且關心的東西。他建議友人走出戶外直接接觸廣袤的大地，撫觸清涼的河水，領略春風的輕拂，如此，詩便在其中了（〈我不和你談論〉，1982）。不裝腔作勢，不做英雄式的歌頌，吳晟認為真性情的詩人，必須取法泥土質樸醇厚的性格，不作深奧的構思，不營造美麗的文句，不乞求讚嘆和掌聲，詩人之所以寫作「只是一些些對生命忍抑不住的感激與掛慮」（〈阿爸偶爾寫的詩〉，1978）。

「只是一些些對生命忍抑不住的感激與掛慮」，是了解吳晟創作態度極重要的關鍵點。他之所以寫詩，是基於對臺灣社會忍不住的關心，看到種種令人感動或牽掛的事，剛直性格的他往往有著「如鯁在喉」的感受，不得不透過文字，將之抒吐出來。那是靈魂躍動、心海奔騰之際，最直接、最真實的映現，透過某些意象，將之具體地表現出來，較之散文的鋪敘，較之小說的營構，更足以強烈而中肯地表現詩人對世事的感受。[6]

對於為何寫詩？如何寫詩？過去吳晟主要透過每部詩集開卷的序詩，來表達他的理念。經過長時間的思考及觀察後，1990 年代中期，吳晟積極地透過「寫詩的最大悲哀」系列（1997），直接而深刻地探討了這個問題。在四首組詩中的第一首，吳晟以「反面著筆」、「隨說隨掃」的方式，指出寫詩的最大悲哀，不在困苦思索，不在寤寐追求，不在字斟句酌的琢磨；不在長年寂寞完成了詩作，無任何回響；不在些少聲名引來同輩冷冷的嘲諷；不在直接逼視人生的缺憾又無補於現實；也不在必須隱忍人世的傷痛，壓縮再壓縮；不在「即使心頭淌血，也要耐心尋找／沉澱下來的血漬」……吳晟冷靜地拿著解剖刀，一層再深入一層地剝往自己內心深處。其實他說的每一項，都是詩人所擔心、牽掛的煩憂，尤其到了後面所說的，必須隱忍傷痛，將之壓縮在詩句中，必須忍著心頭淌著的血，耐心尋

[6]1999 年 1 月 23 日訪問吳晟，筆者問到對時代有深刻感受時，何以在當下會選擇「詩」而非「散文」的形式來表達？吳晟認為，詩的寫作最能表現他對某些問題的強烈感受，某些問題的思考，剛開始時比較模糊，對整個事情的來龍去脈不是能掌握得很清楚，但是，卻會有鮮明的意象浮現出來。因此，對他而言，詩意象的表達較為明顯、強烈。往往要經過長時間的思考、沉澱，對這問題有更全面而深刻的認知後，才會用散文的方式呈現出來。這是為什麼對類似問題表達意見時，他往往是先以詩，而後才用散文的形式來書寫。

找沉澱下來的血漬。這已經將詩人的痛苦推到極致了，而詩人居然說，這都不是最大的悲哀！那麼，寫詩的最大悲哀究竟是什麼？詩人答云：「寫詩的最大悲哀／也許是除了寫詩／不知道還有什麼方式／可以對抗生命的龐大悲哀」。為了寫詩，所有的痛苦、無奈、掙扎都可以忍受。在詩的最後，吳晟跳出單純論詩的模式，從整個存在的角度來省思，詩在他生命中究竟扮演了什麼角色？具有什麼樣的重要性？面對當前的環境，存在著無數令人悽傷不平之事，作為一個知識分子，他如何使得上力氣？就質性樸拙剛直的吳晟而言，除了寫詩，別無他法！這首詩的結尾之所以令人感到強烈的悲愴，主要是因為，我們似乎眼睜睜地看著詩人一步一步後退，直退到生命的懸崖，然後他告訴你，除非緊緊抓住這把兩面皆是利刃的劍，否則他將墜崖身亡……這比滔滔洪水中用以維繫生命的脆弱稻稈，更令人感到驚懼、怖慄、不安，以及難以言喻的憂傷。這種心情在他組詩的第二首末尾，同樣如是寫道：

而我仍繼續寫詩
或許是大地的愴痛、人世的劫難
一再絞痛我的肺腑
即使眼淚，也無法平息
即使大聲控訴，也無法阻擋
只有求取詩句的安慰

——〈我仍繼續寫詩〉，1997 年

如果能了解吳晟是用什麼樣的心情寫詩，以及詩在他心中所扮演的是什麼樣的角色，對於他作品中越來越趨向激動、強烈，乃至直指批判對象的創作取向，或許會有比較相應的了解。

也就緣於此，吳晟不甚認同學院裡某些過度講求形式、文字層面之美的主張。他有一首〈意象〉（1996 年 11 月）即是針對與學界論詩者的對談而發，充分顯現出他平實、真誠，根植於大地，反對隱晦、艱澀、虛誇的創作觀：

研討會上，你向我的詩作
索取詭句奇辭
我只能告訴你
一向坦蕩平實的大地
不崇尚糾葛不清的暗喻
不時興浮華繽紛的誇飾

這毫無偽裝的表白
你顯然無甚興味
斷言我的詩作欠缺重重象徵
不合乎學院式解析的要求

接著吳晟用反諷的手法，批評那些泥於技巧營造，要求詩意隱晦、朦朧，實則抽象、空洞者：

或許我該鑽研寫詩訣竅
拆解語意、切斷聯想、模糊主題
營造千迴百轉的纏繞
鋪陳虛擬的想像空間
探溯孤絕的心魔、狂亂的意識流
便可滿足你穿鑿附會的才能

由於對社會深切的關懷，吳晟對那些閉鎖在文字迷宮、占住講臺高處，掌握發言權；卻又冷眼揶揄人世，不願挺身而出，作為民眾盾牌抵擋刀劍的象牙塔中人，表達了強烈的不滿。詩的最後，他還是回到自己一貫所主張的：

> 無論媒體風潮如何喧囂擺架勢
> 在濁水溪畔廣大溪埔地
> 我的足跡，仍仔細刻寫田土上
> 水稻、蕃薯、花生或玉米
> 奮力蔓延根鬚，伸展枝葉
> 那就是我最直接最鮮活的詩作意象

雖然從開始寫作至今已隔三十多年，雖然寫作的題材和視角有了相當多的變化。但是，我們仍然可以清楚地看到，從 1960 年代初〈樹〉一詩所彰顯的創作基調——釘根母題，一直貫串到 1970 年代乃至 1990 年代，所有作品在精神底層仍存在著一定的呼應關係。

三、政治性格的養成及強化

農民的單純寧定與政治的繁複詭譎，看似迥然相異。那麼，具有農民特質的吳晟，如何又同時具有政治性格呢？這可從幾個角度來觀察：

首先是遺傳自父親好周人急的俠義性格。在追憶亡父的文章中，吳晟總是一再談到父親熱心助人的慷慨作風，1966 年的車禍，就是為了要替親友排解糾紛，下班後未直接回家，才發生意外的。[7]繼承了父親急人之急的性格，吳晟從少年時期即具有同情弱者的正義感。對人世間不平事，他總忍不住要挺身而出，為弱勢者爭取權益。就讀國校五年級時，正值國民黨的陳錫卿與黨外的石錫勳競選彰化縣長，陳氏擁有黨的支持，動員了全縣的小學生為他助選，當時編有一首歌，為宣揚陳錫卿而唱。年幼的吳晟心

[7]參考吳晟〈餘蔭〉、〈退隱〉、〈遺物〉等文，收在《不如相忘》（臺北：開拓出版公司，1994 年），頁 159、183、189。

中有一種莫名的不平，他覺得這是強凌弱、大吃小的行為，很為石氏感到委屈。因此，基於義氣及孩子的天真，他竄改了陳氏的競選歌；在石錫卿的宣傳車來到時，又偕同夥伴燃放鞭砲為其助威，宣傳車中的石派人馬大為感動，緊抱雙拳，高聲謝道：「感謝囝仔兄！」[8]從這件事已大略可見吳氏雖質性醇厚，沉默內斂，但是在他內心深處其實有一隱隱伏動的熱情，待得機緣來到，便要噴薄而出。而整個社會不公不義的現象，最容易表現在政治層面，這是他之所以會基於濟弱扶傾的性格特質，屢屢關懷政治問題的緣故。

其次，北去南往的求學歷程，使他開啟了多扇生命的視窗。較之一般人，吳晟的求學歷程堪稱坎坷多變。1957 年他以第一名的優秀成績，自國校畢業後，保送北斗中學初中部就讀。一個學期之後，轉入彰化中學初中部，因耽溺文藝閱讀及創作，他的成績不甚理想。遂在未拿到畢業證書，又不甘心留級的情況下，以同等學力考上八卦山上一所新設立的高中。就讀一學期後，在大哥鼓勵下，北上參加北市高中轉學考試，不中，補習半年，於 1961 年考入樹林高中，這是吳晟的北部活動期。這段期間，他常到牯嶺街、重慶南路以及詩人周夢蝶的書攤看書、買書。由此機緣，使來自濁水溪畔農村的青年與當時的時代思潮銜接了起來。1965 年 9 月，高中畢業後，考入屏東農專畜牧科，直到 1971 年畢業，這是他的南部活動時期。這階段由於遇到幾位志同道合的友伴，常在一起編校刊、談文藝，使他更堅定了以文藝創作為主的人生方向。農專畢業後，本欲北上擔任編輯工作，因母親不捨而留下，遂在溪州國中擔任生物科教師至今。

這樣北去南來的求學過程固然坎坷，但是，對耽愛文藝、關懷社會的吳晟而言，其實是一種福氣。他從初二開始讀文學作品，課餘常至圖書館看書、借期刊，又常自己買書，尤其是詩刊、詩集。從這時起，吳晟也開始在《亞洲文學》、《創作》、《野風》、《文苑》、《文星》、《幼獅文藝》、《藍

---

[8]據筆者 1999 年 1 月 23 日訪問吳晟所做的紀錄。

星詩頁》、《海鷗詩頁》等刊物陸續發表詩作。[9]值得一提的是：吳晟不僅是文藝青年，也不只是閱讀純文藝的作品，當時許多開啟知識分子視野的雜誌如《自由中國》、《文星》、《人間世》，也都是他細加閱讀的對象。這些具批判性及自由主義色彩的精神糧食，使吳晟在青年時代即能擺脫一般教育體制內學生的思維方式，也使他的歷史認知不致產生太多的盲點。尤其他本身因為投入文藝活動之故，更貼切地感受到戒嚴時代思想禁制的無奈。專一暑假時（1966），吳晟即曾因為「平日言語有偏激情事」而遭國家安全局會同當地員警到家查問，並翻看他所閱讀的書籍和手稿。專二時因負責校刊而結識幾位外校同樣對文藝感到興趣的校刊編輯，常在學校附近的冰果店聚談，竟遭教官訓斥，謂有人密報他們在校外發展非法組織。從此，每隔一、二年便有直接或間接的類似調查。似乎，隨時都有一雙潛藏的眼睛，冷冷地盯梢著吳晟的一言一行，一直到他 1971 年到國中任教，1980 年赴愛荷華訪問，都擺脫不掉這個陰影。尤其 1970 年代中期以後，在他帶有批判色彩，同時又真誠關懷鄉土的詩集《吾鄉印象》出版後，由於與某些理念相近者產生心靈共鳴的緣故，吳晟開始與臺灣關心社會運動的人士：王津平、李雙澤、楊祖珺以及後來出獄的陳映真等人常相往來，或舉行座談、或發表演講、或加入民歌演唱活動……他更成為警察總部列為「嚴重關切」的對象，該單位曾派人前往吳晟任教的學校，要求校長不得讓他擔任行政工作；並調查與吳晟關係較密切的友人，詢問有關他平日思想言談的內容。凡此種種都令吳晟對國民黨政權產生極深的反感和失望。[10]隨著年紀的增長，對這種政治上的威嚇行為，吳晟內心的恐懼漸減；而隨著對整個臺灣社會了解越深，對國民政府統治的本質掌握得越清晰，基於對臺灣島嶼深摯的愛，吳晟透過詩，對執政者的種種作為，進行了更深切強烈的控訴和批判。從這個角度，或許可以了解吳晟詩裡政治性格日趨濃厚的原因。

---

[9]參考吳晟〈詩集因緣——《飄搖裏》〉，《自由時報》，1997 年 10 月 2 日，37 版。

[10]根據筆者於 1999 年 5 月 10 日與吳晟的訪談紀錄。

吳晟開始進行以臺灣鄉土為詩作題材的 1970 年代，正是臺灣政治大變動的時期。國民政府一方面面對著從世界舞臺一步步後退的殘酷命運：釣魚臺事件（1970）、退出聯合國（1971）、臺日斷交（1972）、臺美斷交（1978）……一方面則更加嚴厲地延續 1940 年代中期一直到 1960 年代的政治整肅，對反對勢力進行更多的干預與禁制。尤其 1979 年 12 月發生的美麗島事件以及其後的林宅血案、陳文成事件，更使得當時的臺灣社會產生極大的震撼。在吳晟看來，這些事件其實都非偶然發生，而是長時間的蓄積使然，當反抗勢力壓抑到某個飽和點之後，便會爆發出來。因此，對大多數原本即關懷臺灣政治及投身社會運動者而言，這些事件當然令人憤怒、悲悒，但它絕對不可能是影響他們寫作取向從此幡然轉變的唯一關鍵點。[11]對政治一向關懷的吳晟，其實早在 1970 年代初期陸續發表「吾鄉印象」系列作品時，便已透過對農村事物的描寫，表達了他的政治批判性格（詳後）。1970 年代中晚期，隨著政局的遽變，以及對臺灣社會問題觀察得更全面深入，在焦灼的心情煎熬下，吳晟的詩作由早期隱抑含蓄的批判色彩漸轉激烈。他嘗試透過「向孩子說」、「愚直書簡」等系列，以淺白而直接的文字，直指執政當局的諸多弊端，並針對社會的許多問題提出嚴厲的控訴。

1980 年吳晟應安格爾、聶華苓夫婦之邀，前往愛荷華國際作家工作坊訪問。美國之行，使得他在國族認同上產生了極大的轉折。由於對國民黨政權的不滿，吳晟原本對「祖國」大陸充滿了憧憬與嚮往。到愛荷華後，才開始有機會看到許多有關文革時代，各種層面的真實報導，殘酷的真相使他墜入了迷惑的深淵。他無法理解，到底是怎樣的政治體制、社會條

[11]根據 1999 年 5 月 12 日，筆者與吳晟的談話紀錄。吳晟認為，一般談到文學創作趨向本土化，似乎都把問題簡單化，論者提出幾個重要事件：鄉土文學論戰、美麗島事件、林宅血案、解嚴……，認為許多作家由於這些事件的啟發或刺激，而開始創作的轉型，或開始強烈的批評執政者。他承認這些事件的確具有一定的震撼性，但是，對大多數具有自覺的作家而言，批判精神與反對立場都是在逐漸認識真相之後累積起來的，甚至是在這些具有標竿性事件之前，早已形成一定的認知，而早已落實在文學創作、社會運動具體地實踐了。

件、文化傳統，竟將人性中的「惡」發揮到這樣的程度？[12]對中國的極度失望，使吳晟因心冷、心死而開始與之產生割裂。他轉而省思，儘管臺灣政治未能盡如人意，畢竟這是他自本自根生長的所在。如果還帶有一點期望，那就應該盡己所能，將理想與希望落實在我鄉我土之上。理想的推展與落實有許多途徑，投身政治是一種；以筆代刀，藉著批評時政來促使政治社會革新，又是一種。自少年時即具社會改革熱忱的吳晟，自知質樸的個性未必適合直接投身政治運動，幾經思慮掙扎，他終於決定還是留在鄉間繼續創作，以文化扎根的方式為提升臺灣文化體質而努力。[13]

1987 年之後，隨著戒嚴令的解除，報禁、黨禁的取消，動員勘亂時期的終結，臺灣本土勢力明顯地抬頭，言論尺度更加地開放，更多的社會菁英乃至文化界的人士投身政壇。早在 1970 年代中期，即已參與反對運動，並公開表明支持黨外活動的吳晟，1992 年擔任參選立委的好友廖永來的文宣工作，1993 年更為了支持致力推行環保觀念而投入選戰的東海大學教授林俊義上臺助講。往後的選舉活動，吳晟更加積極地參與，為理想相近的本土人士站臺。由於投入選戰工作，吳晟對政治環境了解更深、參與度更高，也因此之故，從 1994 年他開始再度提筆陸續發表詩作時，對整個臺灣社會現象觀察得更為細微，對官方的種種舉措也批評得更為激切，遂在作品中表現了較之先前更直接而強烈的政治關懷。

四、從隱抑趨於激越的政治關懷

從上文的敘述可知，吳晟質樸的農民性格是如何逐漸與對現實社會的關懷銜接上關係的。我們進一步來看，這樣的政治關懷如何階段性，由隱而顯地出現在他的詩作中。

1972 年吳晟開始發表「吾鄉印象」系列，陳映真認為 1975 年 10 月刊

[12]參考吳晟〈衝擊〉，收在《無悔》（臺北：開拓出版公司，1992 年），頁 163。
[13]參考吳晟〈街頭〉，收在《無悔》，頁 200。

出的〈月橘〉一詩，是吳晟開始對政治現象進行批評和諷刺的作品。[14]其實，如果仔細玩味吳晟的詩可以發覺，在此之前，他的詩其實已碰觸到政治禁忌的問題了。在作品中，最早且相當強烈表達他對執政者「一言堂」式的威權統治不滿的是〈一張木訥的口〉（1972）：

千萬張口，疊成一張口
——一張木訥的口
……
歌曰：如是
人人必回諾：如是

這詩表面上看起來寫的是農民的木訥質樸，其實吳晟已然在其中表達了對言論受到禁制的不合理現象之批判。1974 年至 1975 年，吳晟發表了《吾鄉印象》中的「植物篇」系列，以植物意象表達了他對人生的多方觀察。在陳映真所標舉的〈月橘〉一詩之前，同樣透過植物意象表達他政治批判的，有 1974 年 12 月發表在《藍星》詩刊新 1 號的〈含羞草〉，吳晟形象地透過含羞草的特質，來呈現白色恐怖下受害者動輒得咎、草木皆驚的惶惑不安：

是的，我們很彆扭
不敢迎向
任何一種撫觸
一聽到誰的聲響迫近
便緊緊摺起自己
以密密的、小小的刺

[14]參考陳映真〈論吳晟的詩〉，收在《孤兒的歷史・歷史的孤兒》（臺北：遠景出版公司，1984 年），頁 192。

衛護自己

在詩的最後，吳晟明白地點出，作為默默繁衍，無法大聲申訴的植物「不是羞、而是怯」。不從浪漫或具趣味的角度來書寫含羞草，而是藉著此物的特色來呈現久遭踐踏、壓制的民眾在威權體制下隱忍委屈，遂致敏感而多疑懼的心靈創傷。而這種感受並非憑空臆造，對吳晟而言，確是切身的經驗。早在學生時代因敢於發言，又與同道友人常聚會之故，多次遭到教官、警員的搜查、刁難、警告時（詳前），他便有深刻的體會了。儘管畏怯多疑，儘管總是默默地忍受強者踐踏，臺灣民眾的生命力畢竟是壯旺而堅韌的，吳晟在 1975 年 2 月發表的〈野草〉一詩，便將這種強韌的特質，透過對緊緊抓住大地，生機蓬勃的野草之描寫呈現出來：

默默接受各樣各式的腳步
任意踐踏；默默接受
圓鍬、鐮刀或鋤頭，任意鏟除
我們的子子孫孫，依然蔓延
……
陽光和雨水，甚至春風
啥人也不能霸占
寬厚的土壤，不需要任何照料
詛咒吧！鄙視吧！鏟除吧
我們的子子孫孫，依然茂盛……

當然，發表於同年 10 月的〈月橘〉是一首更強烈指控執政者打壓民眾，禁止他們發出任何屬於自己聲音的詩：

安安靜靜畢竟是好的

至少至少，免於吵吵鬧鬧
所以，我家的主人
喧囂了又喧囂
淹沒了我們所有聲音，即使
微弱的抗議

整整齊齊畢竟是好的
至少至少，免於紛歧、有礙瞻觀
所以，我家主人
修了又修，剪了又剪
不容許我們的手臂，隨意伸舉

這一系列作品究竟是在什麼樣的時代背景下產生的呢？我們來看幾則發生在 1970 年代初期，打壓言論與本土意識的具體事件：1971 年 2 月謝聰敏、魏廷朝，分別因涉嫌判亂，被判刑 15、12 年；同年 3 月 3 日，逮捕、驅逐參與臺灣獨立運動的外國人士。1972 年 12 月 27 日，三家電視臺減少臺語節目播放時間（每天不得超過一小時，且必須分兩時段播出）。1973 年 2 月 17 日，在「民族主義座談會」發言的陳鼓應、王曉波被逮捕；同年 10 月 8 日，前高雄縣長余登發因瀆職案被捕[15]……具有批判意識的人士被拘禁，臺灣人的母語被消音，適逢吳晟在詩壇邁開腳步的 1970 年代初，臺灣民眾所受到思想、言論的禁制不可謂不大。雖然身居溪州鄉間，吳晟並不因此而輕忽對政治現象的觀察，然而，由於對政治社會的實況了解仍不夠深入，加上彼時他多少仍帶了一點現代主義文學殘留下來的，以含蓄、曲折為美的創作觀。因此，在這個系列裡，他表達政治關懷的方式較為隱微、含蓄，藉此寫出他關注時政並加以省思後的心情。

[15]參考薛化元等編《臺灣歷史年表》（臺北：業強出版社，1994 年）。下村作次郎編〈臺灣文學略年表〉，收在《從文學讀臺灣》（臺北：前衛出版社，1997 年）。

1970 年代中期以後，由於外交的困境，加上在野勢力的逐漸崛起，緊壓的政治力量開始鬆動，言論尺度也比過去開放，因此，逐漸有屬於本土的聲音產生。此時，執政者一方面希望延續先前的思想禁制，一方面卻又不得不順應時代所趨，表現出對本土一定程度的關切。當時在官／民角力之下，民間蓬勃的生命力逐漸在抬頭，迫使當局不得不對臺灣相關事物表達某種程度的關切。許多文藝創作者、文化工作者在這樣的背景下，因為獲得省思的機會逐漸轉而關懷本土文化。他們開始思考：如何使文學與生活緊密結合，也開始關懷自己的土地與人民。原本即緊貼著臺灣土地脈息而書寫的吳晟，事實上可以視為這種回歸鄉土風潮下的「先行者」。鄉土意識抬頭，鄉土文學論戰激辯之時，吳晟不僅已完成了他的《吾鄉印象》，甚至因廣受歡迎而在 1977 年已印行了第二版。身在農村，吳晟親眼看到工業文明的入侵造成農村生產的凋弊，農民心血所繫的土田之流失；他更透過這些現象的背後，看到資本主義的傾銷，看到官方如何忽略民眾的權益福利，甚至如何消抹民眾微弱的抗議之聲。因此，往後陸續推出的詩作中，他為民眾發出不平之鳴的力道更強，頻率也更高了。1977 年吳晟同時推出兩個詩作系列，一為「禽畜篇」，一為「向孩子說」。前者推出的時間稍早（1977 年 2 月），後者延續的時間頗長（1977 至 1983 年），兩者都可聽到吳晟沉雄的抗議聲中，逐漸提高的音量。

「禽畜篇」藉著對禽畜命運的描寫，形象地刻鏤了臺灣人的命運悲劇。〈雞〉與〈狗〉二詩寫雞犬的驚慌、恐懼、不安，實延續了〈含羞草〉的主旨，寫臺灣人在政治陰影下的惶惶終日：「不知道什麼時候／將有什麼災禍，突然降臨／不知道甚麼時候／你們必須哀痛的告別」，因為對不可知的未來感到怖慄不安，因此雞群們「一有腳步靠近／你們便驚惶的逃開」。而犬狗們，則在令人驚悚的子夜，狂亂地吠叫，「一聲比一聲焦急而悽厲」，具體地描寫了對政治氣候敏銳者的心情。至於，在此時代氛圍下，某些感覺遲鈍、醉生夢死的人是如何度日呢？

安心的生，知足的活吧
吃飽了睡，睡飽了吃
所有的天候，和你們無干
這樣舒適的一生
不是很好嗎？

——〈豬〉

當然還有一些明知有壓力存在，卻乖順服從者：「乖馴的一生，不敢奔馳／不敢大聲喊叫／也不敢仰起畏怯的眼神／期待什麼」(〈羊〉)。然而，不管是乖順、認命、醉生夢死，還是疑懼不安，他們最後的結局都是一樣的。在此系列中，最悲憤而悽傷的是作為開篇之作，為死去亡魂而寫的〈獸魂碑〉。詩一開頭，作者首先以低沉的聲音訴說道：「吾鄉街仔的前端，有一屠宰場，屠宰場入口處／設一獸魂碑」，第二段，旋即以逐漸高亢的聲調悲吟道：

碑曰：魂兮！去吧
不要轉來，不要轉來啊
快快各自去尋找
安身託命的所在
不要轉來，不要轉來啊

既墜地為禽畜，即註定要受屠殺，所以不用悲傷，也不用不甘心，更不用渴盼被平等地對待，吳晟以「反諷」的手法，寫出了對禽畜的矜憐：

不必哀號，不必控訴，也不必
訝異——他們一面屠殺
一面祭拜，一面恐懼你們的冤魂

回來討命：豬狗禽畜啊

魂兮！去吧

此詩表面上寫的是祭弔喪失生存權的禽畜，實則寫的是被執政者視若草芥的民命。吳晟以他的農民背景，取材自熟稔的農村景象，藉此血淋淋地勾勒出一幅充滿悲怨、憂傷的近代臺灣民眾受難圖。詩中雖未指明指控的對象，但有心人仍可深深體會箇中深義，無怪乎後來此詩會被拿來作為二二八紀念大會時的文宣品。[16]

在「向孩子說」系列裡（1977 至 1983 年），吳晟轉移了敘述者的角色。他不再單純地只站在農民的立場發言，轉而以老師或父親的角色，向自己的學生或孩子殷殷叮嚀。與「吾鄉印象」相似之處在於，讀者必須透過作品的表層，去掌握吳晟真正想要表達的，對政治、社會現象的批評。因為訴說的對象是孩童，所以，吳晟在此系列裡使用了平淺的語言，反覆的句型，發表許多激憤地指責偽飾者的詩。1977 年 12 月刊出的〈例如〉便藉著訓斥孩子不要說謊，強調欺誑偽飾的徒然無益：

例如，看見某些人

以斑斕的顏彩

拚命粉刷早已腐朽的牆壁

常忍不住想告訴他們

那是沒有用的，那是沒有用的

……

例如，聽見某些人

高喊著漂亮的口號，哄抬自己

常忍不住想揭穿

[16]參考吳晟〈拾起一張垃圾——「詩緣」之三〉，《聯合報》，1993 年 2 月 26 日，24 版。

不要欺騙吧！不要欺騙自己吧

剛直坦率的吳晟，藉著向孩子強調純真的重要性，來表達他對粉飾虛誇的厭惡。經由詩的反覆叮嚀，希望孩子「不用深黑的墨鏡／隱藏起眼睛」、「不用炫人的皮鞋／墊高自己」（〈愛戀〉，1977 年 12 月）；更希望他們不要「不甘於沉默／又傳聲筒般一再散播／違背事實的謊言」（〈說話課〉，1983 年 3 月），而應該以無偽的面貌，坦蕩的胸襟去正視真實的世界，而這也正是執政者所最欠缺的。

吳晟自云：「我的詩作大多根源於現實生活，和臺灣社會脈動息息相關，有不少篇甚至和史事直接連結。」[17]比如 1978 年底臺灣與美國斷交時，眼見各行政機關發表一連串抗議示威活動，紛紛指責美國背信忘義，吳晟以〈若是〉（1979 年 5 月）一詩，抒發他對此事的看法：

若是橫在路中的石頭
絆倒了你
或是小遊伴惡作劇的手
推倒了你
孩子呀！不要眼淚汪汪地望著阿爸
你要學習自己站起來
不要依賴任何人的扶持

他勉勵孩子遇到挫折千萬不要懊惱哭鬧，而應認真地檢討自己，才可能走向光明的未來；這其實也是吳晟在風雨飄搖的時局下，對自己國家與國民的期待，唯有自立自強，才可能將國家的未來導向光明與希望。

1979 年底美麗島事件發生後，執政者大肆搜捕參加民主運動的人士，

---

[17]參考吳晟，〈拾起一張垃圾——「詩緣」之三〉，《聯合報》，1993 年 2 月 26 日，24 版。

全臺籠罩在緊張、肅殺的氣氛中。為此，吳晟寫了〈不要忘記〉（1980 年 3 月）一詩，以兄弟爭吵為喻，訓誡大哥要有包容的胸襟，以誠意化解彼此的衝突，藉此暗示國民政府勿要戕害親如手足的臺灣人民。他又以〈惡夢〉（1981）一詩來呈現政治低氣壓下，人們無法言宣的痛苦和委屈。以〈紛爭〉（1982）一詩指責執政者「用盡冷酷的言詞／四處控訴你的兄弟」，並自以為「誇大兄弟的罪過／就能顯示自己的清白嗎？」吳晟沉痛地質問：「世間哪有那麼多那麼深的仇怨」，尤其是自己兄弟間。這些詩都相當明顯地針對國民政府的殘酷整肅反對勢力而發，時代色彩相當濃厚。

1978 年至 1983 年，吳晟透過另外一組詩「愚直書簡」，來勸告並批評那些在臺灣局勢動盪不安時，紛紛棄離故鄉的人。他以「蕃藷地圖」指稱臺灣，這是阿祖、阿公到阿爸，千鋤萬鋤方才鋤起的深厚泥土，記錄了臺灣的所有苦難和榮耀，他將永遠深深地扎根於此，任何因素也不能讓他捨離（〈你也走了〉，1978 年 9 月）。反過來，對那些急於改入美國籍，學習 ABC，遠赴異邦者，吳晟在 1978 年 9 月同時發表了〈美國籍〉、〈你也走了〉、〈我竟忘了問起你〉、〈過客〉、〈歸來〉等詩，對此做了沉痛的批評。尤其是借用鄭愁予〈錯誤〉一詩的名句，反覆吟誦的〈過客〉詩，更抒發了他對島上一批又一批懷有過客心態者的質疑：「什麼時候，到了什麼地方／你們才是歸人，不再是過客」，詩末一語中的，直指部分臺灣人的「浪子意識」。因為不認同這塊土地，因此輕賤它、戕害它，在文學上渲染失根的漂泊感，在生活中則恣意地破壞臺灣的草木大地，汙染臺灣的河川海岸，從來不知道要珍惜斯土斯民所擁有的可貴資源。吳晟於 1981 年 10 月發表的〈制止他們〉，便是一首挾持千軍萬馬之勢，憤怒指陳破壞臺灣生態者的長詩：

……

我們不再為你坎坷的昔日而悲嘆

但你或將面臨的災難

我們不能不焦慮
那麼多不肖子孫和過客
只顧攫取私利
不惜瘦了你、病了你
我們怎能不痛心

山林是臺灣的骨骼，河川大地是臺灣的血脈肌膚，然而，卻有人以巨斧濫伐山林，恣意排放毒氣、汙染河川，損毀大地，遂使整個島嶼承受了永難痊癒的創傷，使後代子孫無安身立命之處。因此，詩人在作品中，反覆激切地呼籲：

制止他們啊、制止他們
用我們嚴肅的聲音
用我們不容曲解、不容敷衍的聲音
制止他們繼續摧殘你

據蕭新煌研究指出，1970 至 1980 年代，臺灣社會注意生態保育的觀念有：訴諸以「理」的學界、訴諸以「情」的藝文界、訴諸以「法」的立法委員。其中真正以主動而開放的態度，重視、關懷環境的，還是以藝文界為主。[18]吳晟雖非刻意書寫環保詩或生態詩，但是，他實在不忍坐視國家任由資本主義開發本地有限的資源、破壞生態環境，基於對土地深厚的情感以及對臺灣未來的擔憂，他很自然地以最熟悉的文類，表達生態環境遭受破壞、汙染時沉痛的心情。

1984 年以後，由於對社會的關心過於急切，而產生了嚴重的失落感，吳晟有將近十年不寫詩，轉而以比較直接而淺顯的散文，將過去許多壓縮

[18]參考蕭新煌，《我們只有一個臺灣》（臺北：圓神出版社，1987 年），頁 81～103。

在詩裡的濃釅情緒痛快地抒洩出來，也將某些事情的原委做了更清楚的說明。1992 至 1994 年是他詩作生涯重新出發的暖身時期，陸續零星的有詩作發表，至於真正蓄足力量再度出發，應該要從 1996 年算起。據吳晟的構想，他下一部推出的詩集將題為《再見吾鄉》。集中有五個單元[19]：第一輯「寫詩的最大悲哀」，反省寫詩的諸多問題，並對當前學界、文學界某些虛誇的現象做了省思（詳前文，創作理念的部分）；第二輯「經常有人向我宣揚」，則以激烈的態度批評當今執政者的弊端，是一組政治色彩最為濃厚的系列詩；第三輯「再見吾鄉」，一方面延續他原先對農村現象的紀錄，一方面批評執政者農業政策的不當；第四輯「憂傷西海岸」以憤怒憂傷的心情，憑弔臺灣沿海地區以及海洋被破壞後的殘破景象；最後一輯「我們也有自己的鄉愁」，則將感情所繫，重新釘植於大地，或許不忍看見島嶼太多的創痕，或許不願整部詩集承載了太多的憂傷，他希望在詩的最後，嘗試走出悲愁，建構一個理想中的桃花源，藉著對田園之美的讚頌，消解長年以來難以言宣的愁懷。

這五個單元中，基本上仍以描寫農村為主的「再見吾鄉」為主軸，呈現了 1990 年代中期以後，臺灣農村的變遷以及農民所面對的不可知的命運。與 1972 年起始的「吾鄉印象」系列，同樣站在農民的立場，立足大地、關懷生態環境。不同的地方在於，這個階段吳晟對農村的歌頌減少了，轉而對國際強權傾銷下，輕忽農民權益的政府提出了批評。發表於 1994 年 7 月的〈你不必再操煩〉，看似以詳和、平緩的口吻安慰長年辛勞的母親，不必再為農事擔憂，但是，果真如此嗎？其實他真正痛心的是由於官方對土地的不重視，以及對國際經濟強國的讓步，遂要求農民休耕，而只讓他們領取極微薄的補助金以度餘生。更令人擔憂的是，耕地轉為建地，將有更多的利益可圖，在〈土地公〉一詩中，吳晟語重心長地指出：在官商勾結之下，原本綠油油的稻田，將遭到大批土石的吞噬，「生生不息

[19]據筆者今年（1999）與吳晟的多次對談，以及吳晟所提供的資料：目前，前三單元的作品大多已刊登在報紙上，第五單元已有部分作品刊登，至於第四單元則已初步完成，近日即將發表。

的作物命脈／便永遠沉埋歷史底層」，連守護大地的土地公都流離失所了，何況農村子弟更是漂泊無依。而將農田視為第二生命的老農，只好在無力以薄田維持生計的困境下，賣田為生：

終於蓋下最後一個印鑑
交出土地權狀
鮮紅的印痕，有如心頭泌出的血漬
化作老淚潸潸
滑過黧黑的臉龐！

——〈賣田〉，1996 年 12 月

老農賣田，有如挖心剜肉般的痛，儘管萬分不捨，為了活命還是必須斬斷一生牽繫的農地，而無力挽救作物逐漸滅絕的危機。表面上，吳晟感傷的是農村的凋弊，農業結構的瓦解，事實上最根本的還是指向政治層面的問題。若非執政者農業政策失當，農民何致於流離飄零、無所依托？由此帶出的問題是，官僚對農民的漠視，對環境缺乏長期關照，遂使原本肥沃溫潤的黑土壤變質了，使得原本水源充裕的河流荒渴了。發表於 1996 年 12 月的〈水啊水啊〉，以一幅令人驚怵的畫面，作為整首詩的結束，預言了臺灣當局若任憑山林濫砍、河川汙染，將會呈現的景象：

島國子民每一張口
緊貼乾渴的水龍頭
連接空洞的水管、泥砂淤積的水庫
齊聲向天空急促呼喊
水啊水啊給我們水啊

這是水荒，至於山洪帶來的水災，可能更令人驚悚：

……

明早照樣漫步青翠的高爾夫球場
心安理得優雅地揮桿

而我乍然望見
一粒粒轉動的小白球
彷如坍塌土石壓碎的頭顱中
蹦出的眼球

——〈山洪〉，1996 年 12 月

官商的貪婪勾結、草菅人命，實莫甚於此！這並非吳晟的危言聳聽，證之近年來發生的林肯大郡事件，一幅慘絕的人間地獄圖不正是歷歷如繪地逼臨眼前？

五個單元中的「經常有人向我宣揚」系列，是吳晟所有作品中，最憤烈、最直接對執政者在臺統治四十年的總檢視與總批判。過去隱微低抑的聲音，因著政治禁忌的逐漸解除，以及吳晟本身對臺灣歷史與政治了解的逐漸加深而高昂起來。他省視 1940 年代以降臺灣歷史的傷痕：

一九四七・二二八
機槍聲餘音震盪
聲聲化作強勢的政令
深入島嶼各鄉鎮
綿延成萬人齊頌的感恩曲
凡不配合曲調打拍子
總有隨時勢威嚇的罪名
毫不留情地羅織

——〈機槍聲〉，1998 年 11 月

自此以往，多少無從控訴的冤屈，無從追究的悲慟，皆在執政者刻意淡化、消音之後，為歷史長河所淹覆。而在強權威迫、恫嚇之下：

鄉親們順從點著頭
逐漸遺忘明辨義理的能力
習於依附帶來的小利益

——〈機槍聲〉

而有骨氣，敢於批評者，則一一被押入黑牢，仰頭不見天日。在那個令人絕望的時代，真相被扭曲，人性的尊嚴被蹧蹋殆盡。然而，時移事往，隨著本土意識的抬頭，改革聲浪的波濤洶湧，執政者搖身一變：「又以維護者的姿態大方出現……變換開明的形象大發議論」(〈我清楚聽見〉，1998 年 11 月)。相同的嘴臉，在不同階段可以做如此迥然相異的轉換，這種虛矯的謊言令吳晟感到極度不滿。他在〈經常有人向我宣揚〉(1996 年 11 月) 一詩中，便以極激動的心情，直接揭露了強權者善於欺瞞、缺乏真誠的面目：

那不斷編導人世災難的強權
也有權利宣揚寬恕嗎
那從不挺身對抗不義
從不挺身阻擋不幸
反而和沾滿血腥的雙手緊緊相握
也有權利宣揚寬恕嗎

這種荒謬、不合常理的要求，就如同：

要求於積暗傷寬恕棍棒
要求無辜魂魄寬恕刀槍
要求斷肢殘骸寬恕砲彈
要求荒煙遍野寬恕烽火
要求家破人亡寬恕陷害

——〈經常有人向我宣揚〉

假如所有殘酷不人道的傷害，都可以用事後的宣揚寬恕來要求不予計較，那麼，整個社會將會紊亂失序到什麼樣的程度？受創傷、被迫害的無辜者，又如何彌補他們失去的生命以及心靈所受到的戕害？吳晟所批判的不僅僅是強權的壓迫，他更進一步就這種虛矯政權所衍生出來的說謊文化加以抨擊，尤其是將所有隱藏的弊端都揚露出來的選舉活動。〈退出——寫給林俊義教授〉（1994 年 1 月）、〈終於說不出話〉（1998 年 11 月），皆極明顯地呈顯了選舉的惡質文化：

你的堅持和疼惜
透過一場又一場直率的呼籲
仍無力對抗酒席送禮，買票樁腳
無力打破炒作集團散播的建設迷信
無力化解安定繁榮的麻醉劑

——〈退出〉

在唯利是圖的當今社會，在民眾普遍對所謂正義、理想冷眼以對的時代，有良知、有堅持，疼惜臺灣的理想主義者往往不敵「獨裁統治化妝的邪靈」，不敵「仗勢一黨壟斷的封建媒體／化作喧囂混淆的選舉語言」（〈退出〉）。當正義之士在選戰中，飽受創傷、抹黑與汙蔑時，另一股邪惡的勢力卻借著「炫麗的海報／隨處占領零亂的市容／微笑、揮手、承諾美好的明日」(〈終於說不出話〉)。深諳統治者虛誇特質的吳晟黯然地寫道：

承諾可以輕易否認
信誓也可以隨時反覆
總有理由作任何詮釋
置身在集體耍弄語言的遊戲裡
我只感覺無言以對的悲涼

——〈終於說不出話〉

據吳晟自述，此書計畫以《再見吾鄉》為名，原本希望由此書寫出故鄉新生的希望。然而，當一首首詩完成後，卻與他原先的構想有了落差。我們發覺，吳晟基本上對當前的農村、對執政者是很難有積極樂觀的期待的，這種情形相當明顯地表現在第四輯的「憂傷西海岸」系列中。〈消失〉一詩，寫工業文明對西海岸的汙染，對水產及植物的嚴重侵害。〈沿海一公里〉則強烈地控訴執政當局對濱海數萬株木麻黃的砍伐，遂使海鳥因無處落腳而悲鳴盤旋，使大片海岸因失去屏障而飽受風砂侵襲。〈憂傷之旅〉透過具體景象的描繪，寫出了瀕臨死亡的西海岸之嚎泣：

而我觸目所及
鐵鋁罐、保特瓶、普利龍、塑膠袋、廢棄品
在海面散亂漂浮
在沿岸隨處擱置
混著油汙吐著白沫的浪潮
發出一聲聲沉痛的喘息

這系列裡最能與吳晟一貫的釘根性格相呼應的，是對鹹澀荒漠的海岸線守護者——馬鞍藤的描寫。在怪手開挖之後，海岸線急速被割裂，到處一片骯髒、零亂：

在陽光繼續照耀的清晨
與惡臭毒水垃圾堆　爭取生存權
馬鞍藤紫色的小花
面向油汙的海面綻放
朵朵都像吹響著誓言的喇叭手

——〈馬鞍藤〉

紫色的喇叭手將吹起什麼樣的誓言呢？「堅持為醜陋的海岸／抹筆淡綠加點紫暈／悲傷中留一些希望的顏彩。」儘管對政府當局縱容工業大肆開挖、破壞環境深感不滿，但，吳晟畢竟希望能在夜暗中擎起一把火炬，照亮漆黑的大地，在「悲傷中留一些希望的顏彩」，這顏彩嘗試在整部詩集的最後一個單元「我們也有自己的鄉愁」渲染開來。發表於 1997 年 8 月的〈油菜花田〉，作為這系列的開篇，似為我們燃亮了暗沉的視景，燦爛的光影似為臺灣這個島嶼帶來了美好的希望：

初冬的陽光，暖暖撫照
盛放的油菜花田
慵懶地躺臥
躺成黃絨絨的寬敞花毯
補償田野長年的勞累

一隻一隻蛾蝶，翩躚穿梭
這一大片燦爛金黃
和童年嬉戲的夢境
交織飛舞

我禁不住停緩腳步
依傍著青澀香氣輕輕躺下
靜靜尋索　無須寄望收成的閒適
有否妥切詩句來描繪

這首詩以緩慢柔和的節奏，輕輕地呼吐出一個美麗絕倫的夢境：暖陽、花毯、黃蝶、清香、彩霞、星光……這是當今之世可能重現的景象？抑或是只存藏於詩人理想深處的幻景？恐怕必須通過時間的考驗，才能獲得切確的答案吧！

五、結論

在「寫詩的最大悲哀」系列裡，吳晟有一首題為〈詩名〉的未刊詩，如是寫道：

你看出歲月的滄桑
明顯刻畫在我臉上
是否也望見我內心
對人世反而更熱切
……
如果只是重複老調
我寧願從此沉默不語
請你隨時檢驗我的創作能源
是否鮮活如新人新作

對於一位五十多歲的寫詩者而言，能夠持續擁有早期創作的熱忱，堅持寫作理想，確實是一件不容易的事。三十多年的寫作生涯中，吳晟不斷對自己有著高度的期望與嚴格的要求。如何一方面能擁有自己一貫的思想主旨，又能在寫作的視角上推陳出新，對創作者而言實在是一個極大的考驗。

本質上，吳晟是一位性情質樸的農民，也是一位「疾惡懷剛腸」的詩人。他的作品乃立足於自己從小所貼近的土地與臺灣島嶼，因此，稻作成為他筆下最最關懷的對象，而與這個環境相關的植物、禽畜乃至於山河大地，也都是他集中焦點寫作的對象。作為一位農民詩人，吳晟一路寫來皆不脫農村及其相關的題材，但是，我們仍然可以透過細緻的觀察，尋索出詩人思想脈絡發展的歷程。如前文所述，1960 年代開始發表詩作的吳晟，雖難免受現代主義色彩影響，但是，著根於大地的「釘根母題」已可見其作品的主要導向。1970 年代初期以「吾鄉印象」系列，在臺灣詩壇邁開獨具特色的腳步，可以說是鄉土文學創作的先行者，值得注意的是，他並非單純地寫鄉土景物，在書寫農村景象及農耕生活的背後，其實已存在著批判執政當局的色彩。由於對政治社會的了解仍然有限，加上現代主義影響下的創作美學觀點仍對他產生一定程度的影響，因此，這階段吳晟詩裡所呈現的政治批判是隱微的、克制的。1970 年代中期以後，隨著對政治、社會的了解越多越深刻，加上時局的變遷，吳晟的批判色彩轉為濃烈，「向孩子說」、「愚直書簡」系列即屬之。他藉著為人父、為人師之口吻，間接地指責了官方在施政上的種種弊端。雖然對政治問題的批評已相當切中要點，但是，吳晟仍舊認為那種強自隱抑，未能直接批判的作品是軟弱的詩，缺乏一介知識分子應有披肝瀝膽，直抒滿懷痛惡的道德勇氣。[20]1990 年代以後，由於吳晟的政治參與度越高，對政治的本質，社會環境的惡化，觀察得更深刻而細緻，遂使他作品的批判色彩較先前更為濃厚，關懷的層面也更為開闊。終於將多年來積壓的鬱懷鬆解開來，我們於是看到詩人以最真實、最響亮的音聲抒吐出誠懇而熱切的心語。而每一聲、每一聲都滿溢著對臺灣無限的關懷與深摯的愛。

——本文原發表於「1999 年臺灣現代詩經緯」研討會（1999 年 5 月）

[20]參考吳晟〈軟弱的詩〉，《聯合報》，1996 年 11 月 16 日，37 版。

——選自林明德編《臺灣現代詩經緯》
臺北：聯合文學出版社，2001 年 6 月

濁水溪畔的憂傷

試論吳晟詩作在臺灣社會發展中的時代意義

◎陳文彬*

1987 年解嚴前夕，位居島內中部的古城小鎮裡，進行著一場環保運動的抗爭。從島內各地聚集而來的知識青年與純樸漁村的鄉村父老們，在街頭、在廟埕、在小鎮的每個角落，正用著特有濃烈的海口腔調交換討論著關於二氧化鈦與古城發展的關係。反杜邦運動在那個時代風起雲湧的捲來了一堆大學校園裡的青年，白天他們坐上蚵車與漁民下海採蚵仔，晚上他們就擎著板凳到廟口演說了起來。有人拿著吉他在幻燈片解說的夜裡，哼唱著李雙澤的〈美麗島〉，有人則在激昂的演說結束前緩緩的朗誦著從報上剪下來的詩句：

我們全心全意的愛你
有如愛自己的母親
並非你的土地特別芬芳
只因你的懷抱這樣溫暖
並非你的物產特別豐饒
只因你用艱苦的乳汁
養育了我們

——〈制止他們〉，1981 年

*發表文章時為臺中縣政府祕書，現為中州科技大學視訊傳播學系副教授、光之路電影文化事業公司專案導演。

在那個夜裡，一個懵懂的高中生深深被那微弱燈光下大學生朗誦出來的詩句吸引感動。多年以後，當他也同當年的知識青年走上街頭時，他也一樣與那些學生們在草綠的書包裡放了一本詩集，隨時準備在激烈的抗爭衝突中大聲朗誦出當年的那些詩句，那就是詩人吳晟的《吾鄉印象》。

在臺灣現代詩的創作者中，吳晟是唯一一位投身農村參與勞動生產的作家。當然在當代描寫臺灣農村的詩人中，除了住在彰化溪州的吳晟，還有目前住在臺東的詹澈。但由於吳晟居住在傳統農村的因素，其主要生產工具與再生產的基礎為濁水溪畔的田地，其參與勞動生產的作物更為臺灣經濟發展史中最具代表性的稻米，故其稻作文學在研究臺灣農村的眾多作品與社會發展史中，便占有非常重要的地位。

吳晟的創作生涯很早就開始，他早在 1960 年代念中學時期就在校刊雜誌上塗塗寫寫。高中畢業離開彰化後就讀屏東農專時，更積極且大量的在當時的文藝雜誌上（《藍星》、《文星》、《幼獅文藝》等）發表作品。[1]年輕時期的吳晟並沒有同當時的年輕人一樣，被流行的現代主義所吸引。他自覺：「理論的東西對我並沒有太大的影響，反而是生活的體驗⋯⋯」（吳晟訪談，1999 年 2 月）。縱使當時純樸的吳晟並未陷入風靡的現代主義浪潮中，但他還是免不了的與熱中創作的年輕人一樣，曾經北上尋訪詩壇前輩周夢蝶的書報攤。[2]在年少對文學的憧憬夢想中，不可免俗的也曾嚮往過風花雪月的日子。

然而臺北的生活氣味對成長自農村的青年詩人並沒有產生太大的思想變化，反倒是此刻在溪州農村辛勤耕種的母親與來自家庭的經濟壓力，讓吳晟走回了農村。吳晟被詩壇注意的作品在其於 1972 年婚後所發表的「吾鄉印象」系列。當時在國民政府敗退來臺的政治氣氛下，嚴厲的思想檢查

---

[1]編按：應指高中時期。吳晟就讀高中時發表許多詩作於《藍星》、《文星》等藝文刊物，就讀屏東農專時期則多發表於其主編的《南風》、《屏東農專雙週刊》，詳細發表情形請參閱本書年表。

[2]編按：吳晟於 1960 年進入彰化私立培元中學就讀高中，一學期後休學，至臺北補習、考試，於 1961 年進入臺北縣樹林高級中學就讀，直至 1964 年轉入彰化精誠中學。於臺北求學期間，吳晟經常至周夢蝶書報攤購書、論詩。因吳晟近年散文對早年經歷有較為清晰的梳理，特此說明。

限制了許多文學發展的可能性。國民政府在嘗到了 1930 年代中國寫實主義對其批判的苦頭後，遂在 1960、1970 年代的臺灣刻意壓抑寫實主義的思潮，並鼓勵淺薄的現代主義寫作形式。於是許多現代派詩人開始用艱澀隱晦的詞藻，書寫鄉愁、心靈的作品於焉出現。吳晟農村寫實的作品在一群描寫鄉愁的現代派詩人作品當中，竟也成了另一種在距離上既貼近，情感上卻又遙遠的鄉愁。

由於國民黨政權在教育政策上的操作，致使多數活在臺灣島上的青年也隨著軍中作家的創作，對遙遠的中國山河泛起了一股「鄉愁熱」。多年後吳晟回想起 1970 年代無端瀰漫的鄉愁氣氛，創作了一首〈我們也有自己的鄉愁〉批判當時瀰漫在文化圈裡的無根現象。

泥巴中打滾長大的我們
年少青春也曾如醉如癡刻意模仿
夢囈般嚮往遙遠國度的山川

彷彿飄泊靈魂的憂傷
就是驕傲身分的裝飾

——〈我們也有自己的鄉愁〉，1999 年

1949 年國民政府播遷來臺，在當時的國際戰亂局勢下，美國選擇了臺灣農業作為援助國民政府的切入點。於是臺灣農村從 1950 年代到 1960 年代底，便進入了密集生產的階段。由於生產資料的大量投入，讓當時農村對勞動力的需求增大。吳晟於 1960 年代末期從屏東農專畢業，當時已深受諸多詩壇前輩的注意，頻於當時的文藝雜誌及報章上發表作品。畢業後的吳晟曾經前往臺北報社副刊謀職，後在前往述職的途中又因緣際會的回到溪州鄉下擔任教職。[3]吳晟短暫離鄉又歸鄉的時間點，在臺灣經濟發展上剛

[3]編按：吳晟曾前往臺北報社謀職一事應為誤植。吳晟自屏東農專畢業後，應時為《幼獅文藝》主

好正準備由農村經濟進入基礎工業化的時代。在「農業扶植工業」的口號之後，第一次的進口替代工業即將開始。吳晟回到溪州，剛好遇到國家積極發展進口替代基礎工業政策，計畫性的將農村勞動人口拉出農村送入工廠。在這樣的時代背景下，吳晟的「吾鄉印象」便翔實的記錄了當時的農村面貌。

我們從 1970 年代的「吾鄉印象」中發現，除了蓊綠的稻作書寫外，隱約也嗅到臺灣農業即將從高峰上衰退的淡微氣息。仔細翻讀「吾鄉印象」，彷彿一幅幅寧靜的農村油畫般，無論是廟埕、店仔頭、或是湍急的圳堤邊，字裡行間皆充滿了農村沉靜的美感。然而，在步調與筆調皆緩慢幽靜的農村生活裡，我們看到的卻皆是上了年紀的農民與靜止的田園。在「吾鄉印象」隱藏的時代書寫中，吳晟從對天氣無奈的詩句（陰天、雨季、雷殛等）到對當時生活的苦悶吶喊（愚直書簡），總結在其發表於 1976 年的作品〈苦笑〉中：

來吾鄉考察，意態瀟灑的人士
背手閒步，不經心的嘆賞
好安詳自足啊，這些金黃的稻穗
一粒一粒汗珠結成的稻穗
搖著頭，默默的苦笑

——〈苦笑〉，1976 年

戰後臺灣農業發展曾經從 1952 年到 1968 年持續年平均 5.5%的成長率高度成長，這樣的成長率在當時世界其他發展中國家來說都是非常驚人的數據。然而，以 1969 年為界農業生產狀況突變，農村結構開始走向多樣化、農村經濟也開始多元化了起來。只依靠純粹的農業生產是不足以在當

編的瘂弦邀請，準備至臺北擔任該刊編輯。惟啟程前於車站巧遇時任溪州國中校長的高中老師，在其邀約下決定留鄉任教，以便協助家中農務。

時的農村裡維持基本生活，於是臺灣農業開始全面從停滯走向衰退，農戶和農業也頓失了昔日的光彩。國民政府在當時以農業為基礎，建立起支援軍事財政與工業化的體制計畫性的壓榨著臺灣農村最後的剩餘價值。在這個體制下農民的生產所得被政府藉著肥料換穀、田地徵賦等政策，計畫性的被剝奪而步入貧窮的困境。結果，透過生產資料與市場的控制，讓高度生產量的農戶反而陷於貧困。而得利於農村的貧困，臺灣的工業化開始有了進展。吳晟在勞動力匱乏，人口大量外流的農村裡討生活，面對高產值低所得的破敗農村經濟，望著到農村考察讚嘆金黃稻穗的閒人雅士，心中自是百感交集。此時當然他也只能「搖著頭，默默的苦笑」了。

另外在「吾鄉印象」中我們看到另一項重要的訊息，即是吳晟對當時政局的不滿與抗議。對一個深居農村，兼負耕作的鄉下教師而言，議論時政、批評政府是不為保守的農民所接受的。在與「吾鄉印象」同時發表的 1972 年作品〈歌曰：如是〉，就非常尖銳的直接點出當時瀰漫在知識界的那股犬儒與妥協的政治氛圍。

自始至終，吾鄉的人們
將整條脊椎骨
交給那一支歌的旋律
自始至終，歌曰：如是
人人必回諾：如是

人人都清清楚楚，反正
大荒年與大災變與大荒年
之間，空隙何其短暫
不如啊，順著歌聲的節拍呼吸

——〈歌曰：如是〉，1972 年

戰後蔣經國曾在上海實施的土地與經濟改革，在遭受重大挫敗後不久即在臺灣由陳誠實施的土改獲得成效。國民黨改革了別人的土地，透過耕者有其田等政策也獲得了臺灣多數農民的支持。這股力量為當時倉促來臺的國民政府在不穩定的政治與經濟氣氛上，注入一股有力的強心劑。所以在當時農村的保守氣氛中，加諸白色恐怖的陰影仍深藏鄉親心底，議論時政、批評政府變成了大逆不道的叛國行徑。由於當時吳晟在鄉間的言論與創作，讓憲調人員也進入寧靜的鄉間三合院裡大肆搜索一番，為純樸的圳寮小村帶來一陣緊張的氣氛。

1970 年代末，島內在文壇與政壇上各自發生了重大的事件。1977 年的鄉土文學論戰，雖起因於小說的文學創作討論，但吳晟的詩作也在同時開始在大學校園裡流傳。王拓、陳映真、尉天驄等人提倡的寫實主義文學引來了國民黨內保守文工勢力的反撲。1977 年 6 月余光中在香港發表的〈狼來了〉，以嚴厲的口氣為鄉土文學作家戴上紅帽了。多年後細究當時風聲鶴唳的氣氛，赫然發現〈狼來了〉其實是針對唐文標在 1972 年的現代詩論戰種下的遠因。在唐文標 1972 年發表的〈僵斃的中國現代詩〉中，曾對臺灣當時流行隱誨，雕琢又自稱為現代派的詩人們提出嚴格的批判。吳晟的「吾鄉印象」發表於同時，當時他與唐文標雖不相識，卻用作品與當時人在香港的唐文標相呼應。多年後吳晟雖一再自謙讀不懂艱深的文學理論，然其以現實生活淬煉出的詩句，誠實反應社會現狀顯然遠比任何論述要來得有說服力。

我們不難在《吾鄉印象》的「愚直書簡」與「禽畜篇」，以及同時發表的《向孩子說》詩集的作品中發現，吳晟從早期二二八事件到 1950 年代的白色恐怖、1979 年發生的美麗島事件，一直都默默的用詩句，痛心記錄著當時的氣氛並譴責執政者的高壓統治。作品〈獸魂碑〉處借屠宰場的意象，實寫在國民黨高壓統治下犧牲的英靈生命，今日讀來特別有意義。

不必哀嚎，不必控訴，也不必

訝異——他們一面屠殺
一面祭拜，一面恐懼你們的冤魂
回來討命；豬狗禽畜啊
魂兮！去吧

——〈獸魂碑〉，1977 年

物質生活的生產方式制約著整個社會生活、政治生活與精神生活，吳晟的詩作從他實際的物質生活中出發，所以不是他的意識決定生活，而是他的社會生活決定了他的意識。儘管近來部分評論家曾以艱深的文學理論評論吳晟詩作「形式缺乏美感」，我則認為若評論者不把握住作者意識形態在當時社會整體中所起的作用，空談形式是無法讓讀者貼切認識出文學創作與社會發展間的微妙關係來的。也就是說，透過作者在文學作品中描述不同階級間的明確關係，來認識作者在社會生產方式中的地位，清楚的看到作者選擇什麼樣的形式？站在什麼樣的地方來創作？

因為生產位置的不同，致使吳晟作品在學界與詩壇中的解讀也有著極端不同的評價。我對這種強調形式美感的論述一點也不意外，因為這是論者與作者在階級上的差異所造成的。所以與其說吳晟詩作在時代中的政治性，倒不如說是時代的階級性來得貼切些。吳晟在美麗島事件發生後作品逐漸減少，除了對當時政局的失望外，透過與中國大陸詩人的交往而認識 1949 年解放後的中國現狀後，創作受到相當大的衝擊，詩風也逐漸轉變中。1980 年後許多收人入在《向孩子說》與《飄搖裏》的作品，可看出當時他對國家未來發展的憂心來。

1980 年吳晟應愛荷華國際作家工作坊邀約，赴美短暫進修。在美國進修期間與中國大陸詩人艾青相互交換兩岸封鎖已久的訊息，在國外期間他認識了彼時中華人民共和國的破敗與霸權，從美國歸來後吳晟對「祖國」的印象完全破滅。多年後他坦承：「統獨的意識形態爭辯，對我的創作限制很大。」（吳晟，1999 年 2 月）由於價值觀的驟然改變，加諸農村經濟的加速破產，吳晟的作品慢慢減少，人也沉默了許多。

經歷了 1980 年代的民主化運動與臺灣在工業生產上的最高峰，此時吳晟一方面必須面對衰敗的農村所帶來的龐大經濟負擔，同時還須與母親及妻子在農村中耕種著那豐腴生產卻又不斷被市場剝奪價值的稻作。一方面他積極關心彼刻在島內各處正風起雲湧的環保、勞工、原住民的社會運動。其間積極創作散文，以短篇的散文創作抒解對臺灣社會焦慮的心情。1996 年，在完成了兩本散文集《無悔》與《不如相忘》的創作後，他經營已久並用以在詩壇上重新再出發的詩組「再見吾鄉」系列也開始陸續的發表。

誠如吳晟的好友曾健民在其散文集《無悔》中的序所言：「在反共獨裁保護下茁壯的臺灣資本體制，由於沒有民主內涵的獨裁經濟發展，隨著反共體制的崩解，將取而代之，以貪婪的姿態收奪臺灣的資源及扭曲臺灣的心靈。」吳晟的作品充分體現了臺灣在經濟發展上的困境，「再見吾鄉」成為臺灣歷史發展下一階段的警示錄。走過 1950 年代的土地改革、1960 年代的農村復興、1970 年代的進口替代與第一次的加工出口導向政策，臺灣的農村經濟與農村勞動人口在國家政策性的拉出農村擠入城市後，逐漸在 1970 年代後露出破敗的疲態來。1980 年代的工業化城市議題，勞工、原住民與環保等隨著臺灣社會的解嚴一一浮上檯面來。同時，歷史的消費也逼使我們必須在 1990 年代的世紀末去面對龐大帳單的困境。

在資本主義全球化的發展趨勢下，臺灣的基礎工業紛紛外移尋找更低廉的勞動力。高耗能產業西遷「祖國」去使用更廣袤、更可肆無忌憚汙染的土地時，臺灣的傳統產業開始要為昔日預貸的資本買單。然而國家買單的方式依然是先拉破敗的農村經濟來墊背，吳晟在「再見吾鄉」系列作品中即翔實的描述了國家政策是如何屈服在全球霸權下，摧毀農村居民對土地價值觀的改變並爭先的釋出臺灣農業最後的資本以為國家償還龐大負債的情況。關於農村土地的開發、水資源的使用、環境的汙染與垃圾處理等問題，吳晟都用其敦厚的筆觸忠實的記錄下「今日農村」的窘境。其於 1996 年的作品〈水啊水啊〉及〈幫浦〉中都有清楚的描繪出農村水資源運用的政治經濟背景來。「是你們　狠狠砍伐／盤根錯節的涵水命脈／是你們　放肆挖掘／牢牢護持的山坡土石／是你們　縱容水泥柏油占據綠野／阻斷水源的循環不息」(〈水啊水啊〉，1996)、「任憑搖動的手臂酸軟無力／任憑幫浦的水喉／嘰嘎嘰嘎苦苦乾嚎／水啊水啊給我們水啊／再也喚不起任何回應」(〈幫浦〉，1996)，在這系列作品中，我們聽到作者以文字帶出農民的苦求聲、涓涓水流聲與幫浦無力的聲響來。當然，這些沉默的聲音背後主要還是來自吳晟內心對今日農村資源破敗的最大控訴。

同時他也對主流的發展價值觀提出更嚴厲的批判，在其 1996 年的作品〈高利貸〉中，一語雙關的道出了農民因為經濟破產既要負擔現實生活中的「高利貸」，同時又以過度開發的農村土地使用暗喻是在向自然申借「高利貸」。〈土地公〉、〈賣田〉、〈不妊症〉、〈黑色土壤〉與〈你不必再操煩〉等作品，深刻描寫出在資本全球化的壓力下，傳統農村文化隨著土地價值改變而破產的情形。農民對土地公傳統的宗教信仰也在政客與財團聯手的「農地釋放」政策中，黯然的被迫流離失所。速食文化的入侵逼使得農民「步步艱辛的稻作演變／將無地可耕而棄置」(〈黑色土壤〉，1996)，即使是農民最不願意的「賣田」也在財團對土地的炒作下輕鬆售出。「就在轉賣手續中／化做沙沙作響的嘲笑」、「據說只需幾次文書往返／只需幾番地目變更的把戲／填上砂石、混入泥漿、疊架高樓／這一小筆土地／即將隆起繁華夢幻」(〈賣田〉，1996) 雖然同樣是賣田的情節，但與洪醒夫在 1970 年代小說〈吾土〉中農民對土地眷戀的情節相較，1990 年代農民對土地價值的糟蹋就成了理所當然的可悲。

由於對土地價值的關心，吳晟早在戒嚴時期即四處奔走，為當時的黨外運動人士製作文宣、站臺演講，1980 年代中旬他更以積極的態度與妻子莊芳華直接加入到一連串的社會改革運動行列中。當時的他認為要拯救臺灣的生態環境，抵抗資本全球化對土地與文化價值觀的破壞，唯有面對政治切入政治方能改變社會。1990 年代末，吳晟開始把思想重心放在追蹤龐大臺糖土地的用處上。吳晟痛心的認為「近來土地資本化、自由化的問題越來越嚴重，但卻沒有一位政治人物以此為重心深人追蹤研究並進而提出政策的」（吳晟，1999 年 2 月）。望著農村裡一卡車一卡車的砂石日以繼夜的倒在原可生產出豐厚糧食的稻田上時，吳晟的心情也愈加的難過了起來。面對村民們朗朗掛在口上的「發展、建設」，吳晟的心緒矛盾的糾結在一起。

在資本主義全球化的發展浪潮底下造就出愈來愈多的失業者，沒有勞動（機會）的城市為農村帶來了一波波的失業回潮。1999 年，吳晟農村詩作中最典型的代表人物「母親」因病去世。母親的過逝，在臺灣農村即將向資本全球化繳械投降的新世紀中，對吳晟的創作帶來重大的打擊。雖知農村破敗的一天終會到來，母親的病症也日益沉重，侍母至孝的吳晟仍為母親的逝去與破敗扭曲的農村文化痛哭失聲。吳晟的母親陪伴著臺灣艱困的農業一路走來，一直默默且認真的在土地上耕作，同時她也不斷鞭策著吳晟認真的在土地上勞動生產，對土地心懷感恩。母親的過世象徵著一個時代的結束，資本全球化的病菌無所不在的滲入農村，改變農民對土地的價值思考，滲入農地上强壯勞動耕種著的農婦身軀裡。

「再見吾鄉」是吳晟為下一輪世紀的臺灣農村，所留下的一篇真實備忘錄。在土地價值喪失、農村經濟文化徹底破敗後，我們又將往何處去？彷佛我看到吳晟杵著鋤頭黯然的站在田埂邊，遠方濁水溪畔的天空灰濛濛的也憂傷的籠罩在臺灣農村的頂頭來。

——選自《臺灣日報》，2000 年 11 月 12～13 日，31、35 版

給我們一個真實的世界

《不如相忘》新版序

◎曾健民

老友吳晟，再度囑我為新版的《不如相忘》寫一篇序文。

回想起來，這是第五度了！從 1982 年的第一本散文集《農婦》開始，接著 1985 年的《店仔頭》，1992 年的《無悔》，一直到 1994 年的《不如相忘》初版，連今年的新版，二十年間五本的散文集，他都始終如一，不請名家，而執意讓一位無名的老友為他寫序。這在作家列傳中，恐怕是絕無僅有的吧？也顯示了吳晟不阿世媚俗、特立獨行的風格。

從二十歲在屏東農專南風社與吳晟初識起，三十多年來，世事滄桑各有不同的人生際遇，但兩人總保持著舊式「兄友弟恭」的情誼。他執意要我為他的著作寫序文，也許是出於兄哥之情，想讓名不見經傳的老哥分享一點他在文學上的成果；也或許是，在孤獨的文學跋涉中，渴望聽聽老朋友的心得吧！

因此，再度翻讀了 1994 年出版的《不如相忘》。自覺得，當年寫的序文對作品的理解和詮釋尚稱貼切，且完整自成一體，沒有更動的必要。而且八年來世事有太大的變化，新版的《不如相忘》在作品篇章上也作了若干的更動，因此，決定另外寫一點新的感想。

記得八年前，吳晟的二兒賢寧還是一個天真清純的高中畢業生，如今已是一位獨當一面的醫生了，而一直是吳晟生活與文學精神源泉的母親，則於三年前溘然去世。這期間，他也完成了再度出發的新詩集《再見吾鄉》。八年的變化確實很大！

而，八年來，世界的變化更是巨大。

八年間，電腦、網路、手機，急速地成為人們生活的新的重要部分。在提供方便、快速的另一面，人與人之間真實的面對面的、有氣有息的交往減少了，電波的聲音、螢屏的影像構成的虛擬世界快速取代了真實的世界。

複製的桃莉羊的出現，生殖科技的商品化，直接挑戰人的終極價值和倫理，摧毀「真實」或「虛假」的傳統意義。

在經濟全球化的進展中，全球金融交易以超出實體經濟千萬倍的天文數額進行，脫離了勞動與生產的真實世界，從虛擬的世界向真實的世界反噬。

西方的後現代文化，也挾著全球化之勢，奪魂掠魄地弱化了各地文化和歷史的自主力量，助長了各地文化和歷史的虛無意義。客觀、理性、歷史、真實的意義完全被顛覆。

電視、電影、網路、書報雜誌等媒體，以前所未有的量，鋪天蓋地地占據人們的生活；暴力、情色、偷窺、瘦身、政客的口水和商品廣告占滿了人們的精神魂魄，使人的精神離開真實的世界愈來愈遠。.

八年來，世界最大的變化，莫過於「虛假化」的快速擴張。虛假的世界日益深入我們的生活，侵蝕我們的精神，使我們的生活逐漸脫離自然、勞動與人的連繫，脫離真實的世界，看不到真實的世界。

在這樣的時代狀況下，重讀吳晟的《不如相忘》，讓我們重回到真實的、人的生活與自然的世界。

我們聽到水聲、蟬聲、鳥聲和童稚嬉耍的聲音。

我們看到鬱鬱蒼翠的森林、河川、野草。

我們學到稻作、甘蔗、蔬果、樹木的農事經驗。

尤其是本書的主題——「不如相忘」的系列之作，是對父親、母親的追思孺慕。在父性母性都被解構的現代，這些篇章，更是真實動人，感人肺腑。作品交織著作者成長的歷程、家庭和周遭世事的變化以及步入壯年後的複雜心境，反覆追憶父親和母親生前的點滴言行，有惶惑、有自責、有不忍、有了悟，曲折複雜的人子真情，自然流露，動人心弦。同時，這些篇章更記錄了今日社會逐漸消失的父性的形象：一個勤勉耿直、對子女嚴寬並施、熱心鄉鄰、慷慨助人的父親。對於一直是吳晟文學精神源泉以及文學主題的「母親」的過世，傷慟之情，書中也有詳細的抒寫。這也是你我都會有的，平凡、真實但尊貴的感情，是真實世界的一部分。

吳晟的生活扎根於鄉土社會，與每一位鄉民一樣，用汗水耕耘著生活，生活像吾鄉的泥土無私地回報每一分的辛勞一樣，是認真而真實的，容不得一點虛假。吳晟的文學創作，就像他的生活，也像吾鄉農民的耕作，一步一腳印，把創作的心靈深深扎在現實生活中，忠實地觀察社會、自然的變化，用詩人的心靈去感受人生的聚散悲喜，事物的真實和幻化，反覆咀嚼、醞釀和構思，捕捉繁複事象背後的本質和意義，然後像春蠶吐絲般，用特有的五四傳統的抒情手法，用平實的筆調，不虛矯地娓娓道來，句句真言實情，落筆之處就是生活本身，人生的本身，因為真實没有虛假，所以雋永感人。

《不如相忘》書寫的，雖然是個人對吾鄉的自然、生活和親情的追憶和感受，但由於它觸及生活的本質，用平實的感情表現了生命、生活、自然的真實風貌，因此，也寫出了同時代人們的共同感情。特別是，它如實地反映了戰後五十年間，絕大多數自幼生長於農村，而後隨著臺灣依附美國的資本主義社會的發展，而在都市過了半生的許多人的心靈圖像，如對消逝的農村童年、自然景象以及父親母親的形影的追憶……等。

人與自然的關係，也一直是吳晟的文學主題。本書中，他透過描寫吾鄉的稻作、農村社會的生活與景象，惋嘆它的崩壞和消逝，並批判了當今人與自然的疏離、對立，自然的商品化，造成過度的、粗暴的開發。

因此，表面閱讀，本書的主題清楚明白：主要是在追憶吾鄉往日的生活、勞動、農作和自然，以及抒發對去世的父親母親的孺慕之情；然而，深層閱讀的話，就會發現，它同時也給我們顯示一個嚴肅的時代課題，那就是：在高度發達的資本主義式全球掠奪的年代中，人與自然、人與人、人與勞動的疏離和對立情況日益深刻，造成自然的破壞、人倫的淪喪和世界的虛假化，如何面對它？吳晟筆下的吾鄉的世界（雖然是一個即將消逝的世界），將給我們一個觀照和省思的機會。

——選自《臺灣日報》，2002 年 8 月 27 日，25 版

土地守護者驗證的現實主義美學（節錄）

◎蕭蕭[*]

土地：從腳下出發

余光中認為吳晟是奠定鄉土詩明確面貌的詩人。[1]「鄉土詩」定義如何？約略而言，鄉土詩有三個共同的特色，那就是以鄉土的語言，寫作鄉土的人、事、物，表達濃厚的鄉土感情。[2]鄉音、鄉人、鄉情，這三項缺一不可。莫渝認為「鄉土詩」應該相當於西方文學中的「地區主義」（regionalism）加上「地方色彩」（local color），所以需具備：一、描寫臺灣的歷史、地理與現實為前提；二、突顯一個地方——不限農村或小市鎮，特殊的生活風貌，具有濃厚的地方色彩，傳達出風土人情，讓讀者呼吸到泥土的氣息與芬芳；三、文字表現寫實明朗，展示樸素的風格。[3]可以歸結為：臺灣、地方、明朗三要素。以此三要素來看吳晟的作品，吳晟的作品全面具足鄉土詩的要求。但莫渝在〈六〇年代臺灣的鄉土詩〉中，只願承認吳晟的《吾鄉印象》是「鄉村詩」：「描寫鄉村，只是鄉土詩的一種風貌而已。」[4]消極而言，莫渝既已首肯描寫鄉村是鄉土詩風貌之一，就已承認吳晟的詩是鄉土詩；積極而論，吳晟的詩不只是一鄉一村、地區主

---

[*]本名蕭水順。詩人、評論家。發表文章時為明道管理學院（今明道大學）中國文學系助理教授，現為明道大學特聘講座教授。

[1]余光中，〈從天真到自覺〉，《青青邊愁》（臺北：純文學出版社，1977 年），頁 125。

[2]蕭蕭，〈向孩子說些什麼？——讀吳晟的《向孩子說》〉，《現代詩縱橫觀》（臺北：文史哲出版社，1991 年），頁 249。

[3]莫渝，〈六〇年代臺灣的鄉土詩〉，《臺灣現代詩史論》（臺北：文訊雜誌社，1996 年），頁 200。

[4]莫渝，〈六〇年代臺灣的鄉土詩〉，《臺灣現代詩史論》，頁 221。

義、地方色彩的鄉土詩而已，扎根土地、捍衛土地的使命感，才真是吳晟「土地詩」的真精神，李漢偉在《臺灣新詩的三種關懷》裡「鄉土議題」的現實關懷中，以大量篇幅討論吳晟的作品，他認為臺灣新詩的「土地」之愛，有三個特色：其一是展現儉樸勤奮的耕作精神，其二是展現眷戀土地的深深之情，其三是展現認同的扎根意識。[5]我以為，將這三個特色視為李漢偉評論吳晟作品的結論，亦甚恰當；換言之，「鄉土議題」的現實關懷中，吳晟有著標竿式的典範作用。

吳晟，本名吳勝雄，彰化溪州人。1944 年 9 月 8 日生，省立屏東農專畢業，擔任溪州國中生物教師，以迄退休，現專事耕讀。曾獲中國現代詩獎，應邀赴美國愛荷華大學「國際作家工作坊」訪問。著有詩集《飄搖裏》（自印，1966／臺北：洪範書店，1985）、《吾鄉印象》（新竹：楓城出版社，1976／臺北：洪範書店，1985）、《向孩子說》（臺北：洪範書店，1985）三書。另有詩選《泥土》（臺北：遠景出版公司，1979）、《吳晟詩選》（臺北：洪範書店，2000）二種。

有人說，作家的第一本書往往是自己的小傳、童年記憶。這就是從腳下出發的意思。但是，有人一輩子都是在寫自己腳下的這一片土地，以愛鄉護土作為自己終身的職責。「鄉土」、「土地」，已經不只是字面上的那一層意義。張文智說：「臺灣的族類認同體系，根本上是以『地域』為依歸的（有別於其他依據，譬如：宗教信仰）。然而，誠如文學作品中把『土地』與『命運』相連結一般，此『地域』的意涵，遠超過地理上的「地方性」的單純意義，而是與政治的處境融合的，涉及對整個生存環境的認定。」[6]譬如吳晟說：「赤膊，無關乎瀟灑／赤足，無關乎詩意／至於揮汗吟哦自己的吟哦／詠嘆自己的詠嘆／無關乎閒愁逸致，更無關乎／走進不走進歷史」（〈土〉之首段），這是赤裸自己、赤裸農民身分的「宿命」；「不掛刀、不佩劍／也不談經論道說賢話聖／安安分分握鋤荷犁的行程／有一天，被迫

---

[5]李漢偉，《臺灣新詩的三種關懷》（臺北：駱駝出版社，1997 年），頁 102。

[6]張文智，《當代臺灣文學的臺灣意識》（臺北：自立晚報社，1993 年），頁 96。

停下來／也願躺成一大片／寬厚的土地」(〈土〉之末段)[7]，這是扎根土地，永不離棄的決志。〈土〉這首詩，顯示了吳晟與土地、土地與命運之間的連鎖性關係，十分緊密。

對於「遠行」的人，吳晟詩中常會出現道德的勸說，感性的諷喻，如：「遙遠的星光特別燦爛嗎／如果照不見腳下的土地／那是為誰而炫耀／遨遊的眼界特別開闊嗎／如果無視於身邊的山川／是否隱含倨傲」。[8]或如：「當你負笈遠赴異邦／飄泊多年之後，踏回島上／我以滿懷欣喜／迎接你的歸來／而你竟也忘了／這是我們自己的土地／並且迷茫地唱著／——我不是歸人啊我是過客」。[9]甚至於化身為「老農婦」的口吻，說：「秋風啊，你們要怎麼蕭瑟的吹／就怎麼吹／不必告訴我／流落異國的孩子／怎樣抵禦寒冷的鄉愁」。[10]既然要遠離鄉土，就要自己去承擔寒冷的鄉愁，即使是母親也不再加以眷顧。

對於「遠來」的人，吳晟詩中則充滿自信，歡心接納，積極展現，一種實實在在站在土地上的滿足與驕傲，如：「我不和你談論詩藝／不和你談論那些糾纏不清的隱喻／請離開書房／我帶你去廣袤的田野走走／去看看遍處的幼苗／如何沉默地奮力生長」。[11]

吳晟的認知裡，遠行就是棄絕「土地」，就是對「土地」的不敬，「土地」才是他唯一的信仰。因此，非本鄉本土的事物，對他而言，都是「入侵」，對於入侵的事物，一律排拒，路燈、電視、汽車、城裡回來的少年，都在他鄙棄的行列中（參見〈店仔頭〉、〈路〉)。甚至於來吾鄉郊遊「夢般的少年」隨意的讚美，來吾鄉考察「意態瀟灑的人士」不經心的嘆賞，餐桌邊「可愛的小朋友」說：好香好好吃喲，都讓他苦笑（參見〈苦笑〉)。

吳晟對鄉土的愛，不是表現在鄉土「地表上」風景的優美、山川的壯

---

[7]吳晟〈土〉的首段與末段，收錄於《吳晟詩選》(臺北：洪範書店，2000年)，頁109～110。
[8]吳晟，〈角度〉，《吳晟詩選》，頁268。
[9]吳晟，〈過客〉，《吾鄉印象》(臺北：洪範書店，1985年)，頁130～131。
[10]吳晟，〈秋末〉，《吾鄉印象》，頁17～19。楓城版無此詩。
[11]吳晟，〈我不和你談論〉，《吳晟詩選》，頁65～67。

麗；他的詩，不在描繪鄉土的可愛、土地的美。吳晟對鄉土的愛，表現在他「內心裡」對土地的執著，他的詩，在強調鄉土的踏實、土地的真。甚至於可以更愚直地說：因為它是「我的家鄉我的土地」，所以我愛它，此外無他。

這種吾鄉吾土的「唯土史觀」所表現的現實主義美學，其實就是「勞動」二字，吳晟《吾鄉印象》以寫母親的六首詩放在首輯「泥土篇」，因此留給讀者極為深刻的印象：泥土中永不停歇的「勞動」的母親。這不停「勞動」的母親，未嘗不是「大地」的象徵（輯名：泥土），大地（泥土）所提示的：勞動不一定有收穫，不勞動絕對沒有收穫，是農民信守的哲學，是吳晟詩中引以為傲、又引以為憂的現實主義美學。可以說，臺灣新詩的鄉土詩、田園詩以吳晟為代表，吳晟的田園詩、憫農詩則以鄉土的語言、樸素的生活、農民的勞動為其主軸，藉此以固守家園、對抗沖激，顯現農民憨直性格。這些詩作大都寫於 1970 年代，但在完全進入工商電子時代的今日臺灣，吳晟的田園風格、憫農精神、寫實堅持、勞動美學，有著碩果僅存、彌足珍貴的價值。

宋田水認為吳晟詩作所包含的特色和精神，是：一、寫近在眼前的現實；二、相信生活而不迷信理論；三、以無力者的立場替無力者說話。[12]這裡的「無力者」是指生活資源欠缺、屬於弱勢族群的農田勞動者，這裡的生活是指著無止盡的農田勞動，這裡的現實就是土地上的勞動者無止盡的農田勞動，其所呈現的美學：「以拙對巧，以寬厚對狹窄，以懷抱代替口號，以直爽代替蹩腳。」宋田水認為：「這些特質，可能得自於農人坦蕩明快的說話風格，這些坦蕩明快詩篇，也許因為樸素而顯得不夠耀眼，但是它寫實中有言志，言志中有著抒情；而濃厚的社會懷抱，使得民間疾苦在它的字裡行間，都化成了筆底波瀾！」[13]

2002 年，吳晟因此獲得彰化縣政府頒贈磺溪文學獎成就獎，讚辭如

[12]宋田水，《「吾鄉印象」的鄉土美學——論吳晟》（臺北：前衛出版社，1995 年），頁 144。
[13]宋田水，《「吾鄉印象」的鄉土美學——論吳晟》，頁 145。

下，可以見證作為土地寫實主義者「記鄉、憫農」的成就：

悲農人，憫農事，繫農物，傳農情，
領人道主義之大纛；堪稱新詩界的榮光，散文家的典範。

記鄉人，寫鄉事，歌鄉物，詠鄉情，
總鄉土文學之大成；正是彰化人的驕傲，臺灣島的楷模。

——選自蕭蕭《臺灣新詩美學》
臺北：爾雅出版社，2004年2月

從土地到海洋
吳晟系列詩評

◎林廣*

一、前言

「吾鄉印象」的作品大抵發表於 1972～1983 年。從「吳晟詩作編目」中，我們很清楚可以看出 1984～1987 這四年，吳晟並未發表任何作品。即使是 1988～1994 年，每年也只有一兩首。他近期的作品大多發表於 1996～1999 年，而且全部刊載於《臺灣日報》和《自由時報》。因此，當洪範版《吳晟詩選》出版時，許多人都以為這是他以前三本詩集的精選集，卻沒有留意最後一卷「再見吾鄉」（1994～1999），其實是一冊未獨立成書的新詩集。因為「再見吾鄉」極少有人評過，所以我特別獨立出來加以評介，讓讀者能夠親見他的另一種風貌。

「再見吾鄉」雖然只有 29 首詩，但是大多寫得很好。我將內容加以歸類，以突顯他多元的取向：

1. 走過臺灣歷史辛酸：

（1）人物典範：〈回聲〉、〈我時常看見你〉

（2）歷史傷口：〈經常有人向我宣揚〉、〈一概否認〉、〈我清楚聽見〉

2. 對現實的嘲諷控訴：

（1）水資源：〈水啊水啊〉、〈高利貸〉、〈幫浦〉

（2）環境汙染：〈出遊不該有感嘆〉

---

*本名吳啟銘，詩人。發表文章時為臺中衛道中學教師，現專事寫作。

（3）關於田地：〈你不必再操煩〉、〈土地公〉、〈賣田〉、〈不妊症〉、〈黑色土壤〉、〈老農津貼〉、〈誰願意傾聽〉

（4）走過海岸：「憂傷西海岸」（組詩，五首）

（5）政治傷口：〈機槍聲〉、〈揮別悲情〉

3. 寫詩最深沉的感觸：

「寫詩的最大悲哀」（組詩，二首）

4. 對臺灣本土的認同：

〈小小的島嶼〉、〈我們也有自己的鄉愁〉、〈角度〉

5. 對農村未來的憧憬：

〈油菜花田〉

由於本書內容太過龐雜，本文只取土地和海洋兩大主題來評述。

二、從土地到海洋

（一）土地篇

「再見吾鄉」寫土地的篇章不少，大體上仍延續詩人「對臺灣大地環境無可掩飾的疼痛」。上表只是一個簡單的分類，有些詩的主題並不那麼單純。像〈你不必再操煩〉這首詩，藉著田地價值的改變，記錄了時代變遷的軌跡，其中又包含對母親長期操勞的不捨。多元的主題，豐富了詩的內涵。

母親，你終於可以和你的田地
閒閒過日；不必再操煩稻作
有無缺水、有無欠肥、有無疾病蟲害
不必再趕時趕陣犁田、插秧、除草……

母親，你實在難以理解
你一粒一粒都這樣惜寶的米糧
只要仰賴國際強權的傾銷

並要求自己的田地休耕，任其荒廢

你實在無從想像
田地的價值，並非為了耕作
而是用來炒作

這種寫法和「吾鄉印象」有很大的不同。「吾鄉印象」主要是以溫婉的筆觸，表達農人的無奈與辛酸；「再見吾鄉」諷刺批判的力量增強了，內容也變得複雜而深入。舉例來說，同樣是寫土地，「再見吾鄉」卻比「吾鄉印象」多了一點知性的諷刺意味。

世世代代的祖先，就在這片
長不出榮華富貴
長不出奇蹟的土地
揮灑鹹鹹的汗水
繁衍認命的子孫

——〈吾鄉印象・序說〉

這種題材，到了「再見吾鄉」，筆法顯然有很大的不同：

據說只需幾次文書往返
只需幾番地目變更的把戲
填上砂石、混入泥漿、疊架高樓
這一小筆田地
即將隆起繁華夢幻

——〈再見吾鄉・賣田〉

以前農人相當重視土地倫理，甚至將土地視為生命的一部分；現在卻將農田當商品來炒作、買賣。「隆起繁華夢幻」相對「長不出榮華富貴／長不出奇蹟的土地」，更顯得深沉、悲痛！難怪吳晟在〈土地公〉一詩中慨嘆道：

開墾，歷經漫長年月
開發，不過短短時日
滿滿一大卡車砂石，
轟隆隆傾倒而下
大舉吞噬農鄉
生生不息的作物命脈
便永遠沉埋歷史底層

這些詩大抵以寫實為主軸，以諷喻為基調。但是詩中始終沒有尖酸的語調，這是因為吳晟的內心依然存在著對家鄉熱摯的感情，在這種感情的牽引下，意象的表達可能沉痛卻不會流於刻薄。像描寫稻子「有殼無實」的〈不妊症〉，就以令人驚悚的畫面來呈現他的傷痛：

抗拒過多少狂風和乾旱
抵禦過多少兇猛的蟲害
多麼頑強生命力，有誰在意
為什麼集體感染滅絕的病症

更驚心的是，併入不適用耕地
也許更符合農家心願
趁機將稻穗不妊症
變更為有殼無實的繁華

通過「變更」豐富的意涵，將有殼無實的稻穗與虛無的繁華扣連起來，表現出作者對土地被出賣的驚嘆。詩中豐富的意象，環繞「不妊」的中心，不斷往外擴張。讓我們聽見稻子空心的吶喊，並且重新正視、評估繁華的意義。「不妊」其實已被提升為一種象徵，象徵農民對土地感情的質變，更象徵社會現實繁華的空虛，讀來令人動容。但是，從〈黑色土壤〉與〈油菜花田〉，可以看出吳晟對於土地，還是有深切的憧憬：

在濁水溪畔廣大溪埔地
每一步踩踏田土的足跡
每一個貼近田土的身影
每一滴滴落田土的汗水
紛紛萌生根鬚、茂盛枝葉
凝結信靠大地的愛戀

而我的足跡、我的身影和汗水
牢牢連結廣大溪埔地
無論擴張又擴張的經濟風潮
如何刺痛我信靠大地的愛戀
我仍願緊密守護每一寸土壤

——〈黑色土壤〉

這溪埔地的土壤，其實是和母親緊緊扣連在一起的。「濁水溪畔每一寸黑色土壤／由芽而苗而綠意盎然／陪伴母親一生的寄託／豐富了我的年少和壯年」。由此可知，母親的慈愛已成為滋養作者生命的大地，凝結為堅定不變的信仰。即使擴張又擴張的經濟風潮，如何刺痛他信靠大地的愛戀，他依然緊密守護每一寸黑色的土壤。——這是他對鄉土的信守，也是對鄉土、對母親最深摯的愛！

在他心中還有一片美麗的油菜花田。如果說「黑色土壤」象徵汗水與信仰凝聚的愛戀，「油菜花田」就是象徵閒適而美麗的夢想。

一隻一隻蛾蝶，翩躚穿梭
這一大片燦爛金黃
和童年嬉戲的夢境
交織飛舞

就這樣跟隨天邊雲霞的寧謐
跟隨滿天月光與星光
放任恬淡自足的夢想
一起去遨遊

「蛾蝶」是串聯現在與過去的媒介。在農村長大的孩子，總喜歡在油菜花田的田岸追逐嬉戲，歡樂的笑聲隨著蛾蝶翩翩起舞。這一大片燦爛的金色花田，正是醞釀童年夢境的溫床，也是記憶中最閃亮的一頁。吳晟以簡單而生動的意象，寫出每個農村孩子金黃的夢境，令人神往。即使時代在變，人心在變，他依然希望能掙脫一切文明的束縛，走入寧靜、安和的世界。

就這樣跟隨天邊雲霞的寧謐
跟隨滿天月光與星光
放任恬淡自足的夢想
一起去遨遊

待春風春雨重臨田野
耕耘機勢必無暇留意
閒散開放的油菜花
卻是我永遠的憧憬

生命的夭亡往往蘊含再生的能量。等春季來臨，在耕耘機的運轉聲中，閒散開放的油菜花將被犁入新翻的泥土，漸漸變黑，消失。可是，它的美麗卻已經停留在作者的記憶中，成為內心「永遠的憧憬」。這樣美的作品，在吳晟的詩中是極少見的。如果他能多寫一些這類的作品，或許更能填補現代人的迷惘與空虛，重拾童稚的歡笑與夢景。

（二）海洋篇

走過土地的傷痕與憧憬，他也聽見了海洋的呼喚。「憂傷西海岸」這組詩，正是詩人由土地走向海洋的力作，也是「再見吾鄉」最特殊的作品。

寫「不知名的海岸」時，吳晟只是一個二十幾歲的青年；寫「憂傷西海岸」時，他已經是五十幾歲的中年人了。三十年歲月的斷層，分隔了浪漫與世故。我想他重臨海岸，多少也懷著探訪往日蹤跡的心情吧？以前一直渴望「向明日探索什麼」（〈雲〉），如今卻想回歸「靈魂深處的想望」（〈憂傷之旅〉）。

海洋從最澄澈的遠方
波濤蕩漾，召喚河川
河川承載我們靈魂深處的想望
奔赴海岸去相會

設法穿過城鎮的燥熱和擁擠
清風　湛藍　遼闊

應該就在前方
接納我渴求洗滌的心胸

——〈憂傷之旅〉

然而當他來到海岸，「倨傲的水泥堤防」卻冷冷隔絕他的視野，預期中整排整排綠蔭也「只剩下幾株零落的木麻黃」。年輕時，他曾將生命印上沙灘，即使明知這些足跡依然會被浪潮一一捲去。

所有發生過的，都沒有
發生。所有抒寫過的
都只留下空白
輝煌也罷！低徊也罷
終要輕輕掩上封底

所有未發生的
也都不會發生
枕著不因誰而響的潮聲
咳！且容我就此眠去

——〈空白〉

他對海洋的感觸與依戀，在詩中表露無疑。然而經過時空的變遷，眼前觸及的，卻是鐵罐、鋁罐、保特瓶、塑膠袋……「隨潮流來回漂浮、棄置／隨海風飄送陣陣惡臭」。這是他怎麼都無法想像的！為什麼人與自然不能和諧相處？人類永無止盡的貪欲，猶如鏽痕斑斑的刀刃狠狠劃傷了海洋的心。他深深了解：「這受創斑斑的海岸／再也沒有能力承受／放肆傾洩的貪欲」(〈憂傷之旅〉)。海洋的包容與人類的自私，形成了鮮明而強烈的對比。此時，他只想「快速往回跑」：

我的憂傷遊走整個西海岸
就像逃離城鎮來到海洋
此刻，我更想快速往回跑
何處啊可躲避錐心的刺痛

——〈憂傷之旅〉

這快速回跑的動作，比諸首節「奔赴海岸去相會」的渴望，是多麼強烈的對比！但是他又不知道能跑到哪裡去，彷彿天地之大已無容身之處，我想這才是真正「錐心的刺痛」，也是他內心永難釋懷的憂傷！對他來說，這種痛楚背後隱含的失落感，才是他生命真正的「空白」吧！

「憂傷西海岸」最特出的地方，在於詩與詩之間內在的聯繫。〈憂傷之旅〉的刺痛，〈馬鞍藤〉的堅持，〈沿海一公里〉的期盼，〈去看白翎鷥〉的約定，〈消失〉的夢魘，循著心靈的律動與探訪的蹤跡一一展現出來。

〈憂傷之旅〉只點出海岸遭到汙染，〈馬鞍藤〉則進一步寫出人為的破壞：

長臂大勺的怪手
一公里一公里挺進開挖
島嶼優美的海岸線
歷經億萬年浪潮溫柔雕塑
正快速被切割

藤壺、花跳、燒酒螺、招潮蟹……
沼澤溼地洶湧的生機
倉皇走避不及
死亡的驚呼警鐘般響起
波濤起伏間
猛烈敲打無人聽聞的海岸

我們實在很難想像，沼澤溼地「洶湧的生機」，竟然在怪手的開挖下，硬生生被切斷！「死亡的驚呼」應著起伏的波濤，猛烈的敲打著海岸，卻無人聽聞。這是多麼可悲啊！

原生植被紛紛棄守
馬鞍藤也橫遭截肢斷軀
卻仍不死心
掙扎伸出細軟的不定根
抓住，隨時可能崩去的島嶼

末三句寫得極為悲壯。馬鞍藤的不定根是細軟的，這島嶼隨時可能崩毀，它卻仍掙扎去「抓住」，最後的一線生機。「抓住」二字用得漂亮，斷句斷得更漂亮。它讓不定根展現無比的力量，來對抗即將崩去的島嶼——縱使它隨時都可能死亡。但詩人並沒有用悲劇來收尾，反而鋪敘一個畫面，延展一個希望：

在陽光依然照耀的清晨
延展綠色藤蔓
與惡臭毒水垃圾堆爭生存

綻放紫色小花
面向油汙的海面
朵朵都像吹響誓言的喇叭

堅持為悲傷
留下些許希望的顏彩

或許，這就是大自然的生存之道，也是我們島嶼美麗的海岸線，僅存的一線生機吧？這樣的結尾，使得悲劇的力量更顯得深沉，因為有了這種堅持的顏彩，黑暗就變得不再那麼可怕，我們的島嶼也不會繼續崩毀。這是吳晟的誓言，也是他對故鄉海岸的承諾！

〈沿海一公里〉一落筆，就勾勒出一個驚悚的畫面：

又一紙開發公文
號令電鋸全面殺伐
數萬株挺直的木麻黃，相繼仆倒

擬人的筆法，電鋸的音效，生動地將整個場面栩栩如生鋪展出來。作者直接將「公文」與「號令」，「電鋸」與「殺伐」扣在一起，使文字更精簡，氣氛更緊繃，彷彿是一觸即發，山雨欲來，讓起筆短短三行展現石破天驚的氣勢。當作者目睹「又一段海岸線／頓時失去屏障」，他不禁發出喟嘆：

我的哀傷飄蕩在海線城鎮
每一聲喟嘆，都化作渴切願望
如果沿海一公里
耐風耐旱的防風林無盡綿延

當都市的文明步步入侵，作者空虛的心靈在海岸找不到落腳處，於是哀傷就「飄蕩在海線城鎮」。本來預期這一節將跌入憂傷的深淵，想不到，作者筆調一轉，竟從另一角度切入，將「每一聲喟嘆，都化作渴切願望」。如果沿海一公里，耐風耐旱的防風林能無盡的綿延，那是多美的畫面！

開展茂盛根鬚抓住砂土
搖曳青青枝葉
像飄在風中的綠圍巾
阻隔來自海洋的風寒

啊，如果沿海一公里
鬱鬱蔥蔥的防風林
和翠綠山嶺相互呼應

將美麗島嶼，暖暖環抱

「風中的綠圍巾」是多麼富有人情味的意象，當它「和翠綠山嶺相互呼應」，就能「將美麗島嶼，暖暖環抱」。這不是我們夢寐以求的風景嗎？這是作者內心深切的期盼，也是他對故鄉海岸暖暖的環抱。

〈去看白翎鷥〉很細膩地描述觀察白鷺鷥的過程，似乎有意讓讀者追尋他的蹤跡，去接觸白鷺鷥的世界。詩中對白鷺鷥飛翔的姿態，有相當精采的描繪：

他們翱翔的姿勢，已和晚霞
輕輕滑落小山崙的樹梢
引起枝頭一陣晃動
像白色浪花激盪在藍色海洋
這款擺的韻律
吸引我們專注的仰望

這「荒野中難得的驚喜」，是多麼美麗的邂逅！但是只能遠遠觀看，悄悄讚嘆，因為這是他們和自然之間一種「相惜的約定」。然而從前白翎鷥尋常的蹤跡，「如今竟需驅車探訪」，並且只能「沿途追索迢遙的記憶」。這是何等的諷刺！作者在美的追尋中，寄託了人事的變遷，將一個平凡的材料處理得哀怨而悠遠，展現出他不凡的手眼！

〈消失〉是組詩的最後一篇。作者用「消失」來作組詩的結尾，自有他獨特的用意。我想他是有意用「蚵仔炸、蛤仔湯」無聲無息的消失，來刻畫「討海漁民」面對千頃蚵田被高汙染廢水肆虐，依然「拒絕消失」的悲壯精神。但是，他也深深了解：那些漁民單薄的身影，還是抵不過現實的洶湧浪潮，終有一天會默默在海岸消失。所以，他才寫出這首充滿悲劇情調的詩，來表達內心深沉的慨嘆。

拒絕消失，果真等同阻撓經濟嗎
討海子民的身影
還能在海岸繼續綿延嗎
默默庇祐的媽祖娘娘
慈悲面容也蒙上揮不去的夢魘

這些店家堅持守著小小的店鋪，也是基於「拒絕消失」的心理吧？其實，他們心裡也很明白，面對人口大量流失，面對步步逼近的「開發」陰影，他們的抵抗是無濟於事的，他們的身影終究也會消失在海岸。對討海子民來說，神通廣大的「媽祖娘娘」正是他們希望與信心的寄託，如果連這股力量也不能再幫助他們，他們將如何去面對失去海洋魚腥味的明天呢？——這就是他們永遠無法揮去的「夢魘」！

三、結語

儘管「再見吾鄉」語言的諷諭性比「吾鄉印象」強烈，然而詩人對鄉土的感情卻始終如一。只是由當年的關懷、擁抱，一改為疼惜與沉痛。他深深了解自己根本無力去改變這種狀況，因此就用「土地」、「海洋」兩大主題，記錄他內心的不捨與哀傷。

在「土地」組詩中，從水資源的浪費、環境的汙染，一直到田地的變更，我們很清楚可以看見，詩人的筆觸已由溫柔敦厚轉為諷刺批判。對現實深刻的嘲諷與土地被汙染、出賣的痛楚，就形成這組詩的基調。「失去了悲哀的能力／只剩下空茫／註定是臺灣島民的未來嗎」？這是他深深感到憂慮的，可是他又不知「該尋求怎樣的發聲／才有誰願意傾聽」，這種鬱結逐漸累積成一種沉痛的悲哀。

寫詩的最大悲哀
也許是除了寫詩

不知道還有什麼方式

可以對抗生命的龐大悲哀

——〈寫詩的最大悲哀〉

「海洋」曾經是詩人年少的憧憬，當他從土地走向海洋，多少懷著尋求心靈慰藉的想法，沒想到他卻徹底失望了。從「海洋」這組詩，可以看出吳晟處理材料的能力。選擇材料的角度以及修辭的適當運用，使得五首詩渾然貫連，形成了一首具有深密結構的長詩。例如他用「抑揚頓挫的筆法」，去表現〈憂傷之旅〉的刺痛；用空間遠近，時間快慢，生機與死亡，微弱與巨大，悲傷與希望……這些「對比」，呈現〈馬鞍藤〉的堅持；用「氣氛的經營」，點染〈沿海一公里〉的期盼；藉著「描述次第，剪裁角度」，強化〈去看白翎鷥〉的約定；再透過「側寫法」，來記錄〈消失〉的夢魘。由於主題與筆法之間有機的調和，使得內涵更具有寬闊的拓展空間，這是我們閱讀這一組海洋系列的詩必須特別留意的。

土地、海洋，各以不同的姿態，展現了詩人吳晟面對劇烈變化社會的沉想，我們也從中窺見了詩人對臺灣熱烈而深刻的感情，感知了他內心的傷痛與希冀。或許，從這兩組詩作，我們也能體會他「再見吾鄉」寓含的深意，了解吳晟未來詩創作的方向！

——選自《明道文藝》第358期，2006年1月

讓土地說話

論農民詩人吳晟的詩藝

◎陳建忠*

一、前言：尋找詩史上的腳印

吳晟，本名吳勝雄。彰化縣溪州鄉圳寮村人，1944 年 9 月 8 日生。

1960 年代時期的高中階段，他就在當時聞名的詩刊如《藍星》，或雜誌《文星》、《野風》上發表作品。1965 年，考上屏東農專畜牧科（三年制），更加認真創作，同時主編校刊《南風》。

1970 年畢業後，吳晟回鄉擔任溪州國中生物科老師。同年並獲頒「優秀青年詩人獎」，五年後與詩人管管共同獲得第二屆「中國現代詩獎」。1966 年，自費出版詩集《飄搖裏》，並未發行。1976 出版詩集《吾鄉印象》（楓城出版社）。1979 年出版詩集《泥土》（遠景出版社）。至此，吳晟的詩藝已發展出他獨特的個人風格，為詩壇所矚目。

其他詩集，尚有重新整編過後，1985 年由洪範出版社出版，目前流通較廣的：《飄搖裏》，收 1963 至 1982 年詩作，包含 54 首詩。《吾鄉印象》，收 1972 至 1977 年詩作，包含 48 首詩。《向孩子說》，收錄 1977 至 1983 年詩作，收入 33 首。此外，《吳晟詩選》（2000），則收 1963 至 1999 年詩作，有 66 首詩，乃將前三冊詩集精選外，再加上 1994 至 1999 創作之「再見吾鄉」系列 29 首。

新詩創作外，吳晟亦擅於散文的經營，出版散文集有：《農婦》

---

*發表文章時為清華大學臺灣文學研究所助理教授，現為清華大學臺灣文學研究所榮譽退休教授。

（1982）、《店仔頭》（1985）、《無悔》（1992）、《不如相忘》（2002）、《一首詩一個故事》（2002）、《筆記濁水溪》（2002）。這些散文，可說是吳晟詩學物質基礎的生活化展示，對理解詩人的生活與精神面貌，具有重要價值。

吳晟的新詩創作既然有著清楚的形象與定位，他的詩與散文往往也就代表某一種文學的「典型」。例如，《向孩子說》中的〈負荷〉一詩，被選入國立編譯館所編國中國文課本第二冊，長達將近二十年之久。散文集《農婦》中的〈不驚田水冷霜霜〉隨後亦被收錄。近年來，又陸續有詩作〈水稻〉、〈土〉、〈蕃藷地圖〉等諸多詩作，分別收入「三民版」的五專國文教科書，「南一版」、「龍騰版」的高中國文教科書。

然而，吳晟的人與詩即便已隨著教科書而走入無數學子的視野中，但，他在詩史上的地位卻也並非如此穩定與明確。相反地，吳晟作為一個農民詩人，在詩史上是歷經了某種曲折的被認識與被接受的過程。

對於臺灣現代新詩史來說，詩人的特殊性往往都必須在集團性之下才得以被強調；或者，我們也傾向由時代風氣、文學思潮來定位詩人的詩風。但，實際的狀況未必如此。換句話說，如果我們只專注於由重要的新詩社群（如現代派、創世紀、藍星、笠詩社）來解釋詩風演變，當然就會不知如何定位像吳晟這般與社群互動並不特別密切的作家。

我們必須重新尋找吳晟的歷史定位。從戰後臺灣鄉土文學發展的角度來看，吳晟的詩與黃春明、王禎和的小說一樣，都是在 1970 年代初期，鄉土文學尚未成為臺灣文壇上論爭焦點前，就已經形成他們書寫鄉土人物、題材的文學風格與關懷。當我們日後在談論這些作家時，憑藉的往往就是這些初期作品奠定下來的風格印象，而這些風格的塑造，往往更早於社群的集體性活動。

作為一名農民詩人，吳晟既是農民，也書寫農民；既是詩人，更是知識分子。這樣的提法，在於突顯吳晟以知識分子與農民身分進行創作所產生的思想與美學特質。

身為農民而書寫農民，所以吳晟的書寫位置，突破了非農民的知識菁英以啟蒙、解放視角書寫農民的詩史傳統。親自耕種的吳晟，是將包括自己在內的農民問題融入詩中，他並不需要自己來啟蒙自己，也不需要自己解放自己，他只需平視萬物流轉、農作滋生，將農民與土地的情感完整地詮釋。

身為詩人而更是知識分子，所以吳晟的詩學風格，乃不專注於文字的煉金術，而更強調對農村問題的深沉思索。吳晟是真正由臺灣彰化平原的泥土所孕育的「有機知識分子」（organic intellectuals，義大利葛蘭西（Gramci）語）。擔任國中教師的他，立足於農民之中，而以農民的階級立場發聲，不唱高調，也不流於虛無，呈現出樸實、真誠、堅忍的農民思維。

因此，將吳晟這樣的特質放回當年他出現的文學史脈絡重新檢視，乃能發現，他一方面與臺灣新文學傳統中的農民文學傳統有著精神上的傳承關係，另一方面他也開展出他自己的一條詩路。這條詩路，和同時代的詩人相比，他的鄉土詩學與現代主義詩風漸行漸遠（但並非以論爭的方式分手），而他也不涉入太多詩社的集團活動（如笠或其他詩社等），他書寫農民詩，定位有如耕讀於臺灣農村的獨行詩人，在詩壇之外沉默地舒展枝葉。

但，這樣的創作活動模式，往往使他易於被重視時代詩風與集團詩風的史觀所遺漏。因此，我們必須調整看待歷史的眼睛，將吳晟的詩史位置慎重地重新標立，如此方能不被其他的星團遮蔽了視野，而能真正抵達吳晟詩藝的核心地帶。

因此，本詩選為與其他吳晟詩選有所區隔，將只擇取吳晟最膾炙人口的農民與農村詩作，集中地展示他作為一名「農民詩人」，對戰後現代詩最為重要的啟示與貢獻之一面。

二、「吾鄉印象」系列以來的農民詩選

從 1963 年到 1970 年，吳晟 19 歲到 26 歲時的詩作來看，尚未回返農

村、腳踏泥土、耕作莊稼的吳晟，仍是關在書房裡思考社會表象的文藝青年。1968 年的〈菩提樹下〉，1967 年的「不知名的海岸」詩輯十首。寫的仍是少年青澀的傷感。至如〈懷〉，寫少年的孤單，亦不免蒼白的自傷。宋田水有過不無較為苛酷，但頗為犀利的論評：

> 像這些空洞的句子，在〈飄搖裡〉、〈不知名的海岸〉以及〈一般的故事〉三輯中，俯拾即是。這些文藝腔都是一些可有可無的憂鬱，一些沒頭沒腦的情緒，它們和現實是風馬牛不相及的。它唯一的來源是盲從，盲從於現代詩的陳腔濫調。[1]

直到 1972 年，回鄉後的吳晟，隨著「吾鄉印象」組詩的推出，無疑是以詩作實踐了 1970 年代鄉土文學運動的美學變革風潮，並且起步得更早。詩作中以略帶哀傷的口吻，訴說詩人對農村、土地、農民的深刻眷戀，根深蒂固於土地的感情尤讓讀者動容。

同時，組詩中所開發出來的鄉土詩學，以明朗的意象，流暢的音節，配合抒情的語調，盡脫戰後臺灣現代詩過度「西方化」與「中國化」的影響，「土味」十足，因而別出機杼，迅即受到各界一致的揄揚與效從。

根據詩人的回憶，大學畢業後歸鄉教學、務農之餘，對生活與土地有深切的體會乃有「吾鄉印象」組詩的出現：

> 返鄉教書，跟隨母親實際耕作，背負龐大債務，更深刻體會生活的艱辛困苦。……就是在文明迅即入侵農村，臺灣急速由農業轉型為工商業社會的衝擊下，諸般「時代變化中的愁緒」，混合我長年來孕育自土地和作物的愛戀，點點滴滴醞釀了「吾鄉印象」這一系列的詩篇。[2]

---

[1]宋田水，《「吾鄉印象」的鄉土美學——論吳晟》（臺北：前衛出版社，1995 年），頁 21。

[2]吳晟，《一首詩一個故事》（臺北：聯合文學出版社公司，2002 年），頁 122～123。

《吾鄉印象》詩集共選錄了吳晟在此時期完成的 48 首描寫農民生活的詩作，其中又各自分為「泥土篇」、「吾鄉印象」、「禽畜篇」、「植物篇」與「愚直書簡」五輯。這冊詩集，幾乎就奠定了吳晟在臺灣詩史上鮮明的地位，一位農民詩人。施懿琳教授乃直言：「當今詩壇，最足以稱為『農民詩人』的當推出生於彰化縣溪州鄉的吳晟」。[3]此後，讀者與評論者要了解吳晟的詩路歷程，都必須回到這個創作的里程碑上；而詩人自己的創作，也無疑從這冊詩集開始，繼續延伸他對臺灣農民與土地的強烈關切。陳映真當年，就明白肯定這點說：

> 在「吾鄉印象」中，所有吳晟日後的發展，例如他的語言、他的句型、他的歌一般的特質，他的謙卑、熱情、溫和的情感，都在這一時期中顯示出它最始初的胚芽，等待日後成蔭成蓋，成為吳晟自己的風格與特質。[4]

試看組詩的「序詩」〈土〉

> 赤膊，無關乎瀟灑／赤足，無關乎詩意／至於揮汗吟哦自己的吟哦／詠嘆自己的詠嘆／無關乎閒愁逸致，更無關乎／走進不走進歷史
>
> 一行一行笨拙的足印／沿著寬厚的田畝，也沿著祖先／滴不盡的汗漬／寫上誠誠懇懇的土地／不爭、不吵，沉默的等待
>
> ……
>
> 不掛刀、不佩劍／也不談經論道說賢話聖／安安分分握鋤荷犁的行程／有一天，被迫停下來／也願躺成一大片／寬厚的土地

[3]施懿琳，〈稻作文化蘊育下的農民詩人——試析吳晟新詩的性格特質與批判精神〉，江寶釵等編，《臺灣的文學環境》（高雄：麗文文化公司，1996 年），頁 68。

[4]陳映真，〈試論吳晟的詩——序吳晟《泥土》〉，《走出國境內的異國（序文卷）》（臺北：人間出版社，1988 年），頁 127。

詩行中，可看到利用赤膊、赤足，吟哦、詠嘆、無關等等重複出現的詞語，迴環往復，自然地形成詩中的韻律。

更可觀的，當然是詩中以農民視角所觀照到的土地倫理。這種倫理，既是祖先所遺留，也是生命的哲學，死後則化為春泥更護花，繼續一種循環流轉的生命歷程。

腳踏實地，是一種價值觀，但對吳晟來說，腳踏著的不僅是土，且是混雜著雞糞、汗水的泥土。

如〈腳〉（1974）：

> ……攪拌過大量的堆肥、雞糞、肥料／和母親的汗水／我家這片田地的每一塊泥土／母親的雙腳，曾留下多少／踏踏實實的腳印

如〈野餐〉（1974）：

> 一碗一碗白開水喝下去／一滴一滴鹹鹹的汗水，滴下來／滴在和母親一樣樸拙的泥土裡／……烈日下，寒風中／坐在雜草圍繞的田梗上／母親啊，那便是您，每日每目／勞累後的野餐／……／是不是拌著汗水的稀飯，特別香／是不是混著泥沙的醃菜，特別可口／母親啊，為什麼／您竟吃得這樣坦然

戰後的現代詩中，雖然實驗著許多前衛的技法及語言，也不乏舶來、稼接的外來語詞，在一片無非西方化的文化徵候裡，吳晟用他自己的鄉土語言達成了另一種再平凡不過的「陌生化」。鄉土的事物，原本應該是眾人生活的日常經驗，但卻不是詩人感興趣的事物，自然也不會成為詩的語言。但，也就是因為我們太過於疏離鄉土的事物與經驗，吳晟充滿土味的農民詩，乃成為一種「新奇」的經驗，撞擊著眾人既往被黨國與時代因素刻意扭曲的眼光。

在強調土地倫理的價值觀中，「家人」大概是吳晟詩作中最頻繁出現的農村人物身影。當然，親人也是農民。

如〈泥土〉（1974）：

> 日日，從日出到日落／和泥土親密為伴的母親，這樣講——／水溝仔是我的洗澡間／香蕉園是我的便所／竹蔭下，是我午睡的眠牀／……／沒有週末、沒有假日的母親／用一生的汗水，辛辛勤勤／灌溉泥土中的夢／在我家這片田地上／一季一季，種植了又種植／……／不在意遠方城市的文明／怎樣嘲笑，母親／在我家這片田地上／用一生的汗水，灌溉她的夢

如〈蕃藷地圖〉（1978）：

> 阿爸從阿公粗糙的手中／就如阿公從阿祖／默默接下堅硬的鋤頭／鋤呀鋤！千鋤萬鋤／鋤上這一張蕃藷地圖／深厚的泥土中
>
> 阿爸從阿公石造的肩膀／就如阿公從阿祖／默默接下堅韌的扁擔／挑呀挑！千挑萬挑／挑起這一張蕃藷地圖／所有的悲苦和榮耀
>
> 阿爸從阿公木訥的口中／就如阿公從阿祖／默默傳下安分的告誡／說呀說！千說萬說／紀錄了這一張蕃藷地圖／多災多難的歷史

抒情與哀愁，無非因為對土地的感情，實則更肇因於對受傷的農村的憂慮。1970 年代初的臺灣農村社會，多因早期國民政府的農業擠壓政策，在肥料換穀、田賦徵實等不等價交換政策下，讓大多數農家為了生活而背上高額的借貸債務。吳晟返鄉後的農家，一樣也擺脫不了這樣的控制。而開始擔負債務。龐大的生存壓力加上農村經濟的日益破敗，使吳晟在詩作中表現了臺灣農民的處境，但同時演繹了他們認命的生存哲學。

〈過程〉(1977),是一首最完整描寫稻作農事的詩。宿命、認命、順命和勤命,而後才能知命樂天吧。以「秧」「陽」「仰」「漾」同音四聲詞為每節的小標題,敘出四個按時序進行的農事階段,貫串稻作生長的過程,表現農民認命樂天的宿命觀。如:

> 一桶一桶的肥料/一畚箕一畚箕的堆肥/和著日夜不眠不休的田水/和著陽光的撫慰和熬煉/灑下去!灑下去/整整齊齊排列的秧苗/也不喧呶!也不爭吵/堅忍的仰起來!仰起來(「陽」)
>
> 年年季季相同的夢/在吾鄉每一個曬穀場上/木訥地泛開來,泛開來/泛開吾鄉人們/壞收成望下季的期待(「漾」)

然而,身為一個有機的知識分子,吳晟的價值觀原本即來自於生養他的土地與鄉親,何況他自己也是親自從事農務的農民。於是,吳晟的農民詩更直接的創作動機,應該來自於他親眼目睹戰後農村變遷的實況,日益疲敝而蒼老的農村經濟發展,引發的一連串有形無形的變化。

千萬年來農民都是宿命認命地勞作;「陰慘的輝煌」正是他們勞苦無止盡的認知;他們將整條脊椎骨交給命定的人生路,勞動到老朽為止。

> 千萬張口,疊成一張口/——一張木訥的口/自始至終,反反覆覆的唱著/唱著那一支宿命的歌/唱著千萬年來陰慘的輝煌
>
> 自始至終,吾鄉的人們/將整條脊椎骨/交給那一支歌的旋律/自始至終,歌曰:如是/人人必回諾:如是
>
> ……

有時,吳晟似乎出於疼惜之情,筆端流露較多的感情,而有較多的感傷、懷舊悲哀的情緒,情調無疑是黯淡的。

如〈曬穀場〉(1972)：

吾鄉的曬穀場，在收割季／是一驚惶的競技場／時時，驚惶著吾鄉的人們

如〈稻草〉(1972)：

在乾燥的風中／一束一束稻草，瑟縮著／在被遺棄了的田野

……

終於是一束稻草的／吾鄉的老人／誰還記得／也曾綠過葉、開過花、結過果

一束稻草的過程和終局／是吾鄉人人的年譜

農村經濟與文化的崩解，引發年輕人口外移，終至於產生價值觀的扭曲。

如〈木麻黃〉(1975)，提及人口外移問題：

日頭仍然輝煌的照耀／在同伴越來越稀少的馬路上／而我們望見／吾鄉人們的腳步，不再踴躍

晚霞仍然殷勤的送別／在同伴越來越稀少的馬路上／而我們望見／城市的工廠、工廠的煙囪、煙囪的煤灰／隨著一陣一陣吹來的風／瀰漫吾鄉人們的臉上

〈牽牛花〉(1975)：

在陽光下流汗、在月光下歌唱的／吾鄉的少年郎，哪裡去了／他們湧去一家家的工廠／吾鄉的牽牛花，寂寞的尋找著

〈路〉(1972):

自從城市的路,沿著電線桿/——城市派出來的刺探/一條一條伸進吾鄉/漫無顧忌的袒露豪華/吾鄉的路,逐漸有了光采

自從吾鄉的路,逐漸有了光采/機車匆匆的叫囂/逐漸陰黯了/吾鄉恬淡的月色與星光

自從吾鄉恬淡的月色與星光/逐漸陰黯/吾鄉人們閒散的步子/攏總押給小小的電視機

……

關注吳晟詩作中反映臺灣農村社會變遷狀況的研究者陳文彬便認為,吳晟詩中的鄉愁感不同於其他外來族群的鄉愁詩,因為他突顯了臺灣農村逐漸消失的問題:「《吾鄉印象》帶給讀者的鄉愁感,與彼時在臺灣大量書寫遠方故土情懷『獨在異鄉為異客』的鄉愁詩有著極大的差異與相似之處。……兩者對讀者來說,極相似且弔詭的卻是:都透露著一股 『異鄉』情調來。吳晟筆下的鄉愁,是回歸原鄉、原點,存在於批判資本文明的『吾鄉』之中。《吾鄉印象》中的『鄉愁』是廣義的、現代化社會中對素樸文化的一種鄉愁追尋」。[5]

〈歌曰:如是〉(1972),裡面的生命之歌,是千萬張口千萬年來故鄉人們為生存而歌詠的旋律:

反正,是豐收、是歉收/總要留下存糧活命/不如啊歌曰:如是/趕緊回諾:如是

[5]陳文彬,〈從《吾鄉印象》到〈再見吾鄉〉:以臺灣農村社會發展論吳晟詩寫作〉(世新大學社會發展研究所碩士論文,2003 年),頁 86。

但，另一方面，我們又分明可以感受到，作為知識分子的吳晟，並未全然耽溺在這些哀愁的情緒裡，他極其隱晦地但又堅定地進行著他的社會批判。

如〈檳榔樹〉(1975)，裡面有堅定的認同情感：

曾經，我離開你們／躲進重重典籍圍困的宮牆／冰冷而陰暗／如今，我歸來，靠近你們／你們仍可聞到／滿身的泥土味，和你們一樣

〈野草〉(1975)：

默默接受各式各樣的腳步／任意踐踏；默默接受／圓鍬、鐮刀、或鋤頭，任意鏟除／我們的子子孫孫，依然蔓延

觀察吳晟的詩藝特點，並不在於 「意象」的創造，或是修辭的鍛鍊，甚至不只是韻律的追求。當然，這並非說他的詩作缺乏這些東西，而是在同時代詩人更重視的部分之外，吳晟以他準確的思想眼光以及帶有哀愁意味的抒情語調，開發出戰後臺灣現代詩新的藝術感性。

因此，讀吳晟的詩，重點應該是對於詩人情志的體會，更大過於對諸般形式美學的索求。可以這樣說，在吳晟之前，戰後臺灣現代詩的發展，無論是強烈的 「現代性」或「中國性」，都顯示出詩人並非「有機地」與他們的時代與生活產生聯繫，而是過度迂迴、過度修飾地發展他們的詩學。

於是乎，1950 年代以來過度的「中國性」與過度的「現代性」詩作，在肯定其豐富臺灣現代詩發展的面向同時，必須指出，詩中所描繪的情感與思想，甚至意象，無疑在相當程度上疏離於臺灣的現實（其中包括這些詩人自己無法表現的現實）。

吳晟的出現，卻是如此直截地、準確地捕捉到他自己，也捕捉到人對

於土地的深刻依戀情感。甚且，雖然其後出現不少景從「吾鄉印象」之詩風的鄉土詩人，但三十年來詩人的情懷始終如一，於今在全球化浪潮侵襲下再次檢視這些詩作，依然可以觸摸到土地的溫度，詩人的情思。

三、「再見吾鄉」系列農民詩選

歷經 1980 年代的停頓，吳晟的詩作銳減，對農村的思索轉以散文形式出現。1996 年，吳晟蓄足長久以來對社會的觀察及批判力，再度出發提筆寫出「再見吾鄉」系列詩組。

相較於《吾鄉印象》對農村生活的吟哦，吳晟在此系列的詩組中，轉而對國際傾銷制度下的弱勢臺灣農業政策，提出嚴厲的批判。余欣娟也看到這種轉變，她認為，前此作品：「對家鄉的敘述，工商文明入侵農村，是以『哀嘆』、『痛惜』的心情，喟嘆那日漸消失的鄉親以及農村一貫的宿命，在『再見吾鄉』系列，已是攸關農村、鄉土『滅亡』的『悲憤』之情」。[6]

施懿琳教授〈論吳晟詩的政治關懷〉一文中，以吳晟詩作中的政治意識為主題，來串連「吾鄉印象」與「再見吾鄉」兩個時期的作品，總結歸納出吳晟作品中「稻作成為他筆下最關懷的對象，而與這個環境相關的植物、禽畜乃至於山河大地，也都是他集中焦點寫作的對象」，「他並非單純的寫鄉土景物，在書寫農村景象與農耕生活的背後，其實已存在著批判執政當局的色彩」。[7]而在「再見吾鄉」當中，施教授更直指其批判性的增強：

> 與 1972 年起開始的「吾鄉印象」系列，同樣站在農民的立場，立足大地、關懷生態環境。不同的地方在於，這個階段吳晟對農村的歌頌減少

[6]余欣娟，〈論吳晟詩作中家鄉意象的流轉及其網絡〉，《臺灣詩學學刊》第 7 期（2006 年 5 月），頁 106。

[7]施懿琳，〈論吳晟詩的政治關懷〉，《跨語、漂泊、釘根：臺灣新文學研究論集》（高雄：春暉出版社，2000 年），頁 235。

了，轉而對國際強權傾銷下，輕忽農民權益的政府提出了批評。[8]

島嶼的山林在新世紀裡，被濫墾、被濫挖；土地被肆無忌憚的污染、海洋資源被大量的破壞。於是新世紀到來的吳晟，將鄉愁書寫的層次更提升到全人類對土地情感的懷念上。吳晟是臺灣少數幾位專注在生態遭破壞議題上的詩人之一，他除了詩的創作外，更在 2002 年以報導文學的形式花了一年的時間走訪南投縣九二一重建區的紀錄，完成《筆記濁水溪》第一本的報導文學作品。

在他「再見吾鄉」系列作品中，對土地價值觀的自省與急切的心情，一一反映在其〈憂傷西海岸〉六首連作當中。例如：〈去看白翎鷥——憂傷西海岸之四〉（1999）：

與白翎鷥美麗邂逅／是荒野中難得的驚喜／不敢太靠近、更不敢向人張揚／只能悄悄讚嘆／彷如謹守相惜的約定

只因這是躲過開發計畫／幸而留存的保安林地／濃密的灌木叢／可讓群鳥安心棲息生育／唯恐粗野的賞鳥人潮／驚嚇了白翎鷥僅有的家園

在關切臺灣整體環境的惡化同時，吳晟仍然以他對農村的觀察開始，展開他對農村經濟、土地開發、趨利忘本的問題的批判。

如〈不妊症〉（1996），寫土壤的質變：

即使往昔那樣貧瘠／營養不足的年代／我們的稻穗，至多不夠飽滿／何曾遭遇什麼不妊症

如今不時炫耀富裕飽嗝／我們的千頃稻作／未成熟竟已紛紛枯乾／這有殼無實的稻穀，如何收成

[8]施懿琳，〈論吳晟詩的政治關懷〉，《跨語、漂泊、釘根：臺灣新文學研究論集》，頁 226。

……

為什麼千頃良田／病變了土壤體質／還不如一次地方選舉／或股市的小小起落／吸引大眾注意

更驚心的是，併入不適用農地／也許正符合農家心願／趁機將稻穗不妊症／變更為有穀無實的繁華

〈土地公〉(1996) 一詩，則是詩人以農民身分貼切書寫今日農村社會底下的農民們，向傳統農地倫理道別、向商品經濟挺進的典型作品：

滿滿一大卡車砂石／轟隆隆傾倒而下／又一大片青青農地，迅即消失／田頭小小土地廟，也深深掩埋

驚惶逃離的土地公／繞著隆起的砂石堆黯然徘徊／恍恍惚惚望見／每一粒砂石，似乎都很熟識

那不是世代先民／長年累月在這片溪埔地／一一彎腰撿拾而起的嗎／透入砂石的掌紋和血汗／仍分明可辨

在〈老農津貼〉(1997) 中，就針對長期以來不公平的農工制度，與不肖農會組織所把持的農村經濟窘境，發出薄弱的一絲抗議：

夕陽餘暉殷殷探問／多數老農同伴的下落／他們早已操勞過度／等不及認識老農津貼

等不及聽到廟堂強烈爭論／發放這份些微的補助／是否合乎公平的分配原則

猶如漫長耕作歲月中／堆滿一牛車一牛車金黃稻穀／載去鄉農會／排隊繳地租納田賦換肥料／是否合乎社會正義

倖存下來領取津貼的老農／不懂那些議題／只知信賴土地從不欺騙作物

從不欺騙作物的土地／卻無力抵擋／砂石車、水泥車、廢棄物搬運車／來往吾鄉道路，競賽般奔馳／帶走越來越零落的年輕腳步

吳晟可以說是目前臺灣認真地以社會科學分析態度，用詩語言形式清晰描寫、並呈現出臺灣農村水資源困境與全球溫室效應的詩人。這些觀察，使他的詩成為全球化下臺灣農村的診病書。

如〈水啊水啊〉（1996），寫水土保持失敗對土地造成的傷害：

水啊水啊給我們水啊／吾鄉的廣大農田／隨處張開龜裂的嘴巴／向圳溝呼喊

……

灰濛濛的天空，滿臉無辜／苦著聲音沈重抗議／我依四時降雨／島國雨量豐沛不減／未曾虧待你們啊

……

是你們　狠狠砍伐／盤根錯結的涵水命脈／是你們　放肆挖掘／牢牢護持的山坡土石／是你們　縱容水泥柏油占據綠野／阻斷水源的循環不息

如〈黑色土壤〉（1996）：

……

在濁水溪畔廣大溪埔地／每一步踩踏田土的足跡／每一個貼近田土的身影／每一滴滴落田土的汗水／紛紛萌生根鬚、茂盛枝葉／凝結信靠大地的愛戀

一季一季平靜耕作／濁水溪畔每一寸黑色土壤／由芽而苗而綠意盎然／陪伴母親一生的寄託／豐富了我的年少和壯年

……

而我的足跡、我的身影和汗水／牢牢連結廣大溪埔地／無論擴張又擴張

的經濟風潮／如何刺痛我信靠大地的愛戀／我仍願緊緊守護每一寸黑色土壤

通觀「再見吾鄉」系列作品，吳晟寫土地倫理的淪喪、寫生態環境的被破壞、寫商品消費的價值觀如何侵入農民心底，每一句詩句都透露他堅定的農民立場。整體的詩風上，比起「吾鄉印象」時期而言，顯然抖去了某些蒼白的鄉愁，而代之以具體的血色的激昂情緒。

四、「晚年冥想」系列農民詩選

「吾鄉印象」系列中，描寫鄉親農民種作艱難，也時時流露出承先啟後的意義。例如〈序說〉、〈店仔頭〉、〈清明〉、〈牛〉、〈水稻〉等詩，常常出現的「千百年來」、「千百年後」、「年年季季」、「千年以來，一代又一代」、「一季又一季」、「千萬年來」、「自始至終」。至於 「再見吾鄉」系列中，更加直白的語言，傾瀉的是對農村的自然環境與農村文化即將消亡的焦慮，而不只是溫情的關切。

這樣的吳晟，把「農村」帶進臺灣戰後現代詩中，他堅持走這條農民詩人的道路。

歷經吾鄉系列創作後，詩人對農村的關切依舊，但心境似乎有所轉變。2005 年 4 月，吳晟在《聯合文學》雜誌刊出十首「晚年冥想」系列詩作。62 歲的吳晟，從 「告別式」、火葬場、墓園，寫到如何領略老境、學習告別。這系列詩作毋寧像是農民詩人向活過一甲子的土地，所做最樸素又深情的回歸，將骨肉與精神都與泥土化為一體。

如〈生平報告〉（2005），不只是對世人報告，也是對土地萬物的告白：

一條小小的圳溝／不曾翻覆起驚濤駭浪／只是流過耕作的田野／偶爾也遭遇／藤蔓糾葛、土石攔阻／總是認分的調整水流／每一轉折／和世界

相處的方式

確實曾盡力／潤澤沿岸所及的土地／伸長了手臂／想要付出、澆灌更大片的生機／但也浮動過不少／羞愧的倒影／沒有勇氣招供／就一併沉積成泥吧

〈在鄉間老去〉（2005），則顯示詩人老於農家鄉間的從容情緒：

我記得昔日呀／無數晨昏的叮嚀／無數寒風颯颯的夜晚／騎摩托車逐戶探望／一批又一批／教導成長的家鄉子弟／有如一期又一期稻作／占去了我大部分的心思

鄉間子弟鄉間老／耕讀的步調原本就緩慢／已足夠日常生活／無須再急著趕潮流／只想從容老去

農民詩人對死亡與土地的感情，在此似乎暫時掩去了他的激動與焦灼，而頗有種「化作春泥更護花」的從容，這大抵是吳晟對農村進行的另一階段描摹吧。而他畢竟花去了數十年光陰來凝視與歌讚他的農村世界。

臺灣還會有農村嗎？臺灣社會需要農民詩人來為我們提供什麼詩的感動呢？吳晟的詩藝讓土地說話，讓農村說話，而最終喚起我們的恐怕是比詩更多的一點什麼：那或將是關乎良知、關乎未來、關乎敬天愛人的一種信念，引人低迴沉吟。

——選自林明德編《鄉間子弟鄉間老——吳晟新詩評論》
臺中：晨星出版公司，2008 年 2 月

璞玉生輝
1970 年以前的吳晟詩作

◎丁旭輝[*]

吳晟，本名吳勝雄，1944 年出生於彰化縣溪州鄉。1971 年屏東農專畢業後，隨即返鄉擔任溪州國中生物科教師，過著教書、躬耕、寫作的日子，文字質樸，筆端或感恩、或贊歎、或批判、或悲傷，滿滿都是臺灣土地的生命力，是當代鄉土詩的代表詩人。1980 年以詩人身分應邀參加美國愛荷華大學國際作家工作坊，擔任訪問作家。2002 年自溪州國中退休，專事耕讀寫作，並擔任南投縣駐縣作家。

1966 年，吳晟曾藉屏東中國書局自費出版詩集《飄搖裏》，不過並未正式發行，坊間無由得睹；1976 年，在新竹楓城出版社首次正式出版詩集《吾鄉印象》，隔年即再版；1979 年，在遠景出版社推出《泥土》詩集，六月出版，七月立即再版。楓城版與遠景版的詩集日久不傳，所以 1985 年 6 月，吳晟於洪範書店同時出版《飄搖裏》（1985a）、《吾鄉印象》（1985b）、《向孩子說》（1985c）三本詩集[1]，成為當年詩壇的一大盛事，而且此後也不斷再版，由此可見吳晟詩作受歡迎的程度；這三本詩集收錄了 1963 年到 1983 年的作品，為吳晟作品首度完整的展現。2000 年，《吳晟詩選》（洪範書店，2000）出版，除精選前三集佳作外，並加入 1983 年以後的新作三十首，是吳晟作品更完整的展示，出版迄今，不斷再版，在不景氣的文學市場中，堪稱奇蹟，再度印證吳晟詩作的魅力。2005 年，吳

---

[*]發表文章時為高雄應用科技大學文化創意產業學系副教授，現為高雄應用科技大學文化創意產業學系教授。

[1]因《飄搖裏》、《吾鄉印象》分別與 1966 年、1976 年出版的詩集同名，本文以 1985a、1985b、1985c 代指 1985 年由洪範書店出版的《飄搖裏》、《吾鄉印象》、《向孩子說》。

晟發表〈晚年冥想〉（《聯合文學》第 246 期，頁 62～73）系列詩作 10 首，再度展現他未老的詩心。

長期以來，吳晟一直被視為臺灣鄉土詩人的代表，一般論及吳晟的時候，總將他定位為一個詩風樸素平淡、語言簡單流暢、帶有強烈敘述傾向與寫實風格的鄉土詩人。不過，針對吳晟詩作的論述多數集中在 1971 年以後，吳晟成為鄉土詩人代表之後的詩作，收錄在《飄搖裏》1963 年到 1970 年之間的少作則較少人觸及。此一時期吳晟多數的詩作，不論在詞性的轉換、意象的交錯並置、句法的倒裝，或是隱喻、暗示技巧的展現、神祕冷漠氛圍的渲染，以及存在與自我的思索，甚至是蒙太奇與超現實的華麗技巧上，都表現出強烈的現代主義傾向，充滿現代主義的風格與精神，堪稱吳晟的「現代主義時期」；吳晟便以這樣鮮明的姿勢、驚異的起點介入詩壇，一直到 1971 年吳晟返鄉任教，才結束他的現代主義時期，詩風有了重大轉變，並自此展開他的鄉土風格時期。吳晟的少作雖不無敗筆，但基本上仍多為佳作，然而除了 1970 年那「儀式簡單近乎草率」的青年詩人獎的肯定外，長期以來，吳晟現代主義時期詩作一直被忽略，一般論及吳晟此一時期詩作者，除了施懿琳、林廣有所肯定外，多採負面的評價，但吳晟此一時期的作品不但極為動人，而且對往後的詩作，已蘊涵了積極的開展作用，其價值實屬不凡。

在現代主義不再狂飆、鄉土文學不須論戰、政治立場已無禁忌，而社會多元、批判自由、思想開放的今日，重新審視吳晟早年的詩作，當有新的意義，也必然會有新的發現、新的感動。我們當會發現，相對於後來光芒四射的吳晟，1970 年以前的他尚屬待琢待磨的璞玉，然而也已內蘊難掩，悄然生輝，別具價值。這價值主要表現在兩個方面：其一是對日後詩作的開展意義，其二則是這八年間詩作本身的價值。前者主要表現在「從隱抑的書寫到激越的諷喻」、「從孤獨的歌者到歌者的孤獨」、「從愛情的浪漫到親情的甜美」等三點，我們將在下文詳加論述吳晟如何從 1970 年以前的「隱抑的書寫」、「孤獨的歌者」、「愛情的浪漫」開展為 1970 年以後的

「激越的諷喻」、「歌者的孤獨」、「親情的甜美」；後者主要表現在詩作本身的精采動人，我們將在論述開展意義的過程中，透過文本的舉例與詮釋，針對此點加以論證，而其中，我們將特別突顯吳晟現代主義風格詩作的動人丰采。

一、從隱抑的書寫到激越的諷喻

1971 年以後的吳晟，以「鄉土詩人」的形象廣為人知，但他的「鄉土」絕對不是陶淵明式的田園風光的描繪或〈農家好〉、〈我家門前有小河〉的虛飾頌歌，而是對土地依戀的抒發與對土地苦難的書寫，所以筆下自然對造成農村的落後、凋敝的種種因素，特別是政治因素有所指陳批判。這些指陳批判在他的詩中隨處可見，陳映真認為吳晟開始對政治現象進行批評和諷刺的作品始於 1975 年的〈月橘〉（1985b，頁 100～101）一詩，施懿琳認為應該往上追溯到 1972 年的〈一張木訥的口〉（1985b，頁 44～45，原題〈歌曰：如是〉），但其實翻開吳晟 1970 年以前的詩，早在 1966 年的〈角色〉（1985a，頁 67～69）中，就已經可以看到他對政治現象進行批評和諷刺了：

> 未著色的呢喃終於碎落／沾片枯萎的笑聲／你能析出幾勺葉綠素
>
> 大量販賣鸚鵡的笑語／以天秤稱量溫情／你說這是文明／透過貝殼淚網的迷惑／你說這是頂好的裝飾品
>
> 祈禱・懺悔・唱讚美詩／裝扮你的高貴／將誓言慷慨地畫在水上／將格言掛於齒縫間／叮叮噹噹敲響十字架狂喊著／不朽！不朽！不朽！
>
> 於是你顯要地存在著／於是你呼吸著萬般獻媚／而當夜幕垂罩／你腐爛的心棄於朽木之下／而當夜幕垂罩／你是以四隻腳走路的賢者

在第一段中，第一行「未著色」指的就是「蒼白」；在蒼白的謊言（呢喃）破碎後，笑聲也失去了原來的生命力（枯萎），而在這種枯萎的笑聲中，不管你如何努力，是再也分析不出綠色的生命（葉綠素）了。在第二段，「鸚鵡的笑語」指的便是空有相似的人聲而無實質的人「情」、人「義」、人「理」的虛假善意；而溫情用天秤來論斤稱兩，珍珠（貝殼淚綱）成為頂好的裝飾品，則暗指物化與腐敗。到了第三段，祈禱、懺悔與讚美詩，都只是用來「裝扮」你的高貴，慷慨的誓言則是畫在水上的，格言則是掛在齒縫間，所有的一切，都在指出詩中的「你」是一個虛偽、欺瞞、高高在上的人；最後兩行，代表基督徒最高真理與權力的十字架居然被拿來敲得叮噹作響，而仔細一聽，叮噹聲裡狂喊的竟然是不斷重複的「不朽」！至此，一個充滿著權力傲慢的形象已呼之欲出、昭然若揭了。到了最後一段，「你」不但顯要地存在著，而且呼吸著所有人的萬般獻媚；到了夜晚，在夜幕的掩護下，「你」終於露出原形，原來「你」的心已腐爛，更可怕的是，原來在你「賢者」的美名外衣下，你實際上是一個用四隻腳走路的「非人」的野獸。而這個「你」，如果結合後文將詳論的〈仰望〉一詩來看，所指的應該正是當時的基督徒總統蔣中正，或是泛指蔣氏政權下的官僚政客。

整首〈角色〉，透過深刻的隱喻，表現出一種隱抑而冷硬的批判力度，題旨在技巧的掩護下，隱藏得相當深致，不易發現，而其中現代主義的風格相當清晰強烈，是後來吳晟同類型所絕無僅有的。

到了 1967 年，在〈選擇〉（1985a，頁 73～76）一詩中，對當權者以名利誘惑、以謊言欺騙的批判的旨意也隱約可睹。到了 1970 年的〈仰望〉（1985a，頁 133～136），我們再度看到吳晟的批判與懷疑：

> 穿越眾人漠然的頌讚／穿越一頁頁淒冷的輝煌／靜靜步向你／我的沉默，是久遠久遠以來／激湧的言語凝聚而成

> 靜靜步向你／一夕又一夕的風風雨雨／紛紛謠傳著我的未來／——泥濘的未來／你如何以光輝的臉面／為我解說
> 昔日，你和你的年輕伙伴／以鮮血鑄造的十字架／怎樣為我作證／我的孤獨，必激起回響
>
> 久遠久遠以來，我一再苦讀／苦讀你仰立各處的容顏／為陽光訕笑，為月光寂寞／復為塵埃百般戲弄／始終定定仰向遠方的容顏／為何啊，我竟讀不出我的路
>
> 久遠久遠以來，我苦苦搜尋／你在煙硝瀰漫中，奔馳又奔馳／可曾疑惑如我，困倦如我／甚至啊甚至絕望如我
>
> 那時，你躺下／歷史裂出慟哭的那時／你可曾想及／你的門徒，將怎樣作踐你的教言／愚癡如我般的青年／將怎樣在冷冷的逼視、刻意的扭曲下／隱藏你的指引
>
> 靜靜步向你／我的沉默，是久遠久遠以來／激湧的言語凝聚而成／為我解說吧，為我作證吧／我已如此疑惑，如此困倦／甚至啊甚至如此絕望

詩中所「苦讀」的「你」，應是孫中山先生，而「作踐你的教言」的門徒當然是當年的蔣中正，詩以「仰望」為題，可知吳晟對孫中山的尊崇。在詩的第一段，當這位對孫中山百般尊崇的年輕人疑惑於眾人的頌讚竟然是「漠然的」，一頁頁的輝煌竟然是「淒冷的」之時，內心長久以來激湧的心情卻凝聚成無比的沉默；吳晟在此，以一種矛盾語法，利用反面書寫，表現出正言若反的語言張力，技巧上精采無比，傳達出潛藏在沉默中的巨大力量。第一段的疑惑到了第二、三、四段成為質疑：面對「我」風雨飄搖的泥濘未來，光輝的「你」如何解說呢？我這如你當年年輕伙伴的孤獨，你是否能了解呢？而我對你的一再瞻仰崇敬（苦讀），又為何換來訕笑、寂寞與戲弄呢？其中第四段第三行把「寂寞」當成動詞，是很典型的現代主

義技巧，後來的吳晟詩中絕無此作。到了第五段，吳晟巧妙的把自己苦苦搜尋答案的過程，與孫中山先生奔馳動蕩的一生疊合、並陳在一起，猶如在雙馬並駕之際，當面詢問孫中山先生可曾與他一樣疑惑而絕望？這種意象並置的手法運用，大大增強了詩歌情緒的感染力與疑惑絕望的深度。到了第六段，答案終於尋獲揭曉：原來是你的教言在死後被門徒「作踐」於地，甚至是以冷峻的逼迫、刻意的扭曲，使得青年們無由得知你真正的指引，也難怪我會如此的迷惑、困倦而絕望！而由此回溯，〈角色〉裡批判譏諷的「賢者」所指的應該也就是蔣中正了。

不管是〈角色〉、〈選擇〉或〈仰望〉，吳晟的批判都顯得相當艱深隱晦，呈現為一種隱抑的書寫風格，這除了是因為吳晟從 1963 年切入詩壇後，在那現代主義「風行草偃」的時代，跟當時所有人一樣，都難免深受現代主義艱澀技巧與風格的影響與洗禮外，也與當時面對戒嚴時局的政治禁忌與恐怖肅殺的時代氛圍所不得不採行的詩學策略有關，就像瘂弦所說的：「那時候的詩人不能把話說得太明白，才把真正想說的話隱藏在意象的枝葉背後。」這我們只要看看吳晟在散文〈報馬〉中所說的，他在專科一年級暑假遭到國安局、警政機關思想調查時的「驚惶錯愕」與「逐漸加深的恐懼……彷如夢魘般緊緊跟隨著我」，以及之後長達一、二十年的監控調查、在學校不得擔任導師與行政工作與 1980 年美國之行所遭到的難便可以知道，所以吳晟也只好「把真正想說的話隱藏在意象的枝葉背後」。而吳晟之所以痛恨、批判蔣氏政權，當然也是肇因於對如此專制無理的高壓統治的厭惡。

雖然吳晟 1970 年以前詩作中的政治批判，動機與 1971 年以後的並不完全相同，但對於不公不義、專制高壓政權的厭惡的心理則是一樣的，所以當他 1971 年返鄉任教以後親身目睹、體驗農村的衰敗、城鄉的差距以及更深入體悟政府施政的錯誤與驕恣專制的反民主心態後，源於早年的批判精神，遂不斷成長發揚。1972 年以後的幾年間，他開始陸續經營《向孩子說》中的系列詩篇，藉著親子對話的溫馨外表，含蓄表達批判的意涵；大約同一時期，1972 年他寫下〈歌曰：如是〉(1985b，頁 44～45)，1975 年寫下〈月橋〉(1985b，頁 100～101)。1977 年他開始寫「禽畜篇」(1985b，頁 61～80) 的系列詩作，1978 到 1983 年他則寫下「愚直書簡」(1985b，頁 111～164) 的系列詩作，1994 年以後，他又寫下「再見吾鄉」的組詩。在這些詩作中，吳晟不斷表達他的批判意識，並將對象由早期的政治擴大到整個社會層面，包括環保。

在吳晟由早期到近期的政治社會批判詩作中，我們可以發現 1970 年以前，如前文所論述的，是以隱喻艱深的現代主義精神，呈現為一種隱抑的書寫風格；1971 年以後到 1983 年之間，雖然吳晟詩風已轉變為明朗簡潔的鄉土風格，但因為高壓箝制仍然存在，所以批判之作仍只能以一種較明白的隱喻方式呈現，隱抑書寫的風格仍相當明顯，其中像 1981 年的〈制止他們〉(1985b，頁 139～147) 雖然措詞明白強烈，但因為指陳的是環保問題，政治敏感度本來就較低；到了 1994 年以後，重新復出詩壇的吳晟筆下彷如千軍萬馬、奔騰激越，批判諷喻、針針見血，寫下他對臺灣土地、人民的悲憫與不捨。

在審識吳晟詩作批判書寫的發展過程中，對於 1970 年以前詩作的發源與開展意義如果能充分釐清體認，我們將可以掌握從隱抑書寫到激越諷喻過程中的轉變關鍵與吳晟詩作中汩汩不絕的力量來源。

二、從孤獨的歌者到歌者的孤獨

在散文〈孤獨少年〉中，吳晟說他「從小原是大方開朗，頗有『俠義』之氣」，然而一則因為父母師長暴力式的管教方式的壓抑，加上文學的吸引，從國小五年級起，「凡有自習時間，便安靜閱讀，不與同學打鬧嬉戲，也不太喜歡講話。」上了初中，更是如此，「整個中學階段，我的孤獨身影，占滿了大部分年少歲月。」從初中三年級起一直到大專畢業，他也一直單獨租屋在外，從未與人共租共住一個房間過。在〈不知名的海岸〉中他也說到 1967 年當他專二暑假選擇實習地點時的心情：「在那樣的年歲，我仍未擺脫青澀年少的憂悒，孤獨傾向特別濃厚。而且就在前一年，父親因車禍遽然去世，悲傷的心境中，對生命更充滿了困惑。我特地選擇了無人要去的臺東改良場。感覺上那是非常偏遠而陌生的地方，仿如另一處天涯，我揣想著自我放逐的流浪況味，興起無數夢幻的嚮往。」這些自白讓我們了解到年輕時吳晟那深刻的孤獨，以及孤獨中的憂悒、困惑、悲傷、淒愁、自我放逐，與被壓抑隱藏的俠義特質，而這些，在他 1963 年到 1970 年間的詩作，都留下了可以追溯的鮮明痕跡，這些痕跡，塑造出早年吳晟「孤獨的歌者」的形象。而且，塑造出這「孤獨的歌者」形象的詩作與前文所論述的批判之作一樣，都是這一階段詩作中現代主義傾向較為強烈的作品。

例如在作於 1963 年，吳晟現存作品最早的〈樹〉（1985a，頁 55～56）一詩中，他說他是「一株冷冷的絕緣體」，與外在世界不產生任何呼應，一開始便展現了孤絕的形象。在同一年的作品〈漠〉（1985a，頁 57～58）中，他也說：

> 所有的燈光，都亮起了繁華／亮起群鍵的跳躍／你投入，是一枚沉寂／一枚恁般不和諧的孤零
>
> 迷亂的飄搖裡／因你慣於尋索，慣於張望／因你裸露如斯，無所隱飾
>
> 該奇異那些奇異的眼色嗎／該迷惑於赫赫的喧囂嗎／矗向星空的塔尖／以堅定的探求，延展而入／——入你眸心
>
> 群鍵跳躍，獨你沉寂／獨你遠眺許許多多的未知

開頭二行鋪陳出亮麗繁華與聲色歡樂的背景，然而與此成極端對比的，是詩中主角沉寂而「一肚子不合時宜」的孤零；而造成這種對比的原因，正是第二段與末段所說的，因為詩中人的慣於深入思索、探尋未來與無所隱

飾的袒露。在此，詩人除了剖白他的孤獨與孤獨的原因之外，同時也暗諷身處繁華歡樂中人的不知思索、探尋與短視、虛偽，頗有「舉世皆濁我獨清，眾人皆醉我獨醒」的氣概。

除此之外，又如 1964 年的〈岩石〉(1985a，頁 59～60)，在末段詩人說：「你的存在，習於被忘卻／但滿蓄柔和的／你的沉默，堅韌而連綿」。這些詩都顯露出年輕的吳晟心中的孤獨沉默；不過細讀之下，我們又會發現在孤獨沉默中，吳晟往往又隱約跳動著一顆堅定沉著的心，就像 1965 年的〈夜的主題〉(1985a，頁 64～66)，在第二段中他說：「那一痕孤單的月／仍寂寞著無止無際的殘缺／那些閃著困惑的星子／仍在你睫間交錯著零亂」，把形容詞的「寂寞」作動詞用，把「殘缺」、「困惑」、「零亂」作名詞用，以及第三行的星子閃著困惑，第四行的零亂在睫間交錯，都是相當鮮明的現代主義技巧風格，吳晟便藉此營造寂寞困惑的心境；然而在第三段裡我們也同時知道在他的寂寞中，其實有一個「熾熱的凝視」潛藏在內心。又像在 1967 年的〈選擇〉(1985a，頁 73～76) 中，他說：「刻滿霜寒的闊形面孔／不懂得隨季候變換臉色／我不是一具善於取悅誰的玩偶」，正如前文所說的，年輕的吳晟，孤獨來自於他的「一肚子不合時宜」，他的孤獨中有個人的堅持，他不隨季候變換臉色，他也不是善於取悅人的玩偶，他只是他自己，他看到「眾多荒涼企待我的灌溉」，他聽到「諸般哀怨無依的呼求」一再的召喚，他不讓「春的殘屑」、「小小安逸」與「欄柵裡的華麗」絆住他，他「已跨出腳步，即將遠行」，他將「自我展向遼闊的胸臆」。孤獨的心中，隱隱然有一股自我期許。

1967 年，吳晟寫下一組完整的組詩「不知名的海岸」，由十首詩組成，在前一年父親驟逝的打擊下，孤獨歌者的形象表現得更加澈底。在第一首〈訪〉(1985a，頁 79～80) 中，他說：

> 知或不知道你的名字／都一樣／在無數嚮往的夢境中／你呈現的種種風貌，我已熟諳

涉過每一街喧嘩的寂寞／越過每一場空泛的豪華／接納我吧！在莫名的默契裡／溶進你的萬頃瀲灩

不知名的海岸啊／我來，原是輸掉所有依歸的浪子／激情不再，堅持碎了／唯疲倦，盤據我削瘦的雙瞳和雙頰

以壯闊，澹泊我的千載憂煩／以深遠，寧靜我遠古的不安／我是如此疲倦／接納我吧！不知名的海岸

寂寞是「喧嘩的」，抽象的「壯闊」、「深遠」被形象化，形容詞的「澹泊」、「寧靜」被動詞化，以及詩中的「浪子」情懷，吳晟就用這些充滿現代主義精神的技巧與風格，凸顯他內心的孤獨徬徨與憂愁。無可呼告、無可傾訴的他，只能祈求大海的撫慰。

在第二首〈中秋〉（1985a，頁 81～83）裡，他一再宣稱自己的徘徊是「異鄉人無依的踱步」；在第三首〈懷〉（1985a，頁 84～86）裡，他必須「安置孤獨」；在第四首〈雲〉（1985a，頁 87～89）裡，他說他像「兀立岸邊的枯岩／唯剝落可為我詮釋」；在第五首〈秋之末梢〉（1985a，頁 90～91）裡，他說「你無從抉擇」、「你無所依附」、「你放逐自己，也被放逐」、「葉子一黃透／終究，你必被迫去承接／嘩嘩落下的絕望」；在第六首〈無〉（1985a，頁 92～93）裡，他說「你原是無土壤可以生根的雲」；在第七首〈空白〉（1985a，頁 94～96）裡，他說：「所有發生過的，都沒有／發生。所有抒寫過的／都只留下空白／輝煌也罷！低迴也罷／終要輕輕掩上封底」。到了第八首〈岸上〉（1985a，頁 97～99），他甚至說：

去路已失，回顧已茫的岸上／有人靜默如石／一夕搖搖欲墜的星光，淒迷地／返照他年少的蒼老

如果，湖泊氾濫了／有河流接著；如果／河堤缺了，有大海收容著／無

> 際的涯岸啊，如果／是你崩潰了呢
>
> 把凝睇遠遠投出去／一系列又溼又冷的臉孔／自海面迅即升起／迫近，長成一種植物／在他空泛的目光中／恣意盛放一叢一叢蒺藜
>
> 似近還遠，似遠還近的海潮／徒然衝擊著、吶喊著／徒然掀動他已失的去路、已茫的回顧

年輕的詩人，孤獨無告，已至極點，似乎青春未盡，而蒼老已至，世界從生命的源頭直接崩潰，完全不給空間、不留餘地！而呼應他的凝睇的，竟是一張張冷漠的臉孔，甚至是一叢叢帶刺的蒺藜，現實世界展開一幅冰冷悲涼的圖景，再次刺傷孤獨苦悶的心靈。詩中蒙太奇般的超現實技巧與意象的塑造、轉換、並置的技巧，成熟而深刻，放在 1960 年代現代主義席捲的臺灣詩壇，絕對是過人的佳作。

在這種心情下，所有的美麗都成了淒涼，就像在第九首〈黃昏〉（1985a，頁 100～102）中所說的：「黃昏啊，你瑰麗的背面／為何總有一支／如是淒涼的歌／在我胸際中蕩漾」；或是在第十首〈也許〉（1985a，頁 103～106）中所說的：「若黃昏落盡了輝煌／遠航去網捕希望的小舟／也許，僅僅載回／令海面也沉甸不堪的疲憊」。生命似乎是無止無盡的苦處，而人生的意義、存在的真諦，卻又像結束處所說的：「也許，哦！也許／正有一隻伸自未知的大手／永遠覆蓋著答案」！或是像 1968 年的〈兩岸〉（1985a，頁 109～111）：「你被放逐的無桅無槳的竹筏，依然擺盪」、「你深暗的瞳中，依然荒涼」；1969 年的〈雕像〉（1985a，頁 115～118）：「沒有。即使小小的一朵花蕾／在我倉皇的環視中／也沒有展顏的空隙」。

到了 1970 年，在〈仰望〉（如前文所舉）一詩中，我們再度看到吳晟的沉默、孤獨，甚至是困倦、絕望，然而在這之中，他其實是有著「激湧的言語」與苦苦追尋的，他說：「我的孤獨，必激起迴響」，所以，在他「孤獨的歌者」心中，其實是暗藏著一股力量的。

從浪子到異鄉人，從放逐到絕望，從無根到空白，從疲憊到荒涼，從對存在的思索到懷疑，年輕的吳晟澈底呼應了現代主義的靈魂，表現了他所處的苦悶徬徨的時代心靈，但同時，這也完全是個人心靈的寫實，是一種孤獨中的堅定、沉默中的自許，以及面對現實的深刻思索，雖然詩中憂鬱有之、感傷有之、甚至絕望有之，但一則是個性因素所致，一則是父親驟逝的打擊，再加上年輕的關係，所以不免如此。

現實的觸摸、生命的感悟乃至詩歌風格的建立，都是一個連續的過程，任何人都不能跳過多愁善感的年輕歲月與心情，而直達成熟圓融的技巧與境界。所以面對現代主義時期的吳晟，如果我們看到他堅定自許的「孤獨的歌者」的一面，那麼後來的吳晟作為一個堅持貼近土地、不參加任何詩社團體、刻意保持孤獨與清醒的詩人心中所獨自承受的那份「歌者的孤獨」，也就可以理解了。就像我們後來在 1978 年的〈寒夜〉（1985c，頁 61～63）中所看到的：「難道你也知道／孤燈下，阿爸孤單的苦思和低吟／是最最徒然的愚行嗎／你也知道阿爸平淡的詩句／是多少苦難的焦慮／熬鍊出來的嗎」；或者是更後來在 1997 年〈寫詩的最大悲哀〉（2000 年，頁 225～227）中所看到的：「寫詩的最大悲哀／也許是除了寫詩／不知道還有什麼方式／可以對抗生命的龐大悲哀」，以及在〈我仍繼續寫詩〉（2000 年，頁 228～230）中所看到的：「而我仍繼續寫詩／或許是大地的槍傷、人世的劫難／一再絞痛我的肺腑／即使眼淚，也無法平息／即使大聲控訴，也無法阻擋／只有求取詩句的安慰」，作為一個清醒的詩人，堅持不歌功頌德、堅持不趨名逐利，而只願站在受傷的農村、多難的土地上面對社會沉痾、直陳不公不義，心中的那份孤獨，自是不可喻的。

吳晟一直是孤獨的，1970 年以前他把孤獨寫入詩中，孤獨成為詩的內容，此一時期的吳晟，是一個孤獨的歌者；1970 年以後，孤獨不再是詩的內容，而開展成為詩作背後的精神與堅持，在他的詩中，我們看到了作為一個時代歌者的孤獨與清醒。

三、從愛情的浪漫到親情的甜美

讀吳晟 1970 年以前的詩，可以分享的，不只是心靈的孤獨，還有愛情的浪漫。在 1967 年，吳晟寫下由六首短詩組成的〈午寐〉組詩（1985a，頁 9～14），一改陰鬱淒愁，年輕的詩人寫下年輕的戀歌，例如其中的一、四、五首：

> 將攜來的軟毯鋪好／而且靜靜躺下／隨釣竿去和波浪嬉遊／什麼也不再垂釣
>
> 是冬天了嗎／陽光卻出奇地溫暖、明亮／如你仰向我的寧謐（一）
>
> 如果，有頑皮的風跑來／看上我們精緻的小陽傘／要拿去耍玩／喏！別掃他們的興
>
> 如果，鬆鬆軟軟的細沙／要和我們玩捉迷藏／或者，覆蓋我們／正好做我們舒適的被褥（四）
>
> 伏在我胸膛上／你的每一絲髮香／都在向我恬靜的心跳細訴／那是你全部的企盼
>
> 不！是你我不變的信誓（五）

這些詩，相對於表現孤獨心境的現代主義風格詩作，顯得平淡柔和，比較接近後來吳晟慣用的敘述性語言風格。在詩中，吳晟不再是一位孤獨的歌者，而是一個沉浸在愛情的浪漫中的年輕男子；因為愛情，一切顯得溫暖明亮、喜悅而滿足。

在現實世界中，愛情難免波折，在組詩「不知名的海岸」的第四首〈雲〉（1985a，頁 87～89）中，我們便看到愛情的浪漫與孤獨的困惑雙雙

並置，黯淡的今日只能寄望於謎一般的明日，一切顯得遙遠而不可企及。不過到了 1969 年，在〈階〉（1985a，頁 3～5）一詩中，當愛情與孤獨再度並置時，詩人已不再困惑、一切已不再遙遠，而是明確溫柔的宣誓，在堅定的語氣中，孤獨的悲淒成為共度一生的動機，愛情的浪漫則發酵為平淡而深情的許諾。在這些詩中吳晟追求的對象，正是他的同科學妹、後來成為他太太的莊芳華女士。

1970 年，吳晟又有〈詠懷〉（1985a，頁 15～17）之作：

夜夜，如你偶然仰首／自燈火輝煌中仰向夜空／你必將望見，每一顆星／——每一隻我的眼睛／正深深凝望著你

若是有風有雨的日子／你懶懶關起窗，關起／惱人的市聲和煩愁；仍可聽見／蕭蕭復蕭蕭的嘆息／那是我悽惻的縈念，在他鄉

在荒涼缺乏水分的他鄉／將孤獨摺疊又摺疊／將我們相伴踱過的每一道小徑／一一摺進去／當你自無端的惡夢中醒來／它們將輕輕引你入睡

說相聚的另一必然是別離／別離的另一必然／則是相會的欣喜／請記取，我的企盼／每一個時光，都依依繚繞著你

第一段的三、四行讀來聲情絕美，迷人之極；第二段風雨懷人，更增添淒涼中的溫暖眷戀。第三段開頭「荒涼缺乏水分的他鄉」一語，將他鄉的貧瘠淒清傳神的呈現出來；「他鄉」的意象其實是詩中人心境的投射，無妳處即為貧瘠淒清的他鄉，這也是一次暗示技巧的運用，詩境與心境渾然一體，絕無痕跡；第二行以後將孤獨「摺疊又摺疊」，將每一道走過的小徑也「摺」進去，則將抽象的孤獨具象化，摺進一張張的情書，慰藉分離的情人。吳晟在此，將高度技巧化的現代主義精神，加入一貫平實的情詩中，成功的深化了情詩的詩境。

1971 年，吳晟回鄉任教，之後女友變成太太，成為家人，吳晟也由男友變成丈夫、變成爸爸，愛情此時自然地衍生添增，變成親情——一種包含愛情，而愛得更深，比愛情更深情的情。這種轉變的痕跡在吳晟的詩中也相當清楚，我們可以看到吳晟早年詩中愛情的浪漫，到了 1971 年以後轉變成一種親情的甜美，不但間接開啟了 1972 年以後陸續經營的《向孩子說》，並直接開啟了 1980 年的「愛荷華家書」（1985a，頁 25～52），而早年情詩中明朗的語言，真誠的深情，也成為後二者的一貫風格，充滿了平實、細膩、溫婉與真情。例如《向孩子說》中的〈負荷〉（1985c，頁 1～3）所說的：「你們熟睡的小臉／比星空更迷人」，或〈晚餐〉（1985c，頁 65～68）中所描繪的：「當星子次第眨開／有趣的眼睛／靜聽你們紛紛爭論／今天，誰幫媽媽做最多的工作……」，從以前談戀愛時與女友獨自擁有的星星，到現在與太太、孩子們一起共同擁有的星星，意象本身不變，而意蘊卻變得更深刻豐富了。

又如「愛荷華家書」。這一輯詩共有八首，是 1980 年吳晟獲邀訪問愛荷華大學國際作家工作坊時所寫的詩，在裡面，我們可以看到融混了依依的愛情與濃濃的親情的深刻思念，這是吳晟繼年少的情詩後，再度寫給當年的情人、現在的太太莊芳華女士的「情書」，但同時也變成了「家書」，而這也是吳晟最溫柔細膩的展現，更是一般人忽略的另一個吳晟。例如在〈從未料想過〉（1985a，頁 27～30）中，他明白的說：「又從夢見你的睡夢中醒來／睜著雙眼，繼續想你／……最美好的詩／就寫在孩子們和你／紅潤的笑臉上」；在〈異國的林子裡〉（1985a，頁 31～34），他深情的說：「從未聽過風聲／傳送這麼渴切的訊息／從未聽過鳥聲／叫喚這麼迢遥的鄉愁／從未聽過水聲／細訴這麼輕柔的思慕」；在〈洗衣的心情〉（1985a，頁 41～43）中，他溫柔的說：「你那一雙粗糙的手掌／曾經多麼纖柔／曾經多麼適合撫弦彈琴／我也曾輕輕握住／踱過無數年輕的夜晚」；在〈雪景〉（1985a，頁 50～52）中，他則歸心似箭的說：「比這一片雪景更吸引我的／是你在家裡／懷著怎樣的心情／計數我的歸期」。這麼直接濃烈的告白、這麼深沉眷戀的思念，這種融少年的浪漫與中年的苦澀而成的醇厚，正是由愛情醞釀、發酵、轉變，又融入親情的酒麴所釀成的甜美；而也只有這樣的甜美，才能回報妻子對他的愛情之深刻。

1970 年以前的吳晟，筆下所展現的浪漫，正是一種忠於自我、真實誠摯的年少情懷，他捕捉、表達了人心最細膩溫柔的一面，也呈現了詩歌所能綻放的美感觀照。1971 年之後，當愛情的浪漫變成親情的甜美，我們所看到的，其實仍舊是一顆忠於自我、真實誠摯與細膩溫柔的詩心。

四、忠於自己的詩人

1963 到 1970 年間的吳晟，在《飄搖裏》寫下了他 19 歲到 26 歲的心情，真誠而坦然，真摯而至性，確立了一個畢生忠於土地的詩人，一個更本質、更重要的開端：忠於自己。因為忠於自己，吳晟從《飄搖裏》出發，以隱抑的書寫，批判神化的威權，體現了一個知識分子的批判力度與時代良知，經過《向孩子說》時期較明朗的隱喻，努力拂去國家機器的箝制陰影，到了《吳晟詩選》中的「再見吾鄉」，終於展開全面的批判，以激烈的諷喻，表達他內心的憤怒與悲傷。因為忠於自己，從《飄搖裏》開始，吳晟寫下孤獨的詩，在詩中凝聚出一個「孤獨的歌者」的形象，然而孤獨中有堅持與自許、沉默中有暗然流動的力量，一旦接觸土地田園，遂轉化為一個歌者對孤獨的堅持、對清醒的把握，成為 1971 年以後吳晟詩風轉變後不變的內在理路。因為忠於自己，在《飄搖裏》，吳晟歌詠愛情，寫下滿紙的浪漫，既鮮明表白了年輕的吳晟心中的溫柔眷戀，也開啟了日後《向孩子說》中的深情對話與「愛荷華家書」中的刻骨相思。因為忠於自己，吳晟一生都未曾改變他對生命的真誠態度。

所有的技巧，終極目的都在於用最貼切的方式表現最深刻的內涵；而所有的「主義」，也無非是時代心靈與個人心緒的外現。1960 年代的臺灣詩壇，現代主義席捲了一切，吳晟雖不可免的沾染了時代風氣，然而他並沒有在現代主義裡迷失了自己，而是以現代主義的手法，寫下深刻真誠、至情至性而又技巧精湛、遊刃有餘的詩作，既表現了在那時代裡，現代詩所能有的最豐美收穫，也開展了日後詩作的堅實內涵與動人深致，可以說是彌足珍貴的。

——選自丁旭輝《現代詩的風景與路徑》
高雄：春暉出版社，2009 年 7 月

臺灣農民的守護者
吳晟及其詩文

◎向陽*

一

2011 年 3 月初，詩人吳晟為了保護國寶級的彰化沿海溼地生態，反對國光石化設廠，邀請了我和多位作家到彰化縣芳苑、王功、大城一帶實地探查溼地文化。在這之前，他已經為此奔走多時，並且和吳明益合編了《溼地・石化・島嶼想像》（臺北：有鹿文化公司）一書，以國光石化（八輕）的設廠事件為核心，呈現事件的來龍去脈與真相，圖文並茂地指出了國光石化設廠之後對於臺灣土地與人文可能產生的嚴重影響。這本書輯錄了藝文界和學界的呼聲與分析，具體地以白海豚、水資源、溼地、經濟利益、健康風險的分析，要求政府停建八輕，引起關心環保問題和農民生存權益人士的呼應。

其中最令我動容的，是吳晟寫的詩〈只能為你寫一首詩〉，詩中寫出了彰化沿海溼地的生態之美、農漁民在此種作的人文之美；接著寫出他對國光設廠之後可能要「封鎖海岸線，回饋給我們封閉的視野／驅趕美景，回饋給我們／煙囪、油汙、煙塵瀰漫的天空」、「一路攔截水源／回饋給我們乾旱」的憂心，最後結於這樣的呼喚：

> 多麼希望，我的詩句
> 可以鑄造成子彈

*本名林淇瀁，詩人。現為臺北教育大學臺灣文化研究所教授。

射穿貪得無厭的腦袋
或者冶鍊成刀劍
刺入私慾不斷膨脹的胸膛
但我不能。我只能忍抑又忍抑
寫一首哀傷而無用的詩
吞下無比焦慮與悲憤

我的詩句不是子彈或刀劍
不能威嚇誰
也不懂得向誰下跪
只有聲聲句句飽含淚水
一遍又一遍朗誦
一遍又一遍，向天地呼喚

我一再誦讀吳晟這樣悲傷的詩句，「子彈」或「刀劍」或許可以射穿貪婪者，卻無法阻擋一波又一波貪婪的心；吳晟「哀傷而無用的詩」，終究發揮了比子彈或刀劍還要強大的力量，就在這年四月，馬英九總統率內閣首長召開記者會正式宣示「不再支持國光石化開發案在彰化進行」。詩，勝於子彈刀劍，於此可證。

但我也知道，吳晟這樣的詩將繼續「寫」下去，果然，接著又爆發了中科四期搶水案，嚴重威脅溪州農民用水的生存權，這時的吳晟站到怪手前，反對當地的農田水利會不顧農民生活，硬要將農用水移作工業用水的不當。這場仗如何發展，我無法確知，我確知的是，作為一個農民詩人，吳晟將用他的生命守護與他一樣的臺灣農民、農業與土地。

二

吳晟守護農民、土地的決心，早在他就讀屏東農專時就已點燃，1972

年他開始寫作《吾鄉印象》(新竹:楓城出版社,1976;臺北:洪範書店,1985)這本詩集的作品時,更是鮮明。這時他已返回家鄉任教兩年,他開展了以農婦和農民為題材的詩文創作,直到 1982 年由洪範出版他的散文集《農婦》、1985 年出版散文集《店仔頭》和三本詩集《飄搖裏》、《吾鄉印象》、《向孩子說》(均為舊作加新篇重編出版)止,可說是他環繞著臺灣農民生活、命運而寫作的顛峰期。這些詩作和散文篇章,即使到了 21 世紀的今天,讀來仍然令人感動,甚至心痛。其中更有諸多作品收入國小國語、國中、高中國文課本,散文有〈秋收後的田野〉、〈不驚田水冷霜霜〉、〈小池裡較大一尾魚〉、〈遺物〉;詩有〈負荷〉、〈泥土〉、〈土〉、〈蕃藷地圖〉、〈水稻〉……等,這些詩文共同的特質,就是對土地表達深沉的愛,對農民的命運表達切身的關懷。

我與吳晟初識於何時,如今已無印象,只記得較常往來,應是在我接編《自立晚報》副刊前後,無論約稿或是他有機會來臺北見面,總有著一種說不出來的親切感,一方面他住溪州、我住溪頭,都是濁水溪流域出身的詩人,都生於鄉村,有著鄉下人的愚直土氣;另方面則是在書寫題材上也有部分類同,他早以鄉土詩人聞名詩壇之際,我開始臺語詩的起步,也從「家譜」、「鄉里記事」諸詩作展開。這使我與他之間的話語可以免掉相當多不必要的客套。而作為我的前行者,他待人的誠懇、態度之謙遜,更讓晚輩的我感到敬佩。手頭這封信,是 1982 年 4 月,我還未接編《自立晚報》副刊前,為《臺灣日報》副刊策畫「每日精品」專欄,向吳晟約稿,他的回信:

> 我因「本錢」不足,寫作進度甚為緩慢,如有稿件,當然很願意寄給「臺副」試試看,但支持云云,我實擔當不起,以我那樣拙劣的文筆,有地方肯刊登拙作,即是我的榮幸,卻未必能增添其光采。
>
> 近來對自己的創作能力越加沒有信心,甚為苦惱,即使一篇小文章,也需耗費無數個長夜,二十年前,即有詩壇前輩好意勸說我大可不必學習

寫詩，以免徒勞無功，我一直不肯信服，而今不得不承認自己的才情實遠不如人。多謝你的好意，並祝安好。

這是封婉拒邀稿的信，然則吳晟卻以自責「本錢不足」、「對自己的創作能力越加沒有信心」的方式回覆一個年輕編輯，毫無傲慢之意，更教我感動；當然這封信可能也透露了他在這個階段尋求突破詩作風格的困頓，但這也反映了鄉土文學論戰後，1980 年代初期，臺灣鄉土文學界仍被排斥於主流文學界之外的共同命運。

進入《自立副刊》之後，我繼續向吳晟約稿。這年八月，吳晟出版了以他母親為書寫對象的散文集《農婦》，受到讀者喜愛，他的散文和詩從此齊名，次年，《讀者文摘》將全書濃縮，以 18 頁篇幅刊載，以 16 國文字發行，吳晟的書寫成績，這時受到了真正的肯定。就在出版散文集《店仔頭》（臺北：洪範書店，1985）系列散文之前，我收到他寄來了幾篇作品，其中〈轉作——店仔頭開講〉寫的是農民寒夜下田巡田水的事，吳晟以農民在荒旱之季經常性的搶水糾紛為題材，寫出政府農業政策的舉棋不定及其導致的農業農村問題，透過農民之間的議論，文章結尾這樣寫著：

默默聽著他們的議論，默默望向空曠的田野，內心至為感慨，只因農業問題牽扯甚多甚廣，我沒有參與他們的談論。那些擬定政策的人，想必都是專家，當然比我們這些粗人的認識更深入，或許他們有更深的用意，誰知道他們都是在想些什麼呢？我想，我們只好還是自求多福吧。

這篇文章，從側面的觀看切入，寫出了農民為了田水、農務星夜下田的艱辛；也寫出了農民對政府主事者的不滿——然而，在這個階段，農民也只能「自求多福」，而無力反抗。當時的吳晟，41 歲，他可能想像不到，27 年後，68 歲的他會站在怪手前，反對政府硬要將農用水移作工業用水的不當。從隱忍到不再隱忍，從自求多福到為農民拚老命，從年輕之時以文學創作表現臺灣農民的生活與命運，到垂老之際用行動上街頭捍衛農民權益，吳晟已用他的實際行動顯現了一如葛蘭西（Antonio Gramsci）所稱的「有機知識分子」（organic intellectual）典範，他自身就是農民，不只於書寫，更站到農民之中，用理念和專業來引導大眾，而不再只是書房中徒然哀嘆的作家。

三

吳晟的實踐，還表現在他的濁水溪書寫之上，2002 年他出版了報導文學集《筆記濁水溪》（臺北：聯合文學出版社），這是他前一年榮膺南投縣駐縣作家之後，以一年時間，實際踏查濁水溪源流的成果。吳晟從濁水溪源頭緣溪而下，沿著萬大、曲冰、萬豐、武界等部落，記錄他所看到的生病的濁水溪，他以一人之力，完成如此艱鉅的工作，在臺灣文學界中也屬少數；更重要的是，他不是為了尋幽訪勝而寫濁水溪，一如詩人羊子喬的書評所言：

> 引發他書寫濁水溪的動機，來自於他所居住的環境——濁水溪下游地帶，由於他出生在濁水溪的流域，哺育他成長的是濁水溪的水，和溪埔良田。他寫完了下游，便想溯源而上，探視上游的神祕水源地，如今，他終於如願以償。他認真追宗思源的心情，更可以看見民胞物與的胸襟。談到日月潭的水力發電、走訪山水間看到山林被盜伐、水土被破壞、更擔心日月潭因辦理萬人游泳，水源被汙染的相關問題，顯現詩人看到臺灣環境與水源被破壞的憂思。

這就是吳晟，他的計慮，無一不與農民生活有關，他寫農民、寫農事；憂農耕、批農政，就是行踏臺灣第一大長河，他念茲在茲的，也還是水汙染對農民用水、民生用水造成的病灶問題。身為南投出身作家，相較之下，我感覺有愧；身為當年駐縣作家評選委員之一，我以選出吳晟為濁水溪把脈為榮。

2007 年，吳晟以詩榮獲第 30 屆吳三連文學獎，評定書說他的詩「不僅止於臺灣鄉土、農村事物的描繪，同時具有強烈的臺灣土地認同和寫實主義的批判精神」；說他的散文「深刻切入臺灣農村，描寫臺灣農村對經濟發展過程的貢獻，記錄臺灣農村、農民的多種面向，表現農民可貴的堅韌、刻苦、剛毅與包容特質，突出了臺灣人的共同精神」；而對於他以一年苦行，踏查濁水溪的書寫，更以「樹立臺灣知識分子身體力行、關愛鄉土的典範」譽之。作為臺灣農民的守護者，吳晟身體力行，書寫和實踐合一，獲得吳三連獎的肯定，的確名至實歸。

——2012 年 11 月

——選自向陽《寫字年代——臺灣作家手稿故事》
臺北：九歌出版社，2013 年 7 月

鬱結之咳
讀吳晟人權詩七首

◎楊翠*

2013 年，吳晟以詩作〈和平宣言——致楊建（1936～）〉，獻給他的友人、作家楊逵之子楊建。這是楊建七十七年來，收到過最好的禮物。

1949 年，楊逵因「和平宣言案」，被羅織「為匪宣傳」罪名，囚禁黑牢十二年。這是為人熟知的白色恐怖案件。然而，吳晟的詩作，不是獻給楊逵，並非頌讚作家的榮光，也不是要書寫歷史事件，而是寫給作家的孩子，寫給那個從少年時期就因父親的被囚禁，吞入冤屈與汙名的孩子，他以青春的肉身銘刻了歷史的悲苦，一生孤寒，終而鬱結成咳，久治不癒，糾纏一生。

〈和平宣言——致楊建（1936～）〉從白色恐怖受難家屬的視角，以第二人稱的對話形式，詩人悲憫的心與眼，流動於字句間，與作家第二代、白色恐怖受難家屬近距離對話，刻畫受難家屬的生存姿態與生命圖像，彰顯出白色恐怖史的另一個斷面，這樣的視角，在臺灣現代詩史上，是很少見的。

詩具有強大的力量。亞里斯多德（Aristotle）說：「詩比歷史更真實。」詩的虛構形式，具備更寬闊的幅員與穿透力，可以穿透權力濃霧，銘刻歷史真實。尤其在威權體制橫行、當權者操控歷史解釋權的時代，「歷史」敘事，經常成為塗抹過去、鞏固權力正當性的工具，一如英國作家喬治・歐威爾（George Orwell）所言：「誰能控制現在，誰就能夠控制過去。」而文學卻反而具備穿梭文網、衝撞威權鐵柵的能量。

---

*發表文章時為東華大學華文文學系副教授，現為東華大學華文文學系教授，借調促進轉型正義委員會代理主任委員。

詩人的核心價值關懷——歷史正義

臺灣詩人，不曾間斷以詩見證歷史、詮釋歷史，以詩辨／辯史、以詩駁史、以詩構史，甚至參與建構歷史正義。1997 年，詩人李敏勇編輯了一部《傷口的花——二二八詩集》，集合了跨世代詩人的詩作。李敏勇在序言〈記憶與發現〉中指出：

> 《傷口的花》這本二二八詩集裡同時呈現的歷史圖像和藝術圖繪，就像一座詩的二二八紀念館。……臺灣詩人透過詩記憶二二八，發現二二八；臺灣詩人也經由這樣的記憶與發現，建構了自己，建構了詩文學的意義體質。

以詩言史，亦是以詩言志，通過詩人的歷史敘寫，我們可以讀見詩人的心志，以及詩人對於「權力」的態度。在《傷口的花——二二八詩集》中，收錄了詩人吳晟發表於 1996 年的〈經常有人向我宣揚〉，此詩揭露了社會盛行的「寬恕」論述的虛假意義，批判強權對於歷史詮釋與社會正義的扭曲。

事實上，吳晟對於歷史正義的課題，長期維持關切。從 1970 年代以來，即持續以詩作關懷臺灣的歷史創傷與人權議題，除了許多隱喻性較強的詩作之外，直接觸及歷史與人權議題的，至少有七部，包含〈獸魂碑〉（1977）、〈追究〉（1992）、〈經常有人向我宣揚〉（1996）、〈機槍聲〉（1998）、〈假汝之名〉（2009）、〈和平宣言——致楊建（1936～）〉（2013）、〈閣樓上的畫作：讀畫家陳澄波夫人張捷女士小史〉（2016），七首詩的寫作時間跨越了將近四十年，議題既多元發射，而又統攝於詩人的核心價值關懷。

〈獸魂碑〉與〈機槍聲〉曾由詩人自選，參與 2000 年「嘉義二二八美展」。兩首詩都書寫獨裁者的殘暴屠殺；〈獸魂碑〉以「屠宰場」擬寫屠殺與冤魂，而〈機槍聲〉則以無所不在的、歷時延滯的槍聲，揭露獨裁者的殘暴屠殺與思想控制。〈追究〉、〈經常有人向我宣揚〉、〈假汝之名〉三首詩的主題一致，都強烈批判社會主流論述——不要追究、要寬恕加害者，〈和平宣言——致楊建（1936～）〉更從受難家屬的視角，觸及追究與寬恕的課題。綜觀吳晟這七首以歷史創傷為題的詩作，「歷史正義」是詩人長期關切的課題，他以多方位的視角，介入歷史敘事，揭發統治者的謊言，更揭開社會主流論述的假面——所謂「理性客觀」，經常不過是強權的回聲罷了。

〈獸魂碑〉寫作時間早在 1977 年，解嚴前十年，鄉土文學論戰方興之際，在那樣的年代，吳晟即寫下這樣的詩句，不可不說是犀利與勇毅。全詩以屠夫與豬狗禽獸，喻寫屠殺者與被迫害人民；詩作前兩句，是全詩的關鍵靈魂：

吾鄉路的前端，有一屠宰場，屠宰場入口處
設一獸魂碑——

這裡的「吾鄉」，是一個複數地點，既是詩人的家鄉，也指涉臺灣住民全體的家鄉；「吾鄉街路」既是一條特定的街路，也是全臺灣不特定的街路，屠宰場遍及全臺灣「吾鄉街路」，屠宰在遍地發生。在屠殺者眼中，人民有如豬狗禽獸，屠夫對待豬狗禽獸，還能「一面屠殺／一面祭拜，一面恐懼你們的冤魂」，設「獸魂碑」以祭拜安魂，然而，屠殺者對於人民，卻連這點恐懼和安撫的心意都沒有。

1987 年解嚴前後，為白色恐怖平反的聲音掀起，吳晟也在 1990 年代發表了多篇詩作，其中，1998 年的〈機槍聲〉亦書寫二二八大屠殺的歷史記憶，然而，他的視角與當時大多數論述者不同。試看〈機槍聲〉前五行：

一九四七・渡海而來的機槍聲
密集掃射，未曾停歇

這一排一排子彈
鞏固了臺灣島上無所不在
黑壓壓的銅像

詩的前五行，即清晰揭示了作者的史觀。機槍聲「密集掃射」揭露屠殺的猛烈與全面，而「未曾停歇」則拉長了「掃射」的時間縱深、擴充了「掃射」的意義幅員；下一句「鞏固了臺灣島上無所不在／黑壓壓的銅像」，正是「未曾停歇」的最佳註腳，那些當年密集掃射、奪人肉身生命的子彈，化形為「黑壓壓的銅像」，持續進行嚴密的思想監控與洗腦。

〈機槍聲〉一方面延續〈獸魂碑〉，在空間上，將屠殺置於臺灣全島的視角，以此建構臺灣的集體記憶；在時間上，更以「子彈與銅像」的相互置換，延長「機槍聲」的時間，顯示「悲情歷史」從未過去；另一方面，更在全島性空間、漫長歷史時間的時空座標下，將機槍子彈，與獨裁者的銅像、禁錮的黑牢、統治的標語、媒體的操控、教科書的字語，緊密扣合：

經由教師飛濺的口沫
緊緊箝附莘莘學子的腦袋
彷如永遠除不去的遺傳基因
在臺灣子弟體內滋長、繁殖

〈機槍聲〉成功地運用了意象的置換，延展「子彈」的意義。統治者的機槍，子彈成排，聲音密集，子彈穿透人民身軀，化為獨裁者的銅像，銅像即是獨裁者的意志，它更進一步變身為無所不在的黑牢、標語、口號、字句、口沫，最後成為臺灣子弟的「遺傳基因」。吳晟以此深刻詮釋了二二八的歷史傷痛，它並非單一歷史事件而已，而是臺灣白色恐怖歷史的血腥序章；詩的結尾：

一九四七、二二八

渡海而來的機槍聲

密集掃射　餘音震盪

聲聲化作強勢的政令

伸入島嶼各鄉鎮

至今，未曾停歇

〈機槍聲〉不同於 1990 年代一般論述（無論是主流或非主流）之處，即是此詩同時戳破了兩個神話：首先當然是國民黨黨國教化系統所主導的官方歷史論述的神話；其二，則是 1990 年代以來，臺灣本土論述過於樂觀的神話。在吳晟看來，已經深入臺灣住民的肌理骨髓，成為遺傳基因的「子彈」，餘音震盪，大多數臺灣住民，仍然受制於國民黨強勢政令的掃射與催眠而不自知，歷史正義之路，猶仍迢遠。在臺灣民間正歡喜於禁錮已然鬆動、主體正在重建的 1990 年代末期，本土政權即將建立的前夕，吳晟戳破臺灣本土論述的樂觀神話，固然殺風景，卻是難得的清醒之作。

鄉愿的寬恕，是威權體制的共謀者

20 世紀 90 年代，伴隨民間的衝撞與解嚴的釋放，臺灣歷史禁忌逐漸鬆動，臺灣史學者張炎憲即指出：「自 1992 年後，二二八事件的歷史意義已經回到臺灣人民的觀點和臺灣的主體上。」然而，所謂「回到臺灣人民的觀點和臺灣的主體上」，其實是一個詭譎的局面。1990 年代，臺灣歷史解釋權的爭逐戰激烈，依照作家李喬的觀察，至少四大隊人馬在爭奪二二八詮釋權：國民黨文宣大隊及旗下教授學者、中共官方、插隊人馬（指島內統派人士及組織）以及雜牌軍（依李喬的文字，包括一、二位本土學者，三、四位文化界人士，五、六個搞政治的，以及很多有理說不清、有氣無從洩的臺灣人民，被前三隊標幟為「臺獨分子」）。

李喬語帶嘲諷的分析，頗能彰顯 1990 年代前後臺灣社會各方勢力角逐二二八歷史敘事權的具體狀況，此間話音嘈雜，絕非官／民之間的對立爭奪而已。從這個角度來看，雖然民間為二二八平反之聲四起，但是，國民黨黨國教化詮釋系統的力量仍然深固難移，「國民黨文宣大隊及旗下教授學者」陣容龐大，持續鞏固官方論述的主導權，而「插隊人馬」又因統獨意識形態的選擇，時而附和國民黨主流論述。1990 年代，類此論述仍然充斥——二二八就是包藏禍心的叛亂、二二八沒死多少人、二二八有鎮壓的正當性、追究歷史真相將會撕裂族群、不應控訴、應該寬恕、應該向前看、不要向後看……。至於被標幟為「獨派人士」的「雜牌軍」，其實也是多音紛呈，歷史敘事的主體建構，緩步前行。

李喬的觀察，與吳晟相同。在「本土論述」被指為「主流」、「顯學」之際，吳晟即清醒地觀察到其虛妄性，他不止一次指出，國民黨主導的官方論述不僅從未死滅，而且變身化形，見縫插針，強勢主流不變，臺灣的文化論述，離「變天」甚遠。自 1998 年的〈機槍聲〉開始，他就不斷以詩作指陳這個現實。確實，若不面對這個現實，「歷史正義」如何可能？沒有「歷史正義」，歷史無法清理，「轉型正義」又如何可能？

事實上，吳晟關於「歷史正義」的思考，早在 1992 年的〈追究〉中就可得見，而且成為他最核心的歷史關懷之一。〈追究〉所觸及的歷史正義問題，直接指向一個更敏感的課題：追究與寬恕。伴隨歷史檔案、口述歷史的陸續出土，歷史真相似乎將要破雲而出，明朗可期，然而，臺灣社會卻又開始流行一種聲音，主張對於過去的獨裁者與屠殺者，「不要追究」、「應該寬恕」，並且巧妙地利用統／獨意識形態的矛盾，將「追求歷史真相與歷史正義」等同於「不知寬恕」，甚且貼上「撕裂族群」的罪名。

吳晟不媚於流俗，〈追究〉直接批判社會大眾的假客觀，揭露出這些論述的背後黑手。詩中，前後兩段以「無從控訴的冤屈」、「無從追究的悲慟」相互呼應，中間三段則扣緊現實情境，指出強權的黑手從未消失；試看此三段的前幾句：

如果獨裁者繼續供奉為英明領袖
如果欺瞞矇騙
繼續操縱整個社會
……
如果倨傲驕狂的歧視，未曾收斂
如果指使槍殺、參與凌辱
換取一生富貴榮華
卻假藉奉命行事，推卸罪行
……
如果大聲恫嚇、支持迫害
仍是權貴的共同語言，普遍傳播
如果不能相互尊重疼惜
放任仇怨繼續膨脹
……

如果這些都還存在，那麼，主張「不要追究」、「應該寬恕」，就成為威權的共謀者，無論有多少道歉、賠償，也都只是假面虛言；如果這些都還存在，那麼，唯有控訴、追究，才能獲得正義、換取和平：

所有的控訴與追究
是祈願平和的公義
消弭暴亂的夢魘

1996 年的〈經常有人向我宣揚〉，更是吳晟追求「歷史正義」的代表性詩作。〈經常有人向我宣揚〉比〈追究〉更犀利、更全面、更深刻，吳晟不僅透析了「寬恕論」的似是而非與荒謬性，更指出社會集體對加害者的「寬恕論」，不僅是鄉愿而已，更是與威權體制共謀的準加害者。吳晟如此揭開「寬恕論」的假面：

要求淤積暗傷寬恕棍棒
要求無辜魂魄寬恕刀槍
要求斷肢殘骸寬恕砲彈
要求荒煙遍野寬恕烽火
要求家破人亡寬恕陷害

如果棍棒、刀槍、砲彈、烽火、陷害「應該被寬恕」，那麼，淤積暗傷、無辜魂魄、斷肢殘骸、荒煙遍野、家破人亡，又將如何？這是何等虛矯的論述，卻成為社會風行的主張，從政府官員、歷史學者、傳播媒體，到販夫走卒，共識一致。臺灣社會對加害者寬恕，卻要求受害者成為「神」，不追究加害者的罪、不關懷受害者的痛，卻要求寬恕加害者、遺忘歷史傷痛，如此不分是非的社會論述，使臺灣一直無法達致歷史正義，如此情境，「如何告慰無辜失蹤，受難的魂魄？／誰該承擔漫漫長夜的辛酸與驚悸？」

吳晟繼續扣問，即使受害者願意寬恕（事實上，許多受害者早已「不得不寬恕」），誰又有資格接受寬恕？

經常有人向我宣揚寬恕
並宣揚理性消弭傷痛
懷抱感恩揮別悲情
這是何等崇高的節操
我本不該有任何質疑

然而每一道歷史挫傷
都結成永不消退的傷疤

經常隱隱作痛、滲出血漬
經常發出哀慟的飲泣
誰又有資格接受寬恕

受害者從經年傷疤中滲出血漬、哀慟飲泣而做出的寬恕，誰有資格、誰敢宣稱接受寬恕？是那些加害者嗎？是那些虛矯的學者嗎？是那些未曾體驗政治傷痛，卻將理性客觀朗朗上口的群眾嗎？這些人冷眼冷血，一筆抹去淤積暗傷、無辜魂魄、斷肢殘骸、荒煙遍野、家破人亡的存在，從而認同了棍棒、刀槍、砲彈、烽火，他們真的敢接受寬恕嗎？詩人真正的質問在此。

歷史創傷與人權課題，成了門好生意？

2009 年，當時臺灣人權景美園區更名為「文化園區」，吳晟被帶領參觀之後，發表了〈假汝之名〉，延續對於「不追究」論述的批判，更兼嘲諷一些媚俗的文人，也揑著嗓子，假意客觀，表面訴求寬恕、遺忘，卻不知道（這是愚蠢）、或者明知而故意（這是惡劣）這樣的論述，骨子裡其實是附和了強權、歌詠了加害者，並且再度傷害了受害者。吳晟銳利指出，這些空間規畫、展場設計、展品陳設，甚至商品販賣，假「文化」之名，操弄「高尚」的文化身段，試圖遮掩歷史傷痛：

朋友再次強調，文化最好
將難堪的記憶抹除
否則怎麼做生意
人權最好鎖進資料館內
免得趴趴走，嚇人
真相最好擱在角落
若再苦苦揭露或追究
那些陳年的冤屈往事

就是刻意撕裂族群

這正是詩的題名「假汝之名」的深意。過了千禧年前後，民眾欣喜於逝去的都喚回了，傷痛的都撫平了，連「悲情」與「人權」都可以建造為優美的觀光場所，禁忌早已不再。然而，「文化創意」喊得震天價響，目標卻是「商機」，文化不僅為商所用，甚至許多文化工作、文化活動，也都以「商機」為終極目標，以「商機」來評價「成效」，至於歷史文化本身，則成為標題、註腳、裝飾而已。

文化被販賣，人權被鎖進資料館，真相棄置角落，還被限制自由，不能趴趴走，可是民眾卻說，你們要的政府都給了，還要怎樣？真是「有比沒有還糟」，有了這些，就堵住「歷史正義」的出口。歷史創傷與人權課題，早期被禁錮，如今被消費，禁錮與壓制是粗暴的，還易辨識，「文化消費」包裝著美學，卻是吃人不吐骨頭，這正是吳晟以此為題的憂心與用心。

2013 年的詩作〈和平宣言——致楊建（1936～）〉，則是吳晟對政治暴力更深刻的揭露與批判。此詩藉由寫給臺灣本土作家、白色恐怖政治受難者楊逵的次子楊建，統整了吳晟三十幾年來對於政治威權、人權關懷的核心思考，包括獨裁政權的殺戮、臺灣社會的偽善、歷史正義的匱乏、受難家屬的生命創傷與生存姿態等。

〈和平宣言——致楊建（1936～）〉中最動人之處，在於詩人以詩的美學工法，鏤刻出受難家屬的縷縷傷痕，成就一幀力道蒼勁的生命素描。詩中的楊建，童幼年時期受到政治暴力，傷痛銘刻入心，青少年時期，感知社會集體歧視，吞嚥屈辱，一路跌撞走來，從來不能脫離暗影，年老之時，父親已然平反，政治犯家族的暗影還蠻橫不去，父親的作家光彩卻又眩目襲來，楊建的滿身傷痕無法痊癒，卻又被社會逼著「有所作為」。這個社會忘了，他們曾經集體參與歧視與迫害，如今還搖身一變，成為「審查委員」，檢視楊建是否能「闡釋父親的榮光」；吳晟以幾行詩句，如此勾勒楊建的一生：

你只能做為解說員
榮耀你父的文學
宣揚你父的傳奇事蹟
沒有誰問你，如何還給你
至少免於驚悸的童年
至少免於歧視的青少年
至少免於困厄的中壯年

楊逵 1985 年辭世之後，相關研究未曾中斷，1992 年，中研院文哲所籌備處更以「複印一份方便研究者使用」為由，借走楊逵家屬手中大批手稿，此後未見歸還，家屬無法拿回手稿，只得半推半就，成就了文哲所《楊逵全集》的出版「業績」。其他各機構，也是三天兩頭就來向楊建討資料、要授權，卻沒有幾個人曾貼近觸撫他的心跳、詢問他的心事。吳晟與楊逵家族四代，長期維持親近的友情，放眼當前臺灣的文人學者中，幾乎是唯一一個。楊建永遠落寞無歡的臉容、鬱結不散的眉宇，他沒幾分鐘就長咳、嘔心痛咳、從身體裡擠壓出來的憂悶聲音，吳晟都是熟悉的。〈和平宣言——致楊建（1936～）〉一詩醞釀兩年餘，也正是吳晟對楊建、對白色恐怖受難家族的溫情暖意。結尾一段，吳晟以「菸咳」意象，貫串了楊建蒼苦的一生：

你的眼光從無怨恨呀
只有悲鬱，只有
陣陣菸咳，一聲比一聲
蒼涼、一聲比一聲衰老
加暴者始終未出現
你確實不知該寬恕誰
即使握拳，只因胸口隱隱作痛

不是為了揮向誰

〈和平宣言——致楊建（1936～）〉全詩不長，卻具有史詩的元素，一首詩寫了兩個世代，觸及受難者的悲壯、受難家屬的悲苦、獨裁政權的卑劣、臺灣社會的無情，並且回歸「歷史正義」的母題——「加害者」未見，卻要求受害者「寬恕」，社會正義與歷史正義，都向當年的獨裁者、現今的當權者俯首稱臣。吳晟從受難家屬的視角，揭露了政治暴力所銘刻的傷痛之深，彰顯出歷史創傷如楊建的「菸咳」，只會更加蒼涼、衰老，不會自行痊癒。結尾以傳主的咳嗽與握拳，喻寫家屬的傷痛從少年到白頭，深入五臟六腑，長居久住。

吳晟以詩作探觸政治創傷者的心靈，不僅這一首，2016 年 3 月，他以一首題為〈閣樓上的畫作：讀畫家陳澄波夫人張捷女士小史〉的詩作，刻畫張捷女士失去至親、珍藏血衣、在閣樓上修復丈夫畫作的生命圖像。

二二八事件中、臺灣畫家陳澄波、身上帶著彈孔血洞與刺刀傷痕，一槍殞命。她的妻子張捷、留存丈夫的彈孔血衣、如珍寶一般。因為，那是他以生命所創作的，最後一幅作品。

1926 年，年方 30 歲的陳澄波，以一幅《嘉義街外》入選第七回帝展，意氣風發地寫入臺灣美術史的新頁。1947 年，二二八事件爆發，剛過 50 歲，已經成為臺灣美術界領導人物及嘉義市第一任參議會議員的陳澄波，被推派為嘉義的和平使，前往水上機場協談，卻遭軍隊拘禁拷打，拉上軍車，遊街示眾。最後，在火車站前，當著陳澄波女兒的面，將他槍決，並且不允許立即收屍，曝屍終日。

子彈貫穿陳澄波胸膛，52 歲，臺灣美術界的燦麗星子，倒在他的女兒面前，血濺家園，當場死亡。妻子張捷將陳澄波的屍首領回，請人拍下遺照，長年珍藏於祖先牌位後面。照片裡，陳澄波穿著深色西裝，胸口可以清楚看見彈孔，以及鮮血浸透的黏黑色澤。張捷女士更珍藏陳澄波貼身所穿那件彈孔貫穿的血衣，有如珍寶。

事件過去將近 70 年，一位臺灣詩人吳晟，嗅聞到仍然流淌在島嶼上的血腥與傷痛氣味，以〈閣樓上的畫作：讀畫家陳澄波夫人張捷女士小史〉作，書寫張捷與陳澄波跨時空親密對話的情景，深摯動人。全詩六段，詩語風格既有繪畫的韻致，也有電影的動感，畫面感強烈。六段之間，以蒙太奇手法拼織，跨越四十餘年的時間在其中跳行，形成一種魔幻般的敘事風格。這是前兩段：

夫君是油彩的化身
1947，正值創作盛年
卻擱下畫筆
挺身而出調解社會動亂
換來子彈的咆哮
鮮血噴灑在家鄉火車站廣場
完成最後一幅作品
射穿夫君胸膛的子彈
同時射入你此後的生命
你收拾夫君的血衣
緊緊包裹、密密封存

詩中勾勒出陳澄波的生命畫像，有如一幅鮮血潑灑的飽滿作品，喻寫他以壯烈死亡，成就了藝術創作、社會關懷的雙重理念。接下來，吳晟以「子彈」與「血衣」為媒介，將鏡頭轉向夫人張捷。張捷的人生，被同一顆子彈射中，她的生命時間，停格在丈夫倒下的那一刻；丈夫的血衣，是他的最後畫作，也是妻子唯一能夠守護的珍寶。

然後，鏡頭轉向閣樓，夫人正埋首修復丈夫著作。鏡頭移動、推進，特寫血衣：

隱忍四十餘年
連血衣都舊了老了
再也裹不住
驚惶傷痛的彈孔
突然裂了開來
鮮血汩汩呼叫而出

在吳晟筆下，對張捷女士而言，血衣是夫君受苦的象徵，是夫君肉身的替代，也是夫君有朝一日能夠洗刷冤屈，靈魂清白歸來的證物。

驚惶的彈孔將血衣裂開，鮮血汩汩流出。沒有經過溫暖同理、正義平復的傷口，難以癒合。如果我們的靈魂能夠多一點點溫暖的質地，也許就能夠聽見那驚惶的聲音，能夠承接這一片跨越漫長歷史流淌而來的汩汩鮮血，然後，我們就有能力止血，撫平，安魂，讓雲開霧散，讓歷史真正回到歷史。

總體來看，吳晟關於白色恐怖的詩作，最突顯的議題是歷史正義。當年，獨裁者和他的黨眾，渡海來到臺灣，吾鄉街巷一夕變色，屠宰場遍處，槍聲四起，子彈竄飛，血腥滿地。而後，獨裁者的銅像根植，膜拜獨裁者的思想病毒，浸透吾鄉子民，「彷如永遠除不去的遺傳基因／在臺灣子弟體內滋長、繁殖」。歷經四十餘年的禁錮與噤聲，在民間的衝撞與努力之下，死者、傷者、痛者終於得以開始自我言說，然而，他們這些和著血淚的歷史敘事還未成句，就被社會集體施以暴行，假寬恕、遺忘之名，再度封口。

如果沒有歷史正義，道歉賠償、建造紀念碑、設置人權館、舉辦人權活動、販賣人權商品，都是虛言假像，如果社會仍然疾聲宣揚寬恕，死者、傷者、痛者反而被迫噤聲，那麼，死魂與傷痛，吞嚥冤屈，鬱結成咳，那樣的蒼涼之聲，將持續迴盪於臺灣島嶼，不離不散。這是詩人吳晟三十幾年來，以詩語所吐露的真摯心音，一字一句，彷如政治傷痛鬱結之咳，又彷彿那一襲跨越時間仍然色澤飽滿、汩汩流淌熱血的血衣。

——選自《烈焰・玫瑰——人權文學・苦難見證》

臺北：國家人權博物館籌備處，2013 年 12 月

—— 2019 年 8 月改寫

自然主義者
吳晟詩創作的歷程

◎陳義芝*

動筆寫我所認識的詩人兄長吳晟（1944～）前，我先翻讀了吳晟口述、鄒欣寧採寫的《種樹的詩人》。一如封面題記，作為一位「親手闢植一片樹園」的獨一無二的詩人，他窮盡一生的詩情，「和你預約一片綠蔭，一座未來森林」。

如果用一句話形容吳晟，我會說他是一位可敬的自然主義者，自然界就是他的宇宙，自然現象、自然原因就是「存在」的全部。這一種生命觀運用到文學寫作時，形成吳晟的思想模式、語言風格：當他從經驗歸納出一個事實時，他就苦口婆心提出一個約定。

我閱讀吳晟，早在 1972 年。那年我參與創組的「後浪詩社」，正式發行《後浪詩刊》；那年我最主要閱讀的文學雜誌《幼獅文藝》（瘂弦主編）大量刊登吳晟的詩作。儘管同在中部（彰化與臺中），儘管吳晟與後浪詩社（後改名「詩人季刊社」）同仁如洪醒夫、張寶三頗有交情，但與我並不熟稔。1970 年代的吳晟已擺脫第一本自印詩集《飄搖裏》（1966）的現代憂悒，開啟主題鮮明的「吾鄉印象」系列詩，鄉情、土味十足，而我一面寫詩，一面鑽入中國古代典籍的浩海裡，彼此瞭望的方向不同、語言調性也不同。準確地說，當時我並未認識吳晟對臺灣社會觀察與感覺的方式，輕忽了他那種對生活的洞察力與塑造力。

1977 年秋天開始，瘂弦主編《聯合報・副刊》，吳晟的詩作發表園地

---

*詩人。曾任《聯合報・副刊》主任、臺灣師範大學國文學系教授，現已退休。

從《幼獅文藝》轉至「聯副」，他成為瘂弦非常親近的一位友人，一直到現在，他們的友誼都未斷，雖然兩人的政治意識形態並不相同。

1984～1987 年吳晟多寫散文，略無詩作。自云：從愛荷華大學「國際作家工作坊」歸來，「思想受到很大衝擊，回來之後，詩作少之又少，近乎停頓，創作轉而以散文為主」。1996 年以後他展開又一波創作高潮的詩，多發表於《臺灣日報‧副刊》、《自由時報‧副刊》。在我主編「聯合副刊」的十年期間（1997～2007 年），吳晟對外發表四十首詩，經我手刊登的只有三首（散文倒有十餘篇）。可能的原因之一是我未熱烈邀稿於他，不像瘂弦對他的「正面發現」。

1975 年，吳晟獲第二屆「中國現代詩獎」，即由瘂弦推薦。評審委員九位（紀弦、瘂弦、洛夫、羅門、商禽、羊令野、白萩、林亨泰、余光中），幾乎全是倡議現代主義、也有極前衛精神的詩人。吳晟寫的是臺灣鄉土、臺灣鄉民、以臺灣農村自然風情為背景的內容，他關心的是現實；而著重現代主義詩法的評審也能欣然接受他的表現，可見臺灣現代詩發展到一個現實與現代匯通的時刻了。詩獎委員會給吳晟的讚詞是：「詩風樸實，自然有力，以鄉土性的語言，表現時代變化中的愁緒，真摯感人。」余光中在稍後寫成的〈從天真到自覺──我們需要什麼樣的詩？〉更加肯定：「只有等吳晟這樣的作者出現，鄉土詩才算有了明確的面目。」又在與唐文標論辯時說：「真正威脅作家的，不是批評家，而是一位更好的作家。……一定要有一位新作家出現，把同一題材處理得更好、更新，甚或創作出一個新的題材，才會迫使舊的作家『過時』，而成為新題材甚至新時代的代言人。」

吳晟獲得「代言人」的獎譽，固然關乎 1970 年代文學氣候從西化潮流轉回民族、現實，他那樸實的鄉土語言一洗驚奇、怪異、或不免失敗的西化語風，最主要還在於他「發掘了」一個嶄新的題材，這題材的精神是自我認同、自我肯定、自我維護。能將這種題材持續開發，引起共鳴，則因他所關切的事是臺灣社會普遍面臨的，也是個人切身體察、帶著感情創傷的。

「我們需要什麼樣的詩？」余光中四十年前的提問文章，有多處「暗合」吳晟其人其詩：

> ……實實在在的東西也不好寫，也許還更難寫。身邊事，天天如此，處理起來卻不簡單。高手娓娓道來，自然親切，說到妙處，更能化腐朽為神奇，咫尺之間，捕得無限。這種詩的張力遍布全局，並不以片言斷句馳騁才氣。

余光中未明指吳晟，但緊接在「第二屆中國現代詩獎」評審後抒發的感想，以其最新的觀察為對象，十分自然。說吳晟是余氏稱許的「新時代的代言人」，是合理的推測。

四十餘年來，我對吳晟的詩文雖不陌生，但未嘗深究，今年（2017）因臺灣師大「全球華文寫作中心」主任胡衍南選定他為「作家論壇」的主題作家之一；真理大學又因他榮獲「牛津文學獎」舉行研討會，我有機會重新審視這位與我寫作素材頗多差異的詩人，考察他的心靈基礎、家園精神，他認定的重要的課題、重要的世界。這一重新審視，更使我確信他是一位詩作不算多但風格極鮮明的詩人！他長年對我的友誼，從而增添了詩的感動。

《他還年輕》是吳晟 2014 年最新力作結集，之前他出過多種不同版本的詩集，後來編纂成《飄搖裏》、《吾鄉印象》、《向孩子說》，第四集「再見吾鄉」則收入《吳晟詩選》，書後附錄詩作編目及發表時間、刊物，閱讀、檢索、研究都很方便。2017 年發行的《種樹的詩人》，則是從側面深化認識吳晟其人其詩的一本參考著作。

20 世紀末文學研究已結合了族群、性別、階級等社會課題，文學與環境的研究也日益受重視，生態批評家指出的：沒有哪項文明成果不是對自然的剝奪，人類實際的處境持續惡化中，我們需要提出一種有關文明對自然負債的說明……。這些，都是吳晟長年以詩的語言、詩的體式進行的思考要點。

去年吳晟為《種樹的詩人》一書接受採訪，談到樹的樣子就是生命的樣子；樹的智慧就是生命的智慧；唯有自然環境存續，人類文化才可能積累。距 1963 年他寫下第一首詩〈樹〉的時間已逾半世紀：

亦成蔭。以新葉
滴下清涼
亦成柱。以愉悅的蓊蔥
擎起一片綠天

而我是一株冷冷的絕緣體
植根於此
縱有營營底笑聲
風一般的投來

當年 19 歲的吳晟，即以樹自況，表達「植根於此」的信念，及不趨向外在引力、不受引誘的堅持。五十年來，他不斷呼籲挽救敗壞的環境倫理，面對土地的毀棄，閱歷世情滄桑的他，一次次發出沉痛憂傷的告誡，典型詩作如〈土地從來不屬於〉：

土地，從來不屬於
你，不屬於我，不屬於
任何人，只是暫時借用
供養生命所需

一坵田，八百代主人
歷代祖先，守護土地
再交付下一代
看顧，即使擁有

也只是億萬年生命史
匆匆一瞬

五十年來，吳晟對土地、自然用情之深，如對情人、家人一般，既見諸詩文，也付諸行動。「自然」，絕對是他情愛體系中特有的、不可漏看的一個臉譜，是他倫理敘事中最重要的一章。

——選自《聯合報》，2017 年 10 月 16 日，D3 版

吳晟新詩與散文的雙重奏

◎林明德

一、前言

臺灣新詩，乃泛指日治時期臺灣新文學運動開展以來，使用日文或語體文書寫，有別於古典漢詩的詩作。1923 年，楊華（1906～1936）開始新詩的試驗，追風（謝春木，1902～1969）創作第一首日文新詩〈詩的模仿〉（1924）發表於《臺灣》；1925 年，賴和（1894～1943）因受彰化二林事件的刺激，寫下〈覺悟下的犧牲〉。而張我軍（1902～1955）借鑑五四新文學運動，以白話寫成《亂都之戀》（1925），則是臺灣新詩史上的第一冊詩集。這期間，歷經日本戰敗、國府來臺，臺灣新詩面臨困難，包括官方意識形態所推動的反共文藝、傳統文化對新詩的反對與壓抑，以及五四文學傳統和臺灣本土文學的雙重斷裂。經過「跨越語言的一代」的陣痛，終於出現大陸來臺詩人與本地詩人合作的契機，新詩社團紛紛成立，「現代詩社」（1953）、「藍星詩社」（1954）、「創世紀」（1954）、「笠」（1964），共同推動臺灣詩運。半世紀以來，臺灣的政經、文化與社會環境，符應國際情勢與世界思潮的詭譎變遷，詩壇的表現亦產生質量的變化；尤其是 1980 年代，更朝向多元開放的詩觀與詩藝邁進。

1987 年解嚴以後，臺灣已成為多元的後認同政治時代，本土化漸成主流，民生經濟邁向成熟，社會生命力蓬勃，加上報禁解除，新媒體資訊爆增，女權、後現代主義、冷嘲理性、實用主義、解構……等思潮蔚為風氣，臺灣文化界的大眾通俗化風潮，亦得以激盪形成。這些衝擊，形諸新詩，則有政治詩、臺語詩、都市詩、後現代詩與大眾詩等面向，而且互相融滲，從而浮現詩壇「世代交替」的現象。

新時代的詩學思考，在都市詩和後現代詩，極為關切到語言的操作策略，並延伸到詩結構的辯證、不相稱的詩學、意義浮動的疆界、意義的再定義以及長詩的發展……等相關理論與實踐，中青兩代作家輩出，他們所接觸的面向，相當多元，或政治反思、環保公害、弱勢族群、宇宙人生……等，都有十分優異的表現。[1]不過，在眾聲喧嘩裡，我們也聽到了另一種與眾不同的聲音—信奉社會寫實主義，貼近臺灣社會脈搏五十多年的詩人吳晟。他以新詩記錄臺灣歷程，是歷史經驗的參與、見證者之一[2]；他的詩作所釋放出來的主題意識，大概包括五個面向，即：倫理意識、政治議題，環保觀念、農作與稻作、生命的觀照。其中，倫理意識最為突出，它貫穿其他面向，成為詩歌的深層結構，從而展現藝術特質與終極價值。

二、吳晟小傳

吳晟（1944～），本名吳勝雄，臺灣彰化縣溪州鄉圳寮村人。父親吳添登（1914～1966）曾在溪州鄉農會任職，是位嚴肅中不失幽默風趣的人，待人熱誠，「幾乎無一日不是在為鄉裡的建設而奔走，無一日不是在替親友鄰居排難解紛而忙碌。」[3]他薪資微薄，但唯一的心願是栽培子女完成大學學業。對吳晟來說，父親是位堅強的象徵。

母親吳陳純女士（1914～1999），是典型的農婦，「不懂什麼高深的大道理，沒有什麼非凡的學問，更沒有一些虛妄的夢想」[4]，她安分守己、刻苦耐勞。先生車禍喪生後，她獨撐場面，發揮堅韌的生命力，克服困難，

---

[1]賴芳伶，《新詩典範的追求——以陳黎、路寒袖、楊牧為中心》（臺北：大安出版社，2002 年），頁 1～21。

[2]林明德，〈臺灣文學中的歷史經驗——以吳晟的作品為例〉，《臺灣文學中的歷史經驗》（臺北：文津出版社，1997 年），頁 161～187。

[3]吳晟，〈退隱〉，《不如相忘》（臺北：開拓出版公司，1994 年），頁 186。

[4]吳晟，〈一本厚厚的書〉，《農婦》（臺北：洪範書店，1982 年），頁 3。

讓子女完成學業。她「近似固執的權威」[5]，對子女的管教過於急切而顯得嘮叨，往往以責罵的方式表達慈愛。她深信千方百計，不如種地，「做田人比較有底」，堅持在吳家田地上「用一生的汗水，辛辛勤勤／灌溉泥土中的夢」。[6]

吳晟的學歷相當曲折，國小以第一名畢業，保送縣立北斗中學，插班考試進入彰化中學，無意間接觸了文藝書刊，癡狂閱讀、做札記、抄寫「佳句」，背誦詩篇，尋繹詩句的涵義，進而嘗試投稿。中學念了八年，讀過五所學校。母親曾說他：初中讀無畢業、高中讀無畢業，大學也險險讀無畢業。他到臺北補習，考進縣立樹林高中，從此流連臺北牯嶺街、重慶南路及武昌街周夢蝶的書報攤，尋訪詩集、詩刊，這段期間，並且在《文星》、《藍星》、《野風》等雜誌、詩刊發表詩作。

1965 年，他考上屏東農專，因沉迷於文學的妄想中，留校重修，直到 1971 年才畢業。

屏東農專畢業後，他放棄臺北的職場，返鄉陪伴母親，並與莊芳華（1950～）結婚，她是吳晟人生和文學路上的知己、伴侶，因編輯校刊、校報而相識。從小習慣都市生活，為了愛情，嫁到簡陋的農村，她努力調適，用心融入農村生活，儼然是位新「農婦」。

吳晟夫妻任教於溪州國中，業餘陪母親下田，過著耕、教、讀、寫的生涯。婚後十年是他心情最穩定踏實、詩創作最豐沛的時期，《吾鄉印象》成為他的標記。吳晟自稱「愚直鄉間子弟」、「只是憨直而無變巧的農家子」。「憨直」是他的註冊商標。1980 年，他受邀到愛荷華（Iowa）國際作家工作坊訪問四個月，由於大量接觸臺灣看不到的文獻資料，了解許多真相，對「祖國」的憧憬幻滅了，讓他面臨蛻變的痛苦。他情緒易於激動，卻擅於理性辨析，始終以知識分子自居，知無不言，言無不盡。他深具憂患意識，凡事憂於未形，對政治、選舉、農業、環保「了解越多，思考越

---

[5]吳晟，〈一本厚厚的書〉，《農婦》。
[6]吳晟，〈泥土〉，《泥土》（臺北：遠景出版公司，1979 年）。

多，確實也越多掩抑不住的憂慮。」[7]偶爾發表一些議論，卻觸犯禁忌，惹來麻煩。在白色恐怖時代，第一次遭遇到「四個警察來家裡查問」[8]，當時是大專一年級的暑假，也是父親車禍去世後半年，寡母的焦慮驚惶，更加深了他的恐懼感，在年輕心靈蒙上一層厚重的陰影，「彷如夢魘般緊緊跟隨著」。[9]

他強調「了解是關懷的基礎、關懷是行動的起始」，長期以來，「秉持正直的情操，為公義、為促進更合理的社會」[10]，他透過新詩或散文，提出嚴格的批判。

2000 年，吳晟夫婦正式退休，面對政黨輪替，他更用心思索臺灣問題，例如：汙染、土地、農業、教育、文學……等。

2005 年，吳晟晉升祖父級，在初老的年歲，他發表「晚年冥想」組詩，透過圓熟的觀照，道出「鄉間子弟鄉間老」的心聲，遙契四十年前的夢想：「安安份份握鋤荷犁的行程／有一天，被迫停下來／也願躺成一大片／寬厚的土地」。[11]由於對土地的一份深情，對接踵而來的事件相當關心，〈我心憂懷〉如是說：「你問我平靜近乎安逸的／晚年，還有什麻牽掛／為何滿臉滄桑／每一道皺紋，掩藏不住憂傷」。2010 年，為了反八輕（國光石化），他挺身而出，慷慨寫下〈只能為你寫一首詩〉，並與吳明益主編《溼地・石化・島嶼想像》，結合學界、文學界、醫學界、音樂界，呼籲不要再旁觀，共同守護島嶼的生態。同年，苗栗縣政府假開發之名，強制徵收大埔農地，6 月 9 日半夜，派出兩百多名警力，包圍大埔農地，驅逐農民，多部怪手開進稻田，剷除即將收成的稻作，他痛心的寫了〈怪手開進稻田〉，期能喚醒荒蕪的天地良心。

2011 年，面對中科搶水，他結合自救會的農民，守護吾鄉命脈莿仔

---

[7]吳晟，〈思考與行動〉，《一首詩一個故事》（臺北：聯合文學出版社，2002 年），頁 75。
[8]吳晟，〈報馬〉，《無悔》（臺北：開拓出版公司，1992 年），頁 95～96。
[9]吳晟，〈報馬〉，《無悔》，頁 95～96。
[10]吳晟，〈無悔〉，《無悔》，頁 24。
[11]吳晟，〈土（序詩）〉，《吾鄉印象》（新竹：楓城出版社，1976 年），頁 16。

埤圳，並撰寫〈誰可以決定一條水圳的命運？〉（2013）一文，為土地發聲。

2018 年，吳晟與莊芳華將「純園」交棒給長子賢寧夫婦，新世代在一片原生種樹林設立「基石純園華德福自學園」——一座讓孩童重返樹林向大自然學習，發展獨立自主的個體之場域，為「純園」注入既嚴肅又崇高的使命。

吳晟的創作涵蓋新詩與散文，但一直堅持新詩的創作，他承認這是需要「堅強的創作信念和熱情」。從創作歷程上看，他 16 歲（1960）開始寫詩，直到 74 歲（2014），將近六十年，先後出版了《飄搖裏》（1966）、《吾鄉印象》（1976）、《泥土》（1979）、《飄搖裏》（1985）、《吾鄉印象》（1985）、《向孩子說》（1985）、《吳晟詩集》（1994）、《吳晟詩選》（2000）、《他還年輕》（2014）等九種詩集。他自述這些詩集大多新、舊作混雜出版，「依實質內容精確說法，我只有四冊詩集，依次是《飄搖裏》、《吾鄉印象》、《向孩子說》、《再見吾鄉》。《他還年輕》是我的第五冊詩集，全新的作品。」[12]

根據 2000 年洪範版《吳晟詩選》（1963～1999）附錄〈吳晟詩作編目〉，1963～1999 年，共有 234 首（按：1980 年漏列〈呼求〉一首），其實應是 235 首，加上 2014 年《他還年輕》52 首，總共 287 首。這是近六十年來他所繳交的成績，說明了吳晟是位慢工出細活的詩人。

至於散文集，已出版有《農婦》（1982）、《店仔頭》（1985）、《無悔》（1992）、《不如相忘》（1994）、《一首詩一個故事》（2002）、《筆記濁水溪》（2002）、《我的愛戀　我的憂傷》（2019）等七種。

---

[12]吳晟，〈也許，最後一冊詩集（後記）〉，《他還年輕》（臺北：洪範書店，2014 年），頁 217～230。吳晟在後記自述：「2000 年，洪範書店原本要出版我的新詩集《再見吾鄉》，葉步榮先生覺得篇數太少，單薄了些，建議我從洪範版三冊詩集，挑選我自認較耐讀的作品，再加進《再見吾鄉》大部分新作，合成《吳晟詩選》出版。」按：《吳晟詩選》共有 95 首，包括：選自《飄搖裏》（1963～1982）21 首、《吾鄉印象》（1972～1977）29 首、《向孩子說》（1977～1983）16 首，以及《再見吾鄉》（1994～1999）29 首，是一冊新、舊作的選集。

三、吳晟新詩的倫理意識

倫理即人類道德的原理，人因為具有異於禽獸的那點「理性」，與「天地之性最貴者」（許慎《說文解字》）的資稟，才成為「天地之心」、「五行之端」（《禮記・禮運篇》），而與天地合德。因此，人類原始性格與生命力才獲得調整與指引，逐漸遠離動物性的層次，挺進人倫的、道德的生命情境。倫理是人類和諧與秩序的依據，其範疇概括家庭倫理、社會倫理與土地（自然）倫理三個層面，構成同心圓的關係。吳晟信奉家庭倫理、關懷社會倫理、堅持土地倫理，其核心價值指向是愛與悲憫情懷。他是位道地的農家子弟，親情、鄉情、作物、土地，交梭成為人際網絡，也是他詩歌的主要內涵。因為長年居住鄉間，腳踩田地，手握農具，挑屎擔糞搬堆肥，揮灑汗水。他的每一份詩情都似乎連接島嶼每一寸土地，因此詩篇能扣人心弦，引起回響。

（一）家庭倫理

在他的創作裡，我們很容易覺察到關於家庭倫理的詩篇，例如：寫祖先的〈序說〉、〈清明〉；寫父親的〈堤上〉、〈十年〉；寫母親的〈泥土〉、〈臉〉、〈手〉、〈野餐〉、〈阿媽不是詩人〉；寫妻子的〈階〉、〈從未料想過〉、〈異國的林子裡〉、〈遊船上〉、〈洗衣的心情〉、〈雪景〉、〈南方驛站——高雄火車站〉；寫孩子的〈負荷〉、〈成長〉、〈不要駭怕〉、〈不要看不起〉、〈蕃藷地圖〉。

吳晟散文集《不如相忘》「不如相忘」有八篇追憶父親，並藉以造象，他自白：「或許父親不願擾亂我的心情，不願我們因思念他而徒增悲傷，不如彼此相忘，因此才強忍住想念，不來我夢中相會吧？」其實，這正映襯他心靈深處的懷念：「父親啊，鄉人都說／我越來越像您／像您髮越稀，額越禿／像您容易為鄉人／牽掛和奔走／這就是您殷殷的寄望嗎」（〈十年〉）。〈堤上〉一詩複製四代（阿公、父親、我、兒子）「牽著兒子的小手／在堤上散步」那份「忙裡偷閒」的情趣，卻在兒子無心的追問「阿公在哪裡呢」，讓他內心泛起一股莫名的悲悽，望著沉淪夕陽，無言以對。

關於母親，吳晟詩文聚焦，書寫最多，早在《農婦》（1982）就以四十篇散文型塑這位臺灣典型的農婦形象。他返鄉陪伴母親，教學之餘，投入農事，逐漸發現母親在家園「用一生的汗水／灌溉她的夢」（〈泥土〉）、「母親的雙手，一攤開／便展現一頁一頁最美麗的文字／那是讀不完的情思／那是解不盡的哲理」（〈手〉）、「時常沾著泥土和汗滴的臉／未經面霜、脂粉汙染過的臉／是怎樣的一種容顏」（〈臉〉）。在他的心目中，母親就是一本厚厚的大書。

1999 年，農婦往生，享年 86 歲。吳晟寫了兩篇散文追憶母親，一是〈隱藏悲傷〉，一為〈對年〉。前者寫父親去世三十多年，母親平常談到父親，總是語氣平淡，看不出任何傷心，但每逢節日祭祀，則近乎撕心裂膽喊叫父親的名字，非常悽愴，原來是平常把悲傷忍抑下來，深深隱藏。吳晟說：「我和母親的臉相最相像。每天早晚漱洗之時，看見鏡中的自己，彷如看見母親，怔忡過後，清楚提醒我已成為孤兒。」母子情深如此，悼念之思不言可喻；後者寫對母親的悼念，以及依民俗去世一週年「做對年」，一邊追思祭拜，一邊將母親靈位和祖先「合爐」，列入公媽牌，善盡人倫的責任。

至於妻子莊芳華，她是吳晟屏東農專的學妹、終生最得力的「特別助理」。夫妻互相扶持四十多年，之間的深情，很難言表，只能訴諸詩篇，例如〈異國的林子裡〉（1981）：

那些年輕的話語
多少年了，我們不再提起
不是淡了，更不是忘了
而是，居然有些靦腆
在並不詩意的柴米油鹽中
在拖過一年又一年的債務中

在每一次爭吵和賭氣中
隱藏得更深更厚

她出身南部都會，為了愛情，毅然決然投入圳寮農村，與農婦一起生活，在教學之餘，扮演農婦的幫手，當一個稱職的媳婦；她是一女二子的媽媽，盡心照顧、呵護子女的生長；她也是詩人的妻子、知己與推手。吳晟在〈洗衣的心情〉如此自白：

多年來，我未曾向你說過
生活上的種種煩瑣
是你那雙手
一一承受下來
琢磨成孩子們和我
喜愛的甜蜜
而你的雙手，已越來越粗糙

深藏在吳晟內心的感激和愧疚，從未提隻言片語，只有透過癡癡端詳的眼神，這種無聲之聲來傳遞。這是他習慣的表達方式，她毫無怨言，而且默默接受。

然而，在〈南方驛站——高雄火車站〉（2006）一詩，吳晟對「相偕逐漸老去」的妻子，卻有相當明朗的表述：「我的青春／曾在這裡下車佇足／在挑高的候車室大廳／熙攘人潮中，有一位／我深深愛慕的南方女孩／迎接我一起走向／鐵軌般延伸的夢想／她的笑容／彷如南臺灣的陽光」，字裡行間流露溫馨初戀與共同夢想，因為她是他心中的唯一。

對於孩子，吳晟付出相當的愛心，他毫不諱言孩子是他生命中「最沉重／也是最甜蜜的負荷」。1972 年，初為人父，生活重心轉移到家庭與子女身上。多少夜晚，他背著子女拍啊拍、搖啊搖的，終於湧現「向孩子說」組詩。在孩子眼中他亦師亦父，對子女的疼愛反映一份平凡父親的情感流注，深得讀者的共鳴。由子女擴及學生身上，他訴說的對象，也包含了臺灣下一代的子弟。他希望孩子認識歷史、分辨真相、愛戀土地、活出自己。藉著〈蕃藷地圖〉（1978）揭開父祖輩的臺灣歷史：「雖然，有些人不願提起／甚至急於切斷／和這張地圖的血緣關係／孩子呀！你們莫忘記／阿爸從阿公笨重的腳印／就如阿公從阿祖／一步一步踏過來的艱苦」。這是一首典型的鄉土詩，全詩分四段，每段都出現「一張蕃藷地圖」的地理意象，既指涉農民性格也標示臺灣精神；民間相傳臺灣地形如一條蕃藷，俗稱臺灣為蕃藷。作為經濟作物，蕃藷卑微又韌命，俗諺云：「蕃藷不驚落土爛，只要生根代代傳。」這種強韌的生命力早已轉化為斯土斯民的精神象徵。

〈負荷〉（1977），語言淺白明朗，內容為平凡生活，意象則新鮮活潑，能引起讀者強烈的反應，可謂雅俗共賞、老少咸宜之作：

阿爸每日每日的上下班
有如自你們手中使勁拋出的陀螺
繞著你們轉呀轉
將阿爸激越的豪情
逐一轉為綿長而細密的柔情

「陀螺」為童玩，屬動力意象，與孩子的「使勁拋出」，產生互動，對應阿爸釋放的能量，他「歡喜做，甘願受」，為孩子們化豪情為綿密的柔情。在〈愛戀〉一詩他叮嚀「鄉下長大的孩子／喜歡厚實的泥土」，要記住：

陽光啊，堆肥啊，清風啊，泥土啊
雖然有些人不喜歡
鄉下長大的孩子
仍深深愛戀著你們

吳晟夫妻居住老宅三合院，養育三位子女。2000 年，老宅修護後，三代同堂，夫婦幫忙照顧五位孫子，重溫「甜蜜的負荷」，共享天倫之樂，正好例證了家庭倫理的敦厚。他倆平地造林，十年樹木，一片茂密，並進行疏理，已移贈 65 株肉桂樹幫助中州技術學院校園綠化，藉境教培養年青人愛護臺灣好土地的情懷。他還贈送溪洲鄉公所推動圳寮公墓公園化，那是一座鄉民共同的歸宿，以原生種一級木回饋可說是莊重的「追遠」之舉，也是社會倫理的實踐。

2009 年，他在老宅三合院前樟樹林蓋了一間給書住的房子，兩層半樓房約六十坪，不可思議的是，入門客廳，有棵大樹，成為人、樹同住一屋的景觀，落實了他的「樹權」觀念。新房素樸幽雅，沒有特別的名號，逕稱鄉間書屋，具有讀書、寫作、聊天、聚會、坐臥等多樣功能；藏書涵蓋人文、社會、藝術、自然與科學，堪稱小而精的人文空間。他企圖替吳家三代營造書香門第，為子孫提供境教場域，毋寧也說明了倫理意識的實踐與用心。我曾特別撰寫一副楹聯詮釋鄉間書屋的精神：

平地造林純園訴說土地倫理，

人文傳世書屋牽繫臺灣子民。

吳晟有兄弟姐妹七人，他排行第四，上有兩位姐姐一哥哥，下有兩位妹妹一弟弟。兄弟姐妹的感情融洽，雖然多位散居各地、各國，仍互相關心協助，他自述這和父母的家庭教養有必然的關連。[13]

（二）社會倫理

有關社會倫理的詩篇，大概見於「吾鄉印象」組詩與「向孩子說」組詩。毫無疑問地，這是家庭倫理的擴大，所謂設身處地、推己及人的結果。吳晟返鄉教、耕、讀、寫近六十年，以寬厚的情懷關心鄉間子弟，希

[13]見吳晟，〈一本厚厚的大書〉，《農婦》，頁 1～3；又吳晟，〈我的兄弟姐妹〉，《幼獅文藝》第 634 期（2016 年 10 月），頁 50～57。

望他們「在沒有粉飾的環境中／野樹般成長的孩子／長大後，才懂得尊重／一絲的勞苦／才懂得感恩」(〈成長〉)；直到同一間教室出現另一批相似的容貌，「『老師好』換成『師公好』」，他才驚覺到，年歲已老。他以素樸的筆描繪吾鄉祖先的容顏，例如〈序說〉：

古早古早的古早以前
世世代代的祖先，就在這片
長不出榮華富貴
長不出奇蹟的土地上
揮灑鹹鹹的汗水
繁衍認命的子孫

他深入吾鄉老人的心靈世界，敘述共生的命運：「千萬張口，疊成一張口／——一張木訥的口／自始至終，反反覆覆的唱著／唱著那一支宿命的歌／唱著千萬年來陰慘的輝煌」(〈歌曰：如是〉)；他藉著〈含羞草〉暗喻吾鄉人們的個性，「我們很彆扭／不敢迎向／任何一種撫觸／一聽到誰的聲響迫近／便緊緊摺起自己／以密密的、小小的刺／衛護自己」；固然，吾鄉老人彷彿「一束稻草」，也曾綠過葉開過花結過果，但「一束稻草的過程和終局／是吾鄉人人的年譜」(〈稻草〉)；他更指出吾鄉人們所傳承的美德，年年清明節日，「吾鄉的人們，祭拜著祖先／總是清清楚楚地望見／每一座碑面上，清清楚楚地／刻著自己的名姓」(〈清明〉)，這種「追遠」傳統，代代相傳，正是社會秩序的根據。

（三）土地倫理

吳晟對土地的深情與愛戀，很可能來自農婦的遺傳，他指出：「母親常說：土地最根本、最可信靠，人總要依靠土地才能生活。」(〈田地〉，《不如相忘》) 在「吾鄉印象」組詩，他以〈泥土〉、〈臉〉、〈手〉、〈腳〉、〈野餐〉等詩鋪寫農婦，其終極指向是大地之母。母親用一生汗水在吳家田地上，灌溉泥土中的夢，容顏時常沾著泥土與汗滴，雙手長年屬於泥土，至於粗大的腳掌「攪拌過大量的堆肥、雞糞、肥料／和母親的汗水／我家這片田地的每一塊泥土／母親的雙腳，曾留下多少／踏踏實實的腳印」（〈腳〉）。

農婦深信千方百計，不如種地，「做田人比較有底」。吳晟承傳了母親的土地意識，投入耕作，赤膊赤足，握鋤荷犁，他「一行一行笨拙的足印／沿著寬厚的田畝，也沿著祖先／滴不盡的汗漬／寫上誠誠懇懇的土地／不爭、不吵，沉默的等待」（〈土〉），甚至許下廝守田地的諾言：

有一天，被迫停下來

也願躺成一大片

寬厚的土地

在〈黑色土壤〉，他如此的頌讚著：「在濁水溪畔廣大溪埔地／每一步踩踏田土的足跡／每一個貼近田土的身影／每一滴滴落田土的汗水／紛紛萌生根鬚、茂盛枝葉／凝結信靠大地的愛戀」，對照〈你不必再操煩〉：「你實在無從想像／田地的價值，並非為了耕作／而是用來炒作／辛勤一世人的老農，竟然是／臺灣經濟發展的拖累」，真是反諷到極點了。至於 2010 年，苗栗大埔開發案，怪手開進稻田，他憤怒、無奈、淒絕的控訴：「天公伯啊，你已沉默太久／可否請你來指示／如何喚醒荒蕪的天地良心／尋回土地的生機」（〈怪手開進稻田〉）。

對於任意汙染、不當開發，導致美麗島，「轉眼將成廢墟」，「而臺灣島嶼已找不到農民／甚至，找不到可供耕作的田地」，他憂心忡忡；目睹大地的創傷、人世的劫難：曾經辛苦開墾的農地，無力抵擋砂石車、水泥車、廢棄物搬運車的蹂躪；遼闊田野成為一小塊一小塊農地，少許稻作擠在鋼筋鐵架間奄奄一息。他內心的無言之痛，「只有求取詩句的安慰」。

面對國光石化工廠正在逼近西海岸僅存的最後一塊泥灘溼地，他大聲呼籲守護臺灣島嶼，不能讓貪得無饜的投機者得逞，在〈只能為你寫一首詩〉（2010），他悲憤至極的控訴：「我的詩句不是子彈或刀劍／不能威嚇誰／也不懂得向誰下跪／只有聲聲句句飽含淚水／一遍又一遍朗誦／一遍又一遍，向天地呼喚」。

（四）大地公民

他醒覺「原來我們唯一的鄉愁／就在腳踏的土地上／因為真切而不夠浪漫／卻是永遠的愛戀與承擔」（〈我們也有自己的鄉愁〉），透過〈黑色土壤〉表述無怨無悔的擁抱母親大地，一方面呼籲政府留下綠地：「如今最迫切需要的『建設』，莫過於將廣大林木『還給』山林和海岸線，牢固土質，涵養水源，並在平原闢建萬頃森林，讓綠意盎然的枝椏、葉片搖曳中，釋放出幽靜清涼，洗滌千萬臺灣人的心靈。」（〈平原森林〉，《不如相忘》）

一方面於 2001 年，積極「平地造林」，在二甲多的土地上種植臺灣原生種的一級木——烏心石、毛柿、雞油、黃連木，加上臺灣土肉桂，約三千株，為紀念母親，命名為「純園」。[14]

吳晟認為種樹是「苦著一代，蔭三代」的事業，也是打造夢想家園的第一步，更是搶救臺灣環境品質、恢復美麗島容顏的新契機。他在鄉間扮演「大地公民」，守護土地；根深蒂固的倫理觀念，由核心的家庭倫理，往外擴散推衍，形成社會倫理與土地（自然）倫理的同心圓，這是他新詩的深層結構——極致價值之所在，也是他詩作耐人尋味的地方。這裡藉著李奧帕德（Aldo Leopold, 1887-1948）《沙郡年記》（*A Sand County Almanac*）的觀點，探索吳晟詩作的深層訊息。

李奧帕德，生於美國愛荷華州，耶魯大學畢業後，進入美國林務署，擔任新墨西哥州和亞利桑納州的助理林務官，從此投身自然保育工作，與

[14]2001 年，吳晟夫婦開始平地造林，並將園區命名為「純園」，2014 年，正式開放，成為綠化、環保的境教場域。2016 年，雲林古坑華德福學校五年級學生到「純園」上課，讓樹園變成「叢林學校」，也開拓了另一種功能。2018 年，吳晟夫婦決定將「純園」交由長子夫婦辦理「基石純園華德福」，以環保觀念在純園搭建「森林學校」（小一到八年級），為中部地區提供一座適性教育場所，也為純園注入教育的莊嚴使命。

亨利・梭羅（1817～1862）、約翰・繆爾（1838～1914），被視為自然學者的代表。1943 年《沙郡年記》手稿完成，他被尊稱為「近代環境保育之父」，論者以為該書是一本生態平等主義的聖經。其中「土地倫理」（Land Ethic）的概念已成為普世價值，而且是自然寫作的重要原則。他認為我們以倫理來處理人與人、社會之間的關係，也可以擴大到人與土地上動、植物的道德規範上。

「土地倫理」是一種環境哲學，其核心價值是「土地社群」（Land-community）的概念，即土地（或自然）是由人類與其他動、植物、土壤、水共同組成的，人類只是社群中的一個成員，必須與其他成員互賴共生。「土地倫理」不僅肯定這些社群成員「繼續存在的權利」，並尊重其他成員的內在價值。內在價值不再只是荒野保存論者「保護」的對象，而且具有本然的、不可侵犯的生存權利。

他批判人口的增加與對土地只重經濟手段的利用，認為應從倫理的立場出發，對土地的被破壞有「羞恥感」，且持續和土地親密接觸，最後才能產生愛和尊重。他肯定荒野的內在價值，並且具有「美感價值」。保存荒野便是保存了土地美學的依據——「被感知對象」的存在。野地的美感不是專為人類而設的，它本然自存，等待人用感知能力去欣賞。因此，人與自然接觸時，不只是一種知性的深入而已，還必須以感性的心靈去直接自然。

我們需要一個完整的自然，就必須理解其他生物的需要，才可能成為一個冷靜又感性的「大地公民」。

李奧帕德認為現代人與自然之間問題的關鍵，是在於人視土地為財產，因此提出發展社群的關係取代人對土地的掠奪與征服。人應是社群中的一員，對土地有權利也有義務，此即「生態良知」。在「生態良知」的運作下，沒有任何生物是「沒有用的」，人不應因為牠們不能賣得好價錢而危害牠們生存的權利。他反對只建立在經濟上利己主義的自然資源保護系統，而認為應以「土地倫理」來維繫這種權利、義務。他並以生態學上「生物金字塔」為例，說明人如果能不破壞金字塔的底層——土地，對金字塔的改變愈輕微，金字塔內重新調整的可能性就愈高。

這些觀點都是李奧帕德的自然沉思後，所建構的智慧與理論。其中「土地倫理」可以用來檢視吳晟的「土地愛戀」，而「生態良知」似乎是吳晟信奉的觀念，至於「大地公民」可以說是吳晟的身分證。三者聚集一身，從而為臺灣發出「愛深責切」的聲音。

吳晟是農專出身，又讀過許多自然觀察的作品，像梭羅的《河岸週記》、約瑟芬・強森的《島嶼時光》，但他可能没想到，近六十年來，立足鄉土，關懷臺灣，身體力行的，是一件先知者的事業。

四、特殊的文學景觀——詩文雙重奏

吳晟是位社會寫實文學的作家，他關切社會，介入現實，擁有完整的農村生活背景。他認為詩就是生命，對生命無止無盡的熱愛與探索；每一份詩情，「都是連接臺灣島嶼每一寸土地」，而且經過醞釀、思索之後才完成的。

作為本土詩人，他自我要求寫臺灣人、敘臺灣事、繪臺灣景、抒臺灣情，除了要考慮普遍性，更要通過「藝術性」的嚴苛檢驗。他相信詩人最榮耀的桂冠，應是作品本身——完美詩藝的呈現。

他曾說：「詩的含蓄性、詩的隱喻性，固然超越了事件本身，而有更開闊的想像意義，若不做某種程度的解說，讀者往往難以察覺寓意。」為了能引起讀者共鳴，擴大影響力，他在 1980 年代改以散文形式來創作，並從 1992 年開始將他的新詩透過散文加以詮釋，形成詩、文雙重奏的文學景觀。

二重奏為音樂學的語彙，指同等重要的二人所奏的樂曲，不論有無伴奏，稱為二重奏。在二重奏的領域中，以鋼琴和一件其他類的樂器所組成的奏鳴曲（一種多樂章的樂曲）。換句話說，就是由兩件樂器共同演奏的重奏曲。這裡特別援引作為吳晟詩、文互文詮釋，以彰顯文本符碼所涵藏的深層訊息，並稱之為雙重奏。

有些論者指出吳晟詩、文關涉為對應關係，並且以數據證明其文學特色。[15]本文以雙重奏的概念，緊扣吳晟新詩／散文的文類關涉，及意義詮釋，並以實例進行論述。

吳晟的詩作有多篇成為跨界的雙重奏：有的成為畫家的題材，如〈稻草〉、〈序說〉、〈沉默〉，是席德進（1923～1981）兩幅畫作與題畫的原意象；有的轉化為動人的樂章，如〈牽牛花〉是由陳輝雄譜曲的民歌，〈土〉由賴德和教授譜成雄渾的交響詩，〈吾鄉印象・序詩〉由羅大佑唱成悠揚動人的歌曲，〈負荷〉由吳志寧譜曲重新詮釋其溫柔與甜蜜；有的成為舞臺劇的吟唱詩篇，如汪其楣的劇作《人間孤兒》，曾安排演者朗誦〈過客〉，增添不少戲劇效果。至於形諸卡片、石板的，則有〈獸魂碑〉與〈沉默〉。

新詩、散文雙重奏，是由作者親自譜寫，經過個人的比對，大概有 15 個案例：

1.〈店仔頭〉（1972 年，《泥土》，「卷二：吾鄉印象」）／〈店仔頭〉（1983 年，《店仔頭》）

2.〈手〉（1974 年，《吾鄉印象》，「輯一　泥土篇」）／〈一本厚厚的大書〉（1979 年，《農婦》）

3.〈牽牛花〉（1975 年，《泥土》，「卷二：吾鄉印象」）／〈詩與歌〉（1996 年，《一首詩一個故事》）

4.〈苦笑〉（1976 年，《吾鄉印象》，「輯二　吾鄉印象」）／〈農藥〉（1982 年，《農婦》）、〈溪州尚水米〉（2016 年 9 月 6～7 日，《聯合報・副刊》）

5.〈負荷〉（1977 年，《泥土》，「卷三：向孩子說」）／〈不可暴露身分〉（1992 年，《一首詩一個故事》）、〈試題〉（1997 年，《一首詩一個故事》）、〈負荷綿綿〉（2012 年 4 月 11 日，《聯合報・副刊》）

6.〈例如〉（1977 年，《泥土》，「卷三：向孩子說」）／〈我不久就要回

[15]陳秀琴，〈吳晟詩研究及教學實務〉（高雄師範大學教學碩士論文，2001 年）；曾潔明，〈論吳晟「植物篇」組詩〉，《第三屆「通識教育──傳統學術與當代人文精神」學術論文研討會論文集》（新北：景文科技大學通識教育中心，2010 年）；李桂媚，〈吳晟詩文對應〉，未發表（2019 年 2 月 10 日修訂），分家人篇、事件篇、記憶篇，詳細列出詩文的對應關係。

去〉（1998 年，《一首詩一個故事》）

7.〈寒夜〉（1978 年，《泥土》，「卷三：向孩子說」）／〈詩集因緣之三——《向孩子說》〉（1998 年，《一首詩一個故事》）

8.〈過客〉（1978 年，《泥土》，「卷一：一般的故事」）／〈過客〉（1998 年，《一首詩一個故事》）

9.〈獸魂碑〉（1978 年，《泥土》，「卷二：吾鄉印象」）／〈撿起一張垃圾〉（1993 年，《一首詩一個故事》）

10.〈不要忘記〉（1980 年，《向孩子說》）／〈軟弱的詩〉（1996 年，《一首詩一個故事》）

11.〈制止他們〉（1981 年，《吾鄉印象》「輯五　愚直書簡」）／〈富裕〉（1990 年，《無悔》）、〈思考與行動〉（2000 年，《一首詩一個故事》）

12.〈我不和你談論〉（1982 年 5 月，《中外文學》；1985 年，《飄搖裏》〈序詩〉）／〈一首詩一個故事：仿作〉（2017 年 9 月，《鹽分地帶文學》第 70 期）

13.〈黑色土壤〉（1996 年，《吳晟詩選》）／〈黑色土壤的故鄉〉（2005 年，《新活水雜誌》第 1 期）

14.〈我們也有自己的鄉愁〉（1999 年，《吳晟詩選》「再見吾鄉」）／〈我們也有自己的鄉愁〉（2005 年，《新臺灣人週刊》）

15.〈森林墓園〉（2005 年，《他還年輕》「卷二　晚年冥想（一）」）／〈森林墓園〉（2013 年，《聯合報・副刊》）、〈化荒蕪為綠蔭〉（2014 年，《聯合報・副刊》）

這 15 個案例，大多創作於 1970～1980 年代，正反應了威權、白色恐怖的統治與知識分子的憂患背景。詩作涉及的面向與呈現的主題，包括：倫理觀念、政治與環保、農業與稻作，以及生命的反思等。

吳晟的詩作往往以簡淨的語言，隱喻的手法來展現詩藝美學。為了擴大影響力，他從 1992 年開始以輕鬆、詼諧的散文，與詩作對話，互文詮釋詩作文本蘊涵的深層訊息。而詩、文同一標題的有六例之多，如〈店仔頭〉、

〈負荷〉、〈過客〉、〈我們也有自己的鄉愁〉、〈黑色土壤〉、〈森林墓園〉。當中，「店仔頭」三見於詩作、散文與散文集，〈負荷〉／〈負荷綿綿〉、〈黑色土壤〉／〈黑色土壤的故鄉〉二例可視為延伸標題，大同小異。

他的詩、文雙重奏，首曲由〈店仔頭〉起音，後來發展為「一首詩一個故事」系列，引起相當的矚目。15 個案例因詩、文雙重奏所帶出的意義，大概可以歸納為三個面向：(一)、有關創作背景的交代；(二)、主題意識的探索；(三)、反諷嘲弄的美學。

(一)、有關創作背景的交代

1.〈店仔頭〉

1972 年，吳晟寫了〈店仔頭〉一詩，以五段刻畫店仔頭意象，它是農業社會鄉下人的休憩點，訊息交換的傳播站，入夜以後的避難所。第三段以魔幻寫實手法，由影子牽引出模模糊糊、晃來晃去的遊魂，道出一直被遺忘的悲哀。「不知道誰在擺佈」，宛如一句控訴，揭開農民不由自己的宿命。這是一首深具臺灣鄉土氣味的農民詩。

1983 年，吳晟以同一標題寫了一篇散文；1985 年，更以同一標題出版了一冊散文集。可見「店仔頭」在他生命中分量與重要。

該篇散文開始分辨「店仔」、「店仔頭」的區別，並為「店仔頭」定義。店仔是村莊的小商店；「店仔頭」是指店仔門前，植有一、二棵濃密的榕樹，在夏日中午，樹蔭坐滿或站滿了休息的村民，一大群小孩子，四處奔跑玩耍，熱鬧非常的處所。店仔頭是村莊的傳播站，透過店仔頭的人開講，促進村民知識與情感的交流。在下雨天和寒冷的夜晚，三、五個男人搬個桌子，圍在桌邊，或坐或蹲，一瓶米酒，一包花生，對飲起來。酒酣耳熱之際，吹噓、調侃、發牢騷、嘆人生……，盡情傾洩，澆胸中塊壘。

吳晟母親不識字、不看電視，不聽戲曲，但每天吃過晚飯，時常會去店仔頭坐坐，聽些新聞，回來轉述給家人聽。

對村莊的老人家來說，店仔頭是一個溫馨的地方。

顯然的，吳晟企圖藉著散文的陳述，探索店仔頭「更複雜的意義」，以提供〈店仔頭〉一詩詮釋的參考。

2.〈苦笑〉

1976 年 9 月，吳晟在《詩學》第 1 號發表〈熄燈後〉、〈堤上〉、〈日落後〉、〈苦笑〉四首詩。前三首屬於抒情，對像是自己、父親、夫妻；〈苦笑〉則鎖定稻作與農藥，提出汙染的憂慮，最後幾句：「滲進太多農藥，苦不堪言的米粒／已不能搖頭／只是默默的苦笑」，有如沉默的控訴。

當年，詩人 32 歲，面對臺灣農業，為了提高生產，施用農藥，傷害土壤，侵蝕作物，天然米香早已消失，讓人徒呼奈何，唯有「只是默默苦笑」。苦笑、無奈之中又帶著一股反諷。

1982 年，他發表〈農藥〉(1982，《農婦》)，2016 年 9 月 6～7 日，《聯合報・副刊》刊出〈溪州尚水・米——水田溼地復育計畫〉，這兩篇散文顯然是針對〈苦笑〉創作背景的進一步闡述、批判，以及補救的積極作為。

前者寫實，反映 1970 年代，工廠廢水橫流，農藥氾濫，一些「自然美味」被斲害——魚蝦消失，米飯不香。農婦慨嘆：「賺錢，也要憑良心啊！」從農藥聯想到公害、道德汙染，真的臺灣社會是生病了，而且病得不輕。如何防止，卻苦無對策。

後者是全面反思，細數臺灣稻作歷程，又積極投入搶救的一篇報導文學。全文分六段，第一段，詩文並敘，詩人自白〈苦笑〉是農藥入侵農村的直接警覺，〈農藥〉則是描述農婦抗拒農藥的心情。農藥氾濫、環境惡化、生態破壞，詩人直覺的疑慮，逐漸轉化成深深的哀傷。第二段，寫挺身投入，積極尋求改善的途徑：一、平地造林；二、與女兒音寧實踐自然農法，喚醒當地農民。

第三段，敘述「顧水圳，反搶水」，守住農民的命脈——莿仔埤圳。並提出「水田溼地復育計畫」，揭示「米，就是生命。水田，就是生命之源。」要大家重新學習友善對待土地，不再施用化學肥料壓榨土地，不再施用農藥強迫作物，傷害環境。藉以喚醒健康的土地、水流、生命意識，以契合自然倫理的終極價值。他們說服農民加入行列，並成立「溪州尚水」農產股份有限公司。

第四段，談公司的運作，與推銷農產品——「溪州尚水米」。詩人強調，溪州位於濁水溪畔，引溪水灌溉農田，水源充沛，又沒有工業廢水汙染。乾淨的水質，加上豐富有機質的黑色土壤，配合自然耕作法，孕育出來的米、飯，黏度適中，又洋溢著自然滋味——純淨、Q 軟、香甜。第五段談推銷的困境與米食文化的消褪。透過施用化肥、農藥與自然農法的比較，呼籲這一世代的臺灣子弟、消費大眾，能加以正視。

最後一段，藉研究報告反應：「蜜蜂即將消失」的訊息。詩人補述，全球三分之一以上農作物，尤其是瓜果類，仰賴蜜蜂授粉。蜜蜂大量消失，將造成農產品損失，生態的浩劫，也威脅人類的生存。對策是全面復育生態環境。而他們積極的作為是自然農法加上在地食材理念的落實，呼籲全民的覺醒，從自身改變消費觀念、習慣開始。

詩人以散文詮釋了詩歌的創作背景，讓人同情共感其意境，也引領讀者面對困境，覓尋補救之道。展現其積極作為，並為農婦母親的困惑、苦笑，找到破解的方法。吳晟內心深藏四十年的往事，終於得以釋懷，相信在天上的母親聞到「自然味」必定化「苦笑」為開懷的「大笑」。

3.〈例如〉

1977 年 12 月，吳晟在《笠》詩刊第 82 期，發表了〈例如〉、〈阿媽不是模範母親〉、〈不要看不起〉三首詩，成為「向孩子說」系列詩篇，表面上看是庭訓，深層卻涵藏社會批判的訊息，〈例如〉可為例證。全詩分四段，前三段寫面對三種人，或粉飾太平或掠奪別人或哄抬自己，他常忍不住想告訴對方無補於事或大喊捉賊或揭穿真相。最後一段，針對孩子在大環境裡耳濡目染學會粉飾自己，他忍不住向孩子說，要以真實的面貌正視真實的世界。

1998 年 7 月，吳晟在《新觀念》雜誌發表〈我不久就要回去〉一文，與〈例如〉對話，也帶出高壓統治下的控訴心聲。他回顧 1980 年應邀參加美國愛荷華（Iowa）大學國際作家工作坊為訪問作家的一段經驗。該校翻譯研究所有位臺籍學生，翻譯吳晟〈一般的故事〉、〈阿媽不是詩人〉、〈例如〉三篇詩作，在課堂上報告討論（seminar）。他應邀參加，作家現身，爭議性的問題則透過聶華苓女士居間溝通。當時有位外國男生直問：〈例如〉有很濃厚的批判意味，是否影射臺灣政府很會說謊？

吳晟說：「我可否不必回答，請你自己體會」。該生緊接提第二個問題：你用隱喻的方式批評，是否因為臺灣沒有言論自由？

當下，吳晟以不答作答，笑著說：「我只是出來幾個月，不久就要回去。」多位學生聽了，會心的笑出聲來。他自述，「幽默」的回應背後，內心卻是無比的悲哀。他不是因恐懼而不敢直接回答，而是「自我約制」，不想在「外人」面前指控臺灣政府，也不願替獨裁政權粉飾太平說假話。答案已很清楚。

〈例如〉的創作是有其極為無奈的憂患背景。作者指出臺灣歷經1950、1960 年代的白色恐怖肅殺統治，一直延續到 1980 年代。嚴密控制言論，無數的海外學人被列入「黑名單」，有家歸不得，只能唱〈黃昏的故鄉〉解鄉愁。面對謊言暴力，他以含蓄隱喻的詩作加以反諷；二十年後，他以清楚直接的散文，細說原委，揭開創作的憂患背景，與高壓統治下不屈服的「控訴」。

4.〈寒夜〉

1978 年 5 月，吳晟在《藍星》詩刊新 9 號發表〈不要哭〉、〈寒夜〉二詩，後來被收進「向孩子說」組詩裡（《泥土》「卷三：向孩子說」，1979）。二詩都在表達父子的親情互動，並流露詩人「無力驅走龐大的黑暗」的一份憂鬱。與孩子對話的觀點，則採用淺白明朗的語言，平易近人。

〈寒夜〉的創作背景，與〈負荷〉（1977）大致相同。全詩分五段，敘述寒夜抱著孩子拍啊拍，背著孩子搖啊搖；接著自言自語，孤單的苦思、低吟，熬煉出一些平淡的詩句。最後以「我們去睡吧」，接近請求的語氣，讓人心疼。孩子折磨父親，絲絲寒氣，則時時折磨詩人內在的自我。

1998 年 12 月，吳晟在《新觀念》雜誌發表〈詩集因緣之三——《向孩子說》〉，對〈寒夜〉的創作背景作了一些說明。

1972 年 6 月，他與莊芳華初為人父母，擔當家庭的重要責任。白天上班，央請二姐幫忙帶小孩；下班後，由夫妻兩人接手。教學、家庭、農事集於一身。每當夜晚，他請妻休息，自己接力帶孩子，陪小孩玩耍。子女玩得起勁，自己已沒力氣，只好用背巾背孩子搖啊搖的，不自覺的和孩子說些話。特別是寒夜，常常觸發作為父親的心情，加上日常生活所思所感，逐漸轉化為詩作的意念。如此背大長女、長子、次子，也搖出了「向孩子說」系列詩篇。

吳晟追憶「吾鄉印象」（1972～1977）和「向孩子說」（1977～1983）兩系列的寫作，花了十年，這段正是農事最忙、教學最勤、家庭負擔最重的時期，也是創作最充沛、生活最執著的黃金歲月。

5.〈制止他們〉

1981 年 10 月，吳晟在《現代文學》雜誌發表〈制止他們〉，該詩分 13 段 99 行（1985，《吾鄉印象》），全詩措辭嚴厲，批判強烈。2000 年，《吳晟詩選》（洪範）「飄搖裏」（1963～1982）收錄〈制止他們〉，並修訂為 9 段 84 行。可視為再創作。詩人深情禮讚臺灣，山林是骨骼、河川是血脈、大地是肌膚，這美麗島是「我們」的母親。面對不肖子孫、過客的濫伐、汙染，將家園破壞成廢墟，他挺身以嚴肅、不容曲解、不容敷衍的聲音呼籲制止「他們」。在美／醜鮮明的敘述中，形成強烈對比，也釋放一股反諷意味。

1990 年 6 月，他在《新地文學》雜誌，發表〈富裕〉一文，對〈制止他們〉一詩所指涉的問題，有進一步的闡述。他藉著與好友，也是成功事業家對話，提醒年輕時的抱負：回饋鄉里——人不論立身何處，總該有起碼的情義，何況是自己的故鄉。並指出，臺灣誇耀世界的經濟奇蹟，除了優秀精明有衝動的企業人才，廉價勞工的努力，加上付出高昂的代價而獲得的。濫伐、汙染、過度開發，締造了繁榮，高官爭逐權位，鉅富奢侈浮華，暴發戶愚昧粗俗。當工運、環保意識覺醒，這些人便指責投資環境不利，紛紛出走，留下美麗島嶼無可彌補的大浩劫。

他相信任何人都有遷徙的權利，眼前的好友已辦妥移民手續，即將遷居理想的淨土，年輕的抱負已隨風而逝。也許是對政局不安定、社會混亂感到失望，危機意識引起移民風潮，讓他決定出走。兩人的抉擇，走、留真是天壤之別。詩人拋出「這樣對待生你、育你、培植你的臺灣，是否有失公平呢？」委婉的詮釋〈制止他們〉的背景，也提供一個反思的空間。

2000 年 5 月 23 日，他在《聯合報・副刊》發表〈思考與行動〉一文，針對詩作提出一些看法。南投集集「臺灣省特有生物保育中心」一處大型看板，標示「全球思考，草根行動」，並抄錄吳晟〈制止他們〉的四、五兩段。作者事先沒被告知，到現場瀏覽觀賞，對詩句被引用的效果表示存疑。這首詩是吳晟 37 歲的作品，隨著年歲增長，對生存環境的了解、思考越多，也越掩抑不住深深的憂慮。「了解是關懷的基礎，關懷是行動的起始，然而從了解到關懷進而行動，有多少差距呢？做到怎樣的行動才真正符合言行合一的標準呢？」他陷入長考。

吳晟詩作中對政治的關懷，從隱抑到激越，心路歷程相當明顯，有人質疑，既然關心政治，何不直接參加選舉？從思考到行動，他以寫詩作為行動，〈制止他們〉就是最好的例證。

6.〈我不和你談論〉

〈我不和你談論〉一詩，發表於 1982 年 5 月《中外文學》，入選爾雅版《七十一年詩選》。2008 年，吳志寧製作一張「詩・歌專輯」《甜蜜的負荷》，曾將此詩譜成歌曲；高中國文（南一版）、小學國語課本（翰林版）曾收錄為教材。

〈仿作——我不和你談論〉創作的因緣，帶有相當的戲劇性：2017 年 6 月 25 日，宜蘭縣政府第 12 屆蘭陽兒童文學獎，高年級童詩類首獎作品為〈我不和你談論〉，原詩如下：「我不和你討論環保／我不和你討論那些漫無邊際的想法／請離開房間／我帶你去蓊鬱的森林走走／應該是遍處的樹苗／如何努力的向上伸展／我不和你討論汙染／不和你討論那些懸浮粒子的霾害／請離開房間／我帶你去蓊鬱的森林走走／去感受清新的芬多精／如何無私地分享自己／我不和你討論土石流／不和你討論那些痛徹心扉的死亡／請離開房間／我帶你去蓊鬱的森林走走／去領略高山峻嶺的雄偉／如何有力地抓住大地的土石／你久居鋼筋水泥的叢林／環保呀！汙染呀！土石流呀！已談論了許多／這是急於改變的環境／而你難得來林間／我帶你去蓊鬱的森林走走／去探索探索環境／如何沉默的保護大地」。

有人發現有抄襲之嫌，三位評審委員坦承「對於此篇為吳晟老師作品的仿寫，確實不知情。」重審學生作品，並與吳晟作品比對，決議取消首獎資格，改列為佳作。吳晟有感而發，並為原詩提供若干訊息。

吳晟詩作分四段，探討的主題在詩藝、人生與社會；學生得獎作品，題目雷同，整首借用吳晟詩作的結構、句式、音韻，主題集中於汙染、土石流與環境保護議題。吳晟認為是明顯的仿作，不過宜加以標明，以示文責。他借題發揮，模仿是為了創作，作者取法乎上，閱讀經典，經過消化、吸收，以奠定厚實的基礎，轉化為創造力，展現別出心裁的作品，例如詩人余光中（1928～2017）的〈江湖上〉（1970），是從諾貝爾文學獎得主巴布・狄倫（Bob Dylan, 1941-2017）的歌曲〈飄盪在風中〉蛻變而來，余光中在詩末附語：「本詩的疊句出於美國年輕一代最有才的詩人與民歌手巴布・狄倫的一首歌“Blowin' in the Wind”。」

吳晟追溯〈我不和你談論〉的創作動機、背景，不外三個因素：一是農民經驗，他出生於農村，成長於農村，定居於農村，耕讀教於農村，擁有完整又實際的農村生活經驗，形諸詩篇，成為農民的代言；二、是深受農婦母親的影響，她「日日，從日出到日落，與泥土親密為伴」，吳晟從母親的辛勤體會出實踐的生活哲學。他教學之餘，分擔農事、投入民主運動、關心環境、呼籲種樹，劍及履及，從不徒託空言。對於書房的文化人，高談闊論詩藝、人生、社會，他是無暇與之談論爭辯的；三、本詩的第一段，為社會寫實文學家的基本詩觀：正視並反映現實生活。第二段為針對當時臺北文壇流行存在主義、虛無主義、超現實主義，悖離真實生活，有感而發。第三段，詩人自述「催生本篇詩作的引爆點，是 1980 年。」這年，他應邀到美國愛荷華大學國際作家工作坊訪問四個月，和中國作家艾青、王蒙，以及香港政論家李怡經常談文論藝，同時認識了來愛荷華作客的 1930、1940 年代作家沈從文、卞之琳……等。這一年，中國文化大革命才結束審判，開放出國交流二、三年；臺灣剛發生「美麗島事件」、林宅血案。這些人世劫難一再衝擊他的人性信賴、鄉土意識、文化認同、國族想像……。

吳晟回顧說，我不和你談論，不和你爭辯（爭辯多麼傷神呀），請讓「我帶你去廣袤的田野走走」，截情入景，以「不答作答」，其實也是在呼喚自己，多從事勞動（這是急於播種的春日），多親近大自然（春風溫柔地吹拂大地），不再捲入紛紛擾擾，爭辯很多，卻沒有答案的議題。

三十五年後，因為文壇仿作事件，牽引出吳晟蟄伏許久的心事，在他追溯創作背景的同時，也提供文本詮釋的一些訊息，更平添詩作慷慨的氣韻。

（二）、主題意識的探索

1.〈手〉

1974 年 12 月，吳晟在《幼獅文藝》第 252 期發表〈泥土〉、〈臉〉、〈手〉、〈腳〉，與〈野餐〉五首詩，顯然是對母親的素描。後來更以 41 篇散文多角度描繪了農婦形象。

〈手〉一詩分四段，特寫農婦長年屬於泥土的雙手。前三段描述母親早晚辛勞，承擔粗重工作。為吳家雙手層層厚繭，流淌汗水；吳晟指出，母親雙手一攤開，便展現一頁頁最美的文字，字裡行間是讀不完的情思，解不盡的哲理。最後一段寫驚見母親衰老，厚繭逐漸剝落，自有一股悲愴洋溢於筆墨之外。吳晟聚焦農婦的雙手，意象鮮活，彷彿一件不朽的雕塑，名字叫做「雙手萬能」。巴黎羅丹美術館（Paris, Musée Rodin）典藏“The Cathedral”，石雕的手，為羅丹（1840～1917）的名作，意象秀氣優雅，與吳晟的文字雕像，大異其趣。

1979 年，吳晟發表〈一本厚厚的大書〉一文，頗有與〈手〉對話的意思。文中敘述母親為家務、農事，養育七個子女，獨挑重擔；她憑恃一股意志力在支撐，忍受勞苦，堅持「人總要勞動才有飯吃。」

吳晟總結農婦不虛華、不怨嘆、守分守己，用一生汗水辛勤灌溉吳家泥土中的夢。她好像一本厚厚的大書，寫滿讀不完的情思、解不盡的哲理。〈一本厚厚的大書〉是農婦的肖像，是進入〈手〉意境的一把鎖鑰，同時也是本詩第四段完美的註腳。

2.〈牽牛花〉

1975 年 2 月，吳晟在《幼獅文藝》第 254 期發表了〈土〉、〈木麻黃〉、〈牽牛花〉、〈野草〉、〈檳榔樹〉五首詩，以草木意象描繪「吾鄉」的容顏。其中〈牽牛花〉宛如一首小小的敘事詩，作者以擬人化手法，面對吾鄉囝仔郎、少年郎、老人家，以及我們四種情境，反應不安、寂寞、憂鬱、惶恐的情緒。其實牽牛花是詩人的化身，四種情緒正是他的心理投射，對吾鄉的深情與擔憂。

牽牛花，學名 Ipomoea nil，纏繞籬笆，在農村到處可見。花為紫色，狀似喇叭，又稱喇叭花；因為朝開夕落，日人稱之為朝顏。

1996 年 10 月 4 日，他在《臺灣日報‧副刊》發表〈詩與歌〉，敘述〈牽牛花〉與校園民歌的一段因緣。1970 年代，臺灣社會驟變，由農業轉型為工商，「吾鄉印象」系列組詩，適切表現隨著文明入侵農村，也流露「時代變化中的愁緒」。〈牽牛花〉反映的正是當時農村的變貌，包括被電視鎖住、人口外流……等面向。

1980 年代，校園民歌崛起，盛行唱我們的歌，〈牽牛花〉受到矚目，由林建助改自吳晟詩，陳輝雄作曲，歌名改為〈故鄉的牽牛花〉，被收錄於某張錄音帶中，名稱不詳，詩人也從未聽過。後來聽到有位國小校長隨口唱了幾句，才引起他的興趣與回憶。他的〈土〉、〈吾鄉印象‧序詩〉、〈負荷〉都曾被譜曲傳唱，跨界詮釋，唯有〈故鄉的牽牛花〉未曾聆聽，他很想知道有沒有把那份情愫——時代變化中的愁緒——唱出來。這種心聲毋寧為原詩的主題意識作了某種程度的詮釋。

3.〈**黑色土壤**〉

〈黑色土壤〉發表於 1996 年 12 月 25 日的《自由時報・副刊》。後來收錄於《吳晟詩選》「再見吾鄉」(1994～1999)系列。

這首詩是臺灣農村的歷史縮影，也是對濁水溪畔黑色土壤的頌讚，更是信靠大地的一份愛戀。

全詩分六段，循序敘述他與黑色土壤的關係，從幼童、年少、成年，跟隨農婦學習農事。歷經農村的變遷，卻堅持身體力行，以足跡、身影、汗水，凝結信靠大地的愛戀，並發願守護每一寸黑色土壤。

2005 年 7 月，〈黑色土壤的故鄉——濁水溪與我〉(《新活水雜誌》第 1 期)與 2015 年 9 月〈溪州尚水・米——水田溼地復育計畫〉(《聯合報・副刊》)二文，吳晟特別針對黑色土壤意象加以說明。

濁水溪為臺灣第一長河，全長 186 公里，發源於奇萊山北峰與合歡山東峰之間的佐久間鞍部，流經南投縣境萬大等部落，成為濁水溪主流，再與三大支流會和，流過彰化、雲林二線縣，帶來沖積平原獨特的黑色土壤。吳晟在前文指出，濁水溪帶來黑色土壤，土壤孕育出優良的「濁水溪米」，使彰化成為臺灣大米倉。今日的肥沃良田都是從雜草荒蔓、礫石滿布的溪埔地，開墾出來的。先人為了改良土質，除了不斷施放堆肥，還引入溪水灌溉。他們都知道濁水溪含有上游山區沖刷下來的大量黑質砂土，沉積田地，可成為肥沃的土壤。

雖然農業生活長不出奇蹟、榮華富貴，卻養育我們與世世代代子民，他強調大地的恩澤是如此值得信靠，我們能不滿懷虔敬？

後文進一步指出，溪洲農鄉位於濁水溪畔，引溪水灌溉，而該鄉農業命脈莿仔埤圳，沒有工業廢水汙染；濁水溪的「濁」是「挾帶上游山壁石岩不斷崩解的鐵板沙，隨著急水流入農田，逐漸沉澱成為有黏性又含豐富有機質的黑色土壤。」他相當得意的表示，優良的水質、肥沃的土壤，再上自然耕作法，孕育而生的米飯，滋味自然Q軟香甜。

吳晟的「黑色土壤」意象，從這些詮釋可以得到更深一層的理解。

4.〈負荷〉

〈負荷〉一詩創作於1977年，全詩四段，循序布局，語言簡淨，充分表達父親對兒女一份濃郁的親情，堪稱吳晟風格的代表作。該詩於1981～1997年被選入國立編譯館國民中學國文科課本，有口皆碑。1990年夏天，吳晟陪伴大兒子賢寧參加臺中地區高中聯考，國文科短文寫作的題目是寫出讀〈負荷〉這首詩的感想。兒子雖知道作者是父親，詩中的主角又是自己，但礙於規定，考生不可暴露身分，僅陳述「這首詩是在表達父愛，我們讀了都很感動。」

對吳晟而言，這件事情確實是千載難逢的巧合，因此，特別寫了〈不可暴露身分〉（1992）一文，細說原委。

〈試題〉（1997）一文，對〈負荷〉語境則宕開不少的空間。有一年，豐原區高職入學考試，國文科有一道選擇題：「偶爾也望一望燦爛的星空，卻不再沉迷。」句中「燦爛的星空」用以比喻（A）忙碌的夜晚、（B）歷史的責任、（C）下班的歡欣、（D）繁華的享受。

有人打電話求教作者。他回答：（A）、（B）顯然不合適，應該是指（D）吧！在一旁的莊芳華則表示，這四個答案都不貼切，正確的原意應該是指「年輕的夢想」。這位既是太太，又是第一位讀者得意的說：「你的詩我最了解。」當下讓吳晟悟識到：當了父親之後，心甘情願不再逗留「絢麗的晚霞」，不再沉迷「燦爛的星空」，這兩句正是比喻「年輕的夢想」。他點點頭表示同意。

2012年發表的〈負荷綿綿〉一文，則對原詩創作背景進一步追溯，並延伸了文本的意境，傳釋那份突破時空的親情，綿延無限的溫馨。

1972年，長女音寧出生，吳晟、莊芳華初為人父人母，家庭、農事、教學三重忙碌。每天下班後，不敢在外逗留，急忙趕回家接班帶小孩。夜深人靜，妻累孩子還不睡，就由他來帶。1975年，賢寧出生，這孩子的體質異常，作息時間很特殊，經常磨到半夜，精神還很好，哄、搖、半強迫都沒用。寒夜，他只好以背巾背起來，搖啊搖，不自覺和孩子說些話，終於醞釀了「向孩子說」組詩。

當年〈負荷〉中的主角，已成為醫生，為人夫為人父，育有四位子女，有自己的負荷；吳晟夫婦則升格為阿公、阿媽，「繼續分享我的負荷的負荷」。他強調「〈負荷〉表達的不只是父愛，而是普天下的父母長輩，世代傳承，無止無盡、綿長細密的親情。」吳晟從父母的負荷，得到「呵護」；他沒有怨言，承擔並呵護子女；兒子也接下生命中最沉重的負荷，呵護新生代。如此代代詮釋「緜緜瓜瓞」(《詩經・大雅・文王之什・緜》) 的真諦，因此也展現了人性共通的負荷——甜蜜的負荷。

5.〈森林墓園〉

2000 年，吳晟總結 1963～1999 的精要詩作，推出《吳晟詩選》，並且「期盼新世紀來臨，我還有能力創造新的格局，開展新的題材。」這年，他從學校退休。

2005 年 4 月，他在《聯合文學》第 247 期發表「晚年冥想」組詩十首，宣示他的再出發，組詩包括：一、〈告別式〉；二〈生平報告〉；三、〈晚年〉；四、〈在鄉間老去〉；五、〈趁還有些微光〉；六、〈落葉〉；七、〈學習告別〉；八、〈不要責備他〉；九、〈火葬場〉；十、〈森林墓園〉。其中多首詩篇聚焦於初老、死亡的思考。他安時處順，選擇鄉間，既要學習「最後如何向自己／從容自在地告別」，也要趁有些微光，再讀上幾頁「這冊厚厚大書」，更要思索人與自然的關係：墓園是樹葬，墓誌銘是終生心血凝結的詩句三二行。

從這組詩我們不難發現詩人尊重並實踐自然倫理的態度，他是位「大地公民」，絕不忍糟蹋任何生靈，耗費大地資源。當中〈森林墓園〉（原題「墓園」）極為獨特，主題多元，是生命的歸宿，也是大地公民的夢想，更是土地倫理的實踐，其終極指向是，引領趨勢，推行樹葬，化荒蕪為綠蔭。

全詩分五段，詩人提出森林墓園的主張，植樹成林，代替墳場，並推行樹葬；隨時貼近樹身輕撫擁抱，聽聽亡者的叮嚀；樹梢群鳥飛躍鳴唱，是故人的招呼；樹樹聲息相通，像是亡者的記憶，在地底相牽，綻放的枝芽各自印證修行的正果；而安息於樹下的魂魄，總會回到親友的懷念裡。

字裡行間流露詩人對「森林墓園」的美麗憧憬。

2013 年 8 月 25 日，他以同一標題撰寫散文，發表於《聯合報・副刊》，繼續闡述他的主張，並為詩作的意象提供一些看法。

因為住家接近墳場，經常看到喪葬儀式、出殯行列，聽到哀樂哭聲，小小心靈早已碰觸到生離死別的宿命。

在他的「吾鄉印象」系列裡，經常出現公墓、墳場的意象，探觸生命的歸宿。

2001 年，吳晟夫婦開始投入平地造林，種植有樟樹、櫸木、肖楠、毛柿、土肉桂等臺灣的原生種。他將樹園夢想，延伸到公共領域，希望將公墓打造成森林墓園；更大的願望是，推廣到各鄉鎮市。

十年後，他與溪州鄉長合作，從樹園移植二百多株烏心石到公墓，打造一座森林墓園。寓植樹於公共領域，轉「公墓公園化」為「森林墓園」，進而推行樹葬，讓「亡者的骨灰依傍樹頭／埋葬或撒入花叢」，無需再占地增建高聳的納骨塔；為臺灣多留下一座座森林，以減緩地球暖化。這是他心中最大的夢想。

次年，他發表〈化荒蕪為綠蔭〉[16]，對「森林墓園」進一步說明：森林墓園是公墓的森林化，有多重意義：既可化「埔」為「園」，將荒蕪髒亂的墳場變為綠地森林；無需另外徵地，便可多出數座清幽怡人的綠公園，提升生活環境品質；同時可為減緩地球暖化現象、臺灣的環保問題，盡些力量。

吳晟「森林墓園」的主張既帶出樹葬風潮，也深思骨灰回歸自然的觀念。這對於詩作主題意識的理解，當有更深遠的意義。

---

[16]吳晟，〈化荒蕪為綠蔭〉，《中國時報》，2014 年 4 月 3～4 日，D4 版。

（三）、反諷嘲弄的美學

1.〈過客〉

1978 年 9 月 21 日，吳晟在《聯合報・副刊》發表了〈過客〉一詩，因為當中轉化鄭愁予（1933～）〈錯誤〉的「我不是歸人，是個過客」為「什麼時候，到了什麼地方／你們才是歸人／才不再是過客」，在文壇引起注目。

全詩原分六段（1985，《吾鄉印象》），後來整合三、四段，成為五段（2000，《吳晟詩選》），與同年的〈美國籍〉、〈你也走了〉、〈我竟忘了問起你〉、〈歸來〉四首詩，共同指向「為了逃避家鄉的災情」，驚慌逃亡的移民潮。

詩的語言清晰簡淨，透過情境對比，極盡反諷之能事。

1998 年 8 月，吳晟在《新觀念》雜誌發表〈過客〉一文，詩、文同一標題，互文詮釋隱喻的訊息，以及一些有趣的遭遇。

1987 年，汪其楣導演的戲劇《人間孤兒》在臺北市社教館公演，曾安排演者朗誦〈過客〉中的一段。讀到「我不是歸人啊我是過客」時，吳晟座位後排傳來姚一葦教授與鄭愁予的對話。「愁予，在念你的詩耶！」「是吳晟的詩，不是我的。」就是那麼湊巧，〈錯誤〉、〈過客〉兩詩作者都蒞臨觀賞，坐在前後，一個由美返臺，一個由彰化北上，交會於一場舞臺劇。

吳晟在文章透露，該詩針對臺灣社會，提出強烈的批判。當權派信誓旦旦「光復神州」，表面愛國，內心嚮往歐美新故鄉，想辦法擁有外國護照，興起一波波的移民風潮。他們「心目中從無臺灣人民、土地和未來」，卻占盡便宜，透過媒體，渲染漂泊思想，散播過客的浪漫情懷，迷惑臺灣子民。對擁抱家鄉的悲苦與榮耀的島民，確實是不公平又不合理的對待。這種心聲在《無悔》〈富裕〉一文也有相當的表示。

最後，作者反問：「臺灣果真是孕育鄉愁的溫床嗎？」針對過客的「逃亡」心態提出強烈的批判。

2.〈獸魂碑〉

吳晟〈獸魂碑〉發表於 1977 年 2 月的《臺灣文藝》革新 1 號。這年，他同時創作了〈雞〉、〈狗〉、〈豬〉、〈牛〉、〈羊〉等詩，1979 年被收入《泥土》「禽畜篇」。這些詩作是典型的詠物詩，不過經過作者的隱喻處理轉化為寓言詩，特別是〈獸魂碑〉。全詩分五段，描述家鄉屠夫一邊屠殺豬狗禽獸，一邊誠惶誠恐祭拜，要求冤魂不要回來討命。作者以第三者的敘述觀點，以悲憫的情懷，將事件如實呈現，只能無奈的安慰說：「魂兮！去吧。」

詩作耐人尋味的是，透過你們（豬狗禽獸）／他們（屠夫）的人物對比，形成反諷，而釋放一股撼人的訊息。因此，言在此，意在彼，意義指向白色恐怖下人民遭受迫害的控訴。

1993 年，2 月 16 日，吳晟在《聯合報‧副刊》發表了〈撿起一張垃圾〉，對〈獸魂碑〉的創作心境與背景作了一些交代。1992 年 3 月初，同事張老師帶妻兒到臺中體育館觀賞棒球比賽，孩子在座位下撿到一張垃圾。張老師接過來，發現是一張被丟棄的卡片，上面有未署名的一首詩，標題是〈獸魂碑〉。張老師向吳晟敘述這件事，並拿出那張卡片。依時間、地點和詩作來推斷，可能是二月底在臺中市舉行二‧二八紀念會大遊行，主辦單位印製的宣傳品。

詩人自述，該詩是《吾鄉印象》中「禽畜篇」第一首，寫於 1977 年，詩中具有強烈諷諭，但未明指。基本上，他的「詩作大都根源於現實生活，和臺灣社會脈動息息相關，有不少篇甚至和史實直接連結。」例如：〈若是〉(1979) 寫於「臺、美」斷交之時，國內一連串抗議示威，指責美國「背信忘義」，他藉著「向孩子說」，抒發一些見解。

〈獸魂碑〉採用隱喻技巧，轉化為寓言詩，意境更為深遠，彷彿是邪惡威權的照妖鏡。詩人現身說法，於背景、主題意識提供珍貴的訊息。仔細玩味，詩作彷彿一首《安魂曲》，讓我們感受到詩人的悲憫情懷。

3.〈不要忘記〉

1980 年 3 月〈不要忘記〉發表於《現代文學》復刊第 10 期。那是高雄發生美麗島事件後的詩作，收錄於《向孩子說》(1985)。全詩分六段，以父親的觀點敘述兩位孩子（至親兄弟）鬩牆的經過。大哥集權威、偏執、跋扈於一身，對不同意見、作風的弟弟，便喝叱為壞人，馴至暴力相加。父親喊話，不要忘記你們是至親兄弟，應相待以誠、包容異己；倘若家鄉遭受外人欺凌，要全力抵抗。大哥的趾高氣揚是怨恨的種子，撒播在裂開的傷口，暗中萌芽滋長。那是父親內心的絞痛。最後他提醒要愛護親族、關心社會大眾，以至親兄弟「為什麼不伸出溫暖的手掌」結束，映襯內心殷切的期盼。

顯然的，這是一首寫親情的詩，涉及兄弟鬩牆，以及期望伸出溫暖的手，進行大和解。不過詩人運用隱喻的手法，影射當時的政局，牽涉國民黨的威權，與新興的黨外勢力的對立。這層訊息，在當時的恐怖氛圍，他不能直接表示，僅以向孩子說的庭訓方式，來反應內心的壓抑與無奈。

16 年之後，他在《聯合報・副刊》(1996 年 11 月 16 日）發表〈軟弱的詩〉一文，與〈不要忘記〉對話，揭開一段塵封已久的往事，也交代了該詩的寫作因緣。

1979 年底，黨外人士在高雄市大遊行，發生了「美麗島事件」。執政當局羅織意圖叛亂罪名，逮捕參與民運人士，全島瀰漫著肅殺的氛圍。1980 年年初，旅美作家陳若曦女士特地回臺，與蔣經國見面，直陳政府「先鎮後暴」，不應視為叛亂。接著由陳映真、黃春明邀集藝文界人士，舉行歡迎會，吳晟與洪醒夫應邀北上參加。但陳若曦為了營救被捕的王拓、楊青矗，並未出席。歡迎會上，大家針對事件的看法。吳晟痛斥媒體記者矇住良心，充當政權的打手。會上充滿凝重憂戚，也催化了吳晟多日的悲憤轉為詩思。

詩中，他「以兄弟相處做比喻，訓誡大哥要有包容批評的胸襟，勿因一時的得意，埋下無數怨恨的種子。」

經過多次修訂，題為〈不要忘記〉。他內心遲疑，是否可以發表？寒夜裡，把詩稿拿給莊芳華看，徵詢意見。太太看了，說：「有什麼問題？」他半開玩笑的回答：「有可能被捉去喲！」（1966 年，大專一年級暑假，四個警察來家裡查閱的「白色恐怖」夢魘，彷彿復活了。）「驚什麼！如果因為這首詩而被捕，不但甘願，也是光榮。」太太生氣的說。讓他一時為之震懾。三月，詩作刊出後，「根本無人聞問，無人理會。」後來他重讀〈不要忘記〉，覺得隱喻主題，太軟弱了，未能直抒滿懷痛惡，深感遺憾。

然而，回顧當時歷史情境，在肅殺恐怖的氛圍下，相對於學術界、文化界噤若寒蟬，他挺身以詩作發聲，言人之所未言，不愧是知識分子的本色。

4.〈我們也有自己的鄉愁〉

1999 年，吳晟發表〈小小的島嶼〉、〈我們也有自己的鄉愁〉、〈角度〉三首詩，主題意識頗為類似，顯然是針對 1978 年〈過客〉、〈歸來〉等詩所展現移民風潮下的逃亡心態，以及「臺灣是孕育鄉愁的溫床？」的質疑。

其中，〈我們也有自己的鄉愁〉最能正面闡述看法，該詩發表於《自由時報・副刊》（1999 年 5 月 1 日），是探討移民風潮的詩作。移民，是吳晟長期關心的議題，因此創作了一系列有關移民的詩篇，表現相當深刻的觀察力。

該詩分七段，開始點出小小島嶼成為宇宙遊子、過客、逃亡者孕育鄉愁的溫床，夢囈般的鄉愁流行，漂泊靈魂令人嚮往。經過戳破夢幻山河，解構政治神話，終於讓人醒覺，尋回模糊的面貌，抒發瘖啞的聲音：「原來小小的島／也有我們自己的鄉愁」。最後詩人直揭，我們唯一的鄉愁，就在腳踏的土地上。翻轉過客漂泊浪漫虛幻的鄉愁，成為我們自己的鄉愁。

2005 年 8 月，吳晟在《新臺灣人週刊》發表與詩同一標題的散文。作者表示，鄉愁的意涵有許多面向，包括生命的、靈魂的與時間的鄉愁，1999 年發表的〈小小的島嶼〉小輯詩作，旨在總結長年以來探尋「土地認同」的心路歷程。他從 1950、1960 年代開始接觸文學，當時盛行戰鬥文藝、反共文學，與故國懷鄉之作。接著漂泊、流浪、宇宙遊子的曲調，成為文壇主流，這些浪漫情調是過客心態，拒絕認同島嶼為家鄉。在虛妄圖騰伴隨鄉愁的影響下，許多文青深受感染，小小心靈也沉積著莫名的鄉愁。

隨著年歲增長、定根鄉土的生活經驗與鄉土情懷，讓他深切反思，「逐漸由困惑而質疑而懂得正視自己賴以安身立命的歸屬。」20 世紀末，發表的〈我們也有自己的鄉愁〉組詩，明確宣示：「我們唯一的鄉愁／就在腳踏的土地上」。詩人慨嘆，這是何等艱辛又漫長的追尋。

從 15 例三面向的分析可以看出，吳晟的詩、文雙重奏絕非是詩作的翻譯，也不是答案的揭曉。他透過互文詮釋，提供新詩的創作背景，陳述更複雜的意義，像〈店仔頭〉的農民宿命；〈苦笑〉的工廠廢水，農藥氾濫；〈例如〉在威權下的自我約制、壓抑；〈寒夜〉背孩子搖出的親情；〈制止他們〉揭示環保、守護「我們」母親美麗島的決心；〈我不和你談論〉拒絕傷神的爭辯，面對現實生活。

在主題意識上，也激盪出相當深刻的訊息，有助於詩作意境的探索，例如：〈手〉，透過〈一本厚厚的書〉——農婦肖像，讓長年屬於泥土的雙手，意象更為鮮明，主題也更為深邃；〈牽牛花〉透過民歌、散文，帶出弦外之音——文明入侵農村引發的「時代變化中的愁緒」；〈黑色土壤〉，意象獨特，底蘊豐厚，並流露對大地的愛戀與守護的決心；〈負荷〉、〈森林墓園〉同屬倫理範疇，前者為家庭倫理，後者為土地倫理，互文詮釋，語境延伸，也開展了主題的多義性。

至於反諷嘲弄的美學，一向是吳晟詩作的表現手法，尤其針對政治、社會、環保，時常釋放強烈的批判，例如：〈過客〉，針對過客的逃亡心態，嚴肅地詰問：「臺灣果真是孕育鄉愁的溫床嗎？」背後是強烈的控訴；〈獸魂碑〉，扣緊史實，藉寓言形式，對白色恐怖政權造成無數的冤魂，加以控訴；〈不要忘記〉，隱喻高雄美麗島事件，以寓言方式寫親情，影射對當時威權政局的壓抑與無奈感；〈我們也有自己的鄉愁〉，鮮明的對比，對應自己艱辛又漫長追尋的「唯一的鄉愁」，帶來強烈的嘲弄與震撼。

五、結論

吳晟立足彰化，創作生涯近六十年，自我要求藝術表現與臺灣現實密切結合。在教、耕、讀之餘，不停的寫作，主要動力大概來自生命的熱愛、社會的關懷，以及文學的興趣。

他熱愛鄉土，深具強烈的批判精神。在生命不同階段的進程中，往往以憨直的性格、冷靜的思考、良心的議論，或詩寫臺灣或文論社會，略盡知識分子的責任。不過，他五十歲以前，大概扮演消極的觀念人，面對大地的創傷、人世的劫難，只能以詩作來控訴、對抗。1992 年，他化消極為積極，從幕後走到臺上，結合觀念與行動於一身，成為道地的知識分子，也活出吳晟的真本色。從白色恐怖年代（1949）、解嚴（1987）、政黨輪替（2000），迄今，他經歷曲折的歲月，也經驗艱辛的臺灣，曾寫下許多慷慨激昂、充滿無力又無悔的心聲；面臨初老，他寫下圓熟觀照的「晚年冥想」組詩，以反思生命。他的新詩 287 首是人生歷程的見證與詮釋，特別是，以詩篇記錄歷史，使得詩作具有詩史的特質。

在他詩作的深層結構裡，我們可以發現強烈的核心價值—倫理觀念，並由此擴充開展的家庭倫理、社會倫理與土地（自然）倫理。他像一位「大地公民」，秉著生態良知，堅持實踐土地倫理，從而投入平地造林、綠化臺灣，其用心既深遠又肅穆；至於政治與環保、農業與稻作，都可視為環節相扣的關涉之主題；晚年對生命的反思，回歸鄉間、自然的懷抱的抉擇，毋寧圓滿了他的人生哲學。

詩是精鍊的語言藝術，作者是透過隱喻技巧，營造多義性的符碼。一般讀者往往有不得其門而入的遺憾，為了擴大影響力，引起閱讀者的共鳴，自 1992 年開始譜寫詩、文的雙重奏。在 15 個案例中，雙重奏所引發出來語境，令人耳目一新，其意義有三個指向，即：創作背景的交代，主題意識的探索與反諷嘲弄的美學。

吳晟曾表白：「一首詩的完成及完成之後，每每有著不為人知的故事與情節。」因此在 2002 年推出《一首詩一個故事》以圓滿心願。沒想到也開拓了書寫的新領域，成為另一種文類。

然而，詩、文雙重奏並非詩歌翻譯或答案揭曉，而是藉著訊息的發現，擴大想像世界，挖掘主題意識，以延伸詩歌的語境與意境。

個人以為，這是吳晟獨有的文學景觀，也是臺灣文學的特殊風景。

——選自《彰化師範大學文學院學報》第 19 期，2019 年 3 月

單純之歌
臺灣特有種詩人吳晟

◎蔡逸君[*]

古早古早的古早以前
吾鄉的人們
開始懂得向上仰望
吾鄉的天空
就是那一副無所謂的模樣
無所謂的陰著或藍著

——〈吾鄉印象・序說〉，1972 年

該在什麼時候播種，該在什麼時候採收，是單純的事。該什麼時候開花，該什麼時候結果，是很單純的事。該留下什麼，捨棄什麼，也是很單純的事。該使用怎樣的文字，該怎樣的使用文字，許多年後，依然如此無所謂的吾鄉和吾島，詩人依然不停地耕耘，抵擋著時代的虛耗與虛無。他種的樹生長速度跟他寫詩一般悠緩，緩到讓人以為時間靜止了，畢竟臺灣肖楠或毛柿一株苗仔要長成一棵樹，二十年也不過樹徑二十公分。這樣寸步不離在黑泥田裡寫詩超過五十年的詩人，固執地固著於吾鄉的土地上耙犁，時間不是靜止的，而是被他的詩歌緩緩地凝住，以詩人母親為名的純園，如今鬱鬱蒼蒼，林木成群，詩人吳晟以一個心念凝住一片森林。

最早我不知道他是寫詩的人，而僅是我國中生物課的老師，不教國文

[*]作家、編劇。曾任《印刻文學生活誌》主編，現專事寫作。

不教詩，而很認真教我們解剖蚯蚓青蛙。他還當導師帶升學班，每天放學後把學生留下來做免費的課業輔導。脾氣和他一般強的我二哥就跟他槓上，我記得校園一幕，鳳凰木樹下他拉著從教室逃開的我二哥，兩人像兩隻牛杵在那，僵持不下。許多年後我跟詩人提到此事，他忘記了，我問我二哥，他笑著說，有嗎？而我明明碰到一些他當班導帶過的學生，說老師晚上留在學校盯著升學班的他們，一個都不能少，說他沒收補習費替他們加強功課。

有兩件事，讓我知道我的生物老師是作家，會寫書。

我們所在的農鄉小田莊街上有三兩家書局，大致上多賣文具，少量的書也是連環漫畫、童話、少年雜誌和鬼怪故事，而課本裡的文章和詩詞，都拿來當作考試的題目，很難有心思去體會。不過喜歡看閒書的我，每當休假日回到家，仍不時會跑到這些書局窩著，一邊翻找有什麼新本子進來，一邊不好意思假裝老闆看不到，蹲在角落捧著書讀。某個高中暑假，我記得是在溪州慶平路的正中書局，還沒進店裡，就看見門外立著像畫架的看板，大紅色紙上寫著：賀本鄉溪州國中吳勝雄老師新書出版，畫板底下的長條板凳且放著一疊新書。說實話，那本擺在三十多年前一處鄉村街路上的新書是詩人的哪本著作我已遺忘，最有可能是《農婦》，我書架上就有一本，洪範書店民國 71 年初版，定價 70 元……，但我應該沒錢買的啊？書忘記，作者可記得清清楚楚，因為我國中生物老師有另一個名字吳晟，最重要是那晟字我不會唸，自己心裡發音ㄕㄥ，查字典，有說ㄕㄥˋ、也有說ㄔㄥˊ。最後最後直到今天，不管是吳勝雄老師，還是詩人吳晟，我們私底下還是覺得叫他芋仔最自然，芋仔是芋頭的臺語發音，被他教過的學生多是這麼稱呼他的。

另一件事記憶更久，發生的更早。國中有天上課時，校園突然傳來廣播，聲音急切：張櫻川老師，張櫻川老師，請趕快到辦公室，美國愛荷華長途電話，吳勝雄老師找你……，廣播不斷重複呼喊著。多年以後，我也問詩人這件事，他也說忘記了，我們一起算算，沒錯，他去參加愛荷華國際作家工作坊那年，我還在念國中。現在推想起來，當時國際長途電話很貴，他急著找教英文的好同事張老師，不會是詩人在異國言語不通順，想臨時抱佛腳吧——這當然是開玩笑的。我想他是急著要知道他班上的學生聯考考得好不好吧？所以大老遠打電話來持續關心，這滿符合詩人那般一絲不苟，不厭其煩，頂真的個性。

他鄉異國雖短暫，但的確是個重要的轉折。詩人身在愛荷華，心還留在臺灣，他寫道：

是為了學習詩藝而來嗎
最美好的詩
就寫在孩子們和你
紅潤的笑臉上
是為了追尋什麼夢想嗎
最可親的希望
就在我們自己的家鄉

——〈從未料想過〉，1981 年

發表在《聯合報．副刊》的這首詩，應是起稿於一年前的寫作坊吧，這裡看出詩人對書寫的鄭重其事——一首詩沉澱修改年餘才發表，這還算快的呢——此外詩人一貫簡潔的語詞，單純的節奏，冷靜的憂思，仍悠遠明朗。

那麼轉折的是什麼呢？我也是多年以後，自己開始寫作，才明白作家雖然可以跨越各種藩籬，但離不開所面對的時代。「從愛荷華歸來之後，很長一段時間，幾乎完全不問文事。少數友人好意關心我的沉默，而我很少透露，我是如何深受這些認知上的震撼，惡浪般沖亂了我原本平和並充滿希望的思想世界。甚至對文學的單純信念，也逐漸崩潰。」詩人在〈衝擊〉文中，提及當時的心境。這種幾乎是失語的狀態，對作家而言簡直要命，而導致作家不能寫不能言，很大的原因是作家所處的時代起了重大變化，颯颯風雲詭譎。

我自己的推測，離詩人去愛荷華九個月前，美麗島事件發生，吾鄉吾島的政治肅殺氛圍擴散籠罩，即使在我們鄉下小農村，我家市場的公共廁所入口的牆壁上，也貼著通緝要犯施明德的懸賞單，每日都要見到幾回。我個人覺得這個暗影或圖騰，影響所及是全面性的，包括日後的軍事審判，時代在那裡打了個巨大的結，從政治到文化，從全體到個人，從身體到心靈，從看得到的表面事物到看不到的裡層事物，自覺與不自覺地全糾結了。這巨大的結前段繩索是鄉土文學論戰，千絲萬縷的每條細線扭曲纏繞各自攀緣在一條繩索上，以文字而文學的作家找尋各自的歷史與體系，支撐著自家的一脈不要斷裂。而此巨大的結後段的繩索，分離成每股小索，再歷經解嚴黨禁報禁開放，小索又裂解，分散成一條條不同色的絲線，再經野百合運動、總統直選，這不同顏色的絲線彼此傾軋互綁，黑纏著白，紅繞著藍，綠梭著灰，黃穿著橘，分裂再結合，結合再分裂。不只作家，幾乎所有的人，都在時代的震盪中自願或不自願地捲入其中。

上一次對吾鄉吾島造成如此深遠影響的巨大的結是二二八事件，這兩個結，要到 21 世紀才逐漸鬆緩，不是結解開了，而是繩索絲線斷裂四散。這是複雜的後話，在此打住。

回到詩人當時所面對的，他辦理出國被刁難，因為有關單位有他的案底，可那不過是青年時期愛好文藝所惹上的小事啊，況且作為一名國中教員兼農夫，他不過有話直說的坦然單純性格，為什麼被針對呢？雖然後來詩人巧遇友人林懷民幫腔，最後獲准出國，然鬱結更沉了。離開家鄉短短四個月，再回到吾鄉吾島，在詩人心中應該覺得有四十年之難熬吧。我猜他信念的轉折相似於狄奧多•阿多諾所喻：「奧斯威辛後仍然寫詩是野蠻的。這甚至侵蝕到這樣一種認識：為什麼寫詩在今天已變得不可能了。」不是不能創作或寫詩，而是面對時代的殘酷，還能只是寫詩而自得嗎？以前詩人寫作，並不汲於與人經營，安靜地於書寫中呈現農村生活的真實樣貌。現在要懷疑了，還能寫嗎？眼前吾島吾鄉這片泥土田地未來的命運是什麼？詩人無聲無語沉入地底，憤怒與哀傷也是。

當沸沸揚揚各種不同的認同聲音互以真理和謊言搏鬥，熱鬧荒謬的大風吹遊戲，人們搶戲臺演搶戲臺看，中猴般瘋狂的吶喊直至嘶啞。詩人把自己埋入土地，像顆單純的種子，有單純的陽光、單純的溪水滋潤餵養，然後迎來單純的鳥雀，單純的清風，他默默地再次挺起身，更堅定擁抱土地的氣息，而不是大聲嚷嚷。

我不和你談論詩藝
不和你談論那些糾纏不清的隱喻
請離開書房
我帶你去廣袤的田野走走
去看看遍處的幼苗
如何沉默地奮力生長

……（中略）

你久居鬧熱滾滾的都城
詩藝呀！人生呀！社會呀
已爭辯了很多
這是急於播種的春日
而你難得來鄉間
我帶你去廣袤的田野走走
去領略領略春風：
如何溫柔地吹拂著大地

——〈我不和你談論〉，1982 年

每次再讀詩人的詩，都會讓我的腦袋澄澈許多，他所描繪的景色，他無華的文字，緊貼著吾鄉人們的心情。我自己嘗試過，要以什麼樣的語言來面對同樣的這片土地，該怎樣寫而不會太過或太失，很難很難。唯有真的踏進黏人的土地，浸淫它的春夏秋冬許久，才可能找到適切真誠的敘述。詩人和我喜愛的前輩詩人郭水潭一樣，將現實結合抒情語意的甜美苦澀兼在地風物而成扎實的詩歌，臺灣沒幾個詩人能做到。這是單純並結結實實的詩，它不虛華浮晃，不與雖然複雜卻令人傷透腦力的詩同款。

20 世紀末，詩人的母親去世，撐起農村半邊天農婦的背影漸行漸遠。吾島吾鄉的年輕子弟更早以前即已離開田野，投入資本主義的工商社會。無人可繼續耕耘的土地，田園將蕪，農家的生活文化如殘陽即將消失，這是每個農鄉都面臨的處境。然而母親流過汗流過淚流過血的這片土地，難道就任其荒廢，這可是哺育好幾代人們的田啊。詩人從學校退休下來，他依然默默地耕耘，依然默默地在黑泥地裡埋下更多的種子。

其實詩情與才華云云
乃至文字的迷信
早已點點滴滴
沉積在滔滔流逝的現實歲月底層
寧願只是沉默耕作的鄉間農人

而我仍繼續寫詩
或許是大地的愴傷、人世的劫難
一再絞痛我的肺腑
即使眼淚，也無法平息
即使大聲控訴，也無法阻擋
只有求取詩句的安慰

——〈我仍繼續寫詩〉，1997 年

2014 年春節後，我離開生活了三十多年的臺北，搬回故鄉溪州，有更多的時間和詩人見面，後來也和另一位農婦作家，詩人的太太莊老師合種稻米。在此之前，我們師生雖然勉強可算是文藝中人，但都是不擅交遊的鄉下農村子弟，彼此也少有聯繫。要不是 2012 年，那條流經吾鄉養活彰南無數農民的莿仔埤圳護水運動，帶頭的吳音寧打電話來要我加入，我想我們不會以此方式再次相遇。這是偶然嗎？繫於一條水圳，生命的源頭，這是必然吧。我記得 2012 年當時的詩人夫婦，他們才剛打完反國光石化大戰役，疲憊加上病痛，仍然堅毅的作為護水前鋒兼後盾，不眠不休的意志力，令人動容，令人不捨。

再次相遇，再次踏入田野，再次播種，再次引圳水灌溉，詩人 15 年前在母親土地上種下的樹苗，已蔚然成林。詩人忙著跟我解說剛挖的生態池，忙著跟小朋友解說臺灣原生樹種肖楠烏心石毛柿，詩人忙著到縣府市府告訴人們要種樹，要如何種對的樹。詩人忙個不停，他知道有些事現在不做不說會來不及，而身旁農婦一如千百年來的農婦，我時常看到她隱身蹲伏在四處的田野中，只偶爾喘口氣息仰望著天空。

2017 年最新的調查，純園和園裡兩座生態池，加上附近不用農藥不施化肥以友善耕作的尚水農田，總計鳥類 27 科 41 種，水生昆蟲 11 科 26 種，兩棲爬蟲 11 科 14 種，魚蝦 7 科 12 種，螺貝 9 科 10 種，比起 2013 年實施友善耕作初期，多出 39 科 50 種，每科每種都增加很多。先不論生態的原生和外來種的競逐利弊與人為的導向產生的特定現象，我總覺得，保有物種的多樣性是人類與他種生物共生共榮最為自然的存在。不令人訝異嗎？只引濁水溪經莿仔埤圳進水的生態農田溼地，竟然存有臺灣山椒螺、臺灣栗螺、圓口扁蜷、臺灣椎實螺、石田螺、大型臺灣蜆、粗糙沼蝦、羅漢魚、鬍鯰、苦槽仔、極樂吻鰕虎、粗首馬口鱲、何氏棘鲃等等。詩人的母親農婦吳陳純女士應該很高興，很歡喜，她的土地繁衍出那麼多種那麼多樣的生命和其子子孫孫，她會很驕傲吾島吾鄉生出這樣一個臺灣特有種詩人吳晟。

最近好久不見詩人夫婦，聽說他跑到總統府，口中還是一再叮嚀：要種樹要種樹，每個碰到他的人都已經被詩人清腦，他還沒開口，大家都先點頭對他說：知道了知道了，要種樹要種樹。這是他女兒吳音寧告訴我的。她承繼著農婦堅韌兼詩人革命個性，單槍匹馬到都城開拓思索吾島吾鄉農業的可能，至今仍以辦公室為家，住在農產公司。詩人雖不那麼贊同她離開鄉下，然而一代農村有一代不同的子弟，以不同方式繼續耕耘，繼續打拚。半年過去，詩人還是不放心，他第一次去看他女兒，除了帶著不善於表達的父愛親情，他還帶了一大幅字給她，掛在最醒目處占滿牆壁，要人天天看著。那是摘自鄭板橋〈寄弟墨書〉的一段：

> 十月二十六日得家書，知新置田穫秋稼五百斛，甚喜。而今而後，堪為農夫以沒世矣。我想天地間第一等人，只有農夫，而士為四民之末。農夫上者種地百畝，其次七八十畝，其次五六十畝，皆苦其身，勤其力，耕種收穫，以養天下之人。使天下無農夫，舉世皆餓死矣。

我記得回鄉後幾次強颱直撲而來，無數的樹都被大風吹倒，詩人的樹園卻損傷極少，每棵樹都站得好好的。詩人跟我說，這些樹從小在地，根扎得深，管他什麼風管他怎麼吹，硬是直挺挺的。

樹就是這麼單純啊，可這真的不單純。

風可以吹落一片樹葉，可以摧殘細枝新芽，可它吹不走一整片樹林。

單純之必要，芳華之必要。

來田野走走吧，來種種樹吧，來一起仰望仰望天空吧。

——選自《印刻文學生活誌》第 174 期，2018 年 2 月

小小樹園，大大夢想
詩人吳晟的愛戀與憂傷

◎李桂媚*

〈泥土〉是吳晟刻畫母親的詩作，最末寫道：「用一生的汗水，灌溉她的夢」，這句話其實也是吳晟守護大地之母的最佳寫照，小小的「純園」種著詩人「疼惜臺灣」的大夢。他的自然思維並非守舊，而是站在永續的高度來看待環境，為一百年後、甚至兩百年後的臺灣設想，因此吳晟對於過度依賴農藥、濫砍濫伐、一窩蜂種植外來種、用水泥把樹圈起來等現象，感到萬分憂心，因此他離開書桌、投身實際行動，不只是平地造林、推廣臺灣原生種與友善農業，吳晟同時參與社會運動，呼籲大家共同守護環境、珍惜臺灣這片土地。

如果說尊重自然、愛護樹木的信念有一個起點，或許就是童年時期，母親陳純在吳晟心中埋下的種子。吳晟回憶說，小時候家鄉到處可以看到樹木，店仔頭的大樹是孩子們玩耍的好去處，更是大人乘涼話家常的好地方，大家會坐在店仔頭的大樹下聊天或者小憩，大樹據點也像是訊息交換站。每次回外婆家，都會看到一棵很大的楊桃樹，有一次從母親口中得知，外婆的鄰居原本找了工人要砍除那棵楊桃樹，但外婆覺得大樹長成不易，勸阻鄰居不要砍掉，並且自掏腰包付了雙倍的砍樹費用，大樹才得以保存下來。母親亦常常告訴他們「砍樹容易，種樹難」，有一回，村裡的農民因為鄰居的樹遮住了陽光，讓田裡有一部分稻作長得慢，就找人把樹砍掉，樹的主人覺得樹是農民休憩與遮蔭的地方，竟被鄰居自作主張砍除，

*《臺灣詩學吹鼓吹詩論壇》主編、大葉大學公關事務中心職員。

兩戶人家因此弄得很不愉快。這些事情都帶給他無形的影響，耳濡目染之下，除了懂得珍惜樹的生命，他也開始思考樹與人、樹與生活的關係。

書寫，植物詩與生命史的交疊

回溯樹與吳晟的緊密連繫，早在高中時期，吳晟就寫下〈樹〉一詩，以樹作為自我象徵：

> 而我是一株冷冷的絕緣體
> 植根於此
> ——於浩浩空曠
>
> 嘩嘩繁華過後
> 總有春的碎屑，灑滿我四周
> 而我是一株冷冷的絕緣體
> 不趨向那引力
>
> 亦成蔭。以新葉
> 滴下清涼
> 亦成柱。以愉悅的蓊蒽
> 擎起一片綠天
>
> 而我是一株冷冷的絕緣體
> 植根於此
> 縱有營營底笑聲
> 風一般投來

這首 1963 年 7 月發表在《文星》雜誌第 69 期的詩作，透過樹對繁葉、落花、風聲的不為所動，闡明不忘初衷的信念。「而我是一株冷冷的絕緣體」在詩中反覆出現，「冷」、「絕緣體」看似孤獨，其實是一種堅定，是詩人「根植於此」、走自己的路的堅持，也是「擎起一片綠天」的決心。

樹不僅是詩人生命史的表徵，吳晟筆下的植物，更見證了農村的發展，詩集《吾鄉印象》收錄有十首「植物篇」詩作，以稻作為主題的〈水稻〉、〈秋收之後〉、〈過程〉，是農業社會的描摹，從中可見農民的辛勤與堅毅，〈早安〉連結起農田耕作和教學工作，教師所耕耘的園地，其實也是一畝一畝教育田。〈木麻黃〉及〈牽牛花〉揭示了農業社會發展為工業社會，隨之出現屋舍取代綠地、環境汙染、人口外移等現象，〈含羞草〉、〈野草〉、〈檳榔樹〉與〈月橘〉則是高壓統治的政治隱喻，以及弱者的不平之鳴。

展讀「植物篇」系列詩作，除了從農業轉向工業的時代變遷軌跡，亦能窺見詩人的社會觀察與反思，例如〈牽牛花〉：

在陽光下奔跑，在月光下嬉戲的
吾鄉的囝仔郎，哪裡去了
他們蹲在小小的電視機前面
吾鄉的牽牛花，不安的注視著

在陽光下流汗，在月光下歌唱的
吾鄉的少年郎，哪裡去了
他們湧去一家家的工廠
吾鄉的牽牛花，寂寞的尋找著

在陽光下微笑，在月光下說故事的
吾鄉老人家，哪裡去了
他們擠在荒涼的公墓
吾鄉的牽牛花，憂鬱的懷念著

有一天，我們將去哪裡

吾鄉的牽牛花，惶恐的納悶著

此詩以牽牛花的口吻來述說，透過旁觀者清的視線，指陳文明對於家鄉環境造成的衝擊，月光依舊，人事物卻早已不再。電視機的出現，改變了原本的生活形態，孩子們被電視節目吸引，不再奔跑遊戲，轉而目不轉睛地守在電視機前，工廠的設立，同樣改變了農村社會的結構，青年離開家鄉，到加工區的工廠就業，而農村的長輩也隨著時間凋零。人可以自由遷徙，牽牛花卻只能守在原地，反而比人更清楚地看見農村一點一滴的變異，因此牽牛花也不禁要憂心起，當工業化不斷入侵鄉村，自己在這裡是否還能保有一席之地。

值得一提的是，〈牽牛花〉是吳晟最早被譜曲演唱的詩作，海山唱片 1980 年出版的大地二重唱（王大川、鄭舜成）《給我一片寧靜／你滋潤我心》專輯，收錄其中的民歌〈故鄉的牽牛花〉，歌詞就是由吳晟詩作〈牽牛花〉改編而成。吳晟表示，校園民歌從 1970 年代中期開始流行，大約在 1980 年前後，黃士本曾替友人詢問是否同意將《吾鄉印象》中的〈牽牛花〉譜曲，事後也提供了陳輝雄譜曲的歌譜給他，但當時他並沒有特別追問歌曲後續發展，後來 1996 年參加一場聚會，偶然聽到一位國小校長哼唱〈牽牛花〉，詢問之下才知道歌曲版的〈牽牛花〉收錄在某張卡帶裡，可惜對方對於專輯名稱和歌手已不復記憶。直到 2017 年，青年詩評家李桂媚撰寫〈論《吳晟詩・歌》專輯的詩歌交響〉一文，找出這張黑膠唱片，才發現當年的歌詞單把「吾鄉的印象」當成〈故鄉的牽牛花〉的作詞者，難怪歌有名、人無名。

省思，文明對環境的衝擊

另一首 1975 年 2 月發表在《幼獅文藝》第 254 期的植物詩〈木麻黃〉，也和〈牽牛花〉一樣，藉由植物的視角，娓娓述說家鄉的變化，第二節寫道：

晚霞仍然殷勤的送別
在同伴越來越稀少的馬路上
而我們望見
城市的工廠、工廠的煙囪、煙囪的煤灰
隨著一陣一陣吹來的風
瀰漫吾鄉人們的臉上

木麻黃在貧瘠的土地上仍能生長，而且耐風，常用來當行道樹或是海岸防風林，以前馬路、公園、學校到處可見，然而隨著工業化的發展，公園綠地變成水泥建築，行道樹日益減少，木麻黃因此深切感受到「同伴越來越稀少」。再者，工廠的興起是樹木減少的原因，更帶來了空氣汙染等問題，詩中「一陣一陣吹來的風」是都市演進的風潮，亦是汙染的擴散，揭示環境生態一步步受到影響。

不只是路上的行道樹在萎縮，就連海邊的防風林也正在消逝，20 世紀末，吳晟走訪西海岸，原本滿懷期待，想跟海洋進行一場心靈對話，沒想到，觸目所及的竟然是滿地垃圾與過度開發，於是憂心忡忡的詩人寫下「憂傷西海岸系列」五首，控訴文明對環境的破壞。

〈憂傷之旅——憂傷西海岸之一〉從出發前的嚮往寫起，以「河川承載我們靈魂深處的想望」、「接納我渴求洗滌的心胸」，傳達詩人對海岸自然巡禮的期待，來到河濱道路，卻只見「倨傲的水泥堤防／冷冷隔絕我的視野／預期中整排整排綠蔭／只剩下幾株零落的木麻黃／頂著風沙，更形消瘦」，「鐵罐鋁罐隨處鑲嵌／保特瓶、普利龍、塑膠袋、破家具……／隨潮流來回漂浮、棄置／隨海風飄送陣陣惡臭」，原以為海岸會有別於都市，沒想到海岸早已被水泥文化覆蓋，防風林與海灘的美麗也讓位給開發與汙染，詩人越靠近海岸，越對眼前的景象感到「錐心的刺痛」。

〈馬鞍藤——憂傷西海岸之二〉一開頭就是「長臂大勺的怪手／一公里一公里挺進開挖」，舉著開發大旗的怪手，沿著海岸線不停開挖，所到之處不論動物、植物都是死路一條，唯獨馬鞍藤雖然被怪手截斷了莖，依然努力延續生命。「掙扎伸出細軟的不定根／抓住，隨時可能崩去的島嶼」，一方面刻畫馬鞍藤的生命力，另一方面，象徵臺灣島嶼上努力對抗開發慾望、守護生態的微小力量。

〈沿海一公里——憂傷西海岸之三〉首句「又一紙開發公文」，以「又」來指出人類慾望的無窮無盡，「耐風耐旱的防風林」終究敵不過開發的公文，走上遭電鋸「相繼仆倒」的命運，怎不令人感到唏噓！？詩末，「啊，如果沿海一公里／鬱鬱葱葱的防風林／和翠綠山嶺相互呼應／將美麗島嶼，暖暖環抱」道出詩人對島嶼的愛戀，期盼有一天「如果」能夠不再是「如果」。2008 年臺灣文學館出版《甜蜜的負荷：吳晟詩・歌》專輯，收錄十位創作歌手對吳晟詩作的音樂演繹，〈沿海一公里〉這首詩由黃小楨改編，同時譜曲演唱。

〈去看白翎鷥——憂傷西海岸之四〉先寫驅車欣賞到的白翎鷥之美，倒數第二段筆鋒一轉，點明「這是躲過開發計畫／幸而留存的保安林地」，同時提醒別讓「粗野的賞鳥人潮／驚嚇了白翎鷥僅有的家園」。〈消失——憂傷西海岸之五〉由漁村小吃開始，繼而聚焦於「高汙染廢水肆虐千頃蚵田」的環境汙染問題，小吃的消失源於蚵仔、蛤仔的消失，即便蚵仔、蛤仔沒有消失，也因為海岸汙染無法食用了。

吳晟 2001 年榮獲南投縣駐縣作家補助，展開為期一年的濁水溪流域踏查書寫之旅，原本計畫要寫臺灣版《湖濱散記》，卻在走入大自然後，驚覺山林飽受濫伐之苦，河床砂石被無限量開挖，生態面臨浩劫，最後寫下帶有批判色彩的《筆記濁水溪》一書，呼籲大家重視人為過度開發對生態造成的影響。吳晟認為，大家不懂得珍惜樹，連溪頭都為了蓋停車場而砍樹，老樹的消失其實也是臺灣美好事物的消逝，最理想的樹木生態是自然生長，但過去社會已砍除太多樹木，當務之急就是靠人為種樹來維持自然平衡，減少對環境的傷害。

吳晟指出，種樹的原則是遮蔽性與未來性，全球暖化與溫室效應讓氣溫逐年升高，遮蔽性佳的樹木有助於調節環境溫度，未來性則是要有長遠觀，長得快的樹通常有淺根、抓地力不強的問題，容易鬆動地面，因此他建議大家種植臺灣原生種，不但適合臺灣的生長條件，而且越久越有價值，比如烏心石是做砧板的好材料，日本人選用毛柿來做木劍，櫸木常用於家具製造。

行動，守護大地之母

秉持「與其休耕，不如種樹」的想法，從教職退休的吳晟與妻子莊芳華共同響應林務局平地造林計畫，將家中二公頃的農田整理為林地。這個以母親陳純之名命名的樹園「純園」，種植有烏心石、毛柿、臺灣櫸木（俗稱「雞油」）、黃連木、樟樹、臺灣土肉桂、肖楠等臺灣原生種，為了推廣原生樹種與種樹行動，吳晟不只是設計打油詩「一隻烏毛雞，騎在黃牛背上」來幫助大家記憶烏心石、毛柿、雞油、黃連木、牛樟，他更在種樹苗時就規畫好未來的捐樹行動，因此刻意讓樹與樹密集，方便日後從兩棵樹之間移走一棵。

純園裡總保持有幾百盆的臺灣原生種樹苗，免費讓有心種樹的人帶回去種植，希望發揮蝴蝶效應，讓地球擁有更多綠地。2019 年 4 月 24 日，無論如河書店特別邀請吳晟北上淡水分享純園經驗，響應 4 月 22 日「世界地球日」，書店也結合種樹的永續精神，從溪州純園搬來詩人的樹苗，藉由送樹苗給讀者的活動，把種樹的理念分享出去。

早在 1975 年 9 月發表在《詩學》第 1 號的詩作〈苦笑〉，以及 1982 年出版的散文集《農婦》，吳晟就提出農藥對食品安全的威脅，因此純園堅持不使用農藥、不灑除草劑與化肥，放任各種雜草恣意生長，交織成樹園多樣化的生態景觀。吳晟強調，把農藥噴灑在作物上，一旦農藥還沒消退，吃下肚的時候就連農藥一起吃進去了，農藥光是用聞的，人就會產生頭暈、想吐的反應，更何況是食用！？使用除草劑的地面毫無生機，也不適合小孩玩耍，農藥不僅驅離了蟲，更困住了人。

樹園旁邊的稻田同樣採取自然農法耕作，女兒音寧推動「水田溼地復育計畫」，以純園為中心向外拓展，邀請溪州農民加入友善耕作的行列，同時成立了溪州尚水農產股份有限公司，推廣優質的無毒農產品，透過契作保障農民收益。小兒子志寧也將吳晟詩作〈一起回來呀——為農鄉水田溼地復育計畫而作〉，改編為歌曲〈水田〉，結合吳晟的臺語朗誦與吳志寧溫暖的歌聲，娓娓道出守護環境、友善大地的期盼，溫情呼喊年輕子弟返鄉。

詩人守護土地的精神不只是在樹園，更表現在他的社會參與，2010 年苗栗大埔農地徵收事件，怪手在警力協助下，半夜開進稻田，即將收成的稻米付之一炬，吳晟為農民忿忿不平，寫下〈怪手開進稻田〉，批判「挾發展為名的怪手／正在依法強行駛入」。2010 年國光石化預定在大城溼地興建廠房，吳晟擔憂珍貴的溼地生態受到高汙染的石化工業破壞，寫下〈只能為你寫一首詩〉，呼籲這是「白海豚近海洄游的生命廊道」，更是西海岸「僅存的最後一塊泥灘溼地」，詩作〈我心憂懷〉更是直言：「總有一天／越滾越龐大的環境債務／勢將背負不起／宣告徹底破產／哪裡還有安身立命之處」，他同時發起連署與藝文行動，號召藝文界共同守護濁水溪口豐富的海岸生態，政府終於在 2011 年宣布國光石化不會設廠大城溼地。

中科四期開發案規畫要挪用溪州的農業灌溉用水，吳晟堅持「自己的家鄉自己顧」，為了捍衛農民的耕種權，守護臺灣重要糧倉，再一次挺身而出，《筆記濁水溪》2014 年增訂再版為《守護母親之河：筆記濁水溪》，除了原本的內容，特別收錄反中科搶水相關紀錄，詩作〈請站出來〉一方面批判「一部部金權集團的怪手／挾開發之名、開膛破肚／沿著水圳路／埋下利益糾纏輸送的暗管／直逼圳頭」，為農民和島嶼發聲，另一方面，請大家「和農作物站在一起／和農民並肩作戰／和河流母親同一陣線」。〈水啊水啊〉一詩則透過「水啊水啊給我們水啊」的呼喊，點出水資源的日益匱乏，且缺水的最大禍首是人類，「是你們　狠狠砍伐／盤根錯結的涵水命脈／是你們　放肆挖掘／牢牢護持的山坡土石／是你們　縱容水泥柏油占據綠野／阻斷水源的循環不息」，〈水啊水啊〉一詩後來也被吳金黛譜曲演唱，收入 2013 年發行的《天空的眼睛》專輯。

繼續，以自然為師

相較於吳晟 20 世紀詩作，2014 年出版的詩集《他還年輕》，收錄有更多植物相關詩作，例如：刻畫玉山的〈一座大山〉，「鐵杉雲杉圓柏的年輪／訴說臺灣島嶼最高峰的身世」，一圈又一圈的年輪，是玉山走過的歲月，更是自然界生生不息的象徵。詩作〈菜瓜棚〉裡，菜瓜棚下方涼爽的綠蔭，與冷氣機排出的陣陣熱氣形成鮮明對比，「我無意和你談論／溫室效應、地球暖化、氣候異常／你已經太熟悉的話題／只想靜靜禮讚／農家庭院、木條竹片／簡易搭起來的菜瓜棚」，菜瓜棚其實也是家的代表，家永遠是每一個可以最自在的地方。

〈時，夏將至〉不只是描摹草木在夏季來臨時的生機盎然，更蘊含著樹與生活的關係：

時序悄悄推移
稍不留意，便會錯過
黃連木、臺灣櫸木、臺灣欒樹……
眾多落葉喬木
裸露的枝枒
趕緊換裝的風姿

即使常綠樹
每天也褪下幾襲舊衫
紛紛穿著嫩青嫩黃
亮麗的新葉

時，夏將至，草木茂發
每棵樹盡情伸展千枝萬葉

溫柔承接綿綿密密
或急急沖刷的雨水
緩緩、緩緩滴落給大地

小暑、大暑，漫漫長日
每棵樹，仿如千手觀音
伸展千枝萬葉
欣然迎受炙烈的陽光
傳送清風，轉化暑熱之氣
慈悲庇蔭眾生
暑熱之氣，不斷蒸騰
每一片搖曳的樹葉
都在盡力召喚更多同伴
召喚更多更多的清風涼意

隨著春、夏、秋、冬四季變化，樹木展現不同的風貌，吳晟形容一棵大樹的形象就像一座千手觀音，樹幹展開千枝萬葉，在大雨降臨時，有大樹承接住雨水，雨水經由樹葉、枝幹緩緩滑落地面，將水保存在土壤中，也因此山壁和大地不會受到猛烈的沖刷。近年來土石流頻繁，有一部分原因就是大量砍樹造成的惡果，此外，樹木遮蔭與調節氣溫的功能，也是水泥建築所無法取代的。

2014 年吳志寧出版《野餐：吳晟詩・歌 2》專輯，這張由吳晟、吳志寧父子檔共同策畫的專輯，〈菜瓜棚〉、〈時，夏將至〉等詩都選錄其中，由志寧改編演唱，專輯特別選在吳晟母親陳純女士百歲冥誕推出，並在純園舉辦野餐音樂會紀念母親。

「晚年冥想」系列則可見到吳晟以自然為師的人生哲學，一般人眼中平凡的枝枒與落葉，詩人卻能洞見「每一截枯枝／是新芽萌發的預告／每一片落葉，輕輕鬆手／都是為了讓位給新生」，死亡雖然是告別，卻也是另一個新生命的開始。不忍砍伐百年大樹來做棺木，亦不忍焚燒金紙造成空氣汙染，以及各式哀弔品的鋪張浪費，詩人在〈告別式〉詩中直言：「請直接火化／骨灰埋在自家樹園裡／我親手種植的樟樹下／也許化身為葉、化身為花／偶爾有誰想念／來到樹下靜坐、漫步／可以聽見我的問候」，樟樹是吳晟母親最喜歡的樹，吳晟畢業回鄉教書後，就在家裡的院子種了樟樹，母親晚年常在樟樹下乘涼，因此與樹對話也可以說是母親教給他的哲思。

2013 年吳晟將兩百多棵烏心石捐贈給溪州鄉公所，打造溪州鄉第三公墓成為森林墓園。談到森林墓園的構想，吳晟指出，目前火葬為喪葬比例最大宗，土葬越來越少，與其讓公墓的空地閒置，不如將土葬區域集中，剩下的公墓空間規畫為森林公園，還給地球一片綠地。從向林務局申請平地造林的那一刻起，他就決定要在十年、二十年樹苗成樹後，送給他的鄰居——溪州鄉第三公墓。

2005 年發表的「晚年冥想」系列，其中一首詩就是〈森林墓園〉，傳達了吳晟「種一棵樹，取代一座墳墓／植一片樹林，代替墳場」的想法，樹在泥土的孕育中成長，樹葉落在泥土上，成為土裡的養分，再一次滋養樹木，形成生生不息的循環，人也可以採取樹葬，落葉歸根，「泊靠在每一棵樹下的魂魄／安息著仍然生長／無論去到了多遠／總會循著原來的路徑／回到親友的懷念裡」。

面對大自然，吳晟總是比其他人更加敏銳，因此他的筆常常充滿著省思，〈樹靈塔——阿里山上〉形容砍樹是在「山林斷裂出巨大的傷口」，同時藉由日治時期反省砍樹而建的「樹靈塔」，揭示生態一旦遭破壞就很難再恢復，願歷史成為借鏡，一起把「所有的痛，化作動人的生命力」。〈土地從來不屬於〉開頭就強調「土地，從來不屬於／你，不屬於我，不屬於／任何人，只是暫時借用／供養生命所需」，提醒大家檢視開發究竟是「需要」還是「想要」，不要用「永無饜足的貪念／吞噬有限的山林溪流綠地」，當下對環境的傷害是永恆的，「每一片土地的毀棄／都是萬劫不復的災難」。

吳晟也為樹園的臺灣原生種樹木寫下「純園組詩」,〈烏心石〉、〈毛柿〉、〈櫸木〉、〈黃連木〉、〈樟樹〉、〈臺灣肖楠〉、〈臺灣土肉桂〉、〈月橘〉,八首詩刊登於 2018 年 2 月的《印刻文學生活誌》,烏心石曾經是「家家戶戶／必備的實木砧板」,毛柿是「天神享用的果實」,面對勁風始終「屹立挺拔」,臺灣肖楠「不需要言語就詩意盎然」,臺灣土肉桂「就是土,才更有價值」。

吳晟感嘆地說,臺灣曾經一片林木蔥郁,卻在短短的幾百年之間幾乎被砍伐殆盡,生態一方面受到開發的破壞,另一方面,臺灣存在崇尚外來文化的迷思,一窩蜂種植阿勃勒、風鈴木、落羽松等外來種,盲目追求國外風情,導致臺灣原生種越來越不容易看到。並不是外來種一定不好,而是適不適合的考量,外來種壓縮了臺灣原生種的生存空間,不僅生態平衡受到威脅,更隱含著臺灣本土文化的流逝。

為了下一代的環境,為了百年之後的臺灣島嶼,吳晟在〈與樹約定〉一詩號召大家共同響應種樹,「趕上早春時節／我們相約　一起來植樹／向每一株散播希望的樹苗致謝／向每一株守護未來的樹苗承諾／我們會細心看顧、親密陪伴／一起讓溫暖的綠意成長、再成長」。就像吳晟在〈晚年〉一詩寫下的句子:「仍有大片夢想趕著種植」,種樹源自對土地的關心,愛戀同時伴隨著憂傷,感動與憂心都是他創作的來源。

——選自《吹鼓吹詩論壇》第 38 期,2019 年 9 月

輯五◎
研究評論資料目錄

作家生平、作品評論專書與學位論文

專書

1. 宋田水　「吾鄉印象」的鄉土美學——論吳晟　臺北　前衛出版社　**1995** 年 **2** 月　**155** 頁

本書專論吳晟作品，揭示吳晟的詩所具有的特質、時代背景，以及在世界詩壇的地位。全書共 10 章：1.現代詩壇演義：從呆子撈屁說起；2.來看一看吳晟的詩；3.吾鄉印象：先愛上母親，再愛上土地；4.憫農詩：憂風憂雨愁煞農；5.農民命運的探索：一束稻草的終局，是吾鄉人人的年譜；6.愚直書簡：無情也是一種風格；7.〈愛荷華家書〉；8.《向孩子說》：不要忘記那一張蕃薯地圖；9.吳晟的兩本散文：《農婦》和《店仔頭》；10.總論：稻作文化的民粹精神與吳晟的人與詩學。

2. 吳　晟　一首詩一個故事　臺北　聯合文學出版社　**2002** 年 **12** 月　**238** 頁

本書為詩人吳晟以文字回憶創作詩作以來所衍生的因緣。全書共 3 輯：1.一首詩一個故事，收錄〈不可暴露身分〉、〈撿起一張垃圾〉、〈詩畫有緣‧人無緣〉、〈情詩抄襲〉、〈詩獎〉、〈詩與歌〉、〈軟弱的詩〉、〈石板上的詩〉、〈我不久就要回去〉、〈過客〉、〈思考與行動〉、〈詩人畫像〉、〈悲傷的缺口〉共 13 篇文章；2.詩與我之間，收錄〈命不該絕〉、〈波折〉、〈好為人師〉、〈孤獨少年〉、〈盛夏草原〉、〈詩情相思〉、〈詩集因緣之一——《飄搖裏》〉、〈詩集因緣之二——《吾鄉印象》〉、〈抉擇〉、〈在天橋上看自己〉、〈良緣〉、〈書籤〉、〈不知名的海岸〉、〈詩集因緣之三——《向孩子說》〉、〈詩集因緣之四——《吳晟詩選》〉、〈退休紀念〉、〈青春南風〉共 17 篇文章；3.詩的啟示，收錄〈自省〉、〈人有緣‧詩文無緣〉、〈試題〉、〈難堪與恩情〉、〈詩選何罪〉、〈啟動文學教育〉、〈拒絕序文〉、〈未出世的詩選〉、〈手抄本〉、〈親近文學〉、〈詩名〉共 11 篇文章。正文後附錄〈發表索引〉。

3. 林　廣　尋訪詩的田野：評析吳晟的四十首詩作　臺北　聯合文學出版社　**2005** 年 **12** 月　**330** 頁

本書為林廣評論吳晟由 1972—1999 年間創作的四十首詩。正文前有林明德序〈在傑作中尋幽訪勝〉，正文後有林廣跋〈赤腳走過詩的田野〉。全書共 40 篇：〈「序說」吾鄉印象——評析〈序說〉〉、〈店仔頭悲歌——評析〈店仔頭〉〉、〈令人納悶的天色——評析〈陰天〉〉、〈驚惶的競技場——評析〈曬穀場〉〉、〈老人與稻草——評析〈稻草〉〉、〈繁華背後的泥濘——評析〈路〉〉、〈漂流在時間之中——評析〈浮木〉〉、〈用汗水灌溉的夢——評析〈泥土〉〉、〈凝聚風霜與愛的繭——評析〈手〉〉、〈鐮刀和打穀機的合唱——評析〈水稻〉〉、〈包含在卑怯的莊嚴——評析〈含羞草〉〉、〈平凡厚實——評析〈土〉〉、〈木麻黃的黃昏——評析〈木麻黃〉〉、〈被閃電照亮的驚惶——評析〈雷殛〉〉、〈人性的矛盾與荒謬——評析〈獸魂碑〉〉、〈另一種焦急的聲音——評析〈狗〉〉、〈反芻生命的坎坷——評析〈牛〉〉、〈生命中最甜蜜的負荷——評析〈負荷〉〉、〈蕃薯的夢，無限延長——評析〈蕃薯地圖〉〉、〈細訴輕柔的思慕——評析〈異國的林子裡〉〉、〈沉默的力量——評析〈我不和你談論〉〉、〈給我們水啊——評析〈水啊水啊〉〉、〈流逝在歲月裡的愛——評析〈幫浦〉〉、〈被砂石吞噬的信仰——評析〈土地公〉〉、〈有殼無實的繁華——評析〈不妊症〉〉、〈面對生命的悲哀——評析〈寫詩的最大悲哀〉〉、〈激盪暗夜的回聲——評析〈我時常看見你——再致賴和〉〉、〈灑在歷史傷口的鹽——評析〈一概否認〉〉、〈失去聲音的控訴——評析〈誰願意傾聽〉〉、〈土地裂縫裡的文明——評析〈出遊不該有怨嘆〉〉、〈那一片金色花田——評析〈油菜花田〉〉、〈找尋離鄉的理由——評析〈小小的島嶼〉〉、〈扎根在故鄉的土地——評析〈角度〉〉、〈橫渡西海岸的憂傷——評析〈憂傷之旅〉〉、〈紫色的悲傷與希望——評析〈馬鞍藤〉〉、〈風中的綠圍巾——評析〈沿海一公里〉〉、〈守候美的誕生——評析〈去看白翎鷥〉〉、〈揮不去的夢魘——評析〈消失〉〉、〈追溯夢與愛的最初——評析詩人吳晟早期的詩〉、〈鄉情與親情的結局——評析詩人吳晟中期的詩〉。

4. 曾潔明　　吳晟詩文中的人物研究　臺北　萬卷樓圖書公司　2006 年 1 月　536 頁

本書以吳晟詩文作為研究的對象，標舉出詩文中的人物為研究的核心，旁及於人物身處的時代背景或者當代事件。全書共 7 章：1.緒論；2.吳晟其人及其詩文：風格就是其人格；3.吳晟詩文中的母親：一本厚厚的大書；4.吳晟詩文中的父親：一枝早頹的支柱；5.吳晟詩文中的妻兒手足：親情是山高水長；6.吳晟詩文中的友朋與鄉親：友誼鄉親是知音；7.結論。正文後附錄〈訪問吳晟的紀錄〉。

5. 〔林明德編〕　　鄉間子弟鄉間老——吳晟新詩評論　臺中　晨星出版公司　2008 年 2 月　269 頁

本書集結 1965 年以來關於吳晟新詩相關評論。全書收錄周浩正〈一張木訥的口——初讀吳晟的詩〈吾鄉印象〉與〈植物篇〉〉、張寶三〈試論吳晟的〈吾鄉印象〉〉、顏炳華〈反映現實抓住現代感覺的詩人〉、陳映真〈試論吳晟的詩〉、林明德〈臺灣文學中的歷史經驗——以吳晟的作品為例〉、施懿琳〈從隱抑到激越—

—論吳晟詩的政治關懷〉、陳文彬〈濁水溪畔的憂傷〉、宋田水〈一條河流一個詩人〉、林廣〈發現・另一種詩的格局〉、蕭蕭〈吳晟所驗證的現實主義新詩美學〉、呂正惠〈吳晟詩中的自我與鄉土〉、陳建忠〈讓土地說話——論農民詩人吳晟的詩藝〉、林明德〈鄉間弟子鄉間老——論吳晟新詩的主題意識〉，共 13 篇。正文後附錄陳瀅洲〈吳晟相關評論〉。正文前有林明德序〈解讀「吳晟」〉。

6. 吳晟口述，詩文創作；鄒新寧採寫；唐炘炘彙寫　種樹的詩人——吳晟的呼喚，和你預約一片綠蔭，一座未來森林　臺北　果力文化　2017 年 2 月　287 頁

本書透過與吳晟的訪談，配合詩與口述呈現作家的自然觀。全書共 2 部分：1.吳晟與樹：他是樹的孩子、樹之殤、詩人的種樹行動、種樹，莫一窩蜂亂種、預約一片綠蔭、為下一代種樹；2.相約來種樹：十個常見的錯誤種樹問題、種樹十堂課。

7. 劉沛慈主編　第二十一屆臺灣文學家牛津獎暨吳晟文學學術研討會論文集　新北　真理大學人文學院臺文系　2017 年 11 月　345 頁

本書為第 21 屆臺灣文學家牛津獎暨吳晟文學學術研討會會議論文集。全書收錄林明德〈吳晟新詩與散文的雙重奏〉、楊翠〈為死者、傷者、痛者言——論吳晟的人權詩作〉、陳義芝〈永恆的傷口：吳晟詩中的情愛臉譜與倫理敘事〉、陳瀅州〈永恆的傷口：吳晟詩中的情愛臉譜與倫理敘事〉、林麗雲〈長青課本作家——吳晟與時代的對話〉、陳鴻逸〈護衛土地的鬥士們——論彰化作家吳晟、楊儒門的散文書寫〉、李欣倫〈鄉間老去，化身為葉——讀吳晟詩文中的老死冥思〉、李桂媚〈論《吳晟詩・歌》專輯的詩歌交響〉、呂詠彥〈吳晟與閻連科的身體論述比較〉、黃炳彰〈水・土・米・樹：吳晟作品中的地方書寫與環境意識〉、蔡寬義〈曲同調異——吳晟《筆記濁水溪》與詹明儒《西螺溪協奏曲》的比較研究〉、蔡佩臻〈生命的謳歌——論吳晟《他還年輕》所蘊涵的人生哲理〉、蔡造珉〈以詩論詩——談吳晟之詩觀〉、劉沛慈〈從理念到實踐——談吳晟生命活動的特質〉、蔡明諺〈從「再見吾鄉」到「晚年冥想」：論吳晟詩作的晚期風格〉、趙文豪〈吳晟三個層次的土地書寫——以《他還年輕》為例〉，共 16 篇。正文前有〈吳晟文學年表〉。

學位論文

8. 陳秀琴　吳晟詩研究及教學實務　高雄師範大學國文學系　碩士論文　李若鶯教授指導　2002 年　354 頁

本論文深入探討吳晟近 40 年的創作歷程、寫作分期、創作理念和實踐，追溯其創作背景的內在、外在因素，剖析其詩作 234 首，旁證史事，及其散文著作、自述、訪談、參與調查，進一步發掘其詩作特質所呈現的農民詩人之生活觀、宿命觀、勞動觀。全文共 8 章：1.緒論；2.吳晟及其詩文；3.吳晟詩的創作理念和背景；4.吳晟詩的特質；5.吳晟詩的藝術探究；6.吳晟詩的成就、評價和影響；7.吳晟詩例的教學實務；8.總結。正文後附錄〈訪問紀實〉、〈寫作記事年表〉。

9. 陳文彬　從《吾鄉印象》到〈再見吾鄉〉——以臺灣農村社會發展論吳晟詩寫作　世新大學社會發展研究所　碩士論文　陳信行教授指導　2003年6月　123頁

本論文透過對《吾鄉印象》與〈再見吾鄉〉兩個不同時期的作品分析，反映出臺灣農村社會生產價值觀的改變，對吳晟作品中「稻作文學」及「家族書寫」兩大特質，提出以經濟基礎為主的分析論點。在這樣的研究模型底下，試圖帶出臺灣農村社會發展的政經背景，並嘗試以此解析吳晟筆下小農經濟與農村土地倫理（生產工具）變遷的脈絡。正文共 6 章：1.緒論；2.戰後臺灣農村與文學的現代化影響；3.吳晟思想及其作品分析；4.《吾鄉印象》與戰後臺灣農村社會發展；5.農地、全球化與〈再見吾鄉〉；6.結論與再出發。

10. 許倪瑛　吳晟及其散文研究　雲林科技大學漢學資料整理研究所　碩士論文　林明德教授指導　2005年6月　216頁

本論文以吳晟的散文為研究範圍，從內在與外緣分析的研究方法探討吳晟創作的想法以及作品特色，梳理其創作脈絡及關懷，並分析其散文之藝術價值。正文共 5 章：1.緒論；2.寫作環境與創作理念；3.吳晟的散文實踐；4.吳晟的散文藝術；5.結論。正文後附錄〈吳晟創作年表〉、〈相關評論資料〉。

11. 郭玲蘭　吳晟散文中的農村書寫　銘傳大學應用中國文學系　碩士論文　徐麗霞教授指導　2006年6月　177頁

本論文研究吳晟散文中的農村書寫，透過資料蒐集、分析，並將研究現況加以歸納。全文共 8 章：1.緒論；2.吳晟簡介及其散文作品；3.寫作背景；4.吳晟的創作理念；5.吳晟散文中的農村書寫主題；6.吳晟散文中農村書寫的寫作技巧；7.吳晟散文中農村書寫的價值和貢獻；8.結論。

12. 賴淑美　吳晟《店仔頭》一書的語言藝術運用研究　彰化師範大學國文學系　碩士論文　耿志堅教授指導　2007年8月　184頁

本論文藉由對《店仔頭》一書的修辭技巧及語言藝術進行分析，並做系統歸納，清晰呈現吳晟的創作特色。全文共 6 章：1.緒論；2.吳晟的家世生平與創作歷程；3.

《店仔頭》內容之探究；4.《店仔頭》一書中修辭手法的運用；5.語言運用與分析；6.結論。

13. 陳靜宜　七十年代臺語詩現象三家比較探討　東海大學中國文學系　碩士論文　魏仲佑教授指導　2007年　175頁

本論文旨在透過吳晟、向陽、路寒袖三位詩人，來看 1970 年代臺灣詩壇臺語詩的特殊性，探討 1970 年代臺語詩在臺灣文學史上的樣態和脈絡。全文共 7 章：1.緒論；2.以臺語為詩之前承；3.七十年代的臺灣文壇與鄉土文學的萌芽；4.詩人成長的軌跡；5.比較與分析；6.吸收與蛻變；7.結論。

14. 莊藝淑　吳晟散文之思想研究　嘉義大學中國文學系　碩士論文　蔡忠道教授指導　2009年　224頁

本論文針對吳晟散文思想之孕育：以吳晟的童年成長時空切入，著重在文學童年的原型創作，並對在地文學縱的歷史感文學精神承繼，橫的地域感自我文學風格探討，進而確立吳晟濃厚的扎根精神。全文共 6 章：1.緒論；2.吳晟散文在地文學思想；3.吳晟散文之創作理念；4.吳晟散文之倫理情意；5.吳晟散文之政治社會思想；6.結論。正文後附錄〈吳晟訪談錄〉、〈吳晟詩文作品收錄教科書一覽表〉、〈平原造林圖片〉。

15. 蘇惟文　吳晟作品中的鄉土　淡江大學中國文學系碩士在職專班　碩士論文　呂正惠、蘇敏逸教授指導　2009年　159頁

本論文以吳晟的作品為研究範疇，從詩作與散文做其分析歸納，採資料蒐集、文獻探討、以及詩文交相映作為其方法論，從作品中分析吳晟的寫作環境與文學觀，探討吳晟作品中的題材及語言風格，進而深入探討吳晟作品中的價值與意義。全文共 5 章：1.緒論；2.吳晟的寫作環境及文學觀；3.吳晟作品中的重要的題材；4.吳晟作品中運用的語言風格；5.結論。

16. 賀萬財　吳晟詩之詞彙風格研究——以重疊詞為例　彰化師範大學國文學系　碩士論文　張慧美教授指導　2009年　621頁

本論文藉助語言學的研究觀念與方法重新解構吳晟的 207 首詩，先將他寫詩的創作歷程分為五個時期，並從重疊詞的角度切入，具體呈現他個人獨特的語言表達習慣及慣用的詞彙表現手法，突顯出這五個時期的詞彙風格差異，並從中窺探詩人創作風格的轉變，進而探索其個人風格形成的原因。全文共 5 章：1.緒論；2.吳晟其人其詩與語言風格學的研究意義；3.吳晟詩重疊詞的結構形式之探討；4.吳晟詩重疊詞的語法功能之探討；5.結論。正文後附錄〈訪問紀實〉、〈吳晟 207 首詩的原文〉。

17. 林秀英　　論吳晟、蕭蕭作品中的彰化人文關懷　逢甲大學中國文學系　碩士論文　張瑞芬教授指導　2010 年 6 月　227 頁

本論文以彰化作家吳晟、蕭蕭二人的詩、散文、報導文學、評論為線索，藉由二人作品中的理念，啟發人們對於親情倫理、土地倫理等倫常觀念重新定位與思考。全文共 6 章：1.緒論；2.吳晟、蕭蕭在戰後第一代本土作家中的特殊性；3.吳晟的詩、散文、報導文學的本土立場；4.蕭蕭的詩、散文、評論中的人文情懷；5.吳晟、蕭蕭詩作中就生命關懷與體悟的比對；6.結論。正文後附錄〈關懷臺灣社會運動的詩人——吳晟〉、〈訪談吳晟錄音稿〉、〈訪風行萬里的詩人——蕭蕭〉、〈訪談蕭蕭的錄音稿〉。

18. 陳韻如　　吳晟詩及其入樂現象研究　高雄師範大學國文學系　碩士論文　曾進豐教授指導　2010 年　249 頁

本論文以吳晟《甜蜜的負荷——詩・誦》以及《甜蜜的負荷——詩・歌》兩張專輯為主要研究標的，探究其「以詩入樂」現象的可行性及效果。同時，肯定詩人在詩壇的成就、詩入樂的價值性及此現象在現代詩壇上的意義及重要性。全文共 6 章：1.緒論；2.吳晟成長及文學進路；3.吳晟詩主題內涵；4.《詩・誦》入樂現象論；5.《詩・歌》入樂現象論；6.結論——詩與音樂相互輝映的藝術。

19. 廖苙妁　　論吳晟的農村文學　中興大學臺灣文學與跨國文化研究所　碩士論文　楊翠教授指導　2011 年 7 月　105 頁

本論文聚焦吳晟詩作及散文作品中所呈現的農民、農村、農業三大面向，探討「三農」問題，並以「農民形象」、「地方感與在地關懷」、「農業議題探討」為主軸切入，建構吳晟創作中農業議題書寫的具體樣貌。全文共 5 章：1.緒論；2.農業書寫中的農民形象；3.農村書寫的地方感與在地關懷；4.農業書寫的議題探討；5.結論。正文後附錄〈吳晟訪談筆錄〉。

20. 施詩俞　　吳晟詩文中農村意象與環保意識之研究　高雄師範大學國文學系　碩士論文　林文欽教授指導　2011 年　241 頁

本論文以詩作與散文並重，從文本探討吳晟詩文創作的背景與發展歷程，建構出其文學創作之版圖，藉由詩文對照的方式，抒情的關懷情感配合理性的事件描述相輔相成，以廣角觀視農村意象，並從鄉土關懷出發，找出一脈相承的土地倫理信仰，見證詩人創作心境與社會發展間的微妙關係。全文共 5 章：1.緒論；2.農民詩人吳晟；3.吳晟詩文中的農村意象；4.吳晟詩文中的環保意識；5.結論。正文後附錄〈吳晟訪談紀錄〉、〈吳晟創作相關年表〉。

21. 柯雅齡　　吳晟和阿盛散文之研究　臺北市立教育大學中國語文學系　碩士論文　鄭穎教授指導　2011年　186頁

本論文著力探討吳晟和阿盛之散文作品所呈現的時代意義和散文特色，探看兩位作家作品中的主題內涵、人物描寫，並分析其散文的特色，進而釐清鄉土散文的內涵和特點，呈現戰後臺灣鄉土散文創作的風格與題材的轉變。全文共 6 章：1.緒論；2.吳晟和阿盛散文創作之時代背景；3.吳晟和阿盛散文中的主題內涵；4.吳晟和阿盛散文中的人物描寫；5.吳晟和阿盛散文的特色；6.結論。

22. 林亞筑　　吳晟與吳音寧詩文中之臺灣鄉土情懷研究　佛光大學文學系　碩士論文　陳信元教授指導　2011年　149頁

本論文為探討分析吳晟和吳音寧之詩文作品所呈現的鄉土情懷。從作品中探看兩位作家作品中的主題內涵、人物描寫，並分析其詩文的特色，進而了解鄉土詩文的內涵和特點，呈現父女兩人共有的鄉土之愛。全文共 6 章：1.緒論；2.吳晟的寫作環境與創作理念；3.吳音寧的寫作環境與創作理念；4.吳晟與吳音寧作品中的鄉土；5.吳晟與吳音寧詩文共有的題材類型及主題內容；6.結論。正文後附錄〈吳晟訪問紀實〉。

23. 吳建樑　　吳晟的土地書寫與社會實踐　臺北教育大學臺灣文化研究所　碩士論文　林淇瀁教授指導　2012年　199頁

本論文探討土地對於吳晟的影響，從一位作家到社會運動的倡議者，由其自述、訪談、詩文作品中，歸納其文學觀點，分別探究文學與土地、文學與人、文學與社會以及文學與人的關係，並且以文本印證，論證其有機知識分子的自我建構過程。全文共 5 章：1.緒論；2.吳晟的文學觀；3.吳晟的土地書寫；4.吳晟的社會實踐；5.結論。正文後附錄〈吳晟訪談記錄（一）〉、〈吳晟訪談記錄（二）〉、〈吳晟土地書寫與社會實踐對照年表〉。

24. 陳美搖　　吳晟的文學思想研究　彰化師範大學臺灣文學研究所　碩士論文　黃文吉教授指導　2012年　213頁

本論文著眼吳晟各時期創作歷程的思想及社會關懷，並從家庭倫理、社群倫理、鄉土倫理三部分，探討吳晟對生命的熱愛，及對社會關懷、政治理念與環保意識，歸納吳晟文學中關懷的核心思想及其內在生命本質。全文共 6 章：1.緒論；2.吳晟的生平及其詩文創作；3.吳晟的倫理意識；4.吳晟的社會關懷、政治理念與環保意識；5.吳晟的生命觀；6.結論。正文後附錄〈訪談資料〉。

25. 利宜蓁　　吳晟詩文社會關懷之研究　高雄師範大學國文學系　碩士論文　林

文欽教授指導　2013 年　212 頁

本論文著力探析吳晟詩文作品中的社會關懷及其藝術成就。全文共 5 章：1.緒論；2.吳晟詩文的環境背景；3.現實社會的關懷書寫；4.吳晟社會關懷的詩文藝術；5.結論。

26. 施玉修　　吳晟詩文作品中生命觀之研究　南華大學生死學系　碩士論文　廖俊裕教授指導　2013 年　285 頁

本論文以縱觀角度切出吳晟生命的起承轉合，呈顯生命中重要人與事所代表的意義，發掘生命的深度；以橫觀的角度，鋪陳其生命中的遇合，展現吳晟生命的寬闊。並從「死亡」議題進行探究，思考吳晟生命探索與時代對話的歷程。全文共 6 章：1.緒論；2.生命的起承轉合；3.吳晟詩文中的生命遇合；4.吳晟詩文談死亡；5.吳晟詩文中的生命觀；6.結論。正文後附錄〈附錄(一)〉、〈附錄(二)〉、〈附錄(三)〉、〈附錄(四)〉、〈附錄(五)〉。

27. 黃世勳　　吳晟詩中的家人研究　高雄師範大學國文教學碩士班　碩士論文　林文欽教授指導　2014 年　159 頁

本論文針對吳晟詩中描寫家人部分進行分析，並參酌吳晟散文及論文註解，爬梳其親情詩作中，對於鄉土的關懷與情感。全文共 5 章：1.緒論；2.吳晟詩歌的創作背景；3.吳晟詩中的家人形象；4.吳晟詩作中家人的呈現方式；5.結論。正文後附錄〈吳晟創作年表〉。

28. 吳宗良　　吳晟詩歌的鄉土意識研究　文化大學中國文學系碩士在職專班　碩士論文　廖一瑾教授指導　2015 年　336 頁

本論文針對吳晟詩歌的特色加以詮釋，並將其詩作中常用的修辭方式，和使用的鄉土語言進行分析、歸納、統計，以不同時期的作品做比較，說明吳晟在詩風上的差異性。全文共 8 章：1.緒論；2.臺灣鄉土文學概述；3.吳晟的生平與創作歷程；4.吳晟詩觀；5.吳晟詩歌的鄉土意識；6.吳晟詩歌的修辭特色；7.吳晟詩歌的評價與影響；8.吳晟詩新事證；9.結論。正文後附錄〈吳晟寫作生平年表〉、〈訪談吳晟紀錄〉、〈臺灣戰後重要政治、經濟事件、文藝潮流活動與吳晟關係〉、〈24 首未編入《吳晟詩選》編目的作品全文〉、〈《吳晟詩選》書寫節數分析〉。

29. 陳金霞　　吳晟散文創作論　吉林大學中國現當代文學所　碩士論文　白楊教授指導　2016 年 5 月　28 頁

本論文借鑒前人研究成果的基礎，以吳晟散文文本的解讀為切入點，探討吳晟的散文創作。全文共 5 章：1.引言；2.書寫臺灣農鄉的悲戚與美好；2.對臺灣不良社會現實的批判；3.對自我的反省；4.臺語的插入語寫作；5.結語。

30. 黃炳彰　　風頭水尾：當代濁水溪流域書寫研究——以《守護母親之河：筆記濁水溪》、《帶水雲》、《福爾摩沙對福爾摩沙》、《南風》為例　清華大學臺灣研究教師在職進修碩士學位班　碩士論文　王鈺婷教授指導　2016年7月　108頁

本論文以吳晟散文《守護母親之河：筆記濁水溪》、黃信堯紀錄片《帶水雲》、柯金源紀錄片《福爾摩沙對福爾摩沙》、鐘聖雄與許震唐合作之紀實攝影作品《南風》為討論對象。透過四部文學與影像文本，以互相參照的研究方法，聚焦討論濁水溪流域出海口的環境倫理議題。全文共 5 章：1.緒論；2.吳晟《守護母親之河：筆記濁水溪》中的環境倫理書寫；3.濁水溪出海口環境正義的追討——以紀錄片黃信堯《帶水雲》、柯金源《福爾摩沙對福爾摩沙》為例；4.濁水溪出海口環境紀實攝影：鐘聖雄、許震唐《南風》；5.結論。

31. 陳美娟　　吳晟及其現代詩研究　屏東大學中國語文學系碩士班　碩士論文　林秀蓉教授指導　2017年7月　234頁

本論文針對吳晟及其現代詩，以「詩」、「文」文本互涉的比較觀、作家的訪談、土地倫理觀的援引、大地之母假說的對話、新道家論述的參佐等研究方法，深論吳晟其人，以及其現代詩的核心精神與意象特色。全文共 5 章：1.緒論；2.吳晟的文學家庭與社會參與；3.吳晟現代詩的主題類型；4.吳晟現代詩的母神意象探微；5.結論。

作家生平資料篇目

自述

32. 吳　晟　　後記　飄搖裏　屏東　自印　1966年12月　頁81—83

33. 吳　晟　　吳晟詩觀　八十年代詩選　臺北　濂美出版社　1976 年 6 月　頁134

34. 吳晟主講；蔡榮勇整理　　詩的朗誦　八掌溪　復刊第9期　1981年3月　頁54—55

35. 吳　晟　　架起一座橋——《大家文學選》出版緣起　大家文學選・散文卷

臺中　明光出版社　1981年10月　頁1—2

36. 吳　晟　無悔　文學家　第1期　1985年1月　頁53—55

37. 吳　晟　寫不完的詩　聯合報　1987年4月4日　8版

38. 吳　晟　詩緣之一——不可暴露身分　聯合報　1992年8月24日　25版

39. 吳　晟　不可暴露身分　新觀念雜誌　第99期　1997年1月　頁78

40. 吳　晟　不可暴露身分　一首詩一個故事　臺北　聯合文學出版公司　2002年12月　頁17—21

41. 吳　晟　詩緣之二——撿起一張垃圾　聯合報　1993年2月26日　24版

42. 吳　晟　撿起一張垃圾　新觀念雜誌　第100期　1997年2月　頁56

43. 吳　晟　撿起一張垃圾　一首詩一個故事　臺北　聯合文學出版公司　2002年12月　頁22—25

44. 吳　晟　出版說明　吳晟詩集（一九七二——一九八三）　臺北　開拓出版公司　1994年11月　頁244—245

45. 吳　晟　命不該絕　聯合報　1995年11月27日　37版

46. 吳　晟　命不該絕　一首詩一個故事　臺北　聯合文學出版公司　2002年12月　頁85—87

47. 吳　晟　詩情抄襲　聯合報　1995年11月27日　37版

48. 吳　晟　詩情抄襲　一首詩一個故事　臺北　聯合文學出版公司　2002年12月　頁36—39

49. 吳　晟　詩畫有緣・人無緣（上、下）　聯合報　1995年11月27日，1997年3月13日　37，41版

50. 吳　晟　詩畫有緣・人無緣　新觀念雜誌　第105期　1997年7月　頁78—79

51. 吳　晟　詩畫有緣・人無緣　一首詩一個故事　臺北　聯合文學出版公司　2002年12月　頁26—35

52. 吳　晟　詩獎　聯合報　1996年10月3日　37版

53. 吳　晟　詩獎　一首詩一個故事　臺北　聯合文學出版公司　2002年12月

頁 40—43

54. 吳　晟　　波折　聯合報　1996 年 10 月 3 日　37 版
55. 吳　晟　　波折　一首詩一個故事　臺北　聯合文學出版公司　2002 年 12 月　頁 88—93
56. 吳　晟　　詩緣——孤獨少年外二題　聯合報　1996 年 11 月 16 日　37 版
57. 吳　晟　　孤獨少年　一首詩一個故事　臺北　聯合文學出版公司　2002 年 12 月　頁 98—103
58. 吳　晟　　軟弱的詩　聯合報　1996 年 11 月 16 日　37 版
59. 吳　晟　　軟弱的詩　新觀念雜誌　第 104 期　1997 年 6 月　頁 82
60. 吳　晟　　軟弱的詩　一首詩一個故事　臺北　聯合文學出版公司　2002 年 12 月　頁 49—54
61. 吳　晟　　石板上的詩　聯合報　1996 年 11 月 16 日　37 版
62. 吳　晟　　石板上的詩　新觀念雜誌　第 103 期　1997 年 5 月　頁 58
63. 吳　晟　　石板上的詩　一首詩一個故事　臺北　聯合文學出版公司　2002 年 12 月　頁 55—60
64. 吳　晟　　人有緣・詩文無緣　新觀念雜誌　第 98 期　1996 年 12 月　頁 76—77
65. 吳　晟　　人有緣・詩文無緣　一首詩一個故事　臺北　聯合文學出版公司　2002 年 12 月　頁 185—189
66. 吳　晟　　盛夏草原（上、下）　自由時報　1997 年 8 月 15—16 日　37 版
67. 吳　晟　　盛夏草原　一首詩一個故事　臺北　聯合文學出版公司　2002 年 12 月　頁 104—112
68. 吳　晟　　難堪與恩情　臺灣日報　1997 年 9 月 10 日　27 版
69. 吳　晟　　難堪與恩情　一首詩一個故事　臺北　聯合文學出版公司　2002 年 12 月　頁 192—196
70. 吳　晟　　詩選何罪　臺灣日報　1997 年 9 月 23 日　27 版
71. 吳　晟　　詩選何罪　一首詩一個故事　臺北　聯合文學出版公司　2002 年

12 月　頁 197—201

72. 吳　晟　詩集因緣——《吾鄉印象》　自由時報　1997 年 9 月 24 日　37 版

73. 吳　晟　詩集因緣——《吾鄉印象》　清理與批判：臺灣鄉土文學・皇民文學的　臺北　人間出版社　1998 年 12 月　頁 280—285

74. 吳　晟　詩集因緣——《吾鄉印象》　洪範雜誌　第 63 期　2000 年 11 月 4 版

75. 吳　晟　詩集因緣之二——《吾鄉印象》　一首詩一個故事　臺北　聯合文學出版公司　2002 年 12 月　頁 119—127

76. 吳　晟　詩集因緣——《飄搖裏》　自由時報　1997 年 10 月 2 日　37 版

77. 吳　晟　詩集因緣之一——《飄搖裏》　一首詩一個故事　臺北　聯合文學出版公司　2002 年 12 月　頁 116—118

78. 吳　晟　啟動文學教育　聯合報　1997 年 10 月 4 日　41 版

79. 吳　晟　啟動文學教育　一首詩一個故事　臺北　聯合文學出版公司　2002 年 12 月　頁 202—204

80. 吳　晟　拒絕序文　聯合報　1997 年 11 月 14 日　41 版

81. 吳　晟　拒絕序文　一首詩一個故事　臺北　聯合文學出版公司　2002 年 12 月　頁 205—208

82. 吳　晟　詩與詩緣——在天橋上看自己　新觀念雜誌　第 116 期　1998 年 6 月　頁 34

83. 吳　晟　在天橋上看自己　一首詩一個故事　臺北　聯合文學出版公司　2002 年 12 月　頁 131—134

84. 吳　晟　詩與詩緣——我不久就要回去　新觀念雜誌　第 117 期　1998 年 7 月　頁 37

85. 吳　晟　我不久就要回去　一首詩一個故事　臺北　聯合文學出版公司　2002 年 12 月　頁 61—64

86. 吳　晟　詩與詩緣——〈過客〉　新觀念雜誌　第 118 期　1998 年 8 月　頁 52

87. 吳　晟　〈過客〉　一首詩一個故事　臺北　聯合文學出版公司　2002 年 12 月　頁 65—71
88. 吳　晟　良緣　新觀念雜誌　第 119 期　1998 年 9 月　頁 54
89. 吳　晟　良緣　一首詩一個故事　臺北　聯合文學出版公司　2002 年 12 月　頁 135—139
90. 吳　晟　書籤　新觀念雜誌　第 120 期　1998 年 10 月　頁 49
91. 吳　晟　書籤　一首詩一個故事　臺北　聯合文學出版公司　2002 年 12 月　頁 140—144
92. 吳　晟　不知名的海岸　新觀念雜誌　第 121 期　1998 年 11 月　頁 58
93. 吳　晟　不知名的海岸　一首詩一個故事　臺北　聯合文學出版公司　2002 年 12 月　頁 145—150
94. 吳　晟　詩集因緣——《向孩子說》　新觀念雜誌　第 122 期　1998 年 12 月　頁 48
95. 吳　晟　詩集因緣之三——《向孩子說》　一首詩一個故事　臺北　聯合文學出版公司　2002 年 12 月　頁 151—157
96. 吳　晟　思考與行動　聯合報　2000 年 5 月 23 日　37 版
97. 吳　晟　思考與行動　一首詩一個故事　臺北　聯合文學出版公司　2002 年 12 月　頁 72—76
98. 吳　晟　詩與詩緣[1]　聯合報　2000 年 5 月 23 日　37 版
99. 吳　晟　詩集因緣　洪範雜誌　第 63 期　2000 年 11 月　4 版
100. 吳　晟　詩集因緣之四——《吳晟詩選》　一首詩一個故事　臺北　聯合文學出版公司　2002 年 12 月　頁 158—162
101. 吳　晟　未出世的詩選　聯合報　2000 年 5 月 23 日　37 版
102. 吳　晟　未出世的詩選　一首詩一個故事　臺北　聯合文學出版公司　2002 年 12 月　頁 209—211
103. 吳　晟　跋　吳晟詩選　臺北　洪範出版社　2000 年 5 月　頁 289—290

[1]本文後改篇名為〈詩集因緣〉、〈詩集因緣之四——《吳晟詩選》〉。

104. 吳　晟　詩名（上、下）　聯合報　2000 年 6 月 13 日，2001 年 5 月 12 日　37 版
105. 吳　晟　詩名　一首詩一個故事　臺北　聯合文學出版公司　2002 年 12 月　頁 222—234
106. 吳　晟　後遺症　臺灣日報　2000 年 10 月 24 日　35 版
107. 吳　晟　詩人畫像——詩與詩緣　明道文藝　第 300 期　2001 年 3 月　頁 72—74
108. 吳　晟　詩人畫像　一首詩一個故事　臺北　聯合文學出版公司　2002 年 12 月　頁 77—80
109. 吳　晟　青春南風　聯合報　2002 年 4 月 16 日　39 版
110. 吳　晟　青春南風　一首詩一個故事　臺北　聯合文學出版公司　2002 年 12 月　頁 166—180
111. 吳　晟　《不如相忘》新版後記　不如相忘　臺北　華成圖書出版公司　2002 年 9 月　頁 187—188
112. 吳　晟　文學是我緊密相隨的友伴　臺灣日報　2002 年 11 月 16 日　25 版
113. 吳　晟　貼近南投　筆記濁水溪　南投　南投縣文化局　2002 年 11 月　頁 1—6
114. 吳　晟　自序——貼近南投　筆記濁水溪　臺北　聯合文學出版社公司　2002 年 12 月　頁 12—16
115. 吳　晟　《筆記濁水溪》自序——貼近南投　守護母親之河：筆記濁水溪　臺北　聯合文學出版社　2014 年 4 月　頁 27—30
116. 吳　晟　詩與歌　一首詩一個故事　臺北　聯合文學出版公司　2002 年 12 月　頁 44—48
117. 吳　晟　悲傷的缺口　一首詩一個故事　臺北　聯合文學出版公司　2002 年 12 月　頁 81—82
118. 吳　晟　好為人師　一首詩一個故事　臺北　聯合文學出版公司　2002 年 12 月　頁 94—97

119. 吳　晟　詩情相思　一首詩一個故事　臺北　聯合文學出版公司　2002 年 12 月　頁 113—115
120. 吳　晟　抉擇　一首詩一個故事　臺北　聯合文學出版公司　2002 年 12 月　頁 128—130
121. 吳　晟　退休紀念　一首詩一個故事　臺北　聯合文學出版公司　2002 年 12 月　頁 163—165
122. 吳　晟　自省　一首詩一個故事　臺北　聯合文學出版公司　2002 年 12 月　頁 183—184
123. 吳　晟　試題　一首詩一個故事　臺北　聯合文學出版公司　2002 年 12 月　頁 190—191
124. 吳　晟　手抄本　一首詩一個故事　臺北　聯合文學出版公司　2002 年 12 月　頁 212—214
125. 吳　晟　親近文學　一首詩一個故事　臺北　聯合文學出版公司　2002 年 12 月　頁 215—221
126. 吳　晟　文學起步　自由時報　2004 年 1 月 5 日　47 版
127. 吳　晟　文學起步　青少年臺灣文庫 2——散文讀本 2：狂歌正年少　臺北　國立編譯館　2008 年 12 月　頁 102—120
128. 吳　晟　每份詩情，都連接著家鄉田地　自由時報　2005 年 7 月 27 日　E7 版
129. 吳晟講；王彥凱記　新詩與散文的雙重奏——吳晟　明道文藝　第 353 期　2005 年 8 月　頁 104—113
130. 吳　晟　詩人近況　2005 臺灣詩選　臺北　二魚文化公司　2006 年 2 月　頁 240
131. 吳　晟　土地的聲音——我的年輕朋友　聯合文學　第 272 期　2007 年 6 月　頁 40—42
132. 吳　晟　給書住的房子　聯合文學　第 314 期　2010 年 12 月　頁 84—91
133. 吳　晟　給書住的房子　我的愛戀‧我的憂傷　臺北　洪範書店　2019 年

1 月　頁 174—193

134. 吳　晟　〈堤岸〉無限延長　自由時報　2011 年 2 月 13 日　D7 版

135. 吳　晟　文學現場　聯合報　2011 年 12 月 28 日　D3 版

136. 吳　晟　詩、靜悄悄憂傷、嗎？　自由時報　2012 年 1 月 9—10 日　D11 版

137. 吳　晟　詩、靜悄悄憂傷、嗎？　我的愛戀・我的憂傷　臺北　洪範書店　2019 年 1 月　頁 204—226

138. 吳　晟　愛講、愛講　中國時報　2012 年 2 月 28 日　E4 版

139. 吳　晟　愛講、愛講　我的愛戀・我的憂傷　臺北　洪範書店　2019 年 1 月　頁 64—77

140. 吳晟口述；然靈記錄　吳晟「四時願景」演講記錄　明道文藝　第 431 期　2012 年 2 月　頁 63—69

141. 吳　晟　負荷綿綿　聯合報　2012 年 4 月 11 日　D3 版

142. 吳　晟　挫傷的語言（上、下）　中國時報　2012 年 8 月 6—7 日　E4 版

143. 吳　晟　挫傷的語言・語言的挫傷　我的愛戀・我的憂傷　臺北　洪範書店　2019 年 1 月　頁 78—89

144. 吳　晟　我帶你去廣袤的田野走走　彰化縣文學家的城市　彰化　彰化縣文化局　2012 年 11 月　頁 10—25

145. 吳　晟　樹林小鎮　文訊雜誌　第 328 期　2013 年 2 月　頁 92—97

146. 吳晟講；顏訥記錄整理　從四時歌詠談環境倫理　文訊雜誌　第 331 期　2013 年 5 月　頁 101—109

147. 吳晟講；顏訥記錄　從四時歌詠談環境倫理　我們的文學夢 2　臺北　上海商業儲蓄銀行文教基金會　2014 年 5 月　頁 83—109

148. 吳　晟　如何進口耕作土地？——我的農村詩作與我的土地觀——「2013 兩岸青年文學會議」主題演講 1　文訊雜誌　第 338 期　2013 年 12 月　頁 44—49

149. 吳　晟　如何進口耕作土地？——我的農村詩作與我的土地觀　新鄉・故

土／眺望・回眸——2013 兩岸青年文學會議論文集　臺南　國立臺灣文學館　2013年12月　頁409—418

150. 吳　晟　也許，最後一冊詩集　中國時報　2014年9月17—18日　D4版

151. 吳　晟　也許，最後一冊詩集（後記）　他還年輕　臺北　洪範書店　2014年10月

152. 吳　晟　書寫與行動　秋水詩刊　第166期　2016年1月　頁128

153. 吳　晟　2015 臺灣文學獎圖書類新詩金典獎得獎感言——書寫與行動　臺灣文學館通訊　第50期　2016年3月　頁18—19

154. 吳晟講；蘇頌淇記錄整理　土地芬芳・詩歌傳唱　文學思奔——府城講壇2015　臺南　國立臺灣文學館　2016年7月　頁175—204

155. 吳　晟　君子風範的褓姆——我和洪範書店的淵源　文訊雜誌　第370期　2016年8月　頁108—111

156. 吳　晟　樹林，我的少年時光　聯合文學　第387期　2017年1月　頁128—131

157. 吳　晟　我的愛戀、我的憂傷、我的夢想　聯合報　2017年4月9—10日　D3版

158. 吳　晟　我的愛戀、我的憂傷、我的夢想　我的愛戀・我的憂傷　臺北　洪範書店　2019年1月　頁342—361

159. 吳　晟　仿作——我不和你談論　鹽分地帶文學　第70期　2017年9月　頁12—14

160. 吳　晟　世俗人生・世俗文章　第四屆全球華文作家論壇　臺北　臺灣師範大學全球華文寫作中心主辦；國家圖書館合辦　2017年10月21—22日

161. 吳　晟　作者序——期待越南讀者的共鳴　甜蜜的負荷：吳晟詩文雙重奏　臺南　國立臺灣文學館　2018年11月　頁1—2

162. 吳　晟　青青校樹　我的愛戀・我的憂傷　臺北　洪範書店　2019年1月　頁126—136

163. 吳　晟　我的愛戀、憂傷與夢想：田野之美、生態破壞與環境轉型正義　第十一屆臺灣文化國際學術研討會——從牛車、漁火到青農返鄉：臺灣農村的書寫、記憶與文化變遷　臺北　臺灣師範大學臺灣語文學系主辦；農村發展基金會，臺北市政府秘書處協辦　2019年9月6—7日

他述

164. 掌杉　吳晟來臺北　幼獅文藝　第313期　1980年1月　頁152—153

165. 沙　穗　關於吳晟　民眾日報　1980年10月3日

166. 沙　穗　關於吳晟　陽光小集　第4期　1980年10月　頁89—96

167. 沙　穗　關於吳晟　臍帶的兩端　屏東　屏東縣文化局　2004年10月　頁120—127

168. 蕭　蕭　吳晟　現代詩入門　臺北　故鄉出版社　1982年2月　頁123—124

169. 沙　穗　從屏東出發——吳晟田莊　小蝶　臺北　采風出版社　1982年12月　頁11—14

170. 王晉民，鄺白曼　吳晟　臺灣與海外華人作家小傳　福州　福建人民出版社　1983年9月　頁99

171. 張　健　自由中國時期〔吳晟部分〕　中國現代詩　臺北　五南圖書公司　1984年1月　頁107—108

172. 劉依萍　足履溪洲放眼天下——《泥土》的作家吳晟　文學家　第2期　1985年12月　頁32—37

173. 謝四海　直接認同大地的彰化鄉土詩人——吳晟　彰化文教　第3期　1987年4月　頁30—33

174. 謝四海　直接認同大地的彰化鄉土詩人——吳晟　儒林學報　第7期　1991年6月　頁17—21

175. 李豐楙　吳晟　中國新詩賞析3　臺北　長安出版社　1987年2月　頁293

176. 康　原　為吾鄉塑像——吳晟·溪州　作家的故鄉　臺北　前衛出版社

1987 年 11 月　頁 41—49

177. 黃美惠　四分之一個作家想通了——吳晟的筆重新回田園　民生報　1988 年 7 月 12 日　14 版

178. 古繼堂　吳晟　臺灣新詩發展史　北京　人民文學出版社　1989 年 5 月　頁 363—367

179. 古繼堂　吳晟　臺灣新詩發展史　臺北　文史哲出版社　1989 年 7 月　頁 420—425

180. 吳陳純口述；莊芳華代筆　還不如多去田裡——我的兒子人家叫他詩人吳晟　聯合報　1990 年 5 月 28 日　29 版

181. 周永芳　七十年代臺灣鄉土文學作家介紹——吳晟　七十年代臺灣鄉土文學研究　中國文化大學中國文學系　碩士論文　尉天驄教授指導　1992 年 6 月　頁 128—141

182. 林文義　路過濁水溪・記載吳晟　彰化人雜誌　第 16 期　1992 年 6 月　頁 24—25

183. 林文義　路過濁水溪——記載吳晟　自立早報　1992 年 7 月 5 日

184. 林文義　路過濁水溪——記載吳晟　港，是情人的追憶　臺北　九歌出版社　1995 年 6 月　頁 122—127

185. 林勝利　吳晟與我　彰化人雜誌　第 16 期　1992 年 6 月　頁 26—27

186. 黃炯明　那一夜，我們在吳晟家　彰化人雜誌　第 16 期　1992 年 6 月　頁 28—30

187. 黃炯明　那一夜，我們在吳晟家　臺灣公論報　1992 年 8 月 13 日　6 版

188. 張娟芬　吳晟・從迷失中蛻變的無悔歷程　中國時報　1992 年 11 月 20 日　31 版

189. 高鴻怡　吳晟　平鎮國中 30 週年校慶特刊　桃園　平鎮國中　1992 年 11 月 12 日　頁 54—55

190. 康　原　田園詩人——吳晟　文學的彰化：彰化縣新文學作家小傳　彰化　彰化縣立文化中心　1992 年　頁 89—97

191. Balcom, John　Footprints on the Heart　Free China Review　第44卷第11期　1994年11月　頁58—72
192. 悟　廣　彰化——吳晟義務指導兒童詩寫作　文訊雜誌　第123期　1996年1月　頁60
193. 莊芳華　不玩技巧——吳晟　臺灣時報　1996年10月4日　22版
194. 施懿琳，楊翠　根植於泥土的土地之花——吳晟　彰化縣文學發展史（下）　彰化　彰化縣文化中心　1997年5月　頁334—336
195. 施懿琳，楊翠　吳晟——農民文學的實踐者　彰化縣文學發展史（下）　彰化　彰化縣文化中心　1997年5月　頁371—376
196. 施懿琳，楊翠　大情大愛寫人間——吳晟　彰化縣文學發展史（下）　彰化　彰化縣文化中心　1997年5月　頁485—488
197. 林耀堂　去找吳晟　中華日報　1998年8月24日　16版
198. 鄭　毅　吳晟——生物老師，帶動文學之美　聯合報　1998年11月30日　39版
199. 林佩如，劉麗貞，陳思嫻　用泥巴塑造文學生命的詩人——吳晟　臺灣文藝　第168、169期合刊　1999年6月　頁49—54
200. 陳文彬　闔上一本厚厚的大書　臺灣日報　1999年9月18日　35版
201. 康　原　東羅溪畔的文學家——吳晟　彰化藝文　第5期　1999年10月　頁14—19
202. 鐘雅品　懷念天邊月——生命中的三位老師・系列三之三〔吳晟部分〕　曦舟　第15期　2000年5月　頁72—79
203. 向　陽　匯川成海　中央日報　2000年11月20日　20版
204. 悟　廣　彰化——吳晟為濁水溪撰寫生命史　文訊雜誌　第190期　2001年8月　頁79
205. 李　鹽　吳晟忙著駐縣作家的工作　中國時報　2002年1月8日　39版
206. 〔蕭蕭，白靈編〕　吳晟簡介　臺灣現代文學教程・新詩讀本　臺北　二魚文化公司　2002年8月　頁300—301

207. 第四屆磺溪文學獎評審委員會　特別貢獻獎得獎人吳晟贊語　第四屆磺溪文學獎得獎作品專輯　彰化　彰化文化局　2002 年 11 月　頁 10—13

208. 徐開塵　農民作家吳晟，疾呼環保　民生報　2002 年 12 月 27 日　A13 版

209. 瓜　瓜　《一首詩一個故事》　臺灣日報　2002 年 12 月 30 日　23 版

210. 林政華　由農村詩人而為臺灣生態守護者——吳晟　臺灣新聞報　2002 年 12 月 13 日　9 版

211. 林政華　由農村詩人而為臺灣生態守護者——吳晟　臺灣古今文學名家　桃園　開南管理學院通識教育中心　2003 年 3 月　頁 82

212. 悟　廣　吳晟新書出版　文訊雜誌　第 208 期　2003 年 2 月　頁 66

213. 柳書琴　南投縣駐縣作家——吳晟　2001 臺灣文學年鑑　臺北　行政院文建會　2003 年 4 月　頁 133—135

214. 丁文玲　我們的房間，自己的角落——在院子裡的長桌讀書、寫作　中國時報　2003 年 11 月 9 日　B3 版

215. 陳思嫻　鄉土，放眼天下最初的角度〔吳晟部分〕　臺灣文學館通訊　第 4 期　2004 年 6 月　頁 9—11

216. 曾麗壎　農村詩人吳晟　書香遠傳　第 15 期　2004 年 8 月　頁 36—38

217. 曾麗壎　農村詩人——吳晟　Taiwan News 財經・文化周刊　第 173 期　2005 年 2 月 17—25 日　頁 84—85

218. 鄭翠蕉　我的國中老師・溫暖大器的鄉土文學作家——吳晟　鎮中校刊　第 22 期　2005 年 1 月　頁 58—59

219. 蔡依玲　家在溪洲——吳晟　印刻文學生活誌　第 18 期　2005 年 2 月　頁 150—157

220. 蕭　蕭　吳晟簡介　攀登生命巔峰　臺北　聯合文學出版社　2005 年 3 月　頁 169

221. 謝美萱　吳晟：燃燒熱情・書寫土地與生命的詩人　人本教育札記　第 204 期　2006 年 6 月　頁 9—13

222. 黃春明　詩人把詩寫在大地上——致詩人吳晟　九彎十八拐　第 8 期　2006 年 7 月　頁 16
223. 范德培譯　Water's Source・吳晟　The Chinese Pen　第 137 期　2006 年 9 月　頁 3—17
224. 楊佳嫻　庄腳歐吉桑・偷閒都市人　聯合報　2006 年 11 月 16 日　E7 版
225. 顏宏駿　身為改革對象，作家吳晟挺 18%改革　自由時報　2007 年 2 月 14 日　A10 版
226. 康　原　飄洋過海的文學人——朱雙一談彰化文學及其他——文化匯聚的寶島〔吳晟部分〕　文訊雜誌　第 264 期　2007 年 10 月　頁 40—41
227. 〔編輯部〕　吳晟簡介　甜蜜的負荷　臺南　國立臺灣文學館　2007 年 12 月　〔5〕頁
228. 郭麗娟　吳晟——書寫農村的美麗與哀愁　臺灣光華雜誌　第 12 期　2007 年 12 月　頁 110—119
229. 吳易澄　搖滾農村——傳唱吳晟詩歌　自由時報　2008 年 5 月 28 日　D13 版
230. 吳易澄　搖滾農村——傳唱吳晟詩歌　詩所教我的事　高雄　高雄市文化局　2010 年 12 月　頁 142—145
231. 〔封德屏主編〕　吳晟　2007 臺灣作家作品目錄　臺南　國立臺灣文學館　2008 年 7 月　頁 243
232. 阿　志　詩、歌與土地——吟唱《甜蜜的負荷》　聯合文學　第 285 期　2008 年 7 月　頁 106—108
233. 吳欣怡　吳晟詩歌・紅樓唱遊　聯合文學　第 285 期　2008 年 7 月　頁 109—111
234. 水筆仔　臺灣農村的美麗與哀愁——耕作文學農園的吳晟　源　第 71 期　2008 年 9 月　頁 26—31
235. 廖玉蕙　作者簡介　散文新四書・冬之妍　臺北　三民書局　2008 年 9 月

頁 86

236. 陳志成　吳晟的負荷（上、中、下）　臺灣時報　2008 年 11 月 27—29 日　10 版

237. 〔路寒袖編著〕　作者介紹／吳晟　青少年臺灣文庫 2——散文讀本 2：狂歌正年少　臺北　國立編譯館　2008 年 12 月　頁 101

238. 宋澤萊　我與陳映真的淡泊情誼——並以此文給陳映真先生與吳晟先生　印刻文學生活誌　第 75 期　2009 年 11 月　頁 114—120

239. 邱坤良　在農地種下詩的種子　中國時報　2010 年 7 月 28 日　A14 版

240. 吳俊賢　西海岸的孤立木　林業研究專訊　第 96 期　2010 年 8 月　頁 75—78

241. 吳俊賢　西海岸的孤立木　走出森林——吳俊賢詩文集　高雄　春暉出版社　2014 年 4 月　頁 174—179

242. 楊佳嫻　吳晟篇　我在我不在的地方：文學現場踏查記　臺南　臺灣文學館　2010 年 12 月　頁 267—286

243. 吳易澄　面對世界，即使仍有意見　詩所教我的事　高雄　高雄市文化局　2010 年 12 月　頁 135—141

244. 楊佳嫻　手植文學森林——田園詩人吳晟在溪州　文訊雜誌　第 302 期　2010 年 12 月　頁 87—93

245. 林皇德　守護生命之流——吳晟　國語日報　2011 年 3 月 5 日　5 版

246. 林皇德　吳晟——守護生命之流　用愛釀成篇章：臺灣文學家的故事　臺南　國立臺灣文學館　2011 年 7 月　頁 147—150

247. 顏秀芳　真誠貼近土地的農民詩人——吳晟　親近彰化文學作家　臺中　晨星出版社　2011 年 3 月　頁 194—225

248. 曾巧雲　吳晟：以詩發言・以詩介入・農民詩人投身環保運動　2010 年臺灣文學年鑑　臺南　國立臺灣文學館　2011 年 11 月　頁 143—144

249. 許悔之　祝福十六帖——種樹的人　聯合報　2012 年 1 月 5 日　D3 版

250. 許悔之　　種樹的人　但願心如大海　新北　木馬文化出版社　2018 年 9 月　頁 42—44

251. 楊振裕　　Kâ 向望種 tî 故鄉 ê 田園——向吳晟老師致敬　海翁臺語文學　第 122 期　2012 年 2 月　頁 61—65

252. 楊子頡，何靜茹　　詩歌，美好的一家　人籟論辯月刊　第 96 期　2012 年 9 月　頁 30—35

253. 〔陳允勇主編〕　　作者簡介——吳晟　彰化縣文學家的城市　彰化　彰化縣文化局　2012 年 11 月　頁 25

254. 蕭仁豪　　傳誦文學之美——「為臺灣文學朗讀」系列之一——田埂上的詩人——吳晟　新活水　第 46 期　2013 年 2 月　頁 54—55

255. 悟　廣　　「作家講座」與「講座作家」〔吳晟部分〕　文訊雜誌　第 330 期　2013 年 4 月　頁 154

256. 陳文發　　愛你像愛自己的母親　中華日報　2013 年 5 月 27 日　B4 版

257. 陳文發　　愛你像愛自己的母親／吳晟　書寫者，看見　臺北　允晨文化公司　2015 年 9 月　頁 282—289

258. 何言宏　　彼岸劄記〔吳晟部分〕　幼獅文藝　第 713 期　2013 年 5 月　頁 95

259. 廖永來　　從森林墓園到萬頃綠地——讀吳晟〈森林墓園〉有感　聯合報　2013 年 9 月 23 日　D3 版

260. 向　陽　　吳晟與彰化溼地　臉書帖　臺北　聯合文學出版社　2014 年 2 月　頁 220

261. 陳英哲　　黑土滋養的文學時刻〔吳晟部分〕　聯合文學　第 355 期　2014 年 5 月　頁 118—119

262. 呂美親　　你講你欲退休——寫予詩人吳晟先生　落雨彼日：呂美親臺語詩集　臺北　前衛出版社　2014 年 8 月　頁 83 —85

263. 鄭雅云　　在農村裡溫柔老去　綠主張　第 136 期'　2015 年 1 月　頁 28—29

264. 劉東皋　　吳晟的鄉土與真　中報雜誌　第 6 期　2015 年 2 月　頁 16—17

265. 潘雅君　吳晟談「土地芬芳，詩歌傳情」　中華日報　2015 年 6 月 6 日　B4 版

266. 王宗仁　守護、傳承——詩人的耕讀與書屋　彰化藝文　第 69 期　2015 年 9 月　頁 12—17

267. 林保寶　種樹安身立命　失意角落　臺北　天下雜誌出版社　2016 年 1 月　頁 77—79

268. 江昺崙　樹木即樹人——詩人吳晟的理想與實踐　彰化藝文　第 72 期　2016 年 6 月　頁 12—17

269. 陳世強　吳晟　圖繪彰化文學家　臺中　晨星出版公司　2016 年 8 月　頁 160—171

270. 李桂媚　根在鄉間：吳晟與他生長的小村莊　詩人本事：李桂媚報導文學　彰化　彰化縣文化局　2016 年 10 月　頁 58—78

271. 蔡逸君　單純之歌——臺灣特有種詩人吳晟　印刻文學生活誌　第 174 期　2018 年 2 月　頁 32—37

272. 李桂媚　唯一的鄉愁就在腳踏的土地上——吳晟的原鄉追尋　吹鼓吹詩論壇　第 33 號　2018 年 6 月　頁 62—65

273. 劉克敏　種樹的詩人　入門溪州：外省媳婦愛農鄉　臺北　萬卷樓圖書公司　2018 年 9 月　頁 80—82

274. 李桂媚　從稻香到樹林——談吳晟的植物詩　吹鼓吹詩論壇　第 35 號　2018 年 12 月　頁 147—148

275. 林明德　在黑色土壤築夢的詩人　人間福報　2019 年 4 月 10 日　5 版

276. 林明德　種樹詩人的終極關懷　人間福報　2019 年 5 月 10 日　4 版

277. 林明德　書香門第在溪州　人間福報　2019 年 6 月 12 日　5 版

278. 陳昭恩　吳晟×吳志寧——從埤圳湧流出來的信念、詩和音樂　鄉間小路　第 45 卷第 7 期　2019 年 7 月　頁 36—40

279. 李桂媚　小小樹園，大大夢想——詩人吳晟的愛戀與憂傷　吹鼓吹詩論壇　第 38 號　2019 年 9 月　頁 162—174

280. 林明德　Projection du film documentaire　Beyond Beauty: Taiwan from Above de Chi Bo-lin〔吳晟部分〕　Autour de la littérature taïwanaise　Paris　Institut National des Langues et Civilisations Orientales　2019 年 10 月 2 日

281. 李昂，林明德　Conférence autour de la littérature taïwanaise〔吳晟部分〕　Pessac　Université Bordeaux Montaigne　2019 年 10 月 3 日

訪談、對談

282. 顏炳華　吳晟印象　幼獅文藝　第 274 期　1976 年 10 月　頁 125—146

283. 顏炳華　吳晟印象　吾鄉印象　新竹　楓城出版社　1976 年 10 月　頁 173—194

284. 丘彥明　工作在農舍的孤燈下——吳晟談寫作　聯合報　1979 年 1 月 1 日　12 版

285. 黃武忠　鄉土詩的紮根者——吳晟訪問記　洪範雜誌　第 9 期　1982 年 9 月　1 版

286. 黃武忠　鄉土詩的紮根者——吳晟印象　臺灣作家印象記　臺北　眾文圖書公司　1984 年 5 月　頁 171—180

287. 吳晟等[2]　「詩的饗宴」——在彰化（上、下）　臺灣日報　1984 年 7 月 14—15 日　8 版

288. 林　芝　腳踏著泥土的寫作者——吳晟　幼獅少年　第 107 期　1985 年 9 月　頁 98—99

289. 林　芝　腳踏著泥土的寫作者——吳晟　望向高峰：速寫現代散文作家　臺北　幼獅文化出版公司　1992 年 12 月　頁 166—171

290. 陳益源　訪吳晟，談〈負荷〉　國文天地　第 9 期　1986 年 2 月　頁 90—93

291. 翁淑芳　書香泥香——訪詩人吳晟　北市青年　第 178 期　1986 年 3 月

---

[2]主持人：康原；與會者：林亨泰、陳金連、桓夫、廖莫白、林雙不、宋澤萊、岩上、苦苓、李勤岸、王灝、吳晟、陳篤弘；紀錄：劉美玲。

292. 李明白　一位執著於人和土地之間的作家——訪吳晟　臺灣文藝　第 126 期　1991 年 8 月　頁 49—57

293. 許建崑　用不著注釋的吳晟　牛車上的舞臺　臺中　臺中市立文化中心　1994 年 6 月　頁 203—206

294. 劉原君，涂亞鳳　當代成名作家訪談錄——訪吳晟　臺灣新文學　第 6 期　1996 年 11 月　頁 16—25

295. 張景智　鄉土文學家吳晟退而不休　臺灣日報　2000 年 3 月 5 日　28 版

296. 吳音寧　開闊的土地，詩人的堅持——專訪吳晟　自由時報　2000 年 5 月 20 日　39 版

297. 莊紫蓉　吳晟——田埂上的詩人　臺灣文藝　第 172 期　2000 年 10 月　頁 111—126

298. 莊紫蓉　吳晟——田埂上的詩人　面對作家——臺灣文學家訪談錄（二）　臺北　財團法人吳三連臺灣史料基金會　2007 年 4 月　頁 81—116

299. 王文仁　親近文學，從閱讀開始——專訪靜宜大學與修平技術學院駐校作家吳晟　臺灣文學館通訊　第 3 期　2004 年 3 月　頁 70—73

300. 吳晟，陳昌明講；王鈺婷記　亞熱帶的田園——店仔頭讀詩　印刻文學生活誌　第 8 期　2004 年 4 月　頁 203—216

301. 吳晟，陳昌明講；王鈺婷記　亞熱帶的文學田園——店仔頭讀詩　風格的光譜／十場臺灣當代文學的心靈饗宴：國家臺灣文學館・第一季週末文學對談　臺南　國家臺灣文學館籌備處　2006 年 9 月　頁 74—101

302. 李欣倫　吳晟印象——謙卑或者樸實，真誠或者緬腆　聯合文學　第 246 期　2005 年 4 月　頁 74—83

303. 劉梓潔　永遠的農村詩人　聯合文學　第 258 期　2006 年 4 月　頁 78—81

304. 林宜慈　吳晟的文學森林——70 年老樹，留給孫做紅眠床　聯合報　2007 年 3 月 11 日　A14 版

305. 張瑞芬　泥土的詩學——二〇〇九訪溪州詩人吳晟　鳶尾盛開——文學評論與作家印象　臺北　聯合文學出版社　2009 年 6 月　頁 190—208

306. 張瑞芬　泥土的詩學——2009 訪溪州詩人吳晟　新地文學（2007 年）　第 10 期　2009 年 12 月　頁 70—83

307. 曾萍萍　親像土地一樣憨的人：吳晟　幼獅少年　第 393 期　2009 年 7 月　頁 52—57

308. 曾萍萍　親像土地一樣憨的人：吳晟　與作家有約　臺北　幼獅文化公司　2011 年 4 月　頁 66—83

309. 方秋停　閱讀，自然搭起親子溝通的橋樑——與吳晟老師暢談世代閱讀　明道文藝　第 401 期　2009 年 8 月　頁 20—24

310. 楊采綾　訪談詩人吳晟　臺灣現代詩　第 20 期　2009 年 12 月　頁 63

311. 林秀英　訪談吳晟錄音稿　論吳晟、蕭蕭作品中的彰化人文關懷　逢甲大學中國文學系　碩士論文　張瑞芬教授指導　2010 年 6 月　頁 162—165

312. 吳晟等[3]　回首那場文學壯遊——「世界之心——從參與愛荷華國際寫作計畫談起」講座紀實　文訊雜誌　第 306 期　2011 年 4 月　頁 104—107

313. 廖苙妁　吳晟訪談筆錄　論吳晟的農村文學　中興大學臺灣文學與跨國文化研究所　碩士論文　楊翠教授指導　2011 年 7 月　頁 99—105

314. 陳文發　走出書房——吳晟書房　鹽分地帶文學　第 36 期　2011 年 12 月　頁 10—15

315. 陳文發　吳晟的書房——走出書房　作家的書房　臺北　允晨文化公司　2014 年 8 月　頁 87—98

316. 施詩俞　吳晟訪談紀錄　吳晟詩文中農村意象與環保意識之研究　高雄師範大學國文學系　碩士論文　林文欽教授指導　2011 年　頁 193

---

[3]主持人：季季；與會者：尉天驄、吳晟、楊青矗；紀錄：張桓瑋。

—232

317. 劉開元　詩人吳晟・盛開在鄉土中的親情與詩歌　聯合晚報　2012年3月18日　B8版

318. 陳柏言　我不和你談論：詩藝，以及隔壁房間的文明——陳柏言訪吳晟　聯合報　2012年3月27日　D3版

319. 李雲顥，黃崇凱　水田的那邊那邊——尋訪吳晟與溪州農民　聯合文學　第334期　2012年8月　頁32—37

320. 吳晟等[4]　文學經驗的回首與未來展望——「文訊 30：世代文青論壇接力賽」第四場　文訊雜誌　第335期　2013年9月　頁94

321. 林欣誼專訪　愛鄉愛土・吳家甜蜜負荷　中國時報　2014年5月4日　A10版

322. 林欣誼專訪　痴愛臺灣山水・吳晟守護母親河　中國時報　2014年5月4日　A10版

323. 林欣誼專訪　「年輕」沉澱・吳晟拿詩名護家鄉　中國時報　2014年10月14日　A18版

324. 李長青專訪　宇宙之大，他還年輕——吳晟談《他還年輕》　自由時報　2015年1月14日　D11版

325. 蕭聰憲整理　播下希望與文化的種子——王志誠 vs.吳晟　文化臺中　第27期　2017年4月　頁24—29

326. 吳晟，吳志寧口述；李桂媚採寫　課本作家與流行歌手的跨世代觀點：吳晟、吳志寧父子檔談詩歌　吹鼓吹詩論壇　第29號　2017年6月　頁7—9

327. 洪明道採訪　在大地上種字——專訪吳晟　聯合文學・別冊　第395期　2017年9月　頁12—13

328. 蔡俊傑，林若瑜整理　科技人、文學家——同樣嚮往一個更美好的社會——

---

[4]主持人：徐開塵；與會者：吳晟、尉天驄、陳克華、陳昌明、陳雨航、陳浩、陳俊志、許悔之、楊小雲、管管、鄭烱明、蔡文章；紀錄：葉佳怡。

童子賢 vs.吳晟　印刻文學生活誌　第 174 期　2018 年 2 月　頁 58—74

年表

329. 吳　晟　吳晟寫作年表　筆記濁水溪　南投　南投縣文化局　2002 年 11 月　頁 252—253

330. 陳秀琴　寫作記事年表　吳晟詩研究及教學實務　高雄師範大學國文學系碩士論文　李若鶯教授指導　2002 年　頁 312—340

331. 許倪瑛　吳晟創作年表　吳晟及其散文研究　雲林科技大學漢學資料整理研究所　碩士論文　林明德教授指導　2005 年 6 月　頁 169—192

332. 施詩俞　吳晟創作相關年表　吳晟詩文中農村意象與環保意識之研究　高雄師範大學國文學系　碩士論文　林文欽教授指導　2011 年　頁 233—241

333. 金慧欣製；吳晟，蔡造珉審校　吳晟文學年表　第二十一屆臺灣文學家牛津獎暨吳晟文學學術研討會論文集　新北　真理大學人文學院臺文系　2017 年 11 月　頁 5—11

其他

334. 張景智　吳晟、吳賢寧父子同獲磺溪文學獎　臺灣日報　2002 年 11 月 18 日　22 版

335. 羊　牧　泥土詩人吳晟演講　文訊雜誌　第 247 期　2006 年 5 月　頁 105—106

336. 悟　廣　詩人吳晟榮獲吳三連文學獎　文訊雜誌　第 267 期　2008 年 1 月　頁 132

337. 余麗姿　造林，因為愛著了——詩人吳晟・夢想發芽　經濟日報　2008 年 4 月 29 日　A11 版

338. 林明志　為近萬本藏書起新厝・吳晟戀書成癡　書香遠傳　第 85 期　2010 年 6 月　頁 40—43

339. 吳敏菁　獲現代詩獎：吳晟甜蜜的負荷　中國時報　2012 年 11 月 12 日

C1 版

340. 黃奕瀠 從家人到家園：都是甜蜜的負荷 中國時報 2013 年 2 月 18 日 A8 版

341. 黃奕瀠 濁水溪大代誌・保糧倉護家園 中國時報 2013 年 2 月 18 日 A8 版

342. 悟 廣 吳晟詩集《他還年輕》出版 文訊雜誌 第 350 期 2014 年 12 月 頁 150

343. 蘇孟娟 詩人吳晟作品・韓文版上架 自由時報 2015 年 1 月 23 日 AA2 版

344. 陳界良 吳晟 100 首詩作・翻譯韓文出版 中國時報 2015 年 1 月 23 日 A11 版

345. 陳憲仁 韓文版吳晟詩選集《生平報告》出版 文訊雜誌 第 353 期 2015 年 3 月 頁 139

作品評論篇目

綜論

346. 痴 痴 吳晟——兩岸間的無槳筏 南風 第 28 期 1970 年 6 月 頁 93—95

347. 楊昌年 復興時期的現代詩發展——新銳作家作品抽樣析介——吳晟 新詩品賞 臺北 牧童出版社 1978 年 頁 401—406

348. 顏炳華 《泥土》代序 泥土 臺北 遠景出版社 1979 年 6 月 頁 1—28

349. 蕭 蕭 鄉土與詩——論吳晟 臺灣新聞報 1980 年 4 月 3 日 12 版

350. 蕭 蕭 鄉土與詩的新意義——論吳晟 詩人季刊 第 14 期 1980 年 1 月 頁 55—62

351. 蕭 蕭 鄉土與詩的新意義——論吳晟 臺灣文藝 第 66 期 1980 年 4 月 頁 198—207

352. 蕭　蕭　鄉土與詩的新意義——論吳晟　燈下燈　臺北　東大圖書公司　1980年4月　頁181—192

353. 楊子潤　奠定鄉土詩明確面貌的吳晟　中學白話詩選　臺北　故鄉出版社　1980年4月　頁288—289

354. 蕭　蕭　詩人與詩風（上、下）〔吳晟部分〕　臺灣日報　1982年6月24—25日　8版

355. 蕭　蕭　詩人與詩風——吳晟　現代詩縱橫觀　臺北　文史哲出版社　1991年6月　頁81

356. 宋澤萊　心香下讀林梵君的詩（上）〔吳晟部分〕　臺灣時報　1983年1月6日　12版

357. 宋澤萊　心香下讀林梵君的詩〔吳晟部分〕　流轉　臺北　鴻蒙文學出版社　1986年　頁1—15

358. 許南村〔陳映真〕　試論吳晟的詩[5]　文季　第1卷第2期　1983年6月　頁16—44

359. 陳映真　試論吳晟的詩　孤兒的歷史・歷史的孤兒　臺北　遠景出版公司　1984年9月　頁175—228

360. 許南村　人間吳晟　洪範雜誌　第22期　1985年6月30日　4版

361. 陳映真　試論吳晟的詩——序吳晟《泥土》　陳映真作品集・走出國境內的異國（序文卷）　臺北　人間出版社　1988年4月　頁117—161

362. 陳映真　試論吳晟的詩　鄉間子弟鄉間老——吳晟新詩評論　臺中　晨星出版公司　2008年2月　頁45—82

363. 康　原　紮根在鄉土的詩人　彰化雜誌　第9期　1983年6月　頁74—75

364. 康　原　紮根在鄉土的詩人　鄉音的魅力　彰化　青溪新文藝學會彰化分會　1984年2月　頁155—158

365. 周良沛　對生命感激與掛慮的吟唱　當代文壇　1984年第8期　1984年

---

[5]本文後改題名為〈人間吳晟〉。

頁 33—37

366. 武治純　臺灣鄉土文學的源流梗概〔吳晟部分〕　壓不扁的玫瑰花——臺灣鄉土文學初探　北京　中國廣播電視出版社　1985 年 7 月　頁 20—21

367. 武治純　臺灣鄉土文學的思想特色——愛國親民〔吳晟部分〕　壓不扁的玫瑰花——臺灣鄉土文學初探　北京　中國廣播電視出版社　1985 年 7 月　頁 61—65

368. 王晉民　吳晟　臺灣當代文學　南寧　廣西人民出版社　1986 年 9 月　頁 380—381

369. 〔張錯編〕　吳晟詩選——吳晟（1944—）　千曲之島　臺北　爾雅出版社　1987 年 7 月　頁 291—292

370. 宋田水　要死不活的臺灣文學——透視臺灣作家的良心——黃春明、吳晟　臺灣新文化　第 14 期　1987 年 11 月　頁 44—45

371. 張恆春　吳晟的詩　現代臺灣文學史　瀋陽　遼寧出版社　1987 年 12 月　頁 594—598

372. 公仲，汪義生　吳晟　臺灣新文學史初編　南昌　江西人民出版社　1989 年 8 月　頁 242—246

373. 朱雙一　鄉土詩歌的崛起及詩壇的多元化趨向〔吳晟部分〕　臺灣新文學概觀（下）　福建　鷺江出版社　1991 年 6 月　頁 158—159

374. 朱雙一　鄉土詩歌的崛起及詩壇的多元化趨向〔吳晟部分〕　臺灣新文學概觀　臺北　稻禾出版社　1992 年　頁 439—474

375. 楊昌年　七十、八十年代名家名作析介——吳晟　現代詩的創作與欣賞　臺北　文史哲出版社　1991 年 9 月　頁 341—345

376. 宋田水　「吾鄉印象」的鄉土美學——論吳晟（上、中、下）　臺灣文藝　第 127—129 期　1991 年 10，12 月，1992 年 2 月　頁 42—106，78—97，42—73

377. 陳萬益　文學和生活——從賴和、洪醒夫、吳晟說起　彰化青年　第 270

期　1992年4月　頁16—22

378. 康　原　臺灣詩人吳晟　彰化人雜誌　第16期　1992年6月　頁13—19

379. 康　原　臺灣詩人　鄉土檔案　彰化　彰化縣立文化中心　1993年6月　頁42—50

380. 朱雙一　現實主義詩潮的勃興——吳晟、羅青等70年代的青年詩人　臺灣文學史（下）　福州　海峽文藝出版社　1993年1月　頁386—390

381. 林明德　新詩中的臺灣圖像——以吳晟詩歌為例　新文藝教學研討會　臺北　文化大學中國文學研究所主辦　1993年6月1日

382. 林明德　新詩中的臺灣圖像——以吳晟詩歌為例（上、下）　臺灣時報　1993年8月30—31日

383. 林明德　鄉間子弟鄉間老——論吳晟新詩的主題意識[6]　國文學誌　第10期　2005年6月　頁27—56

384. 林明德　鄉間子弟鄉間老——論吳晟新詩的主題意識　臺灣新詩研究——中生代詩家論　臺北　五南圖書出版公司　2007年2月　頁31—66

385. 林明德　鄉間子弟鄉間老——論吳晟新詩的主題意識　鄉間子弟鄉間老——吳晟新詩評論　臺中　晨星出版公司　2008年2月　頁228—258

386. 林明德　導讀——鄉間子弟鄉間老　甜蜜的負荷：吳晟詩文雙重奏　臺南　國立臺灣文學館　2018年11月　頁5—22

387. 王志健　吳晟　中國新詩淵藪（下）　臺北　正中書局　1993年7月　頁2929—2934

388. 康　原　文學作品的地方特色與精神傳承〔吳晟部分〕　鄉土與文學：臺灣地區區域文學會議實錄　臺北　文訊雜誌社　1994年3月　頁296

---

[6]本文探討吳晟新詩的主題意識。全文共 5 小節：1.前言；2.吳晟小傳；3.吳晟詩觀；4.吳晟新詩的主題意識；5.結論。

389. 楊琇惠　吳晟鄉土詩中的現實意象及其內涵　傳習　第12期　1994年6月　頁139—146

390. 張超主編　吳晟　臺港澳及海外華人作家辭典　江蘇　南京大學出版社　1994年12月　頁496

391. 林明德　臺灣文學中的歷史經驗——以吳晟的作品為例[7]　文學臺灣　第13期　1995年1月　頁288—320

392. 林明德　臺灣文學中的歷史經驗——以吳晟詩文為例　文學典範的反思　臺北　大安出版社　1996年9月　頁321—356

393. 林明德　臺灣文學中的歷史經驗——以吳晟的作品為例　臺灣文學中的歷史經驗　臺北　文津出版社　1997年6月　頁161—188

394. 林明德　臺灣文學中的歷史經驗——以吳晟的作品為例　鄉間子弟鄉間老——吳晟新詩評論　臺中　晨星出版公司　2008年2月　頁83—105

395. 莫　渝　真誠與泥土農村——詩人吳晟　國語日報　1995年5月27日

396. 莫　渝　真誠與泥土——記吳晟　愛與和平的禮讚　臺北　草根出版公司　1997年4月　頁149—161

397. 施懿琳　戰後文學發展概述——戰後彰化地區新文學——吳晟（一九四四年出生）　彰化文學圖像　彰化　彰化縣文化中心　1996年6月　頁154—155

398. 施懿琳　稻作文化孕育下的農民詩人——試析吳晟新詩的性格特質與批判精神　臺灣的文學與環境　高雄　麗文文化公司　1996年6月　頁67—110

399. 施懿琳　稻作文化孕育下的農民詩人——試析吳晟新詩的性格特質與批判精神（上、下）　臺灣新文學　第9—10期　1997年12月，1998年6月　頁315—331，322—337

---

[7]本文以吳晟作品釋出的歷史經驗，重新思考臺灣文學的範疇，探索臺灣文學的歷史現象。全文分為3小節：1.前言；2.吳晟作品的歷史經驗；3.結論。

400. 許碧純　濁水溪畔一位詩人的喟歎──「吳晟」從《吾鄉印象》到〈再見吾鄉〉　新觀念　第97期　1996年11月　頁18─27

401. 宋澤萊　臺灣農村生活記實文學的巔峰──論吳晟散文的重大價值（1─4）　臺灣日報　1996年11月10─13日　23版

402. 宋澤萊　日據時期以來臺灣農村生活紀實文學的巔峰──論吳晟散文的重大價值　臺灣新文學　第6期　1996年11月　頁206─215

403. John Balcom　Introduction　My Village　蒙特雷　Taoran Press　1996年〔6〕頁

404. 劉登翰，朱雙一　一束稻草是吾鄉人人的年譜──吳晟論　彼岸的繆思──臺灣詩歌論　南昌　百花洲文藝出版社　1996年12月　頁358─363

405. 李瑞騰　年輕詩人眼中的「父親」形象〔吳晟部分〕　新詩學　臺北　駱駝出版社　1997年3月　頁69─71

406. 白文蔚　唱大地之歌‧抒鄉土之情──評吳晟的鄉土詩　寫作　1997年第8期　1997年4月　頁13─14

407. 施懿琳，楊翠　六〇年代彰化縣文壇再現生機──現代詩壇的老將新秀──根植於泥土的土地之花──吳晟　彰化縣文學發展史（下）　彰化　彰化縣立文化中心　1997年5月　頁334─336

408. 施懿琳，楊翠　七〇年代彰化縣文學與臺灣文學根脈合流──回到土地與人民──農業縣與農民文學──吳晟──農民文學的實踐者　彰化縣文學發展史（下）　彰化　彰化縣立文化中心　1997年5月　頁371─376

409. 施懿琳，楊翠　八〇年代至今──彰化縣文壇多音交響──散文天空繽紛多采──大情大愛寫人間──吳晟　彰化縣文學發展史（下）　彰化　彰化縣立文化中心　1997年5月　頁485─488

410. 洪淑苓　現代山水詩──尋訪詩人的心靈原鄉〔吳晟部分〕　中國時報　1997年6月5日　42版

411. 洪淑苓　現代山水詩——尋訪詩人的心靈原鄉〔吳晟部分〕　現代詩新版圖　臺北　秀威資訊科技公司　2004年9月　頁155—158

412. 李漢偉　臺灣新詩的「土地」之愛〔吳晟部分〕　臺灣新詩的三種關懷　臺北　駱駝出版社　1997年10月　頁103—114

413. 邱燮友，潘麗珠　現代詩與鄉土詩（1980—1997）——七、八〇年代的臺灣現代詩壇〔吳晟部分〕　二十世紀中國新文學史　臺北　駱駝出版社　1997年10月　頁431—432

414. 曹惠民　吳晟　多元共生的現代中華文學　北京　中國華僑出版社　1997年11月　頁214—218

415. 阿　盛　土地戀歌——吳晟的人和作品　自由時報　1998年9月4日　41版

416. 阿　盛　農村戀歌——吳晟　作家列傳　臺北　爾雅出版社　1999年12月　頁9—12

417. 舒　蘭　六〇年代詩人詩作——吳晟　中國新詩史話（四）　臺北　渤海堂文化公司　1998年10月　頁200—202

418. 施懿琳　從隱抑到激越——論吳晟詩的政治關懷（上、中、下）　臺灣日報　1999年5月27—29日　22版

419. 施懿琳　從隱抑到激越——論吳晟詩的政治關懷　第四屆現代詩學研討會　彰化　彰化師範大學主辦　1999年5月29日

420. 施懿琳　論吳晟詩的政治關懷　跨語、漂泊、釘根　高雄　春暉出版社　2000年6月　頁199—236

421. 施懿琳　從隱抑到激越——論吳晟詩的政治關懷　臺灣現代詩經緯　臺北　聯合文學出版社　2001年6月　頁271—313

422. 施懿琳　從隱抑到激越——論吳晟詩的政治關懷　鄉間子弟鄉間老——吳晟新詩評論　臺中　晨星出版公司　2008年2月　頁106—135

423. 陳素麗　疼惜、吳晟、吾鄉　青笛子雜誌　第5期　1999年6月　頁64—68

424. 許悔之　土地的平均律　聯合報　2000 年 9 月 21 日　第 37 版
425. 計紅芳　吳晟——來自店仔頭的「泥土詩人」　臺港澳文學教程　上海　漢語大辭典出版社　2000 年 10 月　頁 59—61
426. 計紅芳　戰後臺灣鄉土作家的創作——吳晟——來自店仔頭的「泥土詩人」　臺港澳文學教程新編　上海　復旦大學出版社　2013 年 1 月　頁 46—48
427. 馮小非　如果詩人不是如此憂慮……　臺灣日報　2000 年 11 月 14 日　35 版
428. 林生祥　吳晟的詩與我的記憶　臺灣日報　2000 年 11 月 16 日　35 版
429. 宋田水　一條河流・一個詩人——談吳晟的《再見吾鄉》（上、下）　臺灣日報　2000 年 11 月 10—11 日　35，31 版
430. 宋田水　一條河流一個詩人　鄉間子弟鄉間老——吳晟新詩評論　臺中　晨星出版公司　2008 年 2 月　頁 146—158
431. 陳文彬　濁水溪畔的憂傷——試論吳晟詩作在臺灣社會發展中的時代意義（上、下）　臺灣日報　2000 年 11 月 12—13 日　31 版，35 版
432. 陳文彬　濁水溪畔的憂傷　鄉間子弟鄉間老——吳晟新詩評論　臺中　晨星出版公司　2008 年 2 月　頁 136—145
433. 周良沛　評吳晟　復現的星圖　臺北　人間出版社　2000 年 12 月　頁 357—378
434. 古繼堂　臺灣新詩的回歸大潮〔吳晟部分〕　簡明臺灣文學史　北京　時勢出版社　2002 年 6 月　頁 474—475
435. 邱珮萱　情繫吾鄉的耕讀子弟——吳晟　戰後臺灣散文中的原鄉書寫　高雄師範大學國文學系　博士論文　何淑貞教授指導　2003 年 6 月　頁 77—91
436. 古繼堂　將泥土和民族視為母親的吳晟　臺灣文學的母體依戀　北京　九州出版社　2002 年 9 月　頁 380—387
437. 林　廣　尋訪一條被遺忘的詩路——評析吳晟的詩　明道文藝　第 323 期

2003年2月　頁70—73

438. 李豐楙　七十年代新詩社的集團及其城鄉意識〔吳晟部分〕　中華現代文學大系（貳）・臺灣一九八九—二〇〇三評論卷（一）　臺北　九歌出版社　2003年10月　頁364—367

439. 落　蒂　詩人的質樸美學[8]　臺灣時報　2003年10月21日　23版　。

440. 落　蒂　樸素寫實，純真鄉土——吳晟論　靜觀詩海拍天落　臺北　文史哲出版社　2012年9月　頁136—140

441. 陳仲義　俚俗：俚中見深，俗中出奇〔吳晟部分〕　現代詩技藝透析　臺北　文史哲出版社　2003年12月　頁201

442. 蕭　蕭　現實主義美學——土地守護者驗證的現實主義美學——土地：從腳下出發〔吳晟部分〕[9]　臺灣新詩美學　臺北　爾雅出版社　2004年2月　頁213—217

443. 蕭　蕭　吳晟所驗證的現實主義新詩美學　鄉間子弟鄉間老——吳晟新詩評論　臺中　晨星出版公司　2008年2月　頁170—190

444. 林麗雲　愛與真實——吳晟散文一貫的基調（上、下）　翰林文苑天地　第25—26期　2004年3—4月

445. 賴素鈴　吳晟種夢——用土地寫作在平地造林　民生報　2004年5月9日　A7版

446. 曾潔明　一本厚厚的大書——論吳晟詩文中的母親形象　國文天地　第238期　2005年3月　頁91—102

447. 曾潔明　相偎相依的人生旅程　國教世紀　第215期　2005年4月　頁39—44

448. 洪子誠，劉登翰　現代主義思潮的勃興和詩歌藝術的多元並立——70年代的青年詩人〔吳晟部分〕　中國當代新詩史（修訂版）　北京　北京大學出版社　2005年4月　頁345—346

---

[8]本文後改篇名為〈樸素寫實，純真鄉土——吳晟論〉

[9]本文節選吳晟評論的部分，後改篇名為〈吳晟所驗證的現實主義新詩美學〉。

449. 洪子誠，劉登翰　現代主義思潮的勃興和詩歌藝術的多元並立——70 年代的青年詩人〔吳晟部分〕　中國當代新詩史　北京　北京大學出版社　2010 年 5 月　頁 420—421

450. 許倪瑛　論吳晟的散文藝術　第二十八屆中區中文所研究生論文發表會　臺中　中興大學中國文學研究所主辦　2005 年 5 月 14 日

451. 劉慧珠　詩與散文之間——吳晟文學生命的抉擇　國文天地　第 240 期　2005 年 5 月　頁 62—66

452. 王德威　鄉愁的想像〔吳晟部分〕　臺灣：從文學看歷史　臺北　麥田出版公司　2005 年 9 月　頁 363

453. 林　廣　追溯夢與愛的最初——評析詩人吳晟早期的詩　明道文藝　第 354 期　2005 年 9 月　頁 113—121

454. 林　廣　追溯夢與愛的最初——評析詩人吳晟早期的詩　尋訪詩的田野：評析吳晟的四十首詩作　臺北　聯合文學出版社　2005 年 12 月　頁 270—285

455. 林　廣　吳晟詩中的愛情與親情　明道文藝　第 355 期　2005 年 10 月　頁 124—133

456. 林明德　在傑作中尋幽訪勝　尋訪詩的田野：評析吳晟的四十首詩作　臺北　聯合文學出版社　2005 年 12 月　頁 4—8

457. 林　廣　鄉情與親情的結局——評析詩人吳晟中期的詩　尋訪詩的田野：評析吳晟的四十首詩作　臺北　聯合文學出版社　2005 年 12 月　頁 286—304

458. 林　廣　跋——赤腳走過詩的田野　尋訪詩的田野：評析吳晟的四十首詩作　臺北　聯合文學出版社　2005 年 12 月　頁 322—327

459. 林　廣　赤腳走過詩的田野　聯合文學　第 255 期　2006 年 1 月　頁 149

460. 林　廣　從土地到海洋　明道文藝　第 358 期　2006 年 1 月　頁 102—112

461. 余欣娟　論吳晟詩作中家鄉意象的流轉及其網絡　臺灣詩學學刊　第 7 期　2006 年 5 月　頁 85—113

462. 章綺霞　吳晟的鄉土書寫：從《吾鄉印象》到《筆記濁水溪》　濁水溪流域鄉土書寫初探（1970—2000）：關於認同譜系的多重建構　臺北　立誠書局　2006年7月　頁71—85

463. 呂正惠　吳晟詩中的自我與鄉土[10]　2007彰化文學國際學術研討會　彰化師範大學　國家臺灣文學館，彰化師範大學國文系暨臺灣文學研究所主辦　2007年6月8—9日

464. 呂正惠　吳晟詩中的自我與鄉土　彰化文學大論述　臺北　五南圖書出版公司　2007年11月　頁301—319

465. 呂正惠　吳晟詩中的自我與鄉土　鄉間子弟鄉間老——吳晟新詩評論　臺中　晨星出版公司　2008年2月　頁191—211

466. 呂正惠　吳晟詩中的自我與鄉土　戰後臺灣文學經驗　北京　三聯書店　2010年4月　頁254—273

467. 呂正惠　吳晟詩中的自我與鄉土　臺灣文學研究自省錄　臺北　學生書局　2014年1月　頁77—108

468. 黃秋玉　七〇年代臺灣鄉土文學作家及其作品特質——代表作家——吳晟　七〇年代臺灣鄉土文學及其教學研究——以高中教材為例　彰化師範大學國文學系　碩士論文　蔣美華教授指導　2007年　頁73—78

469. 古遠清　厚實的吳晟與原住民歌手莫那能　臺灣當代新詩史　臺北　文津出版社　2008年1月　頁268—270

470. 林明德　解讀「吳晟」　鄉間子弟鄉間老——吳晟新詩評論　臺中　晨星出版公司　2008年2月　頁5—7

471. 顏炳華　反映現實抓住現代感覺的詩人　鄉間子弟鄉間老——吳晟新詩評論　臺中　晨星出版公司　2008年2月　頁27—44頁

472. 林　廣　發現・另一種詩的格局　鄉間子弟鄉間老——吳晟新詩評論　臺

[10]本文探討吳晟從20世紀60年代開始創作，歷經尋求自我認同、自我放逐，至70年代確立鄉土詩人的地位，到90年代書寫臺灣人的悲哀，以及近期凝視死亡的心路歷程。

中　晨星出版公司　2008年2月　頁159—169

473. 陳建忠　讓土地說話——論農民詩人吳晟的詩藝　鄉間子弟鄉間老——吳晟新詩評論　臺中　晨星出版公司　2008年2月　頁212—227

474. 曾萍萍　Made in Taiwan：《文季》雙月刊內容分析——看！這個世界：新作家文學表現〔吳晟部分〕　「文季」文學集團研究——以系列刊物為觀察對象　中央大學中國文學系　博士論文　李瑞騰教授指導　2008年7月　頁247

475. 鮑昌寶　捍衛鄉村的尊嚴——論臺灣詩人吳晟的詩歌　江漢大學學報　2008年第4期　2008年8月　頁17—20

476. 朱雙一　從遷移到扎根：海與山的交會——福佬人：遵奉「愛拼才會贏」的準則〔吳晟部分〕　臺灣文學與中華地域文化　廈門　鷺江出版社　2008年9月　頁150—151

477. 丁旭輝　從《飄搖裏》論吳晟1970年以前詩作的開展意義與價值[11]　臺灣文學研究學報　第7期　2008年10月　頁209—234

478. 丁旭輝　璞玉生輝：一九七〇年以前的吳晟詩作　現代詩的風景與路徑　高雄　春暉出版社　2009年7月　頁219—242

479. 解昆樺　戰後第一世代詩人詩學知識結構的轉型與影響——群體的版本：1976—1984年戰後第一世代詩人現代詩語言光譜化現象分析——文體知識觀：對鄉土文學的接受方式——吳晟在一九七〇年代中期後逐漸被重視　傳統、國族、公眾領域——臺灣一九七〇年代新興詩社研究　臺灣師範大學國文學系　博士論文　楊昌年，李瑞騰教授指導　2008年

480. 藍建春主編　吾鄉印象——田中詩人吳晟　親近臺灣文學——歷史、作家、故事　臺中　耕書園出版公司　2009年2月　頁369—379

481. 曾潔明　論吳晟詩歌中的水稻意象　國文天地　第286期　2009年3月

[11]本文以吳晟《飄搖裏》1970年以前的詩作，論述其1963年至1970年間的詩作價值。全文分為5小節：1.前言；2.從隱抑的書寫到激越的諷喻；3.從孤獨的歌者到歌者的孤獨；4.從愛情的浪漫到親情的甜美；5.結語。後改篇名為〈璞玉生輝：一九七〇年以前的吳晟詩作〉，內容略有增刪。

頁 16—20

482. 吳孟昌　吳晟鄉土散文（1979—1989）析論：一個文學社會學的視角　彰化師大國文學誌　第 18 期　2009 年 6 月　頁 123—146

483. 曾潔明　從意涵內容論吳晟散文的水稻書寫　第二屆「通識教育—傳統學術與當代人文精神」學術論文研討會論文集　臺北　景文科技大學通識教育中心　2009 年 8 月　頁 12—34

484. 曾進豐，陳韻如　吳晟的大地奏鳴曲　文學人　第 20 期　2009 年 11 月　頁 68—73

485. 李桂媚　中生代彰化詩人標點符號運用——以吳晟、蕭蕭為例　臺灣新詩標點符號運用——以彰化詩人為例　臺北教育大學臺灣文化研究所　碩士論文　陳俊榮教授指導　2009 年　頁 99—120

486. 莊藝淑　貼近濁水溪畔的耕讀者——吳晟　東南學苑　第 31 期　2009 年 12 月　頁 15—19

487. 林亞筑　探討吳晟與吳音寧詩文中之臺灣情懷　線性文學時空的相聚——2010 年佛光大學文學系研究生論文發表會　宜蘭　佛光大學文學系主辦　2010 年 8 月 25—26 日

488. 丁旭輝　從土地之愛到環保實踐：吳晟的詩行動與行動詩　吹鼓吹詩論壇　第 10 期　2010 年 9 月　頁 20—22

489. 林麗雲　對土地有情・對人有愛——談鄉土作家吳晟　翰林文苑天地　第 53 期　2010 年 9 月　頁 2—10

490. 丁旭輝　吳晟的環保詩作與實踐　翰林文苑天地　第 53 期　2010 年 9 月　頁 11—19

491. 王金城　臺灣新世代詩歌的土地意識——吳晟：土地的堅定守望　閩江學院學報　第 31 卷第 6 期　2010 年 11 月　頁 57—58

492. 曾潔明　吳晟「晚年冥想」組詩的意象　國文天地　第 308 期　2011 年 1 月　頁 50—56

493. 蘇玉筑　土地的孺慕與原鄉的追尋——土地的孺慕——吳晟的土地眷情　當

代臺灣「大臺中」書寫——以中、彰、投四縣市作家作品為探討對象　中興大學中國文學系　碩士論文　陳啟佑教授指導　2010 年　頁 137—142

494. 林明德　　吳晟新詩的倫理意識　明道文藝　第 419 期　2011 年 2 月　頁 48—57

495. 林明德　　文學思路——吳晟新詩的倫理意識　多音交響美麗島——臺灣民俗文化的入門書　臺北　五南圖書公司　2018 年 12 月　頁 345—355

496. 應鳳凰，傅月庵　　吳晟——《泥土》　冊頁流轉——臺灣文學書入門 108　臺北　印刻文學生活雜誌出版公司　2011 年 3 月　頁 102—103

497. 曾潔明　　論吳晟詩文中的生命教育——以環保教育為例　第四屆「通識教育——傳統學術與當代人文精神」學術論文研討會　新北　景文科大通識教育中心主辦　2011 年 5 月 13 日

498. 曾潔明　　論吳晟詩文中的生命教育：以環保教育為例　第四屆傳統學術與當代人文精神學術論文研討會・論文集　新北　景文科大通識教育中心　2011 年 7 月　頁 1—26

499. 陳芳明　　一九七〇年代臺灣文學的延伸與轉化——鄉土文學運動中的詩與散文〔吳晟部分〕　臺灣新文學史　臺北　聯經出版公司　2011 年 10 月　頁 577—578

500. 莊藝淑　　閱讀吳晟的苦悶與挑戰　國文天地　第 325 期　2012 年 6 月　頁 114—119

501. 戴華萱　　回歸鄉土的寫實詩——從田埂中來：「鄉土詩人」吳晟　鄉土的回歸——六、七〇年代臺灣文學走向　臺南　國立臺灣文學館　2012 年 11 月　頁 109—120

502. 向　陽　　臺灣農民的守護者——吳晟及其詩文　文訊雜誌　第 326 期　2012 年 12 月　頁 14—18

503. 向　陽　　臺灣農民的守護者——吳晟及其詩文　寫字年代——臺灣作家手稿

故事　臺北　九歌出版社　2013 年 7 月　頁 214—224

504. 柯慧卿　中部水系——吳晟筆耕濁水溪　臺灣當代散文的河流書寫　臺北教育大學臺灣文化研究所　碩士論文　林淇瀁教授指導　2012 年 12 月　頁 121—136

505. 蔡明諺　吾鄉印象與鄉土文學：論七〇年代吳晟詩歌的形成與發展　臺灣文學研究　第 4 期　2013 年 6 月　頁 167—198

506. 江昺崙　鄉土文學論戰之後的農民文學——農民之詩〔吳晟部分〕　農村騷動敘事——1966—1988 臺灣農民文學　政治大學臺灣文學研究所　碩士論文　曾士榮教授指導　2013 年　頁 84—100

507. 徐震宇　光復至戒嚴時期的屏東現代文學——光復至戒嚴時期的屏東現代文學——吳晟　屏東地區現代文學之研究　高雄師範大學國文學系　碩士論文　林文欽教授指導　2013 年　頁 249—256

508. 陳建忠　吳晟的介入詩作與介入詩學　第 23 屆詩學會議——2014「詩歌與土地」學術研討會　彰化　彰化師範大學國文系暨臺灣文學研究所主辦　2014 年 5 月 30 日

509. 蔡旻軒　地方與世界的連結：試論吳晟詩作赴美後的轉變　第十一屆全國臺灣文學研究生學術研討會　彰化　國立臺灣文學館主辦；彰化師範大學臺灣文學研究所承辦　2014 年 11 月 1—2 日

510. 陳鴻逸　說底層邊緣的故事——為農民與土地發聲——以吳晟、楊儒門為例　一九七〇年代以降臺灣散文的性別、族群、階級議題之研究　彰化師範大學國文學系　博士論文　林明德，林淇瀁教授指導　2014 年　頁 124—131

511. 林書帆　吳晟的環境書寫與反國光石化運動　臺灣環境運動中文學所扮演的角色——以反國光石化事件為核心的探討　東華大學華文學系　碩士論文　吳明益教授指導　2014 年　頁 59—68

512. 黃炳彰　愛荷華去來：吳晟作品中的美國與地方　翰林文苑天地　第 77 期　2016 年 10 月　頁 22—30

513. 王宗仁，李桂媚　彰化現代詩的發展面向——以 1949 年前出生詩人為例〔吳晟部分〕　彰化文獻　第 21 期　2016 年 11 月　頁 145—182

514. 曾潔明　論吳晟及其土地倫理觀　景文學報　第 27 卷第 1 期　2016 年 12 月　頁 69—88

515. 楊宗翰　吳晟、林煥彰、向陽的鄉土詩寫　文化創意中的兩岸風景——淡江大學、福建師範大學兩岸文創論壇　新北　淡江大學文學院，福建師範大學主辦　2017 年 5 月 25—26 日

516. 楊宗翰　詩如何詮釋鄉土？——以林煥彰、吳晟、向陽作品為例[12]　臺灣詩學學刊　第 30 期　2017 年 11 月　頁 105—130

517. 楊宗翰　詩釋鄉土——論吳晟　逆音：現代詩人作品析論　臺北　新學林出版公司　2019 年 1 月　頁 190—200

518. 陳義芝　自然主義者——吳晟詩創作的歷程　聯合報　2017 年 10 月 16 日 D3 版

519. 陳義芝　自然主義者：吳晟詩創作的歷程　第四屆全球華文作家論壇　臺北　臺灣師範大學全球華文寫作中心主辦；國家圖書館合辦　2017 年 10 月 21—22 日

520. 楊宗翰　論詩人吳晟的早期風格　第四屆全球華文作家論壇　臺北　臺灣師範大學全球華文寫作中心主辦；國家圖書館合辦　2017 年 10 月 21—22 日

521. 陳益源　吳晟文學創作暨生命歷程　第二十一屆臺灣文學家牛津獎暨吳晟文學學術研討會　新北　真理大學，國立臺灣文學館主辦　2017 年 10 月 21 日

522. 林明德　吳晟新詩與散文的雙重奏[13]　第二十一屆臺灣文學家牛津獎暨吳晟文學學術研討會　新北　真理大學，國立臺灣文學館主辦　2017

[12]本文後改篇名為〈詩釋鄉土——論吳晟〉。

[13]本文以吳晟詩為出發，探討其中的核心價值與《一首詩一個故事》匯集出的創作風景。全文共 5 小結：1.前言；2.吳晟小傳；3.吳晟新詩的倫理意識；4.特殊的文學景觀——詩文雙重奏；5.結論。

年10月21日

523. 林明德　吳晟新詩與散文的雙重奏　第二十一屆臺灣文學家牛津獎暨吳晟文學學術研討會論文集　新北　真理大學人文學院臺文系　2017年11月　頁13—37

524. 林明德　吳晟新詩與散文的雙重奏　彰化師範大學文學院學報　第19期　2019年3月　頁1—34

525. 楊　翠　為死者、傷者、痛者言——論吳晟的人權詩作[14]　第二十一屆臺灣文學家牛津獎暨吳晟文學學術研討會　新北　真理大學，國立臺灣文學館主辦　2017年10月21日

526. 楊　翠　為死者、傷者、痛者言——論吳晟的人權詩作　第二十一屆臺灣文學家牛津獎暨吳晟文學學術研討會論文集　新北　真理大學人文學院臺文系　2017年11月　頁39—56

527. 陳義芝　吳晟詩中的情愛臉譜與倫理敘事[15]　第二十一屆臺灣文學家牛津獎暨吳晟文學學術研討會　新北　真理大學，國立臺灣文學館主辦　2017年10月21日

528. 陳義芝　永恆的傷口：吳晟詩中的情愛臉譜與倫理敘事　第二十一屆臺灣文學家牛津獎暨吳晟文學學術研討會論文集　新北　真理大學人文學院臺文系　2017年11月　頁57—71

529. 陳義芝　為愛而寫——吳晟詩的情愛臉譜　印刻文學生活誌　第174期　2018年2月　頁90—95

530. 林麗雲　長青課本作家——吳晟與時代的對話[16]　第二十一屆臺灣文學家牛津獎暨吳晟文學學術研討會　新北　真理大學，國立臺灣文學館

---

[14]本文以吳晟觸及威權體制、歷史創傷、人權議題的詩作為範圍，討論其中的主題意識、核心理念與美學手法。全文共 6 小結：前言；2.從生命裡長出來的自由靈魂：「說該說的話」；3.體制的暴力，弱者的微光；4.不合時宜的清醒者；5.為傷痛者塑像：受難者與受難家屬；6.代結論。

[15]本文歸納吳晟詩作中的夫妻、家庭之愛，究竟如何擴及土地、自然之情。全文共 4 小結：1.緒言；2.情愛臉譜；3.倫理敘事；4.結論。

[16]本文探討吳晟創作是如何歷經被認識、接受、肯定的過程，進而走入課本選文的旅程。全文共 7 小結：1.前言；2.詩文與試題；3.課本長青樹；4.詩文共賞；5.反映現實與時代回聲；6.積極行動與熱烈掌聲；7.結論。

主辦　2017年10月21日

531. 林麗雲　長青課本作家——吳晟與時代的對話　第二十一屆臺灣文學家牛津獎暨吳晟文學學術研討會論文集　新北　真理大學人文學院臺文系　2017年11月　頁111—139

532. 陳鴻逸　護衛土地的鬥士們——論彰化作家吳晟、楊儒門的散文書寫[17]　第二十一屆臺灣文學家牛津獎暨吳晟文學學術研討會　新北　真理大學，國立臺灣文學館主辦　2017年10月21日

533. 陳鴻逸　護衛土地的鬥士們——論彰化作家吳晟、楊儒門的散文書寫　第二十一屆臺灣文學家牛津獎暨吳晟文學學術研討會論文集　新北　真理大學人文學院臺文系　2017年11月　頁141—153

534. 李欣倫　鄉間老去，化身為葉——讀吳晟詩文中的老死冥思　第二十一屆臺灣文學家牛津獎暨吳晟文學學術研討會　新北　真理大學，國立臺灣文學館主辦　2017年10月21日

535. 李欣倫　鄉間老去，化身為葉——讀吳晟詩文中的老死冥思[18]　第二十一屆臺灣文學家牛津獎暨吳晟文學學術研討會論文集　新北　真理大學人文學院臺文系　2017年11月　頁155—169

536. 李桂媚　論《吳晟詩・歌》專輯的詩歌交響[19]　第二十一屆臺灣文學家牛津獎暨吳晟文學學術研討會　新北　真理大學，國立臺灣文學館主辦　2017年10月21日

537. 李桂媚　論《吳晟詩・歌》專輯的詩歌交響　第二十一屆臺灣文學家牛津獎暨吳晟文學學術研討會論文集　新北　真理大學人文學院臺文

---

[17] 本文比較吳晟與楊儒門是如何透過書寫，回應臺灣體土地發展相關課題。全文共 5 小結：1.前言：如何談吳晟與楊儒門的散文書寫；2.土地的歷史意義；3.護衛農之鬥士；4.重構農村、土地、臺灣的一體化敘事；5.結語。

[18] 本文對讀吳晟早年與現在的詩作，挖掘詩作中老死冥思的脈絡與價值。全文共 4 小結：1.前言：從青春到晚年的詩作對讀「晚年冥想」；2.化身為葉：由護樹而起的老死冥思；3.鄉間老去：以詩不斷調適與世界的衝突；4.結語：書房與街頭之間的暮年生活。

[19] 《吳晟詩・歌》為音樂專輯，分別為《甜蜜的負荷：吳晟詩・歌》（2008 年發行）與《野餐：吳晟詩・歌 2》（2014 年發行）。本文透過詩作與專輯的討論，觀察吳晟詩歌的音樂性。全文共 4 小結：1.前言；2.詩篇與歌詞的共生殊相；3.詩人的複沓美學；4.小結。

系　2017年11月　頁171—186

538. 李桂媚　論《吳晟詩・歌》專輯的詩歌交響　色彩・符號・圖象的詩重奏　臺北　秀威資訊科技公司　2018年9月　頁281—304

539. 呂詠彥　吳晟與閻連科的身體論述比較[20]　第二十一屆臺灣文學家牛津獎暨吳晟文學學術研討會　新北　真理大學，國立臺灣文學館主辦　2017年10月21日

540. 呂詠彥　吳晟與閻連科的身體論述比較　第二十一屆臺灣文學家牛津獎暨吳晟文學學術研討會論文集　新北　真理大學人文學院臺文系　2017年11月　頁187—200

541. 黃炳彰　水・土・米・樹：吳晟作品中的地方書寫與環境意識[21]　第二十一屆臺灣文學家牛津獎暨吳晟文學學術研討會　新北　真理大學，國立臺灣文學館主辦　2017年10月21日

542. 黃炳彰　水・土・米・樹：吳晟作品中的地方書寫與環境意識　第二十一屆臺灣文學家牛津獎暨吳晟文學學術研討會論文集　新北　真理大學人文學院臺文系　2017年11月　頁201—219

543. 蔡造珉　以詩論詩——談吳晟之詩觀[22]　第二十一屆臺灣文學家牛津獎暨吳晟文學學術研討會　新北　真理大學，國立臺灣文學館主辦　2017年10月21日

544. 蔡造珉　以詩論詩——談吳晟之詩觀　第二十一屆臺灣文學家牛津獎暨吳晟文學學術研討會論文集　新北　真理大學人文學院臺文系　2017年11月　頁263—282

---

[20]本文比較吳晟與閻連科的作品，投射對政治氛圍不滿的相似與歧異處。全文共6小結：1.緒言；2.吳晟身體意識；3.吳晟眼中的親友；4.人身至樹身的思維；5.閻連科的身體觀；6.結語。

[21]本文以吳晟21世紀的作品為文本，聚焦地方書寫的意義與作家投身社會運動後的形象轉變。全文共6小結：1.前言；2.愛荷華來去：回歸地方的美國經驗；3.水・土：守護母親之河與黑色的土壤；4.米・樹：溪州尚水米與種樹行動；5.吳晟書寫的美學策略與環境意識；6.結語。

[22]本文探討吳晟13首的詩作，區分其「詩觀」意象。全文共6小結：1.前言；2.詩名傳播，只是浮名意外；3.鍊字製句，使人費盡思量；4.喜用玄妙，已是誤入歧途；5.作詩目地，捍衛公平正義；6.結論。

545. 劉沛慈　從理念到實踐——談吳晟生命活動的特質[23]　第二十一屆臺灣文學家牛津獎暨吳晟文學學術研討會　新北　真理大學，國立臺灣文學館主辦　2017 年 10 月 21 日

546. 劉沛慈　從理念到實踐——談吳晟生命活動的特質　第二十一屆臺灣文學家牛津獎暨吳晟文學學術研討會論文集　新北　真理大學人文學院臺文系　2017 年 11 月　頁 283—303

547. 蔡明諺　從「再見吾鄉」到「晚年冥想」：論吳晟詩作的晚期風格　第二十一屆臺灣文學家牛津獎暨吳晟文學學術研討會[24]　新北　真理大學，國立臺灣文學館主辦　2017 年 10 月 21 日

548. 蔡明諺　從「再見吾鄉」到「晚年冥想」：論吳晟詩作的晚期風格　第二十一屆臺灣文學家牛津獎暨吳晟文學學術研討會論文集　新北　真理大學人文學院臺文系　2017 年 11 月　頁 305—318

549. 陳文成　吳晟詩中的生死關照　當代詩學　第 12 期　2017 年 12 月　頁 77—102

550. 古繼堂　泥土・母親・民族——讀吳晟的詩　臺灣文學與中華傳統文化　臺北　崧燁文化　2018 年 6 月　頁 347—354

551. 李欣倫　致力農耕與寫作——吳晟的彰化土地關懷　尋蹤：走讀彰化文學故事　彰化　彰化縣文化局　2018 年 9 月　頁 248—259

552. 李桂媚　從稻香到樹林——談吳晟的植物詩　吹鼓吹詩論壇　第 35 期　2018 年 12 月　頁 147—148

553. 蘇筱雯　吳晟——「福爾摩沙文學家」以種樹行動護土地　2017 臺灣文學年鑑　臺南　國立臺灣文學館　2018 年 12 月　頁 173—174

554. 李敏勇　歌詠農鄉的愛戀，吟唱家園的憂傷——在鄉村田野發出素樸聲音的吳晟（1944—）　文訊雜誌　第 404 期　2019 年 6 月　頁 154

---

[23]本文從吳晟參與的相關活動探究其思維和理念，描繪作家理念型塑到文學創作的經過。全文共 6 小結：1.研究旨趣；2.生命活動一：政治參與；3.生命活動二：捍衛鄉土；4.生命活動三：積極植樹；5.吳晟的理念與實踐；6.思忖與反省：代結語。

[24]本文藉薩依德「晚期風格」理論，研究吳晟詩作的特色，認為晚期風格並未完成，仍有開放的可能。

—161

555. 楊宗翰　耕字的人——論吳晟的文學編輯[25]　第十一屆臺灣文化國際學術研討會——從牛車、漁火到青農返鄉：臺灣農村的書寫、記憶與文化變遷　臺北　臺灣師範大學臺灣語文學系主辦；農村發展基金會，臺北市政府秘書處協辦　2019 年 9 月 6—7 日

556. 丁威仁　原生、返鄉與途徑——臺灣現代詩農村書寫的三種對映——土地記憶的回溯與延續——吳晟詩的悲憫、批判與冷靜　第十一屆臺灣文化國際學術研討會——從牛車、漁火到青農返鄉：臺灣農村的書寫、記憶與文化變遷　臺北　臺灣師範大學臺灣語文學系主辦；農村發展基金會，臺北市政府秘書處協辦　2019 年 9 月 6—7 日

分論

◆單行本作品

詩

《飄搖裏》

557. 張　健　序　飄搖裏　屏東　自印　1966 年 12 月　頁 4—7

558. 柳文哲〔趙天儀〕　詩壇散步——《飄搖裏》　笠　第 18 期　1967 年 4 月　頁 46—47

559. 柳文哲　評《飄搖裏》　南風　第 16 期　1967 年 6 月　頁 29

560. 趙天儀　詩壇散步——《飄搖裏》　裸體的國王　臺北　香草出版公司　1976 年 6 月　頁 182—184

561. 柳文哲　評《飄搖裏》　南風選集　屏東　屏東農專南風社　1979 年 11 月　頁 21—22

562. 虹　試剖吳晟的《飄搖裏》　南風　第 18 期　1968 年 1 月　頁 21—24

563. 虹　試剖吳晟的《飄搖裏》　南風選集　屏東　屏東農專南風社

---

[25]本文探析作為主編者，吳晟在編輯學上的成就得失。

1979年11月　頁23—31

《吾鄉印象》

564.〔楓城出版社〕　《吾鄉印象》代序　吾鄉印象　新竹　楓城出版社　1976年10月　頁4—5

565. 掌杉〔張寶三〕　《吾鄉印象》與中國現代詩的鄉土精神[26]　書評書目　第43期　1976年11月　頁122—129

566. 掌　杉　試論吳晟的《吾鄉印象》　明道文藝　第58期　1981年1月　頁150—158

567. 張寶三　試論吳晟的《吾鄉印象》　鄉間子弟鄉間老——吳晟新詩評論　臺中　晨星出版公司　2008年2月　頁17—26

568. 趙天儀　現代農友的心聲——評吳晟詩集《吾鄉印象》　楓城書訊　第6期　1978年3月　頁9—15

569. 趙天儀　現代農友的心聲——評吳晟詩集《吾鄉印象》　時間的對決：臺灣現代詩評論集　臺北　富春文化公司　2002年5月　頁277—292

570. 蕭　蕭　詩集與詩運——吳晟《吾鄉印象》　好書書目　臺北　爾雅出版社　1979年　頁22—30

571. 蕭　蕭　詩集與詩運——吳晟《吾鄉印象》　中央日報　1982年7月17日　10版

572. 蕭　蕭　詩集與詩運——吳晟《吾鄉印象》　現代詩縱橫觀　臺北　文史哲出版社　1991年6月　頁97—98

573. 劉明春　《吾鄉印象》　洪範雜誌　第31期　1987年5月10日　3版

574.〔文藝作品調查研究小組〕　《吾鄉印象》　書林采風　臺北　國家文藝基金管理委員會　1992年6月　頁20—21

575. 李敏勇　愛情，革命，農民和資本家　自由時報　2000年2月10日　39版

[26]本文後改篇名為〈試論吳晟的《吾鄉印象》〉。

576. 李敏勇　愛情，革命，農民和資本家　臺灣詩閱讀——探處五十位臺灣詩人的心　臺北　玉山社出版公司　2000年9月　頁137—142

577. 應鳳凰　吳晟詩集《吾鄉印象》　明道文藝　第302期　2001年5月　頁19—23

578. 余昭玟　《吾鄉印象》導讀　耕讀——進入文學花園的250本書　臺北　五南圖書公司　2001年　頁85—86

579. 張鴻愷　從《吾鄉印象》（吳晟著）析論吳晟的鄉土情懷　臺灣文藝　第183期　2002年8月　頁48—65

580. 林　廣　紮根在故鄉的土地——評析吳晟《吾鄉印象》　明道文藝　第357期　2005年12月　頁118—126

581. 蔡明諺　其命維新——龍族新聲〔《吾鄉印象》部分〕　燃燒的年代：七○年代臺灣文學論爭史略　臺南　國立臺灣文學館　2012年11月　頁57—61

582. 應鳳凰　吳晟第一本詩集：《吾鄉印象》　文訊雜誌　第351期　2015年1月　頁3

583. 應鳳凰　吳晟《吾鄉印象》——田水冷霜霜　文學起步101——101位作家的第一本書　新北　印刻文學生活雜誌出版公司　2016年12月　頁70—71

《泥土》

584. 康　原　從真摯出發——兼論吳晟詩集《泥土》　幼獅文藝　第433期　1980年1月　頁154—160

585. 康　原　從真摯出發　真摯與激情　彰化　〔作者自印〕　1982年1月　頁16—22

586. 陌上塵　唱著泥土的歌——吳晟的《泥土》印象　陽光小集　第4期　1980年10月　頁106—114

587. 陌上塵　唱著泥土的歌——吳晟的《泥土》印象　民眾日報　1980年11月1日　12版

588. 簡　誠　吳晟詩集《泥土》讀後感　陽光小集　第4期　1980年10月　頁102—105

589. 林雙不　《泥土》　中央日報　1980年12月7日　5版

590. 林雙不　《泥土》　青少年書房　臺北　爾雅出版社　1981年10月　頁67—73

591. 掌　杉　略論吳晟《泥土》詩集中的寫作技巧　書評書目　第94期　1981年2月　頁71—79

592. 〔許燕，李敬選編〕　吳晟《泥土》　感人的書　臺北　希代書版公司　1984年12月　頁105—112

593. 〔文藝作品調查研究小組〕　《泥土》　書林采風　臺北　國家文藝基金管理委員會　1992年6月　頁18—19

594. 楊鴻銘　吳晟《泥土》等詩多解論　孔孟月刊　第438期　1999年2月　頁46—49

595. 林　廣　平凡與厚實——《泥土》評析　國文天地　第225期　2004年2月　頁103—106

596. 林　廣　平凡與厚實——《泥土》評析　尋訪詩的田野：評析吳晟的四十首詩作　臺北　聯合文學出版社　2005年12月　頁77—83

《向孩子說》

597. 蕭　蕭　向孩子說些什麼——讀吳晟的《向孩子說》　文訊雜誌　第21期　1985年12月　頁218—226

598. 蕭　蕭　向孩子說些什麼——讀吳晟的《向孩子說》　洪範雜誌　第26期　1986年4月5日　2版

599. 蕭　蕭　向孩子說些什麼——讀吳晟的《向孩子說》　現代詩縱橫觀　臺北　文史哲出版社　1991年6月　頁249—258

600. 槃　磬　《向孩子說》　洪範雜誌　第28期　1986年9月5日　3版

601. 蔡英鳳　吳晟詩《向孩子說》在語言要素上之修辭研究　問學集　第9期　1999年6月　頁98—116

602. 應鳳凰　臺灣文學花園——吳晟詩集《向孩子說》　國語日報　2001 年 5 月 19 日

603. 應鳳凰　吳晟的《向孩子說》　臺灣文學花園　臺北　玉山社出版社　2003 年 1 月　頁 230—233

《吳晟詩集》

604. 康　原　田園與詩人——談《吳晟詩集》中的景物　臺灣時報　1995 年 3 月 19 日　26 版

605. 顏艾琳　聆聽土地的聲音——吳晟詩歌集　國語日報　2008 年 7 月 16 日　5 版

606. 顏艾琳　聆聽土地的聲音——吳晟詩歌集　詩樂／翩篇：悅讀越厲害，詩人玩跨界　臺北　華品文創　2012 年 3 月　頁 50—51

607. 楊　渡　島嶼之歌——評《吳晟詩選》　臺灣日報　2000 年 11 月 16 日

《吳晟詩選》

608. 毛　毛　《吳晟詩選》　中央日報　2000 年 11 月 27 日　20 版

609. 鍾喬　我過年讀這本書：《吳晟詩選》　中國時報　2001 年 1 月 21 日　14 版

610. 吳易澄　熬鍊苦難與希望的詩冊——讀《吳晟詩選》　笠　第 256 期　2006 年 12 月　頁 105—107

611. 〔編輯部〕　《吳晟詩選》導讀　全國閱讀運動：63 本文學類好書導讀手冊　臺中　臺中圖書館　2006 年　頁 48

612. 曾潔明　從《吳晟詩選（1963—1999）》論吳晟詩歌中的樹木意象　第九屆「通識教育——傳統學術與當代人文精神」學術論文研討會　新北　景文科大通識教育中心主辦　2016 年 5 月 27

613. 曾潔明　從《吳晟詩選（1963—1999）》論吳晟詩歌中的樹木意象　第九屆「通識教育——傳統學術與當代人文精神」學術論文研討會論文集　新北　景文科大通識教育中心　2016 年 7 月

《他還年輕》

614. 李進文　因為生命的力量，詩就有了風格　聯合報　2014 年 12 月 22 日 D3 版

615. 蔡明諺　仍有大片夢想趕著種植——讀吳晟詩集《他還年輕》　文訊雜誌　第 352 期　2015 年 1 月　頁 130—131

616. 李桂媚　三生有情——讀吳晟詩集《他還年輕》　吹鼓吹詩論壇　第 20 期　2015 年 3 月　頁 268—271

617. 李桂媚　晴耕雨讀・土地之歌——讀吳晟詩集《他還年輕》　人間福報　2015 年 4 月 27 日　15 版

618. 蔡佩臻　生命的謳歌——論吳晟《他還年輕》所蘊涵的人生哲理　第二十一屆臺灣文學家牛津獎暨吳晟文學學術研討會　新北　真理大學，國立臺灣文學館主辦　2017 年 10 月 21 日

619. 蔡佩臻　生命的謳歌——論吳晟《他還年輕》所蘊涵的人生哲理　第二十一屆臺灣文學家牛津獎暨吳晟文學學術研討會論文集　新北　真理大學人文學院臺文系　2017 年 11 月　頁 243—261

620. 趙文豪　吳晟三個層次的土地書寫——以《他還年輕》為例　第二十一屆臺灣文學家牛津獎暨吳晟文學學術研討會　新北　真理大學，國立臺灣文學館主辦　2017 年 10 月 21 日

621. 趙文豪　吳晟三個層次的土地書寫——以《他還年輕》為例　第二十一屆臺灣文學家牛津獎暨吳晟文學學術研討會論文集　新北　真理大學人文學院臺文系　2017 年 11 月　頁 319—332

散文

《農婦》

622. 曾健民　變異中的農鄉——序《農婦》　洪範雜誌　第 9 期　1982 年 9 月 1 版

623. 曾健民　變異中的農鄉——序《農婦》　農婦　臺北　洪範書店　2005 年 8 月　頁 1—6

624. 陳銘璠　《農婦》　婦女雜誌　第 170 期　1982 年 11 月　頁 51

625. 陳銘磻　談吳晟的——《農婦》　洪範雜誌　第11期　1983年2月　3版

626. 郭明福　那個古老的溫情世界——談吳晟的《農婦》（之一）　洪範雜誌　第10期　1982年12月　3版

627. 郭明福　那個古老的溫情世界　琳琅滿書目　臺北　爾雅出版社　1985年7月　頁251—254

628. 康　原　那個古老的溫情世界——談吳晟的《農婦》（之二）　洪範雜誌　第10期　1982年12月　3版

629. 康　原　溫馨的鄉音——吳晟的散文　明道文藝　第83期　1983年2月　頁94—97

630. 康　原　溫馨的鄉音——談吳晟的散文　洪範雜誌　第13期　1983年7月　3版

631. 康　原　溫馨的鄉音——吳晟的散文集《農婦》　鄉音的魅力　彰化　青溪新文藝學會彰化分會　1984年2月　頁167—172

632. 康　原　溫馨的鄉音　鄉土檔案　彰化　彰化縣立文化中心　1993年6月　頁98—103

633. 方十七　談吳晟的——《農婦》　洪範雜誌　第11期　1983年2月　3版

634. 羊　牧　吳晟散文集——《農婦》讀後　洪範雜誌　第12期　1983年4月　4版

635. 王開平，應鳳凰編　吳晟：《農婦》　萬紫千紅總是春　臺北　爾雅出版社　1983年5月　頁126—127

636. 周　悅　淺介吳晟的《農婦》　臺灣與世界　第1期　1983年6月　頁64—65

637. 廖莫白　吳晟的散文集《農婦》（之一）　洪範雜誌　第16期　1984年4月　3版

638. 李　敦　吳晟的散文集《農婦》（之二）　洪範雜誌　第16期　1984年4月　3版

639. 林雨澄　《農婦》　改變中學生的書　臺北　前衛出版社　1984年10月

頁 25—32

640. 羊　牧　書香園——《農婦》　洪範雜誌　第 22 期　1985 年 6 月 30 日　3 版

641. 〔民生報〕　厚如大書的小人物　民生報　1985 年 10 月 14 日

642. 〔洪範雜誌〕　厚如大書的小人物——吳晟的《農婦》　洪範雜誌　第 27 期　1986 年 7 月 15 日　3 版

643. 何寄澎　當代臺灣散文中的女性形象〔《農婦》部分〕　當代臺灣女性文學史　臺北　時報文化出版公司　1993 年 5 月　頁 283—284

644. 賴鵬翔　論吳晟《農婦》中的母親書寫與生態女性主義之對照　第三十五屆南區八校中文系碩博士生論文研討會論文集　2016 年 12 月　頁 26—43

《店仔頭》

645. 曾健民　讀「店仔頭開講」草稿　洪範雜誌　第 20 期　1985 年 2 月　4 版

646. 曾健民　讀「店仔頭開講」草稿　店仔頭　臺北　洪範書店公司　1985 年 2 月　頁 1—11

647. 洪素麗　文學與救贖：讀吳晟的《店仔頭》散文集　自立晚報　1985 年 3 月 25 日　10 版

648. 洪素麗　文學與救贖：讀吳晟的《店仔頭》　洪範雜誌　第 22 期　1985 年 6 月 30 日　4 版

649. 應鳳凰　吳晟的《店仔頭》　洪範雜誌　第 25 期　1986 年 2 月 5 日　3 版

650. 李豐楙　寫實的農村隨筆〔《店仔頭》部分〕　聯合文學　第 17 期　1986 年 4 月 1 日　頁 212—213

651. 愛　亞　《店仔頭》　好書之旅・愛亞導遊　臺北　幼獅文化出版社　1998 年 10 月　頁 104—105

《無悔》

652. 曾健民　強權與貪欲支配下的良知——序《無悔》系列　無悔　臺北　開拓出版公司　1992 年 10 月　頁 3—12

653. 楊　照　　義憤與怨悔——評吳晟的《無悔》　中時晚報　1993年3月14日

654. 楊　照　　義憤與怨悔——評吳晟的《無悔》　文學的原像　臺北　聯合文學出版社　1995年5月　頁187—190

《不如相忘》

655. 曾健民　　吾鄉共同的追憶與深思——序《不如相忘》　自立晚報　1994年10月27日　19版

656. 曾健民　　吾鄉共同的追憶與深思——序《不如相忘》　不如相忘　臺北　開拓出版公司　1994年11月　頁3—9

657. 曾健民　　吾鄉共同的追憶與深思——《不如相忘》　不如相忘　臺北　華成圖書出版公司　2002年9月　頁189—195

658. 康　原　　建構臺灣農村圖像——論吳晟的散文集《不如相忘》（上、下）　文訊雜誌　第112—113期　1995年2—3月　頁7—10，10—13

659. 康　原　　建構臺灣農村圖像　追蹤彰化平原　臺中　晨星出版社　2008年3月　頁156—170

660. 莊芳華　　為生民立傳——賞讀吳晟的《不如相忘》　自由時報　1996年8月28日　34版

661. 莊芳華　　賞讀吳晟的《不如相忘》　新觀念　第101期　1997年3月　頁113—115

662. 曾健民　　給我們一個真實的世界《不如相忘》——新版序　臺灣日報　2002年8月27日　25版

663. 曾健民　　給我們一個「真實」的世界《不如相忘》——新版序　不如相忘　臺北　華成圖書出版公司　2002年9月　頁1—5

664. 悟　廣　　吳晟伉儷分別出版《不如相忘》與《行走林道》　文訊雜誌　第205期　2002年11月　頁70—71

《筆記濁水溪》

670. 羅　珊　　筆記濁水溪，詩人吳晟關懷鄉土　臺灣日報　2002年12月16日　5版

671. 陳建忠　永恆的鄉土文學——讀吳晟散文新作有感　臺灣日報　2002 年 12 月 16 日　23 版
672. 陳文芬　《筆記濁水溪》——鄉土詩人吳晟痛批官商　中國時報　2002 年 12 月 27 日　14 版
673. 陳宛茜　《筆記濁水溪》吳晟發表新書　聯合報　2002 年 12 月 27 日　14 版
674. 廖十六　《筆記濁水溪》　臺灣日報　2003 年 1 月 9 日　25 版
675. 白蘭地　《筆記濁水溪》　中央日報　2003 年 2 月 24 日　17 版
676. 陳文瀾　水的身世、記憶與生命共同體——評《筆記濁水溪》　中國時報　2003 年 3 月 2 日　34 版
677. 落　蒂　關心我們的鄉土——讀吳晟《筆記濁水溪》　青年日報　2003 年 7 月 20 日　10 版
678. 落　蒂　關心我們鄉土——讀吳晟《筆記濁水溪》　書香滿懷　臺北　文史哲出版社　2015 年 2 月　頁 67—69
679. 章綺霞　親近文學親近土地——淺談《筆記濁水溪》的教學引導與設計　國文天地　第 224 期　2004 年 1 月　頁 83—85
680. 章綺霞　解構與重塑：論《筆記濁水溪》的在地社會史與自然書寫史　修平人文社會學報　第 3 期　2004 年 3 月　頁 195—219
681. 林麗雲　大河的故事——《筆記濁水溪》導讀　翰林文苑天地　第 40 期　2007 年 5 月
682. 章綺霞　以書寫建構鄉土：濁水溪流域作家的鄉土書寫（1970—2000）〔《筆記濁水溪》部分〕　修平人文社會學報　第 10 期　2008 年 3 月　頁 75—132
683. 蔡忠道　展讀南投山水人文——吳晟《濁水溪筆記》析論　2009 南投文學學術研討會論文集　南投　南投縣政府文化局　2009 年 12 月　頁 167—183

684. 李瑞騰等[27] 九十年代迄今——散文、文學評論與報導文學——駐縣作家：吳晟的《筆記濁水溪》 南投縣文學發展史・下卷 南投 南投縣文化局 2011年10月 頁243—244

685. 黃文成 從歷史出發到土地倫理的對話——臺灣當代散文河流書寫析論〔《筆記濁水溪》部分〕 空間與書寫——臺灣當代散文地方感的凝視與詮釋 臺中 晨星出版公司 2013年3月 頁240—245

686. 蔡寬義 曲同調異——吳晟《筆記濁水溪》與詹明儒《西螺溪協奏曲》的比較研究 第二十一屆臺灣文學家牛津獎暨吳晟文學學術研討會 新北 真理大學，國立臺灣文學館主辦 2017年10月21日

687. 蔡寬義 曲同調異——吳晟《筆記濁水溪》與詹明儒《西螺溪協奏曲》的比較研究 第二十一屆臺灣文學家牛津獎暨吳晟文學學術研討會論文集 新北 真理大學人文學院臺文系 2017年11月 頁221—241

《一首詩一個故事》

688. 施懿琳 文章千古事——關於吳晟的詩緣 自由時報 2002年9月22日 37版

689. 施懿琳 文章千古事——序《一首詩一個故事》 一首詩一個故事 臺北 聯合文學出版社 2002年12月 頁5—14

690. 落 蒂 詩人說故事 青年日報 2003年4月16日 10版

691. 落 蒂 詩人說故事——讀吳晟《一首詩一個故事》 書香滿懷 臺北 文史哲出版社 2015年2月 頁60—62

692. 謝昆恭 是誰在敲門——吳晟《一首詩一個故事》讀後 臺灣日報 2003年7月23日 25版

《吳晟散文選》

693. 施懿琳 臺灣最重要的「農民作家」——《吳晟散文選》序 臺灣日報 2006年4月17—18日 21版

---

[27]著者：李瑞騰、林淑貞、顧敏耀、羅秀美、陳政彥。

694. 施懿琳　序　吳晟散文選　臺北　洪範書店　2006年4月　頁1—11

695. 王盛弘　素樸的力道——評《吳晟散文選》　聯合報　2006年5月7日　E5版

《守護母親之河：筆記濁水溪》

696. 莊芳華　與自然修好——再讀吳晟《守護母親之河：筆記濁水溪》（上、中、下）　人間福報　2014年4月1—3日　15版

697. 莊芳華　與自然修好——《筆記濁水溪》增訂為《守護母親之河》再版序　守護母親之河：筆記濁水溪　臺北　聯合文學出版社　2014年4月　頁12—25

698. 張亦絢　求救訊號：咫尺天涯的病人、土地、青春與話語——河正瘖啞，行動者呼叫你　中國時報　2014年6月14日　20版

699. 鴻　鴻　在廢墟中重建臺灣　聯合報　2014年6月21日　D3版

700. 悟　廣　吳晟《守護母親之河》與石德華《約今生》出版　文訊雜誌　第345期　2014年7月　頁148

701. 曾潔明　論吳晟詩文中的土地關懷——以《守護母親之河：筆記濁水溪》一書為例　景文學報　第25卷第1期　2014年12月　頁53—72

702. 賴怡璇　從乾涸到豐饒：自然導向文學中的河流書寫——人與河流之和解：多向的理解——結合環境史的河流書寫〔《守護母親之河：筆記濁水溪》部分〕　當代臺灣河流書寫之研究　成功大學中國文學系碩士論文　簡義明，蘇敏逸教授指導　2017年7月

合集

《我的愛戀・我的憂傷》

703. 林麗雲　文章適可見為人——讀吳晟《我的愛戀・我的憂傷》　文訊雜誌　第403期　2019年5月　頁130—132

《甜蜜的負荷：吳晟詩文雙重奏》

704. 林明德　甜蜜的負荷——賀越譯《吳晟詩文雙重奏》出版　人間福報　2019年3月13日　5版

詩歌專輯

《甜蜜的負荷：吳晟詩・歌》

705. 葉千聲　吳晟《甜蜜的負荷》　幼獅文藝　第 655 期　2008 年 7 月　頁 119

◆多部作品

《農婦》、《泥土》

706. 康　原　《農婦》與《泥土》——小論吳晟的詩與散文　文訊雜誌　第 1 期　1983 年 7 月　頁 98—101

《吾鄉印象》、《向孩子說》、《飄搖裏》

707. 張　健　吾鄉・孩子・飄搖——評吳晟的三本詩集　聯合文學　第 16 期　1986 年 2 月　頁 143—144

708. 張　健　吾鄉・孩子・飄搖——評吳晟的三本詩集　洪範雜誌　第 30 期　1987 年 3 月 5 日　2 版

709. 張　健　吾鄉・孩子・飄搖——評吳晟的三本詩集　文學的長廊　臺北　幼獅文化公司　1990 年 8 月　頁 119—121

《農婦》、《店仔頭》

710. 徐　學　八〇年代臺灣政治文與臺灣散文〔《農婦》、《店仔頭》部分〕　當代臺灣政治文學論　臺北　時報文化出版公司　1994 年 7 月　頁 299

《一首詩一個故事》、《筆記濁水溪》

711. 羅　珊　筆記濁水溪，詩人吳晟關懷鄉土　臺灣日報　2002 年 12 月 27 日　5 版

712. 王藝學　詩屬於需要它的人　中央日報　2003 年 1 月 20 日　17 版

713. 吳明益　內視心靈，外觀鄉土　聯合報　2003 年 3 月 2 日　23 版

《飄搖裏》、《吾鄉印象》

714. 應鳳凰　詩人的第一本詩集——《飄搖裏》才是吳晟第一本詩集——吳晟／《飄搖裏》／《吾鄉印象》　鹽分地帶文學　第 57 期　2015 年 4

月　頁100—101

單篇作品

715. 哲　仲　蘿蔔絲詩〔〈門〉〕　南風　第24期　1969年6月　頁21—24

716. 任凱濤　重讀吳晟〈不知名的海岸〉　南風　第38期　1973年1月　頁69—74

717. 王　灝　論詩的鄉土性〔〈吾鄉印象〉部分〕　詩脈季刊　第3期　1977年1月　頁29—39

718. 王　灝　論詩的鄉土性〔〈吾鄉印象〉部分〕　市井圖　南投　南投縣文化中心　1993年10月　頁235—238

719. 張漢良　〈泥土〉導讀　現代詩導讀（導讀篇二）　臺北　故鄉出版社　1979年11月　頁129—130

720. 楊子澗　〈泥土〉解說　中學白話詩選　臺北　故鄉出版社　1980年4月　頁292—293

721. 李敏勇等[28]　作品合評——評巫永福的〈泥土〉與吳晟的〈泥土〉　笠　第104期　1981年8月　頁66—72

722. 郭成義　臺灣現代詩的本土意識〔〈泥土〉部分〕　臺灣文藝　第76期　1982年5月　頁36—37

723. 郭成義　臺灣現代詩的本土意識〔〈泥土〉部分〕　臺灣精神的崛起——《笠》詩論選集　高雄　文學界雜誌　1989年12月　頁79—80

724. 郭成義　臺灣現代詩的本土意識〔〈泥土〉部分〕　笠文論選 II：風格的建構　高雄　春暉出版社　2014年5月　頁9—10

725. 壁　華　吳晟〈泥土〉　中國新詩名篇鑑賞辭典　成都　四川辭書出版社　1990年12月　頁1988

726. 〔文鵬，姜凌主編〕　吳晟——〈泥土〉　中國現代名詩三百首　北京　北京出版社　2000年1月　頁570—571

[28]與會者：李敏勇、趙天儀、李魁賢、林鍾隆、桓夫、林亨泰、白萩、陳秀喜、杜榮琛、何豊山、張典婉、許正宗、楊傑美、鄭烱明、陳坤崙、莊金國、曾貴海、林宗源、棕色果、蔡榮勇。

727. 林　廣　用汗水灌溉的夢——〈泥土〉（一九七四）評析　明道文藝　第330期　2003年9月　頁40—43

728. 林　廣　用汗水灌溉的夢——評析〈泥土〉　尋訪詩的田野：評析吳晟的四十首詩作　臺北　聯合文學出版社　2005年12月　頁53—58

729. 〔編輯部〕　百家爭鳴（六〇、七〇年代）——其他詩人——吳晟（1944—）〔〈泥土〉〕　二十世紀臺灣新詩史　臺北　五南圖書出版公司　2006年8月　頁313—316

730. 傅天虹　吳晟〈泥土〉　漢語新詩名篇鑒賞辭典（臺灣卷）　香港　銀河出版社　2008年　頁116—118

731. 沈　奇　自適而美——讀吳晟〈泥土〉　誰永遠居住在詩歌的體內　臺北　唐山出版社　2009年8月　頁223—225

732. 蕭　蕭　〈成長——向孩子說之二〉導讀　現代詩導讀（導讀篇二）　臺北　故鄉出版社　1979年11月　頁132—134

733. 蕭　蕭　〈我竟忘了問起你〉導讀　現代詩導讀（導讀篇二）　臺北　故鄉出版社　1979年11月　頁137—139

734. 康　原　詩的社會性——吳晟詩〈尋問〉主題初探　詩人季刊　第14期　1980年1月　頁44—51

735. 康　原　詩的社會性　真摯與激情　彰化　〔作者自印〕　1982年1月　頁23—25

736. 李　弦　〈負荷〉‧吳晟　幼獅文藝　第322期　1980年1月　頁157—161

737. 文曉村　〈負荷〉評析　新詩評析一百首（下）　臺北　黎明文化公司　1981年3月　頁447—450

738. 落　蒂　吳晟〈負荷〉賞析　青青草原　雲林　青草地雜誌出版社　1981年4月　頁137—138

739. 落　蒂　〈負荷〉賞析　中學新詩選讀　雲林　青草地雜誌社　1982年2月　頁135—138

740. 李 弦　評析吳晟詩〈負荷〉　葉老師作文指導　臺北　欣大出版社　1985年2月　頁167—172

741. 李豐楙　〈負荷〉賞析　中國新詩賞析3　臺北　長安出版社　1987年2月　頁301—306

742. 謝藝雄　由吳晟的〈負荷〉談到國中生的負荷　彰化雜誌　第60期　1987年9月　頁58—59

743. 蕭 蕭　國中國文教科書新詩賞析七首——吳晟〈負荷〉　青少年詩話　臺北　爾雅出版社　1989年1月　頁107—114

744. 蕭 蕭　深度鑑七巧板——〈負荷〉　青少年詩話　臺北　爾雅出版社　2007年2月　頁105—111

745. 鄭家吉　新詩修辭技巧與分析〈負荷〉　田尾青年　第10期　1990年6月　頁31—41

746. 張 健　吳晟的〈負荷〉　文學的長廊　臺北　幼獅文化公司　1990年8月　頁122—124

747. 張哲源　聽〈負荷〉的話　躍動的青春　臺中　文學街出版社　1995年12月　頁233—235

748. 楊顯榮〔落蒂〕　甜蜜的負擔〔〈負荷〉〕　國語日報　2001年9月9日　5版

749. 落 蒂　甜蜜的負擔——析吳晟〈負荷〉　詩的播種者　臺北　爾雅出版社　2003年2月　頁151—155

750. 林 廣　生命中最甜蜜的負荷——〈負荷〉評析　國文天地　第220期　2003年9月　頁102—105

751. 林 廣　生命中最甜蜜的負荷——評析〈負荷〉　尋訪詩的田野：評析吳晟的四十首詩作　臺北　聯合文學出版社　2005年12月　頁117—123

752. 顏宏駿　吳晟〈負荷〉，國中國文課教材　自由時報　2007年2月14日　A10版

753. 古政彥　影像融入國文情境教學之設計與示例——現代詩示例——吳晟〈負荷〉　影像於國中國文情境教學之應用研究——以康軒版選文為例　高雄師範大學國文教學碩士班　碩士論文　杜明德教授指導　2016年　頁160—171

754. 林明德　〈負荷〉意境的延伸　人間福報　2017年10月10日　4版

755. 林明德　文學思路——吳晟〈負荷〉意境的延伸　多音交響美麗島——臺灣民俗文化的入門書　臺北　五南圖書公司　2018年12月　頁355—357

756. 楊子澗　〈一般的故事——給連上共事一年的資深兄弟〉解說　中學白話詩選　臺北　故鄉出版社　1980年4月　頁297—299

757. 李敏勇　〈紛爭——向孩子說〉解析　1982年臺灣詩選　臺北　前衛出版社　1983年2月　頁107—108

758. 〔季季主編〕　吳晟〈菜園及其他〉　1982年臺灣散文選　臺北　前衛出版社　1983年2月　頁10—11

759. 林雙不　有用的詩，有用的詩人——讀吳晟詩作〈愚直書簡〉的一些感觸　自立晚報　1984年7月9日　第10版

760. 林雙不　有用的詩・有用的詩人——讀吳晟詩作〈愚直書簡〉的一些感觸　每次一想到他　臺北　學英文化公司　1984年7月　頁339—362

761. 林雙不　有用的詩，有用的詩人——讀吳晟詩作〈愚直書簡〉的一些感觸　彰化人雜誌　第16期　1992年6月　頁12—19

762. 汪洋萍　〈有用的詩，有用的人〉讀後　秋水詩刊　第45期　1985年1月　頁14—17

763. 汪洋萍　〈有用的詩，有用的人〉讀後　良性互動　臺北　文史哲出版社　1994年3月　頁163—169

764. 〔洪素麗主編〕　〈敢的拿去吃〉編者的話　1984臺灣散文選　臺北　前衛出版社　1985年2月　頁60

765. 〔洪素麗主編〕　〈不如別人一隻腳毛〉編者的話　1984臺灣散文選　臺

北　前衛出版社　1985年2月　頁67

766. 林文義　〈不如別人一隻腳毛〉賞析　深夜的嘉南平原　高雄　敦理出版社　1985年9月　頁55—56

767. 張　默　〈我不和你談論〉編者按語　七十一年詩選　臺北　爾雅出版社　1985年6月　頁90

768. 李敏勇　帶你去廣袤的田野〔〈我不和你談論〉〕　自由時報　1999年10月14日

769. 李敏勇　帶你去廣袤的田野〔〈我不和你談論〉〕　臺灣詩閱讀——探處五十位臺灣詩人的心　臺北　玉山社出版公司　2000年9月　頁137—142

770. 向　陽　吳晟〈我不和你談論〉賞析　臺灣現代文選　臺北　三民書局　2004年5月　頁206—207

771. 林　廣　沉默的力量——〈我不和你談論〉（一九八二）評析　明道文藝　第341期　2004年8月　頁120—125

772. 林　廣　沉默的力量——〈我不和你談論〉（一九八二）評析　尋訪詩的田野：評析吳晟的四十首詩作　臺北　聯合文學出版社　2005年12月　頁137—144

773. 賴素鈴　鄉土的感覺，吳晟的詩，聲音的體會〈我不和你談論〉　中國時報　2005年7月12日　A10版

774. 〔編輯部〕　八〇年代：多元現象——八〇年代新詩的特色與成果——鄉土詩〔〈我不和你談論〉部分〕　二十世紀臺灣新詩史　臺北　五南圖書出版公司　2006年8月　頁344—347

775. 吳岱穎　默默——讀吳晟〈我不和你談論〉　幼獅文藝　第664期　2009年4月　頁20—23

776. 吳岱穎　默默〔〈我不和你談論〉〕　更好的生活　臺北　聯經出版公司　2011年5月　頁96—105

777. 沈　謙　植根於生活的土壤裡——評吳晟〈採花生〉　幼獅少年　第107期

1985年9月　頁103—105

778. 沈　謙　植根於生活的土壤裡——評吳晟〈採花生〉　獨步，散文國：現代散文評析　臺北　讀冊文化公司　2002年10月　頁223—228

779. 〔阿盛主編〕　吳晟〈無悔〉　1985 臺灣散文選　臺北　前衛出版社　1986年2月　頁133—134

780. 李豐楙　〈路〉賞析　中國新詩賞析3　臺北　長安出版社　1987年2月　頁296—299

781. 林　廣　繁華背後的泥濘——評析〈路〉　尋訪詩的田野：評析吳晟的四十首詩作　臺北　聯合文學出版社　2005年12月　頁41—45

782. 李桂媚　文明的反思——讀吳晟〈路〉　吹鼓吹詩論壇　第37期　2019年6月　頁126—127

783. 王　冠　返樸歸真——讀〈愛戀〉　當代臺港文學名作賞析　福州　海峽文藝出版社　1989年10月　頁53—55

784. 陳幸蕙　〈遺物〉編者註　七十八年散文選　臺北　九歌出版社　1990年1月　頁234—235

785. 林黛嫚，許榮哲　吳晟〈遺物〉賞析　神探作文：讓作文變有趣的六章策略　臺北　三民書局　2007年4月　頁144—146

786. 古遠清　〈土〉賞析　臺港現代詩賞析　鄭州　河南人民出版社　1991年3月　頁199—201

787. 金尚浩　戰後現代詩人的臺灣想像與現實〔〈土〉部分〕　第四屆臺灣文化國際學術研討會論文集：臺灣思想與臺灣主體性　臺北　臺灣師範大學臺灣文化及語言文學研究所　2005年10月　頁284

788. 洪郁婷　國中國文仁智教學之開展——仁智觀與感性、知性——吳晟〈土〉孔子仁智觀在國中國文教學之體現　臺灣師範大學國文學系在職進修碩士班　碩士論文　蔡宗陽，陳滿銘教授指導　2010年　頁104—106

789. 落　蒂　安分握鋤荷犁的行程——談吳晟詩作〈土〉　大家來讀詩——臺灣

新詩品賞　臺北　文史哲出版社　2012年2月　頁169—171

790.〔鄭明娳，林燿德選註〕　〈這樣無知的女人〉　乾坤雙璧——女人　臺北　正中書局　1991年9月　頁110

791. 劉語辰　〈沉默〉賞析　世界華人詩歌鑑賞大辭典　太原　書海出版社　1993年3月　頁513—515

792. 痖　弦　〈沉默〉賞析　天下詩選 1：1923—1999 臺灣　臺北　天下遠見出版公司　1999年9月　頁157—158

793. 李翠瑛　以「重複」為基礎的修辭技巧論新詩的節奏變化〔〈沉默〉部分〕　國文天地　第230期　2004年7月　頁70—71

794. 李翠瑛　以「重複」為基礎的修辭技巧論新詩的節奏變化〔〈沉默〉部分〕　雪的聲音——臺灣新詩理論　臺北　萬卷樓圖書公司　2007年12月　頁279—280

795. 介子平　〈輪〉賞析　世界華人詩歌鑑賞大辭典　太原　書海出版社　1993年3月　頁515—516

796. 林　廣　輪轉的宿命——〈輪〉（一九七五）評析　明道文藝　第334期　2004年1月　頁98—101

797. 秦　嶽　詩的欣賞〔〈雨季〉部分〕　雲天萬里情　臺中　臺中市立文化中心　1994年6月　頁61—62

798. 喬　林　吳晟的〈雨季〉　人間福報　2012年6月4日　15版

799. 洛　夫　〈你不必再操煩〉小評　八十三年詩選　臺北　現代詩季刊社　1995年5月　頁3—4

800. 楊宗翰　再生的樹：現代詩的有情草木（下）〔〈檳榔樹〉部分〕　臺灣詩學季刊　第16期　1996年9月　頁119—120

801. 向　陽　〈檳榔樹〉作品導讀　青少年臺灣文庫 2——新詩讀本 1：春天在我的血管裡歌唱　臺北　國立編譯館　2008年12月　頁85

802. 劉登翰，朱雙一　抒情和敘事，清晰和明朗——現實主義詩潮的藝術特徵〔〈秋收之後〉部分〕　彼岸的繆思——臺灣詩歌論　南昌　百

花洲文藝出版社 1996年12月 頁90

803. 林明德 〈落葉〉欣賞 新大學國文精選 臺北 五南圖書出版公司 1997年8月 頁303—305

804. 蕭 蕭 〈落葉〉賞析 2005臺灣詩選 臺北 二魚文化公司 2006年2月 頁67

805. 瘂 弦 〈誰願意傾聽〉賞析 八十六年詩選 臺北 現代詩季刊社 1998年5月 頁112—113

806. 林 廣 失去聲音的控訴——〈誰願意傾聽〉（一九九七）評析 明道文藝 第336期 2004年3月 頁81—85

807. 林 廣 失去聲音的控訴——〈誰願意傾聽〉（一九九七）評析 尋訪詩的田野：評析吳晟的四十首詩作 臺北 聯合文學出版社 2005年12月 頁198—204

808. 莫 渝 天下父母心〔〈收驚〉〕 國語日報 1999年2月11日 5版

809. 莫 渝 〈收驚〉 新詩隨筆 臺北 臺北縣文化局 2001年12月 頁175—177

810. 蕭 蕭 現代詩名篇鑑賞——〈野餐〉 中學生現代詩手冊 臺南 翰林出版公司 1999年9月 頁184—187

811. 林孝璘 〈不驚田水冷霜霜〉的鄉土教學資料 國文天地 第177期 2000年2月 頁83—85

812. 蔡孟樺 〈不驚田水冷霜霜〉編者的話 穿越生命長流 臺北 香海文化公司 2006年9月 頁196—198

813. 白 靈 〈星期二的下午〉賞析 八十八年詩選 臺北 創世紀詩雜誌社 2000年3月 頁73

814. 羅 葉 土地與詩的救贖——評介《吳晟詩選》之〈再見吾鄉〉 文訊雜誌 第179期 2000年9月 頁27—28

815. 林燿德 省籍作家的臍帶情結——鄉土經驗與原鄉幻像〔〈珍惜〉部分〕 將軍的版圖 臺北 華文網公司 2001年12月 頁169

816. 洪淑苓　風土、風味與風情——十二月「臺灣日日詩」讀後（上）〔〈一座大山〉部分〕　臺灣日報　2002年1月20日　23版

817. 洪淑苓　風土、風味與風情——二〇〇一年十二月份《臺灣日日詩》讀後〔〈一座大山〉部分〕　現代詩新版圖　臺北　威秀資訊科技公司　2004年9月　頁144—145

818. 阮美慧　現代主義的式微與現實詩學的分立——本土詩學的確立與臺灣精神的昂揚〔〈戰俘〉部分〕　臺灣精神的回歸：六、七〇年代臺灣現代詩風的轉折　成功大學中國文學系　博士論文　呂興昌教授指導　2002年6月　頁195—197

819. 周芬伶　吳晟〈堤岸〉評析　散文讀本　臺北　二魚文化公司　2002年8月　頁135—136

820. 林　廣　面對生命的悲哀——吳晟組詩〈寫詩最大的悲哀〉評析　臺灣日報　2003年1月19日　19版

821. 林　廣　面對生命的悲哀——評析〈寫詩的最大悲哀〉　尋訪詩的田野：評析吳晟的四十首詩作　臺北　聯合文學出版社　2005年12月　頁173—180

822. 林　廣　給我們水啊——吳晟〈水啊水啊〉評析　臺灣日報　2003年2月6日　25版

823. 林　廣　給我們水啊——評析〈水啊水啊〉　尋訪詩的田野：評析吳晟的四十首詩作　臺北　聯合文學出版社　2005年12月　頁145—150

824. 林　廣　尋找一條被遺忘的詩路——評析吳晟的詩〔〈店仔頭〉〕[29]　明道文藝　第323期　2003年2月　頁70—73

825. 林　廣　店仔頭悲歌——評析〈店仔頭〉　尋訪詩的田野：評析吳晟的四十首詩作　臺北　聯合文學出版社　2005年12月　頁17—22

826. 應鳳凰　〈店仔頭〉作品賞析　閱讀文學地景・新詩卷　臺北　行政院文建會　2008年4月　頁158

---

[29]本文後改篇名〈店仔頭悲歌——評析〈店仔頭〉〉。

827. 向　陽　〈店仔頭〉作品導讀　青少年臺灣文庫 2——新詩讀本 2：太平洋的風　臺北　國立編譯館　2008 年 12 月　頁 82

828. 陳義芝主編　〈店仔頭〉賞析　尋找自己的價值　臺北　幼獅文化公司　2009 年 10 月　頁 108—109

829. 林　廣　流逝在歲月裡的愛——〈幫浦〉（一九九六）評析　明道文藝　第 324 期　2003 年 3 月　頁 58—61

830. 林　廣　流逝在歲月裡的愛——〈幫浦〉評析　尋訪詩的田野：評析吳晟的四十首詩作　臺北　聯合文學出版社　2005 年 12 月　頁 151—157

831. 林　廣　紫色的悲傷與希望——評析〈馬鞍藤〉　自由時報　2003 年 4 月 9 日　43 版

832. 林　廣　紫色的悲傷與希望——評析〈馬鞍藤〉　尋訪詩的田野：評析吳晟的四十首詩作　臺北　聯合文學出版社　2005 年 12 月　頁 243—248

833. 林　廣　「序說」吾鄉印象——評析〈序說〉　臺灣日報　2003 年 4 月 21 日　23 版

834. 林　廣　「序說」吾鄉印象——評析〈序說〉　尋訪詩的田野：評析吳晟的四十首詩作　臺北　聯合文學出版社　2005 年 12 月　頁 12—16

835. 林　廣　包含在卑怯裡的莊嚴——吳晟〈含羞草〉評析　臺灣日報　2003 年 4 月 28 日　23 版

836. 林　廣　包含在卑怯的莊嚴——評析〈含羞草〉　尋訪詩的田野：評析吳晟的四十首詩作　臺北　聯合文學出版社　2005 年 12 月　頁 72—76

837. 林　廣　有殼無實的繁華——〈不妊症〉（一九九六）評析　明道文藝　第 325 期　2003 年 4 月　頁 98—101

838. 林　廣　有殼無實的繁華——〈不妊症〉（一九九六）評析　尋訪詩的田野：評析吳晟的四十首詩作　臺北　聯合文學出版社　2005 年 12

月　頁167—172

839. 林　廣　紮在故鄉的土地——吳晟〈角度〉評析　臺灣日報　2003 年 5 月 11日　19版

840. 林　廣　扎根在故鄉的土地——評析〈角度〉　尋訪詩的田野：評析吳晟的四十首詩作　臺北　聯合文學出版社　2005 年 12 月　頁 230—234

841. 陳千武　詩文賞析——〈角度〉　中國時報　2007年1月14日

842. 林　廣　蕃薯的夢，無限延長——〈蕃薯地圖〉（一九七八）評析　明道文藝　第326期　2003年5月　頁100—103

843. 林　廣　蕃薯的夢，無限延長——〈蕃薯地圖〉（一九七八）評析　尋訪詩的田野：評析吳晟的四十首詩作　臺北　聯合文學出版社　2005 年12月　頁124—129

844. 林麗雲　土地的呼喚——〈蕃薯地圖〉賞析　國文新天地　第 2 期　2003 年8月　頁72—75

845. 李敏勇　〈蕃藷地圖〉解說　啊，福爾摩沙！　臺北　本土文化公司 2004年1月　頁81

846. 賴芳伶　與遼闊繽紛的世界詩壇比肩——當代臺灣新詩——傳承傳統，回顧民族特質、擁抱鄉土的七〇年代〔〈蕃薯地圖〉部分〕　文學臺灣：11 位新銳臺灣文學研究者帶你認識臺灣文學　臺南　國立臺灣文學館　2008年9月　頁241—242

847. 林　廣　揮不去的夢魘——吳晟詩作〈消失〉評析　幼獅文藝　第 594 期 2003年6月　頁62—65

848. 林　廣　揮不去的夢魘——評析〈消失〉　尋訪詩的田野：評析吳晟的四十首詩作　臺北　聯合文學出版社　2005年12月　頁264—269

849. 林　廣　人性的矛盾與荒謬——評析〈獸魂碑〉　臺灣日報　2003 年 8 月 24日　25版

850. 林　廣　人性的矛盾與荒謬——評析〈獸魂碑〉　尋訪詩的田野：評析吳晟

的四十首詩作　臺北　聯合文學出版社　2005 年 12 月　頁 98—102

851. 林　廣　風中的綠圍巾——評析〈沿海一公里〉　幼獅文藝　第 596 期　2003 年 8 月　頁 80—83

852. 林　廣　風中的綠圍巾——評析〈沿海一公里〉　尋訪詩的田野：評析吳晟的四十首詩作　臺北　聯合文學出版社　2005 年 12 月　頁 249—255

853. 林　廣　被閃電照亮的驚惶——〈雷殛〉（一九七六）評析　明道文藝　第 331 期　2003 年 10 月　頁 100—103

854. 林　廣　被閃電照亮的驚惶——評析〈雷殛〉　尋訪詩的田野：評析吳晟的四十首詩作　臺北　聯合文學出版社　2005 年 12 月　頁 92—97

855. 林　廣　橫渡西海岸的憂傷——吳晟詩作〈憂傷之旅〉評析　聯合文學　第 228 期　2003 年 10 月　頁 154—157

856. 林　廣　橫渡西海岸的憂傷——評析〈憂傷之旅〉　尋訪詩的田野：評析吳晟的四十首詩作　臺北　聯合文學出版社　2005 年 12 月　頁 235—242

857. 林　廣　驚惶的競技場——〈曬穀場〉（一九七二）評析　明道文藝　第 332 期　2003 年 11 月　頁 90—92

858. 林　廣　驚惶的競技場——〈曬穀場〉（一九七二）評析　尋訪詩的田野：評析吳晟的四十首詩作　臺北　聯合文學出版社　2005 年 12 月　頁 29—33

859. 林　廣　鐮刀和打穀機的合唱——〈水稻〉（一九七四）評析　明道文藝　第 333 期　2003 年 12 月　頁 132—135

860. 林　廣　鐮刀和打穀機的合唱——〈水稻〉（一九七四）評析　尋訪詩的田野：評析吳晟的四十首詩作　臺北　聯合文學出版社　2005 年 12 月　頁 66—71

861. 向　陽　給流離以安慰，給冤屈以平反——「嘉義二二八美展」參展詩作的

歷史圖像與集體記憶〔〈機槍聲〉部分〕　浮世星空新故鄉：臺灣文學傳播議題析論　臺北　三民書局　2004年1月　頁165

862. 林　廣　激盪暗夜的回聲——吳晟詩作〈我時常看見你〉評析　聯合文學　第231期　2004年1月　頁156—159

863. 林　廣　激盪暗夜的回聲——評析〈我時常看見你——再致賴和〉　尋訪詩的田野：評析吳晟的四十首詩作　臺北　聯合文學出版社　2005年12月　頁181—189

864. 陳幸蕙　小詩悅讀（一）——〈稻草〉　明道文藝　第335期　2004年2月　頁51—52

865. 林　廣　老人與稻草——〈稻草〉（一九七二）評析　明道文藝　第344期　2004年11月　頁129—133

866. 林　廣　老人與稻草——評析〈稻草〉　尋訪詩的田野：評析吳晟的四十首詩作　臺北　聯合文學出版社　2005年12月　頁34—40

867. 林　廣　凝聚風霜與愛的繭——〈手〉（一九七五）評析　明道文藝　第335期　2004年2月　頁108—112

868. 林　廣　凝聚風霜與愛的繭——〈手〉（一九七五）評析　尋訪詩的田野：評析吳晟的四十首詩作　臺北　聯合文學出版社　2005年12月　頁59—65

869. 李敏勇　〈手〉作品導讀　青少年臺灣文庫2——新詩讀本4：我有一個夢　臺北　國立編譯館　2008年12月　頁59

870. 楊　翠　這樣的知識分子——讀吳晟〈我不能置身事外〉有感　自由時報　2004年3月20日　47版

871. 林昀嫺　讀吳晟〈鄉間人的抉擇〉有感　臺灣公論報　2004年3月23日　10版

872. 林　廣　細訴輕柔的思慕——〈異國的林子裡〉（一九八一）評析　明道文藝　第337期　2004年4月　頁84—88

873. 林　廣　細訴輕柔的思慕——〈異國的林子裡〉（一九八一）評析　尋訪詩

的田野：評析吳晟的四十首詩作　臺北　聯合文學出版社　2005 年 12 月　頁 130—136

874. 林　廣　找尋離鄉的理由——〈小小的島嶼〉（一九九九）評析　明道文藝　第 338 期　2004 年 5 月　頁 74—80

875. 林　廣　找尋離鄉的理由——〈小小的島嶼〉（一九九九）評析　尋訪詩的田野：評析吳晟的四十首詩作　臺北　聯合文學出版社　2005 年 12 月　頁 220—229

876. 林　廣　令人納悶的天色——〈陰天〉（一九七二）評析　明道文藝　第 342 期　2004 年 9 月　頁 62—65

877. 林　廣　令人納悶的天色——〈陰天〉（一九七二）評析　尋訪詩的田野：評析吳晟的四十首詩作　臺北　聯合文學出版社　2005 年 12 月　頁 23—28

878. 林　廣　木麻黃的黃昏——〈木麻黃〉（一九七九）評析　明道文藝　第 343 期　2004 年 10 月　頁 104—109

879. 林　廣　木麻黃的黃昏——評析〈木麻黃〉　尋訪詩的田野：評析吳晟的四十首詩作　臺北　聯合文學出版社　2005 年 12 月　頁 84—91

880. 林　廣　反芻生命的坎坷——〈牛〉（一九七七）評析　明道文藝　第 345 期　2004 年 12 月　頁 122—127

881. 林　廣　反芻生命的坎坷——評析〈牛〉　尋訪詩的田野：評析吳晟的四十首詩作　臺北　聯合文學出版社　2005 年 12 月　頁 109—116

882. 林　廣　土地裂縫裡的文明——吳晟詩〈出遊不該有怨嘆〉評析　明道文藝　第 346 期　2005 年 1 月　頁 60—65

883. 林　廣　土地裂縫裡的文明——評析〈出遊不該有怨嘆〉　尋訪詩的田野：評析吳晟的四十首詩作　臺北　聯合文學出版社　2005 年 12 月　頁 205—212

884. 林　廣　灑在歷史傷口的鹽——吳晟詩〈一概否認〉（一九九七）評析　明道文藝　第 347 期　2005 年 2 月　頁 68—73

885. 林　廣　灑在歷史傷口的鹽——評析〈一概否認〉　尋訪詩的田野：評析吳晟的四十首詩作　臺北　聯合文學出版社　2005 年 12 月　頁 190—197

886. 林　廣　信靠大地的愛——吳晟詩〈黑色土壤〉（一九九六）評析　明道文藝　第 348 期　2005 年 3 月　頁 46—50

887. 何佳駿　〈黑色土壤〉作品賞析　閱讀文學地景・新詩卷　臺北　行政院文建會　2008 年 4 月　頁 161

888. 蕭　蕭　〈蝶之舞〉賞析　攀登生命巔峰　臺北　聯合文學出版社　2005 年 3 月　頁 170—171

889. 林　廣　漂流在時間之中——吳晟詩〈浮木〉評析　明道文藝　第 349 期　2005 年 4 月　頁 53—57

890. 林　廣　漂流在時間之中——吳晟詩〈浮木〉評析　尋訪詩的田野：評析吳晟的四十首詩作　臺北　聯合文學出版社　2005 年 12 月　頁 46—52

891. 曾潔明　家禽家畜的代言人——析論吳晟的新詩〈禽畜篇〉（上、下）　中國語文　第 96 卷第 5—6 期　2005 年 5—6 月　頁 51—57，54—65

892. 謝予騰　淺探吳晟《吾鄉印象》〈禽畜篇〉中的人性問題　吹鼓吹詩論壇　第 25 期　2016 年 6 月　頁 94—98

893. 林　廣　守候美的誕生——吳晟詩〈去看白翎鷥〉評析　明道文藝　第 350 期　2005 年 5 月　頁 97—101

894. 林　廣　守候美的誕生——評析〈去看白翎鷥〉　尋訪詩的田野：評析吳晟的四十首詩作　臺北　聯合文學出版社　2005 年 12 月　頁 256—263

895. 蕭　蕭　吳晟〈詩名〉賞析　臺灣現代文選・散文卷　臺北　三民書局　2005 年 6 月　頁 89—91

896. 林　廣　另一種焦急的聲音——吳晟詩〈狗〉評析　明道文藝　第 353 期

2005年8月 頁114—118

897. 林 廣 另一種焦急的聲音——評析〈狗〉 尋訪詩的田野：評析吳晟的四十首詩作 臺北 聯合文學出版社 2005年12月 頁103—108

898. 林 廣 被砂石吞噬的信仰——評析〈土地公〉 尋訪詩的田野：評析吳晟的四十首詩作 臺北 聯合文學出版社 2005年12月 頁158—166

899. 林 廣 那一片金色花田——評析〈油菜花田〉 尋訪詩的田野：評析吳晟的四十首詩作 臺北 聯合文學出版社 2005年12月 頁213—219

900. 陳幸蕙 〈不可暴露身分〉品味這一帖故事的芬芳 煮飯花：溫馨的親情小品選集 臺北 幼獅文化公司 2006年3月 頁34—35

901. 曾琮琇 遊戲，不只是遊戲〔〈過客〉部分〕 嬉遊記：八〇年代以降臺灣「遊戲」詩論 成功大學中國文學系 碩士論文 陳昌明教授指導 2006年7月 頁195

902. 曾琮琇 遊戲，不只是遊戲〔〈過客〉部分〕 臺灣當代遊戲詩論 臺北 爾雅出版社 2009年1月 頁225—226

903. 焦 桐 〈陽光化身成燈塔——高雄旗後燈塔〉作品賞析 2006臺灣詩選 臺北 二魚文化公司 2007年7月 頁224

904. 曾潔明 論吳晟山水散文的藝術表現——以〈日月潭畔〉進行探析 國文學報 第14期 2007年12月 頁321—336

905. 羊子喬 〈溪埔良田〉賞析 閱讀文學地景‧散文卷 臺北 行政院文建會 2008年4月 頁256

906. 阮美慧 現實的高音：《笠》於七〇年代中期以降「本土詩學」的奠定與表現（1976—1986）〔〈不要看不起〉部分〕 「笠與七、八〇年代臺灣詩壇關係」學術研討會論文集 高雄 春暉出版社 2008年8月 頁371—372

907. 廖玉蕙 〈嘮叨〉作品導讀——叮嚀與嘮叨的距離有多遠？ 散文新四書‧

冬之妍　臺北　三民書局　2008年9月　頁87—88

908. 路寒袖　作品導讀／〈文學起步〉　青少年臺灣文庫2——散文讀本2：狂歌正年少　臺北　國立編譯館　2008年12月　頁121—122

909. 李敏勇　〈秋日〉作品導讀　青少年臺灣文庫2——新詩讀本3：天門開的時候　臺北　國立編譯館　2008年12月　頁35

910. 李敏勇　〈輓歌〉作品導讀　青少年臺灣文庫2——新詩讀本4：我有一個夢　臺北　國立編譯館　2008年12月　頁14

911. 林明德　土地與人的對話——讀吳晟〈請站出來〉一詩有感　自由時報　2012年4月25日　D9版

912. 林德俊　「遊戲把詩搞大了」——要好懂還是難懂？〔〈阿媽不是詩人〉部分〕　明道文藝　第444期　2013年3月　頁66—68

913. 林德俊　要好懂還是難懂？〔〈阿媽不是詩人〉部分〕　玩詩練功房　臺北　幼獅文化出版社　2014年10月　頁182—193

914. 吳岱穎　〈只能為你寫一首詩〉筆記　生活的證據——國民新詩讀本　臺北　麥田出版・城邦文化公司　2014年5月　頁39—40

915. 莫　云　依舊夕陽無限好——吳晟先生的〈晚年冥想〉　海星詩刊　第19期　2016年3月　頁26—29

916. 陳義芝編著　〈土地從來不屬於〉品評　傾心：人生七卷詩　臺北　幼獅文化公司　2019年3月　頁171—173

多篇作品

917. 周寧〔周浩正〕　一張木訥的口——初讀吳晟的詩「吾鄉印象」與「植物篇」　書評書目　第38期　1976年6月　頁51—56

918. 周　寧　一張木訥的口——初讀吳晟的詩「吾鄉印象」與「植物篇」　吾鄉印象　新竹　楓城出版社　1976年10月　頁195—210

919. 周浩正　一張木訥的口——初讀吳晟的詩「吾鄉印象」與「植物篇」　鄉間子弟鄉間老——吳晟新詩評論　臺中　晨星出版公司　2008年2月　頁9—16

920. 沙 穗　談吳晟的兩首詩——〈輪〉和〈十年〉的解析　詩人季刊　第 14 期　1980 年 1 月

921. 沙 穗　談吳晟的兩首詩——〈輪〉和〈十年〉的解析　臺灣新聞報　1980 年 2 月 5 日　12 版

922. 沙 穗　談吳晟的兩首詩——〈輪〉和〈十年〉的解析　臍帶的兩端　屏東　屏東縣文化局　2004 年 10 月　頁 117—119

923. 顏炳華　從幾首詩試看吳晟詩的精神面貌〔〈歸來〉、〈土〉、〈過客〉、〈你也走了〉〕　陽光小集　第 4 期　1980 年 10 月　頁 97—101

924. 康 原　平淡的深情——論「愛荷華家書」〔〈從未料想過〉、〈你一定不相信〉、〈異國的林子裡〉、〈洗衣的心情〉、〈雪景〉、〈遊船〉〕　明道文藝　第 71 期　1982 年 2 月　頁 149—151

925. 流沙河　吳晟六首〔〈路〉、〈清明〉、〈野餐〉、〈輪〉、〈日落後〉、〈收驚〉〕　臺灣中年詩人十二家　重慶　重慶出版社　1988 年 7 月　頁 93—103

926. 李豐楙　民國六十年前後新詩社的興起及其意義——兼論相關的一些現代詩評論〔〈吾鄉印象〉、〈一般之歌〉部分〕　從影響研究到中國文學　臺北　書林出版公司　1992 年 1 月　頁 56—57

927. 李豐楙　民國六十年前後新詩社的興起及其意義——兼論相關的一些現代詩評論〔〈吾鄉印象〉、〈一般之歌〉部分〕　當代臺灣文學評論大系 II：文學現象　臺北　正中書局　1993 年 5 月　頁 297—326

928. 孟 樊　當代臺灣女性詩學〔〈手〉、〈臉〉部分〕　當代臺灣女性文學史　臺北　時報文化出版公司　1993 年 5 月　頁 160

929. 康 原　平淡的深情〔〈從未料想過〉、〈你一定不相信〉、〈異國的林子裡〉、〈洗衣的心情〉、〈雪景〉、〈遊船〉部分〕　鄉土檔案　彰化　彰化縣立文化中心　1993 年 6 月　頁 210—215

930. 〔張默，蕭蕭編〕　〈泥土〉、〈我不和你談論〉鑑評　新詩三百首（一

九一七——九九五）（上） 臺北 九歌出版社 1995 年 9 月 頁 580—581

931. 張默，蕭蕭編 〈泥土〉、〈我不和你談論〉鑑評 新詩三百首百年新編（1917—2017）・臺灣編 1 臺北 九歌出版社 2017 年 2 月 頁 456—457

932. 李豐楙 七十年代新詩的集團性及其城鄉意識——土地之夢的失落和重建——新世代的變〔〈入夜之後〉、〈店仔頭〉、〈路〉部分〕 臺灣現代詩史論：臺灣現代詩史研討會實錄 臺北 文訊雜誌社 1996 年 3 月 頁 333—334

933. 陳玉玲 吳晟〈黑色土壤〉、〈幫浦〉、〈我時常看見你——再致賴和〉導讀 臺灣文學讀本（一） 臺北 玉山社出版公司 2000 年 11 月 頁 226—227

934. 浦基維，涂玉萍，林聆慈 辭章創作與個人際遇——個人的特殊遭遇——家國之思〔〈蕃薯地圖〉、〈土〉部分〕 散文・新詩義旨古今談 臺北 萬卷樓圖書公司 2002 年 1 月 頁 62—63

935. 陳幸蕙 〈雨季〉、〈牽牛花〉芬多精小棧 小詩森林：現代小詩選 1 臺北 幼獅文化公司 2003 年 11 月 頁 144

936. 〔陳萬益選編〕 〈遺物〉、〈店仔頭〉賞析 國民文選・散文卷 2 臺北 玉山社出版公司 2004 年 8 月 頁 213

937. 楊翠主編 〈種植的季節〉、〈不驚田水冷霜霜〉、〈店仔頭〉、〈釣青蛙〉、〈眼淚〉作品導讀 彰化縣國民小學臺灣文學讀本・散文卷（上） 彰化 彰化縣文化局 2004 年 8 月 頁 180—181

938. 林瑞明 〈店仔頭〉、〈稻草〉、〈雨季〉賞析 國民詩選・現代詩卷 2 臺北 玉山社出版公司 2005 年 2 月 頁 225

939. 吳音寧 在土地裡長出一顆樹〔〈告別式〉、〈生平報告〉、〈晚年〉、〈在鄉間老去〉、〈趁還有些微光〉、〈落葉〉、〈學習告別〉、〈不要責備他〉、〈火葬場〉、〈森林墓園〉〕 聯合文

學　第246期　2005年4月　頁62—73

940. 向　陽　〈我時常看見你——再致賴和〉、〈角度〉賞析　臺灣現代文選‧新詩卷　臺北　三民書局　2005年6月　頁188—189

941. 李敏勇　〈成長〉、〈蕃薯地圖〉、〈然而〉作品導讀　青少年臺灣文庫——新詩讀本3：花與果實　臺北　五南圖書出版公司　2006年1月　頁149

942. 羊子喬　導讀：吳晟〈不如相忘〉、〈店仔頭〉　二十世紀臺灣文學金典：散文卷（第二部）　臺北　聯合文學出版社　2006年5月　頁95

943. 李若鶯　純‧度人生——評吳晟詩五首〔〈凝視死亡——回應吳易澄〉、〈回到純淨——紀念橋橋〉、〈汽水——悼念母親〉、〈再散步一些時〉、〈驚愕〉〕　鹽分地帶文學　第9期　2007年4月　頁49—59

944. 蕭　蕭　八堡圳：拓寬臺灣的新詩天地——彰化詩學的在地性格與闖蕩意志〔〈土〉、〈晚年冥想〉、〈落葉〉部分〕　土地哲學與彰化詩學　臺中　晨星出版公司　2007年10月　頁131—135

945. 向　陽　〈水稻〉、〈序說〉作品導讀　青少年臺灣文庫2——新詩讀本2：太平洋的風　臺北　國立編譯館　2008年12月　頁31—32

946. 曾潔明　論吳晟「植物篇」組詩　第三屆「通識教育—傳統學術與當代人文精神」學術論文研討會論文集　新北　景文科技大學通識教育中心　2010年7月　頁1—29

947. 許俊雅　寫在散文邊上——賞讀《中華現代文學大系（貳）臺灣1989—2003散文卷（二）》〔〈稻作記事〉、〈水的歸屬〉部分〕　低眉集——臺灣文學／翻譯、遊記與書評　臺北　新銳文創　2011年12月　頁357—358

948. 吳孟昌　「異」言堂裡的眾聲喧嘩——八〇年代社會批評散文中的臺灣意識與雜語性——不避淺白、粗俗以求煽動與共鳴〔〈不如別人一隻腳毛〉、〈報馬仔〉部分〕 八〇年代年度散文選作品中的臺灣意識與雜語性 東海大學中國文學系 博士論文 彭錦堂教授指導 2013 年 6 月 頁 175—179

949. 楊 翠 鬱結之咳——讀吳晟人權詩六首〔〈獸魂碑〉、〈追究〉、〈經常有人向我宣揚〉、〈機槍聲〉、〈假汝之名〉、〈和平宣言——致楊建〉〕 烈焰・玫瑰——人權文學・苦難見證 臺北 國家人權博物館籌備處 2013 年 12 月 頁 274—297

950. 沈曼菱 鄉愁美學與空間——從鄉愁到鄉疇：以臺灣為核心〔〈我們也有自己的鄉愁〉、〈稻草〉、〈在鄉間老去〉部分〕 臺灣現代詩的記憶書寫研究 中興大學中國文學系 博士論文 林淇瀁教授指導 2015 年 7 月

951. 曾潔明 吳晟「四時歌詠」組詩初探〔〈橡木桶〉、〈春氣始至〉、〈時，夏將至〉、〈菜瓜棚〉、〈客居・家園〉、〈秋日祈禱〉、〈大雪無雪〉部分〕 第八屆「通識教育—傳統學術與當代人文精神」學術論文研討會論文集 新北 景文科大通識教育中心 2015 年 7 月 頁 1—23

作品評論目錄、索引

952. 〔張默主編〕 作品評論引得 感月吟風多少事 臺北 爾雅出版社 1982 年 9 月 頁 292

953. 〔張默編〕 作品評論引得 現代百家詩選 臺北 爾雅出版社 2003 年 6 月 頁 293

954. 許倪瑛 相關評論資料 吳晟及其散文研究 雲林科技大學漢學資料整理研究所 碩士論文 林明德教授指導 2005 年 6 月 頁 193—212

955. 林瀅州 吳晟相關評論 鄉間子弟鄉間老——吳晟新詩評論 臺中 晨星出版公司 2008 年 2 月 頁 259—269

956. 李桂媚 吳晟相關研究資料 臺灣新詩標點符號運用——以彰化詩人為例 臺北教育大學臺灣文化研究所 碩士論文 陳俊榮教授指導

2009年　頁187—197

957.〔封德屏主編〕　吳晟　臺灣現當代作家評論資料目錄（二）　臺南　國立臺灣文學館　2010年11月　頁801—831

958. 陳瀅州　關於吳晟研究之研究　第二十一屆臺灣文學家牛津獎暨吳晟文學學術研討會　新北　真理大學，國立臺灣文學館主辦　2017年10月21日

959. 陳瀅州　吳晟研究之研究　第二十一屆臺灣文學家牛津獎暨吳晟文學學術研討會論文集　新北　真理大學人文學院臺文系　2017年11月　頁73—109

其他

960. 苦　苓　鄉關何處——看一九八三年現代詩中的鄉愁〔《一九八三臺灣詩選》〕　臺灣文藝　第87期　1984年3月　頁51—58

961. 苦　苓　鄉關何處——看一九八三現代詩中的鄉愁〔《一九八三臺灣詩選》〕　書中書　臺北　希代書版公司　1986年9月　頁177—189

962. 侯吉諒　關懷鄉土與放眼天下——評《一九八三臺灣詩選》　創世紀　第65期　1984年10月　頁251—254

963. 林政華　首部區域文學讀本——評介臺中縣中小學《臺灣文學讀本》　文訊雜誌　第198期　2002年4月　頁24

964. 陳思嫻　鄉土，放眼天下最初的角度——《一九八三臺灣詩選》事件　臺灣文學館通訊　第4期　2004年6月　頁9—11

965. 張鐵志　不只是寫一首詩〔《溼地・石化・島嶼想像》〕　中國時報　2011年1月19日　A16版

966. 悟　廣　吳晟、吳明益編《溼地・石化・島嶼想像》出版　文訊雜誌　第305期　2011年3月　頁134—135

967. 李進文　生存，非讀不可的行動書——談《溼地・石化・島嶼想像》　文訊雜誌　第306期　2011年4月　頁119—121

968. Tu, Wen-Ling　Book Review: Wu Sheng（吳晟）、Wu Ming-yi（吳明益）eds., «Wetlands, Petrochemicals, and Imagining an Island»（溼地、石化、島嶼想像）（Taibei: You lu wenhua, 2011）　East Asian Science, Technology and Society　第 6 卷第 2 期　2012 年　頁 143—145

國家圖書館出版品預行編目資料

臺灣現當代作家研究資料彙編. 116, 吳晟/林明德編選. -- 初版. -- 臺南市：臺灣文學館, 2019.12
面；　公分
ISBN 978-986-5437-38-1 (平裝)

1.吳晟 2.傳記 3.文學評論

863.4　　108018293

【臺灣現當代作家研究資料彙編】116

吳晟

發行人　蘇碩斌
指導單位　文化部
出版單位　國立臺灣文學館
地　址／70041 臺南市中西區中正路 1 號
電　話／06-2217201　傳　真／06-2218952
網　址／www.nmtl.gov.tw　電子信箱／pba@nmtl.gov.tw

總策畫　封德屏
顧　問　林淇瀁、張恆豪、許俊雅、陳義芝、須文蔚、應鳳凰
工作小組　王譽潤、沈孟儒、李思源、林暄燁、陳玟希、蘇筱雯
編　選　林明德
責任編輯　沈孟儒
校　對　杜秀卿、沈孟儒
計畫團隊　財團法人台灣文學發展基金會
美術設計　翁國鈞・不倒翁視覺創意
印　刷　松霖彩色印刷事業有限公司

經銷展售　國立臺灣文學館藝文商店（06-2217201 ext.2960）
國家書店松江門市（02-25180207）
一德洋樓羅布森冊惦（04-22333739）
三民書局（02-23617511、02-25006600）
台灣的店（02-23625799）
南天書局（02-23620190）
後驛冊店（04-22211900）
蜂書有限公司（02-33653332）
府城舊冊店（06-2763093）
唐山出版社（02-23633072）
五南文化廣場（04-22260330）

初版一刷　2019 年 12 月
定　價　新臺幣 500 元整
第一階段 15 冊新臺幣 5500 元整　第二階段 12 冊新臺幣 4500 元整
第三階段 23 冊新臺幣 8500 元整　第四階段 14 冊新臺幣 5000 元整
第五階段 16 冊新臺幣 6000 元整　第六階段 10 冊新臺幣 3800 元整
第七階段 10 冊新臺幣 4500 元整　第八階段 10 冊新臺幣 3600 元整
第九階段 10 冊新臺幣 4000 元整　全套 120 冊新臺幣 37000 元整

GPN　1010802252（單本）　ISBN　978-986-5437-38-1（單本）
1010000407（套）　978-986-02-7266-6（套）